A君（17）の戦争

I

豪屋大介
DAISUKE GOYA

中央公論新社

A君（17）の戦争Ⅰ

目次

装幀　山影麻奈

A君（17）の戦争 I

1

まもるべきもの

街並みを抜ける下校路の脇に小さな神社がある。

天抜神社《あまぬけ》
色の落ちた鳥居。古びた、小さな社《やしろ》。

社の割りには大きな境内《けいだい》には、樹木が生い茂っている。

うらさびしい雰囲気だ。先代の神主が亡くなってから跡を継ぐ者がなく、近所の老人がたまに掃除をするだけになっている。

そんな神社でも、いまだ完全に打ち捨てられていないのは、その独特な雰囲気が最近では貴重であるからだろう。

春は花見。夏は捕虫網を持った小学生。秋は虫の音と落葉。冬になれば雪が積もることもある。さすがは神の土地。誰もをなごませる雰囲気があるのだった。

実際、この神社では、はるかな昔から不思議なできごとが数多く起こってきた。ここで神に祈った戦国武将はわずかな手勢で大軍に勝利し、豊穣を祈れば必ずたわわに稲が実った。数知れないほどの恋人たちがここで愛を告げ、実らせた。実に霊験あらたかな神社だったのである。

ただし、良いことばかりではない。日本の神は祟《たた》る神であり、何か願いを叶えるためには捧げ物をしなければならない。

天抜神社も例外ではなかった。

この街の古い記録には願いをかなえるために神が何を求めたかがはっきりと記されていた。

神隠し――

なんの前触れなしに境内で人が姿を消す。そんな事件がいくつも記録されているのだ。神隠しのあと、境内の御神木にかけられた注連縄《しめなわ》が必ずちぎれていた、とも。

しかし、それも昔の話だ。

時代とともに、農村が街にかわり、住む人々がかわってゆくなか、神隠しも迷信のひとつとして忘れられていった。境内で人が姿を消す出来事は十数年に一度の割合でおこり続けていたが、それを神の御業と信じる人は消え失せた。どんな街でもたまにはおこりうる人間蒸発。行方不明。よっぽどの理由がなければ警察が真剣には捜査しようとはしない事件として扱われるようになっていた。現代の日常を生きるのに、ロマンチシズムは邪魔者でしかないからである。

昔とかわらぬたたずまいの中にあるものは神社だけだった。住民たちは、季節ごとにこの神社がみせてくれるたたずまいを楽しんでいた。

ここで、誰からも注目を浴びることのない者たちが十数年に一度の割りに消え失せることに決して気づくことなどなく。

あ、あとひとつ。

天抜神社の境内は、近くにある公立天抜高校の生徒たちにも良く利用されてます。

苛めを楽しむ格好の場所として。

今日もそうだった。

獲物はちょっと風変わりではあったが。

——どこからか、鈴の音が響いている。

いや、気のせいだろうか？

プロローグ　やめて、お尻が、痛いのよ

石畳を踏む靴音。どたどたとせわしない。その後を追うわめき声。

「逃げられると思ってるのか！　ブッ殺してやる！」

尋常ではない。本気で殺意に満ちた声だ。

学生服を着て、バックパック式の学生カバンを背負った少年が逃げてきた。

身長は160センチあるかないか。その割りにはころころした体型。

顔立ちは……苦み走ったの反対、きりりとした、の反対、整った、の正反対。

要するにアレ、女の子にきゃあきゃあとは絶対に言われないタイプ。

ちんちくりんな体型と合わせて考えるなら、毎日苛められるのも当然、と言いたくなるが……ちょっと違うところもある。

目が、違うのだ。

いえもちろん、怒ると金色に輝くとか、殺人光線を発射できるとかいうのじゃありません。雰囲気、イメージの話です。

苛められっ子にありがちな、怯えた鹿のような目では絶対になかった。どちらかと言えば肉食動物を思わせる、隙のない目。彼の外見をバカにせず、まじまじと見つめることができれば、そこにはひどく醒めたものも混じっていることに気づくだろう。


境内に走り込んだ少年は、一瞬立ち止まり、社殿に向けて一度だけ柏手《かしわで》を打つと再び走り出した。別に意味があってのことではないのだが、両親に、有り難い場所ではそうするものだと教えられていたので、こんな時でも無視はできなかったのだ。

「ったく」少年——小野寺剛士《おのでらごうし》はぜいぜいと荒い息をつき、滝のように汗を流しながら境内の奥まった一角で立ち止まった。御神木であることも忘れ去られてしまった太い杉の木にもたれかかる。少しかすれた、低い声でつぶやく。

「よくも毎日毎日……」

いや、わかっている。本人にもわかっているのだ。同じ天抜高校二年三組に通う性根の腐りきった苛めグループのリーダー、飯田《いいだ》が、今日、剛士を形相を変えて追いかけているのには、実に簡単な理由があるからだ。

キレているのだ。

「小野寺、てめぇ！」飯田が、クロマニヨン人の中に混じれば見分けのつかない顔を憤怒に染めて駆けてくる。

「ナメやがって！」

「そっちが悪いんだろ！」

剛士はひとこと叫び返すなり再び駆けだした。境内の奥……と言っても、道路から見えないほど離れていない開けた場所に伸びている杉の巨木に向かって。注連縄のかけられた御神木だ。

――どこからか鈴の音が響いた。

といっても、剛士が鼓膜の機能を集中してひろいあげていたのは、境内で生じるすべての密やかな音を圧する獣じみた怒鳴《どな》り声だけである。

「てめぇのおかげで山下《やました》は登校拒否、戸倉《とくら》は停学だっ！岡田《おかだ》と佐伯《さえき》は退学になった」飯田は叫んだ。彼の手下だった苛めグループのメンバーの名前だ。

「僕は悪いことはしてない！」剛士は叫びかえした。

そうかもしれない。二年生のクラス替えが終わった直後、剛士がちんちくりんであるというだけで笑い者にし、トイレに連れ込んで便器をなめさせようとした。そのうえ、金を持ってこいとカツアゲまでしたのだ。その場は他のクラスメイトががやがやとトイレに入ってきてやりすごせたものの、放っておけばひどいことになるのがわかっていた。

奴らの苛めを受け続けていれば、いずれは、

「昨日夕刻、公立天抜高校二年生A君（17）が自宅物置で首をつって自殺しているのが家族によって発見された。残された遺書によればA君は学校での苛めを苦にしており、警察は……」

冗談じゃない！

剛士は確かにちんちくりん、気も強い方ではない。成績は中の下。運動は下の下。友達も少ない。ガールフレンドは皆無……えーつまりいいトコなしの高校二年生だが、ただの苛められっ子と違う点がひとつだけあった。

身を守ることに関してはおそろしく知恵がまわり、そのためならどんな努力も惜しまないのだ。

つまり、ちんちくりんでいいところなしの、苛められっ子第一候補確定の見かけの持ち主でありながら、小野寺剛士の胸には、なにものにも決してくじけぬ不屈の精神が……

いや、違うな。

じゃあ、真っ赤に燃え上がる闘志が……

でもないな。

えー、いかなる弾丸をも跳ね返す鋼鉄の意志が……

って、ナチスや共産党の党員じゃあるまいし。

うーんと、神に導かれた選ばれたる者の……

違う！

……

要するにアレ、とてつもなく根が暗く、執念深いのですね。

気が小さいことは確かだが、恨みは決して忘れない。恨みを晴らすためなら、恐怖心でさえエネルギーに変えてしまえる高速怨念増殖炉を内蔵し、そいつがまたよく暴走しまくるタイプなのだ。

この手のタイプにありがちな、日常生活では役に立ちそうもない知識も、１２０ギガバイト分ほど頭に詰め込んでいる。普段はフリーズしたりハングアップしたりクラッシュしたりして使いものにならないのだが、身を守らねばならない時は別。しゅいんしゅいんカリカリと高速回転して、悪知恵が泉のように……どころではない、大噴火をおこした火山の溶岩のような勢いで噴き出し、土石流のごとく流れ出す。

生まれつきそうなのか、これまでの毎日でそうなったのかは本人にもわからない。

ともかく、そういうことである。

もちろん、身を守る、というのは、飯田のようなキレやすいバカの奴隷《どれい》になって高校生活を送るということではない。

自分で自分の行動を決められる、という毎日を維持することだ。

だからこっそりと復讐した。

飯田たちは苛めるべき相手を間違った罰を身をもって味わうことになったのである。

剛士は行動した。ヤケクソというかなんというか、一度決めてしまうと、とことん突き詰めないと気が済まないタイプなので、ためらいはなかった。

まず、警察官である山下の父親に直談判し、このままではあなたの息子に苛め殺されますとわめいた。山下は父親に顔の形が変わるほど殴られ、学校に出てこなくなった。

戸倉は、つきあっている隣のクラスの女子とラブホテルに入る現場をデジタルカメラで撮影し、プリントアウトを戸倉の家や学校にではなく、女子の家のポストに突っ込んだ。親が学校に怒鳴り込み、戸倉は停学を喰らった。

岡田と佐伯はもっと簡単だった。街で合法ドラッグを買っていることを知っていたのだ。なんのためらいも抱かずに、奴らはクスリを常用していると警察に通報した（もちろん電話は公衆電話、声もボイスチェンジャーで変えた）。少年犯罪対策に目の色を変えていた警察は即座に動いた。二人は、合法ドラッグを買っていたことではなく、校内で他の連中に売っていたことが取り調べでバレ、罪には問われなかったものの、晴れて退学となった。

法は一度も犯していない、見事な、根の暗い復讐である。

そして今日、剛士はリーダーの飯田へ直接、復讐に及んだ。最後の反撃に打ってでたのだ。

クラス委員を選ぶために行われた拡大ホームルームで、こともあろうに飯田を風紀委員へ推薦したのである。こんな感じでだ。

「飯田君はクラスで一番素晴らしい人だと思います。いつもみんなに優しく、友達を大事にします。僕のことを廊下でサッカーボール代わりにしたりはしませんし、トイレの便器をなめさせたりは絶対にしません。飯田君の友達には退学になったり停学になったりする人は絶対にいませんし、校内で僕をカツアゲしたり、制服の内ポケットにタバコを入れて昼休みに屋上で吸ったりはしません。飯田君は僕のことをトイレによく連れ込もうとしますが、たぶんホモではないので（剛士はここで声を一段高くした）、きっと冗談だと思います。僕は同性愛者を差別しませんが、飯田君がホモだなんて絶対にありえないと思います。飯田君こそ最高の人です。絶対に風紀委員になるべき人だと思います。僕は飯田君が大好きです。ホモかもしれませんが最高の人です」

普段だまりこくっている剛士が突然はじめた大演説。誰もが唖然としてそれを聴いた。剛士本人でさえ、自分がここまで堂々と口からでまかせを話せるとは思えなかった。

が、できたのだ。あたかも心をこめて語っているかのように。

圧倒され、飯田でさえ邪魔できなかったほどだった。

それほど剛士はA君（17）になる運命から逃れたかったのである。命がけだったのだ。


全員の前で飯田を罵倒したおした結果、クラスの雰囲気が悪くなることなどもちろん気にもしていない。クラスメイトなどという輩《やから》を、剛士は信じていなかった。これまで、クラスメイトたちは飯田たちに苛められている剛士を庇おうともしなかった。飯田の餌食《えじき》になった剛士を蔑《さげす》み半分哀れみ半分で無視していたのである。

そんな奴らの雰囲気がどれほど悪くなろうと剛士の知ったことではない。正当防衛、過剰防衛、緊急避難、ハンムラビ法典。そんな言葉が頭の中でコサックダンスを踊り、剛士を衝き動かしたのである。


話しおえてから数秒後、飯田がうなり声をあげて立ち上がった。

教室がしん、となる。


突然、誰かがホモ、とつぶやいた。

教室は爆笑に包まれた。誰もが、飯田のことを好いていたわけではないのだ。むしろ、内心では軽蔑していたのである。

剛士が、それを表にだす機会を与えた。

いくら飯田が身長１８０センチ、原始人並の体力と粗暴さを誇ってもこれは抑えられない。一日中皆に笑われ続けることになった。放課後までに、飯田のあだ名はモーホーに定まっていた。

だから、キレた。

粗雑で荒んだ飯田の脳でも、突然の大演説だけでなく、一連の出来事が、すべて剛士の仕業であることが想像できたのだ。

自分が苛めていたはずのちんちくりんに、苛めかえされていたことに気づいたのである。

放課後、剛士をトイレに連れ込もうとした。

ここで飯田はもう一つの過ちをおかした。

剛士は、飯田がそうくるであろうと計算しており、

「うわぁ、飯田君にトイレで犯されるぅ！　いやだぁぁ！」

と叫ぶなり、即座に逃げ出したのである。

小太りの人間に持久力はない。しかし、瞬発力はある。

追われる剛士は駆けに駆け、学校から歩いて五分ほどの距離にある天抜神社に逃げ込んだのだった。

御神木につかまり、荒い息をつきながら剛士は覚悟を固めていた。

腕時計で時間を確かめる。

三時四三分。

計算通りだ。

奴らが追いついたとしても、ここを動くつもりはない。

もちろん、ただ苛めを受けるつもりもない。

大声をあげるつもりなのだ。

助けてくれ！　レイプされるっ、と。

それだけですべてが済む。

なぜなら、あと二分以内に、近所の交番の巡査がパトロールで通りかかるはずなのである。

巡査はいつも同じ時間に通りかかる。

根の暗いしつこさで剛士はそのことを調べ上げていたのである。うーん、ちょっと病的かもしれない。

しかし、剛士にしてみれば、苛められたあげく自殺するよりは病的《サイコさん》な方がマシだ。飯田は苛めという遊びを楽しんでいるだけだが、剛士は命がけの大勝負のつもりでいる。手段を選んでなどいられない。

サイコさんはともかくとして、巡査が通りかかる瞬間を見計らい、剛士が大声をあげたなら？

あわてて駆け寄った巡査が目にするのは、飯田に追いつめられたちんちくりんの剛士だ。

どちらが悪いか、一瞬で判断がつく。

剛士が悪く見えるはずはないのだ。

そして飯田は警察からは逃れられない。たとえ逃げ出したところで、巡査はすぐに応援を呼ぶだろうし、手配もする。すぐに身柄を押さえられてしまう。

少年課の取り調べからも逃れられない。

調べられたなら、飯田のグループから、停学、退学、合法ドラッグ売買という顔ぶれがでていることはすぐにわかってしまう。

そんな連中のリーダーが、いかにも苛められっ子という剛士と人気のない境内でなにをしていたか？

警官たちはすぐに結論をだしてくれる。剛士ももちろん、自分が信じた真実を泣きながら訴えるつもりだ。

苛めらｒれたうえ、トイレで毎日レイプされながら生きてゆくことなどできません……どんなことでもしますから、お巡りさん、助けてください！

完璧。完璧。

飯田も楽しい高校生活と速攻でおさらばだ。

自分の立場をさらに有利にするために、一度か二度、殴られるのもいいなと剛士はおもっていた。飯田は頭に血がのぼりやすい単純バカなので、ちょっとあおってやれば手をだすだろう。そうなればあとは楽だ。

身体《からだ》に傷があれば刑事事件の現行犯にできるのだ。

準備は他にもしてある。

学生カバンの中に、たまたまスイッチがオンになった録音可能なＭＤを入れ、マイクをカバンの端から出してあるのだ。

完璧な証拠になるだろう。

見ていろよ……剛士は歯を食いしばった。Ａ君（17）にならないためならば、一度や二度殴られるぐらい、僕は耐えてみせる！

根の暗いしつこさも、ここまでくれば立派なものだ。もはや、勇気と呼んでもいいかもしれない。

「野郎っ！」

剛士の姿を見つけた飯田がわめき、駆け寄った。

「小野寺、てめぇっ」剛士の胸ぐらを摑んだ飯田は芸のないセリフを吐いた。いかにも、『わたしはキレやすい人です』という態度。額《ひたい》も狭ければ根性も狭い体力バカにふさわしく、その瞳には知性のかけらもない。

「そんなに僕のことが好きなのか」剛士はこたえた。もちろん小便を漏らしそうなほど恐ろしい。しかし、口元にニヤニヤ笑いが浮かぶのを抑えることもできない。

「ごめん、僕は女の子の方が好きなんだ！　ホモにはなれない！」

自分を苛めてきた奴がこの先、どんな目にあうかを想像すると、笑いを我慢できないのである。

――鈴の音がまた、響いた。

「てめぇっ」飯田がわめいた。昆虫以下の想像力しかもたないこいつにも、剛士にバカにされていることがわかったのだ。

「バカにしやがって」

「いやだよぉ！」剛士は哀れっぽい声をあげた。言葉は計算ずくだが、期待感に震えるのと同時に、本当に怯えてもいるので、嘘《うそ》くさくは響かない。

「頼むよぉ！　強姦しないでくれぇ！　苛めないでぇ！」

完璧な、苛められっ子の声。なるべく大声をあげているのは、聞きつけた誰かが先に通報してくれるかもしれない、と計算してだ。

「いいかげんにしろぉ！」

飯田はさらにわめいた。

「クソ野郎の癖しやがって……」

怒りのあまり、それ以上は声にならないらしい。文化系最下層民《アンタッチャブル》と言うほかない剛士によってホモ扱いされたことで、キレる、どころではなくなっているのだ。

「やめてくれよぉ」剛士はひたすら泣き叫んだ。

「お尻が痛いのはいやだぁぁぁ！」

「うるせぇっ」

怒りで思考力が麻痺している飯田は獣のように喚《わめ》き、左の拳をふりあげた。

左頬で何かが砕け散る。血の味がひろがった。

剛士はそれを唾液とともに吐き、飯田の顔に浴びせかける。

「てめぇっ」

もう一発必要か。くらくらする頭で剛士は計算した。

いや、もう充分だ。証拠は充分にできあがった。時間も。あまりゆっくりしていては警官が通り過ぎてしまう。

大きく息をのみこみ、叫ぶ。

「誰か、誰かぁぁっ、誰か助けてぇっ！　強姦されるぅ、殺されるぅっ！」

唾液と血で汚れた飯田の顔がゆがむ。

「うるせぇっ、誰もくるかよ！」勝ち誇った顔の飯田が剛士の胸ぐらを摑んだ。

が、次の瞬間、顔色を青ざめさせた。

ガシャンと自転車を放り出す音が響き、固い靴底が石畳を踏む足音が響いたのだ。

厳しい声が轟く。

「オイ、コラ！　なにをしている！」

時間ぴったり、計画どおり。巡査の声だ。この世で他の誰が見ず知らずの他人にオイコラなどと呼びかけるものか。

剛士の血まみれの口元が笑いに歪んだ。

飯田の顔面は蒼白になっていた。剛士によって完璧にハメられたことに気づいたのだ。

「てめぇっ、まさかっ」

あわてて逃げようとする。

が、逃げられない。剛士が両手で彼の腕を摑んだのだ。

「おまわりさん、こいつ、こいつです！　こいつが僕を殴って強姦しようとしたんです！　学校でも！　強姦魔です！」剛士は力の限りに叫んだ。ずるずると飯田にひきずられながら、手を離そうとはしない。

「離せ、この、離せっ！」

飯田は懸命に腕をふりまわす。剛士はぶんぶんとふりまわされたが、さらにがっしりとつかんで飯田を足止めし続ける。

「おうっ、頑張れ！　いま助けるぞ！」巡査が威勢良く呼びかけた。剛士が勇敢《ゆうかん》な被害者に見えているのだ。

「離せっ、てめぇっ、離せっ」

完全にキレた上、パニックになった飯田は、巡査の目の前で剛士に蹴りを入れた。

腹に膝がキマった。

ずーん、と奥深くへ突き抜ける痛み。胃液がこみ上げ、口から噴き出る。

しかし剛士は離れない。

死んでも離すつもりはない。

意味もなく苛められ続けられてきた者が抱く恨みの深さを味わわせてやらねば気が済まない。

そうでなければ、自分が、嫌になるほど陰湿な復讐を し続けてきた理由がない。

殴りや蹴りによる痛みで苦しみながらも、剛士は満足を覚えていた。

これで、こいつに教え込んでやれるのだ。

僕が感じてきた痛みと同じものを。

――しかし、飯田も必死になっていた。

「離せぇっっ！」

と、絶叫するや、背負い投げの要領で剛士を投げとばしたのだ。

遠心力で手がはずれる。

宙を飛んだ剛士の身体は御神木の幹に、放り投げられた蛙のように叩きつけられた。

背中のカバンが注連縄に引っかかった。

御神木に巻かれていた古びた注連縄がプツリ、と切れた。

――鈴の音。

その瞬間、小野寺剛士の意識は閃光に包まれた。

1　ここどこですか？　あの、みんな戦争してるんですけど

1

魔王暦1002年9月10日。セントールの野を巡るランバルト王国軍と魔王軍の戦闘は、ランバルト軍の圧倒的な優勢下で推移しつつある。

対戦していた兵力は、
ランバルト軍、25000。

魔王軍、26000。

魔王軍がわずかに優勢であったにもかかわらず敗北しようとしている理由は、両軍の能力差……特に指揮官クラスの圧倒的な実戦経験の差にあった。

魔王軍指揮官の大半は、ドワーフ、エルフといった種族の族長がそのまま任じられただけであるのに対して、ランバルト軍は百戦錬磨の指揮官揃いだったのである。

にらみ合いのような形ではじまった戦いは、ランバルト軍最強をうたわれるトゥラーン近衛重装騎士団が一気呵成《かせい》の突進に打ってでたことで決した。

右側面を迂回したランバルト軍トゥラーン近衛重装騎士団の突撃は、魔王軍のなかで最もよく戦列を維持しつつ善戦していた第6義勇ドワーフ連隊に大打撃を与えたのだ。

「国王陛下万歳！」

「魔族どもに死を！」

銀の鎧をきらめかせた騎士たちが横合いから隊列に突入する。重槍《じゅうそう》（パイク）を正面の敵に向けて槍ぶすまを作っていたドワーフたちの反応は鈍い。槍の重さだけではない。頑健な肉体を持ってはいても、もともと動きの素早い種族ではないのだ。

「死ねぇっ、魔族ども！」

先陣を切って進むのはトゥラーン近衛重装騎士団長、ヴィル・グラッサー男爵その人である。鬼神そのままの恐ろしげな形相で、並の馬の倍はあろうかという愛馬ガルーンを駆り、全長3メートル以上はある先祖伝来の馬上槍・キルスをふりかざす。豪槍と呼ぶしかないキルスが突き入れられるたび、身体を貫かれた小柄なドワーフの身体が吹き飛ばされ、ランバル銀の装飾を施した鎧が鮮血で汚されていった。

後に続く親衛騎士たちも団長に劣らぬ使い手ばかりだ。突進する馬の轟音とともに、ドワーフ槍兵の隊列を崩壊させてゆく。

一方、ランバルト軍を親率するランバルト国王フェラール三世も御年23歳にして世に知られた戦《いくさ》の名手。グラッサー男爵のつくりだしたチャンスを見逃しはしなかった。軍勢の後方、セントールの野を見渡せる丘に据えた本陣で仁王立ちとなった。

すっくと立った長身が戦場を睥睨《へいげい》する。貴婦人のような憂《うれ》いと翳《かげ》りに満ちた面差しの映える白い肌。陽光をあびてきらきらと輝く長い銀髪がゆったりとなびく。肢体は豪奢な鎧に包まれているが、腰が細くくびれ、脚もたおやかな姫君を思わせるほど長く、ほっそりとしていることは容易に見て取れる。

まさに戦場の美神であった。

周囲の将軍や騎士たちは、彼が男であると知りつつ陶然とする。

フェラールはそれほどに美しかった。

一陣の風が吹いた。

銀髪が溶けるようになびく。

美神そのものの国王は、ほっそりとした腕を敵陣に向け、甘さすら感じさせる声で命令を下した。

「今日こそ魔王の首を！」

「おおぅ！」

歴戦の兵士たちが鬨《とき》の声をあげ、一斉に突撃へ移った。人でできた津波のような勢いで突き進んでゆく。


すでに隊列の崩れきっていた魔王軍は耐えられるはずもない。ドワーフが、人狼《ヴェアウルフ》が浮き足立ち、敗走をはじめる。

軍勢というものは、一度崩れてしまうと立て直しようがない。列を乱して後退してきた味方に巻き込まれ、後方で予備隊として待機していたゴーレムの隊列も、一戦も交えないうちに大混乱へ陥る。さらに後方で懸命に呪文を唱える魔導士たちも逃げ腰だ。致死レベルの攻撃呪文を唱えているのだが、王国兵にはマスル神の護符が与えられており、太陽が空にある間は呪文の効果が激減するのである。

このほかにも、魔王軍にはランバルト軍のペガサス騎士団に勝る航空兵力……ハーピィやウィングドラゴンで編成された航空部隊があったが、敵味方が入り混じってしまっては、どこを攻撃してよいのかわからない。

もはや、どうにもならなかった。

魔王軍は大敗走に陥った。

完全な敗北である。

ヴィル・グラッサー男爵はその中で獅子奮迅《ふんじん》の活躍を見せていた。

これまでに得た勝利は三〇〇を超える名将。鎧についた無数の刀傷がそれを証明し、鋼鉄から削り出されたようにごつい髭面にあらわれた悽愴《せいそう》な笑いが、彼の勇武を教えている。

片足に傷を受け、逃げ遅れたヴェアウルフの腹をキルスで突き刺し、旋風を巻き起こすほど強くふるってハラワタごと引きちぎりつつ、大音声を発した。

「魔王！　魔王や何処《いずこ》！　逃れようなどと思うな！　この儂、グラッサー男爵がいと尊きマスル神の恩寵《おんちょう》をば賜《たま》いし聖槍キルスにて打ち倒してくれる！」

応じる者は、もちろん、ない。

「ハハッ、国王陛下の天才とわが武勇に恐れをなしたか、魔王め！」グラッサーは大声で笑い、もっとも信頼する二人の部下を呼んだ。

「ガルス、マークス！」

「おうっ！」と、グラッサーに劣らぬ巨軀を誇る騎士が不敵な笑みとともに応じる。

「フッ」左では、ブロンドの髪で片目を隠した美形の騎士が気取って応じた。

左右に、グラッサーに劣らぬほどの手練れで知られる騎士が馬を寄せた。

「今日こそは魔王を逃すわけにはいかぬ！　我が左右を守れ！　本陣へ突進する！　魔王が素《そ》っ首《くび》奪わば、王国無窮の繁栄の手始めとなろう！　恩賞も思いのままじゃ！」

「承知！　やろうぜ、団長！」

「フッ、御下命とあらば、何処までも！」

「ゆくぞ！」

三人の騎士はグラッサーを頂点にした三角形をつくり、敗走に陥った魔物の群れに突入した。槍で、時には馬の蹄で魔物たちをはねとばしながら、前方1キロほどにある魔王軍本営へ向けて突進する。

グラッサーの突撃をくい止めるものはなかった。たちまちのうちに本陣がせまる。

「右！」すばやく状況をみてとったグラッサーは叫ぶ。

「本陣右にある巨木をすりぬけて突入したなら、魔王は逃れられぬ！」

「おうっ」とガルス。

「やぁっ！」とマークス。

突進する馬の轟音とともに彼らは駆けた。本陣の、意外に安っぽい天幕がバタバタとはためくのがわかった。逃げ腰でこちらをみている人影、あれこそは……

「魔王じゃ！」

グラッサーは叫んだ。

「逃さぬ！　今日こそは逃さぬ！」

本陣はきつい勾配の丘の上に設けられている。グラッサーの見たとおり、巨木のある右手がわずかにゆるく、そこを抑えれば、きつい斜面を転げ落ちるほか逃れる方法はなくなる。魔王といえど王、そのように無様な逃れかたをするはずもなかった。

鎧と槍を魔物の血できらめかせつつグラッサーたちは駆けた。

巨木が目前に迫る。

「いま少しじゃ！」

グラッサーが叫び、斜面を登りきろうとしたその時
――

巨木の幹の中程で、奇怪な光がきらめいた。

ガルーンが激しいいななきをあげ、棒立ちになった。左右の騎士も馬を扱いかね、次々と落馬した。

「なにごと！　魔の技か！」グラッサーは懸命にガルーンをなだめながら叫んだ。

「これしき、すぐにうち破って……」

そこまで言ってグラッサーは絶句した。


眼前に、奇怪なものが出現したのである。

黒い、小さな塊。

魔物か？

否、人だ。

空中に突然出現した人間が、グラッサーめがけて吹っ飛んでくる。

「な、人だとっ！」

グラッサーは叫んだ。

避ける間は与えられなかった。

突然、出現した黒い人影の両足が顔にめり込み、どう、と落馬したのである。

2

光がいきなり薄れた。

空中を飛んでいるのがわかった。

飯田に投げ飛ばされた勢いで……

スニーカーに包まれた両足が、柔らかいものに当たる。

その直後、勢いよくはねとばされた。

巨木が目の前に迫る。

「うわっ、うわっ、うわわっ」

剛士は悲鳴をあげた。飯田に投げ飛ばされたところま

ではわかったが、完全にパニックに陥っている。

びたっ、と情けない音をたてて幹に叩きつけられた。

鼻が潰れる。鼻血が噴き出すのがわかった。

地面に落ち、腰を打った。つーん、と脳まで痛みが突き抜けた。

「いってぇーっ」

両手をのばし、金網の上であぶられるスルメのようにせわしなく腕を踊らせた。鼻と腰、両方から生じた痛みが脳で激突し、どちらに手を伸ばしていいのかわからなくなっていた。

一度にひとつの痛みしか感じられない人間のつくりからして当然の反応かもしれないが、あまりにも情けない。

「ううっ」

ぽろぽろと涙を流しながら剛士は立ち上がった。

巡査に、自分がどれほどひどい目にあっていたか、訴えようと思ったのだ。頭の片隅で疑問が湧く。

――鈴の音。

あれは、どこから響いていたのだろう。

振り返り、涙にかすむ目で巡査の姿を探した――

が、目にしたのは、自分のほうにずんずんと進んでくるヨーロッパ風の鎧を身につけた大男だった。コスプレか？

「ひぃっ」

血を流し続ける鼻を押さえるのも忘れて悲鳴をあげる。

コスプレなどではないことが直感できたのだ。

鎧姿の男の形相はあまりにも恐ろしいものだったのである。

そこにあったものは――

まじりっけのない、敵意だった。


「貴様ぁっ！」

グラッサーは自分を落馬させた異装の小男をつかみあげた。

怒りのあまり、ここが魔王本陣のすぐ脇であることを忘れている。

「なんのつもりだぁぁぁっ」

ぐっ、と持ち上げ、目の前に引き寄せ、声をあげた。

「なにッ、貴様、人かっ！」

「ひいっ」小男は鼻血を流しながら泣き、ばたばたともがいた。

「人ならばなぜっ」

剛士を持ち上げた鎧姿の大男は、青い瞳に燃えあがるような赤髭をたくわえていた。

どうみても日本人ではない。

なのに、剛士にはその言葉が日本語そのものに聞こえた。

「人ならばなぜっ」

男は叫んでいた。

「むうっ」

目をまん丸くひらき、剛士をにらみつける。

その眼力の強さに陰嚢《タマキン》が縮み上がり、小便を漏らしそうになった。

「貴様っ、その肌、その凹凸のない目鼻立ち……魔王の一族かぁっ」

もちろん、剛士にはなんのことかわからない。しかし、何か言わなければまずいことぐらいは見当がついた。

「こたえろっ」

雷鳴のような怒鳴り声。

「ひっ……そ、そそんな、まお、魔王って……ファンタジーじゃあるまいし……それに魔王がで、でてくるようなファンタジーは最近じゃあ人気が落ちて……」

「なにをグダグダいっておる！　答えよ！　魔王の一族かぁっ！」

「し、知りません知りません魔王なんて知りません知りません！」

「ぬぅっ、ならば」

「わ、わかっていただけましたか」剛士はおもわず敬語になってしまう。苛められっ子として過ごしてきたおかげで、偉そうな人間の前ではついつい下手にでる癖がついているのだ。

「小僧、名を訊こう！」大男は尋ねてきた。

「え、あ、あの、天抜高校二年、小野寺、剛士です」剛士はあわてて応じた。敬語の効果があったのか、と思った。敬語を教えてくれた両親に感謝を捧げてしまう。ああ、おとうさんおかあさん、どうもありがとうございます。

「そうかっ」大男はうなずいた。

「我が名はグラッサー！　フェラール三世陛下より近衛騎士団を御預かりする者だ！」

「あ、はい、どうか……よろしくお願いします」

「うむっ、人族の裏切り者にしては良い覚悟だ！　誉めてつかわす！」

「あ、どうも。助けてくださる……う、裏切り者ぉ？」

「このような場所に奇怪な現れかたをしおって！　魔王が一族でなければ裏切り者に決まっておる！　安心せいっ、殊勝な態度なれば、楽に死なせてやろう！」

大男は大きな笑いを浮かべた。

「楽にって、楽にって、ひぃぃぃぃいっ、まっ、ちょ、ちょっと待ってください。決めつけはいけませんいけません」

「言い逃れるところをみると、やはり裏切り者よなっ」

大男は剣を抜きはなった。

全長2メートル近い、とてつもなく分厚い刀身の大剣だ。

こんなものを喰らったら、斬られるのではなく、叩きつぶされてしまう。

「うわっ、ひいいっ、助けてっ助けてっ、殺されるぅっ、お巡りさん助けてぇっ！」

ばたばたともがきながら泣き叫ぶ。

「観念いたせっ」

剣が振り上げられ、もうダメだ、と諦めかけたその時、

「待てぇっ」

と高く透き通る声が響いた。

ガキン、と金属がぶつかり合う音。

「おおうっ、貴様はっ、魔王が筆頭参謀、黒陽《アーシュラ・ザ・》のアーシュラ《ダークシャイン》かっ」

大男、いやグラッサーが驚きの声をあげた。剛士の身体が地面に落ちる。

再び腰を打った痛みに涙を流しながら剛士が目を開けると、そこでは。

自分の倍近く身長のありそうな細身の剣士が、グラッサーと真正面から刃を交えていた。

「うわ、うわわわっ」

悲鳴をあげて後じさりする。立ち上がりたいが、腰が抜けていた。同時に、とうとう漏らしてしまう。

製鉄所のプレスマシーンのような轟音をあげてグラッサーと剣士は刃をうち合わせた。

刀が交わされるたび、火花が飛ぶ。

やがて、剣士がわずかに優位へ立った。グラッサーを斜面の下へ押し返したのである。

そこでようやく、剣士が剛士を見た。

恐怖とパニックの中でありながら、剛士はハッ、とする。

剣士は女だったのだ。

ひとことで言えば、いままで見たこともないほどの美

人だ。

ボディラインは、流れるような優雅さと無数の丸みが複雑にからみあってつくりあげられている。黒々とした革鎧に包まれている胸の大きさ、唾を飲み込みたくなるほどにふっくらとまろんだ腰つきが目を引きつける。ぐっ、と後頭部でひっつめた長く艶やかな髪は深紫。

もう、スーパーモデルなんか目ではない。た、たまらん、という感じである。

見れば見るほど美しさが増すようにすら思える。

肌は新雪のように白い。

目はきつくつり上がっているが、これは剣を交えているからだろう。

髪の色とよく似た、闇のように深い菫《すみれ》色を湛《たた》える瞳が剛士を値踏むようにみつめていた。

血を塗ったような色の柔らかそうな朱唇が、くっ、と嚙みしめられた。

剛士はその変化が何を意味するかすぐに理解した。

軽蔑。

それ以外の何物でもない。

これまで見かけでさんざん酷い目にあってきた剛士にはわかるのだ。


と、同時に、ま、そうだろうな、という納得した思いも湧いた。

もともとの見かけにくわえ、いまは鼻血は流すわ涙は流すわ小便は漏らすわ、いいところなどひとつもない。

「ここはわたしが防ぐ！　おまえは逃げよ！」女は叫んだ。キツイが、いい声だ。

「は、は、はいっ、でも、あなた一人で」ずるずると腰をひきずりながら剛士は言った。

「ええいっ、いらぬ心配を。いまのおまえになにができる！　誰かある！　この者を運んでやれっ！　腰が抜けているっ！」

女剣士は怒鳴った。

剛士はあんぐりと口を開けた。女に怒鳴られたからではない。

女の口から、犬歯とはとても思えぬほど長い牙が生えていたのだ。

「承った！」

野太い声が響き、力強い手に持ち上げられ、肩に載せられた。その割りには目の位置が高くならない。

牙の生えた女剣士が再び大男と激しく刃を交わす。

大男が剛士をにらみつけて叫んだ。

「逃げるか、命冥加《みょうが》な奴め！　忘れぬぞ、オノデラ・ゴウシ！　貴様の名と顔は忘れぬ！」

「うわっ、そ、そんな、忘れて、忘れてください！　お願いですから！」剛士は手をあわせて頼みこむ。

「ご安心めされよ。グラッサーは追ってはこれぬ」野太いが丁寧な声で担ぎ上げてくれた男が言った。

「吸血族とはいえアーシュラ殿は黒陽護符《ダークサイン》を授けられた御方、陽光を浴びても剣技にいささかの曇りもない！」

「は、はあ、それはどうも……えええええええっ」

礼を言おうと見下ろした時、自分を運んでくれている者の正体に気づき、剛士は悲鳴を上げた。

ずんぐりと突き出した鼻面。

上下に突き出た牙。

一言で言えば、身長1メートル20センチほどしかないずんぐりむっくりの身体の上に、兜を被ったイノシシの頭が載っていたのだ。

あわてて目をそらす。

はじめて、周囲の有様が目に入った。

丘や森が点在する平原。

天抜神社の境内とはあまりに違いすぎる。

そして、その大平原でぶつかり合う軍勢。

向こうから、人間の兵士たちが槍や剣を手に前進してくる。

手前に見えるのは……ファンタジーRPGに登場しそうな魔物ばかり。

みな、逃げ腰になっている。

しかし、そんなことはどうでもよかった。

イノシシ頭の小男にずんずんと運ばれながら剛士は天を仰《あお》ぎ、絶叫した。

「ここはどこなんだぁぁぁ！」

まさに魂の悲鳴であった。そりゃそうだろう。神社の境内からいきなりこれでは叫びたくもなる。

しかし、まだまだ甘いのであった。

呆然と開かれた目が、太陽の姿をとらえたのである。

（太陽、太陽だ）

目慣れた太陽の輝きにすがろうとした。が、そうは問屋が出庫停止処分。

太陽の脇に、もうひとつ小さな光が輝いていることに気づいてしまったのだ。

わけがわからないどころではなかった。

ここは地球ですらないのだ！

「あ、ああああ、ああああ、ふたつふたつ、太陽がふたつあるぅ」

ショックが連続して頭が飽和状態に陥った人間にふさわしい反応を剛士は示した。

まことに情けなくも、失神してしまったのである。

3

大敗走に陥りかけた魔王軍は、突如として陣形を立て直した。

本陣のそばで奇怪な光がきらめいた直後に、である。

いまだ圧《お》されてはいた。

が、完全な崩壊に陥ることは避けられた。

あの光が影響したらしい。

無惨な敗走に陥っていた重ゴーレム大隊が隊列を組み直し、突撃してきた槍兵たちの前に立ちはだかる。

トゥラーン近衛重装騎士団も突撃の勢いを失い、損害が増加していた。

ランバルト王国軍本営からも、その有様はみてとれる。

「むぅ……」王国大将軍カディウス公爵が不快げな呻きを漏らした。

すでに齢《よわい》60をすぎた男だが、若い頃からの鍛錬と戦陣で過ごした日々のおかげで、いまだ堂々たる体軀を誇る偉丈夫、一見するかぎり40代にしかみえない。本当の年齢を教えるのは皺深い頬とぐっと張った顎《あご》の形にあわせて整えられた純白の美髭《びし》だけである。先代王以来幾多の戦場で凱歌《がいか》を挙げて大いに功のあった名将であった。

「どうしました、カディウス」フェラール三世がたずねた。

眼前の死闘を忘れさせるほどおっとりとした声である。

「まことに不面目ながら、陛下……」そこまで言いかけてカディウスは黙りこくった。

「うん、また、勝機を逃してしまったようだね」

フェラールは素直に認めた。

「マリウクス城まで軍を退くのにどれほどかかるかな」

マリウクス城とは国王軍がセントールの野の重心域に築城した要塞の名であった。ランバルト東部国境防衛の中核とされている。

「はっ、3時間ほどは」カディウスは声に悔しさをにじませている。

「うん」沈痛な面もちでフェラールはうなずいた。3時間と言えば、日没までぎりぎりと言って良かった。

夜になれば闇に生きる魔族の戦闘力は強まる。

護符を兵に備えさせているとはいえ、夜戦は避けねばならなかった。星明かりや松明《たいまつ》では、夜間、動きの素早くなる魔物を見つけるだけでも一苦労であるからだ。たとえ負けなかったとしても、大損害を受けることになる。

フェラールは苦悩の決断をくだした。

「また、兵を苦しませただけ、ですか……しかし、しかたがありません。全軍に後退の命令を発してください」

「御意に、陛下。この次は必ず……」

「いいのです。わたしの力が至らなかったためでしょう。あなたが責任を感じることはありません。兵も、ですよ。誰も叱ってはなりません。責はわたし一人が背負うべきものです」

「へ、陛下」カディウスははらはらと落涙した。野戦で育った男だが、忠誠心厚い感激家でもあるのだ。

「うん……ハートマン大博士をここに！」フェラールは王国学芸院長を呼んだ。この決戦で勝負をつけるために、魔族のあらゆる弱点を知るハートマン院長の知識が必要であったため、戦場へ同行を命じていたのだった。

「陛下、おそばに」ハートマンは一礼した。分厚い布地を用いた灰色の貫頭衣をまとった小柄な老人である。皺深い顔、頭は剃《そ》られている。フェラールが幼い頃は、専属の家庭教師だった。

「大博士、さきほどの光を見ましたか」フェラールがたずねた。

「はい、陛下」ハートマンのもぐもぐとくぐもった声。

「わたしは……」フェラールは愛をささやくような小声で言った。

「魔光ではないか、と思えたのだが」

「陛下、いかな陛下とはいえ、めったなことを」ハートマンはびくりと身体を震わせ、あたりをはばかるように見回した。

「しかし、ほかに考えられるでしょうか」

「はい、確かに。さりながら……」

「うむ。以前に魔光が目撃されたのは……」

「陛下が御生誕あそばされる以前、30年前にございます。いまの魔王が出現したのはその後のこと。しかし」ハートマンは声をさらに落とした。

「魔光と魔王の出現を重ね合わせて考えるのは短絡に過ぎます。確かに、古記録にもそう述べておるものはございますが……なにより、大神官たちがそれを認めては……」

「わかっています」フェラールは儚《はかな》げにすら感じられる

微笑を浮かべた。

「しかし、国王としては、最悪の可能性を考えねばなりません。おそらくあの光と共にこの世に属さぬ者が出現しているはず。魔王軍が陣を立て直した原因はそれ以外に考えられません」

「は、最悪の可能性としては」渋々と同意するハートマン。

「果たして新たな魔王なのか……」憂いに横顔を曇らせるフェラール。しかし、形の良い唇には微笑を浮かべてもいた。

「しかし、興味はありますね。あれほどの敗勢を瞬く間に立て直すだけの力量の持ち主です。さぞかし、魅力に富んだ人物なのでしょう……」

「御意にございます」ハートマンはうなずいた。

「しかし陛下、このことはみだりに語られませぬように。ことに大神官たちがそれを聞きつけたなら……」

「わかっています。しかしね」フェラールは微笑《ほほえ》みを大きくした。

「わたしが恐れているのは大神官殿たちではないよ。わが妹君、シレイラです。ああ、また勝利を逃したと知ったなら、都で留守を申しつけたあの娘をどれほど悲しませることか！」

フェラールは実に辛そうであった。

戦場には後退命令を告げるラッパが鳴り響いていた。


ラッパの音はグラッサーの鼓膜にも届いた。

「むぅっ、なんと」美しい女吸血鬼の剣を力任せにはねかえし、うめく。

「いま少し、いま少しであったものを」

負け惜しみにすぎないことはグラッサーにもわかっていた。

勝機は、すでに失われていたのだ。

「あのとき、あの小僧があらわれねば、あのまま本陣へ突き入ったものを！」

「未練だぞ、グラッサー男爵！」剣を低く構えたアーシュラが罵《ののし》った。凄愴な美しさに満ちた笑いを浮かべてたずねる。

「貴公さえ望むならば、このまま夜まで戦っても良いぞ」

「たわけたことを申すな！　吸血鬼《ヴァンピレラ》と夜に争うほど愚かではないわ！」

グラッサーは剣をおさめた。

「ええい、アーシュラ、今日のところはこれまでだ！　次は覚悟しておれ、あの小僧もな！　ガルス、マークス！　退くぞ！」

グラッサーは背後で他の魔族と刃を交えていた二人を呼び、起きあがって主人を見守っていた愛馬ガルーンにまたがると、逃げ出した。勢いは目にもとまらぬほどだ。突撃と同様、見事な引き際であった。

「まぁ、そうだろうな」敵将の後ろ姿を見送ったアーシュラは冗談とも本気ともつかない独り言をつぶやくと、剣を鞘におさめた。

厳しい視線を戦場に向ける。即座に状況を見て取った。魔王軍各隊はあの白光によって力を与えられたかのように戦列を立て直した。場所によっては反撃に転じているものすらある。

が、全体として勢いがない。すでに疲れ切っているのだ。

いかに魔族の優位が夜にあるとはいえ、夜戦を挑むのは避けたほうがよさそうだった。魔族は昼に力を用いれば、夜とは比較にならぬほど消耗してしまう。

「敗走は避けられたが……追撃は無理か」

身体が重かった。吸血族秘伝の、黒陽護符を族長から授けられた身とはいえ、グラッサーとの対決が彼女を消耗させていた。

煽《あお》ってはみたものの、口だけのことだった。グラッサーは夜に斬り結んでも返り討ちにあいかねない強敵なのだ。

「しかし……」氷に彫られたような美貌が微かに歪んだ。

「あの者……魔王陛下は必ず救え、との仰《おお》せであったが……あのような男をどうして？　わからぬな……」

アーシュラは戦場とは思えぬ優雅な足運びで本営へ戻った。

イノシシ頭――ゴブリンが本営から顔をだし、笑いかけた。いかつい、というより、怖い顔いっぱいに笑いが浮かんでいた。目には、彼女の無事を喜ぶ気持ちが素直にあらわれている。

「アーシュラ筆頭参謀殿！　ご無事でなにより」

「クォルン様」アーシュラはきちんと背筋を伸ばし、高貴な者に対する礼をおこなった。クォルンはゴブリン族の長《おさ》である。前回の戦で軽傷を負ったため、今日は本陣で控えていたのだ。

「まさか、あなた様のお手を煩わせることになろうとは、思いもせず……」

「なにほどのことがある」クォルンは爽やかな笑いでこたえる。「貴女にくだされた魔王陛下の御命令を耳にしては、続かずにはおられなんだ。貴女一人に傷を負われでもしたなら、父君アルカード殿になんと詫びてよいものかわからぬ」

「有り難きお言葉。が、父のことは申されますな」アーシュラの表情から険《けわ》しさが失せた。その美しさに不似合いなほど素直な微笑が浮かんでいた。

「父の娘であることを思い出すと、心が鈍りまする」

「いや、失敬」クォルンは笑った。170年ほど前、アーシュラがまだ幼い頃からの付き合い、親戚のおじさんのような立場なのである。アーシュラもそのことを忘れてはいない。かつてはせがんでクォルンの肩に担いでもらったこともある。あの男のように……

「そう言えば、あの者は」アーシュラはたずねた。

「のびておるよ」クォルンは牙を右側だけ突き上げた。苦笑しているのだ。

「まぁ、いきなりでは無理もないかの」

「いきなり?」アーシュラは不審気にたずねた。吸血鬼としてはまだまだお年頃の178歳。魔王の軍にくわわって20年。この世について知らないことはいくらでもある。

「これ以上は申せぬ」クォルンは済まなそうに首を振った。「貴女が知るべきだと思われれば、陛下からお言葉があるじゃろう」

アーシュラは不満を押し隠して一礼し、本営に戻った。溜息をつきたくなる。

筆頭参謀としてこなさねばならない仕事が山のようにあるからだった。

まずは魔王に拝謁、事の次第を報告し……そのあとで軍をまとめ、魔都ワルキュラへ速やかに移動させ、休養させねばならないのだ。戦場で小便を漏らすような小男にかまけている暇はない。

まったくその通り。大賛成。ブラボー!

しかし困ったことは、その小便たれの小男こそがこの物語の主人公なのであった。言うなれば、クールでビューティなヴァンピレラ、アーシュラちゃんの苦労の日々は、この決戦の日をもってその嚆矢《こうし》とするのである。

2　魔王のお願い　おたく、アニメ好き？

1

などとまぁ、いささかシブイ場面ののち、数時間をすっとばし、魔都ワルキュラである。

東にセントールの野、西には斜面におっそろしい顔が彫りつけてありそうなトデスカイ大山脈、北は魔物だらけ（といってもここは魔族の国だが）のゴルヒール大森林地帯、南はといえば、魚はもちろん、背中に何本も銛《もり》を突きたてられた巨大なクジラが日夜巨大な烏賊《いか》や怪しい船長に率いられた捕鯨船と激闘を繰り広げている大魔海がひろがっている。

ワルキュラそのものは、大都会と言えるだろう。人口（で、いいのか？）は三〇〇万を超えるし、街の真ん中に、いかにもという、やたらと尖塔を突きたてた大きな城がある。どれだけ陽があたっても、なぜかシルエットでしか見えない城だ。見つめるたびにどこからかオオッーッなんて男声合唱のＢＧＭまで流れてきたりもする。魔王城と呼ばれている。

市街のつくりはまぁ、日本の大都市とたいして違わない。たくさんの魔族が集まった……つまり多民族国家である魔王の地をうまくまとめてゆくために必要な官庁が集まった魔界版霞ヶ関《かすみがせき》、様々な店が並ぶ商業地区、色々な道具を生産する工業地区もある。あ、そう、大人になってから出かけましょうね、というお店が集まった場所もきちんと存在してます。

庭付き一戸建て、マンション（だと思われる立派な建物）、アパート（じゃないかなって感じの木造二階建て）、コンビニ（みたいな店）や、ファーストフード（っぽい店）が立ち並んだ住宅街だってちゃんとある。

驚いてしまうのは、種族ごとに分かれて住んではいないことだ。

もともとお互いの見かけや能力が違いすぎるため、魔族は外見や種族の差をあまり意識しない。

無駄な競争意識もない。ごちゃごちゃと入り混じっていても、あいつらより俺たちの方が優れている、なんて気分にはならず、平気に仲良く暮らしている。地球でよくある根拠なんぞかけらもない差別なんてものはありえないわけだ。キリンを差別する象《ぞう》はいないし、チンパンジーだけを苛めるライオンなんてものはいないのと同じ、と思って貰えればいい。

もちろん、あいつの顔が気に入らない、という個人レベルの好き嫌いは別だ。

で、魔王城。

この常にシルエット＋ＢＧＭで描写される城にノビたままの小野寺剛士は運び込まれていた。

宙に浮いた不思議な光が柔らかく照らし出すそこそこ広い……まぁ、一六畳程度の部屋。小野寺剛士はそこに寝かされていた。

ベッドではなく、布団に、である。

別におかしくはない。床には畳が敷かれているのだから。雰囲気からして石の壁なんかが剝《む》きだしになっていてもいいのだが、きちんと明るい色の壁紙が張られている。

窓らしき場所には障子《しょうじ》まではめられていた。

それなりの日本間なのだ。

静謐《せいひつ》である。

その静謐さをわずかに乱しているのは、剛士の微かな寝息と、小さな話声だけであった。

すー（これは寝息）。

「……そこまではわかりませんわ……」

すー。

「適任かどうかも……」


すー。

「……これ以上続けても……」

すー、んぐぐ。

寝息が乱れ、同時に声もやんだ。

「うーん」

呻き声が漏れた。

剛士が目を覚ましたのだ。

ぼんやりと天井板を見つめている。

微かな鈴の音。

決して耳障りではない、優しい響き。

そうしているうちに再び眠気がぶり返し、瞼《まぶた》が落ち始めて……

……

「うわぁ」

跳ね起きた。気を失うまで、自分がどんな経験をしていたか、記憶がフラッシュバックを起こしたのだ。

天抜神社の境内。

御神木に投げつけられて……

白光。

グラッサーに殺されかけ、
牙を生やした超絶美女に救われ……

イノシシ頭の親切なおじさんが担いでくれて……

魔物と人間が大決戦をしていた戦場。

太陽が二つ。

これはカタカナの名前がついた文庫のファンタジーによくある異世界への転移《ジャンプ》だな、なんて納得を剛士はしない。普段、いらない知恵をつけるために岩○文庫や講○社学芸文庫と趣味と股間の滾《たぎ》りを満たすのに不可欠なフ○○ス書院文庫ばかり読んでいるからである（二次元でドリームしちゃったりするのはあまり好みではない）。

よしんば、異世界転移などと思ったとしても、簡単に気分は落ち着かなかっただろう。人間というのは習慣の動物で、旅慣れた人でもなければ隣町に出かけただけでまごつくものだ。牙を生やした美女だの親切なイノシシ頭だのといきなりでくわして落ち着けるはずがない。おまけに、放り出された場所は大決戦のただなかだった。

「いったいここは……」

頭が猛烈に痛んだ。鼻血はもちろん、腰の痛みも消えており、さらに不思議なことには、飯田に殴られて切れたはずの口腔《こうこう》もいつもどおりだった。舌先で探っているうちに奇妙なことに気づいた。歯磨きをサボったおかげでカルデラ火山のように削れてしまった奥歯も元通りなのだ。

どうやら、身体のあちこちで調子の悪かった部分がすべて治っているらしい。誰が洗ってくれたのか知らないが、身体中、きれいになってもいた。

ただし、頭痛は消えない。色々な考えがぐるぐると巡り、再び布団に潜り込んで丸くなりたいという欲望が突き上げてきた。

逃避しなかったのは優しい声が語りかけてきたおかげである。

「お目覚めになりましたか」

「はい？」

剛士はあわてて周囲を見回した。すうっ、と頭痛が消えてゆく。

部屋の隅に、人が正座していることに初めて気づく。いままで気配も感じなかったのだ。

布団をはねのけ、相手に向けて正座した。挨拶はきちんとなさい、これまた両親の教えだった。

「え、えとはじめま……うわっ、あれっ」

自分が裸であることに気づいた。はねのけたばかりの布団を引き寄せ、あわてて下半身を隠した（そのうち手術を受けたいな、と思っていた股間のアレが、手術の必要がない状態に治されていたことには気づかなかった)。

「お召し物はお布団のそばにございます」

優しい声が教えてくれた。

「えっ、あ、あ、はい」

見ると、布団のそばに、きちんと畳まれた学生服や下着が置かれてある。身体と同じように、新品同様になっていた。学生カバンと教科書も同じだった。

布団で隠したままトランクスをはき、シャツを着た。学生服も身につける。

ようやく気分が落ち着き、布団を出て、正座した。

「で、あの……」

と言いかけた時、それまで陰になっていた相手の姿がはっきりした。

「え、あ……」

声が出ない。

なんつーか、ものすごい衝撃を受けていたのである。見慣れてはいるが見覚えはないその姿に。

部屋の隅で正座していたのは、ブレザー、シャツ、ネクタイにチェックのスカート、んでもって校章のワンポイント入りのハイソックスという天抜高校指定女子制服を着た少女であった。

つーても最近ありがちな、スカート丈膝上15センチ、むっちり太股ほりだして、歩くたんびに下着が顔をのぞかせフェロモン全開という感じではない。

校則どおりにきっちりかっちり、くりっとした膝小僧のあたりまでスカートに覆われている。おかげで、長い脚を折って正座していても、剛士君にその奥にある秘密の世界は見えないのであった。残念。

いやいや、そうじゃなくて。

問題なのはその、縁はないが見慣れた制服に包まれたもの、ってなんか嫌らしいな、えーと、着込んでいた本人であった。

すんなりと伸びた手足。

制服の胸を柔らかく盛りあがらせる二つの乳房。

ブレザーを羽織ってすら、胴が小気味よくくびれていることは隠しようもない。

胸に負けぬほど優しげに張っていながら、形良い曲線をみせている腰。

そんなすべてが、内側から光を発しているかのように明るく柔らかい乳白色の肌に包まれている(あ、そこの君、服を着ているのに良くわかるな、なんて言ってはいけない)。

他のすべても素晴らしい。

つっ、と艶やかに背のあたりまでのびた髪はしっとりとした光沢のある浅黄色《あさぎ》。

高い額。

きれいで控えめな曲線を描くほっそりとした眉。

目を甘く縁取る長すぎず、短すぎずの睫毛《まつげ》。

優しい光をたたえ、朝靄に煙る神秘の湖のようにひっそりと据えられている清らかな藍色の瞳。

凄腕の彫刻家が全神経を注《そそ》いだように自然な高さで盛り上がった鼻。

口紅はおろかリップクリームですら不必要だろうと確信させるふっくらとした花びらのような朱唇とそこに湛えられた甘い微笑。

微妙なカーブの卵形を描いた顔の輪郭。

もう、アレなのであった。現実とは思えないのだった。なんかもう嫌になってくるほどの美少女なのであった。

いやまぁ、デフォルトで髪が浅黄色なんて人間がいるわけないから当然なのであるが、ともかく剛士は前頭葉どころか古皮質のあたりまでずんずんと抉《えぐ》られ、思考が麻痺してしまったのである。情けないといえば情けないが、もともと異性というものにあまり縁がない彼であるから、ま、そこんところは理解してあげねばならない、と思うのであります。

しかし、小便たれとはいえ彼も主人公である。眼前で優しく甘い微笑みを湛えてみつめる美少女に思いっきり圧倒されながら、なんとか言葉を発した。

「えと、あの、あなたは何年何組の」

………やはりバカなのでしょうか、この人は。彼女のように、フルスペックでハイエンドでウルトラスーパーな美少女が天抜高校に実在していたら、今頃、生きた観光名所になって天抜市は大発展を遂げているでしょうが。

こんな美少女は天抜市に実在しない。

いや、地球上にも、だ。

が、謎の美少女はあくまでも優しい。舌や喉ではなく、胸の奥から脳へダイレクトにささやきかけてくる、鈴の音を思わせる声で剛士に尋ねた。

「あら、そんなに似合っておりますか？」

腕を拡げ、うれしそうに身を包む制服に目をやる。

「ええ、ええ、そりゃもう、あああの」剛士の額には汗が噴き出している。しずくとなって目尻に流れ込んだ一滴が染み、涙が湧く。

「ま」美少女はすっと立ち上がった。

ちろり、と澄んだ音が微かに響く。

鈴の音だ。

腰の脇から小さな小さな鈴が下がっている。それだけが、完璧に校則どおりの装いに反していた。

美少女は剛士の前で膝を突き、ブレザーのポケットから取り出したハンカチで汗をぬぐった。彼の狼狽に気づいていていないはずはないのに、ただ純粋な気遣いだけを示している。彼女の腕が動くたび、嗅覚ではない部分が感じ取った香りが剛士の脳を痺れさせ、時に肌を直接くすぐる甘く暖かい息が彼の全身を酔わせた。

「いや、え、あの、あ、どうも、と、ところで」

生涯初めての幸運に大混乱の剛士はまじめな疑問からとんでもない18禁妄想にいたる合計６３２個のイメージが同時にダウンロードされた脳へ懸命にコマンドし、なんとか質問らしき言葉を発した。

「スフィアともうします」

先回りして美少女はこたえた。剛士の間近、膝をつき合わせるような場所に座って彼を見つめている。両手は、彼の汗でしめったハンカチをほっそりとした指でしっかりと握っていた。くぅっー。

もちろんそんな素晴らしい眺めには気づかない剛士君である。あいかわらず脳に疑問と妄想をマルチタスクで処理させながら状況をつかもうとした。どんな行動をおこすにしろ、周囲でなにが起きているのか知ることが一番重要だと信じているからだ。うん、この辺は偉いかもしれない。

「え、あの、僕は……」剛士は自己紹介しかけた。

「剛士様、小野寺剛士様ですね」スフィアはにっこりとした。

「あ、はい、そうです」えー、なんで？　なんで知ってんの？　新たな疑問がばんとわき起こり、脳で処理されていた妄想のうち４９３個が同時にフリーズする。

しかし、混乱はそこまで。気分が落ち着いてきたことも自覚する。スフィアの声と微笑は、そんな、不思議な効果があった。

「いろいろと疑問をお持ちでしょうね。当然だと思いますわ」スフィアは剛士を見つめたまま続けた。17歳ぐらい……という見かけの年齢をはるかに超える大人っぽさを感じさせる言葉だった。

「ですが、ご質問をなさる前に、まず、我らが主《あるじ》にお会いくださいませ」

「スフィアさんの……」

「スフィア、で結構です。わたくしは、剛士様の」

「同級生、じゃないよね」

「これは趣味です」スフィアは言った。「剛士様をお迎えするにはこのような服が良いだろうと思いまして……やはり、さきほどのお言葉はご冗談かしら。似合っておりませんか？」

「いいえいいいいえいえいえ」剛士はあわあわと首を横に振った。「え、えとあなたみたいに……」

「スフィア」美少女はたしなめるように自分の名を繰り返した。「呼び捨てになさってください」

「その、スフィアほど似合っている女子は見たことがありません、本当。本当です」

スフィアはにっこりとした。心を暖かくしてくれる笑顔だ。

「良かった」うれしそうに胸の前で手を組み合わせる。

「わたくしは剛士様専属のお世話役……そうですね、医師兼カウンセラー兼メイドのような者です。どうか、なんでもお申し付けください」

「はぁ、それは……はい」

剛士はうなずいてしまう。いきなり違う環境に放り込まれて困るのは、身体と心が新しい環境に慣れるのに時間が必要なことだ。医師兼カウンセラーというのは実に、筋がとおっている。ただし、女子高生ルックの自称メイドさんつーのはその、なんというか。あはははははは。

「よろしければ、陛下のもとへご案内いたします」スフィアは立ち上がった。ちろり、と鈴が鳴る。

つられて立ち上がりながら剛士は質問した。

「あの、その鈴……」

「はい？」

スフィアはくるりと振り向き、小首をかしげた。た、たまらん。もちろん剛士も同意見である。鈴……いや、鈴の音について抱きかけた疑問は吹き飛んでしまった。

「どうなさいまして？」あくまでも純真無垢な様子のスフィア。妄想を抱くことを恥じてしまいたくなるほどの清純さである。

「いや、あの」

剛士は再び汗をかきながらごまかした。

「あの……陛下って」

「我らが魔族の長、魔王陛下にございます」

「ま、魔王？」

「はい。陛下は、本日の戦いは剛士様のおかげで敗北せずに済んだと仰せられ、心から感謝しておられます」

「ま、魔王が僕に感謝って」剛士は部屋を見回した。しかしちょっと殺風景ではあるが紛れもない日本間。しかしそれは見かけだけなのだ。

「つ、つまり、ここは」

こくんとスフィアはうなずいた。

「魔族の都、ワルキュラ、その中心部にございます大魔城、さらにその中心、魔王宮殿の一室です」

「はいぃ？」

剛士はあんぐりと口を開けた。

ま、無理もない。ＲＰＧで言えば、50時間か１００時間かゲーム機を点けっぱなしにして学校をサボってプレイし続けた末に入り込める場所へ、いきなり連れこまれてしまったのだ。おまけに同級生風ブレザーああたまらん美少女はラスボスのところへ案内してくれるつもりらしい。

「こちらです」

廊下に出ると、スフィアは先に立って歩きだした。

剛士はきょろきょろとまわりを見回しながら後に続く。

ちょっと、拍子抜けした。

廊下はさすがに黒々とした石壁がむきだしになっている。

が、薄暗くも湿っぽくもない。

照明は松明やランプなどではなく、部屋を照らしていたのと同じ、柔らかな宙に浮いた光だった。湿度もちょうどいい。温度も過ごしやすい。

「どうかなさいましたか？」スフィアが振り向きもせずに訊いてきた。

「いや……ちょっと……」

「魔族の本拠らしくありませんか？」スフィアの声は笑いを含んでいた。

「なんかその、勝手な思いこみで申し訳ないんですが」

「陛下のお好みなのです。それに、松明などより、大気と水と地の精霊さんたちにお願いして、心地よい環境にしていただいた方が、魔族も過ごしやすいのです」

「はぁ」

と、間の抜けた返事をした途端、宙に浮いた光の一つがすっと動き、剛士のまわりをぐるぐると踊るように回った。

他の光も集まってくる。

あっという間ににぎやかな光の舞踏会になった。

「あらあら」スフィアが手を口に当てた。

「精霊さんは剛士様を気に入ったのですね」

「それは……えーと、どうも」

剛士は舞い踊る光の群れに頭をさげた。根性はねじ曲がっているが、その分、好意を示してくれた相手にはきちんとお返しをしなければならないと思っているからだ。理由は特にない。そういう性格に生まれついているのである。

光のダンスはぽぉっと赤くなり、ぱっ、と散って元に戻った。くすくすという笑い声が聞こえたような気がした。

5分ほど歩くと、高さが10メートルはありそうな、大きな扉に突き当たる。

スフィアが振り返った。

「魔王陛下はこちらの謁見室《えっけんしつ》でお待ちです」

こくり、剛士は唾を飲み込んだ。喉がカラカラに渇いていた。

腰が引ける。

太股が痙攣《けいれん》した。

魔王。どんな奴なのだろうか。

やっぱ、アレか？　頭が山羊《やぎ》だったりしっぽが毒蛇だったりするのか？

でもあれはキリスト教徒（またはキリスト者）の想像だしなぁ。

ともかく、普通じゃないんだろうな。

でもって、はははは、良く来てくれたな異界の若人《わこうど》よ、なんつって話しかけてきたりして。

「よろしいですか、剛士様？」

スフィアが微笑んでいた。

「ご心配には及びません。陛下は……そうですね、とても親しみの抱ける方です。魔族すべての敬愛を一身に浴びておられます」

ノックをし、扉をあけた。

スフィアの細い腕ではとても開きそうにないと思えたが、なんの抵抗もなしに開く。

「失礼します、陛下。小野寺剛士様をお連れいたしました」

剛士へうなずいた。仕方なく、剛士は謁見室へ脚を踏み入れる。

「お、小野寺です、失礼します」

声をかけて中に入った。

そこで、再び硬直し、目を丸くしてしまった。

謁見室の内装は、なんと言うべきか、アレだったのである。

一見する限り、いかにもヨーロッパ風のつくりだ。赤絨毯《じゅうたん》が敷かれ、奥には大きな玉座がある。どわーんとファンタジー。

が、その他の内装が異常だった。

たとえば、壁には大きな絵がかけられているのだが、それがすべて……剛士には見慣れた、というか、あまりにも場違いに思えるものだったのだ。

とんでもなく目の大きなピンク色の服をきた女の子の肖像画や、胸とお尻をきゅんと突き出して右手の人差し指を立ててウィンクしている女の子。

要するに、アニメやマンガ風美少女の絵ばかりなのだ。そのすべてが、ルネッサンス風の写実的なタッチで描かれていた。

おまけに……

「ぶぅーん、敵機直上、急降下ぁぁぁ！」

舌足らずなアブない声と共に、とたたたっ、と小さな人影が全速力で突っ込んできた！

剛士は避ける暇もなかった。

人影はぶつかる直前でパッと飛び上がり、両腕で剛士の首ったまにかじりついた。

予想した痛みはなかった。とん、と弱い衝撃が生じただけである。

「うわっ」

あわてて引きはがそうとして手を伸ばすと、ふにゃっと柔らかい。

「痛い、お兄ちゃん、痛いよぉ」

抗議の甘えた声が耳を襲った。

見上げているのは、ぱっちりとした瑠璃《るり》色の瞳。べそをかいている。

「痛いってばぁ！」

「あああ、ごめんごめん」

剛士はあわてて手を離した。同時に、首に回されていた細い腕が離れる。

彼を見上げていたのは、10歳ほどと思われる少女つーか幼女つーかまぁ表現はお好み次第でどうぞという女の子であった。まん丸な目にふっくらした薔薇《ばら》色の頬、ボーイッシュに整えられた燃えるような赤毛。身体の線は子鹿のよう。上着はミ○ハウスかなぁと思われるブランド物のトレーナー。下はこれまたボーイッシュな半ズボン。膝小僧には絆創膏《ばんそうこう》。

「もーっ、ボク、びっくりさせようとしただけなのにぃ」

ま、幼女つーところでどうでしょうかという女の子はちっちゃな唇をつんと尖らせて剛士を睨《にら》んだ。

よくみると、人間でないことがわかった。耳はとんがっているし、唇の端からかわいい牙ものぞいている。やはりここは異世界で、ここがラスボスの本拠であることを思い切り納得させてくれるのであった。妙な絵画の数々はともかくとして。

「いやあの、いきなりだったから心の準備が」って、なんか性別を間違ってるようなセリフで剛士は懸命に謝った。子供にべそをかかせてしまったことについて、素直に罪悪感を覚えているのである。子供好きとかロリコンとかいう以前の問題、そういう性格なのだ。御両親の教育のおかげであろう。

「いきなりじゃなかったらびっくりさせられないよぉ」

幼女はぷんすかと反論した。

「確かにそれは」剛士は同意する。「でも、驚いたから手に思わず力が入ってしまったわけで……」

「本気で謝ってるの？　もしかして責任逃れにはしってない？」幼女は睨んだ。

「本当、本当です。この通り」痛いところを衝かれ、剛士は年下の子へ下手に出まくった。本気で悪いことをしたと思っているので、自尊心とは関係がない。いやむしろ、自尊心を持っているからこそ謝り続けている。

「うーん」幼女は腕組みをする。こくん、とうなずき、パッと顔を輝かせた。

「じゃ、許したげる！　怖い匂いもしないし！　おにいちゃん！」

再びジャンプ。たん、と剛士に抱きつく。

今度はしっかりと抱き留めてやり、ほっとした剛士だが、同時に、あっ、と思う。

この部屋にやってきた目的って、なんだっけ？

おそるおそるたずねた。

「あの……もしかして、あなたが魔王様」

「違うよぉ」幼女はぐいぐいと身体を押しつけながら抗議した。「ボクはリア。おにいちゃんは？」

「剛士。小野寺剛士。魔王様に呼ばれてきたんだ」

「剛士にいちゃんね。うん。すぐあわせたげる！」幼女の気まぐれさそのままに、リアは蹴飛ばすような勢いで剛士から離れ、大声をあげた。

「へいか、へーいーかー！　お客様、お客様！」

「おー」

正面にある玉座、ではなく、部屋の隅にあるなんか微妙な異臭の漂う一角から寝ぼけた声の返事があった。

人影があらわれる。

ついに魔王様登場か？

「おお、んっ、ああ！　目が覚めたかい？　良く寝れた？」

妙にキンキンしたら抜き言葉を口にした男は、小走りで剛士のほうへやってきた。

確かに普通の見かけではない。

鏡のように磨き上げられた床が、おそらく９８０円（税別）のちびたサンダルによってぺたぺたと叩かれる音が響いた。

上はよれた無地のトレーナー。

下はノーブランドのジーンズ。

眼鏡《めがね》は手脂で曇っている。

不健康に感ずるぐらいの痩身だった。

「え、はい……あの、あなたが……」剛士はおずおずとたずねた。

「うん、そう」

20歳ほどに見える男はうなずいた。

「僕が魔王の田中《たなか》です。おたく、アニメ好き？」

2

無地トレーナーにノーブランドジーンズ、つまりアニメやコミックや美少女フィギュアなんかで人生を踏み外した典型的な大きなお友達ファッションの田中さん……というか魔王陛下は剛士をこっちこっちと招き、謁見室の一角に設けられた畳敷きの上にあがりこんだ。

畳敷きの中心には当然のようにコタツが置かれており、脇にはテレビやゲーム機があった。

周囲はまさに魔界だ。薄い割りに値段の高い親には見せられない同人誌、主に南極に生息している空を飛べない鳥類の名がついたHなおねえさんの絵が表紙のコミック雑誌やその同類が層をなして積み上げられている。

田中魔王陛下はぺたぺたとあぶらっぽい座布団にでんと腰を下ろす。

上座とか玉座というより、その周囲がもっとも混沌《こんとん》としているかららしい。エロ本からゲーム機コントローラー、テレビのリモコン、ティッシュの箱にいたるまで、すべて手の届く位置になっている。おそらく、日常における経験の積み重ねと天性の才能がそのような配置をつくりあげたのだろう。

リアは当然のように彼女的定位置……つまり、魔王陛下の膝にあがりこんだ。ある種の人にとっては夢のような現実である。つまりその他大勢にとっては犯罪に等しい眺め。剛士も後者に賛成したくなった。彼はそっち系について、けっこう普通の趣味しか持たない人なのである。

それが表情にでてしまったのかもしれない。田中魔王陛下はすばやく言った。

「あ、言っておくけど、リアは人間じゃない。サタニアン、悪魔みたいなもんだよ。年齢も見かけと違う。68だ。ねー」

と、やはりアブないとしか思えない態度でリアにうなずく。

「うん、ボクろくじゅうはちぃ」あくまでもうれしそうなリアである。

「ほら、小野寺君もそっちに座って。スフィア、きれいな座布団そっちにあるよ」

と、謁見室というよりは下宿に友達とその彼女を招いたオタク大学生のような魔王陛下であった。

「座って座って。なんか飲むでしょ」

田中魔王陛下はコタツの脇においてあったペットボトルを持ち、洗わぬまま使い続けたため曇りきっているコップに黒い液体を注《つ》ぎ、剛士に手渡した。

「スフィアは？」

「結構です」ほがらかだが、頑《がん》とした返事。そりゃそうですねと剛士は思った。

田中魔王陛下は別の汚れきったコップに黒い液体をいっぱいに注ぐ。リアがすばやく手をのばし、んくんくと喉を鳴らして飲んだ。

剛士は思わず心配になった。いかに悪魔っ子幼女(68)とはいえ、彼女の感性は致命的なほど魔王陛下の悪影響を受けているんじゃないだろうか。

そんな気持ちも知らぬげに、魔王陛下は歓待の準備を進めた。コンビニの袋からポテトチップスの袋を取り出し、バリバリと開いてコタツの真ん中に置いたのである。

剛士は仕方なくコタツの対面に座った。しかれっぱなしの座布団は湿っている。背後で、スフィアがコタツからなるべく距離をとって座ったのがわかった。

「いやあ、ここだと話の通じる相手がいなくてさぁ」田中大魔王はリアから受け取ったコップから黒い液体を飲み、ポテチをバリバリと食べて指をなめた。

剛士もあわてて汚いコップに口を付けた。気の抜けたぬるいコーラそのものだった。

「誰もアニメみてないんだもん。いろいろ頼んで向こうから取り寄せたり、絵とか描いてもらったけどさ、なんか趣味が違うんだ。実は魔女っ子物のファンだって言ったら、アニメやマンガじゃなくて本物がきちゃうし」

「ボク、悪魔っ子だよ」コタツの上に置かれていた奇妙な形のステッキを振り回しながらリアが抗議した。

「あ、そうそう、ごめん。ともかく、ここ、ブラントラントは変わった世界だから」

「あの……」そりゃそうでしょと内心で突っ込みを入れつつも剛士はこわごわたずねた。なにしろ一応は魔王が相手である。

「あ、そうね」田中魔王陛下は心底悪かった、という顔になった。

「小野寺君はこっちに来たばかりだもんね。どう？　びっくりした？」

「それは」

あたりまえでしょう。うん。

「だよねぇ。でさ、少年がいきなりモ○ル○ーツに乗って戦うみたいなもんだからねえ」

「あの、陛下」

「あ、田中でいいよ。田中和夫《かずお》。最近だとみんな陛下、陛下でさ」

「だって、へいかだもん」とリア。

「うんうん」田中魔王陛下はリアの頭を撫でた。「えーと、なんの話だっけ」

「あの……」

「ああ、だからね。もちろん、わははは良く来たな異界の者よ、儂こそは魔王、今日こそは決着をつけてくれる、ってできないこともないんだけど。面倒でしょ。ヒロイック・ファンタジーって、あんまり好きじゃないんだ。ド○○エも途中でやめたし。やっぱねえ、王道はモビ○スー○でしょ。ゲ○○グとか。マ○○イでもいいけど」

「それはまぁ、はい」剛士は前半部分……「面倒でしょ」までは素直に同意した。

が、疑問はさらに強まってはいる。

その後がさっぱりわからないからだ。田中魔王陛下は剛士のひとまわり上の世代が熱狂したアニメをやたらと喩《たと》えに使っているのだが、特にアニメに詳しいわけではない剛士にはなにがなんだかわからない。そりゃガ○○ムやド○○エぐらいは知っているが、入り込んだ喩えになると見当もつかない。

もちろん、もっともわからないのは、なぜ自分がこんな場所に来てしまったかだ。

「それで、あの、僕はいったいどうしてここに。というより、ここどこなんですか」思い切って剛士はたずねた。

「その前にちょっと教えてよ」田中魔王陛下はたずねた。リアはHな本を読み始めている。見かけからするとイカンのだが、実は68歳なので問題はないのだろう。

「君、いつの人？　時代だよ」

「時代って」剛士は目を白黒させた。

「大事なことなんだ。教えてくれない？」田中魔王陛下はあくまでもまじめだ。

「剛士様があちらで過ごしていた日付です」ただ一人、オタクな空気に呑まれていないスフィアが教えてくれた。

「平成1×……です」魔王陛下の質問、その真意がわからぬまま剛士はこたえた。すくなくとも彼は自分をきちんと（彼なりのきちんと、であるけれど）扱ってくれている。答えなければ悪いような気がしたのだ。

「平成？」魔王陛下は眉を寄せた。わからない様子だ。

「それいつ？　西暦だと何年？」

「200×年です」

「21世紀の人なの？　へーえ」田中魔王陛下は驚いていた。「年号もかわったのかぁ。ね、1999年ってどうだった？　なんかもの凄いことあった？」

「小学生でしたけど、別にこれといって……」

「そーかぁ」田中はなぜか残念そうに腕を組んだ。

「あの、それがなにか」

「うーん。いや。そーかと思ってねえ」田中魔王陛下は一人で納得している。「ま、時期としてはそんなものかなぁ」

「あの……」

「あ、ごめんごめん、こっちの話。そいでさ、住所は？　どこ住んでたの」

「日本の」

「小野寺なんて名前、外国にはないよ。住所でいいから」

「あ、はい、えーと天抜市中幸町《なかさいわいちょう》二丁目です」

なんでこんなことを訊くんだろう、と疑問をさらに強めつつ剛士は答えた。まさか、なんか企んでいるとか……

田中魔王陛下の返事は予想を超えていた。

「あ、知ってる。あの、西町《にしまち》の交差点から左入ったところでしょ、市民会館の方へ向かう途中の。交差点から三軒目にガンプラ安売りしてるプラモ屋があるとこ」

「そのとおり、ですけど……」剛士は驚きで喉が詰まりそうになっていた。自分の住んでいた町について、誰あろう魔王陛下からこう細かく言われたのではあたりまえである（ただし、プラモ屋があるから覚えているというのがアレだ）。

しかし、ここで黙っていると田中魔王陛下の話がまた逸《そ》れそうだ、と思えたので、あわあわと汗をかきながら質問した。

「あの、それで、なぜ」

魔王陛下はクエスチョンマークを顔に浮かべ、それから、あ、とうなずいてあっさりと言った。

「僕も同じだからさ。生まれも育ちも天抜だもの」

「えーっ」

剛士は声をあげた。リアがちらっと本から顔をあげ、すぐにロリで巨乳な女の子同士がくんずほぐれつしているページに視線を戻した。彼女にとってはつまらない話なのだ。

「そ、それじゃ、あの」

あわあわしている剛士の背に柔らかいものが触れた。電流を流されたような感覚で背筋が震えた。振り向くと、スフィアが優しく背をさすってくれていた。

「まっ、もうちょっと我慢して」微笑を浮かべた魔王陛下は抑えた。「こっちに来た時の事情も教えてくれない？正直に話してね、一応僕、魔王だから」

剛士はびくりとして魔王陛下の顔を見た。別に脅すつもりはないらしい。自分でも忘れがちな事実を確認した、というところのようだ。

「は、はい」剛士は飯田に追われるにいたった件をかいつまんで説明した。

田中陛下は哀しげな顔で剛士の言葉に相槌をうち続けた。

「学校での苛めって、そんなにひどくなったのか……僕の時もあったけどね」

他人事《ひとごと》じゃない、という感じである。

「田中さんも」

「君ほど酷い目にはあわなかったけど……でも、そうか、あ、そうやって切り抜けたのか。うんうんなるほど」魔王陛下はまた一人で勝手に納得している。

いつのまにか本を脇に置いていたリアも、腕組みしてうんうんとうなずいていた。

「た、田中さんも、天抜神社のあの」背に当てられているスフィアの手の感触に命綱のような心強さを覚えながら剛士は質問した。

「うん。１９８６年。境内でさ、ファルコントーイのMP5K《エアソフトガン》で遊んでるうちに、天抜神社の御神木にぶつかって、気づいたらここにいた。20《はたち》だったよ。大学、二浪してたね。三浪しそうな成績だったけど。偏差値が50切っててさ……なんでかっていうとまずマ○○スの映画版にハマって……」

「あの、それでですね、いったいどうして」また話がずれそうだったので剛士はあわてて口を挟んだ。

「うん？　あ、そうだね」田中魔王陛下は説明してくれた。

「僕も大変だったんだ。えーと、このブラントラントだと30年前かな。いきなり天抜神社の境内からさ、ド○クエの世界だもんね。あの御神木がどうもゲートみたいだね。スタ○レの転送器みたいな。あっちからこっちへ、ぴゅーっと飛ばす」

うーん、いちいち喩えが古いが、天抜神社の御神木は他の世界に通じる穴だと言っているようだった。剛士にもそれだけはわかった。

「つまり田中さんは僕と同じなんですか」

「そうだよ」

「でも、それじゃあ」剛士は戸惑った。全然、年があわないことに気づいたのだ。

田中魔王陛下はこの世界で30年ほど過ごしていると言った。

自分が剛士からかぞえて十数年前に20だと言った。

しかし、目の前にいる彼はあいかわらず20歳ぐらいにしか見えない。

まさか、全部、嘘なのか？

「考えちゃだめだよ」剛士の混乱に気づいた田中は笑った。「この世界、妙に都合良くできてるんだ。魔族と仲のいい人間はほとんど、年をとらない。あ、別に吸血鬼に血を吸われたわけじゃないよ。そんなこと、吸血族の人たちの前で言ったら怒られるからね。最近は魂の契約を結ぶときでもなければナマの血は飲まない。魔法生成したホワイトブラッドがほとんどかな。えーとね、年をとらないってのは、設定から言ったら、水木《みずき》しげるのさぁ……」

「あの、いいですか」わけのわからないネタに入られては困るので剛士は再び口を挟んだ。田中魔王陛下、悪い人ではなさそうだが、話し続けると妙に疲れてくる。

「なんで、こんなことが」

「だからアニメが好きかいって、訊いたんだ」田中魔王陛下は笑った。しかし、目にはそれまでとは違うひどく真剣な光が浮かんでいた。

「あるだろ、現代の役立たずが異世界に飛ばされて大活躍って設定。ダ○バ○ンみたいなの。それなんだ、ここ。そのものじゃないけど。知らないと混乱する」

知っていても混乱すると思う。

「でも、そんなメチャクチャな。アニメなんかでよくあるのは選ばれたる戦士ってパターンじゃないですか」

「なんだよねー」田中魔王陛下は深く同意した。

「あの、うなずかれても困るんですけど」

「だってそーなんだから。ねー」リアをかいぐりかいぐりする魔王陛下。

「ねー」と絶妙なタイミングで応ずるリア。

「いやだから、いきなり自分たちの王様を別の場所から」

「そんなに変な話じゃないよ。自前じゃおっつかない時は、よそから呼ぶのは地球の歴史でもあった。誰だか忘れたけど」

イギリスのハノーバー朝です。

「でも、それまでの魔王が……」

「あ、だいじょーぶ」田中魔王陛下は右手の人差し指をのばして左右に振った。

「僕が初めてじゃないの。僕で40人目ぐらいなの」

「よ、40人って……」

「そ。代々、飛ばされてきた人が魔王やってんの。もう一〇〇〇年ぐらいかな。計算あわないけど、ほら、みんな長生きできるでしょ。引退してるけど、初代魔王様からこっち、みんな元気に暮らしてるんだよね」

「でも、神社の御神木じゃなければ……」

「そうだよ。だから、歴代魔王はみんな天抜出身」

口をあんぐり、の剛士である。異世界の魔王が実は全員同郷の出身なんて、高級官僚のほとんど全員が東大出だってのより問題がありそうな気がする。なにしろ天抜は、日本書紀にも名前があらわれるほど古い町だというのに、歴史上の有名人を一人も出したことがないような土地柄なのだ。

「よくそれで」と、剛士は当然の疑問を抱いた。難しく言えば人間と権力について思ったのである。いくら魔物たちがよろしく、と頼んでも、新たな魔王が飛ばされてきた時、それまでの魔王があっさりと地位を明け渡すものだろうか。

「問題が起きませんでしたね」

「問題って？」

「いや、政治がうまくいかなかったり、魔王の地位を……」

「ああ」田中魔王陛下はひょいひょいと首を横に振った。「なんかね、みんな得意なことが一つはある人だったの。だから、得意なことだけやったわけ。どうもね、そういう人が選ばれて飛ばされてるみたいなんだ。魔族は……あ、そうだ、小野寺君、魔物なんて言ったらだめだよ。魔族、人族っていわないと種族差別になるからね、ここでは。あ……なんの話だっけ」

「歴代魔王さんが……」

「そうそう。魔王っていってもアレでさ、なにもかもやる必要はないの。魔族たちの知らない技術や知識を広めてね、みんなの得になるように考えれば、あとは魔族の官僚たちがうまく片づけてくれる。後は、まずいと思った時に口を挟むぐらいだね」

「あなたはなにを広めたんですか」

　剛士は表現をぼやけさせた。まさかアニメですか、とは言えない。

「アニメだと思ったんだけどね」田中魔王陛下は残念そうに応じた（……）。「どうもねー、外交とかそういうことだったみたい。いくつかの国と条約結んだりはしたんだけど、ランバルトだけはどうしようもなくて。あれだよ、君が放り出された戦場で戦っていた相手の国。人族の国だね。戦争好きなんだ、あいつら」

　ご冗談でしょう、と剛士は言いたくなった。どう控えめにみてもオタク兄ちゃん（おまけにロリコン）にしか見えない田中魔王陛下に外交の才能があるとは思えない。

「陛下は、初対面の方とも気軽にお話ができるのです」剛士の疑念を感じ取ったのか、スフィアがさっと口を挟んだ。

　あー、と剛士は気づいた。人生控えめ趣味は王道というオタク兄ちゃんたちにも、妙な人種が含まれていることは知っている。どこに出かけても、すぐに趣味の同じ相手をみつけて仲良くなれるタイプ。ある意味、図々《ずうずう》しい奴。彼はアレなのだ。まさかアニメだとは思えないから……他の国の、ロリ好きな王族なんかと仲良くなったのだろうか。一晩中、ロリの魅力を熱く語り明かしたりして（それはそれで地獄絵図だな）。

「あの、それで王位の話は」剛士はたずねた。

「ああ、選手交代ね」田中魔王陛下は一国の統治について草野球並の表現をした。

「楽なもんでさ、みんな、なんとなくわかるんだ。自分の能力では足りない、って事態が起こった時は。そんな時、必ず次の魔王が飛ばされてくるから、ああ良かった、じゃ、よろしくって、引退しちゃう。実は僕もおんなじなの。ランバルトってシャレがきかなくてさー、何もちかけてもだめなんだわ。なんかソビエトみたいな国でね。でもって戦争しかけてくるでしょ。実はこの三年、負け続け。もうどうにもなんない」

あ、ちなみにソビエトってのはいまのロシアのことです。ともかくシャレの通じない国でした。田中魔王陛下が飛ばされた時点ではまだ存在していたのですね。

って、そんなことはともかく、いま、田中魔王陛下はおそるべきことを仰《おっしゃ》った。

この三年負け続け？

もうどうにもなんない？

「いや、あの……」剛士は話が見えなくなってきている。魔王の政権交代が、大昔の中国に近い禅譲《ぜんじょう》……いや、これだと表現が良すぎるな、要するに、飽きたからあとはよろしく、という方式なのはわかった。

しかし、自分がなんでこんな話を聞かされるのか、そもそもなぜ飛ばされたのかはわからない。

「なんか話し忘れたっけ」田中魔王陛下は剛士の狼狽ぶりに怪訝《けげん》そうである。

「いやあのですね」

剛士はもっとも重要なことをたずねた。

「帰る方法はないんですか」

「あるらしいけど、調べたことない」田中魔王陛下はこたえた。

「なんで」

「決まってるじゃん！」田中魔王陛下は突然声を大きくした。

「向こうで……僕がどんな人間だったかわかるかい？オタク、オタクって言われていた。勉強もできなかったから、浪人しても偏差値の低い大学にしか入れなかっただろう。そのあとでなにが待ってる？　苦労して、立派な大人になるしかないんだ。おなじ大人になるなら、魔王やりながらなった方がいいじゃん。親父やお袋には悪いと思ったけど。どう？」

「ボクもいるし」リアが見上げた。

「そう、リアがいる」田中魔王陛下はリアをしっかりと抱きしめた。リアはうれしそうな声をあげた。

「もうわかるでしょ」田中魔王陛下は言った。

「なにがですか？」

「どんな人間が魔王として飛んでくるか、さ。僕を見たらわかるはずだし、自分のことを考えてもいい」

「いや……でも……」剛士は口ごもってしまう。想像はついたが、口に出すのが嫌だった。

「わかっているはずだ」田中魔王陛下は念押しした。

「どうしてです」その言葉がいかにもな大人のセリフとして耳に響き、剛士はムッとして尋ねてしまう。

田中魔王陛下はこれまでになく優しい声で尋ね返してきた。

「思い出してみてくれ、天抜神社の境内で、サバイバルゲームをしていたオタク浪人生が行方不明になった事件について、君は何かを知っていたかい？」

剛士は首を横に振るしかない。

「他の魔王も同じさ。むこうの時間でここ100年ほどに限れば、神社では10年に一度ぐらいの割合で人間が消えていたはずだ。そのことについて、ただのうわさ話や怪談話としてでもいい、なにか耳にしたことは？　それとも、天抜神社は怪奇スポットとして有名になっていたかい？」

再び横に振る。

「じゃ、なぜか、その理由の想像はつく？」

ツバを飲み込みながら剛士は考えた。自分と田中魔王陛下に共通する、人としての臭い。自分にも当てはまる要素。

「認めるしかないんだよ」田中魔王陛下はどこか悲しげな表情である。

「僕らはみんな、天抜ではただの役立たずだった。この世にいてもいなくてもいい人間だったのさ。だから、突然姿を消しても、怪談話のネタにすらなれなかった。向こうでは、その程度の存在だったんだ」

「僕もそうだと」さらにムッとくる剛士。

「そうは言ってない。だが、自分は違うと君は言い切れるか？」

剛士は押し黙った。普段ならば、追いつめられれば追いつめられるほど口が滑《なめ》らかになるのに、いまは、舌がぴくりともしない。なにも言い返せない。

田中魔王陛下はさらに深くうなずいた。

「しかし、この世界……ブラントラントではどうだ？　どう思う？　もう一度言うよ。みてわかるだろ、僕はただの腐れオタク野郎なんだぜ！　その僕が、なぜ魔王なんだ？　僕が、歴代の魔王陛下が、その点について疑問を抱かなかったと君は思うのか？　なぜ魔王などという役割を引き受けたか想像できるか？」

いまの彼には異常な迫力があった。魔王そのものだった。

「わからなければ教えてあげよう……」田中魔王陛下は続けた。

「魔物たちが、僕らを求めててくれたからさ。ここにきてはじめて、僕らは、天抜ではなんの意味も認められなかった自分の能力を心から必要とし、信頼してくれる人々に出会えた。自分が自分でいられたんだ」

田中魔王陛下はリアの小さな手をしっかりと握っていた。リアも握り返している。

うーん。剛士は戸惑った。現実の女性に恐怖感を抱いている人の幻想を具現化したような眼前の光景にではなく、田中魔王陛下の、納得できるようなできないような、不思議議な理屈にだ。

当然である。田中魔王陛下、オタクな外見に似合わず、実に重い話題を持ち出している。自己実現などというレベルではない。人はどこからきてどこにゆくのか。クォ・ヴァディスというやつである。まったくもってディープでヘビーな哲学的命題なのであった。

「ま、すぐには無理だよな」もとの態度に戻った田中魔王陛下は言った。かつて自分も経験したことなので、剛士の混乱している気分が良くわかるのだ。

「ええ」剛士はうなずいた。礼を言うべきであったことを思い出す。

「そういえば、あの時は助けていただいてありがとうございました」

「あのままじゃ死んでたでしょ。今日の戦いはやばかったもんねぇ。アーシュラとクォルンが助けてくれなきゃ、小野寺君、死んでたよ、ま、君がゲート抜けて本営の横に飛び出てくれたから、こっちも助かったんだけど。君の方があぶなかったよね」

「はい、それは、そのとおりです。できれば、助けてくれた方たちにお礼を」

「うん、そのうち会ってもらうから、その時にね」田中魔王陛下はにっこりした。「でもさ、その前に頼みたいことがあるんだ」

「なんですか？　助けてもらいましたから、僕にできることなら」

「良かった」バリバリとポテチを片づけながら田中魔王

陛下は言った。
「君にさ、新しい魔王になってもらえないか、と思って」
「はぁ、それは……はぁいぃぃぃぃ?」
剛士は悲鳴をあげてのけぞった。スフィアがあわてて両腕を伸ばし、倒れそうになった彼の上半身を支えてくれた。

3

さて、所変わってランバルト王城。ワルキュラからペガサスで一日、早馬で三日、徒歩で二〇日ほど離れているランバルト王国首都ウルリスの中心にそびえ立っている。見かけは魔王城の正反対。真っ白な花崗岩《かこうがん》なんかで造られた純白にきらめく城だ。昼間は、周囲を意味もなく白鳥が飛び回ったりして気分を出している。夜は週に一回城の背後からどかどかと花火が打ち上げられ、ドタ靴履いたネズミやセーラー服着たアヒルがパレードしたりすると著作権にかかわるので誰もやらない。ま、ともかく、塔から長い金髪垂らして自分を救ってくれる勇敢な騎士を待っているお姫様が一個師団ぐらい閉じこめられていたところで全然不思議じゃないお城なのである。

ま、それに見合うだけ金も手間も人手もかけて建設された城ではあった。ランバルトがこれまで滅ぼした諸国の財宝やら戦争奴隷やらがたっぷりと投入され、フェラール三世の父、先代のアディスン五世の代に15年をかけてようやく完成した。

城下町の雰囲気はワルキュラとはかなり違う。王城を取り囲む堀、その周りに名のある貴族の豪壮な屋敷が建ち並ぶ。さらにその外側に騎士だの学者だのといった人々に与えられたそれなりの屋敷町がある。道は馬車が余裕をもって行き交うことのできるだけの幅、だいたい四車線ぶんはある。交差点もゆとりを持ってつくられており、噴水や銅像なんかが置かれているところもあるが、これは、都を攻められた時、軍勢を集結させて行動させやすいようにだった。道行く人々は女であればアントロ絹で作られたドレス、男たちはかちっとしたミリタリー風ファッション。家々からは楽器の調べ、娘たちの楽しげな笑い声なんかが漏れちゃったりして、まあいかにもという雰囲気に充ち満ちている。

臣民が住んでいるのはその外側だ。南側はもともとのランバルト臣民しか住むことを許されない臣民街で、こちらの雰囲気もなかなかいい。貴族身分ほどもの凄くはないけれど、大商人の邸宅や、ちょっと裕福な人たちが数多く住んでいるため、それなりの家、それなりの商店街が拡がっている。素敵な公園なんかもある。

東側は主に軍事施設が置かれている。石造りのがっちりした兵営が建ち並び、数万人の兵隊を同時に動かせる演習場がウルリスの外にのびていた。

西側は商工業地区だ。ランバルトの名産品である武器、武具のたぐいを製造するファンタジー版死の商人の工場（といっても手工業です）が、日夜、新製品の開発と量産にシノギを削っている。

んでもって北側。ここはまぁ、どーんと暗い空気がよどんでいる。人間がすれ違うのでさえ苦労するほど狭い道の両側に、間口の狭い二階建ての家がぎっちり建ち並んでいる。家はいずれも廃材かなにかを再利用したボロ屋で、時にはつっかい棒に支えられた傾いた家なんかもある。ちょっと広い場所は無数の屋台が軒を並べ、得体の知れない食べ物なんかを売っていたりする。道行く人々に、金のありそうな連中はいない。みな、継ぎの当たった服なんかを着ていたり、薄汚れていたり。軍需工場で一日こき使われ、肩を落とし、背を丸めて帰ってくるお父さんやお兄さんの背中を見ているだけでボルガの舟歌やドナドナが流れてくるほど。夜になればあっちの角、こっちの裏道で追いはぎだの殺人だのがおこる危ない場所。ま、しょうがない。ここは、かつてランバルトが得た戦争奴隷の子孫たち……解放奴隷地区なのである。

さすがは人間の住む町、というやつですね。

で、その中心にある王城に話を戻します。

正確には王城南端の絢爛豪華《けんらんごうか》な内装がほどこされた一室。ランバルト王女シレイラ様のお部屋であります。時はセントールの野で魔王の首をとりそこなってからちょうど三日後。

「そうですか……兄上が……」

シレイラ王女はまたもや魔王を逃したことを知らせる書状を目にし、物憂《う》げにうなずいてみせた。

美しい。

それ以外に表現のしようがない。

静脈が透けるほど白い肌におおわれた、兄によく似た憂いに満ちた横顔。微妙な山形を描くほっそりした眉。人の心を見抜くかと思われるほど澄み切った青くつぶらな瞳。すっと伸びた鼻。柔らかくふくらんだ唇は微かな紅を含み、声は天上で奏でられる楽器のように清らか。

絹糸のように細い御髪《みぐし》はもちろんみずから光を発するかと思われるほどの金髪である。王女様という役柄を守り、両脇できっちりと縦ロールなんかしたりして、皆様の御期待に応えつつ腰までたゆたうように伸びている。

その他の部分もお見事と言うしかない。すんなりと伸びた手足、御年16歳という年齢相応に発達した子鹿のように引き締まった柔らかな肢体。描写を続けているうちに18禁の世界へ突入したくなるほどである。

まさに地上の薔薇。神々すらうらやむ完璧な美。

要するに、文句のつけようがない王女様なのであります。

で、いま、その完璧なシレイラ王女は三日二晩の騎行でへとへとになりつつ王城へたどり着いた兄の急使が差し出した書状を目にし、残念そうにつぶやかれたわけであった。

「は、まことに我らの力が足りないばかりに」

馬に乗りづめだった垢《あか》まみれ埃《ほこり》だらけ、目も頬も落ちくぼんでしまった急使はふらふらとしながら恐縮した。

ペガサスは危急の際の緊急展開部隊とされているので、急使ですら用いることを許されていないのだ。急使といっても騎士身分なので、疲れ切っているとはいえ、シレイラの前で礼儀を欠くようなことはないが。

「いいえ、あなたたちはよくやりました……またの機会もありましょう。さがってよろしい。ゆっくりとおやすみなさい」

「はっ、殿下」

急使は両側から支えられて部屋を出ていった。

「アンナ」シレイラはなおも悲しみをたたえた表情のまま侍女に命じた。

「すこし、ひとりで考えたいの。よろしいかしら」

「はい、すぐに人払いを……」幼い頃から付き従っている侍女は心得た様子で部屋からすべての者を追い出した。最後に自分で扉を閉める。

ほーっ、と吐息が漏れた。

むろん、シレイラのものだ。椅子からゆっくりと立ち上がり、再び書状に目を通す。

ほっそりした手に力がこもり、刺繡《ししゅう》や宝石で飾られたドレスから露《あら》わになった肩がわなわなと震え始めた。

「お兄さまったら……」

声が震えている。

「ぐぁぁぁーっ、ちょームカつくぅっ！」

とてつもない大声で叫んだシレイラは書状を引き裂いた。

「ほぼ同数の敵、おまけに、魔族相手に昼間に戦って勝てなかったですってぇ？　信じらんなーい！　あのヤオイ兄貴ったらもーっ！　根性無しは見かけだけにしといてよねーっ！」

　シレイラは子供のように地団駄を踏んだ。かわいらしい足を包んだ靴のヒールが吹き飛び、ズッコケかける。

「だーかーらーぁっ、だからアタシが軍を率いてあげるって言ったのにぃーっ、もー、なんで魔王を逃すのよーっ！」

　足を放り出して靴を脱ぎ捨てた。吹っ飛んだ靴が三百年前の名工が焼いた屋敷一軒ぶんの値がつくブセラインの陶器を粉砕する。

「あーっ、もうもうもーっ！　なにもかもアタシが準備を整えてあげて、こう戦えばいいってことまで教えたのに！　あーあーあーっムカつくムカつくぅ！」

　美しい眉をつり上げて叫ぶと、シレイラは見事にセットされた黄金の御髪を両手でぐしゃぐしゃとかき乱した。

　とまぁ、シレイラ王女の実態はこんなわけなのである。

　絶世の美少女であることは間違いないのだが、中身はメチャクチャなのであった。短気かつ傲慢《ごうまん》。世にも希《まれ》なる根性まがり。それを人前では我慢しているから、余計に腹にたまり、一人になったり、兄が相手であったりすると簡単にブチ切れる。

「あーん、悔しい悔しい悔しい！」

　シレイラはずんずんと部屋の端へ歩き、どかんと壁を蹴飛ばした。架けられていた先代の王と王女の肖像画が落下し、額縁が壊れた。

「みんな父様と母様のせいなんだからぁ」

　シレイラは、一〇年前に事故で世を去った両親の肖像を睨みつけてわめいた。

「そりゃヤオイ兄貴に王権がいくのは仕方ないわよ！　でも、なんでアタシに軍の指揮権を残すよう決めておいてくれなかったのよー！　アタシが戦争の天才なのはわかってたはずなのに！　キーっ、ムカつくムカつくぅー！」

　真実なのであった。ランバルト第87代国王フェラール三世は温情に溢《あふ》れているだけではなく、史上もっとも戦運びの巧みな王として臣下の尊敬と信頼を一身に集めているが、実はその作戦計画はすべてシレイラが立案したものなのだった。別に勉強が得意だとかそういうことではなく、シレイラはともかく戦争についてだけは異常なほどの才能を持っていたのである。本人もそれを自覚しており、自慢に思っている。

おかげで、15歳のこの年まで、恋だの愛だのという感情を抱いたことはない、百点満点の乙女。従姉妹《いとこ》のマリアちゃんがもう済ませたからアタシも、なんて考えたこともないのである。

水もしたたるような美形の騎士と恋を語らうより、戦争の方が百倍も好きなのであった。なにしろ父の膝で最初の作戦計画を立案したのが4歳の時であるから、常人ではない。当時はフランと呼ばれていたフェラール三世の能力が疑われて世継ぎ争いがおこることを恐れたアディスン五世が自分と兄の前以外で軍事を語ることを彼女に禁じたほどであった。

「だいたいなによ！　魔光ですって？　バッカじゃないの？　あんなの迷信に決まってるじゃない？　そうよそうよそうよ！　勝てなかったもんだから、ウソついてるんだわ！　報告書は正直にって、あれほどたたき込んであげたのに！」

名将という人種は常に壮大な構想力、幅のある想像力を備えている。

同時に、極めつけのリアリストでもある。

シレイラもそうなのである。本当ならば、魔族なんてみんな突然変異よ、と切って捨てたいほどのリアリスト。ランバルトにもどっちゃりといる魔導士、マスル神をあがめる神官の類《たぐい》も、自分が国王ならば全部国外追放にしてしまいたいほど大嫌いなのだ。彼女の得意な戦争というものに神秘的な要素が混じるのはまっぴら御免だからである。ロマンチシズムつーか、妄想の域に達している見かけとは裏腹の、筋金入りの現実に生きる王女様なのであった。

「だいたいこれなによ！　グラッサーを一撃で落馬させた巨漢、ですって？　そんなデカブツが光とともにあらわれた、ですって？　まるで神話の英雄じゃないの！　これじゃあ、こっちの方が悪者よ！　信じらんなぁーい！」

うーん、どうしたわけか話がものすごく膨《ふく》らまされているのであった。

いやま、理由はわかるのであります。

グラッサーは世に知られた勇将。そんな彼が、ちんちくりんに蹴飛ばされて落馬したなどと、とても言えるはずがない。少なくとも自分に匹敵する力を持った奴が相手でなければ、格好がつかないです。

なものだから、剛士のことを口から放射能光線吐く怪獣のように報告し、ハナっから剛士のことを誤解したおしているフェラール陛下が素直に信じてしまったものだから、報告書は大変な内容になってしまった。両手で名のある騎士をぐわっしと握り、ちぎっては投げちぎっては投げ、なんて、誰も見ていないのに書かれている。なんか本人のあずかり知らないところでどんどんと虚名が膨らんでいるのであった。

「オノデラ・ゴウシ。うーっ」

ただひとつだけ正確に伝えられている名前をつぶやいたシレイラは壁に描かれたランバルトとその周辺の地図を睨みつけた。

ランバルトはゴルソン大陸の中央にある国。つまり大陸の交通路を抑える要衝《ようしょう》に位置している。必然的に、生き残るためには周囲の国家群と戦いを交えるほかなかった。ランバルトを抑えてしまえば、大陸の主要交通を一挙につかみ、国家をおおいに発展させることができるからだった。だからこそ、ランバルトは身を守るためにから、軍事国家として成長し、やられる前にやってしまえとばかり、周辺諸国の隙をみつけては侵略し、隙をみつけられては侵略を受けるという歴史を歩んできたのであった。

「せっかくパライソやコレバーンとは和議を結んだというのにぃ、魔族相手に苦労してたら、また、大変になるじゃないー、もー！」

シレイラはどんどんと壁を叩いた。パライソは北西部国境を接する宗教国家、コレバーン連合は北部国境を接する蛮族の共同体である。魔族との全面戦争、その戦端を開くにあたって、安全を確保するため、シレイラが立案した不可侵条約を結んだ。いくらかの土地を譲り、それで安全を買ったのである。戦争の天才であるシレイラは、あっちこっちに敵を抱えていては勝てないことを本能的に理解しているのであった。

「むうーっ。ただでさえ南が面倒になってるのにぃ」

ぷんすかしながらシレイラは南部国境の国境線をなぞる。そのあたりは小部族や都市国家がごちゃごちゃと入り乱れており、どこかを叩いても他のどこかで火の手があがる、というボスニアのりで泥沼な土地である。ある部族と条約を結んでも、それに腹を立てた別の部族が暴れ出すのであるから、始末におえない。実際今も、フェラール三世が魔王領へ親征に及んだことを知ったいくつかの部族と都市国家が陰謀を画策していた。

「海、海、海！　どんな面倒も海さえあればなんとかなるの！　ランバルトの未来は海にこそある！」

シレイラはどんどんと壁を叩き続けた。大陸の中原を制したランバルト唯一の欠点は、海に面した領土を持たないこと、彼女はそう断じている。パライソ、コレバーン、南方の部族や都市国家がそれなりの勢力を保っているのは海上交易であがる莫大な収入のおかげであると彼女は睨んでいた。しかしコレバーンとパライソは共同防衛条約を結んでおり、片方だけを片づけるというわけにはいかない。南方は……ごちゃごちゃなので、征服に何年かかるかわからない。

だからこそ、魔王領なのだ。

魔族が、もっとも与《くみ》しやすい相手と判断したからであった。個別にみた場合、人をはるかに超える能力を持っているのだが、集団としての戦闘力は劣る、と判断したのだ。

シレイラの判断は的中した。

シレイラが魔王領侵攻を計画し、兄にその第一段階の発動を命じたのは三年前、芳紀《ほうき》まさに12歳の御年であった。

まず、魔族の支領を攻めて戦力を分散させ、主力を前進させてマリウクス要塞を築き、魔都ワルキュラ攻略の前進拠点とした。

魔王はやたらと逃げ足が早いため逃してきたが、着々と領土を侵食し、ワルキュラを直接うかがうセントールの野を戦場に選べるところまできたのだった。

そしてついに、あえて敵と同数程度とした兵力で魔王軍主力を誘い出し、騎士団の迂回突撃で包囲殲滅《せんめつ》、魔王本営を直撃する作戦を兄に授け、魔王領を一挙に陥れる作戦を発動した。

「それがなによ！　魔光？　新たな魔王の出現かも、ですって！　さいってぇー！　そんなものぐらいで勝機を逃すなんて、あのヤオイ兄貴、やっぱ離宮でホモってるのが似合いの……」

シレイラは兄に対する罵倒の言葉を原稿用紙三〇枚分ほど口にしたあと、ようやく気分を落ち着けた。指を折ってやるべきことを数え出す。

「ともかく、なんとかしなきゃ。まず全体戦略の修正よね。んと、それから」

たおやかな指を折っているさまは愛らしさが漂うが、口にしているのは物騒きわまりない内容である。

「軍事費の不足を補うためにどこかを削らないと。やっぱ福祉かしら。貧乏人は霞でも喰ってりゃいいんだからオーケィよね。でも文句つける大臣もいるしな。うーん。そだ！　あいつ、謀反の咎《とが》つーことで幽閉しちゃおう！

財産はもち没収よね。ずいぶんため込んでるみたいだから、遠征一回分の費用ぐらいそれで出る！　よっしゃあぁぁー！　イケてるイケてるー！　ゴーゴー！」

シレイラはガッツポーズをとり、文机に駆け寄ると、王国の紋章が入った用箋《ようせん》に太い筆でぐわっしぐわっしとなにかを書き始めた。

「うふふふふー、ああしてこうして戦争せんそーう」

と、なにやらアブない歌らしきものまで口ずさんでいる。なんというかまあ、こういう娘さんなのである。

シレイラが筆を置いたのは一時間ほどしてからだった。そのあいだに二通の文書を書き上げている。

「あーしんど」

妙にオバサン臭い声を漏らしたシレイラは背伸びをし、首を左右に振った。コキコキと骨が鳴る。豪快に書きまくったおかげで墨の染みを山のようにつくってしまったドレスを気にもせず、実に堂々たる腕組みをしてうーん、とさらに考え込んだ。

「これでいいよね……ヤオイ兄貴に軍勢をマリウクスに留めろって伝えて、んでもってせめてもう一回ぐらいは……せっかくあんな僻地《へきち》まで軍勢連れてってて、一回うまくいかないぐらいで帰ってこられちゃいい迷惑だもの。うーん、それに……」

床に視線を落とした。さきほど二つに引き裂いた兄の書状が目に入った。

「新たな魔王……まっ、情報収集は重要よね。ミラン！」

シレイラは叫んだ。

しゅん、と影が走り、すたっと、ひざまずく。ぴっちりレオタードに網タイツのいかにもな若い女であった。たまらんほど乳尻太股がぱっつんぱっつんなのは見た目から明らかだが、顔や髪の色は被った頭巾の陰になってわからない。特に男性諸君にとってはまことに残念なのは承知しているがこれはまあ小説の展開というやつである。

「御前に、殿下、くのいちに御用が……」

顔のわからない女はこたえた。

「くのいちじゃないでしょ！」シレイラは脇腹に拳をあてて胸をそらした。「諜報局破壊班員！」

「はぁ、しかし、諜報局などという組織はございませんが……」

「それを言ったらランバルトなんてカタカナ名前の王国にくのいちがいるのだっておかしいわよ！　わたしだってこんなヒラヒラしたドレスじゃなくて友禅《ゆうぜん》かなんか着

て簪挿《かんざしさ》してなきゃいけなくなるでしょ！」

「それを言ってはおしまいです」

「気分が大事なの！　気分が！　くのいちなんて、サイッテェー！　抜け忍とか上忍と下忍の対立とか、身体を使って情報とるとか、重いのよ、暗いのよ、すぐに現代社会への批判的視点がとか言われるの！　そうでなきゃH同人誌で口にも言えないことされるか、警察の摘発受けそうな18禁ホームページであぁなったりこうなったり大変なことにされるのがオチよ！」

「はぁ、しかし、諜報局破壊班員というのも……」

「大違いよ！　敵地へただ一人潜入するクールな美女でしょ、太股ちらりの華麗なドレスに身を包んで敵の美男スパイとシャンパン飲んでアバンチュールでしょ、それからそれから秘密基地！　アクション！　大爆発！　下っ端は皆殺し！　絶叫して悲惨な死を迎える悪の首領！　ああああ燃える燃えるもえるぅぅ！」

シレイラは手を胸の前であわせ、夢見るような瞳になっている。なんか妙な偏見《へんけん》を抱いているらしい。

「……」ミランと呼ばれたくのいち、いや、諜報局破壊班員は黙り込んだ。

「あー、あ、おほん」ミランがあきれかえっていることに気づいたシレイラは咳払いし、あらためて命令を下した。

「魔王領に、ワルキュラに潜入して」

「はい。それで……」

「魔光とやらとともにあらわれたのが何者か調べて、それで……うーん、どーしよっかなー、相手に隙があったらね」

「はい」

「暗殺なさい。ばっさりと。後腐れなく。次の魔王だかなんだか知らないけど、死ねばなんにもできないわ。あ、途中でマリウクスによって兄に手紙渡してね、放っておくと、兵が可哀そうだとかなんとか理由をつけて逃げ帰ってくるだろうから」

シレイラは恐ろしいことをにこにことしながら口にした。

ミランはさらに深く頭をさげた。

「御意、この命にかえましても御下命果たすべく……」

「だーかーらーぁ、そーじゃなくってぇ」

ミランは諜報局破壊班員らしい言葉遣いとはどうあるべきか、1時間ほど説教されることになった。

4

翌日の昼下がり。様々な種族が入り混じったことで生ずる活気に満たされたワルキュラの雑踏。

「なるほどねぇ……」

歩道をおのぼりさんのように間の抜けた顔で歩く小野寺剛士は感心しきった表情である。

ワルキュラは、魔都の名に恥じぬ喧噪《けんそう》に満たされていた。

コンクルの木からとれる樹液で舗装された街路はひっきりなしに馬車だの空飛ぶ絨毯《フライング・カーペット》だのが行き来し、空には買い物籠を下げたハーピィの奥さん、営業帽を被り、『中央魔界通運』とロゴの入ったシャツを着たウィングドラゴンのお兄さんなんかが、野良ペガサスにぶつかりそうになりながら忙しそうに飛び回っている。

街並みも実に賑やかだ。

ゴブリンの丁稚《でっち》がお使いに駆け回り、エルフの若奥様がウィンドウ・ショッピングを楽しみ、ドワーフの家族連れがディーラーの店頭で新型空飛ぶ《フライング》ファミリー絨毯《カーペット》を片手でひろげてみせるゴーレムの店員から御試乗はいかがですかと進められている。休暇で外出している魔王軍のスライム衛生兵《メディック》たちが物珍しげにぷるぷると震えているのは、地方出身者だからだろう。んでもってその近くでは迷子の子猫ちゃんに泣きつかれた犬のおまわりさんもワンワンと困っていたりする、とまぁそんな感じである（魔王領では犬や猫にも市民権が与えられているのだ）。

剛士はう～んと気がつかされてしまうのであった。

そりゃそうであろう。彼がゲームや小説で知っているファンタジーな街角というと、大都市でも教会にいまいちな宿屋にあやしい連中の集まった酒場、それに武器屋、防具屋、薬屋というところ、たまに突然カジノがあったりする程度であった。未来世界にしちゃったりして、名前を変えてあっても実態はほとんど同じである。設定としてはそれで充分かもしれないが、街として考えるならば実に寂しい。携帯もＰＨＳも通じず、離れた場所にいる家族や友人や恋人と自由に話せるのは魔導士とかいうあやしげな連中だけだ。商店に至っては、本屋もレンタルビデオ屋も中古ゲーム屋もトレーディングカード売ってる妙な店も存在しないのである。なんか例にあげる店が偏《かたよ》っているような気もするが、ともかく、そういうことなのだ。

その点、ワルキュラの街はきちんとしていた。

人口三〇〇万の大都会だけあって、剛士が知っているもうひとつの街、人口八万七二五二名の天抜市などとは比べものにならないほど発達しているのであった。

天抜市は暮らしやすいとはいえ駅前の商店街と飲食店街をのぞけばだらりと住宅街が拡がる一種のベッドタウンにすぎなかった。

しかしワルキュラは首都である。魔物たちの都である。道行く人々の姿にさえ慣れてしまえば心浮き立つような大都会であった。

店の種類は豊富だし、遊ぶ場所にはことかかないし、手のひらにのる大きさのＰＪＳ――個人用精霊通話器《パーソナル・ジンフォン・システム》が市街のほとんどで使える。人が……いや魔物が寄り集まって暮らすために必要なものがそろっている、生きた街なのだ。おかげで、これから不倫に出かけるのかもしれない飛翔人《グラム》の奥様や住宅ローンを支払うため懸命に働くオーガの店員さんを目にしても、剛士はまったく違和感を覚えなかった。

なお、

『西クラウド山ハイエルフ郷土料理・しのん』

『魔界一のマジック・アイテム安さ爆発　ビッグアイテム』

『オリジナルホムルンクス　１／１マジカルアイドル・ワンダーれみＶｅｒ１・５限定入荷』

『閉店記念セール実施中　護符オール20パーセント安』

などなど、店の看板やチラシなどに用いられているのはすべて日本語である。歴代魔王陛下が天抜出身ばかりだったため、まず漢字が普及し、その後も日本語が代々伝えられてきたからだ。読者は理解しやすいし、変なアルファベットの設定を考えなくて済むという点で作者にもイラストの玲衣《れい》さんにもありがたい世界である。魔王様ありがとう。

「はぁ……」

雑踏をぶらぶら歩きをしつつ剛士はまた溜息をついた。

なんもかんも嫌になって遊んでいるわけではない。魔王領総帥《そうすい》としてのお勉強……街の様子を知るための外出である。

総帥？　なんですか、それ？

いや、当然の疑問である。実は、「次の魔王、よろしく」と言われてのけぞった後、次のような展開があったのだった。

剛士がぶっとぶのは田中魔王陛下も予想済みだったら
しい。スフィアに支えられてあわあわ言っている彼にすぐこう付け加えた。

「いきなりじゃ辛いんだったらさ、代理でいいよ。代理。まず、こっちの様子をつかんで、そのあとで魔王でも」

いや、それじゃ全然問題が変わってないんですけど。

「じゃあほら、軍隊だけでも率いて貰って。僕、サバイバルゲーム下手でさぁ」

余計悪いわ！

「うーんと、じゃ、ともかくそれっぽい地位について、まず慣れて貰うことにしよう」

田中魔王陛下はオタク兄ちゃんらしく一人で話をどんどん進めた。

「うーん、なんにしようかな。養子ってことにもできないし。義理の兄弟」

嫌です。おことわりします。

「そうか！　じゃあ総帥！　ジ〇ンにも公王の下に総帥がいたから大丈夫。うんうん、それでいこう。決定！」

いえあの、全然それでいい理由がわからないんですけど。

……という次第なのであった。
もちろん、剛士は全然わかっていない。そりゃそうである。自分がなんでこのブラントラントへ来たかわからないのに加え、縁もゆかりもない魔物、いや、魔族の国の総帥だなんて冗談じゃない。おまけにその国は戦争に負けようとしているのである。
他のすべてはともかく、あのオタク兄ちゃん陛下、どう考えても責任逃れをはかっているのではないかと思ってしまう剛士であった。
そうであるにもかかわらず、なぜ一応は引き受けてしまったかと言えば、
魔王よりはマシだろうし、
少しここを見物してからでもいいだろうし、
などと思ってしまったのである。
いえ、嘘です。それも理由なんですが、もっと大事な理由があります。ごめんなさい。
男が道を誤る場合、ほとんど女性が絡んでいる。オレは違う、と主張する人がいたとしても信用してはいけない。そんな奴はたいてい、道を誤るほど素晴らしい女性と出会えなかった不幸な奴か病的な嘘ツキかホモで、この世の人間すべてを不幸にするか嘘ツキにするかホモし

ようという野望に燃えている。不幸でも病的な嘘ツキでもホモでもない人は気をつけねばならない。

というわけで、格別に不幸の星の下に生まれついたわけでもなく、病的なほどの嘘ツキでもなく、ましてやホモでもない剛士は早くも道を誤りつつあるのだった。もとはと言えば田中魔王陛下が悪いのである。こっそり、

「天抜に帰っても、スフィアみたいな女の子とは絶対に知り合いにはなれないよ」

と囁かれたのであった。

仰るとおりですね、とうなずくしかなかった。あちらでは、スーパーでナイスな美少女どころか、タフでワイルドな美少女でない人ともお知り合いになったことのない剛士にとって、スフィアはあまりにも甘い誘惑なのであった。

それだけじゃない。スフィアはもう実に良くしてくれるのだ。朝は優しく起こしてくれる、朝御飯の準備は完璧、いつも優しげに微笑んで、剛士がなにか困っていればすぐに、

「どういたしました、剛士様？」

とくる。いけませんね。もういけません。率直に言って、女性に免疫のない剛士は舞い上がっているのであった。健康な男子ならば抱いたり溜まったりして当然の滾りを忘れてしまうほどの舞い上がりかたである。

不安はもちろんある。ストレスもぱんぱんである。自分がなぜここにいて、なんで魔王になんかなることを求められているのか、その理由がわからないからだ。

が、スフィアの存在はそれに匹敵する。彼女のそばからもう絶対に離れたくない、なんて思い始めている。

なものだから、今日は田中魔王陛下にお小遣いを貰って街の見物に出ている。魔王城にいると、ストレスとプレッシャーとスフィアの三つどもえが前頭葉でコサックダンス大会を開くばかりで、さっぱり落ち着かないからであった。

とはいえ、外出にはもちろんスフィアを伴っている。こんな可愛い親切な美少女と離れるのは嫌だ、という己が欲望に逆らうことなどできなかったのである。種族も職業も様々な者たちで賑やかな街を目の当たりにして、感心しているような、あきれているような、中途半端な気分だった理由はそんな感じであった。

「どうなさいました、剛士様」

剛士のもやもやした気分をさとったらしいスフィアが

たずねた。

「いや、にぎやかなもんだと思って。こりゃとても……」剛士はもうひとつの疑問を口にしかけた。

「戦争に負けかけている国の都とは思えない？」スフィアが先回りして言った。笑いを含んだ声だ。浅黄色の眉がかわいらしいカーブを描いていた。

「うん……テレビなんかで戦争をしている国をみたことがあるけど、もう少し、せっぱ詰まっているものかと思ってた」

「御信頼申し上げているのです、誰もが……」

「誰を」

「もちろん、魔王陛下です」スフィアはきっぱりしている。

「過去一〇〇〇年、わたくしどもは歴代魔王陛下のお言葉どおりに生きてまいりました。そしてこれほどの都を、国をつくりあげました。たとえランバルトがワルキュラの近くまで侵攻してきていても、魔王陛下のお言葉通りにしてさえいれば、かならず危機は去ると信じているのです。もちろん、そのためには自分たちも犠牲を払わねばならないことを覚悟しております」

剛士はだまりこんだ。自分が果たすことを求められている役割を考えてしまったのだ。

危機に立つ魔族の国。その魔王として呼び寄せられた自分。

その理由は、これまで過ごしていた現実では意味のない才能を持った役立たずだったから。

まぁいい。百歩譲ってそれは認めるとしよう。しかし、しかしだ。

自分にどんな才能があるのだ？

それがさっぱりわからない。

それにもうひとつ。

なぜ自分は魔王としてなにかを成し遂げなければならないのだ？

こんな、わけのわからない土地で。

それと同時に、不思議な感覚を覚えてもいた。

この街。この雑踏。

ひどく親近感を覚えるのだ。これまで生きてきた天抜市よりもよほど。

ヴェアウルフがボールバナナのたたき売りをしている露店、邪眼を隠すためにサングラスをかけてしゃなりしゃなりと歩くバシリスクの貴婦人、優しい笑顔を浮かべたダークエルフの保母さんに連れられて行儀良く列をつくって歩いているファイアキャットやゴブリンの園児……そんな魔物たちがつくりあげたこの街を良く知っているような気分になってしまうのである。天抜市ではなく、ここそが、自分の生まれ育った場所であるかのような錯覚に全身を包まれている。

理由はもちろんわからない。しかし、その錯覚は剛士にとってひどく気分の良いものであるのは確かだった。

気分が良い理由はもうひとつある。人間に近い連中……エルフだのヴェアウルフだのという種族の雄どもが羨望《せんぼう》に満ちた視線を浴びせてくるからだ。

もちろん剛士の見かけを羨《うらや》んで、ではない。

彼の傍《かたわ》らを軽やかな鈴の音とともに歩いているスフィアを目にして、である。

そりゃそうである。ちんちくりんの剛士とスーパーでナイスな美少女のスフィア、これほど釣り合いのとれないカップルはない。目にする男どもすべてが、あれは親の違う姉と弟に違いないとかなんとか自分をごまかしているのが剛士にもわかるのである。

なぜかって？

剛士自身もそう思ったことがあるからだ。天抜の街角で、自分と大差ないちんちくりんが魅力的な女性を連れ歩いていると無性に腹が立ったものである。

いまは逆の立場。どうだ、へへん、てな感じであった。ブラントラントに飛ばされて、初めて味わったいい思いかもしれない（もしかして、生まれて初めてか？）。人間とは他人との差を目の当たりにしなければ幸福も不幸も自覚できない生物であるから、剛士の気分はもっともである。懸命に、いやぁ、当然ですよ、なんて表情を保っていたが、スフィアと一緒に街を歩くあいだに、身長が三倍にものびた気分になっている。誰も彼を批判はできまい。ワルキュラ市と契約を交わした精霊たちが市街に満たしている甘く爽やかな微風に浅黄の髪をそよがせ、ぱっちりした目で自分に微笑みかけるスフィアを見ていれば増長するなという方が無理だ。

実際、剛士はいつのまにか彼女へ視線を釘付けにしている自分に気づくこともしばしばであった。街路でなにかをみかけるたび、色々なことを考えるようにしているのは、それが恥ずかしくて（うれしくて）ならないからでもある。

でまあ、いまもまた、スフィアから強引に視線を外した剛士は街路をみまわしたのであった。

「あれ」

雑踏の中を歩く人影に目がとまった。無理にではなく、自然に、である。

　かれが注目したのは黒い肌のお父さんに白い肌のお母さん、二人のよい所ばかりを受け継いだように見える男の子や女の子がちょろちょろ、という家族連れであった。

「あそこを歩いているのは人間みたいだけど」

「まだお教えしておりませんでしたか？」スフィアは申し訳なさそうに言った。

「魔王領にも人族は大勢住んでおります。戦争で滅びた国の難民を大量に受け入れて参りましたので。あの方々はサウス・ドレインからこられた御家族でしょう。あの地域では白い肌を持つ人々への差別政策がとられておりましたから……」

「いや、それは、わかっているんだけど」剛士はなんとたずねるべきか迷った。彼が疑問を抱いたのは、人間の家族連れが、リザードマンの家族連れと実にうち解けた様子で歩いていることだったからである。

「では、なにが」スフィアは心底不思議そうだ。

「……問題はないの？」剛士は小さな声で尋ねた。

「問題とは？」スフィアはさらに不思議そうな声でたずね返してきた。戸惑っている。

「いや、その……ほら、いまは人間の国と戦争しているわけで……」

「魔王領総帥ともあろうお方が、なんと情けないことを！」

　キツイ女の声が背後から響き、剛士はびくりとして振り返った。

　そこには、深紫の髪を持つ美女が立っていた。

「魔族は人族と争っているわけではない。ランバルトと戦っているだけだ。人族が敵なのではない。魔王陛下が人族であることから想像がつきそうなもの」

「いや、あの……」

「まぁ、アーシュラ」スフィアが両手をうち合わせ、笑顔を浮かべた。

「スフィアか」深紫の髪をほどき、腰までなびかせている黒陽のアーシュラ《アーシュラ・ザ・ダークシャイン》はうなずいた。

　あいもかわらずの攻撃的な美貌である。

　ほっそりとした肢体にまとっているのは、ピシリとムチの音が響きそうなほどキマッた軍服だが、魅惑のボディラインをごまかす役には立っていない。むしろ、さらに強調しているように見える。

　下半身は光沢のある黒のブラック・リザード革のロン

グブーツに同じ色の乗馬ズボン。ズボンの脇には血のように赤い線が入っている。腰はベルトで左斜めに締められ、ちょうど左脚の体側に沿った位置には細身のサーベル。

上半身もお見事であった。

ぐっと突き出た胸とすぼまった胴は丈の短いポケット付きの黒ジャケット。襟にはやはり赤の縁取りがほどこされている。ちょうど胸の頂点のあたりには、これまでの戦功を示す勲章の略綬《りゃくじゅ》がとめられていた。

んでもって菫色の瞳はレイバン・スタイルのサングラスで隠されていた。いくら黒陽護符《ダークサイン》を持つヴァンピレラとはいえ、陽光が好きなわけではないからだが、彼女がかけているとファッションとしか感じられない。

帽子もそうだ。頭頂あたりにひょいと傾けて無造作に被った深紅の特殊部隊風ベレー帽がじつに小粋である。

えー要するに、全体としてはナイスでクール、男につけいる隙なんか絶対与えてくれそうにないヴァンピレラ・ビューティなのであった。

あーたまらん! たまらぁぁぁん!

剛士はあんぐりと口をあけ、筆者の見解に全身全霊で同意してくれている。ご協力ありがとう。

「え、えと、あの」

わかっている。みなまで言うな。

スフィアだけでも反則なのである。そこにアーシュラが加わったのだ。だめです。完全に掟破りです。おまけに、ナイスでクールでミリタリーなアーシュラは音楽的な声で剛士の浅はかな疑問を叱ってくれたのである。いやもう、マゾの気がなくても、ああああもう、という心理状態なのであった。

剛士だけがおかしいのではない証拠に、街ゆく野郎どもは種族の別なくアーシュラの姿に溜息やら驚きやら失禁やら、ま、男として理解できる反応を示している。あ、見とれていたゴーレムの店員がファミリー・カーペットを落っことした。ゴブリンの親子連れが力を合わせて受け止めている。

「なにかわたしの顔についていますか」アーシュラはまたまたキツイ声で剛士を見下ろした(設定、覚えていますか? 立った状態での剛士はアーシュラのお臍《へそ》あたりまでの身長しかないのです)。

「いや、あの」

オールインワンで備わっているものの絶妙なバランスにのけぞっているんですとはとても口にできない剛士君

である。おまけに溜まりに溜まっているものを自覚しちゃったり、このあいだ戦場で命を助けてもらった時、泣いたりわめいたり恐怖のあまり失禁したりしたことを思い出して顔を紅《あか》くしてしまい、思わずうつむいてしまった。

「驚いておられるのです、剛士様は」スフィアが助けてくれた。お医者さんでカウンセラーだけあって、いつのまにか、剛士の性格をばっちり摑んでいる。いやちょっと待て、それは自分をぽぉっと見つめている剛士の気持ちにも気づいているということか？

どうやら違うらしい。スフィアはただ剛士を庇ってやっただけだった。圧倒的にすぎる美少女にありがちなことに、彼女もまた自分の美しさがもたらす影響力には気づいていないのかもしれない。

スフィアは言った。

「ところでアーシュラ。ここで会ったのは偶然とも思えませんが……」

そうなのである。このクール・ナイス・ビューティなヴァンピレラ娘の本職は軍人、それも魔王軍筆頭参謀であった。美人で剣士として凄腕なのにくわえ、おつむのできもハイエンドなのである。

だとなれば、確かに街をぶらついているのはおかしい。いかにランバルト軍をはねのけたとはいえ、ぶらぶらしている暇などないはずなのである。軍は、この間の戦いで生じた損害を補充し、再編成と訓練をおこない、次の戦いに備える必要がある。目の回るような忙しさのはずであった。

「筆頭参謀は解任された」

アーシュラはムッとした様子だった。命令だから従ったが、さっぱり納得していないという気持ちを隠そうともしない。

「新たな任務を与えられたのだ」

「……それは、まさか」

勘の良いスフィアはピンときている。

仲間はずれは剛士だけである。頭の中で、ああ僕はこんな美人の前で泣いたり小便漏らしたりしたんだ、ああスフィアに言われたりしたらどうしようという言葉がぐるぐるとめぐり、なにがなんだかわからなくなっている。カッコをつけたくてもつけられない。

「着任の報告をしたい。御確認いただきたい」

アーシュラはカチリとブーツの踵《かかと》をあわせた。

真っ赤な顔をしてうつむいている剛士の袖をスフィア

が引っ張り、顔をあげさせた。

アーシュラは挑むような態度と大きな声で言った。

「魔王領総帥、小野寺剛士殿。私、アーシュラ・ガス・アルカード・ドラクールは本日付けをもってあなたの軍事顧問に任じられた。御確認を願う」

剛士は目を点にした。

「御確認を」アーシュラはさらにキツイ声で繰り返した。小ぶりな唇の端から牙が顔を出している。

「剛士様」スフィアが肘で突っつく。

「は、はい……えと」剛士はあわあわとうなずいた。「あの、よろしくお願いします」

アーシュラはふんと鼻を鳴らした。それはもう、剛士をバカにしきった様子である。一軍の筆頭参謀からこんなちんちくりん少年の軍事顧問にされ、降格どころではないと思っているのだ。剛士自身もうんそうだよな、と納得してしまい、アーシュラの態度に腹をたてる気にはなれない。

と、同時に、アーシュラに言わねばならないことをひとつ思い出していた。

「あの、アーシュラさん」

「姓と官職で呼んでいただきたい。ドラクール軍事顧問、と」

「ドラクール軍事顧問」剛士は言い直した。

「なにか」

「あの、このあいだ……」

「部下への言葉はもっと具体的な表現で」すかさず突っ込みを入れるアーシュラ。

「あの、僕が飛ばされてきた時」

「それがなんです」

「……助けてくれて、どうもありがとう」

剛士はぺこりと頭を下げた。

「本当に、ありがとう」

「陛下の御命令があったればこそ、です」アーシュラはとりつくしまもない。

が、剛士は素直にうなずかなかった。彼にしてみれば、そういう問題ではないからだ。命令があったとはいえ、アーシュラが自分のために命をかけてくれたことに変わりはない。アーシュラが自分のことをどう思っていようと、その点だけは忘れられない。忘れてはいけない、と思ったのである。

「そうだとは思います、でも、本当に助かりました。どうもありがとう。本当にありがとう。あなたが助けてくださらなければ、僕は殺されていました」

剛士の言葉を耳にしたアーシュラの朱唇がへの字に結ばれた。サングラスに隠された瞳にはちょっとした戸惑いの色が浮かんでいる。蔑んでいる少年が示した意外な態度に頬が赤らんでしまう。

「アーシュラ」スフィアがうながした。

「ん？　ああ」アーシュラはあわててうなずいた。

「本当に……」剛士はまた頭を下げようとした。

アーシュラは小さな声で叱った。

「男子が人前で軽々しく頭をさげるものではありません」

表現こそちょっと時代錯誤ではあるが、剛士はアーシュラの真意を誤解しなかった。彼女は礼を受け入れてくれたのだ。これまでより柔らかく響いた声がそのことを教えていた。

剛士は顔をあげた。

しかし、相手の気持ちはわかったものの、何を言って良いのかわからない。

仕方ないのでにっこりすることにした。

アーシュラはぷいとそっぽを向いた。


いつのまにか周囲の注目が集まっている。

そりゃそうであろう。

まず、光り輝くような美少女のスフィア。

でもってアーシュラである。

誰であるかわからなくても、男なら思わず注目し、女ならねたんでしまう外見の持ち主が二人。おまけに、ちょっと注意して観察したなら、その一方がヴァンピレラであることにも気づく。いや、日中、吸血鬼が出歩くこと自体は珍しくない。ブラントラントの吸血鬼は日光を浴びていても灰になるわけではないからだ（超常能力を発揮できないだけである）。問題はやはりその美貌なのであった。美女ぞろいのヴァンピレラとしても図抜けている。となれば、黒陽護符を与えられたアーシュラに他ならないことぐらい、国民の常識になっている。

痛い。

なにって、視線が。

羨望のまなざしも程度問題である。

「あの」

耐えきれなくなった剛士は二人を促した。

「そろそろ、城に戻りませんか」

本当は自分の方がエライはずなのに、美人の前だと意味もなく下手に出てしまう。ううむ。ま、気持ちはわかる。

「もう、よろしいのですか」スフィアがつぶらな瞳でみつめる。

だから、それがイカんっつーの。

などと言えるはずもない剛士はうんうんとあわててうなずき、補導員の目を逃れようとするエスケープ高校生のごとく魔王城へと逃げ戻ったのである。

5

セントール中部、ワルキュラまで約一日の位置にそれはある。

マリウクス要塞。


城域は東西3キロ、南北4キロ。

その名のごとく、ただひたすら戦うために造られた建造物であった。

外形はカクカクとした多角形。周囲には空堀が掘られ、城壁は低く厚い。見た目に頼もしい背の高い城壁は基礎に近い部分をぶち抜かれると一挙に倒壊してしまうからである。同じ理由からいかにもという尖塔は設けられていない。

そのかわりに、木造の、物見櫓が多角形の先端に築かれ、常に弓兵と魔導士たちが監視に当たっていた。城の上空は、魔王軍の奇襲に備え、ペガサス騎兵団から選ばれた者たちが愛馬とともに常時警戒飛行を繰り返している。昼は周辺を警戒するため無数の偵察隊が出撃し、夜は要所ごとに篝火《かがりび》が焚かれ、あやしげな場所は魔導士がブライトボールで照らし出す、という具合で、まさに蟻《あり》の子一匹通さない警戒ぶりであった。

内部も質実剛健である。兵舎、軍勢を鍛える練兵場、兵器廠《しょう》とまあ色気のないものばかり。ごってりと兵糧《ひょうろう》が蓄えられ、孤立しても二年やそこらは籠城して戦える準備が整っている。まさに、魔王領に対するランバルトの最前線基地にふさわしい陣容であった。

この大要塞は驚くべきことにわずか半年で完成した。事前に綿密な現地調査を実施し、必要な資材すべてをただ組み上げてしまえばよいように整え、数え切れぬほどの戦争奴隷と魔導士を一挙に投入して築城されたのである。

工事の間はランバルト軍約二万が護衛に当たった。

昼夜をわかたぬ突貫工事のおかげで戦争奴隷に多数の死傷者が生じたが、その甲斐あって、築城開始からわずか一週間で要塞として機能しはじめ、一ヶ月後には空堀が完成、あわてふためく魔王軍を寄せ付けなくなっていたのである。

もちろん、厳しい労働に耐えかね、多数の戦争奴隷が魔王領への逃亡を試みた。

が、逃亡に成功したのはほんの一握りである。要塞の情報が漏れることを恐れた護衛部隊が容赦なくかりたて、見つけ次第、えーまぁ、アレしてしまったからである。

要するに、実にシビアでシリアスにつくりあげられた要塞なのであった。

表向き、この要塞は王国軍築城総監ガンバート大将が設計したものとされているが、実際は異なる。昔は切れ者だったものの、いまは暢気《のんき》にお茶なんか飲んでいる方が似合いの好々爺《こうこうや》と化してしまったガンバート大将にこれほどシビアでシリアスな要塞が設計できるはずはないと誰もが知っていた。

実は国王陛下みずから設計なさったのだ……と、すぐに噂がひろまった。フェラール三世がガンバート大将に設計図を手渡し、それを引退前の花道にせよと命じた、というのである。

フェラール自身はその点について何も語らなかったが、人々はそれが真実だと信じた。フェラール三世に対する忠誠はそれほど厚いものだったのである。

だからこそ、フェラールが要塞内にただ一ヶ所、高い塀に囲まれた瀟洒《しょうしゃ》な屋敷を建てるように命じた時、誰も奇妙に感じなかった。それぐらいの贅沢《ぜいたく》を味わわれても当然、王国軍の全将兵がそう信じたのであった。

剛士が魔王名代を押しつけられたその日の夜。

フェラールの屋敷にはほとんど人影がない。国王の信頼厚い、美形揃いの近衛将校たちが警戒に当たっているだけである。国王はすでに寝所へ引きこもっていた。

フェラールみずから内装を指示しただけあって、寝所の内装は要塞内にある建物とはとても思えぬほどの贅が尽くされていた。

白を基調とした内壁には華麗な文様が彫られ、金箔で飾られている。最高級のケルファ生地を用いたカーテンが、わずかに開かれた窓から吹き込む優しい夜風に揺れていた。

室内には、薔薇のエキスの濃厚な香りがたちこめ、ただ呼吸しているだけで人を酔わせるほどであった。

周囲に薄絹の帳《とばり》がさげられた豪奢な四柱寝台が微かに軋んだ。

甘い、泣くような声が高くかすれる。

「んっ……ジャスティン……」

「陛下……」

え？

「ああ……そんなに深く……うっ、だめだ……壊れる……壊れる……」

「陛下、んっ、こんなに大きくなって……」

「ミルディス、ああ、そんなに強く吸わないでくれ……だめになってしまうよ……はあっ」

あらぁ？　三人ですか。３Ｐってやつですね。それにしても名前がその……

「んくっ、陛下、参ります……」

「おおっ、ジャスティン、もっと……もっと強く……ああ、お願いだ……」

「陛下、わたくしも」

「んんっ、ミルディス……いいよ……溶けてしまいそうだ……ああ、お願いだ……わたしにも……わたしにも君を……」


だぁぁぁぁぁぁぁぁっ！　みんな男じゃねえかぁっっっ！

いかん。まずい時に変な場所に場面を切り替えてしまいました。いけません。違います。このお話はそういう方向じゃありません。どっちかっつーと筆者も男性読者もアレな、ほら、まー、たまにはいいかな、という場面を描写するつもりはありありなんですが、これはいけません。だめです。女性読者的にはどーかな、つーのは考えたりもするんですが、それよりまあうううううう、うわっ、この人たち勝手に盛り上がってる。

「おおおっ、ミルディス、なんてたくましいんだ、君は……熱い、熱いよ」

「陛下……私も溶けそうです……くっ」

「ジャスティン、来てくれ、来てくれっ、君の滾りをわたしにっ」

「陛下っ、そんなにきつく、あくっ」

微かな星明かりに照らされながらもつれ合う三つのアドニスのように白く美しい裸身が同時に痙攣を起こした……ってヲイっ！　頼む！　これ以上書かせるなぁっ！　お願いだから誰か流れを変えてくれ！

と、筆者の願いへ答えるかのように開かれた窓から影が室内に侵入し、寝台へと忍び寄った。三つの、荒く甘い（……）息づかいが交錯する傍《そば》に立ち、ぐったりとした裸体を冷たくみつめる。

低い声を発した。

「陛下……ミランにございます」

はっ、と不意を突かれた喘ぎが漏れ、寝台に横たわる三つの裸体が起きあがる。

「ミラン……シレイラの手の者か。何用だね」

帳の向こうからいまだ悦びに（やっぱあてる漢字はこれでしょうな）溶けているようなフェラールの声がたずねた。

「シレイラ様からの密書にございます」

「密書？」女のようなしのび笑いが漏れる。「あの子は、さぞ怒っているのだろうね」

「わたくしからは申し上げかねます、陛下」

「だろうな。密書をこちらへ……」

「はい……」

ミランが差し出した密書を、帳の向こうからのびた手が受け取った。

「御苦労」フェラールが言った。「しばらく休んでゆくがいい。近衛の中には、女でも大丈夫な者もいるよ……」

「まことに有り難きお言葉なれど……」なーんか価値観が逆転してませんか、と言いたい気分を抑えてミランは後じさった。

「シレイラ様よりまた別の御下命をば受けておりますれば……」

実はやおいノリが大っ嫌いなミランはさっと寝室のすみに控えた。

「よくあの娘に仕えている……やはり、契約故か……」

寝台上で二人の美形近衛将校に挟まれ、裸身をあらわにしていたフェラールは聞き取れないほど小さくつぶやいた。表情は陰になってわからない。

王族のみが開ける魔導封印の施された密書を読む。

そこには、墨痕淋漓《ぼっこんりんり》って表現がアレすぎますか、ともかくぶっとい筆にたっぷり墨をつけて潔く記されたシレイラのメッセージがあった。

『お兄さま
先日の戦、お疲れさまでした。
お願いしたいことがあるので、軍と共にマリウクスへとどまってください。計画書はミランに持たせておきます。

計画書がお手元に届きしだい、速やかに、いいですか、かきゅーてき速やかに行動をおこしてください。

もし今度、勝手に軍を退いたら……

国中にホモ野郎だってことバラすぞ、このボケ兄貴！

シレイラ』

うっ、と声もでないフェラールである。いやあ、そりゃそうでしょうね。彼としては従うしかないのであった。ランバルトの軍事的成功も、彼が人々から浴びている尊敬も、夜毎ハードやおいな掘って掘られてを楽しむ余裕があるのも、すべてシレイラの天才があったればこそ、なのである。実はこのマリウクス要塞も、シレイラが設計し、築城計画を立てて兄の功績ということにしてしまったのであった。

「次はわたしになにをさせるつもりか……」

密書を丸めながらフェラールはつぶやく。

しかし、生まれつき争いごとが嫌いな彼には、思うだけでうっとうしい。


それでも、王としての義務感から、控えているミランに視線を向け、たずねた。

「こちらも……」ぱっと近づいたミランはシレイラから預けられた作戦計画書を差しだした。

「ん」フェラールは興味の持てない様子で計画書を受け取った。ぱらぱらとめくる。そこにあるのはやはりぶっとい字。シレイラ直筆の巧緻を極めた作戦計画である。

表紙には、

ランバルト王国軍第２２０７緊急作戦計画
秘匿名称『紫の場合《ケース・パープル》』

と、豪快な筆跡で記されている。紫というのは高貴な色とされているが、実はそっち系をあらわす意味もある。もちろん兄への嫌味であった。

「しかし、わが妹ながらこの将才にはおそれいるばかりだな」戦争のことなぞさっぱりわからないフェラールは溜息とともに言った。

「御意」ミランは一礼した。

だが、フェラールは彼女に応えなかった。

「あっ」

と、再び甘い声を漏らしたのである。寄り添っていた美形の近衛将校が主君への愛撫を再開したのだ。

「またですか」ミランが声をあげた。あきれ果てた、という感じである。いやそりゃそうでしょう。筆者もこれ以上書きたくありません。

「もう一度だけだ……もう一度……んっ、ジャスティン、そんなに深く……」

あーもう好きにしてくれ。死ぬまで掘られてろ。

6

同じ夜。ワルキュラ。

爽やかな風がそよぐ、満天の星である。

剛士はその空を見上げていた。魔王城にめったやたらと備えられている尖塔のひとつ、「蒼天ノ塔」の屋上にただ一人、であった。周囲にはちらちらとまたたく蛍《ほたる》のような光球が飛び回っている。スフィアの言葉を信じるならば、彼のことを気に入ったらしい精霊たちがあの一六畳間を出るなり集まってきて、つきまとって離れないのであった。それでも、塔にあがるといくらか距離を開けてくれたのは、彼がなにか考え事をしたい気分であるのを察してくれたからららしい。


はぁ、と溜息が漏れた。

星空は美しかった。夜のワルキュラは精霊光で満たされているが、その輝きは星の輝きを失せさせることはない。それはどうやら、精霊光が本当の光ではなく、輝いているように……また、物質が精霊光を反射しているように、視覚を誤解させるものであるから、らしいのだが、いまのところ、剛士はあまり興味を持てなかった。

ぶっちゃけた話、それどころではなかったのだ。

(これからどうなるんだろう)

と思っていたのである。途方に暮れていたのだ。

いきなり異世界に飛ばされて、次の魔王になってくれと頼まれて。

困ってしまっている。

自分の立場がよくわからないのであった。

なぜ、転移したのか?

どうして、魔王を継がねばならないのか?

どれだけ考えてもわからなかった。

すでにおわかりの通り、剛士は決してイケイケゴーゴーな性格ではない。普段はその正反対。石橋を鉄骨で補強してもなお不安、というタイプである。これ以上は……という時は自分でも信じられないほど活発に動き回るが、そんな自分が決して好きなわけではない。

というより、理由が納得できない限り、呼吸をするのも嫌なタチなのであった。

面倒な性格である。うっとうしい人である。これまで、あまり友人がいなかったのも当然であった。

学校の成績がぱっとしなかったのも実は同じである。

中学や高校の成績などというものは、よほどの秀才をかきあつめた有名校でもない限り、どこも似たようなものだ。成績を良くしたければ、もうただひたすら教科書に繰り返し目を通せばいいのである。

英語の成績をあげたければ、中間や期末の試験範囲になりそうなページを一日二〇回、大声を出して読めばいい。発音の正しさなどは無視。単語も覚えない。文法なんか知らん。ともかく毎日二〇回読む。嫌でも読む。飽きても読む。家族が笑っても宇宙人が地球に攻めてきても読む。うへぇ、と思うかもしれないが、予想のできる試験範囲を二〇回読むだけなら一時間ぐらいしかかからない。これを試験までの二週間、毎日かかさず続ける。

これだけで30点しかとれない奴が80点以上とれるようになる。受験や英語そのものの理解にはあまり役に立たないが、成績そのものは良くなる。

数学ならば、ひたすら方程式の暗記、その方程式を用いそうな問題のパターンを覚え込む。これに一日一時間。こっちの方は受験にもかなり役に立つ。

国語は……時間を見つけて、色々な本を読めばいい。半裸のねーちゃんが剣振り回しているような表紙や、美人教師が濡れたり啼《な》いたりしているようなタイトルの本以外も読む。やはり一日一時間。うっとうしい表現や面倒な漢字を使う字面に慣れていれば、自然と、力がついてくる。

すべて、誰でもできることである。実は、学年10位うへへへと学年後ろから数えて10位ああ父さん母さんごめんなさい、という間にある差はこの程度のものにすぎない。

剛士もその例外ではない。世に言う、やればできる子、なのであった。

だが、これまで「やった」ことはない。

いらんことを考えてしまうからであった。なにかを「やる」には、それなりに理由が必要だと思ってしまうのである。時には、理由などなしに進む必要があることが、認められないのであった。

徹底的に損な性分と言える。この先、この性分が変わることなどないであろうから、生涯、損な人であっただろう。大学に合格できたとしても誰も名前を知らないようなところ、卒業してもろくな就職口なし、そのあともまぁ……という長い灰色の道が見えてしまう（道はもちろん舗装されていない）。

天抜市でそのまま生活しつづけていたならば、だが。

実は剛士君、その程度のことはわかっていて、自分なりに覚悟を固めていたのだった。先のことは全然わからないが、たとえ灰色の道であっても歩き続けるよりないのだなぁ、という程度のことは思っていたのである。彼ほどひどくないにしろ、やはりそれほど華やかではない人生を歩いてきた父や、その父に辛抱強く付きあっている母を見ているうちに自然とそう考えていたのであった。自分がまったく大志を抱くタイプではなく、生きている環境が血湧きお肉ダンスする冒険の時代ではないということもわかっていたのだ。

だが。

変わってしまった。

なにもかもが変わってしまった。

わけのわからないファンタジーな世界。

大戦争。

美少女。

兄ちゃん兄ちゃん、魔王になってみんか？

なのであった。冒険というレベルすら突き抜け、我が征《ゆ》く道は覇道なれば、所詮は血塗られておる、わははははは、ならばこの名を歴史に刻んでくれよう、な未来に変わってしまったのである。

正直言って、大弱りなのであった。

それはそうです。つい何日か前まで、剛士は苛めへの対抗策で必死になっていた一介の高校生だった。それが突然、異世界に飛ばされるは、戦場に放り出されるは、人間ではなく魔物側に助けられるわ、魔王様は同郷のオタクなロリコン兄ちゃんだわ、素直に受け入れろという方が無理なのであった。とりあえず総帥ということでおさまったものの、剛士の気分はさっぱり楽にならない。

むしろ、いよいよもってエライことになってきた、という思いの方が強い。

なものだから、深夜、優しいスフィアが部屋から下がったあとで尖塔になぞ登ってしまった。スフィアがどれほど気遣ってくれても、環境の激変に頭も心も追いついていないからであった。

いや、実は魔王になることそのものは、それほど嫌ではない。魔王。いい響きである。剛士君はマルチエンディングのゲームの場合、必ず途中で悪の帝王になる道を選ぶタイプなので、むしろ楽しみなぐらいだ。

　問題なのは、その魔王という選択肢が現実のものであることだった。

　王であるからには責任というものがつきまとうのだ。ゲームとは違い、うまくいかないからリセットしてもう一度、というわけにはいかないのである。

　大軍団を率いて敵国を攻め滅ぼし、ぐわはははは男は殺せ女は×せ、姫君はわしの元に連れてこい、だけでも済まない。大軍団を編成するには人手とお金と時間がかかるし、その人手とお金と時間をどうやって見つけるか考えねばならないし、見つけたら見つけたで周囲をなるべく納得させた上で集めねばならないし、と大変である。

　なによりも大変なのは、なぜ、そんなことをしなければならないかであった。

　もともと、生き物というのは暢気にだらだらと暮らしたがるように生まれついている。魔物だって例外ではない。剛士も大賛成である。

　なのに、戦わねばならない。

　魔王領の場合、それはまだいい。ランバルトによる侵略という現実が後押ししてくれる。

　剛士が引っかかっているのはその先であった。

　なぜ、自分が魔王になって魔王領の権力を握らねばならないのか、さっぱりわからないのであった。縁もゆかりもない世界の、わけのわからない国の興亡についていきなりゲタを預けられても困るばかりなのである。

　だからこそ情けなくも溜息なんか吐いていたりするのだ。

　地平線から赤く輝く月があらわれた。地球のように丸い月ではなく、いびつな形をしている。ブラントラントの夜を照らす三つの月の一つ、〈血《チ》ノ月〉であった。その色から、吸血族の守護月とされている。

〈血ノ月〉は地球の月とは比べ物にならないスピードでぐいぐいと空高く登ってゆく。

その光景の雄大さに、剛士は悩みも忘れてみとれた。

すっ、と夜空を通り過ぎる影に気づいたのはその時であった。

　コウモリのような羽が見て取れた。

その中心にあるのは、人型。

優雅なシルエットは、明らかに女のものである。

剛士は魅入られたようにシルエットを見つめ続けた。

相手も気づいたようだ。

空中に静止し、剛士の方を向いた。

剛士は息を呑んだ。

空中のだれかさんはすべてがシルエットになっている。が、美しい。

魂を吸い取られてしまいそうなほど美しい。

頭のあたりで、並んできらめいている菫色の光が目なのだろうか。

そのまま五分ほどの時間が流れた。

剛士と空中のシルエットは、そのあいだ、ただお互いを見つめ続けた。

深夜のお見合い（?）を突然、うち切ったのはスフィアの声だった。

「剛士様?」

ちりん、と鈴の音。

空中のシルエットに視線を据えていた剛士は、あわてて振り返った。ひどくバツの悪い……浮気して帰った小心者の旦那さんに似た気分、になったのだが……

スフィアを目にした途端、ごくり、とツバを飲み込んでしまった。

いやあの、ほら、あえて名詞は書きませんが女性が着る薄い布地を用いたひらひらのナイトウェアがあるじゃないですか。

スフィアはあれをまとっていたのだ。

さらに申し上げれば……彼女の全身は、微かな燐光《りんこう》を発してもいたのであります。

星空のもとで光り輝く美少女。

形容詞としてはよくあるが、それが現実の光景になっていたのである。

「剛士様?」

スフィアは案ずる様子であった。

「大丈夫ですか」

「ん、いや、別に」剛士はあわててうなずく。全然大丈夫ではないのだが、理由を尋ねられると困るのでそういうことにしておかなければならない。

「ちょっと寝苦しくて。それに、夜景をみたことがなかったし」

「まぁ」スフィアはくすくすと笑った。身体の揺れにあわせて、鈴がさらに蠱惑《こわく》的な音を響かせる。

「言ってくだされば、ご案内しましたのに……」

「うん、いや、ただの気まぐれで」

剛士の慌てぶりがおかしかったのか、スフィアはまた笑った。燐光がふわっとひろがってゆく。この世の者ではないと思わせる、幻想的な姿だ。決して水分でもフェロモンでもない、超越的ななにかで作り上げられた美しさ。

剛士はそのことについて尋ねる気になれなかった。

圧倒的でありすぎるのだ。

疑問を抱くことすら許さない美しさに脳が痺れてしまっている。

見つめているうちに、意識がぼやけ、引きずり込まれそうになる。

スフィアのこと以外、なにも考えられなくなってくる。

剛士があわてて彼女から目を逸らせてしまった理由はなんだろう。

理由は、本人にもわからない。

いろいろと、我慢ができなくなる……相手の気持ちも考えずに行動してしまう、という危機感はもちろんあった。なによりも股間がそれを教えてくれている。

だが、それだけが理由ではなかった。

スフィアの姿に、剛士は美しさを超えるもの、男が女に対して抱くイメージを超える何かを感じ取ったのだった。

それは、とても甘く……

とても、危険なものに思えた。

剛士の胸に兆すものがあった。

どこかに眠っていた疑念が、生来の疑り深さが目を覚ましたのだ。

そういえば。

僕は、スフィアについて何も知らない。

ウルトラスーパーな美少女で、その姿を見ているだけでぽぉっとしてくるとか、このブラントラントについて知らぬ事はないほど頭がいいとか、そういうことではない。

スフィアが何者か、まったく知識がないのだ。

自分のこと（特に趣味）については嫌になるほど詳しく教えてくれた田中魔王陛下も、スフィアのことは何も教えてくれなかった。ただ最初から、そこにいるのが当たり前の存在として扱っていた。アーシュラも同じだ。

剛士はハッとした。

そう言えば僕はなぜ、スフィアが何者かについてただの一度も考えたことがなかったのだろう。僕の性格、と過去の経験……ただの一度も女の子からまともに扱われたことがない悲しい過去からして、そのことを一番気にするはずなのに。

浅黄色に美しく揺れる髪と藍色の瞳。

非現実的なほどに完璧美少女がここにいる。

僕に従ってくれている。

しかし彼女は……

頭がぼんやりしてきた。

剛士は懸命に意識を集中しようとする。

無駄だった。努力しているあいだにも集中力がどんどん薄れてゆく。

なにかおかしい。

なにがおかしいのだ？

だが、考えていられたのはわずかな間にすぎなかった。

「どんなことでも、ご遠慮なくご相談ください」と、スフィアが剛士の背に手を添えたのだ。

ちりん、と涼やかな音。

スフィアの暖かく、柔らかな手のもたらす心地よさ。

背筋に電流にも似た衝撃が生じた。なにかについて考えようとしていた気分が失せてゆく。

「う、うん……そ、それにしても、あれ、あれだよね、きれいだよね、街が」

白々しいというか悲しいというか、ごまかそうと努力する剛士。

「魔族は夜を好むもの……冷えておられますね」

スフィアはそうつぶやくと、剛士の背中に自分の身体を押し当てた。両腕を回し、そっと抱きしめてくる。頭ひとつぶんは背が高いので、剛士を抱きかかえるような姿勢になった。

絶体絶命。底知れぬしなやかさと柔らかさを備えたスフィアの感触を背後から味わいながら、剛士はアレでナニがどうした、という状態である。

もう、夜景など目に入らない。

同時に、異常な感覚にもとらわれていた。

浮遊感に近い、頼りなげなもの。

スフィアの暖かみが伝わるたび、さきほどまで思い悩んでいた事柄が、たいした問題ではないように思えてくる。

そして、睡魔。

冴えていた意識がとろとろと溶け、身体が重くなってくる。

「スフィア……」

剛士はさからうようにつぶやいた。

なにか、大事なことを忘れているような気がしてしかたがなかった。

スフィアと、ブラントラントに飛ばされる前の自分をつなぐもの。

そして、さらに重要なこと。

僕はそれを考えていたはずだ。

しかし、思い出せない。

スフィアのぬくもりだけが意識を占めている。

いったい、何を忘れている？

なぜ、思い出せない？

「もうしばらくこのままでいましょう」

耳元をくすぐるスフィアの囁きに逆らう気力は、残されてはいなかった。

救いを求めるように剛士は夜空を見上げた。

あの美しいシルエット。

しかし、空には無数の星々と、はやくも高々とのぼりつめた〈血ノ月〉があるばかりだった。

もう目をさましていられない。

だが、薄れゆく意識の中で剛士はただひとつだけ確信じみたものを得ていた。


なにもかもわからないことだらけ。とうとう魔王領総帥など押しつけられて困り果ててはいるが……

この世界は、美しい。


遠くで、微かな声がきこえた。

泣き詫びているような囁きだ。

「お許しください……あなたにお願いするほかないのです……」

自分がどうやって部屋に戻ったのか、剛士にはわからなかった。

ほんわかぷわぷわ、波間を漂っているクラゲのような眠り。

が、剛士がその贅沢を味わっていられたのはほんの一時間ほどに過ぎなかった。

突如、深夜の王城にバンシーたちの発する悲しげな泣き声が鳴り響いたのである。

「警報よ！　警報よ！　マリウクス要塞の敵軍が動いたの！」

ランバルト軍が行動を開始したのだ。

3　奇襲攻撃！　魔王領大ピンチ

1

魔王城・中央作戦指揮《セントラル・コマンド》センター。田中魔王陛下の趣味にあわせてやたらとでかい地図や巨大な会議卓《テーブル》やジ〇ン公国の国章が飾られた、体育館なみの広さを持つ部屋だ。24時間体制で運営されており、敵味方の軍に関する最新情報がブラントラント全土からかき集められ、一目でわかるようにばかでかい地図や表に記され続けている。すべての情報は、部屋の中央にでんとあぐらを組んだ指揮センターの当直司令、ヒュドラのレルネー・エキドナ・テュポーン大佐が人間を含め様々な動物を取りそろえた一〇〇個の頭と二〇〇個の目で監視し続けている。この指揮センターとヒュドラのレルネーは、これまでの魔王領防衛で大いに力を発揮してきた。情報がある限り、絶対に見逃すことがないからだ。

　なにしろレルネーには脳も一〇〇個備わっている。彼の情報処理能力はスーパーコンピュータを遥かに凌駕《りょうが》しているのだ。要するに彼はワンマン参謀本部なのである。なお、この指揮センターはレルネーとやはり一〇〇個の頭を持つ怪魚、百頭《ひゃくとう》のカピラ・バラモン大佐が12時間交替で運営している。

　だが、今夜ばかりはレルネーの顔（×100）も青ざめている。普段ならばランバルト軍が出撃する半日以上も前に、その兆候を摑むことができるというのに、今回は軍勢が城を出た一時間後になってようやく判明したからである。これは大変なことなのだ。迎え撃つ側、つまり魔王軍は、これから兵力を集め、敵の目的を推定し、そののちに軍を出撃させねばならないからだ。動きだすまでにえらく時間がかかるのである。敵に主導権を握られてしまった、というわけだ。

「マリウクスよりの敵軍、すでにセントール方面へ進撃中。これは演習ではない《ディス・イズ・ノット・ア・ドリル》。繰り返す《リピート》、これは演習では《ディス・イズ・ノット・》ない《ア・ドリル》！」地図を見つめているレルネー（蛇頭）が報告した。

「戦力はわかるか」レルネー（人頭）がたずねる。

「兵力は一万以上！」レルネー（山羊頭）がもぐもぐと言った。

「一万ということはないだろう。もっと多いはずだ。見落としはないのか」レルネー（獅子頭）がツッこんだ。

「セントール街道上にはそれだけだ」レルネー（豚頭）がぶうたれた。

「別動隊がいるはずだ。警戒しろ警戒しろ」レルネー

（鷲頭《わし》）が叫んだ。

その他の猫頭や河馬頭や馬頭や竜頭たちは、お互いにやいのやいの言いながら作戦会議を開いている。

「目的はなんだ目的は」

「またセントールで戦うつもりか」

「迎撃準備、どうした！」

一人だけなのにわいわいがやがや、騒々しいことこのうえない。

指揮センターはさらに騒がしくなっていった。続々と魔族たちが詰めかけてきたのだ。泥酔した中年男すら一撃で目を覚まさせてしまうバンシーの泣き声でたたき起こされた魔王領要人と魔王軍高級将校たちだ。

「中央魔法局《セントラル・マジック・エージェンシー》はなにをしていたのだ」ゴブリン族を率いるクォルンが指揮センターに顔を見せるなり大声で言った。

「ハイム殿！　セシエ・ハイム局長殿！」

「ここよ、ここ」あっけらかんとした声がこたえた。15歳ぐらいにしか見えない、スレンダーなエルフ娘だ。身長150センチ。肩まであるさらさらの金髪、くるりんとした緑の瞳。とがった耳。なんかもう、ぽよよん、という効果音が似合いそうである。

「ハイム殿、どういうことだ。マリウクスのランバルト軍は常に監視しているはずではなかったのか」クォルンはハイムにきつい声でたずねた。

「見張ってたわよ。見張ってたの」セシエはつんと桜色の唇をとがらせた。いやま、かわいいことはかわいいですが、これでも256歳です。ほら、エルフだし。

「ヴェアウルフさんたちに頼んでマリウクスの周囲をぐるりと見張ってたんだから」

「ならばなぜ、奴らが動き出すまでわからなかったのだ」

「だって、急だったんだもん。なんにも前兆がなかったの！　だからレルネーちゃんも困ってるでしょっ」

セシエはぷんすかぷんであった。マリウクス要塞のランバルト軍はまさに彼女の言葉通り、突如として行動をおこし、城門から出撃したのである。魔王領の情報収集すべてを任されている中央魔法局《CMA》はけっしておマヌケな情報機関ではないが、これでは、事前の警告をレルネーに発することすらできない。

「むぅ」

クォルンは三国志ノリの太い呻きを漏らした。ま、イノシシ顔の人なので妙に似合っている。

「テュポーン大佐！」クォルンはレルネーを呼んだ……が、その直後、しまったという表情を浮かべ、両耳に手を伸ばした。

が、少し遅すぎた。一〇〇個の頭が一斉にクォルンに返事をしたのだ。

「はい」

「おう」

「はいな」

「毎度」

「はっ、閣下」

「なんか用か？」

「押忍《オス》」

「ちょーだりぃ」

「システムエラーです。ソフトウェアの製造元に連絡してください」

「ぐーぐー」（イビキ）

えーとこれで一〇個だからお返事はあと九〇個。全部書いてページをかせぎたいところだが、残り九〇種類の返事を書くだけで疲れ切ってしまうのでパス。クォルンがいちいち聴いてやしないと思っていい加減なこと言ったり、サボったりしてる頭《ヤツ》もいるし。

「このあいだの戦い以来、なんの兆候もなかったのか……返事は一人でいいぞ」クォルンは一斉に返ってきた返事で痺れかけた耳をとんとんと叩いている。

九九個が元の仕事に戻り、猫頭だけが言った。

「今日が初めて。びっくりしたにゃ」

クォルンはもういいと手を振り、つぶやいた。

「奴ら、最初からの計画だったのか」

「それはどうかな」口を挟んだのは身長、というより全長5メートルほどもあるウィングドラゴンであった。片目はアイパッチで覆われ、尖った鼻先にはチョビ髭。太い葉巻なんかくわえちゃったりして、いかにもという感じである。翼があるおかげで普通の服は着られないので、首にかけ、腹のあたりで紐をしめる、ウィングドラゴン専用の軍服を身につけていた。要するによだれかけスタイルですね。

「ラッシュバーン大佐」クォルンはウィングドラゴンを見上げた。ラッシュバーンは魔王軍有数の戦力を備える第101空中突竜戦隊の指揮官であり、自らもランバルトのペガサス空中騎兵《エア・キャバルリー》352騎撃墜を誇る大撃墜王だ。その発言には重みがある。

「ハイム殿が前兆をとらえそこなったのも無理はないか

もしれない。ここ数年、ランバルトの行動はつねに我らの不意を突くものだった。今回も同じではないだろうか。わたしにはむしろ、彼ら自身も驚いているような気がしてならないのだが」

　ラッシュバーンはいかにも火を吐きそうな尖った顔には似合わないほどの思慮深い顔つきだった。

「うむ。あるいはそうかもしれぬ。フェラールは大戦略家だからの。軍の状況はどうなっておる？　第7及び第8ゴブリン強攻連隊には儂の権限で出撃準備を整えさせておるが」クォルンは地図を睨んだ。

「私の戦隊もすでに集結させた。ハーピィもすぐに集結するだろう」打てば響く、という間の良さでラッシュバーンがこたえた。

「他はどうだ」クォルンは室内を見回した。

「第653重ゴーレム大隊は集結を終わっただよ」ラッシュバーンと同じぐらいの背丈があるストーンゴーレム指揮官、ゴルザック少佐がのっそりと応じた。

「第6トロール義勇槍兵連隊もすぐに終わる」背の低さが曲がった背中と地に着くほど長い両腕でさらに強調されているトロール師団長、ブーラーン大佐が言った。酒灼《や》けした赤ら顔にふさわしく、手にはトロール族御愛飲の鼻が曲がりそうなほど臭う混ぜ物酒の瓶を握り、手が震えだす度、ぐびりぐびりとやっていた。

　本人も周囲もそれを気にする様子はない。ほとんどのトロールはアル中であるからだ。

　他の魔族たちが応じる前に、ブーツで床を叩きながら、真っ黒な軍服で身を包んだヴァンピレラとヴェアウルフがあらわれた。

　深紅のベレーを被ったヴァンピレラはボブカットされた燃えあがるような赤毛の持ち主で、美人だがちょっと冷たい目つき。

　漆黒のベレーを被ったヴェアウルフは筋肉だけで全身ができあがっている感じの、隙のない態度である。

　ヴァンピレラはカツン、とブーツの踵をうち合わせてクォルンに言った。

「第22特殊吸血鬼戦隊《スペシャル・ヴァンピレラ・スコードロン》は、陛下の御命令がありしだい、ただちに出撃可能です」

「出撃ったって、昼間はただのねーちゃんじゃないか、カミラ」ヴェアウルフがまぜっかえした。

「うるさい。役立たずの犬どもが何を言うか」女吸血鬼ばかりの第22特殊吸血鬼戦隊、通称SVS指揮官のカミラ・バーナバス大佐はヴェアウルフを睨んだ。

「第21特殊人狼戦隊《スペシャル・ヴェアウルフ・スコードロン》、いつでもいけるぜ」実に精悍《せいかん》な印象のヴェアウルフ――ウィル・ハイトマン大佐は歯切れ良く言った。こちらはSWSと呼ばれる特殊部隊を率いている。

SVSとSWSは特殊作戦をともに担当している。このため、お互いに功績を競いあう関係になっており、当然、仲は悪い。特殊部隊としては空中を自由に飛べ、自在に姿を消せるSVSの方が優位に立っているが、一方的な関係ではない。黒陽護符《ダークサイン》を与えられていないヴァンピレラたちは昼の間、一切の魔力と超人的な体力を失うからである。前にも触れたがブラントラントのヴァンピレラは日光を浴びても灰になどならないし十字架も効果はない（だってキリスト教なんて存在しないもんね）のだが、要するに、日中は普通のお姉さんになってしまう。あ、もちろん身体は鍛えているから、素でもそこらへんの兄ちゃんなど指一本触れられないぐらい強い。

実は人狼も同じではある。ブラントラントには四つも月があるので、ひとつきの半分ぐらいは変身できたりするのだが、それもまた夜だけのこと。昼間は身体を鍛えた体格のいいお兄さんになってしまうのだった。

だが、一般的に言って、身体を鍛えたお兄さんとお姉さん、どちらが強いかといえば前者である。そして戦争は、夜だけ戦われるわけではない。なんとなくバランスがとれているのであった。

「魔導士は。魔導士はどうした」クォルンはせっついた。

「あ、どーもー」緊張感のカケラもない声が応えた。ハンサムだがふやけたノリの人族の青年である。魔導士用のいかにもなローブこそ着こんでいるが、あとは毛糸帽、茶髪、耳ピアスというファッションで、全身からあーだりー、という空気を発散していた。

「いやあ、バイトがなかなか終わらなくて。あ、一応、召集はかけときましたから、いつでも出撃ＯＫっスよ。あ、セシエちゃん、イエイ」

「ジョス、はぁい」

セシエは第11魔導連隊長ジョス・グレナム大佐とバスケ選手のように宙で手を打ち合わせた。

クォルンは額を押さえた。先代の、だれからも尊敬されていた大魔導士が亡くなったあとで跡をついだグレナムはいつでもこのノリ。どうにも付き合いきれないのだった。

「いゃあ、ハイエルフの未亡人に呼ばれちゃってさぁー、いいところだったんだけどぉ」

クォルンの気分に全然気づいていないグレナムはセシエ相手に『バイト』の話をしている。いったいどんなバイトなんだろう。

ともかく、これで魔王軍主力部隊の出撃準備は整ったことになる。他の部隊もそれに続くだろう。警報から30分と過ぎていない。魔王陛下の御指導よろしきを得て、というか、ここ二〇年、ぴしぴしと軍を鍛えてきたアーシュラのおかげであった。

そのアーシュラは？

クォルンは周囲を見回した。これまでならば、常にアーシュラがいちばんに指揮センターへ駆け込んできたものだったからだ。

が、彼女の姿はみえない。

（いったいどこで引っかかっておるのか）

クォルンは牙をうごめかせた。

そして、すぐにその理由に気づいた。

アーシュラの声が聞こえてきたのだ。

「ほらほら、急いで、急いで」アーシュラは廊下をよたよたと歩く剛士にうるさく言った。

「あ、走ってはなりません！　王族は常に堂々としていなければならないのです」

「うう」剛士は寝ぼけ眼をこすりながら歩調を整えた。といっても、本人がそのつもりであるだけだ。相変わらず、ペンギンが歩いているようにしか見えない。

「剛士様、お召し物を」背後に付いていたスフィアが学生服の上着をかけた。彼女の方はいつ着たものか、きちんとした女子高生スタイルである。

「こんな夜中にいったいなんなの」剛士は生あくびをかみ殺しながら質問した。

「マリウクスのランバルト軍が動いたのです。再びセントールを目指しています」アーシュラはぴしりとした声だ。

「全軍に、出動待機命令が下されました」

「マリウクス」剛士ははれぼったい顔をさすりながらつぶやいた。

「って、なんだっけ？」

アーシュラは額を押さえ、牙を剝きだして怒鳴った。

「ランバルトの造った要塞です！」

腹立ちのあまり、我慢できずに、剛士へ思い切り息を吐きかける。

「ひっ」

甘い香りを漂わせてはいるが、氷よりさらに冷たい息が剛士の顔を打った。背筋がぴくんぴくんと震え、眠気が吹き飛ぶ。ヴァンピレラの特技であるアイスブレスだ。本気になれば剛士など一瞬で凍り付いてしまう。なお、ヴァンピレラの特殊能力は、黒陽護符を持っていても、昼間は効果が激減する。

「目は覚めましたか」アーシュラは睨んだ。

「覚めた、覚めました」丸めた背を震わせながら剛士は何度もうなずいた。

「コーヒーをどうぞ」スフィアが肩から提げていた本物の魔法瓶からコーヒーを注ぎ、剛士に差し出した。何代か前の魔王が持ち込んで以来、コーヒーは魔王領でも人気のある飲み物になっている。

コーヒーはもちろんブラックだ。

剛士は顔をしかめてそれを飲み干した。カップを返してスフィアにうなずく。

「ありがとう」

「どういたしまして」スフィアはにっこりした。

剛士はかすかな驚きを覚えた。

いや、あいかわらず美少女中の美少女だなぁ、と驚いただけではない。

スフィアが元気いっぱいだったからだ。

警報が鳴るまで、彼女も眠っていたはずである。深夜という点から考えて、熟睡していたはずだ。

となれば、いくらか、不機嫌で、むくんだ顔をしているのが当然のはずである。魔族もその例外ではないはずだ。実際、ヴァンピレラなのにどーして、と思えるほどアーシュラは不機嫌そのもの。城内でみかける魔族たちも同じである。

が、スフィアだけが例外だった。

いつもと変わらず、みずみずしい美しさのまま、優しく接してくれる。

いや、普段よりもさらに美しく、優しく思えるほどだ。

うーん、これはどうしたことでしょう。

思わず考え込んでしまう。やはりスフィアは並の魔族とは違うのか……

意識しないうちにあくびをかいていた。

「総帥！」すかさずアーシュラ。

「いや、まだ眠くて」剛士は言い逃れようとする。

「当然ですね」アーシュラは容赦なく決めつけた。

「尖塔の上で夜更かしなどしているからです」

「え？」

剛士はアーシュラを見上げた。

「なんで知ってんの、軍事顧問」

しまった、という色がアーシュラの横顔に浮かんだ。

が、すぐに顔をそむけて剛士を叱る。

「どうでもいいでしょう、そんなことは。いまは、御役目を果たすべき時です」

「いやま、あの」剛士は慌てふためいていた。

当然だろう。スフィアに後ろから抱きしめられてふわわんぽよよんとしていた間抜け面をアーシュラに見られていた！

全身の血が逆流し、恥ずかしさで顔が真っ赤になった。なんつーかもう、アレね、滾るモノを抑えきれずに熱中しているところを家族に見られたような感じである。

「さぁ、背筋を伸ばして！　皆、あなたに注目しております」

紅くなったり蒼くなったりを繰り返している剛士にアーシュラは冷たく言った。彼の気分がようやく落ち着いたのは、スフィアがそっと背中へ手を当ててくれてからだった。

「ところで、あのさ」剛士はおずおずと言った。

「僕はなにをしたらいいの」

「なにをって」

アーシュラは再び額を押さえた。

「陛下とともに軍を率いるのです！」

「あっ、そう……って、えーーっ！」剛士はのけぞった。

なにがどうなるにしろ、もう少し余裕があるのではないか、と思っていたのだ。

「なにか御不審でも？」と、牙を剥きだしたままのアーシュラ。

「いやあのちょっと、そんな急に。心の準備が」剛士は蒼くなっている。「いきなり戦争なんて」

「それ以外に軍を出動させる理由がありますか？」

「だって戦争なんかしたら怪我人がでるし」

「あ、あなたはいったい……」

アーシュラはあんぐりと口をあけた。ずぞぞぞっ、と血の気の引く音が響き、頭がくらくらしていた。

このちんちくりんな総帥閣下、なんかもう、ボケているとかそういうレベルではない。なんにもわかっていないのだ。

「ほら、それにもしかしたら誰かが死ぬかも……」

ヴァンピレラ軍事顧問の驚きにまったく気づいていない剛士は続けた。

思わず天を仰ぐアーシュラ。

もう我慢できない。アーシュラはついにブチ切れた。

「だぁぁーっ、なに考えとんのじゃ、おのれはぁっ！　もーやだぁ！　お父様ぁぁ！　アーシュラおうち帰るぅ」


アーシュラの怒鳴り声が響いた。

「アーシュラおうち帰るぅ！」

あっちゃー。

クォルンは頭を抱えた。

他の連中は顔を見合わせている。セシエとじゃれていたジョス・グレナムまで驚きの表情を浮かべていた。

次の魔王陛下たるべく、異世界からやってきた小野寺剛士が、まったく頼りなさそうな人であることはすでに噂になっていた。これまでならばそれでも良かった。魔王領はおおむね平和そのものだったし、頼りなげに思えた歴代の魔王たちも、しばらくするうちに自分の担うべき仕事を見つけ、魔族たちから敬われ、感謝される存在になっていった。

が、今回は事情が違う。

小野寺剛士には他の魔王たちに与えられていた時間がないのである。負け戦続きの魔王領は実際、シャレにならないところまで追いつめられているからであった。

このため、剛士の姿を目にした者がほとんどいないにも拘《かかわ》らず、こりゃイカンのではないか、という話があちこちから出ていたのであった。むしろいまの陛下をもり立てていったほうがいいのでは……と少なからぬ有力部族たちが考えている。

これまですべての魔王に忠誠を尽くしてきた魔族たちが、剛士に限って不安を抱いたのには、他にももっともな理由があった。

合計して40人ばかりになる歴代の魔王たちは、確かに魔族へ恩恵をもたらし続けてきた。文字だったり、学校教育だったり、複式簿記《ぼき》だったり、コンビニ経営法だったり、外交だったり、ともかく、魔族の損になることをした魔王は一人もいなかった。

驚くべきことに、進みが遅いことはあっても、失政というものは存在しなかったのだ。魔族たちの魔王に対する信頼はその点に立脚している。

だが、40人もの魔王たちがもたらさなかった技術がただひとつだけある。

戦争、であった。

社会制度の一つとして軍隊の制度や参謀というものを持ち込んだ魔王はいた。しかしそれは戦争という目的に限らない、官僚制度や会社組織まで含んだものだった。どうやって精強な軍隊をつくりあげるかは、誰も伝えなかった。

戦争ばかりしているランバルトに勝てないのも当然である。

この三年うち続いた負け戦の間に、魔族は自分たちがつくづく戦争に向いていないと思うようになっている。いまも魔王領が生き残っているのは、田中魔王陛下の外交術とアーシュラの努力が効を奏したからにすぎない。

だが、それも限界に来ている。負け続けている国と親しく付きあおうという国はないし、アーシュラ一人が優れていても、魔王軍には全体として、緊張感というものが欠けていた。魔族は人間とは違い、足並み揃えて大行進、などという無様な真似が嫌いなのである。でなければ、一対一になれば、人族など及びもつかないほど強力な魔族がランバルトに追いつめられているはずがない。

なものだから、ここ数年、次の魔王の出現を望む声は強く存在した。だれあろう田中魔王陛下が一番強く願っていた。

そして、剛士が出現した。

泣きわめき、小便漏らしながら。

うわぁ、であった。

今度はきっとシュワルツェネガーとスタローンとヴァン・ダムの遺伝子を混ぜたような魔王様が来てくれることを願っていたというのに、よりにもよって剛士君である。

悪い噂はすぐにひろまる。剛士を見たことがない者でも、彼が、英雄のイメージからほど遠い人であることを知り、がっくりきた。

これまで常に自分たちを助けてくれた異世界出身の魔王陛下という存在も、とうとうタネ切れになったんではないか、と皆が思ってしまったのだった。

率直に言って、クォルンも彼らに賛成したい気分であった。セントールで剛士と直接会っていた彼は、実に強い不安感を抱いていたのである。

しかしクォルンには魔王領有数の勢力を抱えるゴブリン族の長としての立場があった。もし彼が、剛士に対する不信の言葉を口にしてしまえば、他の部族もそれに続き、魔王の権威は瞬く間に失われることだろう。

そうなってしまえば、あとは積み上げたマンガ週刊誌状態である。ぐらぐら、よろよろ、ドサッ、と魔王領は崩壊してしまう。各部族は自分たちの利益だけを重んじて行動するようになり、ますますランバルトにつけいる隙を与えることになる。魔王領は一年とは保たないだろう。

——それだけは避けねばならない。

などと思えばこそ、クォルンは剛士に対する批判を控えてきたのであった。

はいそうです。

アーシュラの発した魂の叫びは、そんな彼の配慮を木っ端微塵に打ち砕いてくれたのである。

「なかなか苦労しておられるようだな、アーシュラ殿は」ラッシュバーンが溜息をついた。

「噂通りだとするならば、考えどころだな」と、ブーラーン。

「ま、異世界からきたっても人間だしぃ」ジョスが我関せずとばかりに口笛を吹く。

「ゴーレムを大事にしてくれるお人だべか」ゴルザックがぼそりと言った。

「期待しちゃ、いけないのよね、きっと」セシエが天を仰いだ。

「アーシュラ様と一緒に故郷へ帰る算段をしたほうがいいんじゃないか……いてぇ！」ハイトマンがキャインキャインと悲鳴を上げた。カミラに、ブーツの踵で思いっきり尻尾を踏まれたのだ。

クォルンは深々とふいごのように強烈な溜息をついた。

自分も呆気にとられていたハーピィの衛兵が室内に告げる声が響いた。

「魔王領総帥、小野寺剛士様、おなりにございます！」

沈黙。

一瞬のち、総帥の姿を目の当たりにした全員がクォルンに続き、溜息を吐いた（もちろんレルネーは一〇〇人分）。

ま、そうでしょうね。気持ちはわかります。えてして、悪い噂の方が真実に近いものなのです。

2

もう一戦すませたあとでようやく妹君の指示に従った~~非モ兄ちゃん~~、あわわ、フェラール三世陛下がマリウクスの全軍に出撃命令を下したのは、すべての月が空にのぼった深夜一時過ぎのことであった。

総勢約二万。前回の戦いで受けた損害と、要塞防備に兵を割《さ》いたため、兵力は減少している。

しかし、ランバルト軍には必勝の確信があった。

「今回の作戦は完全な奇襲攻撃です」深夜、主だった将軍たちを集めたフェラールは簡潔に説明した。

「魔族が自分たちの優位を確信している夜間に強行軍をおこなってセントール西部に進出、慌てて迎撃にでてくる敵軍を各個撃破します。敵軍の行動が遅れた場合、魔都ワルキュラを直撃、占領します」

将軍たちは感嘆の声で国王に応じた。

「おお」

「なんと剛胆な……」

「さすがは陛下……」

将軍たちの驚きも当然であります。たしかに思い切りの良い計画でありました。前回の、正々堂々たる正面決戦でさえ考えていなかった魔都侵攻を、敵の不意をつくことで実現してしまおうというのですね、これは。

将軍たちの熱い視線（ってフェラール兄ちゃん相手の場合なんか嫌らしい感じがしますが）を浴びたフェラールは行儀のよい微笑を浮かべたが、すぐに口元を左手で隠した。髭面だったり、アイパッチつけていたり、頬に傷があったりするいかにもファンタジーなノリの将軍たちは王の奥ゆかしさのあらわれとしてさらに敬意を深めた。

が、フェラールにしてみれば冷や汗ものなのである。

いまさら言うまでもなく、この計画はシレイラの手になるものである。でもってフェラールは実のところ戦争の方はさっぱりな人。正直な話、自分がなにをしゃべっているのかよくわかっていない。

なものだから、左手にシレイラの作戦計画『紫の場合《ケース・パープル》』を要領よくまとめたカンニングペーパーを隠し持っており、いまもそれを覗き見たのである。別に記憶力が悪いわけではないのだが、戦争が大嫌いなため、いちいち暗記する気になれないのであった。

「では、これより概要を伝えます」

カンペをちらり。

「バランサイト僧兵団、ウランコール槍兵団、マラックス弓兵隊、シェイラット傭兵隊は主力としてわたしが率い、セントール街道を直進します。夜明けまでにはワルキュラまで約30キロの距離に進軍する予定です」

またちらり。

「グラッサー男爵のトゥラーン近衛重装騎士団はバンカ

ス槍兵団とともに主力の右翼を進み、主力の北方約2キロの森に展開してください」

またまたちらり。

「キケロン伯爵はハブロス騎兵団とチェドラル農兵団を率いて主力の左翼を進み、やはり夜明けまでに主力南方約1キロの森へ展開してもらいます」

またまたまたちらり。

「他の部隊はすべて予備として主力の後方に待機してもらいます」

またまたまたまたちらり。

「なにか質問がありますか」

……あのなー兄ちゃん、それぐらいのセリフ、カンペなしでもいいでしょーが。

「畏《おそ》れおおいことながら……」左翼隊の指揮を任されたキケロン伯爵が手をあげた。ほっそりとした体格で、若い頃は美の女神から恵みを与えられたと噂されるほどの美形だった。

が、それも今は昔、幾多の戦いで受けた傷跡で、実にフランケンな感じになっている。

「どうぞ」フェラールは微笑んだ。

「そのような配置では、魔族どもに各個撃破の機会を与えることにもなりかねませんが……」

あ、やっぱりちらり。

「そのような意見がでるだろうことは予想していました」

もちろんシレイラ王女が、です。間違ってもフェラール兄ちゃんが、ではありません。

「実は、魔族が各個撃破を狙ってくることこそ、わたし《シレイラ》の望むところなのです……」

フェラールはカンペの内容を読み上げた。

読み終えた瞬間、勝利を確信した将軍たちはランバルト万歳を叫んだ。

フェラールはそのなかで落ち着き払っていた。

いや、実のところ彼は、この場でただ一人、皆がなぜ勝利を確信したのか、さっぱり理解していなかったのである。


でもってそれから二時間あまりのち、天高くのぼった三つの月、〈血ノ月〉、〈迷イ月《マヨ》〉、〈守ノ月《モリ》〉のもとを長い隊列をつくって進むランバルト軍右翼隊である。

騎士たちはともかく、パイクを背負って進む槍兵たちの足取りは、普段、のろのろしたものになりがちである。

パイクは重いし、食料を詰めた背嚢《はいのう》や丸めた毛布やらを背負っているのだから無理もない。そんなものを持たされて何十キロも歩かされているうち、足は棒、背は板、頭は石になってしまう。気分はもうマイ・ライフ・アズ・ア・ドッグ、人生女工哀史。辛い辛い辛い。実際、負けがこんでいる軍隊の場合、長距離の行軍などできなくなるほどだ。兵隊が皆、目的地に到着する前に逃げ出しかねないからである。

しかし今宵ばかりは違う。

兵隊たちは陽気に無駄口を交わしながら太股を高くあげ、夜空の下を進んでいた。誰の顔にもはりついたような笑みが浮かび、目がキラキラと輝いている様子はなんか、アレな国や団体や日体大を卒業した体育教師たちの大好きなマスゲームの参加者にそっくり。すでにできあがった連中ばかりの宴会に遅れて顔をだすようなもので、まぁ、悪いとは申しませんが、仲間にしていただくのは遠慮したい感じである。

なんでかれらがそんなに盛り上がっていたかと言えば、これはもう、フェラール三世陛下の天才ぶりに心から感服していたからであった。

なぜ、なんの事前準備もなしに出撃を命じたのか？

――敵を欺《あざむ》くにはまず味方から。

なぜ、魔物が有利な深夜にマリウクスを出撃したのか？

――目的地に到着し、戦いの準備が整うちょうどそのとき、夜明けを迎えるから。敵は大慌てであるはずだから、夜の間に襲ってくることはない。

今回の出撃の目的はなにか？

――あわてふためいている敵軍を各個撃破し、あるいは魔都ワルキュラを占領すること。

ううん、陛下ったらもう、天才！　国王のもとから戻った上官から説明を受けた将兵一同、思わず身もだえしてしまったのであった。

事実、夜間行軍を続ける軍勢のあちこちでは、次のような兵隊たちの声をいくつも耳にできた。

「今日こそは勝負がつくんだよな」

「つくね、絶対つくよ。陛下は最高さ」

「でも、魔物は面と向かうと強いからなぁ」

「なにいってんだよ、あんな連中に負けるもんかよ。だいたい、嫌いなんだよな。どうせぬるぬるぐちゃぐちゃした奴らだし」

「そんな奴もいるよな」

「気持ち悪いじゃん」

「最低だよな」

「どうせ頭も悪いし、性格も暗いに決まってる」

「臭いし、見てるだけでムカつく」

「そんな奴ら、生きててもしかたないじゃん」

「死ねばいいんだ、死ねば」

かくて、兵隊たちは歩調をあわせ大声で歌い出したのである。

（カッコ内は合唱パートです）

ぬるぬるぐちょぐちょモンスター
（ぬるぬるぐちょぐちょモンスター）
最低、最低、もう最低、
（最低、最低、もう最低）
見た目は悪い、
（見た目は悪い！）
性格は暗い、
（オエッ、オエッ、オエーッ）
見ているだけでああムカツク！
（オオッ）
面倒だから片づけようぜ
（イェイ！）
殺せ！
（殺せ！）
殺せ！
（殺せ！）
みんなまとめてブッ殺せ！
（でもかわいいエルフ娘だけは見逃そう！）
『魔族は最低ああムカつく』
作詞イワン・バカノフスキー
ランバルト音楽著作権協会掲載許諾
110119USO

「士気は充分だな」トゥラーン近衛重装騎士団の右副将であるガルスは愛馬の上で満面の笑みを浮かべていた。つーても容貌魁偉《かいい》、お髭は濃いい（苦しいか、ちょっと）、という人である。満足しているというより、ソレ系の自由業の御方が、こりゃワレ出すモノとっとと出さんかーい、と言っているようにしか見えない。

「フッ、けなげなこと」併走している左副将のマークスがさらりと前髪をかきあげた。ほんの一瞬、整った顔立ちが露わになるが、すぐに髪が垂れ下がり、左目が隠れる。

「いつも思うんだが、うっとうしくないのか？」と、ガルス。「貴公、このあいだ数えてみたら一日あたり九七二回は前髪をかきあげておるぞ。いい加減、切ったらどうだ」

「フッ、無益なこと」またかきあげるマークス。

「なぜだ」

「前髪はわたしのすべて。わたしの全存在。片目を隠せぬ前髪になど、意味はない。伸びた前髪こそ男の美しさの証明……」またかきあげる。

「貴公、俺をバカにしておるのか」

「なぜだ」またまた……あ、前と同じパターンだ。

「なぜだと？　知っておろうが！」

「おお、そういえばお主は見事なハゲ頭であったな」ことさらにわざとらしくかきあげてみせながらマークスはにやりとした。

「マークス、貴様ぁ」ガルスの顔が真っ赤になった。

「フッ、前髪の美しさを愛でた詩のひとつでも吟《ぎん》じてさしあげようか」

「いい加減にせんか、二人とも！」グラッサーは怖い顔だった（いや、普段からそうですが、今宵は特に、という感じです）。

「ハッ、しかし……」と怒りのさめやらぬ様子のガルス。

「フッ、怒られた」マークスさん、まだかきあげてます。

「まったくお主らは……暇さえあればそれだ」グラッサーは溜息をついた。いつものことなので普段ならば気にもならないのだが、今宵は虫の居所が悪い。気になることがありすぎるのだ。

「儂は兵を激励《げきれい》してくる」

グラッサーは愛馬ガルーンに一鞭くれると、軍勢の後ろから前までゆっくりと走った。すべての兵は勇将グラッサーに心服しており、彼の姿をみかけただけで歓声をあげる。

「閣下！」

「男爵様！」

グラッサーはそのたびに手をふり、声をあげて応じた。いやもうご立派。剛士君にひとめ見せてあげたいぐらいの将軍ノリである。

グラッサーに歓声をあげたり呼びかけたりする将兵はやたらと多い。みんな、自分たちの指揮官がランバルトきっての猛将、常に先陣きって突撃する男だと知っているからだ。つまり、部下に受けの良い将軍なのである。

鬼瓦みたいな顔をしていながら、下っ端の兵隊たちの面倒を見てやったりもするから、なおのことなのであった。

いまも同じだった。グラッサーは少しでも辛そうな様子を見せている兵隊を見つけると、ガルーンを立ち止まらせ、声をかけてやっている。声をかけられた兵隊の顔はたちまち明るくかわった。グラッサー男爵、実にお見事なのである。

そのグラッサーが困ってしまったのは、とある兵隊の呼びかけに応えて立ち止まった時だった。

「閣下！」

「おう！」グラッサーは目を凝らした。声の主は、いまだ子供のようにあどけない少年兵である。

「このあいだの戦で魔王の跡継ぎと斬り結ばれたそうですが」

「おうさ、したとも。いま少しのところで逃したわ」グラッサーは豪快な笑いとともに言った。

「なんでも、身の丈2メートルを優に超える巨漢であると」

「おお、剛の者であった」

にっこりとグラッサー。しかし、内心は冷や汗ものである。剛士君の真実は皆様も御存知のとおりアレだ。が、グラッサーはついついそう報告してしまったのである。いくらアーシュラの邪魔が入ったとはいえ、ちんちくりん一人片づけられなかった、では格好がつかないと思ったからだ。

ま、気持ちはわかります。

しかし。しかしである。その話が全軍にひろまったことでグラッサーはちょっと困っているのであった。

「勝てるでしょうか」グラッサーをつぶらな瞳で見上げた少年兵はたずねた。自分の将軍を信頼しきった、子供が父親にものをたずねるような声である。

「おう」グラッサーはそこまで口にしたところでわずかに言いよどんだ。

オノデラ・ゴウシと名乗ったあのちんちくりんに負ける可能性を考えたからではない。あたりまえである。グラッサーと剛士が面と向かい合えば、ほんの一秒もしないうちに剛士の首はすぽーんと宙を舞ってしまう。

問題はグラッサーがつくってしまったイメージなのであった。彼の語ったオノデラ・ゴウシはぐわっしぐわっし、あんぎゃあ、どぱーっ、と悪役にまわったゴジラのように暴れ回りそうな感じなのである。元気良く進軍している兵隊さんたちも、その点だけは不安なはずだった。

が、いまさらアレは嘘でしたとはいえないグラッサーである。はてさて、どう答えてやるべきか……

「閣下、そのゴウシとやら、魔法を用いるのでしょうか」

将軍が口ごもったことでさらに不安をかき立てられたらしい少年兵が重ねて質問した。

いつのまにか、まわりの連中も不安そうな顔つきになっている。

やばい、とグラッサーは思った。

思わず口をついてしまった嘘が、あまりにも大きな影響を兵隊たちに与えていることがわかったのだ。

かれはあわてて答えた。

「おう、使うな。しかし、心配することはない。ヤツは魔法で巨体に化ける。普段は子供のように小さいわ」

「しかし、化けていたら……」

「案ずるな。いつまでも化けておるわけではない。そう……3分。3分だけよ。その間だけじゃ。ヤツと出会っても3分待っておれば元に戻るわ。その時に首をとれば良い」

だぁーっ。グラッサー男爵、言うにことかいて剛士君をカップラーメンかウ○ト○マンか、つー感じの化け物にしてしまいました。いやま、それまでついていた嘘よりは真実に近いですが、ムチャクチャです。

「よいか！」グラッサーは大声で周囲の兵隊たちに言った。

「化けておらぬオノデラ・ゴウシはただの卑しい魔物じゃ！　その首打ち落とせば、恩賞は思いのままぞ！」

「おおおおおっ」

どっ、と声があがった。ビジュアル系バンドのファイナルライブ並の盛り上がりである。皆、魔王の跡継ぎが自分でもやっつけられそうなヤツだと知って喜んでいる。

貧しい家の三男、四男の出身者が多い兵隊さんたちにとって、魔王の跡継ぎを討ち取った時に与えられる恩賞を考えるだけでそうなってしまうのは当然と言えるだろう。皆、実家に戻ってもロクなことはない人たちなのである。畑や店は長男が継いでいるから、居場所がないのだ。

もし、オノデラ・ゴウシを討ち取れば、そうしたるるるぅーな現実とはおさらばさらば。いきなり騎士にとりたてられ、宝物はつかみ放題、もしかしたら城ひとつぐらい貰えるかもしれない。おそらくたぶん絶対、女の子にもモテるだろう。盛り上がらんでどーする、という感じなのである。

グラッサーは叫んだ。

「今日は心して働け！　国王陛下万歳！　ランバルトに栄光あれ！」

「国王陛下万歳！」

「ランバルトに栄光あれ！」

大いに盛り上がる兵隊さんたちであった。

が、それと正反対に、グラッサーは煮詰まっている。

魔法で化けるという嘘を重ねたおかげで、剛士が誰かに討ち取られても、たまたま化けていなかったのだとい い逃れできるようになった。

しかし、自分がなぜこんな薄氷を踏む思いをしなければならんのだと、思い切り腹を立ててもいた。

「ヤツのせいだ」

ガルーンを走らせながらグラッサーはつぶやいた。

「なにもかも、ヤツのせいだ」

えーとつまり、自分にこんな嘘をつかせた剛士君に腹を立てているのですね。完全な逆恨みです。なんかメチャクチャですが、人というものはえてしてそうなりがちなのであります。

で、もちろん、グラッサーは剛士の首を自分自身でたたき落とす決意を固めたりしています。剛士君、なんか本人の預かり知らぬところで、ますます立場が悪くなっている。

…………

……っていうか、本人の預かり知ったトコロでもブラックホールの重力圏にとっ捕まった宇宙船なみに立場が悪くなっていた。では、魔王城へ、ズーム・イン！

3

総帥用にしつらえられた椅子に腰掛けたまま、剛士は壊れかけていた。

雰囲気が最悪なのだ。ぶっすう、とふくれているアーシュラをはじめ、指揮センターにいる全員がじとー、とかれを見つめている。それも、あからさまな不信の色を浮かべて。ま、理由は言うまでもない。アーシュラちゃんを泣かしてしまったからである。

（痛い……）

剛士は思わず腹を押さえた。キリキリキリキリキリキリ。胃が音を立てて引き絞られ、胃酸がどぱどぱと溢れている。胃に穴が開くのも間近であろう。

「閣下？」

クォルンが心配そうに尋ねた。彼のイノシシ頭には他の連中ほどキツイ表情は浮かんでいない。なにしろセントールの戦場で、小便漏らした彼を担いで走ったのだ。二人はクサイ仲だと思ってくれているのだ。

剛士にもそれはわかった。だものだから、クォルンに悪いと思ってそれらしいことを口にした。

「んと、あの状況は」

あっ、とクォルンが顔を強張らせて警告した。

「総帥閣下、いけません」

間に合わなかった。クォルンが額を押さえた。ヒュドラのレルネーが一斉に（×１００）別々の報告を始めたのである。

「敵軍の動静はなおも流動的で……」

「最新の報告によれば兵力は約2万……」

「我が軍の主力部隊はほぼ出撃準備を完了し……」

「敵軍の行動の目的はなおも不明で……」

「おそらく主力はフェラール三世が親率しているものと……」

「実家の近所にあるラーメン屋はモヤシ味噌フェアリイラーメンが最高です」

「ぐーぐー」（イビキ）

剛士は歯を食いしばった。胃の痛みは絶頂に達している。言葉の奔流《ほんりゅう》。伝えられるのは悪い話ばかり。前頭葉がストライキに突入していた。作者がせっかく書いたギャグにも気づかないほど追いつめられている。

頭の中ではブラントラントの全てを呪っていた。

なんで僕が。なんでなんでこんな目に。どうしてどうしてそりゃ確かにスフィアはかわいいけど。勝手に呼びつけた癖にみんなして僕のことをバカにしていやスフィアは別だけど。飯田となにが違うんだ！　ああもう、クソクソクソクソッでもスフィアは最高マーベラス。なんでこんな戦争に僕が関わらなきゃいけない。でもでも、このままでは学校で何度もそうなったように、周囲からバカにされて生きてゆくことになる。

スフィアだって、僕をバカにするに違いない。

それだけは嫌だ！

僕に優しくしてくれた初めての女の子からバカにされることだけはゴメンだ！

頭の片隅で、なにかのスイッチが入った。

胃の痛みが嘘のように消え、頭の中で渦を巻いていたダウナーな思いのすべてが蒸発し、たったひとつの思いだけが残った。

（わかったよ。やりゃあいいんだろやりゃあ！）

剛士は下唇を噛んで顔をあげた。周囲からみるとどうってことないのが悲しいが、本人にとっては決意の表情そのものだ。

「わかった！」

剛士はぴしゃりと口にした。

「か、閣下」クォルンが驚いた声をあげた。

しかし剛士は彼を無視し、ほとんど怒鳴っているような声で続けた。

「あれですね、ランバルト軍がこのあいだのセントールってところまで移動中だから、みんな慌てて準備している、と。敵は二万人ぐらいで、こっちも同じぐらいの軍勢は出撃できる、そういうことですよね」

クォルンがあんぐりと口を開けた。

他の魔族御一同様も同じであった。おおおおお、とのけぞっている。

いちばん驚いていたのはレルネー本人であった。

「いや」（レルネー河馬頭）

「あの」（レルネー牛頭）

「ピ○ァ」（レルネーポ○○ン頭）（編註・著作権上の問題が発生する恐れがあるため、修正いたしました。この行は存在しないものとお考えください）

「あ、なんでだよお」（レルネー作者頭）

「大人ってのはいろいろとあるんだからさ、な」（レルネードラゴンマガジン編集長頭）

「話、戻せよ」（レルネー読者頭）

とまぁ、変なのも混じって再び驚きの集中砲火。これまで、×100モードでかれとまともに話せたのは同じく一○○個の頭を持つカピラ・バラモンだけだったからだ。

剛士がその要点をまとめられた、というのは、それを聞き分けられたということに他ならない。百人同時。凄いとかそういう問題ではない。まさに、いかにも魔王にふさわしい大技であった。聖徳太子《しょうとくたいし》様だって七人まで。レルネーを相手にした場合、頭が九三個余って大パニックなのだ。

「これこそが……まさに……」ラッシュバーンがううむ、とうめいた。

「きゃん」思わずとびはねているセシエ。

「ちょー凄ぇじゃん」イェイ、と親指をつきあげるジョス。

いやもう大感激なのであった。みな、剛士がレルネーの言葉すべてをききとったものと思い、さきほどまでの気分はどこへやら、一気に盛り上がっている。クォルンに至っては目頭まで熱くしちゃったりしていた。

ともかく大変なのであった。アーシュラに至っては思わず冷静になって、

「くっ、まさかあの男、このわたしを試したのか……」

なんて、物凄い目つきになっている。

意外、というか、剛士が目を合わせていたらそう思ったはずなのは、スフィアがほんの一瞬だけ示した反応であった。パーフェクト美少女は、剛士の言葉を耳にして喜ぶどころか、かすかに眉を寄せ、

「これでこそわたしの剛士様……」

と、いかにも意味深な、実は次巻以降につながる伏線です、読者の皆様及び編集長殿そいから担当さんどうですか、という言葉を漏らしたのである。

「閣下、グスン」とうとう嬉し泣きをはじめてしまったクォルンが誉めた。

「実に的確な御見解であります」

あ、いつのまにか言葉遣いまで丁寧になってる。

「要約したただけですから」

剛士はうるさそうに手を振った。

なんかもの凄くゴーマンかましている態度、実際にそのとおりなのだが、本人は気にしていない。苛められているより、威張っているほうがまだましだからだ。先ほどまでの気弱なちんちくりんはお休みしている。いまやかれの気分は飯田に喧嘩を売ったホームルーム状態なのである。執念と恨みの高速増殖炉が徐々に暖まりつつあるのだ。

「しかし、レルネーの報告をあの状態で理解されるなど……」なおも驚きのさめやらぬ様子のクォルン。

「たいしたことないよ」剛士はこたえた。

実は彼、レルネーの言葉なんか聞き分けちゃいない。質問したのは自分なのに、なにも返事ができないのは相手に失礼だから、と礼儀で答えたにすぎないのであった。才能でも秘めたる超能力でもなく、ご両親の躾《しつけ》に従っただけなのだ。

じゃあなぜ要約ができたのか、と言えば……

超能力があるから、では全然ない。

その場の雰囲気というヤツである。

カクテルパーティ効果という言葉がある通り、人間にはがやがやしている中から、自分に関係のあることだけ拾い上げて聞き取る能力がある。ほら、悪口を言っている時に限って、その当人がどこからともなくあらわれる

時ってあるでしょう。それか、後になって嫌味言われたり。あれと同じ。自分に関わることだ、と脳が理解した途端、意味のないがやがやした音のごく一部だけを抜き出す能力は誰もが持っているのだ。

　実はレルネーと話すのも同じだと剛士は気づいた。ぶち切れそうになり、頭の中でスイッチが入ったのと同時に。わっと襲いかかってきたレルネーの言葉の中から、それらしい名詞や数詞だけを拾い上げ、あとはバカでかい地図に精霊さんたちが描いている矢印とつきあわせただけであった。細かいことはともかく、ともかくヤバイ状況であることは理解した。超能力とは全然関係ないのだ。

「で、敵の先頭はどこまで来ているの」剛士はでっかい地図に視線を向けた。忘れずに付け足した。

「答えるのは一人でいいからね」

「ペガサス空中騎兵はすでにセントール平野に侵入しております。主力の到達は約二時間後かと思われます」気を取り直したレルネー（ガリ勉くん頭）が眼鏡をキラリとさせた。

「こっちはどうなの」

「第101空中突竜戦隊は御命令ありしだい、ただちに出撃可能です」ラッシュバーンがぐん、と背筋を伸ばして髭を震わせた。

　剛士は腕を組んだ。

　ランバルトのペガサスは偵察機みたいなものなんだな、とすぐにわかった。考えたのは彼らに与えられた任務についてである。もちろん魔王軍の情報を得るためだというのはわかっている。どんな情報を集めようとしているのかを考えたのだ。

「クォルン族長、ちょっと教えて欲しいんだけど」剛士は涙を拭っているイノシシ頭にたずねた。

「呼び捨てで結構であります、他の者どもも」クォルンも背筋を伸ばしていた。

「前の戦いの時、ランバルト軍はなにを目的にして攻めてきたのかな」

「おそらくは……魔王軍主力に大損害を与えるつもりだったはずです。軍が潰れてしまえば、ワルキュラをまもる術《すべ》はなくなります」

「でも、軍の損害は少なかったんだよね」剛士はたずねた。

「はい、総帥閣下が降臨された影響で、敵の攻撃が失敗しました」

剛士はふーんと唸り、自分にキツイ視線を注ぎ続けている人物に気づいた。だれあろうアーシュラである。

「ドラクール軍事顧問、ちょっと相談なんだけど」剛士はアーシュラを呼んだ。

「なんでしょうか」アーシュラは傍らに立った。まだふくれっ面である。

剛士は小さな声で伝えた。

「さっきは、ごめん」

ビューティな吸血鬼が息を呑むのがわかった。

「ひとことだけで済むとお思いか」

「思わないけど。いま、時間ないし」剛士は彼女を見た。ごまかしているわけではない。本音だった。普段なら圧倒されるはずの美貌にもぽおっとはならない。目前のシビアな問題にハマっているからだ。

「わかりました」アーシュラも背筋を伸ばした。

「ランバルトってさ、魔王領の征服が目標なんだよね」

「いまさら言うまでもありません」

「そのために絶対必要な条件はなにかな」

「魔王軍の撃破とワルキュラの占領です。この二つが同時に実現した場合、魔王領は崩壊します」

そこまではきはきと口にしたアーシュラは突然声を落とし、付け加えた。

「各部族が、魔王陛下の統治から離脱することで生き残りをはかるからです。魔王領は多民族国家です。魔王陛下が勝てなければ即座に崩れ去るでしょう」

「あ」

剛士は即座に理解した。大いにやばそうだな、と思った。

かれはブラントラントへ飛んでくる原因となった飯田のことを思いだしたのである。

いまから思えば、剛士のクラスは飯田という独裁者に支配された多民族国家のようなものであった。

それを剛士が崩壊させた。

まず飯田の手下を潰し、最後に飯田本人をクラス全員の前で罵倒して。

でかい身体と凶暴な性格でクラスを支配しているように思えた彼の足下は、剛士がその気になって減らず口をたたいた途端、崩壊した。クラスの全員が飯田を見放した。

要するにこれはユーゴスラビアみたいなちょっと独裁が入った多民族国家が壊れる時と同じパターンである。というか、同じようなものだ、と思って剛士は反撃作戦を計画した。まず手下どもの弱味を突いて支配体制を弱体化させたのち、独裁者本人《いいだ》を攻撃したのである。

だからこそ、アーシュラの話でピンと来た。

独裁者こそいないものの、魔王領も似たようなものなのだ。

まずあっちこっちの領地を奪われて。

んでもってワルキュラのそばまで攻め込まれて。

魔族たちはこの先どーしよーかなー、なんて考えている。

要するに、いまの魔王領は剛士のクラスと同じ状態なのだ。

飯田の立場に立たされているのは田中魔王陛下。おまけにかれは、その地位を剛士に押しつけたがっている。

まずい。凄くまずい。

思わずツバをのみこんでしまう。背中にぶわぁっと汗が噴き出した。なんとなくわかってはいたものの、自分の頭で問題を整理したことで、ようやく状況の深刻さを体感できたのである。

「勝利を得るためには、なにか、決定的な手段を」アーシュラが言いかけた。

剛士は菫色の瞳を見つめた。下唇をきつく噛んでいた。

アーシュラは胸を押さえた。

自分を見つめている少年の目が、これまでとはまったく違っていたからだ。かれの瞳には、怯えや、自信のなさを示すものは一切浮かんでいなかった。

「決定的って?」剛士はたずねた。

「それは」アーシュラは口ごもった。それを考えるのがあなたの仕事でしょう、とツッコミたくなった。

「僕は無理だと思う。今回は特に」彼女の戸惑いを無視して剛士は言った。「先手を打たれているし、ランバルトって戦争は強いみたいだし」

「ならば、なにもできぬと仰るのか」アーシュラはおもわず声を荒げた。

「そんなことは言ってない」剛士は首を横に振った。

「魔王軍が戦いに負けて、ワルキュラが占領されたら魔王領は終わりなんだから……つまり、ランバルトの目的を邪魔できれば、負けたことにならないんだよね」

「それは、そうですが」なにを言い出すのか、という声のアーシュラ。戸惑った表情を浮かべている。それができないからこそ、魔王領は困っているからだ。

「テュポーン大佐!」剛士はアーシュラの?をそのままにして大声で呼んだ。

「レルネーで結構です」（×100）

「ペガサス空中騎兵はばらばらに動いているの」

「はい。偵察任務らしく、多くても数騎で飛びまわっております」レルネーは答え、はっとして100個の顔を見合わせた。自分が、同時に同じ事をしゃべっていたのに気づいたのだ。なんか、ちんちくりんな総帥閣下の発せられたいまのお言葉にはかれをしてそうさせてしまう雰囲気があったのである。

「ラッシュバーン」予想通りだと知って思わず微笑を浮かべた剛士はウィングドラゴン撃墜王を呼んだ。

「はい、閣下」

「第101空中突竜戦隊はただちに出撃。セントール上空に侵入したペガサスを追い払ってください。情報がなければ、困るはずです。ただし、夜明け前には戻って。ランバルトは決戦をしかけてくるはず……だよね？」

「イエス・サー！」

ラッシュバーンはバシリッ、と敬礼をしてみせると、ぐわっと羽根をひろげ、指揮センターから吹っ飛ぶように出ていった。

「閣下、我々は」

「あたしたちはぁ」

クォルンやセシエがたずねる。剛士がいかにもな態度を示しているので、その気になっているのだ。

「ちょっと待って」剛士は抑えた。全員が素直に従う。眉を寄せて難しい顔になった剛士は、いかにも大反撃作戦を考えているという感じだったからである。

だが、実際は、困っていたのだった。

いざ命令を下したとたん、一時的に盛り上がった気分が消えてしまったのだ。普段の気の弱いちんちくりんが復活していたのだった。恨みと執念の濃縮率が低く、増殖炉が臨界に到達しなかったらしい。

しかし魔族の皆さんはそんなこと知ったこっちゃない。さすがは次の魔王陛下、と大いに気分を良くしている。

ただ一人、置いてけぼりを喰っていたのは当の剛士だけであった。

（もしかして、自分から泥沼に足を踏み入れてしまったんじゃなかろうか）

と、ようやく気づいている。さっきまでは冷たい視線がイタかったが、今度は期待の視線がイタい。またもや腹を押さえてしまった。

いくらなんでも限界だぁ、と気が遠くなりかけた時、

「お兄ちゃん、すっごーい」

と舌ったらずの、目指せアイドル声優、声優養成所卒業三年目、実は別名で18禁美少女ゲーム出演経験あり、もちのろんろん今度の作品に勝負賭けてます系の声が響いた。

「ね、ね、すっごいよね、へーか」

「うんうん、凄い、凄い。さすがだねぇ」

田中魔王陛下とリアちゃんのご登場であった。二人とも、緊張感のないことおびただしい。リアは田中さんの首からぶーらぶーらしているし、田中さんは田中さんでにやけている。やっぱ、そういう属性の人なのですな。

「陛下！」クォルンが嬉しそうに報告した。「小野寺殿は……総帥閣下は……うっ」

あとはもう声にならない。

「うんうん、よかったよかった」田中さんも嬉しそうであった。オタク兄ちゃんだけどいい人でもあるので、思わずもらい泣きなんかもしている。

「よぉーし」涙をぬぐった田中陛下は大声を張り上げた。「じゃあ今日はひとつ、僕の魔王としての仕事の最後にしよう。次からは小野寺君が魔王だよ。みんな、いいね！　全軍出撃！　ジーク・ジ○ン！」

剛士以下全員がズッこけた。田中魔王陛下はどこまでもお約束を大事にする御方なのであった。

4　平原の死闘！　僕が魔王だ！……聞いてないよ

1

戦争は朝寝坊な人には向かない。

セントール平原へ再び侵入したランバルト王国軍と急遽《きゅうきょ》出撃した魔王軍が激突したのは魔王暦１００２年9月18日午前5時、ようやく二つの太陽が地平線へ顔をだしたころだった。

ランバルト軍の布陣は重厚である。横長の長方形を敷き詰めたように並んだパイク兵、その後方の弓兵。両脇には騎兵が待機している。

魔王軍も似たような陣を敷いた。

先陣はドワーフとゴブリンのパイク兵が長方形で槍ぶすまをつくりあげ、後方ではエルフ魔法大隊が魔法詠唱の準備を整えた。陣の左側にはケンタウロス選抜騎兵隊が待機し、左側ではケルベロス親衛突撃戦隊《ガーズ・アサルト・スコードロン》がわんわんわんと一頭あたり三つの頭でほえ立てている。

「正々堂々の大決戦だなぁ」本陣が置かれた小高い丘から戦場を見回した剛士は感心しきった声でつぶやいた。暢気と言ってもいい。軍は田中さんが自ら率いているので、気楽な立場に戻れたからである。

「みんな、元気いっぱいですわ」ちりん、と腰の鈴を響かせながらスフィアが答えた。「すべて、剛士様のおかげです」

「田中さんが命令したからじゃないの」剛士は天抜高校の制服に大鎌《おおがま》というとんでもない戦装束のスーパー美少女から目を逸らせた。指揮センターで、思わずもの凄いことを考えてガラにもない真似をしてしまったことが恥ずかしくてたまらなかった。

「いいえ、剛士様のおかげです」スフィアは言った。その声に含まれた厳しさに剛士はぎくりとし、彼女を見つめてしまった。

「どういう意味」

「おわかりのはずです、もう」スフィアは彼をじっと見据えた。「魔王領は不安に包まれていました。兵士たちは自信を失っていました。魔族たちは迷っていました。しかし、剛士様は、かれらにはっきりとした命令を与えられました」

「偵察を邪魔して、って頼んだだけだよ。少なくとも、ランバルトが困るというのはわかったから」

「なぜおわかりになったのです？　なぜ、ランバルトの邪魔をすることがよいことだとおわかりになったのですか？」

「なぜって……」剛士は口ごもった。説明のできるようなことではないからだ。

「おわかりになっていないのであれば申し上げます」スフィアはきっとした表情になった。

剛士は蒼くなった。まさか、僕がスフィアのことを……あの……あれだって気づかれて……それでもって……

しかし、スフィアが口にしたのは意外な言葉だった。

「剛士様はみんなに未来を示されたのです」

「未来？」剛士はぽかんとした。意味がわからなかった。

「そう、未来です」スフィアは微笑んだ。

「田中魔王陛下のもとで失われかけていた未来を取り戻したのです。剛士様という魔王のもとで描かれる未来を皆に垣間見せたのです」

「そんな、あれだけのことで」

「あれだけのことだからこそ大事なのです」スフィアは剛士の手を握った。「今日は負けません。絶対に。たいへんな困難に直面はするでしょうけれど、絶対に負けません。剛士様がいらっしゃる限り」

剛士が返事をする暇はなかった。

ランバルト軍の本営から進撃ラッパが吹き鳴らされたのだ。

剛士は敵陣に目を向けた。パイク兵と弓兵が前進を開始している。戦場の南北に、かなり大きな森があるのがふと、目にとまった。

剛士は眉を寄せた。なにかが囁きかけていた。しかしそれがなんであるのか、思いつけない。

スフィアは剛士の横顔をそっとみつめていた。


「ウランコール槍兵団、前進に移りました！　マラックス弓兵隊、後方に続きます！」ランバルト軍後方の丘に設けられた本営に、伝令の報告が響きわたった。

「うん、御苦労」フェラール三世は丁寧かつにこやかにうなずいた。伝令が美少年だったからである。

「ここまでは予定通りですな」カディウス公爵が話しかけてきた。

「あとは敵が引っかかってくれるかどうか」

「魔族は率直《そっちょく》だからね」フェラールは意外なことを口にした。

「率直、ですか」

「義理堅いし、約束も破らない」フェラール兄ちゃんはカンペを見ていなかった。自分の考えで話しているのだ。

戦争が嫌いなだけで、おバカではないのである。

「まるで、魔族を誉めておられるようですな」カディウスはむっとした様子だ。「あのように薄気味悪い奴らを」

「しかし、同盟を結ぶ相手としてはパライソやコレバーンよりよほどましかもしれないよ」とフェラール。

「実際、わたしは子供の頃、そう考えたことがあったのだ。まだ、魔族との戦いが始まる前だった。母上から魔族の性質を教わり、さまざまな可能性を夢みた。母上は戦争がお嫌いだった……」

「すでに戦っておるのですぞ、我々は」カディウスは叱るような声だった。

「うん」フェラールはうなずいた。そして、どこか悲しそうに付け加えた。

「そうだ。だから……勝たなければいけないんだろうね」

シレイラの言うとおりにして、という言葉をフェラールはかろうじてのみこんだ。

魔王軍は盛り上がっていた。ゴブリンもトロールもゴーレムもケンタウロスも、今日はイケると元気いっぱいである。スフィアが言ったとおり、剛士を通じて今まで見えなかったものが見えていたのだ。

それに、田中魔王陛下。

今日を魔王としての最後の仕事にすると宣言したこのオタク兄ちゃん、えらく勢いがいい。でっかくジ○ンの国章を刺繍した魔王専用スペシャルデラックスウルトラ空飛ぶ絨毯《フライング・カーペット》ｖｅｒ．ｋａに乗り、整列した軍勢を巡って士気を鼓舞するわ、兵士たちの挨拶に愛想よく応じるわで、もうご機嫌である。調子にのって、とうとう演説まで始めてしまった。

「兵士諸君！　セントールの田中である！」

宙に浮いた絨毯の上にすっくと立った田中魔王陛下はなんか著作権的にヤバそうな感じで話し始めた。周囲には風の精霊さんたちが飛びまわり、あまり肺活量の大きくない彼の声を軍勢全体にひろげている。

「過去一〇〇〇年、歴代魔王は諸君らとともにブラントラントの平和を願ってきた。我々はみずから戦いを望まず、けして他国領を侵すこともなかった！　しかしランバルトは我々のあらゆる働きかけを無視し、魔王領へ侵攻し、土地を奪った。魔族と人族が共に生きる楽土を！　はたしてこれは許されることだろうか！」

「だめだぁ！」田中さんの隣にいるトゲトゲ生えまくり

の鎧を着込んだリアが叫んだ。

「うぉぉぉぉっ」呼応して歓声をあげる魔族たち。

にっこりする田中さん。ただし、真っ黒な魔王様専用の鎧を着込んだ足下はわずかにふらついている。オタクだけあって体力がなく、鎧が重くてたまらないのだった。あぶない幼女な見かけに似合わぬ怪力の持ち主であるリアがさっと手をのばし、田中さんを支えた。

田中さんはリアの肩に手を置き、演説を続けた。

「今日、我々はここで戦う！　そして勝つ！　確かにランバルトは強く、我々は苦戦し、諸君らの多くはこの地で倒れることになるだろう！　しかしそれは、魔族と人族が、誰からも差別されることなく自由に生きることのできる魔王領をまもるための尊い犠牲なのだ！　諸君がそれを信じているのならば、我々が敗北することはない！　ランバルトはたちまちのうちに形骸《けいがい》と化す！　僕はいまあえて言おう！　ランバルトはカスであると！」

「うぉぉぉぉぉっ」

歓声に答え、田中さんは両手をひろげた。

「戦おう！　悲しみと誇りを抱いて！　僕も諸君と共に戦う！　いまこそ、いまこそ立て、魔王領の民よ！　我々の未来のために！　魔族万歳！　人族もついでに万歳！　ジーク……じゃなくて、魔王領万歳！」

「魔族万歳！」

「魔王領万歳！」

「魔王陛下万歳！」

「全軍前へ！　ランバルトをうち破れ！」

「おおおおおおっ」

「ゴブリン強攻連隊前へ！」

「トロール義勇兵も遅れるなぁ！」

気合いのはいった命令が飛び交い、パイクの林が動き始める。魔導士たちが一斉に防御呪文の詠唱をはじめた。

後に第二次セントール会戦と呼ばれることになる決戦は、いま、幕を開けた。

2

魔王軍、ランバルト軍双方のパイク兵は戦場中央で激突した。第一陣として投入した兵力は魔王軍が約7000、ランバルト軍が5000、魔王軍側が優勢である。

「ゴブリン強攻兵、パイク構えぇ！」

今日ばかりは、とみずからゴブリン部隊の指揮に当たっているクォルンが大声を張り上げる。

ざっ、と音をたててゴブリンたちがパイクを高く構える。

「叩けぇっ！」

「おおおおぅ」

突き上げられたパイクの斧と槍を合体させたような穂先が振り下ろされ、ランバルト軍に降り注いだ。

ぐわっし、がしっ、とランバルト軍の最前列で壮絶な音が響き、無数の悲鳴があがった。パイクの先端に備えられた斧の部分で兜ごと頭を叩き割られた兵士たちがばたばたと地面に倒れ伏した。

ランバルト軍も負けていなかった。

「耐えろ！　崩れるなぁ！」

ウランコール槍兵団を率いる赤毛の猛将、イーサン・ウランコール団長が筋肉だけでできあがっているようながっしりした身体を伸び上がらせながら怒鳴り、兵士たちを鼓舞する。戦慣れしているだけあって、すぐに反撃態勢を整えた。

しかし、その間にゴブリンたちは第二撃の準備を終えている。筋力差の影響か、ゴブリンたちの方がわずかに動きが早い。

このままではまずいと見て取ったウランコールは後方に向けて怒鳴った。

「マラックス！　主が弓兵の出番じゃ！」

「おぉ！」

槍兵たちのすぐ後方に展開していたマラックス弓兵隊から若々しい声が応じた。フェイ・マラックス。ブラントラント最強の弓兵隊を若くして父から継いだ弱冠15歳の隊将である。

「弓兵隊構えっ」マラックスは少女のように甲高い声で叫んだ。

いや、ように、ではない。純白の鎧、漆黒の愛馬にまたがったフェイは丸眼鏡とポニーテールが良く似合うちょっとかわいい女の子であった。

ずらりと横に並んでいた弓兵たちが天を突き上げるように弓を構え、矢をぐっ、とつがえた。

「お嬢様！」弓兵隊副将、フェイからはもちろん爺やと呼ばれているゴスタールが白髭を震わせて報告した。

フェイが高く澄んだ声をあげた。

「よぉぉし、放てぇーッ」

弦が鳴り、ヒュッ、と風切音をあげて無数の矢が空中に打ち上げられた。見事な弾道を描いて味方の頭上を飛び越え、魔族に向け、雨のように降り注ぐ。

最初のうち、矢は空中で逸れた。風の精霊を呼ぶ防御魔法が効果を発揮し、あさっての方角に吹き飛ばされたのだ。

しかし魔法にも限界があった。精霊たちが疲れ、無数に降り注ぐ矢を逸らしきることができなくなり、ついにゴブリンたちへと矢が突入する。

肉に包丁を突き刺したような音とともに、ゴブリンたちの頭や肩に矢が突き刺さる。人族に勝る体力があるとはいえ、何本も矢が命中してはたまらない。ゴブリン槍兵たちは凄まじい悲鳴をあげて倒れていった。

「あちゃ、いけない」

ゴブリンたちの後方を進んでいたジョス・グレナムが舌打ちを漏らした。口調こそふざけきっているが、表情は真剣だ。ジョスはずらりと並んでローブをなびかせている魔導士たちに怒鳴った。

「第11魔導連隊、攻撃魔法、いけぇ」

魔導士たちが次々に詠唱をはじめる。

「……いと優しき精霊たちよ……」

「……我らの願いを聞き届けたまえかし……」

のんびりしているわけではない。それどころか、全員がムチャクチャな早口である。戦場でのんびり詠唱している時間はないために開発された高速詠唱術だ。これを可能にするために、魔導士たちは普段から早口言葉の練習をおこたらない。訓練は壮絶である。魔導連隊に所属する1800人の魔導士たちが一斉にナマムギナマゴメとかトーキョートトッキョキョカキョクとか一日中唱え続けるのだ。

そしていま、訓練の時と同様に、全員が高速詠唱を終え、一斉に最後の祈りを口にした。

「来たれ！　天空の炎よ！」（×1800）

ランバルト軍の頭上に無数の炎が球体となって生じた。たちまちのうちに燃えさかり、一斉に降り注ぐ。

炎の雨がランバルト軍を燃え上がらせる、そう思われた瞬間、かれらの頭上にばっと霧のようなものが生じた。降り注ぐ炎とぶつかり、噴火口のような水蒸気を吹き上げる。ランバルト側の魔導士――バランサイト僧兵団が防御魔法で水のバリアーを張ったのだ。

もちろんかれらの防御魔法にも限界はある。少なからぬ数の炎がそこを突き抜け、ランバルト兵を枯れ木のように燃え上がらせた。とはいえ、その数はジョスが望んでいたほど多くはない。

「やるぅ」

ジョスは唇をすぼめた。僧兵団だけあって敵は防御魔法が大の得意なのだ。

「おーい、伝令」

ジョスは命じた。素早く舞い降りて膝をついたのはハーピィの伝令兵であった。全身の大部分が鳥であることをのぞけば美人である。

「セシエちゃんに伝えてくれ、防御魔法に気合いをいれてチョーダイって。敵はよく呪文を練ってる。今日はしんどいぜ」

「他にはございませんか」ハーピィはジョスの顔をじっと見つめた。

「えーとね」ジョスはにやりとした。

「君の名前とＰＪＳの番号」

「フィリカです」ハーピィは頬を紅らめた。実はジョス君、下心丸出しで自分の部隊を率いている。第11魔導連隊にはいろいろな種族の若い娘さんしか入れないのである。ハーピィだって例外ではない。ジョス・グレナム大佐はきわめて守備範囲の広い人として魔王領じゅうに知られている。

「番号は」ジョスはたずねた。

「いまは駄目」フィリカはますます紅くなった。

「焦らすのか」ジョスはにやりとした。

「ま、いいさ。戦が終わったあとの楽しみにしておくよ、フィリカちゃん」

「陛下」カディウス大将軍がシブイ顔で進言した。

「魔族ども、今日に限って勢いづいておりますな。増援を投入すべきかと」

カディウスの声には不安が潜んでいるのをフェラールは見逃さなかった。

「なにか心配があるのかね、大将軍」

「敵軍についての情報が不足しております。偵察へだしたペガサス空中騎兵《エア・キャバルリー》がウィングドラゴンに喰われましたので……我が方の偵察をそこまで妨害するなど、これまでにないことでございます」

「そうだね」

戦争に関することなのでフェラールは頼りない。ちらり、とカンペをのぞく。舌先で唇を湿らせた。

「いや……まだ。まだです。もっと敵を引きつけましょう」

「陛下」ぐっと息をのむカディウス。感動しているのだ。戦場で、味方が押されている時に冷静でいられる者こそ本当の王者だと知っているからであった。

「お見事です」

フェラールは憂いに満ちた顔で首を横に振った。

（おおお、この人にしてこの謙虚さ……この御方こそ……）

カディウスはもう落涙寸前の大感動である。

もちろんフェラールはいい迷惑であった。シレイラのアイデアをいかにも自分の考えのように話していることが恥ずかしくてたまらないのだ。

ちらり、またカンペをのぞいてからフェラールは小さな声で言った。

「苦戦はいたしかたありません。敵をもっと引きつけてください」

「はっ」踵を打ち合わせて深く礼をおこなうカディウス。

「ただ……」フェラールはカンペを見ずに付け加えた。

「兵を苦しませすぎてはなりませんよ。防御魔法を強化するように伝えてください」

これまた素の言葉であった。フェラール兄ちゃん、戦いで人が傷つくところを見るのが大嫌いなのである。兵を案じた言葉というより、性格である。

「はっ、そのお心だけで、兵どもは勇気百倍いたすでありましょう」

勝手に国王の御心を想像したカディウスはさらにフェラールへの尊敬を深めつつ、てきぱきと命令をくだしはじめた。

ハーピィの伝令たちが前線と本営のあいだを忙しく行き来している。

「クォルン殿直率のゴブリン強攻二個連隊は、敵槍兵第一陣と接触、猛攻を加えております！」

「第11魔導連隊、冷凍魔法の詠唱にはいりました！」

「ラッシュバーン大佐、戦隊の再集結を完了！　陛下の御命令あり次第、投入可能です」

「陛下！」きゃろりん、という効果音とともにセシエ・ハイムが進言した。

「エルフ魔法大隊の投入許可ちょーだい！　防御魔法の気合い入れないとつらいみたいなの！　あたしが直率するから！」

本営の中央に据えられた玉座にでんと座った田中さんは即座にＯＫをだした。

「いいよ、セシエ。気をつけて」

「まっかして！」セシエは細い腕でガッツポーズをとると、美形のエルフばかりで編制された大隊のもとへかけていった。

剛士はなかば呆然の体《てい》である。眼前で繰り広げられる大軍同士の大決戦に圧倒されている。

「どう、小野寺君、感想は」田中さんはにやにやしていた。

「いや、なんか……凄いですね」

剛士の言葉を耳にした田中さんは笑い声をあげた。バカにしているのではない。実に楽しげな笑いである。

「僕も最初はそうだった」そこまで口にして、田中さんは真面目な顔になった。「でも、華々しいことばかりじゃないよ、戦争は……アーシュラ！」

「はい、陛下」敬意も露わに応じるアーシュラ。なんか、剛士への態度と全然違う。とんでもない美人のクセして、オタク兄ちゃんに頬を紅らめちゃったりしている。アーシュラの一方的なアレらしいが、二人のあいだには何かあるようだ。

「小野寺君にさ、いろいろな場所を見せてあげて」田中さんは命じた。

「どんなところを」

「そうだな」田中さんは顎を揉んだ。

「野戦病院なんか、いいと思う」


戦場北方。木の枝や草で全身を偽装した兵士が頭をあげた。

慎重に周囲と上空を見回す。

敵影は、ない。

ほっと溜息を漏らした兵士は後方の森へと急いだ。

戦場の喧噪とは無縁に思える森……

が、その内部には数千のランバルト兵士が身を隠している。

「将軍、敵ウィングドラゴンは偵察をうち切ったようです」

「御苦労！」グラッサーはバン、と大きな手で兵士の肩を叩いた。

これがシレイラの秘策なのだ。主力の右翼と左翼、つまり東西の森に別動隊を潜ませ、魔王軍が引きずり出されたところで、一挙に包囲、殲滅する。

グラッサーはその右翼部隊を任されているのである。

「見ておれよ」グラッサーは魔族よりさらにおっかない顔になって呻いた。

「必ずや貴様に吠え面かかせてやるわ、オノデラ・ゴウシ……」

3

　ぷるぷるぷるぷる。赤十字のタスキを巻いたスライムたちが担架を頭の……というかまぁ、そんな感じの部分に載せて大きなテントに運び込んでいる。

　しかし、ギャグっぽいのはそこまでであった。テントの内部は殺気だっていた。

「軍医長殿、重傷ぷに！」スライム衛生兵が叫ぶ。

「診断はしたの！」続出する負傷者の手当で休む間もない美人のエルフ軍医さんが厳しい声でたずねる。

「右上腕部重度裂傷、左太股に鏃《やじり》がささったまま、出血多量ぷに。応急止血処置と強心剤50ミリグラム投与、治癒魔法二回ぷに！」

「すぐにオペ！　手術テントに運んで！」

「了解ぷに！」

　スライムたちが大ケガをして苦しげにあえいでいるゴブリンを、手術テントへ運んでゆく。

「あなたがたは？」テントの入り口近くに立っている人影に気づいたエルフ軍医はキツイ声で言った。野戦病院に見物人を置く余裕はないのだ。

「総帥閣下の御視察だ、シャナン軍医長」アーシュラがこたえた。

「御視察？」シャナンはいぶかしげな表情を浮かべたが、剛士の姿に気づくと軍服の上に白衣というスタイルのまま、ぴしりと踵を打ち合わせた。

「タトゥラ・シャナン軍医中佐であります」

「小野寺剛士です。忙しいところ、すいません」剛士は丁寧に挨拶した。ちょっと落ち着かない感じである。無理もない。まわりには、負傷して呻き苦しむ魔族や人族たちが寝かされているのだ。

「あの、僕は気にせず、仕事に戻ってください」

「言われなくともそうします」シャナンは即座に応じたが、ほんの一瞬だけ微笑んで、つけ加えた。

「できれば、皆を励《はげ》ましてやっていただけませんか。喜ぶと思います。治癒魔法も外科手術も万能ではないのです」

「あ、えと」剛士はかくかくとうなずいた。「わかりました」

「ありがとうございます、総帥閣下。そこの衛生兵《スライム》、なにをしている！　暇なら治癒魔法のひとつでもかけてやれ！」

　シャナンはスライム衛生兵を怒鳴りつけると、とうとうテントには収まらなくなった負傷者たちの様子を見に外へ駆けだしていった。

負傷兵はゴブリンとトロールがほとんどだった。いまのところ、主力で戦っているからだ。腕を失った者、脚を切断された者。全身を包帯に包まれている者もいる。大事故でも起きなければ、どんな病院にもこれほどの重傷者が並ぶことはないだろう。

そして、全員が剛士を見ていた。

目を失った者は、音だけを頼りに、包帯に包まれた顔を剛士へ向けようとしている。

一方の剛士はと言えば……

固まっていた。呼吸すらままならない。眼前の異常な情景に怯えきっている。

足が地面にはりついたように重く、一歩も踏み出すことができなかった。

「剛士様」すっと、背中へ手をさしのべたスフィアが囁いた。

「皆、お言葉を待っております」アーシュラが強い、押し殺した声で言った。

「あ、うん」剛士はうなずき、負傷者たちを見回した。

痺れたように動きの悪い舌のまま、かろうじて挨拶をする。

「あの……皆さん、小野寺です」

ううっ、と地の底から響くような唸りが生じ、片手をギプスで包まれたトロールが号令をかけた。

「総員、総帥閣下に、礼！」

負傷兵たちは痛みをこらえながら剛士に敬礼する。中には、手首から先が切り落とされた腕で懸命に敬礼しようとしている者すらいた。

その姿を目にしたとたん、剛士を縛り付けていたなにかが消え失せた。彼はさっと足を踏み出し、負傷兵たち一人一人に声をかけていった。

「御名前は」剛士は片目と腹を包帯で覆われたゴブリンの兵士に話しかけた。

「ドルス……ドルス・ロム一等兵であります、閣下」

剛士はうなずいた。それ以上、なにを話して良いのかわからなくなる。思いあまって、本人には一番尋ねてはいけないことを口にしてしまった。

「傷の具合はどう？　治癒魔法だっけ、あれをかけて貰っているから治るんだよね」

「どうですかね」辛い、というより優しい声でドルスは答えた。

「治癒魔法は普通の傷には効くんですが、手足は生やしてくれませんから」

　ドルスの足にかけられた毛布は、足一本ぶん、ふくらみが足りなかった。

「あ、あ、そうだよね、うん」剛士は懸命にうなずいた。かぁっ、と頭に血が昇っている。

「気になさらないでください、総帥閣下」ドルスはにっこりとして剛士を慰めた。

「こちらにいらしたばかりで魔法のことは御存知ないんですから。それに、これで俺も故郷に帰れますさぁ」

「故郷はどこなの」剛士は熱くなった頰に手をあてながらたずねた。

「ゴブリン郡の南端にあるロメスって村です。家族はみんなそこで暮らしております」

「お家の仕事は」

「農家です。なに、脚の一本ぐらいなくても、畑いじりぐらいできます」

「うん。そうだよね。きっとできる。きっとできるよ」

剛士は目の下を拭った。いつのまにか、濡れていたのだ。

「さ、他の連中にも声をかけてやってくださいまし、俺だけじゃ恨まれちまいます」ドルスは自分もイノシシ顔を拭いながら笑った。

「うん、ありがとう。またね」

　剛士の負傷兵巡りはこんな感じで続いた。どちらが励まされているのやらわからない有様だったが、不思議なことに、声をかけられた者は皆一様に、嬉しそうだった。戦いで傷ついた恨みを口にする者はただの一人もいなかった。

　なぜだろう、と剛士は思った。地球の歴史では、戦場で傷を受けた恨みを抱いて生きる人は珍しくないのだ。いったいなにが理由なのか……

「総帥閣下、ぷに」

　気がつくとスライム衛生兵がそばに来ていた。シビアな表情だ。

「なに」

「奥のベッドにいるトロールに声をかけていただきたいぷに」スライムは言った。

　剛士はそちらを見た。それだけで、スライムが頼んできた理由がわかった。ベッドに寝かされたトロールは、とんでもない重傷を負っていたのだ。

「小野寺です。君の名前は」

ベッドの傍らに置かれた椅子に腰掛けた剛士はトロールに微笑んだ。

「ミレス・ティント二等兵であります、閣下」包帯で全身を包まれたトロールは上体を起こそうとして苦痛の呻きを漏らした。

「いいから、いいから、そのままで」剛士はそっとミレスをベッドに戻した。全身をランバルトの火炎魔法で焼かれたらしい。重度の火傷……治癒魔法も薬も効果がないほどの火傷なのだ。

「頑張ったんだね」剛士は言った。少しは話しかけかたがわかってきたので、総帥らしい言葉をつけ加える。

「魔王陛下にお知らせしたら、お喜びになるよ」

「本当でありますか」ミレスは目を輝かせた。包帯の隙間からわずかにのぞく獣のように尖った顔から、ミレスがまだ若いことがわかった。

「絶対さ。田中魔王陛下は優しい方だから。君はいくつになるの、僕は17なんだ」剛士は懸命になって言った。ミレスの気分を少しでもいまの辛さから逸らせてやろうとかれなりに考えての言葉だ。

「じゅう、15です、閣下」ミレスは苦しげな息をしながら言った。

「15？」

剛士は目を丸くした。信じられなかった。

「どうして15で軍隊に？　まだ戦わなくても……」

「家族と、故郷のためです」ミレスは牙を剝きだした。笑ったらしい。

「俺の兄貴は、家を出て東の入植地で雑貨屋を開いてました。ランバルトの軍隊が攻め込んで、兄貴と、兄貴の家族を殺しました。それで、俺が軍隊に志願したんです。本当は親父が入ると言ったんですが、もうとしだし……」

剛士はまだ理解できなかった。

「だってお兄さんは雑貨屋だったんじゃないの？　なんで兵隊に」

「ランバルトの奴らは魔族が嫌いなんです。魔族と仲良くする人族も嫌います。だから、殺すんです」

「それだけで」

「総帥閣下……初代の魔王陛下が降臨なさるまで、俺の先祖も人族からひどい扱いをされていたそうです。腹に据えかねて人族を殺したこともあると。ひでぇことをしたもんだと思いますが、他にどうしようもなかったんです」

「……」

「もちろんいまは違います」剛士の沈黙の意味を取り違えたのか、ミレスは慌てて言った。

「いまじゃ、そんなことはありません。故郷《さと》の隣にはその国から逃げてきたマケインさんて人族の一家が住んでて、もう爺さんの代からのつきあいです。凄くいい人たちで……俺の妹、イリシャもかわいがって貰ってます。でも、それは魔王領で、魔王陛下が俺たちを守ってくださるからなんです。魔族が安心して暮らせるのは……魔王領のほかにありゃしません」

剛士は思わずミレスの手をとっていた。

唐突に理解できたのだ。

ミレスは信じている。魔王と、魔王領を。それだけが自分に、いや、自分の家族に幸せを与えてくれるのだと。だから、これほどの傷を負っても恨み言ひとつ口にしないのだ。

他の負傷兵たちも同じだ。

かれらは魔王を心から信じている。

だからこそ、魔王も、かれらのために戦わねばならないのだ。

「そうだね」剛士はうなずいてやった。

「ここは素晴らしい土地だ。魔王陛下も、素晴らしい御方だ」

「だったら」そこまで言ってミレスは呻いた。息がさらに苦しげになっている。

「なんだい」剛士はたずねた。頬が濡れていることにも気づいていない。

「勝てますよね、閣下。必ず勝てますよね。みんな、これからも仲良く暮らせますよね」

ミレスは痛いほど剛士の手を握りしめていた。

声がでない。剛士は何度も唾を飲み込んだ。いてもたってもいられない思いがした。どうしていいのかわからなかった。しかし、なにかを言わなければならない気がした。

「……安心していいよ」

剛士はむりやり声を押し出した。

「勝てる……必ず勝つ。陛下は必ず魔王領を救ってくださる」

「みんな大丈夫ですよね。総帥閣下の代になっても大丈夫ですよね」ミレスは苦痛に青ざめた顔でさらにたずねた。

「親父もお袋も……イリシャも、マケインさんも」

「大丈夫だ」剛士はうなずいた。だんだんと声が大きくなっていった。

「みんな幸せに暮らせる。必ずそんな日がやってくる。陛下が絶対にそうしてくださる！」

剛士はそこで大きく息を吸い込み、思ってもみなかった言葉をミレスに伝えた。

「もし陛下がだめでも、僕が必ずそうしてみせる！」

「閣下……良かった……ああ、帰りてぇなぁ」

ミレスの瞳に安堵の色が浮かんだ。ふぅっ、と大きな息をつく。瞼が落ち、トロールの長い手から力が抜けた。

「ミレス」ぞっとするような思いとともに剛士は呼んだ。が、ミレスはこたえない。

「ミレス！　おい、しっかりして！　家に帰るんだろ！　みんなと一緒に仲良く暮らすんだろ！　おい！　目を開けろ、目を開けろってば！　軍医長！　軍医長！」

狂ったように叫ぶ剛士に呼ばれて駆けてきたシャナンがかがみ込み、ミレスの脈をとった。

しばらくして顔をあげ、顔を横に振る。

「かれは魔王陛下に忠誠を尽くしました」

「どうして！」

剛士は叫んだ。

「どうして！　まだこんなに温かいのに！　大丈夫だよ！　もう一度診てよ！　まだ助かるよ！　死なせちゃだめだよ！　魔法は？　薬は！　ミレスは家に帰らなきゃいけないんだよ！　みんな待ってる、家でみんな帰りを待ってるんだよ！」

「閣下」

背後からアーシュラが抱きとめた。

「離せよ、冷血女！」

剛士はわめいた。完全に錯乱していた。

「なんでだよ、なんでたった15で死ななきゃならないんだよ！　教えてくれよ、どうしてそこまでして戦うんだよ！」

「それが戦争です」アーシュラの声は悲しみに満ちていた。

「わかったようなことを言うなぁ！」

剛士はさらにわめき、ぽろぽろと涙をこぼした。

「子供まで死なせるぐらいなら、戦争なんて負けたほうがいい！」

その直後、バシッ、と乾いた音が響き、剛士の視界に星が飛んだ。

スフィアが、前に立っていた。

瞳に涙をためている。

　剛士に平手打ちを浴びせたのだ。

「スフィア、なんということを」血相をかえたアーシュラが叱った。

「これぐらいしなければわからないわ！」スフィアは怒鳴り返した。

「わからない、なにがわからないんだ！」売り言葉に買い言葉で剛士が怒鳴る。相手がスフィアだとわかっていてもためらいはない。

「お話ししたのに、まだおわかりにならないのですか」スフィアは悲しみをたたえた声で言い、叫ぶように付け加えた。

「教えて差し上げます！　あなたです、剛士様！　かれを死なせたのはあなた！」

　スフィアはいっぱいに涙をためていた。

「あなたが素直に魔王を継いでいたら、今日の戦いは違うものになっていたでしょう！　あなたの思うとおりに戦っていたら、これほど負傷者がでることもなかった！　それなのに……それなのにあなたは怯えて逃げてばかり！　だからミレスは死んだのです！　死ななければならなかったのです！　もう一度申し上げます、かれを殺したのはあなたです、総帥閣下！」

　剛士は下唇を噛んだ。握った拳がわなわなと震えている。殺意に満ちた目でスフィアを睨んでいた。

　次の瞬間、くるりと振り向き、野戦病院を出る。

「閣下」

　アーシュラがあわてて後を追おうとした。

「いいのです、アーシュラ」スフィアの厳しい声が飛んだ。

「しかし、スフィア」

「剛士様は一人でお決めにならねばなりません」

　スフィアはすっぱりと言い切った。その冷徹にすら響く声は、絶対にただの美少女が口にできるものではなかった。

　天幕を出た。視界がぼやけた。

　剛士は自分が泣いていることにようやく気づいた。学生服の袖で拭う。鼻を啜った。

（なんであそこまで言われなければいけないんだ）

と、思った。

　しかし、スフィアに対する反論は思いつかない。

　ひっぱたかれたのがショックだったから、ではない。

心のどこかでスフィアの言葉にうなずいてしまったからだ。

突然放り込まれた世界。

魔族たち。

次なる魔王。

ミレス。

(僕は約束した)

剛士は思った。

(彼に、約束してしまった)

確かにその通りだった。原因などどうでもいい。

剛士は、あのトロールの少年兵に約束してしまったのだ。

僕が必ずそうしてみせる、と。

剛士は気が小さい。性格も素直とは言えない。男らしさなどかけらもない。

しかし、死に際してもただ家族のことだけを案じていた少年の願いを裏切るような卑怯者にだけはなりたくなかった。

「ほら、歩け、歩け!」

険しい声が響いた。

剛士はそちらを見た。

丸腰のランバルト兵たちがトロール兵に護送されている。捕虜だ。

剛士は無意識のうちに彼らに足を向けていた。

「許可も得ずに近づくな!」

トロール兵が警告の声をあげた。すぐに自分が誰へ声をかけたのかを知り、気を付け、の姿勢をとった。

「総帥閣下、総帥閣下でありますな? もうしわけございませんでした!」

「いいんだ」剛士は首を横に振った。

「あのさ、少し捕虜と話してみたいんだけれど、いいかな」

「は、どうぞ」

剛士は武器を奪われたランバルト兵に近づいた。

「ひとつだけ聞きたい」

剛士は疲れ切り、怯えてもいるランバルト兵にたずねた。

「なんだ、おまえは……人族の裏切り者か」ランバルト兵は精一杯の虚勢を張り、剛士を見下してみせた。

「その面は……南の辺境民か、それとも魔族との混血か? いずれにしろ、血の汚れたブタだな」

「貴様ぁ、なんということを」

トロール兵が殴りかかろうとする。剛士はかれを押しとどめ、もう一度言った。

「質問に答えろ」

氷のように冷たい声。自分にこんな声がだせることに、自分がいちばん驚いていた。

「ランバルトはなぜ魔王領を攻める？　なぜ兵士でもない魔族を殺す？」

「あぁ？」

ランバルト兵は面食らった顔を浮かべ、げらげらと笑い出した。

「決まってるじゃないか！　穢《けが》れた魔族だからだよ！　獣のような面をして、牙を生やして、虫を食うような下等動物だからよ！　他に理由などあるものか！」

「ただ、魔族だというだけで……」

剛士はそれ以上、なにも言えなかった。

その様子がおかしかったのか、他の捕虜たちもげらげらと笑い出した。

（こいつらは……）

抑えがたいものが突き上げてくる。

（こいつらは……ただそれだけのことで……）

ただ自分とは見かけが違う。それだけで、他人を虫けらのように苛め殺す。そうしている自分になんの疑問も持たない。

剛士はそんな奴らのことを良く知っていた。

フラッシュバック。

自分を便器に押しつけながら卑しい笑いを漏らしていた奴ら。


ランバルトは、飯田なのだ。


魔族は剛士自身……いや、自殺に追い込まれたA君なのだ。

頭痛がした。

背後から、鈴の音が響いた。

剛士は頭をかきむしった。他人には決して話せない記憶と思いが無数にかけめぐり、増大し、脳を破裂させそうなほど膨れあがった。

剛士は絶叫した。

「わかったよ！　わかったわかったわかったわかったわかったぁ！」

剛士は喚き続けた。

「やってやる。やってやる絶対にやってやる！　約束は守るぞ！　誰にも、誰にも苛めさせやしない！　苛めさせるものか！　僕がやってやる！　絶対に、絶対にっ！」

「剛士様」

スフィアの案ずるような声。

剛士は振り向いた。スフィアとアーシュラが心配そうに見つめている。

「魔王陛下をお手伝いする」剛士はきっぱりと言った。

「閣下、それでは」アーシュラが息を呑んだ。

剛士は早口で命じた。

「ドラクール軍事顧問、戦況を確認。確認したならすぐに報告！　急いで！」

「はっ」

アーシュラはだっと駆け出し、一足先に本陣へ向かった。

それから数分、剛士とスフィアは二人だけで肩を並べて歩き続けた。

沈黙が重い。剛士はむっつりしたままだし、スフィアは何度か話しかけようとしてはためらっている。

と、二人の顔が同時にお互いを向いた。

「スフィア」

「剛士様」

そのまま固まってしまう。

沈黙。やがて剛士が小さな声で言った。

「君から先に」

スフィアは目を見開いた。こくんと喉が鳴った。どうしたわけか、頬を染めていた。

「いいのです」

彼女は首を横に振った。

「わたくしが申し上げるべきことは、もうありません。これからは、心から剛士様にお仕えするだけです」

スフィアはちんちくりんな少年の横顔を見つめ、たずねた。

「……お許しいただけますか」

「むろんさ、よろしく頼む」

剛士はうなずいた。

スフィアのズッキューンなセリフにも動揺していない。いまのかれは、普段の小野寺剛士とは違っているからだ。

一介の高校二年生ではなく、魔王領総師としてすべてを受け取っていたのだ。トロール少年兵と約束を交わした魔王領総師として。

二人は再び歩き始めた。剛士がそっと手を伸ばし、スフィアの手を握った。

スフィアはほっそりした指をしっかりとからめた。

「スフィア」剛士が言った。

「はい、剛士様」

「……ありがとう」

スフィアの指に力がこもった。

周囲のすべてを忘れてしまう、そんな気分を二人が抱きかけた瞬間――

戦場で無数の喚声《かんせい》が生じた。

剛士は注目した。

蒼ざめる。

左右の森から、ランバルトの伏兵が出現していた。

シレイラの罠が獲物を捕らえたのだ。

4

戦争大好きシレイラ王女の計画は完璧だった。魔王軍主力を完全に、罠へ陥れた。

槍兵同士の戦いは最初から劣勢を承知であった。いや、あえて劣勢を招くことで、魔王軍主力を突出させたのである。

魔王軍、すなわち田中魔王陛下は見事に引っかかった。優勢下で激戦の続く前線からの要求に引きずられ、かなりの予備隊を増援に投入してしまったのである。調子に乗るとついつい限度を越してしまうオタク兄ちゃんの悪癖と言えよう。

フェラールがカンペを覗き見しつつ反撃命令を下したのはその時であった。

シレイラの指示は、

〝敵兵の顔が本陣からはっきり見分けられるようになったら、反撃の頃合いです〟

というものであった。フェラールはその指示どおりに行動したのである。

「大将軍！」フェラールはすっくと立ち上がり、セントールの野に吹く風に銀髪をなびかせた。

「左翼隊、キケロン将軍に合図の狼煙《のろし》を！　敵主力後方へ突入させてください！」

「は、陛下！」カディウスは即座に狼煙をあげるよう命じたあと、うかがうような表情を浮かべてたずねた。

「グラッサーの右翼隊はいかがいたしますか」

カディウスの疑問は当然だった。戦いの常識から言えば、敵の側面や後方を突く別動隊は一挙に投入してこそ最大の効果があがる。豪雨だからこそ堤防は決壊するのと同じだ。

「しばらく待ってもらいます」

カンペを見ながらフェラールは答えた。

「敵には、まだ動きがあると書いて……いや、あるはずです」


左翼側面の森から魔王軍後方へと突っ込んだキケロン将軍の左翼隊は農兵と騎兵合計で約4000名であった。戦力としてはたいしたことがない。

しかし、要はタイミングである。小兵力であっても、突っ込む場所が良ければ何十倍もの効果を発揮する。

「いいぞぉ、チェドラル農兵、そのまま魔族どもの側面を叩けぇ！」

キケロンはフランケンな元美貌に似合った命令を叫んだ。愛馬とともに軍勢の先頭を進んでいる。

「ハブロス騎兵、敵後方へ潜り込み、退路を断て！」

さすがはランバルト、兵が戦に慣れている。キケロンの簡単な命令だけで部隊指揮官や下級将校たちが的確な判断を下し、部隊を魔王軍にとってもっとも厄介な位置へ突っ走らせてゆく。

魔王軍主力は、たちまちのうちに崩れた。

側面と後方からの奇襲攻撃は衝撃以上の効果を発揮した。これまで優位に立って戦い続けてきたゴブリン強攻兵に動揺が走る。どれほど優れた部隊でも、側面や後方を叩かれれば弱い。

「恐れるなぁ！」

クォルンは咆哮《ほうこう》し、部隊の立て直しに懸命であった。

ランバルトにはめられたことはかれにもわかっていた。しかし、ここで負けを認めるわけにはいかない。

このままでは軍主力が失われる。

そうなれば、ワルキュラをまもる方法はない。魔王領は崩壊してしまう。

しかし、現状から逃れる方法もなかった。キケロン隊の投入と同時に、これまで防戦一方だった正面の敵主力も態勢を立て直し、反撃へ移ろうとしている。

「ブーラーン！」

クォルンは肩を並べて戦い続けてきたトロール部隊の指揮官を呼んだ。

「おうっ」

ブーラーンは片手に酒瓶、片手に長剣というようないでたちであった。相変わらず酔っぱらっているが、勇気と指揮の見事さに不足はない。

「このままではいかん、ちょっと手伝ってくれるか。非常の策というやつだ」クォルンの声は庭掃除について語っているようなさりげなさだった。

「なにをいまさら、ゴブリン族長殿」ブーラーンは牙を剝いて笑った。

「これまで、いいときも悪いときも、ゴブリンとトロールは手を携えてきたではないか。いまさら仲間はずれはよして貰おう」

「済まぬ」

クォルンは一礼し、ブーラーンに策を説明した。

「無理するな無理するなぁ、みんな、やばそうだったら逃げろぉ！」

ジョス・グレナムは叫んだ。口振りこそいつもどおりの軽さだが、表情は真剣である。彼の魔導連隊は、後方から、ハブロス騎兵の攻撃を受けていたのだ。

魔導士は直接攻撃には弱い。騎兵の強烈な突撃でたちまちのうちに突き崩され、混乱に陥った。

ジョスは必死である。声をからして部下の魔導な娘さんたちを逃がし、自分は片っ端から攻撃呪文を高速詠唱して敵を食い止めている。

しかし、限界があった。たった一人の呪文で食い止められる敵の数はしれたものである。

「あ、クソっ」

ジョスは怒鳴った。敵騎兵がかれのかわいい魔導娘を槍で突いたのだ。

「炎の精霊、我が祈りを聞け、あのクソ野郎を吹き飛ばせ！　熱球炎雨《ファイアシェル》！」

ごぅっ、と炎の玉が空中で無数に生じ、ハブロス騎兵に降り注ぐ。騎兵は絶叫をあげて馬ごと燃え上がった。

「大佐殿！」かわいい声の伝令が呼びかけた。

「おう、フィリカちゃんか！　すまないが、ＰＪＳの番号聞いてる暇はないぜ」

「クォルン様からの御伝言です」自分も矢傷を負っているハーピィのフィリカはそれでも健気な微笑を浮かべて報告した。

「伝言？　こっちは手一杯だ。手伝っている暇はねーぞ」

フィリカはクォルンの策をジョスに伝えた。

ジョスはあんぐりと口を開けた。ヒュー、と口笛を吹く。

「あのオッサン、たいした度胸だな、やるぅ」ぐっ、腹に力を込める。

「わかった！　こっちだけ除け者は勘弁してくれって、クォルンのオッサンに伝えてくれ」

「はい」

「それからな」ジョスは優しく笑ってフィリカの頬にキスをした。

「俺の返事を伝えたら、後方に下がっていいぞ。おまえさんは充分に働いてくれた。ＰＪＳの番号聞くまで生きてて貰いたいしな」

真っ赤に頬を染めたハーピィの娘さんを見送ったジョスはさらに二度、高速詠唱をおこなってハブロス騎兵を一時的に混乱させると、１８００人の魔導な娘さんたちに向けて怒鳴った。

「第11魔導連隊！　後退しろ！」

女性が度外れて大好きであるがゆえに、女性に対して底抜けに優しい彼は色々な種族の娘さんたちが傷つく様子をこれ以上見たくなかったのだった。

もちろん、自分自身はクォルンに続くつもりである。

理由は言うまでもない。

ジョス・グレナムは祖国に忠誠を誓った軍人なのだ。

「わかっていたんだ」剛士は小さな子供のように地団駄を踏んだ。「あの森を見た時に、見た時に、気づいていたんだ！　なのにどうして思いつかなかった！」

「剛士様」スフィアが慰める。

「わかっていたんだよ」剛士はスフィアの手を握って訴えた。「僕はわかっていた。なのに、なのに！　また、僕のせいでだれかを死なせてしまう！」

「総帥閣下！」本営から駆け戻ったアーシュラが呼んだ。「苦戦です」

剛士の横顔に怒りが浮かんだ。

「見りゃわかるよ、もっと詳しく言って」

「敵は南方から伏兵約４０００を投入、わが主力の退路を断ちました。このままでは包囲殲滅されます。陛下は閣下をお呼びです」

「田中さんが？　わかった」

剛士は本営に走った。

戦場で新たな動きが生じたのはその時であった。

それを目にした剛士は大きく息を漏らした。賛嘆の呻きである。

「聞け皆の者！」

　クォルンは怒鳴った。

「我らはこれより敵本営に対する突撃を敢行！　フェラール三世が素っ首をば叩き落とす！」

「オオオオオッ」

　傷だらけのゴブリンたちが腕を振り上げる。彼らもこの戦いが持つ意味を理解しているのだ。

「済まぬ」クォルンは思わずわきあがった涙を拭い、叫んだ。

「全軍突撃隊形！　汝等《なんじら》には不憫《ふびん》なれど、我が供をせよ！　いまより我ら護国の鬼とならん！　ゴブリン強攻兵、突撃っ！　田中魔王陛下万歳！　魔王領に栄光あれ！」

「田中魔王陛下万歳！」

「魔王領に栄光あれ！」

　ゴブリン強攻兵は人族の恐れる魔物そのものとなって突進を開始した。トロールがその傍らに続き、第11魔導連隊でただひとり戦場に残ったジョス・グレナム大佐が攻撃魔法を高速詠唱した。


「なんと」

　敵主力の動きを見て取ったカディウスが罵りの声をあげた。

「あの苦況から突撃を企てるとは」

　これこそがクォルンのとった非常の策の正体であった。包囲され、痛めつけられ、全滅するよりは、戦力のあるうちに本営めがけて突撃し、せめてフェラールの首だけは奪ってしまおうというのである。

　確かに、王の首を奪えば、主力が潰滅しても魔王軍は負けずに済むだろう。野戦の達人であるクォルンらしい思い切った策であった。

「陛下」

　カディウスはフェラールにたずねた。

「早急に手を打ちませんと」

「あ、ああ、そうだね」

　フェラールは青ざめていた。カンペが役に立たないからだ。さすがのシレイラも、包囲された敵軍が本営めがけて突撃してくるなど予想もしていなかったのである。

　罠が、軋み音を立てていた。

　カディウスは焦れた顔を浮かべて進言した。

「陛下、グラッサーの右翼隊を」

いったい陛下はなにをためらっておられるのか、と思っている。

「いや、まだだ、まだだよ」

フェラールは懸命に首を振った。シレイラは右翼隊を投入する時期についてはっきりと指示しているからだった。

「とりあえず、敵を防いでください。詳細は任せます」

フェラールは国王らしい威厳を保とうと懸命になりつつ命じた。

「はっ」

カディウスは一礼し、本営に最後の予備として置いてあったシェイラット傭兵隊を迎撃に投入した。


「クォルン族長並びにブーラーン大佐、敵本営への突撃を敢行！　グレナム大佐の魔導連隊も後に続きます！」

「ランバルトは本営より予備隊を投入！」

田中魔王陛下は、蒼白であった。脂汗がたらたらとしたたっている。

大事になった。いや、大事にしてしまった。

原因はなにか、痛いほどわかっている。

自分の失敗なのだ。魔王である自分が、調子に乗って主力を突出させすぎたのだ。

それになのに、ゴブリン、トロール、それに魔導士たちはさらに勇気を振り絞って敵本営へ突撃を企て、なおも勝敗を逆転させようとしている。

田中魔王陛下万歳、を唱えながら。

田中さんは立ち上がった。

鎧の重さでよろけそうになる。

しかし、頑張って耐えた。

自分がなにをすべきか、すでに決意していた。

魔王である限り、責任はとらねばならないのだ。

「田中さん」どたどたと本営に駆け込んできた剛士が呼んだ。

「あ、小野寺君」

田中さんは剛士に微笑んだ。

「凄いことになっちゃったよ」

ほとんど泣きっ面である。しかし、両目には怯え以外の何かがあらわれていることに剛士は気づいた。

「だから、いかなきゃなんない」田中さんは言った。伝令を呼ぶ。

「ケンタウロス選抜騎兵隊に命令！　ただちに突撃準

備！　僕が自ら率いる！」

うっ、と本営が驚きの呻きに満ちた。

魔王自身が部隊を親率する。

これまでなかったことである。

「危険です、陛下」

アーシュラが慌てて止めた。

「ここは自分にお任せを」

「ドラクール軍事顧問の言うとおりですよ、田中さん」

剛士も必死になって言った。こくりと唾を飲みこんで度胸を固め、かれは続けた。

「僕が、かわりに行きますから！」

その言葉を耳にした瞬間、田中さんはオタク兄ちゃんに似合わない表情を浮かべた。

心の底から嬉しそうな、爽やかな笑顔を浮かべたのである。

「ありがとう、小野寺君」

「じゃあ」

「いや、やっぱり僕が出る」田中さんは言った。

「せめて、クォルンたちの退路は確保してあげないといけないからね」

「だめですよ」剛士はぶるぶると震えていた。「危険すぎます。それに、敵がまだなにか企んでいるかも……」

「わかっているよ。怖くてたまらない」田中さんは辛そうな笑みを浮かべた。

「でも、好きなんだよ、魔族のみんなが」

剛士はぐっと胸を摑まれたような気分になった。

(田中さんも、わかっていたんだ)

と思った。彼は思わず言っていた。

「僕もです、僕もなんです。だから」

「良かった」田中さんは嬉しそうだった。

「それだけが心配だったんだ」

「田中さん！」

「陛下と呼んでよ、小野寺君」

田中さんはにっこりとした。

「魔王領の未来は君とともにある。それは僕が断言する。でも、今日はまだ僕が魔王なんだ。そう、僕は魔王なんだよ」

剛士は胸を突かれた。田中さんの手が微かに震えていたのだ。彼はこの時はじめて、田中さんに感謝の念や親近感とは異なる気持ちを抱いた。

それは、一点の曇りもない敬意。

玉座を仰ぎ見た剛士は震えを懸命に抑えた声で言った。

「へ、陛下」

「なにかあった時は後を頼む。リアに優しくしてやって欲しいな」

田中さん、いや、田中魔王陛下は顔を真っ赤にしている。鎧が重くてかなわないのだ。

「へいか」

リアの場違いなアニメ声が響いた。つぶらな瞳で魔王陛下を見つめている。

どこまでも真摯《しんし》で、それでいて決意に満ちた瞳。

「なんだい、リア」

「どこいくの」

「ちょっとお出かけ」魔王陛下はにっこりした。唇が青ざめていた。

「ボクも行く!」

リアは叫んだ。

「いつでも一緒なんだから」

「だめ」魔王陛下は優しい声で命令した。

「リアはだめ。おとなしくしてなさい。あとのことは全部、小野寺君に任せてあるから。小野寺君のことも好きだろう?」

「嫌だ! ボクも行くぅ!」

リアはぷぅっ、と頬を膨らませて地団駄を踏んだ。

「ボクは普通じゃないもん、サタニアンだもん! 人族なんかに負けないんだもん! 陛下をまもるんだもん!」

田中魔王陛下の横顔に微笑が浮かんだ。苦痛に近い喜びの微笑だ。

そしてかれは初めてリアを怒鳴りつけた。

「だめだ! これは魔王の勅命《ちょくめい》だ、リア! 命令を守らないと、嫌いになるぞ!」

「へいか」

リアの目にみるみる涙が盛り上がった。

「後方で待機していろ! 早く行け!」

「へいかぁ、いやだぁ、いやだよぉ」

リアはわんわん泣きながら崩れ折れた。魔王陛下の目配せを受けたエルフの侍女たちに抱え上げられるようにして運び出されてゆく。

「陛下」いまやためらいもなくその尊称を口にした剛士は深く頭を下げた。

「えと、あの、気持ちは、わかります。わかります」

「しかたないさ。悲しいけどこれって」

田中魔王陛下はにやりとしてオタク兄ちゃんらしい決

めゼリフを口にした。

「戦争なのよね」

剛士はズッコケなかった。モトネタが古すぎてわからず、素直に感動していたのだ。

いや、モトネタを知っていても感動していただろう。この瞬間の田中さんこそ、真の魔王陛下であった。

田中魔王陛下はよたよたと歩いて絨毯に乗り込み、整列したケンタウロス騎兵を閲兵《えっぺい》した。

「みんな、僕のおかげでこんな騒ぎになってごめん！」

青ざめた唇をひくつかせながらケンタウロスたちを見回す。

「でも、後のことは小野寺君に頼んだから大丈夫だと思う。悪いけど、みんなはまず僕に付きあってほしい！　これから、主力の後方を包囲した敵騎兵に突撃を加え、退路を確保し、隙あらば敵本営へと突撃する！」

「オオオオオっ」

半人半馬のケンタウロスたちが一斉に叫ぶ。自分たちが死ぬかもしれないとわかっていても、魔族のために自分の命を危険にさらそうとする魔王陛下の心意気に感激している。この人のためならば、死んでもいいと思っているのだ。


「よぉし、ケンタウロス選抜騎兵、前へ！」

田中さんは腕を振りおろすと、ケンタウロス全軍とともに突撃を開始した。

5

「ケンタウロス選抜騎兵だと！」かろうじて本営を支えているカディウスが叫んだ。「あの地獄の騎兵どもか。なにっ」

ケンタウロスたちの中に含まれる意外なものを発見したカディウスは望遠鏡を構え、その正体を確かめた。

「あれは、まさか……しかし、あの黒鎧はまさに……陛下！」

カディウスはフェラールに報告した。

「ケンタウロス選抜騎兵は魔王が親率しております！」

「ああ、それは」

フェラールは悲しげな溜息を漏らした。

戦争は嫌いでも、理解できたのだ。

なぜ、魔王自身が出撃してきたのか。

王としての義務に従ったのだ。自分のために戦ってくれる兵たちを見捨てることができなかったのだ。

フェラールは魔王に場違いな共感と同情を抱いた。王たる者でなければ理解できない感情である。

（彼とならば、友達になれるかもしれないな）

と、思った。

王は孤独なのだ。フェラール兄ちゃんにしてもホモる相手には不自由しないが、友達と呼べる者は一人もいない。

だからこそ、義務を懸命に果たそうとする魔王に共感を抱き、友達になれるかもしれない、と思ったのだった。

もちろん、だからといってなにが変わるわけでもない。魔王は敵の親玉なのである。倒さねばならない。

フェラールはカンペを確認した。シレイラは魔王自らが出撃してくるところまで予想してはいなかったが、敵が救援のために増援部隊を投入した瞬間こそが重要であると断定していた。

「陛下！」

ケンタウロスに蹴散らされるハブロス騎兵の惨状を目にしたカディウスが叫んだ。

「わかっています」

フェラールはうなずいた。

「間もなくです」


ケンタウロスたちは奇怪な喚声をあげつつ、ひとかたまりの怪物のように密集して敵へと迫った。その攻撃力は圧倒的であった。

ケンタウロスの戦闘力は、並の騎兵を遥かに越えている。

レベルが違うのだ。たとえば、人馬一体、と言われるほどに訓練された騎兵と馬であっても、結局のところ人は馬を操ることに心を砕かねばならない。槍や剣を振るうのはその次、二番目の重要度になるのだ。

ところが、ケンタウロスはそうする必要がない。思うままに走り、戦える。

ハブロス騎兵は哀れであった。魔王に激励され、また友軍を救おうと戦意を燃え上がらせたケンタウロスに襲いかかられ、たちまちのうちに大損害を被った。ケンタウロスたちの握った槍で串刺しにされた騎兵たちの死体が戦場に積み重なり、乗り手を失った馬がどこへとも知れない場所へ逃げ去ってゆく。

「よぉし、いいぞぉ」

絨毯の上で田中さんは手を叩いた。

「いけぇ、いけぇ、どんどんいけぇ！」

興奮のあまり、周囲の凄惨な光景も気にならず、オタクネタを使うことも忘れていた。

同時に、もしかしたら、と思っている。

もしかしたら、もしかしたら、このまま勝てるのかも。

そうなれば……

田中さんはにんまりとした。そうなれば、あとはすべて剛士に任せて引退し、リアと楽しくオタクな毎日を過ごせるからだ。

そんな未来が訪れて欲しい、と心から願った。過去は悲しすぎた。

天抜で過ごした日々。

暗く悲しい想い出。

オタクであるというだけで、見かけが悪いというだけで周囲からバカにされた。

魔族は違った。魔族は心から敬い、魔王として扱ってくれた。

リアにも出会わせてくれた。

だから、だからなのだ。

かれは本当に魔族たちが好きだった。魔王領も好きだった。

リアとの未来が幻にすぎないとしても、それを忘れてはならなかった。だからこそ戦わねばならない。魔王としての義務を果たさねばならないのだ。

敵陣に新たな狼煙があがった。

左側の森からワッ、と鬨の声が轟き、新たな敵兵が出現した。ケンタウロスたちの不意を衝いて横合いから襲いかかり、ひとたびは魔王軍が取り戻しかけた優位を再びくつがえしてゆく。

田中魔王陛下は目を見開いた。口元に皮肉な微笑を浮かべた。

「これが戦争ってことか」

オタク兄ちゃんにとっては精一杯の負け惜しみ、悪役キャラ的決めゼリフであった。それだけでは気が済まなくて、もうひとことだけ付け加えた。

「リア……ごめん」


フェラール三世は右翼隊投入の時期を誤らなかった。シレイラの指示にあったとおり、敵が救援部隊を出撃させ、それが充分に戦場へと入り込んだその瞬間に突撃命令を下したのである。

「わはははははは、待ちに待ったぞ、この時を！」

グラッサー男爵は上機嫌で命令を下した。

「バンカス槍兵団はそのまま前進！　ケンタウロスども

の腹を突けぇ！　トゥラーン近衛重装騎士団、我に続けぇ！　魔王が、魔王があそこにおるぞ！　魔族どもを統べる人族の裏切り者をば討ち取れぇ！」

「承知！　獲物を奪っても恨むな、グラッサー！」

　バンカス槍兵団を率いる隻眼の知将、ルイトポルト・バンカスが嘲笑うように告げた。

「なにをいうか若造が」

　グラッサーは怒鳴り返した。

「近衛重装騎兵の戦ぶり、見せてくれるわ！」

　まず、槍兵たちがパイクを構えながら戦場へ突入した。号令とともに一斉にパイクを突き出し、あわてふためくケンタウロスたちの横腹に突き入れる。無数の悲鳴があがり、ケンタウロス選抜騎兵は一瞬にして大混乱に陥った。

　グラッサーはその機会を見逃さなかった。集結させた部隊を、敵のやや後方から突入させる。

「続け続けぇ！　魔王、魔王や何処《いずこ》！」

　勢いが付きすぎて悪ノリ状態になっているグラッサーの後をきらきらと輝く鎧に身を包んだ近衛重装騎兵たちが追う。その先頭を進むのはもちろん二人の副将、ガルスとマークスである。


「勝ちましたな」

　カディウスが言った。どこか、ほっとした調子である。

「そうなのだろうね」

　フェラールがうなずいた。退屈しきっているような顔だ。いや、本当に退屈している。目の前で繰り広げられる際限もない殺し合いに飽き飽きしていた。

「陛下」

　あいかわらずフェラールの態度を誤解したおしているカディウスはことさら重々しげに呼びかけた。

「ああ、うん」

　フェラールはカンペに記されている最後の一行を呼んだ。そこにはこう記されていた。

　――全軍突撃。

　フェラールは右手を高々と掲げた。その手の振りおろされた時、魔王軍は魔王もろとも殲滅されるであろう。

6

「へいか！」リアが絶叫した。

「陛下」アーシュラが呻いた。

剛士はケンタウロス選抜騎兵までが待ち伏せを受けた戦場に視線を据えている。

スフィアは剛士を見つめていた。

ランバルト軍は二重の罠を仕掛けていた。まず主力をからめとり、続いて救援部隊の不意まで突いた。

もはや手の打ちようがない、誰もがそう思った。二重の罠に挟まれ、戦場でのたうちまわる魔王軍の潰滅は時間の問題だった。

「兵力はどれだけ残っている!」

アーシュラが厳しい声でたずねた。

「はっ、ケルベロス親衛突撃戦隊、第653重ゴーレム大隊、第101空中突竜戦隊、エルフ魔法大隊をはじめ、約5000の投入が可能よ!」戦況の急変を知って本営へ駆け戻ってきたセシエが報告した。調子にのってあれこれ投入したにもかかわらず、これほどの兵力を予備としてとってあったのは、軍隊としてなかなか立派なものだった。軍隊における予備兵力とは、住宅ローンを抱えた一家にとってのボーナス以上の意味を持っているからだ。戦場でまずいことになっても、その予備を投じることで不利な戦況を逆転させられるかもしれないからである。だから、世に名将として称えられる将軍たちほど、戦況がどれほど苦しくなっても予備兵力を手放さない。

もっとも、魔王軍の場合、田中さんの指揮が優れていたというより、過去、アーシュラが予備兵力を大事にしながら戦ってきたおかげである。魔王軍にとっての常識になっているのだ。

このとき、そのアーシュラはいまこそ予備兵力投入の時であると決断していた。

「全予備兵力はただちに集結！　魔王陛下の救援に向かう」

「ボクも行くよ!」リアが叫んだ。

おおお、と周囲の者たちから声があがる。完璧な負け戦モードに入ってから示された決断力と勇気が感動を呼び起こしたのである。

こりゃ、やるしかないよね、とみんなが盛り上がりかけたその時。

「あのさ」

と、小さな声が聞こえた。小野寺剛士である。

「総帥閣下?」アーシュラは剛士を睨んだ。

彼女の視界に映じたちんちくりんな魔王領総帥の姿はひどく頼りなげであった。

アーシュラは舌打ちを漏らしかけた。

(一度は決意を固めたように思えたが……まさか、この期に及んで臆したのではあるまいな)

彼女がそう受け取ったのも当然であろう。

剛士はひどい有様であった。

顔面蒼白、唇はひきつり、脂汗はだらだら。

今頃になってシャレの利かない現実に気づいたのか、と思われても仕方のない態度だった。

事実、アーシュラは思いかけた。

(こうなれば、いっそ、この男を排除して)

吸血鬼らしい冷酷かつ冷静な判断であった。魔王領のために必要だと判断してしまえば即座に剛士を抹殺することぐらい、アーシュラにとっては簡単である。普段ならばそんなこと考えもしないのだが、いまは事情が違う。剛士がボケたことを言い出せば、軍はおろか、田中魔王陛下まで救えなくなるのだ。剛士の未来より田中さんの今日、他にもちょっとばかり事情があったが、ともかくアーシュラはそう考えかけた。

しかし、だ。

アーシュラは気づくべきだった。

青ざめ、震えている剛士が、同時に微笑を浮かべていたことを。

「閣下……」

剛士が口を開いたのは、アーシュラが行動をおこそうとしたその瞬間だった。

その言葉を聞いた途端、アーシュラは自分の耳を疑った。

いや、アーシュラだけではない。固唾を飲んで事の成り行きを見守っていた全員が呆然とした。

小野寺剛士は、震えてはいるがはっきりとした声で、

「僕の身分なんだったかな?」

と、たずねたのである。

「そ、それは……」

不意を衝かれたかたちになったアーシュラは混乱した。ついさきほど、野戦病院で目にした情景が思い出されたのだ。

あの時、トロール少年兵の死を看取った剛士は完全に錯乱し、普段のふにゃふにゃした態度からは想像もつかないほど暴れた。

普段はロクに目もあわせられないクセに、アーシュラ

のことを冷血女と罵り、傍目《はため》からも惚れきっていることがあきらかなスフィアへ殺意に満ちた視線を向けた。まさに狂犬であった。

ちんちくりんの総帥閣下には、普段は決して表にださないそういう部分がある。

そう、小野寺剛士は……

「魔王領総帥閣下であります」

アーシュラは渋々と述べた。

なにか、決して口にだしてはならぬ忌まわしい呪文を唱えてしまったような気がした。

「だよね、そうだよね」

剛士は笑顔を浮かべた。

「あー、なんか僕、影薄いから、忘れられてるのかと思った」

「いったいそれが」

アーシュラは戸惑い続けていた。剛士の真意が未だにつかめない。

「田中さんは前線にいる。命令をくだせない。そうだよね。ドラクール軍事顧問」

剛士はアーシュラを見据えていた。

「はい」アーシュラの表情が曇った。危険を察知したのだ。口調こそとぼけているが、剛士の目つきはさきほど自分を罵った時とまったく同じだと気づいたのである。

しかし、気づいた時には手遅れだった。

剛士に搭載された恨みと執念の高速増殖炉は、暗く深い場所で密かに臨界点を越えていたのである。

魔王領総帥、天抜高校二年、小野寺剛士はビューティ・ヴァンピレラに乾ききった声でたずねた。

「ならばどうして僕を無視するの？　僕は魔王陛下の代理なんだから、軍の行動はすべて僕が決定することになるはずだよね。それとも、僕が信用できないから勝手に戦争するつもりなの？」

わかってんじゃない。

思わずそうツッコミたいところだが、立て板に水、TOTOのレバー左側、東海村にプルトニウム、ストレンジラブ博士に水爆。剛士君、全開モードである。アーシュラに答える隙も与えずに吹きまくった。

「いやきっと間違いだ。そうだよね？　ドラクール軍事顧問、あなたは魔王陛下のもとで筆頭参謀を務めてきた。そのあなたが魔王陛下の代理である僕を無視するはずがない。僕を無視することは魔王陛下への反逆に等しいのだから。そうだよね、ね？　だから間違い、ちょっとした手違いのはずだ。どう、違うの？　いやそうに決まっている。もちろんわかってる！　誰にでも間違いはある。僕も間違うから、間違いを責めたりはしない。しかし僕は陛下の代理。魔王領総帥だ。その点は間違いないよね」

剛士は一気に言った。

皆はうっと息を詰め、彼を見つめた。

ムチャである。詭弁《きべん》すれすれのムチャなことを言っている。これまで自分がさんざん示してきた情けなさを夕ナにあげ、無視するのは反逆だ、なんて決めつけている。が、アーシュラ以下、誰一人として反論できない。

筋は通っているのだ。これまで剛士が見せてきた情けなさが原因であるという点をのぞけば、彼は正論を口にしている。田中さんが命令を下せる状態にない今、魔王軍は総帥である剛士の命令に従わねばならないのである。

「はい……間違い、ございません」

腹の底から押し出したような声でアーシュラは認めた。菫色の瞳には殺意を通り越したものが浮かんでいる。

「そう。良かった」

剛士はうなずいた。アーシュラほどの人物をやりこめたというのに、顔色は良くない。

嫌だったのだ。素直に田中さんの身を案じ、予備兵力の投入を決断しかけたアーシュラの揚げ足をとったことが。実際、A君（17）になりたくなるほどの自己嫌悪を覚えていた。

しかし、他に手はなかった。

剛士はすでに決意している。スフィアに教えられ、ミレスと約束し、田中さんに気づかされていた。

魔王領と魔族は、自分自身なのだ、と。

であるならば守らねばならなかった。魔王領と魔族を。天抜高校での自分と同じように、戦争という理由の無いいいいいいいいい苛めに苦しんでいるものすべてを。

小野寺剛士は魔王領総帥にして次期魔王であるからだ。だからこそアーシュラを嫌な手管《てくだ》でやりこめた。

そうでもしておかねば、誰も、自分の命令には従わないと思われたからだった。

やりこめた理由はもう一つある。

彼女は判断を間違えている。そう直感したからだ。

アーシュラは田中さんの救出に予備兵力すべてを投入しようとしていた。

それによって得られる成果は、おそらく、田中さんを救出できるかもしれない、というだけ。

（それじゃだめなんだ）

と剛士は確信していた。才能というより経験がそれを教えてくれた。

あわてふためいて予備を投入するのは、苛めグループに便器へ顔を押しつけられ、もがくことと同じだ、と直感したのだ。

力を振り絞れば、一度は便器が顔から遠のくかもしれない。

しかし、力を使い果たしてしまえば、次は、耐えられない。

予備兵力を使い切った魔王軍、魔王領、魔族も同じだ。たとえ田中さんを救出できても、ランバルトが企む次の攻撃には耐えられない。崩壊してしまう。

それでは本末転倒だ。

魔王の果たすべき役割とは、魔王領を繁栄させ、そこに住むすべての者たちに安らかな日々を与えることなのだ。

田中さんはそれがわかっていた。

そして剛士は、その田中さんからすべてを託されたのだ。

魔王領を便器に押しつけさせるな、と。

心臓の鼓動が速度を増した。

血管がずきずきと脈動した。

息を思い切り吸い込む。

「みんな聞いて！」

剛士は生まれて初めて心からの大声を発した。悲鳴のような声である。

「いまより全軍の指揮はこの僕、魔王領総帥小野寺剛士が引き継ぐ！」

ハッ、と一同が膝を突いた。アーシュラも含めて。総帥という立場にあることを確認してしまった以上、そうせざるをえない。

だが、全員が心から剛士を受け入れたわけではなかった。特に指揮センターで彼を目にしていた者たちは難しいところがあった。×100状態のレルネーと話ができた場面を見て、常人ではないと感じた（誤解した）のと同時に、アーシュラの悲鳴も耳にしている。信じたくあるのと同時に、拭いきれない不安も抱いているのだ。

セシエ・ハイムがその気分を代表して質問した。

「それはいいんだけどぉ、総帥閣下ぁ。いったい、どうするつもりなのぉ？」

実際は、なにができるのか、というべきだろう。

予備兵力すべてを投入して魔王陛下を救出、即座に撤退する。

包囲されているゴブリンたちは見捨てる。

他に方法はないように思えた。実際、アーシュラはそういう命令を下そうとしていた。非情ではあるが、合理的な判断である。

それがいけないと言うのであれば、いったいどんな名案が剛士にはあるのだろう……

全員の注目を浴びた剛士はこともなげに言った。

「いま、考え中」

って、小学生の言い訳じゃないんだから。

「あの」

セシエはぽかんと口を開けた。

彼女がかろうじてのけぞらずに済んだのは、彼の表情が、確かに全力で頭を働かせていることを教えていたからだった。

「ボクは陛下を助けるよ、お兄ちゃん！」

リアが剛士を見上げた。決意に溢れた態度である。

剛士は下唇を噛み、68歳の幼女を見つめた。

純粋な気持ちを前にして、剛士の中に様々な思いが駆けめぐる。恨みと執念のハードディスクに、羨望と恥ずかしさが付け加わり、さらにシュンシュンカリカリと回転速度を増した。

さきほどとは比べものにならないほど強烈な自己嫌悪に陥りそうになった寸前、考えがまとまった。

「リアは、強いの」剛士の声は小さく、控えめで、優しかった。

「強い、強いよ！」

望みがかなえられそうだと知って、リアちゃん68歳は飛び跳ねる。

剛士はスフィアに視線でたずねた。

「サタニアンの戦闘力は尋常なものではありません。一人で、人族百人に匹敵します」スフィアがこたえた。

「陛下はただ……リアにそういうことをさせたくなかったのでしょう」

「わかった」剛士はうなずいた。なぜか苦しげな様子でアーシュラにたずねる。「軍事顧問、残っている部隊でもっとも動きが遅いのはどれ」

「ゴルザック少佐の重ゴーレム大隊ですが」

「リア、連れていくのはゴーレムでいい？」剛士はたずねた。無意識のうちに左手で胃を押さえている。

「うん！　ゴルザックに遊んで貰ったことある！」

リアは元気良くこたえた。

剛士は右手で密かに拳をつくり、リアに伝えた。

「うまくいかないかもしれないけれど、その時はちゃんと戻ってくるんだよ。わかった？」

「う、うん」剛士の醸し出すなにかに圧倒されたようにリアはうなずいた。

剛士は明らかに無理をしているとわかる笑顔を浮かべ、リアに命じた。

「いいよ、リア。重ゴーレム大隊に行って、準備して」

「イエッサー、おにいちゃん！」

リアは重い鎧を着込んだまま100メートル7秒フラットのスピードで駆け去った。

「総帥閣下」

アーシュラが疑いを消しきれない態度とともに言った。

「いったいなにを」

「前に話したじゃないか」

剛士は怒ったように答えた。

「敵を勝たせなければ、負けたことにはならないはずだ」

戦場で新たな動きが生じた。

ランバルト軍が全力をあげた突撃に移っていた。

彼らは勝つつもりなのだ。

7

フェラール三世が右腕を振り下ろすと同時に、ランバルト全軍は突撃に転じた。これまで本営の防衛に当たっていたウランコール、マラックス、シェイラット各隊も防御から攻撃へと態勢を切り替え、少なからぬ損害を被りつつも本陣に迫り続けていたゴブリンやトロールと正面衝突する。

パイクとパイク、剣と剣、戦斧《せんぷ》と戦斧、魔法と魔法が激突し、戦場は大噴火をおこした活火山を思わせる地鳴りと鳴動に包まれた。

「突けぇ、突けぇ！」

すでに馬を捨てていたイーサン・ウランコール将軍が長さが並の槍ほどもある大剣を振るいながら大喝する。

赤毛で短軀の彼が戦っている姿はまさに人間戦車、ゴブリン強攻兵ですらひるませるほどだ。かれが得物を振るうたび、屈強なゴブリンたちがなぎ払われてゆくのである。

「ムッ、いかんな」

田中魔王陛下が危地に陥ったことを知らぬまま、みずからも戦斧《バトルアクス》を振るいながら果敢な本営突撃を指揮し続けてきたクォルンはウランコールのおかげで部隊が混乱しかけていることを見て取った。勢いをつけて跳躍し、敵兵の上を飛び越え、ウランコールの真正面へ着地した。

「貴様、いい度胸だ！」

ウランコールは突然あらわれたゴブリンが好敵手にほかならないことを直感した。

「いずれ名のある者であろう！　名乗られよ！　儂はイーサン・ウランコール！　フェラール三世陛下のもとで槍兵団をお預かりしておる！」

「おお、貴公が鉄壁のウランコールか。丁寧な御名乗り痛み入る」

クォルンは戦斧の柄をぐっと握りしめた。

「我が名はガズ・クォルン！　ゴブリン族が族長！　魔王陛下の臣！」

ウランコールの口元に大きな笑みが浮かんだ。

「おお。お主が魔王軍にその名も高い追撃のクォルンか！　卑しき魔物なれどお主の勇名は存じておる。相手にとって不足はない、いざ勝負！」

叫ぶやいなや、ウランコールはクォルンの腹めがけて剣を突き入れた。

クォルンは戦斧を縦にかまえ、両腕の筋肉がはちきれそうなほどの力をこめて剣を逸らせた。素早く跳躍し、ウランコールが自由に剣を振るえない内懐へ潜り込もうとする。

ウランコールは即座に後方へ飛び、間合いを保った。剣を背後へ隠すように構えた。

クォルンも戦斧の刃を肩の後ろへ隠すように構えた。お互いに、相手が間合いを読めない構えをとったのだ。

ウランコールがにやりと笑った。

「この一合《いちごう》で、勝負が決まるな」

クォルンはうなずいた。

「勝った者が、相手の武名を世に伝えることにしたいが？」

「承知！」

ウランコールはぐっと腰を低くした。

クォルンが左脚をじりっ、と前へ滑らせる。

二人が勝負をかけて踏み出そうとしたその時……

「ウランコール殿！　助太刀いたします！」

甲高い声が響き、電光にも似た弓の一撃がクォルンを襲った。太く低い音を立ててクォルンの左目へ突き刺さった。

「ぐうっ」

クォルンは矢の柄を左手で摑んだ。かれが人族であれば鏃は脳にまで突き刺さっていたに違いないが、強靭《きょうじん》なゴブリンの肉体構造がそれを眼球に食い止めた。

クォルンは残った右目でウランコールを睨んだ。こうなっては勝てるはずもないが、せめて敵と向かい合って死にたいと思った。

が、ウランコールは両腕から力を抜いていた。フェイへ怒鳴る。

「いらぬ世話だ、フェイ・マラックス！　これは儂とクォルンの勝負なのだ！」

「だって」

フェイは突然、15歳の少女にふさわしい甘ったれた声をあげた。泣きそうになっている。

「だってだって、そのゴブリン、強そうなんだもん！」

「ええい」

ウランコールは罵り声をあげた。が、その声はどこかなだめるように響いた。彼はクォルンへ言った。

「クォルン、済まぬ。儂が望んだことではない。しかし、あれはあれで……」

二人のやりとりに痛みも忘れていたクォルンはニヤリと笑い、矢の柄を握った手に力をこめた。

「フンっ」

気合いを入れて引き抜く。眼球ごと矢が引きずり出された。

「良いわ、ウランコール。こう申してはなんだが、あの娘御、貴公を慕っておるようだな」

「困っておる」人間戦車は頰を染め、剣を納めた。

「今日のところは勝負を預けるぞ！　またの機会があればのことだがな！」

「おう！」

クォルンは応じた。

後方で新たな喚声がわき起こった。隻眼となったゴブリン族長は振り返り、ぐっと牙を剝きだした。

「救援も、無駄か。くっ、このままでは確かに、またの機会など得られそうもない」

魔王軍は崩壊寸前であった。

鎧と石の肉体がぶつかりあう音が響いた。リアがぶぅんと跳ね飛んで身長3メートルを越すゴルザックの肩に飛び乗ったのである。

「ゴルザックのおじちゃん、いいい？」

「ああ、いいだよ、リアちゃん。いまからおまえさんがおらたちの指揮官だよ」

「ありがとう！」リアはゴルザックの頬にキスし、石の巨人を真っ赤にさせた。なんで血も流れていないゴーレムが紅くなるの、なんて考えてはいけない。

リアはずらりと整列した６００人のストーンゴーレムへ顔を向けた。腰に差していたバトンを握り、ぶつぶつと呪文を唱え始める。

「パンプルパパレホカリマンタン、我が封印せる真の力よ、いまこそ解放の時なり……サタニアン・リア、バーサーク・モード、チャージ・オン！」

閃光がきらめき、意味もなく花びらが散った。リアの身体が空中でぐるぐるとまわり、ちっちゃな胸とお尻がぽよよん、と揺れた。

……が、全然見かけは変わっていない。

「そらなんだべ、リア」

ゴルザックはあきれていた。

「へいかにね、教えて貰ったの。リアみたいな子はそういうことをするキマリがあるんだって」

リアはガッツポーズとともに言った。

ゴルザックは深々とうなずいた。

「はぁ……なんかわかんねけど、陛下が仰ったんなら大事だなぁ」

……いえ、ゴルザック少佐、大事だと思うのは田中さんと同じ趣味を持ってる大きなお友達だけだと思います、きっと。

「ねえねえみんな！」気分的に変身したリアはストーンゴーレムさんたちにたずねた。

「陛下から教えてもらった出撃前のキマリ、もうひとつあるんだけどやっていい？」

「オオオオっ」

「いいだよいいだよ」

「やるだよやるだよ」

「Ｌ・Ｏ・Ｖ・Ｅ、頑張れリアちゃーん」

重ゴーレム大隊、アイドル声優のコンサート状態である。

「じゃいくよ！」リアはぴょんと飛びはねて地上に降り、整列しているストーンゴーレムたちの前を偉そうに歩いてみせた。

一人のゴーレムの前で脚をとめ、顔を睨みつけた。

「きさまぁ」アニメ美幼女声でリアはたずねた。

「出身はどこだぁ」

「はっ、マロント山でありますだよ、サー！」

たずねられたゴーレムさんがどこか嬉しそうに答えた。

「まろんと山？」平仮名発音をしたリアが唇をとがらせた。

「あそこには牛とオカマしかいないそうだがぁ、貴様は牛か？」

「違うでありますだよ、サー！」

「牛ではない？　ならばオカマだなぁ？」

「それも違うでありますだよ、サー！」

リアは腰に手を当て、胸をぐんと反らせた。

「ならばきさまはなんだぁ！　どこに所属しているぅ」

「重ゴーレム大隊、サー！」

「ブラントラントでもっともしぶとい兵士はどこにいるう」

「重ゴーレム大隊、サー！」

「味方が助けを求めた時、最初に選ばれる部隊はなんだぁ」

「重ゴーレム大隊、サー！」

「敵を粉砕する時、誰もが頼りにする部隊はどれだぁ」

「重ゴーレム大隊、サー！」

「よぉぉぉおし、いーこいーこぉ」

リアはストーンゴーレムの肩に飛び乗り、頭をなでなでした。なでられたストーンゴーレムはにやけ顔になり、周囲の連中は一斉にあ、いいなぁ、という羨望の表情を浮かべる。

その時、ハーピィの伝令があらわれ、剛士からの出撃命令を伝えた。

ゴルザックの肩へ跳躍し、そこにすっくと立ったリアは叫んだ。

「貴様らにたずねるぅ」

「貴様らは何者だぁ！」

「ゴーレム！　ゴーレム！　ゴーレム！」一斉に怒鳴り返すストーンゴーレムたち。

「貴様らの誇りはどこにあるぅ！」

「義務《デューティ》！　名誉《オナー》！　祖国《ホーム》！」

「貴様らの命は誰のものだぁ！」

「魔王陛下！　魔王陛下！　魔王陛下！」

「貴様らは魔王領を愛しているか！　へいかに忠誠を誓うか！　部族を信じているか！」

「ガン・ホー！　ウラー！　ジーク・ジ〇ン！」

「ならばボクに続けぇ、地獄の使者、最低の石人形ども！　重ゴーレム大隊、前へ！　ストーン・フォー！」

「サー・イエス・サー！」

気分的にバーサーカーのリアとともに、ストーンゴーレムの逆襲がはじまった。

「ストーンゴーレムだと。今頃になって投入してきたのか？　まさか魔族ども、まだ負けたとは考えておらんのか」報告を受けたカディウスが鼻に皺を寄せた。

「陛下、まずい連中がでてきました」

「そのようだね」フェラールはうなずいた。その表情は心持ち青ざめている。彼もストーンゴーレムの攻撃力の高さ、打たれ強さは知っている。あの石の巨人たちには剣も槍も弓も効果はないのだ。

とはいっても、なにをしてよいのかわからなかった。それは彼が戦争のことはサッパリであるからばかりではない。

すでに、予備兵力がないのである。総突撃に移っているため、使える部隊がないのだ。

いや、本当ならば、シェイラット傭兵隊が予備として残っているはずなのだが、クォルンの突撃を迎え撃つために投入されてしまっている。直接の命令を伝えたのはカディウスだったが、実は彼の責任ではない。やっぱりフェラール兄ちゃんがいけないのであった。「とりあえず防げ」と彼が命じ、カディウスは忠実に従っただけだからである。シレイラ王女が知れば大激怒するであろう。

ともかく、他の手を考えねばならなかった。

「くぅっ、いますこし情報があれば、せめてマリウクスから投石器《バリスタ》を呼び寄せられたものを」カディウスは忌々しげであった。

ストーンゴーレムに効果があるのは冷魔法の一部、落とし穴、そしてバリスタである。なかでも、巨大な石を投げつけるバリスタは運が良ければ一撃で石の巨人を砕くことが可能だった。今日、それが投入されていないのは動きが鈍く、奇襲の邪魔になるからであった。

「敵が今日に限って、こちらのペガサス空中騎兵を追いかけ回したのはそういうわけか……」カディウスが歯ぎしりをした。

「むぅ。魔族にも策士がおるものと見える。まさか……うむ……新たに出現した魔王の力か……」

あ、つまり、剛士の最初の思いつきがこんなところに影響を与えていたのですね。もちろん剛士はカディウスが想像しているほどもの凄いことを考えていたわけではない。ただ、ランバルトの邪魔をしてやろうと思っていただけである。

「大将軍、案はありますか」

フェラールがたずねた。あいかわらず落ち着いた態度だ。

しかし、内心はあわわわわわ、であった。なにをしてよいかわからない。大パニック。カンペにもこんな時どうすべきかは書かれていない。落ち着いて見えるのは王族として受けた教育のおかげであって、実は泣いて丸くなりたい気分なのであった。要するに、威風堂々と腰を抜かしているのである。

「むぅ」

国王のそんな様子をまたまた、

（この場でこの落ち着き、この御方こそ真の大王……）

と、勝手に誤解したカディウスは、一瞬だけ眉を寄せ、まずまずの対抗策を考え出した。

「キケロンの左翼隊にいささか兵力の余裕がございます。迎撃するよう命じましょう。それと、包囲の輪が薄くはなりますが、こちらの魔導士の一部もゴーレムへぶつけます」

「よしなに頼みます」

「キケロンの手勢と手を組んで魔王を挟みこむのだっ」

グラッサーは命じた。

周囲はすでに大混戦である。

奇襲攻撃を浴びて混乱こそしたものの、ケンタウロスはやはり強敵であった。態勢を立て直したほんの数騎が反撃を試みただけで、トゥラーン騎兵がバタバタと打ち倒されてゆく。

「さすがは魔王、みずから打ってでただけのことはある」

グラッサーは爽やかな笑いを浮かべた。欠点だらけな人ではあるが、強敵は素直に誉めてしまう性格でもあるのだ。

「それにしても……奴は、オノデラ・ゴウシはどこにおる……やはり、本営か……」

もっとも、本営に突撃をかけようとは思わない。今日の戦いでは、与えられている任務がはっきりしているからだ。魔王軍主力の包囲殲滅。それを無視するつもりはない。グラッサーは忠誠心の厚い男なのだ。

グラッサーは戦場を見回した。騎兵、槍兵とも、何度も何度も魔王に向けて突撃をかけているが、周囲のケンタウロスたちに阻まれ、突入できない。

「キケロンとの連絡はとれたか！」

グラッサーは怒鳴った。

左右で部隊を率いていたはずのガルスとマークスが戻ってきたのはその時だった。

「閣下！」ガルスが怒鳴った。

「キケロン将軍の左翼隊は兵の一部を後方のストーンゴーレム迎撃に投入しました！」

「なにっ」グラッサーは呻き、クワッと魔王軍を睨みつけた。ガルスの言うとおりだった。左翼隊の槍兵や騎兵が後方に動いている。

「無駄なことを。魔王の首さえ奪えば良いのだ、増援にかまっている暇はない！　キケロンの独断か」

「フッ」前髪をかきあげながらマークスが報告した。「本営からの命令ですよ」

「なにっ、陛下が？」

グラッサーは下唇を噛んだ。

「わからぬ……この期に及んで、なぜそのようなことをなされるのか……むぅっ、なにか、深いお考えがあってのことか……いや、そうに違いない」

この人も勝手にフェラール兄ちゃんを持ち上げてます。

「わかったっ！」

グラッサーは大声をあげた。

「これは陛下のお慈悲だ！　我らだけで魔王を片づけよ、とのお慈悲なのだ！　先の戦で我らが魔王を逃したことを知って、心配りなされたのだ！」

彼は目頭を熱くしていた。好意的な誤解もここまでいくと凄い。

「ならば」ガルスが大きくうなずいた。

「フッ」マークスが前髪をかきあげた。

「勝手に首を取るわけにはいかなくなったな」グラッサーは言った。

「捕らえて、陛下の前に引っ立ててやろう。殺すよりよほど気が利いておる」

ランバルトの長弓が空中から降り注いだ。が、ストーンゴーレムはそのすべてを弾き返しながら重々しく前進を続ける。

「第1中隊、そのままぜんしーん！　第2中隊は左の敵をつぶせぇ！　第3中隊はボクと一緒に正面突破ぁ」

リアがバトンをぶんぶんふりまわしながら舌っ足らずな声で命じた。おっそろしいことにストーンゴーレムの先頭を切って、ぴょんぴょん跳ねながら進んでいる。

ドドドッ、と地鳴りのような音を立てて20騎ほどのランバルト騎兵が突っ込んできた。

「なに、女？　それも子供かっ、なぜ子供がこんなところにっ」

隊長らしい先頭の男が馬上でのけぞった。

「子供じゃないもん！　68だもん！　教育してやるぅ！　リア、バトン、アクション！」

叫び返すなりリアは飛びあがった。一瞬のうちにバトンが10メートル以上の長さへ伸びる。リアはバトンを振った。空気との摩擦熱で先端が灼熱《しゃくねつ》したバトンの一撃を受けて10騎以上の騎兵が吹きとんだ。

「なななななんだ、こいつは！」

「後退、後退！」

生き残った騎兵たちは泡を食って逃げ出す。

「親のいる人、奥さんのいる人、お子さんのいる人、こないでこないでぇ！　ボクの前に来るとみんな泣いちゃうよぉ！」

考えようによってはすんごく恐ろしいセリフを叫びながらリアは前進を続ける。矢をはじき返しながらゴルザックたちもずいずいと前進した。石の巨人たちの歩みは遅いが、着実であった。田中さんがケンタウロスたちと一緒に包囲されている場所まで、あと８００メートルほどである。

リアは田中さんのいるあたりをきっと睨んで叫んだ。

「へいかぁ！　リアが絶対助けてあげるからねっ」

リア×ストーンゴーレムの逆襲と同時に、戦況はさらに混迷の度合いを増した。総突撃に転じた敵も混乱しはじめている。

「閣下、次の策は」

アーシュラがたずねた。リアちゃんの逆襲が順調に進んでいるとはいえ、ただそれだけのことなのだ。悪化した戦況を逆転できるわけではない。主力が包囲されたことはそれほどの影響を与えていた。

「残っている予備で一番、脚の速い部隊はなに」剛士はたずねた。先ほどとは逆の質問である。

「ケルベロス親衛突撃戦隊です」アーシュラは答えた。

「三つの頭を備えた地獄の番犬。いかなる苦難の下でも決してひるむことのない忠犬たちです」

「お忘れではないか、アーシュラ殿」

気取った声が響いた。葉巻をくわえたウィングドラゴン、ラッシュバーンである。

「地上を駆けるのであればそうであろうが、ただ速度という点では我々だ」

「俺たちも忘れて貰っては困るぜ」新たな声が響いた。

ウィル・ハイトマンは尻尾をふりふりさせながら踵をうち鳴らし、剛士に格好良く敬礼する。

「第21特殊《S》人狼《W》戦隊《S》もお忘れ無く、閣下」

すっ、と剛士の前に影があらわれた。気が付くとそこにいたのはカーミラ・バーナバスである。

「第22特殊《S》吸血鬼《V》戦隊《S》、御前に、閣下」

「揃い踏みですわね」

スフィアがにこにこしながら言った。

「脚の早い方々が揃われましたわ、剛士様」

「陛下をお救いするためとあれば安穏としてはおれませぬ」カーミラが言った。

みんなが、おお、と同意しかけたその時。

剛士が不思議そうにつぶやいた。

「陛下?」

ちんちくりんな総帥に視線が集中した。

「閣下」

剛士はきょとん、とした顔を浮かべている。

「閣下」

アーシュラは悪い予感にかられた。

「なにをお考えに……まさか、陛下をお救いしないと……」

なにを言うのかという態度で剛士はうなずいた。

「うん。だって、意味無いもん」

8

アーシュラは柳眉《りゅうび》を逆立てた。

「いったい、なにをお考えか!」

冷気が浴びせられる。

剛士は怯えなかった。それどころか、涼しくなってちょうどいいぐらいだ、と思った。恨みと執念の高速増殖炉が全力運転、天然のハードディスクも唸りをあげており、全身に熱が充満していたのである。

「なにをお考えって、もう言ったよ、僕」

剛士はアーシュラを見据えた。

「敵を勝たせない、って」

「しかし、陛下を失っては」

「ドラクール軍事顧問、あなたは、田中さんにお仕えしてどれだけになるの」

「20年ですが……それが、なにか」

剛士は溜息を漏らした。

「だったら、わかってあげてよ。田中さんがどうして自分で出撃したのか」

「みずから主力を救出されようとして」

「違うよ」

剛士は断言した。

「負けだとわかったからだよ。でも田中さんは魔王で、魔族も魔王領も大好きだった。だから……」

剛士は口ごもった。それ以上、話すのが辛かった。

スフィアがそっとつけくわえてくれた。

「責任をお取りになった、と?」

剛士はうなずきもしなかった。しばらくぼんやりしていたあと、ぽつりと付け加えた。

「田中さんの手は震えていた。なにもかもわかっていたんだ。ほんのわずかなおつきあいだけれど、僕は、魔王って本当に偉いんだってことがわかった。わかったんだ」

剛士は全員を見回して言った。

「だから、僕は田中さんの期待を裏切っちゃいけないと思う。田中さんは自分が助けられることなんか望んでいない。魔王領とみんなを助けることしか考えていないはずだ」

「陛下の魔王たるお覚悟と、閣下のお考えはわかりました」アーシュラは即座に言った。が、率直な言葉として受け取るには早口すぎた。

「しかし、それがなぜ陛下救出を無意味と判断される理由になるのか、わかりかねます」

剛士はぽりぽりと顎を掻いた。

「田中さんは覚悟して出撃した。自分が囮になることで、敵の攻撃を引きつけ、軍に……つまり僕やみんなが少しでも楽ができるようにしようとして」

田中さんは神社に逃げ込んだんだ、本当ならばそう説明したかった。

ホームルームで罵倒し、飯田を神社に誘い込み、巡査がやってくるまで時間を稼ぎ、目的を達成する。

そのためであれば、自分が傷つくこともやむをえない。囮、罠、逆襲。勝利。そしてそのために必要な犠牲。

ホームルームはこの戦場。飯田はランバルト。天抜神社の罠そのものだ。

よくわかる話だった。天抜神社と違っているのは、剛士の役を演じているのは田中さんで、巡査が剛士であるということだけ。

そして、田中さんは必要な犠牲の中に、自分の命をふくめている。

だとするならば、剛士は立派に巡査の役割を果たさねばならない。

「ともかく、そういうことだよ」説明するのが面倒くさくなった剛士はいいかげんにまとめた。

むろん、アーシュラが納得するはずもない。彼女はなおも食い下がった。

「ならばなぜリアに出撃を命じられたのです」

「駄目と言ってもリアは出撃しただろう」剛士は推定を口にした。「だから許した。リアが強いかどうか確かめた上で。ゴーレムと一緒にしたのは動きが鈍くなるからだ。動きが鈍ければ、敵のど真ん中に飛び込む可能性が低くなる。リアへの危険は減る。それに、ゴーレムたちの損害も最低限におさまる。主力を包囲している敵の一部を引きつけられもする。悪いことはひとつもないはずだよ」

「つまり……リアまでも囮だと」

「うん」剛士は素早くうなずいた。

「あなたはなんということを……それで、いったいなにを実現されるおつもりなのです」

「だから、言ったでしょ」剛士は声を高くした。「敵を勝たせなければ負けたことにならないって。田中さんとリアを囮にして、クォルンたちを救い出すんだよ。薄くなった包囲の輪に残っている兵力を一気にぶつけて、助け出すんだ。軍が生き残れば、魔王領は負けたことにはならない。気に入らないんなら仕方ないけど、僕が思いつけるのはそれだけなんだよ！　飯田……ええい、ランバルトにやられないための方法はそれだけなんだ！　お願いだから、文句があるなら全部終わった後にしてくれ！」

沈黙。

最後の方は、自分でも驚くほどの命令調になっていた。

ややあって、スフィアが地に膝を突いて臣下の礼をとった。

他の者たちも一斉に膝を突く。

いや、全員ではなかった。ただひとりアーシュラが立ちつくしていた。

「アーシュラ殿」

ラッシュバーンが見とがめた。

「閣下」

ラッシュバーンを無視してアーシュラは言った。

「閣下のお考え、感服いたしました。しかし……」

剛士はアーシュラを見た。

アーシュラは言った。

「わたくしは従えません！」

「アーシュラちゃん、だめっ」セシエが叱った。

「どうか」アーシュラは続けた。「解任していただきたい。自分は陛下をお救いに参ります」

「駄目だ」

剛士は冷たく言い放った。

「いまは昼だ。吸血鬼がどれだけ強くても、リアと違って、すべての能力は発揮できない。危険すぎる。それに、あなたはリアと立場が違う。僕の軍事顧問だ。僕はこの世界のことをなにも知らない、だから、顧問が必要だ」

「ならば……御免っ」

くわっ、と口を開いたアーシュラは剛士につかみかかった。柔らかな唇とともに、剛士の頸動脈《けいどうみゃく》へ牙を押し当てる。

「血迷ったか、アーシュラ！」

「だれか止めてっ」

制止の声が飛び交う。剣の柄に手をかけている者もいる。例外は、大鎌を立てたままのほほんとしているスフィアと……剛士だけだった。

「いいんだ、みんな」

皆を押しとどめた剛士は、恋人のように身を寄せたアーシュラにたずねた。

「で、どうするつもり」

「お聞き入れいただけないのであれば、閣下、あなたの血を吸います」両腕で剛士を抱きかかえたアーシュラは首筋を牙で撫でた。

「魂の契約なしに血を吸われた者は、吸血鬼の下僕になるほかありません」

「どれぐらいで効果があらわれるの。時間のことだよ」

剛士は質問した。

「……」

質問の意味をはかりかねたアーシュラが沈黙した。

「約二時間です」

スフィアが教えた。微笑んでいる。

「そうか……なら、この戦いの間は自由に動けるんだ」

剛士はにっこりした。「じゃ、吸っていいよ」

「あなたは……」

アーシュラは剛士を抱きかかえたまま呻いた。

「なぜ、あなたはそこまで」

「田中さんが大好きなんだね」剛士は言った。「一生懸命隠しているけど、わかるよ」

「あなたになにがわかるっ」

アーシュラは怒鳴った。全身から力が抜ける。剛士をおろすと、両膝を突いた。

「あなたになにがわかるっていうの……リアには陛下がいて、スフィアにはあなたがいて、なのにどうして、どうしてわたしだけ一人なの。わたしだって最初は……」

ヴァンピレラ・ビューティは泣いていた。

「あなたの気持ちは想像するしかない」

剛士はそっと言った。

「でも、ひとつだけわかっていることがある」

アーシュラは少女のような目で剛士を見上げた。

剛士はアーシュラをまっすぐに見返して言い放った。

「ドラクール軍事顧問、あなたは魔王領の軍人だ。軍人ならば義務を果たすべきだ。総帥を押しつけられた僕と同じように。生まれも育ちも違うけれど、僕らの目的は同じなんだよ。きっとそうだと思う」

アーシュラは下唇を噛んだ。

剛士は手をさしのべた。

視線が交錯し、なにかが二人のあいだを行き交った。

誘われるようにアーシュラの手が伸び、途中ですっと引っ込められた。顔が落ち、小さな声が言った。

「自分で、立てます……閣下」

黒陽のアーシュラ《アーシュラ・ザ・ダークシャイン》もまた、小野寺剛士に忠誠を誓ったのである。


冷魔法が降り注ぎ、ストーンゴーレムの動きが鈍った。

「いまだっ」

指揮官の号令とともにランバルト兵が駆け寄り、ゴーレムの首にロープをかけ、引きずり倒す。

ドォン、という大音響とともに引きずり倒されたゴーレムは砕け、ただの石へと帰った。

「あー、このやろーっ」

リアが怒鳴り、バトンを振り回す。数人のランバルト兵が消し飛んだが、残りは逃れる。間合いを読まれているのだ。

「すすめすすめぇー」

リアはゴーレムたちを励ました。

しかし、前進のスピードはどんどん遅くなっていた。

リアとゴーレムたちがどれほど強力でも、戦慣れしたランバルト軍の連携プレイをうち破るのは簡単ではないのだ。

田中さんまでの距離は、まだ４００メートルあった。

たったの４００メートル。

しかしそれは、月よりも遠い距離でもあった。

「へいか」

リアは涙ぐんだ。

「いけないよ、いけないよぉ、へいかのところにいけないよぉ！」

リアの悲痛な泣き声が戦場に木霊《こだま》した。

「ゴーレムどもの前進はくいとめられそうです。包囲した敵主力も息切れしております」カディウスが報告した。

「勝てる、かね」

フェラールはたずねた。戦場は大混乱、戦争についてはさっぱりの彼にはどうなっているのか理解できない。

「勝てます」

カディウスは頼もしげであった。

「必ず、陛下の御為に勝利の凱歌を轟かせてみせましょう！」

嘘ではなかった。カディウスは勝利を確信していた。それだけではない。この戦場で戦うほとんどすべての者たちがかれと同意見であった。


「敵は右翼の部隊から兵を割いてリアへの迎撃をおこなっております」アーシュラが報告した。さきほどの態度はどこへやら、少なくとも見かけは完璧な参謀ぶりである。ちなみに、剛士の側からみると、ランバルトの左翼隊は右翼、右翼隊は左翼ということになる。

「そっちが手薄なんだね」

剛士もさきほどのやりとりを忘れたような態度であった。上機嫌にすら見える。ま、結果から考えれば、アーシュラのような美女に抱っこされて首筋にキスされただけとも言えるから、理解できないこともない。

「はい、閣下」

「うーん。よし」

剛士は皆に伝えた。

「みんな聞いて。敵を勝たせなければ負けたことにはならない、僕はドラクール軍事顧問からそう教わった。だから、その通りにしたいと思う」

全員がははっ、と一礼する。中には、ラッシュバーンのように、ほぅっと声を漏らした者もいた。

剛士が、一悶着のあったアーシュラを立ててみせたことに気づいたからだった。

つまり、さきほどの騒ぎは不問に付す、と剛士は言っているのだ。

「ラッシュバーン、なにか？」

剛士がたずねた。

「いえ、なにも」ラッシュバーンはさらに深く頭を下げ、剛士のめざとさに、さらに賛嘆の念を抱いた。

一方、剛士は自分が自然とできてしまうこうしたやり口が嫌で嫌でたまらなかった。ちょっとした言葉遣いだけで相手に気づかせ、操るなんて、全然男らしくない。

しかし、他の方法は思いつかない。これまでの17年間、そうやって生き残ってきた。他にはなにも知らない。続けるしかなかった。ミレス、田中さん、そしていまや、アーシュラのためにも、負けるわけにはいかないのだった。

剛士は胃を押さえた。自己嫌悪がさらに強まった。

違うんだ、と思った。

ミレスたちのことは理由に過ぎないのだ。

本当は、本当は――

突然黙り込んだ剛士の様子を心配してスフィアが呼びかけた。

「剛士様？　お腹の具合でもお悪いのですか？」

「え？　いや」

剛士はあわてて首を横に振った。思わず言ってしまう。

「なんか、腹が減ってきて」

失笑が拡がった。好意的な笑いである。確かに、これほどの苦戦のなか、食べ物のことが思い浮かぶ総司令官には好意を抱くほかない。普通の人間であれば、緊張で胃が引きつり、食べ物など受け付けない状態になってしまう。

「ははは、ごめん」剛士はちょっと固い声で笑った。

もちろん、気の小さい剛士が腹など減っているはずがなかった。まさに緊張で胃が痛くなっていたのをごまかしたのだった。お腹が減ったと言ったのは、みんなの気分を暗くしないためである。彼なりに、総帥閣下らしい態度をとろうと努力したのだ。

「まぁ」

心得た様子でスフィアは微笑した。

「しばらく我慢なさいませ。剛士様がお勝ちになったあとで、たっぷりとこしらえてさしあげますから」

「うん」

剛士はにこりとした。胃がごろりと鳴った。スフィアに言われたおかげで気が楽になり、実際に空腹であることを自覚したのだ。その音を聞きつけた魔族たちがさらに声高く笑った。

「我慢するよ」

　剛士はうなずき、話を再開した。

「大事なことだからもう一度確認しておく。敵を勝たせないために必要なのは軍が生き残ることだ。だから、包囲された主力を救出する。それが僕らの目的だ。そのほかのすべては必要な犠牲としてあきらめる。みんな、辛いとは思うけれど、いいね？」

　彼はいつもの倍以上も早口だった。自分の中から、一刻も早く汚れたものを吐き出してしまいたいと願っているように。

　スフィアはなにかを言いかけたが、踏みとどまるとアーシュラに目配せした。

　アーシュラはその意味を誤解しなかった。彼女も、剛士の気遣いを理解していた。そして、自分がどんな態度を示すべきであるかも。

　魔王領総帥軍事顧問、アーシュラ・ガス・アルカード・ドラクールは澄んだ菫色の瞳で小野寺剛士を見つめ、はっきりと宣言した。

「異論はございません。魔王軍全将兵は、いまやあなた様の手足に他なりません、小野寺総帥閣下」

　剛士は心の底からの笑みを浮かべた。辛いときであるからこそ、本当に嬉しかった。アーシュラまでが、この異世界を好きになる理由のひとつになりそうなほどに。

「うん。ありがと。じゃあ……」

　彼は作戦を説明した。

　疑問も、質問もなかった。魔王軍は新たな総司令官の言葉に従って反撃準備に移ったのである。

9

　各隊の状況を確認しに出かけていたアーシュラが剛士の傍らに立ち、ビシリと敬礼した。

「全軍、準備完了いたしました、総帥閣下」

「うん」

　剛士は戦場を見回した。敵味方入り乱れた大混戦の中で、自分の思いつきがうまくいかなかったらどうなるのだろう、と想像した。

　拳を握りしめる。

　ヤケクソな微笑を浮かべた。

　その時は、自分も田中さんと同じように行動するのだ。

　剛士はちんちくりんな身体をのびあがらせ、右手を高く掲げた。大きく息を吸い込む。

ちりん、と鈴の音が響いた。

魔王軍総帥は命令を叫んだ。

「全軍反撃！　主力部隊救出作戦、開始っ！」

命令と同時に、右翼へ集結したケルベロス親衛突撃戦隊が飛び出した。単独ではない。その背にはハイトマンの人狼たちがまたがっている。

ラッシュバーンの第101空中突竜戦隊も翼を羽ばたかせ、続々と離陸する。彼らの背にはカミラたち第22SVSの姿がある。

総反撃。まさに全力を投じた逆襲であった。

「陛下！」身体中に何本も矢を突きたてたケンタウロスが本陣を指さした。「陛下、あれを！」

絨毯の上でただ堂々と立つことで魔王としての責任をとっていた田中さんは本営の方を見た。

一斉に行動を開始したケルベロスとウィングドラゴンの群れが見える。

「陛下、これで」ケンタウロスが喜びの声をあげかけ、その途中でランバルトの新たな矢を浴びて倒れ伏した。

「小野寺君……まさか……僕を助けるために……」

田中さんは悲痛な表情でうめいた。

が、途中でぱっと顔が明るくなる。

ケルベロスとウィングドラゴンはこちらへ向かってこず、ランバルト軍の右翼側面を全力で迂回しながら突進していることに気づいたのだ。

田中さんは満面の笑みを浮かべた。

「わかってくれたんだな、小野寺君。なにか、思いついたんだな」

涙が湧いた。心からの喜びを覚えていた。

「ケンタウロス選抜騎兵、聞けぇ！」

田中さんは怒鳴った。半数以下にまで討ち減らされた傷だらけのケンタウロスたちが集結する。

「みんな、御苦労だった！　僕のような間抜けのオタク野郎につきあってくれて本当にありがとう！」

田中さんは大きく息を吸った。

「しかしもう充分だ！　みんなは本営まで後退してくれ！」

「不敬を承知でおたずねいたす！　陛下御自身はいかがなされるおつもりか！」

一頭のケンタウロスが怒鳴った。選抜騎兵隊隊長、マス・タウルスである。

田中さんはタウルスに顔を向け、いたずらっぽい笑顔を浮かべた。

「僕には、僕の仕事がある」

「ならばお供いたす！」

タウルスは怒鳴り返す。

「我らは陛下の臣なり！　いまさらお見捨てするわけには参らぬ！」

「だめだ！　後退してくれ！」

田中さんは胸を熱くしながら拒絶した。

「戦いは今日だけじゃない。みんなは小野寺君の下で戦い続けなければいけない！　どんなに悔しくても、バカにされても、耐えるんだ！　今日の敗北に耐え、明日の勝利をつかんでくれ！　小野寺魔王陛下とともに！」

「陛下っ」

「いけっ、後退してくれ！　これは魔王の勅命だ！　さよなら、ケンタウロス選抜騎兵、万歳！」

それでもケンタウロスたちは動きたがらなかった。彼らを行動させたものはタウルスの命令である。

「よぉーし、総員突撃隊形！　各個に本営へ帰還せよ！　突撃っ！」

ドォッ、と砂煙があがり、ケンタウロスたちは突進する。みるみるうちに離れていった。

田中さんはほっと一息ついた。目を丸くする。

ただ一騎、タウルスが残っていたのだ。

「帰れって言ったじゃないか」

田中さんは怒鳴った。

「聞こえませんな」タウルスは笑った。「それに、陛下をお一人で逝かせるのは臣下として恥です。自分一人ぐらい、お供についてもよろしいでしょう」

田中さんは、大きく息を吐き、言った。

「ありがとう、タウルス」

ランバルト軍は二人のすぐそばに迫りつつあった。

「なんでぇ、なんでこっちこないのぉぉぉ！」

右側遠くを突進してゆくケルベロスの姿を認めたリアは声をあげた。

「どうして、おにいちゃん、どうしてぇ！」

が、実はわかっていたのだ。見かけは幼女、態度も幼女だが、リアは68歳、そこらへんの連中よりよっぽど知識も判断力もある。

田中さんが死を賭して出撃したことにも気づいていた。だからこそ、付いてゆくと駄々をこねたのである。

今も、剛士がなにを考えてケルベロスたちを出撃させたのか、即座に理解した。

ぱたぱたと飛んできたハーピィの伝令が伝えた。

「リア様、総帥閣下の御命令です。ただちに後退せよ、と」

「おにいちゃん……」

むぅっ、と涙目になるリア。ぐすっ、と鼻を鳴らし、涙をぬぐった。

「ゴルザックのおじちゃん！」

「はいだよ、リアちゃん」のそっとあらわれたゴルザックが心配そうに見下ろした。

「後退する。後退するよ！」

「リアちゃん……」

「おにいちゃんの命令！　急いでっ」

「了解だよ」

ゴーレムたちは後退をはじめた。リアはしばらくのあいだそれを指揮し続けていたが、すべてが順調と確かめるや否やゴルザックに告げた。

「ね、おにいちゃんに、ゴメンって言っといて！　ボクはへいかのところにいくって」

「リアちゃん！」

「みんな、ありがと！」

リアは跳躍し、前方に出現した無数の敵兵にただ一人で突っ込んでいった。


伝令から報告を受けたセシエが複雑な表情で言った。

「閣下、重ゴーレム大隊は命令どおり後退に移ったって。ケンタウロス選抜騎兵残存部隊も戻ってきてる」

「ケンタウロスも？　そうか……」剛士はうなずいた。田中さんが気づいてくれたとわかったのだった。

「リアは無事なんだろうね」

「それが」

セシエは黙った。

「なにかあったの」

「一人で敵に……」

剛士は喉の奥から呻きを漏らした。泣きそうな顔になっている。

「そんなことしても田中さんは喜ばない！　助ける方法はないの」

「乱戦です。発見することすら難しいでしょう」アーシュラが言った。

剛士は頭をかきむしった。

「へいか！」

遠くから呼ぶ声が響いた。タウルスただ一騎に守られながら立ちつくしていた田中さんは声のした方角を見た。

小さな女の子が跳ね飛び、ただ一人で、敵と戦い続けている。今度ははっきりと聞こえた。

「へいかぁっ」

「リア！」

田中さんは悲鳴のように叫んだ。

「ああ、まさか。どうして、ああ」

目を閉じる。タウルスを呼んだ。

「タウルス！　さっきの話はナシだっ」

「陛下っ」

タウルスは目を三角にした。

「違う違う」田中さんは首を振り、リアを示した。

「頼む、タウルス」

「陛下……しかし……」

「お願いだ、タウルス。僕を女の子を道連れにして死ぬような魔王にさせないでくれ、頼む！」

「御意」

バトンを振り回す。飛び跳ねる。何人ものランバルト兵が吹き飛ぶ。

しかし、進めない。田中さんの姿はほんのすぐそこに見えるのに、これ以上、進めない。

「へいかっ、へいかぁ」

リアは返り血で真っ赤になりながら泣きわめいていた。

「連れてって、リアも連れてって！」

田中さんが両手でメガホンをつくるのがわかった。リアは注意を向けた。

「来るなっ、リア、来ちゃだめだっ」

「へいか……いくっ、リアもいくのっ！」

田中さんは絨毯の上に立ちつくしていたが、やがて、声をかぎりに叫んだ。

「嫌いだった、嫌いだったんだぁぁぁ！　リア、おまえなんか大嫌いだぁ！　近寄るなぁ、この魔物めぇぇぇ！　ずっとずっと、嫌いだったんだぁ！」

「へいか……」リアは立ちつくした。

隙あり、とみて迫ったランバルト兵が背後から蹴散らされる。タウルスであった。タウルスは呆然としているリアをたくましい腕で抱え上げ、本営に向けて全速で逃走をはじめる。

「え、なに、なに、どうして、いやぁっ」

「陛下の勅命です、リア殿」

「いや、いや、へいかぁっ」

リアは泣きながら手をさしのべた。

田中さんの声が遠くかすかに聞こえた。

「リア、小野寺君の言うことをよくきくんだぞ……」

その直後、田中さんの姿はランバルト兵に取り囲まれ、視界から消えた。


「魔王は、魔王はどうしたっ」

グラッサーは叫んだ。

「兵が取り囲みましたが、生死はわかりませぬ」ガルスが応じた。

「殺すなよ、よいな、殺すなよ！」

グラッサーは重ねて命じた。その表情は明るい。魔王を捕らえてしまえば、前回の戦で傷ついた名誉も回復できる。いや、新たな名誉も手に入る。ランバルトの完全勝利も間近い。

「これで……」

彼がなにかを漏らしかけたその時、左翼隊後方で動きが生じた。

「なにっ」

グラッサーはそこを睨みつけた。

血の気が引いてゆくのがわかった。

キケロン将軍の部隊が後方からの攻撃を受け、大混乱に陥っていた。


左翼隊後方を迂回した魔王軍の一部は、チェドラル農兵団を一撃で潰滅させた。ゴーレムの迎撃に戦力を割かれていたため、まともに抵抗もできない。

まずウィングドラゴンが突入し、炎を吐いて兵士たちを追い散らす。即座にその背から兵士（人狼《ヴェアウルフ》）が飛び降り、追撃をおこなって戦果を拡大した。

包囲網に穴が開いたのである。

「くぅっ、味な真似をしおって」

キケロンはフランケンフェイスをしかめて罵り、怒号した。

「逃げるなぁ、戦え！　穴を塞ぐのだ！　儂に続けぇ！」

部下の応ずる言葉も待たずに駆けだしたキケロンは、しかしそれが無理であることに気づいていた。ベレー帽を被った女兵士たちをまたがらせたケルベロスの群れが雪崩れ込んできたことに気づいたのだった。

「畜生めっ」

キケロンはわめいた。三つの頭をそろって自分に向けた巨大な犬が自分の喉笛を嚙みちぎるその瞬間までわめき続けていた。


ハモった犬の鳴き声がきこえ、すぐに数を増した。

「ケルベロス？」左目を包帯で縛ったクォルンは顔をあげた。

「いや、まさか、そんな……」

地獄の番犬たちの声はますます大きくなってくる。

「よ、おっさん」

ずたずたになったローブをひきずってジョス・グレナムがあらわれた。

「どうやら、全滅せずに済みそうだぜ」

「陛下の手配りか」クォルンはつぶやいた。

「そうは思えないな」ジョスはこたえた。

「こう言っちゃ悪いが、あの陛下、戦争は苦手だったもん。かといって、アーシュラちゃんとも思えないよ。親衛突撃戦隊を敵の側面に突っ走らせるなんて、あの娘の策にしては大胆すぎるぜ」

「ならば……あっ」クォルンの顔に笑みが浮かんだ。

「だといいな」ジョスはにやりとした。

「少しは戦争の得意な奴が親玉になってくれるなら、この先が楽しみだぜ」

クォルンはジョスの背中をばん、と叩き、部隊に命令した。

「全軍集結！　友軍と合流し、包囲網より脱出する！　全員を救助！　戦友を見捨てるな！」


完全勝利は一瞬にして水泡に帰した。ケルベロスとウィングドラゴンは包囲網に開けた突破口をがっちりと押さえ込み、ゴブリンとトロールの群れはその穴から続々と脱出を始めていた。脱出するなり態勢を整え、手近なランバルト兵に反撃を加えている連中までいる。

「くそぉっっ」カディウスが全身をぶるぶると震わせた。

「なんということを。信じられん。魔王を餌《えさ》にしてすべての戦力を引きずり出し、そこをゴーレムで混乱させ、一挙に予備を投入して包囲を破ったというのかっ」

しかし、それは事実だった。剛士の作戦であった。彼は、魔王軍の殲滅というランバルト軍の目的を邪魔するためだけにそのような手段をとったのである。

「信じられん」

カディウスは繰り返した。

「大将軍」

フェラールがおっとりとした声でたずねた。

「はっ、陛下、まことに……」

「いいのです」

フェラールは慰めた。

「このまま戦い続けて、意味があるだろうか。我が方の損害もかなりのものになっているようだ」

カディウスはぐっと喉を詰まらせた。

フェラールの言うとおりだった。もともと楽な戦いではなかったのに、逆襲のおかげで、キケロンの左翼隊が壊滅状態に陥っている。一方的な勝利であったはずのものが、敵とほぼ同じ……あるいは、敵よりも大きな損害を被る展開になっていた。

「はっ、残念ながら……」

カディウスはうなずいた。

「敵を率いているのは、だれだろうね」

気楽な声でフェラールは言った。実際、重荷を下ろした気分だった。シレイラに後でなにを言われるかわからなかったが、ともかく今はこれ以上戦わずに済むからだ。

「はっ、おそらくは……」

カディウスはもごもごとその名をつぶやいた。

「魔光とともにあらわれた男、オノデラ・ゴウシか……」

フェラールは自分でも繰り返すと、全軍に退却命令を発した。


ゴブリンとトロールは脱出に成功した。本営からもそれは良く見えた。

「成功です……成功です、閣下！」

アーシュラが叫んだ。

「すっごーい」セシエがうるうるした目で剛士を見つめた。

「後退したケンタウロスとゴーレムを少し前進させて」

剛士は命じた。

「みんな、疲れている。援護してあげなきゃ、辛いはずだ」

「はいっ」アーシュラが張り切った声で応じた。

ラッパの音が響いた。

「退却ラッパですね」スフィアが教えた。

「おめでとうございます、剛士様」

「おめでとう？」

剛士はスフィアをまじまじと見つめた。

「一体何が？」

「敵を破られました」

「勝たせなかっただけだよ」剛士はひどく不機嫌な声で言った。

「ただ、それだけじゃないか」

傷だらけのケンタウロスが駆けてきた。剛士のそばで止まった。タウルスである。

「総帥閣下、魔王陛下の勅命を受け、リア殿をお連れして帰還いたしました」

「あ、ああ、ご苦労様。休んでくれ」

剛士は何度も大きく頷きながらこたえた。

リアがちょこん、と降り立つ。

剛士を睨みつけた。

「リア、良かった」

「おにいちゃん」リアの声は険しかった。「ボクを囮に使ったね？」

「ああ」剛士は素直に頷いた。

「田中さんも、囮にした。それが田中さんの望みだった」

「大嫌い！」リアは罵った。「おにいちゃんなんか大嫌い！　大嫌い！　大嫌い！」

剛士は胸を抉るようなその一言一言にいちいち同意した。

「へいかも、おにいちゃんも、ボクを仲間はずれにして」

とうとうリアは泣き出した。

「ごめん、リア。本当にごめん」剛士も涙を浮かべた。

「嫌い嫌い嫌い」リアは剛士の胸を摑んだ。

やがて、しっかりと抱きつくと、わあわあと大声をあげて泣き出した。


「撤退！　撤退だとぉ」

グラッサーはわめいた。

「くそっ、ここまで来て、くそっ」

「団長」ガルスがなだめる。

「奴だ。奴なのだ！」グラッサーはなおも叫んだ。

「フッ、奴とは」マークスがたずねた。

「わからんのか！」グラッサーは目を血走らせていた。

「奴だ！　奴なのだ！　オノデラ・ゴウシだ！　奴め、こともあろうに魔王を囮に用いおったのだ！　自分の主君を！　なんたる男だっ。勝つためには手段を選ばぬとは」

「団長、撤退しましょう。このままでは無用の損害を被ります」ガルスが強く進言した。実際、状況は切迫していた。包囲網から脱出した敵は一丸となって後退しつつあり、その進路を阻むものすべてを吹き飛ばしながら突進している。トゥラーン近衛重装騎兵の一部もそれに巻き込まれ、少なからぬ損害を受けていた。

「わかっておる！　全軍を集結させろっ」

怒り狂ったグラッサーとその騎兵たちを殿《しんがり》に、ランバルト軍は後退を開始した。第二次セントール会戦の終わりであった。

10

戦いは終わった。勝敗はつかなかった。田中魔王陛下を失ったという点からいえば明らかに魔王軍の敗北、いや、大敗北だったが、戦いそのものには負けなかった。最終段階では、優勢ですらあったと言えるだろう。

「我が方の損害は各種族合計で約2000名です」アーシュラが言った。

ランバルト軍の撤退から二時間あまり。周囲では、移動の準備が進められている。魔王軍は、一部の部隊を残していち早くワルキュラに戻り、戦力を回復せねばならないのだ。

「負傷者もふくめてなの」

剛士はたずねた。どこかしらけた様子である。すでに、普段の、自信なさげな態度に戻りつつある。

「負傷者はその倍です」

死者約2000、負傷者約4000。

この戦いに投じられた兵力の、一〇人に一人が死に、五人に一人が傷ついたことになる。

「敵に与えた損害はどうかな」剛士はさらにたずねた。

「これは推定なんだけどぉ」セシエが答えた。

「ほとんどこっちと同じぐらい、最後になってひっくり返したから、向こうのほうがもうちょっと多いかも」

剛士は小さくうなずいた。腹に手を当て続けている。嫌になっていた。なにもかも嫌になっていた。敵に与えた損害を知れば気分が変わるか、と思ったのだが、ますます嫌になっただけだった。

「ドラクール軍事顧問」

「はっ」

「ワルキュラへの帰還、死者の埋葬などについては任せるよ」

「はっ、閣下」

剛士は本営を離れた。

ぶらぶらと歩く。

剛士の姿に気づいた兵士たちが声をあげる。

「閣下じゃ！」

「総帥閣下！」

剛士は彼らにちょっとだけ手をあげて応じた。本当はもっときちんとした挨拶を返してあげたかったが、疲れ切り、なにもかもが面倒になっており、手をあげるだけでも一苦労だった。

とうとう、足下がふらついた。

ちりん、と鈴の音が響き、腰にほっそりとした腕が回され、腰を支えた。

「兵の前で気弱な態度をみせてはなりません、剛士様。皆、あなたのおかげで救われたことを知っているのです」

スフィアの声は優しく、甘く、厳しかった。

「田中さんを犠牲にして」剛士はつぶやいた。

「ですが、そのことで多くの命を救われました。知っているのです、彼らは。そして感謝しているのです。誰が自分を助けてくれたのか、彼らは絶対に忘れません」

剛士は反論する気力もない。ただスフィアに支えられながら立ち続けていた。

そんな彼らに近づく者があった。

野戦病院でいささかましな手当を受けたクォルンである。

「クォルン」剛士は申し訳なさそうに言った。

「事情は、知っているよね」

「ええ、アーシュラ殿から」クォルンは右目だけで剛士を見た。

「お辛かったでしょう」

「うん、と言いたいけれど、みんなも大変だったから」

クォルンは一瞬だけ瞼を閉じた。再び剛士を見た時は普段の態度に戻っていた。

「どうやら、負けずに済みましたな」

「田中さんの消息は」剛士はもっとも気がかりなことをたずねた。

「わかりません。魔導士に探らせているのですが……」

「ちょっと難しい感じ」いつのまにかあらわれたジョスが口を挟んだ。おもいっきりなげやりなノリでにやけているが、顔は疲労の色も露わだ。戦いの間、片っ端から魔法を使い続けていたからである。にやけている主な原因は、腕にしっかりとあのハーピィの娘さんを抱え込んでいるからであった。

「困ったなぁ」剛士は腕を組んだ。

「御遺骸がみつからなかった場合は……」と、クォルン。すべては口にしない。

「僕は、魔王にはならない」剛士は答えた。

また拗ねるつもりか、とクォルンたちが顔色を変えたのに気づき、彼は慌ててつけくわえた。

「総帥の仕事はする。するよ。それは覚悟している。でも、田中さんが正式に退位するまで、魔王にはならない。王位って、そういうものだと思う」

「そうお望みとあらば、否応はございません」

クォルンは深く頭を下げた。

おおっ、と声がわきあがる。

剛士は驚いて周囲をみまわした。

いつのまにか、無数の兵士たちが剛士を取り巻いていた。ゴブリン、人族、ゴーレム、ウィングドラゴン……種族の別はない。たったたったっと駆け寄ってきたケルベロスがぺろぺろぺろと頬を嘗《な》めた。

みんな、彼を見て喜んでいる。

剛士は戸惑った。

こんなに大勢から、好意を寄せられたことなど、生まれてはじめてだった。

なにをしてよいかわからなくなり、結局、ケルベロスの頭を順番に撫でた。

ケルベロスがハモった鳴き声をあげる。

爆笑が拡がる。

ぐっと背筋を伸ばしたクォルンが大声で言った。

「なにをだらけておる！　総員、総帥閣下に、敬礼ッ」

ザッ、と踵が鳴り、様々な種族が、彼らなりの方法で剛士に敬礼した。

小野寺剛士はなおも戸惑っていたが、ややあってこくりと喉を鳴らし、背筋をしっかりと伸ばしつつ、見よう見まねの敬礼を返した。

スフィアの腕が離れるのがわかる。

残念だったが仕方がなかった。


どれほど情けない男でも、一人で立たねばならぬ時があるのだ。


剛士は精一杯努力して大きな笑みを浮かべた。

兵士たちはわっと喚声をあげ、剛士を担ぎ上げた。彼を空に向けて何度も放りあげた。万歳が唱えられ、剛士はもみくちゃにされた。
誰も、彼を称えることにためらいを抱かなかった。
いまや小野寺剛士は、魔王領に生きるあらゆる者たちの総帥であるからだった。

でもって、ランバルト王城。二日後。

王国の花、その美しさとたおやかさで知られるシレイラ王女の部屋から侍女たちが退出を命じられた。第二次セントール会戦より数日後のうららかな昼下がりのことである。

侍女たちは口々に王女の優しさを口にした。

兄王の苦戦を知らされたシレイラは、しばらく一人にしてください、と言ったのである。

王女様はきっと一人でお泣きになるのですわ……そう噂しあう侍女たちの中には涙ぐんでいる者も少なくなかった。

数分後、シレイラ王女の居室とその周囲からは人気が絶えた。

突然、なにかが粉砕される異音が轟いた。

めりぽきぱきぐしゃどがしゃーん。

「くそったれぇ、あのホモ兄貴めぇ！」

室内を手当たり次第に破壊しながらシレイラは叫んだ。

「肝心なところでドジりやがってぇ！　あたしが、あたしが率いていればぁぁぁぁ！」

どすどすどすと歩いた途端、ハイヒールの踵が吹き飛び、床にびたん、と叩きつけられる。尖った鼻を打ち付け、鼻血がどぱっ、と噴き出した。

が、シレイラはその場でばたばただと手足を暴れさせ、叫び続けた。

「あー、悔しい悔しいくやしいぃぃぃ！　邪魔をしたのはオノデラ・ゴウシですって？　さいってぇー！」

視線がフェラール兄ちゃんに貰った手紙にとまった。二つに引きちぎったあと、くしゃくしゃにして握りしめていたのだ。

「ふん。でも……魔王をアレしたのはホモ兄貴にしては上出来よね……よぉーし、こうなったら」

床に倒れ、鼻血をたらたらとしたたらせたまま、美少女王女はふふふふふふっと薄気味悪い声で笑い始めた。

「たった一度、負けなかったぐらいでいい気になんないでよ、オノデラ・ゴウシ……まだまだいっぱい手はあるんだから……ははは、あは、あはははははははっ」

戦争大好きっ娘《こ》王女様は、またなにやら別の計画を思いついたようであった。

2　かえらざるとき

プロローグ　すべてが燃えつきた日

闇に潜むものは、すべてを注意深くみつめていた。

二つの太陽が地平線から顔をだし、闇を追いはらう。

朝である。

セントール平野につくりあげられた美しい田園、幻想のようなたたずまいをみせる農村が朝の光を浴びていた。

整然と区切られた畑に、丹誠こめて手入れされたオルファ麦がつらなっている。畑よりも一段低く開けた平地には、用水路と水田がひろがっていた。

穂先はむろん、重く垂れている。

土にまみれて働くことが嫌いな者でも、おもわずうっとりしてしまうような眺めだ。一目みただけで、秋の豊かな実りが約束されているとわかる。それをもたらしたものは二つの太陽、肥えたセントールの土だけではない。そこに住む人々の努力がこの田園に豊かさをもたらしているのだ。

やがて、どの家からも田畑の様子をみにゆく男たちが姿をあらわした。煙突からは、パンを焼き、あるいは飯を炊く煙が立ちのぼりはじめる……

1時間後。

そんな村の一角にある、大きな納屋を備えた赤屋根の家。

玄関から、5、6歳ぐらいにみえる男の子が顔をだした。耳のあたりで切り揃えた黒髪をなびかせながらとたたっ、と空に浮かびそうな勢いで駆けだし、好奇心に満ちたディープブラウンの瞳であたりをみまわす。教科書の詰まったカバンとお弁当袋を手にしている。

すこし眩しそうに目を細めながら、んーっ、と深呼吸した。

後を追うように、玄関から人があらわれた。

野良着姿の男女だ。

二人とも、若々しい。

男の子が振りむき、弾むような声でいった。

「とうさん、かあさん、いい天気だよ！」

「そうか」

うん、という感じでこたえたのは洗いざらしたシャツとズボン、手にはちょっとボロくなった麦わら帽子という父親。いかつい顔立ちと獣のように筋肉の発達した肉体は農民というより戦士そのものだ。

ただ、目だけが印象を裏切っていた。慈愛にみちている。

今日も見事な秋晴れであることは先ほど天気を確かめた時にわかっていた。だが、口にしようともしない。息子の機嫌がいいことがなにより、なのだ。そう知っているだけで今日も素晴らしい一日が過ごせる。

「忘れ物はないのね、ナサ?」

ちょっときびしくたずねたのは母親である。やはり、父親と似たような実用的ファッションに身を包んでいた。麦わら帽子の上から日焼けや肌荒れを防ぐための手拭いをかぶり、顎《あご》の下で締めている。

となると、お父さんとお似合いの、とおもうのが人情だが……実際は、いやお父さん、うまくやりましたなぁ、とうらやましくなるほどの美女であった。長身で、出るところは出て引っこむところは引っこんだボディ。整った顔立ち。日々、野良仕事にいそしんでいるはずなのに、肌は抜けるように白い。

「うん、持った!」

ナサと呼ばれた男の子は元気よく応じた。ぶんぶんと手縫いのカバンを振ってみせる。

「うん、じゃないだろう」

お父さんがちょっと恐い顔をつくった。

「うん、あっ……はーい」

といいつつ、ナサの注意はまたも新しい朝にむけられている。

納屋から良く手入れされた鎌を持ちだしたお父さんは、しかたないなぁという表情で笑う。みかけは怖くても、結局はほかのお父さんと変わらないのだ。

親子は田園の道を歩きだした。あちこちから焦げ茶色の羽根に漆黒のトサカを備えたセントール雀《すずめ》の鳴き声が響き、空にはのんびりと飛んでいる野良ペガサスの群れがみえる。

ナサがたずねた。

「ね、父さん、父さんは冒険者だったんだって?」

「ん……誰からきいたんだ」

お父さんはたずねた。驚きが顔にあらわれていた。過去の話を息子にしたことがなかったからだ。

「ヒュレンのおばさん!」

「ウィムか」

お父さんは溜息をつきながら苦笑いを浮かべた。子供にはわからない感想をつけくわえる。

「ここに落ち着いて、結婚してからおとなしくなったと思っていたが、口の軽さはあいかわらずか……昔と変わらないな」

「ランバルトでその人ありと知られた魔導士、ウィム・ヒュレン」

お母さんが口をはさんだ。いたずらっぽい声でつけくわえる。

「だれかさんと同じで、すぐに騒ぎをおこすことで有名だったものね」

「騒動があるたびに必ず一枚かんでいる伯爵家の元気なお姫様もいたけどなぁ」

お父さんが反撃した。

お母さんがうつむき、ぽっ、と頬を赤くする。

分かれ道にやってきた。右は学校。道の先にある丘に、校舎の青屋根と時計塔がみえている。左は田畑に続く道である。

何組かの親子連れがいる。

人族だけではない。ゴブリン、トロール、ホビット……土をいじることの大好きな魔族たちの姿がみえた。

ナサは自分より先に学校へ駆けてゆく何人かに手を振りながら、まだ両親のそばから離れようとはしなかった。

誰かを待っているのだ。

「ナサ」お母さんが不思議そうにたずねた。

「誰か、一緒にいく約束した子がいるの」

「え、んーとね……あ、きたきた」

「ナサにいちゃん！」

浅黄《あさぎ》色の髪をゆらし、二人の女の子が駆け寄った。姉妹だ。姉はナサと同じような年頃だった。妹はひとつ下ぐらいだろう。

「おはよう！」ナサは大きな声でこたえた。振り返り、両親に片手をあげる。

「じゃ、父さん、母さん、いってきます！」

お父さんとお母さんはにっこりとして手を振り返す。子供たちの姿はたちまち遠ざかっていった。

「あの年で、両手に花、か」お父さんはおもしろそうにつぶやいた。

「ばかなこといわないで」

と、お母さんは怒ったが、眉間に小さく皺が寄っている理由はそのことではなかった。

「どうした」お父さんがたずねた。

「あなた、変なことをきくみたいだけれど……」

お母さんはたずねた。

「あのかわいらしい女の子たち、どこの子だったかしら？」

「さてね……子供はすぐに友達をみつけるからな。しかし、最近新しい入植者は……」

お父さんも眉をよせかけ——耳慣れた友の声にさえぎられた。

「いい子に育ったな」

のんびりと近づいてきたゴブリンの農夫が目を細めた。彼の頬には古い刀傷の痕が刻まれている。

「ロメス、おはよう……だがな君も同じさ」お父さんがこたえた。「手紙はきたかね？」

「うちのバカ息子どもからか？　そんなわけがあるまい！」ゴブリンはイノシシそのものの鼻をぶうっ、と鳴らせた。しかし顔には笑いが浮かんでいる。

「男ばかり三人生まれて、それが揃いもそろって志願しおった。好き好んで軍にはいるなど、教育を失敗したわい。バカどもが……いまごろはいっぱしの兵隊気取りで田畑をひっかいているオヤジのことなど忘れておるさ……ま、長男はガズ・クォルンの副官になったらしいが」

「ほう。追撃のクォルンの……ということは、自慢話だな？」お父さんがにやりとした。

「ああ、自慢話だ……儂もとしをとったかな」

「かもしれないね。昔のことが、すべて夢だったようにおもえるほど」

「夢だったのかもしれないわ」お母さんが遠い目をした。冒険の日々。出会い。戦い。別れ。酒場でのドンチャン騒ぎ。魔王城での舞踏会。そして、恋。

いいえ、恋はまだ終わっていないわと彼女はおもった。夫の横顔をそっとみつめる。

「おうおう」ゴブリンが麦わら帽で顔をあおいだ。

「朝からお熱いことで。まったくおまえさんたちときたら、昔は顔をあわせるたびに剣を交えていたというのに……いや、だからこそか？」

お父さんとお母さんは顔をあからめた。

「なにアブラを売ってんだい、あんた！」

性根の座った声でゴブリンのおかみさんが怒鳴《どな》りつけた。

「まったく、日に一度はいらないことをいわなければ気が済まないんだから！　また冒険にでもでたいのかい？　ふざけるんじゃないよ！　あんたにはしっかり面倒をみなきゃならない田畑があるんだからね！」

「……古女房め、自分もいっぱしの冒険者だったことをすっかり忘れておるな」

ゴブリンが肩をすくめ、皆が笑いだした。畑に向けて歩きだす。

一日の始まりだ。

いつもと変わらないはずの一日の……

ナサが異変に気づいたのは、四時限目の終わり近く、昼休みまでもう一五分を残すばかりになったあたりだった。

「初代の魔王陛下が魔光とともにブラントラントに降臨される時まで、人族と魔族は世界のすべてで争い続けていました……」

エルフの女性教師、ラネ・マウサ先生が子供相手には大いに無駄な色気を発散しながら歴史の授業を続けていた。その内容は、人族と魔族が仲良く暮らすこの村で育った彼にはつまらない話だ。

しかたがない。人族と魔族がこのブラントラントのすべてで争い続けていたなんて、彼にはとても信じられないからである。少し不安なのは、最近、軍の増強にいそしんでいるランバルトとの国境が近いことぐらいだ。

（みんな仲良く暮らしてるのに、先生はなんでわざわざそんなことというのかな……うー、それよりもお腹すいた）

ナサは机に上半身をあずけ、お腹を押さえた。朝御飯をいっぱい食べたはずなのにお腹が悲鳴をあげている。お弁当が楽しみでたまらない。

（お母さん、今日はなにをいれてくれたかなぁ。カムス鴨《がも》の卵焼き、はいってるかなぁ）

ぐうっ、とお腹がなった。

はっとした。おもったより音が大きく、教室に響いてしまったのだ。

みんなが目を丸くしていた。様々な種族のクラスメイトたち、もちろんマウサ先生も。

「まぁ、ナサ」マウサ先生が少女のようにころころと笑いだした。

みんなもあとに続く。

他人を蔑《さげす》む暗さのない、明るい笑いだ。

ナサは恥ずかしさで真っ赤になりながら、自分でも笑いだしていた。

「仕方ないわね」笑いおさめたマウサ先生が教科書を閉じた。

「少しはやいけれど、今日はこれでお昼休みに……」

突然、言葉がとぎれた。マウサ先生の顔から優しさが消え失せていた。窓の外に顔を向けている。

ナサも同じものを感じとっていた。

首筋がちりちりしていた。冒険者の父から受け継いだ隙のない観察力が、なにかを察知したのだ。

母親から受け継いだ直感はもっとはっきりとしていた。

その二つが教えているのは、彼が生まれてはじめて味わうもの、

——危険、であった。

ナサは立ちあがった。

遠く、大気を裂く音が響いた。

それが軍隊に命令を与える角笛の響きだということを、ナサは知らない。


兵士たちは一斉に行動を開始した。

村を包囲し、死と破壊をまき散らしながらその輪を縮めていったのだ。

最初に殺されたのは、30キロほど離れた村に住む親戚をたずねようとしていた人族の一家だった。六人家族。父母に子供が四人。

子供たちに危険がないように、地上50センチほどの高さを飛ぶファミリー・フライング・カーペットの行く手を突然さえぎった男たちに父親がたずねる。


「おい、危ないじゃないか、こっちには子供がいる……」

そこまで口にしたところで父親は事態の異常さに気づいた。

行く手をさえぎった男たちは顔をフェイスガード付きの兜で隠し、手に手に剣や槍を構えていたのだ。

「あんたたち、いったいなにを……」

青ざめた父親はフライング・カーペットを操り、逃れようとした。

しかしもう遅い。

リーダーらしい男が無言のままうなずくと、彼らは一斉に襲いかかった。


村のあちこちで黒煙があがりはじめた。

教室の子供たちも、なにか異常がおこったことに気づいている。

「先生！」

普段は元気いっぱいだが、実は甘えん坊の泣き虫でもあるヴェアウルフのガスムが不安に満ちた声をあげた。

マウサ先生は青ざめた顔のまま、なにか呪文を唱えている。村の様子を感知魔法で探っているのだ。ワルキュ

ラから離れたこの村では、まだ個人用携帯精霊通話器《パーソナル・ジンフォン・システム》は普及していないのである。

「先生！」

「マウサ先生！」

泣き声もふくまれた子供たちの呼びかけにマウサ先生は顔をあげた。

顔色は、青いというより、白い。

エルフ族の特徴である切れ長の目が、引きつっていた。

20年ほど前まで、ブラントラントのあちこちを巡る冒険の日々を過ごしていた彼女には、村でなにがおこっているのか、疑問の余地がなかったのだ。

子供たちを逃がさなければならない。

「みんな、お弁当を持って校庭へ急いで！」

マウサ先生の声は厳しかった。弁当を持たせた理由はひとつだけ……逃げるのには体力が必要であるからだ。

「どうして」

「どうして、先生？」

「お家に帰りたい」

「父さんと母さんは？」

最後にたずねたのはナサだ。

「大丈夫です」

マウサ先生は安心させるようにうなずいた。しかしその言葉が嘘《うそ》であることは子供たちにもわかった。ボブに整えたプラチナの髪が逆立っていたのだ。

「先生」

「せんせぇ」

「さあ、先生のいうことをきいて！　急ぐの！」

マウサ先生は子供たちをせかした。他の教室からも先生に引率された子供たちが駆けだしてくる。

しかし、遅すぎた。

遅すぎたのだ。

校庭にもあの武装した男たちは出現していた。

子供たちは凍り付いたように立ち止まる。

彼らも感じ取ったのだ。

男たちの漂わせる邪悪なもの……純粋な悪意を。

「お、おまえたち、いったいなにをするつもりじゃ！」

怒鳴りながら男たちへ詰めよる人影があった。

年老いたトロールであるビンディ校長先生だ。杖をつきながら、ずんずんと迫ってゆく。

「ここは子供たちの学舎じゃ！　そのような場所に、こともあろうに武器などを持ったまま……」

ビンディ先生はその昔、魔王軍で連隊長までつとめたほどのトロールだ。今日も朝から一杯やっていたらしく、頬は紅《あか》い。だが、扁平《へんぺい》な顔に浮かんでいるのはかつての立場をおもいおこさせるような威厳と、武装した男どもを毛ほども恐れぬ気迫だった。

「耳がついておらんのか！」

ビンディ先生は新兵をしごくような声で一喝した。

それが、彼の最期の言葉だった。

剣が一閃し、彼の首をはねたのである。

老いた肉体が倒れ、切り離された首が血飛沫とともに校庭へ転がる。

「校長先生！」

様々な種族の子供たちが一斉に悲鳴をあげ、泣きだす。恐怖のあまりうずくまってしまう子もいた。

「みんな！」

マウサ先生が叫んだ。

「みんな！　先生のいうことをきいて！　逃げなさい、すぐに！　できるだけ遠くに！　上級生の子は下級生を連れてってあげるの！　さあ、はやく！」

これまで子供たちが一度も目にしたことのない、厳しい態度と声である。

「先生！」

「怖いよぉ！」

「おかあさぁん！」

子供たちは絶望の声をあげる。

「急いで！」

マウサ先生は鬼女のような形相でまた、叫んだ。

ようやく子供たちが散りはじめた。先生にいわれたとおり、下級生の手を握って走っている子も多かった。

ナサもその一人だった。あの姉妹の手をひいて、裏山へと駆けだしている。

マウサ先生の顔からほんの一瞬だけ怒りが消え去った。そこにあったのはただ子供たちを愛していた優しいエルフ教師の顔だった。

「みんな……どうか……」

マウサ先生は子供たちに別れの言葉をつぶやくと、武装した男たちをにらみつけた。

眉がきりきりと吊り上がる。

口が素早く動いた。

攻撃呪文の高速詠唱だ。

「遥かな空の守り手、風の精霊よ、我が願いを聞き届け給え……いけぇっ、真空斬波《ウェイブ・カッター》！」

ゴゥッ、とカマイタチが生じ、男たちに襲いかかる。

一瞬で二人の男の胴体を切断した。

しかし、それだけだ。他の男たちは素早く魔法の影響圏から逃れ、反撃にうつっている。戦い慣れているのだ。

マウサ先生は新たな呪文を唱えようと急ぐ。

「黄泉《よみ》の王、我が祈りをかなえ給わば……」

だが、男たちの反撃は素早かった。ブン、ビンッ、と矢が放たれ、先生に襲いかかる。呪文を詠唱している彼女に避ける手段はない。何本もの矢が、音を立てて身体《からだ》のあちこちに突き刺さる。

鮮血が、飛び散った。

呪文が途絶える。

喉の奥から苦しげな声が漏れた。

「みんな……こどもたち……かわいい……」

マウサ先生は口と胸を鮮血に染めつつ、校庭に頽《くずお》れた。

「にいちゃん、ナサにいちゃん」

あとにつづく幼い姉妹が泣いている。泣きながら駆けている。

手はしっかりとナサの左手と腰のベルトを握っていた。

他の子供たちの姿はみえない。

三人は校庭から裏山に逃げこみ、そのまま山の麓《ふもと》ぞいの林を駆けていた。

このまま西に走り続けたなら、ナサの親たちが持っている畑にでるからだ。

「走れ！　頑張《がんば》って！」

ナサは励《はげ》ました。もちろん、彼だって泣きたい。恐ろしくてたまらない。まだ子供なのだ。

しかし、先生は逃げろといった。年下の子を連れて逃げなさいといった。

だから、我慢している。せめて父さんと母さんに会うまでは、とおもっている。

（助けて……とうさん……かあさん……）

走り続けながらナサは祈った。

きっと大丈夫だと信じていた。

ヒュレンのおばさんは父さんがもの凄く勇敢《ゆうかん》な冒険者だったと教えてくれた。母さんだって、貴族戦士として名を知られていた、とも。あの黒陽《アーシュラ・ザ・ダークシャイン》のアーシュラと並び称されていたこともあったほどなのよ、坊や……

ロメスおじさんもそうだ。昔は有名なゴブリンの戦士だったといっていた。

（だから、きっと大丈夫……）

ナサは歯を食いしばった。

彼にはあえて考えないようにしていることがあった。

ヒュレンのおばさんは、マウサ先生もかつては名を知られた冒険者だったといっていたのだ。

しかし彼女は――

林が、開けた。

お父さんとお母さんの畑だ。

二人の姿、それにロメスもいる。

ナサは叫んだ。

「とうさん！　かあさん！」

しかし、お父さんは振り返らない。ロメスおじさんもだ。

彼らは敵と対峙していたのである。

お父さんは倒した敵から奪ったらしい剣を手にしていた。ロメスおじさんは大きな鍬を重槍《パイク》のように構えている。
五、六人の男たちがじりじりと迫りつつあった。
お父さんは振り返らずに叫んだ。

「ナサか！　来るなっ、逃げろ！」

「とうさん！」

黒い影が駆けてくる。お母さんだった。

「かあさん！」

ナサは抱きついた。お母さんは豊かな胸にしっかりと抱きかかえてくれる。

「おばちゃん……」

女の子たちが涙をいっぱいに浮かべた目ですがるようにみあげた。

お母さんはすかさず彼女たちの顔を手拭いでふいてやった。

優しい目で語りかける。

「みんな、よくおききなさい」

お母さんはナサを抱いたまま命じた。

「このまま、あなたたちだけで逃げるの！　母さんたちは村を守って……後から追いかけます。ランバルトへの道はふさがれているから、西へ、ずうっと西へお逃げなさい。魔王領へ！　村か町へ出たら、駐在さんか役場の人をみつけて、村が襲われたって教えてあげるの。軍隊の人でもいいわ」

姉妹の方をみる。彼女たちが手ぶらなのに気づき、腰にさげていた自分のお弁当をわたした。

「おなかが空いたら、食べるのよ……ナサ、きちんとわけてあげなさい。女の子にひもじいおもいをさせてはだめよ」

「かあさん……」

ナサは優しく美しい母をみつめた。

「ね、みんなで逃げよう、逃げようよ！」

「それはだめ」

お母さんは首を横に振った。

「父さんも母さんも……ロメスさんも……いま、逃げるわけにはいかないの。それが本当のお仕事だったのよ」

お母さんは哀しげであり、なおかつ決意に満ちた表情をうかべた。

「だから、いいわね？ ナサ、あなたはいい子。逃げて、女の子たちを守ってあげるの、いまだけじゃないわよ？ いつでも、どんな時も。父さんの息子だもの、できるはずよ！ それから……」

お母さんは目を閉じ、静かに伝えた。

「忘れてはだめよ。なにひとつ、絶対に忘れてはだめ。ここでなにがあったか……たとえ、何年過ぎても。さあ、おゆきなさい、子供たち！ ここではないどこかへ！ 生きるの！ 絶対に生き残るの！ そして……信じられる誰かをみつけなさい！ 父さんと出会えた母さんのように！ 母さんはいつも幸せだったわ！」

「かあさん！」

「行きなさいっ！」

お母さんは悲しみと厳しさで一杯になった声で叱りつけた。ナサを突き放し、子供たちを手で追い払う。

ナサと姉妹は何度も振り返りながら、その場を離れていった。

お母さんはお父さんたちの傍《かたわ》らに駆け戻った。

「行ったか、三人とも」

新たに斬り倒した敵から奪った剣を手渡しながらお父さんがたずねた。「ええ。大丈夫よ。わたしたちが時間さえ稼いであげられるなら」

「フンッ、そいつは重大だな」

ロメスおじさんが牙を突きだしながらいった。その声は戦意に満ちていたが、瞳にあるのは悲痛と狂わんばかりの怒りだけだ。

彼の傍らには血に染まった妻の遺骸《いがい》があった。夫を不意の一撃からかばおうと、かつてゴブリンの女戦士としてならした彼女は喜んで身を捨てたのである。

「いつものことだよ」剣を身体の後ろに隠して構えたお父さんが応じ、ほんの一瞬だけ、ロメスおじさんの奥さん……その遺骸をみた。

みて取れるほどの激しさで顔が引きつってゆく。

それでもお父さんの声はかわらなかった。

「ま、今日ばかりは逃れられそうもないな。というより、逃れるわけにはいかない」

「昔もそういうことはあった」と、ロメスおじさん。

「ひとつだけ昔とは違うことがあるわ」お母さんがきっぱりといった。

「なんだい、母さん」

「わたしたちにはナサがいる。ロメス、あなたにも息子さんたちが。もし、ここでわたしたちが……」

「そうだ」ゴブリンが頼もしくうなずく。

「大人にとって、子供を守って死ぬこと以上に素晴らしいことがあるだろうか？　なあ、人族の友よ！」

お父さんが爽やかな笑い声をあげる。

敵が一斉に動き始めた。

三人は、何年も前にそうしていたように、手をたずさえ、勝ち目のない戦いに飛びこんでいった。

後悔はなかった。

それこそが、かれらが交わした約束の求めるものだったのだ。


同じ日の深夜。

〈藍《アイ》の月〉に照らされた森に三人の人影があった。

ナサたちである。

三人とも薄汚れ、疲れきっていた。ほっそりした脚は棒のように硬くなっている。

村を逃げだして、もう何時間も歩きつづけているのだ。歩くどころか、立っていることさえつらい。

だが、立ちどまることは許されない。

力の続く限り逃げねばならないとわかっていた。

お母さんが、そういったからだ。

だから、三人は歩き続けた。足にマメができ、それがつぶれ、痛みで気を失いそうになりながら歩き続けた。

木々が生い茂る森はすでに暗く、ざわざわと枝が風にゆれるたび、ナサたちをおびえさせた。

どこからか、石臼《いしうす》で粉をひくような音が響いている。

ナサはその音がなにを意味するかわかっていた。

ダンター、辺境を棲処《すみか》とする精霊だ。ダンターの響かせる音は、死や不幸を教える。

音は大きかった。

どこかに、かぞえきれないほどの死と不幸がもたらされたのだ。

それがどこなのかは、彼にもわかった。

恐怖と疲労で痺れたようになりながらも、ナサの一部は冷静に現実を観察していた。

逃げだせたのは、自分たち三人だけかもしれない――

「ナサにいちゃん……」

ぐすぐすとしゃくりあげながら姉がいった。

「ね、ダンターが、ダンターの声が」

「聴いちゃだめだ」

ナサは叱った。

「考えちゃいけない」

姉は傷だらけになった両手で耳を押さえる。姉と同じ浅黄色の髪を短くそろえた妹も、小さな手で真似をした……

さらに一時間以上がすぎた。ダンターの凶音は消えていた。

突然、姉妹の妹が膝を折った。

「ナサにいちゃん、ねえちゃん……もういや……」

泣いてはいない。

瞳がうつろだった。


体力の限界を超え、泣く力も残っていないのだ。

がんばってといいかけたナサは、自分ももう歩けないことに気づいた。

空をみあげる。すでに時刻は深夜を過ぎていた。信じられないことに、三人は12時間以上も歩きつづけていたのである。

（きっと、少しやすんでも大丈夫……）

彼はおもった。

姉の疲れきった声がした。

「おなかすいた……ナサにいちゃん、おなかすいたよ……」

「うん、すいたね」

うなずきつつナサは自分も猛烈な空腹を覚えていることに気づいた。当然だ。三人は、半日のあいだただ逃亡をつづけていたのだ。

（そうだ、お弁当……）

ナサはおもいだした。

「弁当を食べよう」

ナサはいい、手近な巨木の根本に腰を下ろした。

ところが、姉妹は呆然としている。

「どうしたの？」

「落としちゃった……落としちゃった……」

姉が繰り返した。新たな涙が盛り上がる。

「落としちゃった、ナサにいちゃんのおばちゃんのお弁当、落としちゃったよぉ」

妹がうわっ、と泣きだす。

「いいよ、いいんだ」

ナサは一生懸命に慰めた。

「ぼくのお弁当、わけてあげるから。ね、一緒に食べよう。ほら、おいで」

「うん」

べそをかきながら姉妹が腰を下ろす。

ナサはお弁当をひろげた。

母さんが作ってくれたお弁当だ。本当は、学校でお昼に食べるためのものだった。

お弁当は、母さんの古いスカーフに包まれていた。

中には、朝焼いた、小さなロールパンが四つと、それにおかず。

カムス鴨の卵焼きもある。

お弁当。

母さんのお弁当。

姉妹にパンを手渡しながら、ナサは涙が湧いてきたことに気づいた。

もうわかっていたのだ。

母さんは嘘をついたことを。

確信があった。ナサはまだ子供だ。しかし自分の見方が間違っているとはおもわなかった。

なぜだか、そうだとわかったのだ。

おそらく、二人の優れた戦士から血を受け継いだおかげだろう。

ロールパンをじっとみつめながら、ナサは理解していた。

きっと、もう二度と会えないのだ。

いまごろ、父さんも母さんも死んでいるだろう。

でなければ、ダンターがあんなに音を響かせるはずがない。

だからこのお弁当は……

ナサは鼻水をすすった。

母さんが作ってくれた最後のお弁当なのだ。

どれだけお金持ちになっても、どんなに努力しても、もう二度と食べられないお弁当なのだ。

「ナサにいちゃん」

「にいちゃん……」

彼の態度に不安をおぼえた姉妹がみつめていた。

「なんでもないよ」

ナサはあわててかぶりをふった。いま、彼女たちは自分のほかに頼る相手がいないのだ。なのに、自分まで泣きだしてしまったら……

「さ、食べよう」

ナサはパンをちぎり、口にいれた。

母さんのパンはおいしかった。

なにものにも比べようのないほどに。

お弁当を食べ終えた三人は、体を寄せあい、すぐに眠りへと落ちていった……

三人の様子をじっとみつめ続けていた闇に潜むものは、ゆっくりと彼らに近づいていった。

それが歩くたび、軽やかで涼しげな音がかすかに響いた……

1　金、金、金だ！　総帥閣下は今日も御多忙

1

パーティ。パーティ。大パーティである。

所は魔王城大広間。時はあの第二次セントール会戦から10日ばかりのちの夜。

大広間はさまざまな種族の魔族や人族で賑わい、並べられた大テーブルには豪勢な料理や酒がたっぷりと載っている。

パーティの参加者たちは大いにはめを外していた。

精霊さんたちがふわふわくるくると宙を舞っている。シーサーペントとスライムがワインを酌み交わし、コップ替わりの酒樽を握ったストーンゴーレムの肩に何人ものエルフが乗って、

『おお友よ』

なんて歓びの歌を合唱していたりしている。あっちではゴブリンと人族の男が肩を組んで、

「呑みが足りないぞぉ」

「おお、おまえこそ」

と、大学生のお遊びサークルコンパ状態で暴れているし、こっちではケルベロスがわふバリペちゃと、マンガにでてくるあの肉と大きな骨ときついトロール酒でいっぱいの大盃に向けて同時に戦いを挑んでいる。みなさん、とにかく楽しそうだ。

冷静にみると、とても国家の中枢＝魔王城で開かれるパーティとはおもえない乱れっぷりだが、目くじらをたてる者はいないし、シーサーペントは会戦に参加してねぇぞ、こらぁ、なんていらんツッコミをいれるバカもいない。今宵ばかりは無礼講ということになっているからだ。その理由は、壁にかけられた垂れ幕をみれば一目瞭然。

第二次セントール会戦負けなくて良かったね祝賀会

……うーん。どんなもんでしょうか。いまいち踏み切れてない名前ですが、まあ、そういうわけです。イロイロとシャレにならないことがおこったことを忘れたわけではないんですが、魔王領御一党様は悲しいことは悲しいこと、うれしいことはうれしいこと、とケジメをつけるのが好き。てなわけで、今宵、首の皮一枚というところで敗北を逃れたことを大いに祝っていらっしゃるのだった。

となれば当然、なぜ負けずに済んだかについて、誰も

忘れるはずがない。それが証拠に、五分に一度は、

「乾杯、乾杯じゃ」

「おおお」

と声があがり、全員が声をそろえ、

「小野寺総帥《おのでらそうすい》閣下万歳！　乾杯！」

ごくごくごく、ぷはぁ、とやらかしている。

いやまあ、おめでたいのはわかる気もするんですが。

乾杯を捧げられる御本人は、助けてお星さま、て感じであった。具体的にいうならお腹がだぼだぼ。

「閣下、乾杯、乾杯」

「はぁ、どうも、じゃ、かんぱぁーい」

ごくごく、うえっぷ、と魔王領の沿岸部でとれるカルマン・オレンジ果汁１００パーセントジュースを何杯も飲まねばならなかったからである（あ、ちなみに、魔王領でもお酒は20《はたち》になってから、です）。

「わはははは、めでたい！」

「あは、あははは、そう……だよね」

と、杯をかさねるたびに笑いから力が失せている。

けれども、腹の中は正反対である。学校や職場では空気よりも存在感が薄いクセに、ネットの匿名掲示板に書きこむときだけ国家社会主義ドイツ労働者党《ナチス》や共産党やアレな新興宗教のスポークスマンのごとく雄弁になる人のように、あれやこれやが渦を巻いていた。

なお、渦を巻いているのはジュースだけじゃ間がもたんぞ、とかいうことではない。もうちょっとヘビーな問題であった。

これほど祝っていいものか疑問だったのだ。

第二次セントール会戦にはたしかに負けなかった。

けれど、田中《たなか》さんは行方不明になったまんまだし、魔王軍の損害はハンパなものじゃないし、
ランバルトはまだまだやる気みたいだし、
リアちゃんは落ちこんでるし、
アーシュラ、あわわ、ドラクール軍事顧問はなんか機嫌悪くてこのパーティをパスしてるし……と、難問山積だったからだ。

だいたい、剛士《ごうし》のみるところ、状況はなんも変化していないのである。

会戦に勝利（というか判定優勢勝ち）したものの、軍はボロボロ、とても反撃なんか考えられる状態ではない。

おまけにマリウクス城塞からいつランバルトが出撃してくるかわからない。あちらも損害が大きかったはずだから、すぐに大決戦にはならないだろう、と考えられる

のだけが救い。

ともかくですね、なんか大変なのは全然変わってないとおもいます。いや、それどころか剛士は（前より悪くなったんじゃないか？）

とまでおもっていたのである。

「しかし閣下、まことにお見事な御采配。感服つかまつりました」

一人で暗いこと考えていた彼に話しかけてきたのは海賊風の眼帯で失った左目を隠したゴブリン族長、ガズ・クォルンである。すでにだいぶんきこしめしているらしく、体毛ごしでもイノシシ頭が紅く染まっているのがわかる。

「いや、そんな。クォルンこそ」

剛士は即座にいった。見た目が悪く、性根がどこかでねじれた人なのは本当だが、ひとつだけ疑いもなくいいところがある。

他人の功績を素直に認められるのだ。

そんなん、簡単じゃないか。

そうおもったあなた、大間違い。

周囲の誰かが、明らかに自分より優れているのを目にしたとき、おお、たいしたもんだと心から素直に感心できる人なんて、めったにいやしないからだ。

たいていの人間は、おおすごい、と同時に妬《ねた》ましさがわきおこり、たいしたことねーよ、いやきっとあいつは俺よりダメな人間に違いない、とも考えるものなのである。

芸能、スポーツ関係のスキャンダル報道が花盛りだったり、ほら俺ってちょっと頭いいから一言いっちゃうよ、という人がネットに星の数ほど生息しているのがその証拠。そんなことでもしていなければ、あんまり希望や願望や妄想や秘峰チョモランマより高いプライドが満たされたことがない、という現実に耐えられなくなってしまうのだ。

まあ、ここまでいってしまうと剛士君もあてはまりそうではあるが、じつは彼、微妙なところで異なっている。たしかに彼も他人の功績を認めると同時にちょっと考えはする。

しかし、妬みではない。

あ、うらやましい、というやつなのである。

もちろん彼もとんでもない望みをいだいたことがあった。テストで学年一位になりたいとか、隣のクラスのあの娘《こ》が気になるとか、プールで50メートル平泳ぎしたいとか、行く先もわからぬまま盗んだバイクで走りだしたいとか、まあいろいろある。

しかし、だ。

「閣下がお助けくださらなければ」

「いや、間に合って良かったけど、みんなが頑張ったから」

クォルンの称賛に剛士はうつむく。

精霊さんたちに照らされた自分のいびつな影が床に映っていた。

あ、泣きそうになってる。

ということである。

たとえ大それた望みをいだいても、自分の影を目にした瞬間、現実をおもいだしてしまうのだ。

学年一位になりたくてもえーと国語と日本史はなんとかなりそうだけどあとはだめだ、とか、隣のクラスのあの娘は僕のこと横目でながめて鼻で笑いやがった、とか、平泳ぎどころか犬掻き15メートルがやっとなのにとか、盗んだバイクで走りだしてもラリッて死んでちゃイカンだろうとか、まあ、そういうことを。

同時に、これまでにおかした無数の失敗……頭をよぎるだけで火のでるような恥ずかしさに身を焼いてしまう。

惨めな記憶がスクラム組んで突撃してくるのである。実際の話、すでにみなさまご存じのようなみかけの剛士君は、その種のイヤぁな記憶だけは年中無休でバーゲンセールを開けるほど持っている。

だからこそ、なのだ。

いつしか彼は、誰かから認められるのではなく、誰かを認める人間であることのほうが大事なことに気づいていた。誰だって他人から認められたなら悪い気はしないし、もしかしたら友達になれるかもしれないし、一芸に秀でた奴なら友達になればなにかを教わるところはあるだろうし、とそういうことである。

ただ、ひとつだけ問題がある。

剛士が誰かを認めるに足る人間でいなければならないのである。

客観的にいって、過去の……たとえば天抜《あまぬけ》高校二年生としての剛士がそうであったかは大いに疑問だ。

彼が苛めにたいして容赦のない反撃を加えた本当の理由は、それなのかもしれない。

苛めを甘んじて受けている奴など、誰も評価してくれないからだ。

だからこそ、危機の下で懸命に抵抗し、反撃した。

カッコ良くいえば誇りの問題なのだ。

といっても、ありがちな、

「うぜぇな、関係ねーよ、誰にも迷惑かけてないからいーだろ」

とか、

「てゆうかアタシはアタシだしぃ」

という思考停止型プライドではない。他人の中にいる自分、他人と接している自分、というなんつーかアレ、ちょっと以上の覚悟がいる姿勢のことである。

その点でいえば、剛士は熟練している。ちんちくりんの高校生で苛めターゲットであったという経験は、醜男でオタクで人づきあいが下手だったり、なんか気合のはいった宗教の戦士で反米でテロに参加して、というよりさらに人間をまっとうな人格に鍛え上げる。

もちろん、本人にその覚悟さえあれば、だけれども。

剛士がどうであるか、ちょっとむずかしい。身長は高くなく、体重は適正値よりもだいぶん多く、顔立ちはハンサムからほど遠い、というのはともかく、頼みの綱のお脳にしても、これまでの17年間のほとんど、ここ一番という時にはストライキに突入する癖があったからである。内蔵された怨念と執念の高速増殖炉が全力運転したのは、シャレにならない身の危険が迫った時だけなのだ。

ま、肉食獣の目をしているところが救いといえば救いというぐらいだが……少なくとも、本人はそのあたり、全然自信がない。

無理もなかろう。

天抜神社の境内《けいだい》からブラントラントに放りだされた苛められっ子筆頭候補の高校二年生。

それがいまや魔王領の実質的な支配者。

おまけにその魔王領は存亡の危機に立たされたりしている。

あのよー、おい、と剛士君ならずとも泣きたくなるであろう。

そこそこ安定してはいたものの、まあそんなにも楽しくはなかったリアルな世界から、魔物で戦争で美少女で美女で美幼女でっていつものように例えがバランス欠いてますが、ともかくそういうものでいっぱいの異世界に飛ばされてきたのに、直面させられた――いや、押しつけられたのはアポカリプスな国をなんとかせい、という大仕事。どう考えても一介の高校二年生の手に余るのだ。

だものだから、おもわず自分の影をみつめてしまうのである。みなさん楽しそうないまこの時も例外ではない。

でもって考える。

いったい、どうしたらいいんだ?

ご本人の正直な感想である。主人公にそんなこと訊かれては作者も読者も困るが、本当にそうおもっているのだ。徹底討論、どうするどうなる魔王領なんて朝までワメきあってもおっつかないほどに。

しかしこの場で口にはできない。周囲を、

「閣下、閣下」

とクォルン以下、御機嫌で集まってくるミイラ男《マミー》やヴァンパイアやウィングドラゴンに囲まれていたからである。

「うん、うん」

と気弱そうな微笑で応じつつごまかすしかなかった。

にこにこにこにと応じつつ実際は弱り果てていた剛士を救ったのは——

「剛士様」

ちろり、と鈴が鳴り、同時に鈴の音よりもさらに涼しげな声が耳をくすぐった。

「スフィア」

剛士の頰が緩む。

いつのまにかそばに立っていたのは浅黄色の髪をすっとのばした美少女である。菫《すみれ》色の瞳が優しさをたたえていた。抜群のスタイル。身につけているのは天抜高校女子制服だ。

「こちらをどうぞ」

彼女はエメラルドグリーンに透けた液体のはいったグラスを手渡し、ささやいた。

「マネフ茶です。酸味がすっきりします」

「あ、うん」

「お邪魔ではありませんでしたか」

クォルンたちにも微笑を向けながらスフィアがたずねた。ふっと、マネフ茶よりもよい香りが鼻をくすぐる。どうしたら、息がこんなにいい香りになるのだろうと剛士はおもった。

「はは、スフィア、気の利いたことだ」クォルンが笑った。ちょっと意地悪い声でつけくわえる。

「閣下も同感であろう」

ハタからみるともうミエミエでスフィアにのぼせていながら行動にはでない剛士をからかったのである。

「いや、クォルン、そんな」

剛士はメトロノームのように首をふった。スフィアと視線があった。

彼女は微笑《ほほえ》んでいる。

「た、確かに、あの、その、うん」

頬が紅くなっている。この世界にやってきてもうすぐ一ヶ月。そのあいだ、毎日顔をあわせているというのに、まだ慣れることができない。

これまでの人生でお母さん以外の異性とは縁遠かったのだからしかたがないとはいえ、われながら、情けなかった。ついでに両脚のあいだにある奥深い部分がおもわずうずうずしていたりするのはもっとナニであった。

「ところで……今宵はもう、おやすみになられてはいかがですか。みなさまは、このとおりですし」

スフィアが周囲のありさまをさっと示した。

たしかに……パーティは剛士がいてもいなくても関係のない段階に突入していた。あっちで乾杯こっちで合唱、女を口説きまくる奴（もちろんジョス・グレナム大佐）、気持ちよさげに床へのびている奴（＝ブーラーン）もいる。もはやパーティではなく宴会状態であった。

スフィアはいった。

「ワルキュラに戻られてからずっと、お休みになっておられません」

彼女の心配は無理もないところである。

実際、第二次セントトール会戦後の剛士は大忙しであった。会戦で魔王軍が被った損害を一刻もはやく穴埋めする必要があったからだ。

緊急予算を組んだり、新兵を募集したり、装備を揃えたり、物資を集めたり、とやるべきことは無数にあった。事務作業そのものは魔族と人族の官僚たちが済ませてくれるので、剛士の仕事は最終的な確認と総帥としてハンコを押すだけなのだが、これが意外に面倒だった。ともかく量が多い。おまけに新人総帥閣下はなにごとも手順を踏んで納得できなければうんといえないナンギな性格で、いちいち確かめないと気が済まない。

かててくわえて、一国を統治したり、軍を指揮したりすることについてはもちろん素人《しろうと》なものだから、もう大変。総帥としてのABCを周囲から教わりながら決定をくだしてゆく、という期末テスト期間中の一夜漬け状態が続いているのである。

でもって彼のお勉強につきあわされた（というか、先生役となった）周囲の魔族たちもふらふら。今日のパーティというか宴会は、その慰労もかねているのだ。

救いは、彼のナンギな努力を悪くいう者がいないことだった。

本人なりに全力を傾けて総帥の責任を果たそうとしていることは明らかだったからである。それどころか、

『閣下は先代の陛下よりもよほど……』

なんて感じで、評判が良くなっているほどだ。もちろんこの背景には、第二次セントール会戦を判定優勢勝ちにもちこんだ実績がある。

そのかわりに剛士は疲れ切ってしまった。

身体の方はまだなんとかなる感じだが、気分のほうがいけなくなっている。ここ数日は、仕事に集中しようとしても、すぐに気が散るようになっていた。あきらかに、ストレスにさらされつつ激務をこなす人が陥りがちな燃え尽き症候群の一歩手前であった。

今日、この宴会を心から楽しめずにいるわけも同じである。

スフィアは言葉をかさねた。

「今日は、お休みにならないといけません」

声が、きびしい。お医者さん兼カウンセラーとしての命令であった。さっとクォルンに目配せする。

クォルンは見逃さなかった。周囲に大声で呼びかける。

「皆の者！　閣下は今宵、存分に楽しめとのお言葉じゃ！」

「おおお」

と一斉に声があがった。

さすが苦労人のゴブリン族長、うまい表現である。自分がいようがいまいがかまわずに楽しんでね、と剛士が命じたようにうけとれる言葉だった。これが疲れたから寝る、では、ないがしろにされたと気分を害する奴がでただろう。

剛士はクォルンへ丁寧にうなずき、皆に手をあげて外へでた。万歳の唱和とともに、自然にわきあがった景気のよい歌声が彼の後ろ姿を追った。

『起《た》て魔王の僕《しもべ》らよ、危難の時はきたれり
迫りくる敵の軍旗は林のごとくなびき
すべての者が相和《あいわ》す楽土はいまや侵されん
かくてバンシーは天地《あめつち》が下に嘆く！
祖国を守れ、
愛しき者を守れ、
汝《なんじ》ら、魔王が赤子《せきし》たれ！』

魔王軍の軍歌でもっとも人気の高い『セントールの守り』だった。

歌声に見送られるように廊下へでた小野寺剛士はおもう。

（本当に守れたらいいんだけどな）

そう。それが最大の問題なのだ。

スフィアが微笑みとともにいった。

「大丈夫です。剛士様ならば絶対に」

剛士はぽかんとして燐光《りんこう》をまとわせた美少女をみつめた。

どうしてわかったのだろう？　魔族だからか、女の子だからか？

きっと両方なんだろうとおもった。異性に関して過去17年、じつにこの、いちばん優しくたとえてもシベリアのツンドラ地帯のごとき経験しか持たない彼にはそれが精一杯の想像だ。ま、いまの場合、話がはやくて便利だけれど。

「スフィアのいうとおりにする。明日は休むよ」剛士はいった。

彼女はくすりと笑ってこたえた。

「目が覚めてもお布団のなかでぐずぐずされるのですね？」

「ん……」剛士はうなずいた。なにかをおもいだす表情になる。

「どうされましたか」スフィアがのぞきこんでいた。

「いや、はは」夜から浮かび上がる美少女にみつめられた剛士は飽きもせずにどきまぎした。これればかりは、どうにもならない。圧倒的に経験値が不足している。どんなにゲームが得意でも、いきなり伝説の木の下に女の子は呼びだせない。

「くだらないことをおもいだして」

「なんですか」スフィアは興味津々だ。

「いや……家に、あ、むこうにいたころの話で」

「剛士様の故郷《ふるさと》については、田中陛下からいろいろとうかがっております……お話くださっても見当はつきます」

「あ……うん、いや、本当にどうでもいい話でさ」口ごもった理由は、考えようによってはエラく恥ずかしい話であるからだった。

「うかがいたいです、剛士様の故郷のお話」スフィアは微笑んだ。

「あちらで、どんな風に剛士様が暮らしておられたのか……うかがったことがありません」

「そうだっけ？」

「そうですよ」スフィアはあきれたようにこたえた。もっとも、剛士の方は素《す》だ。はじめて出会ったときから、彼女が見慣れた制服を身につけていたため、知っていて当然という気分になっていた。

「本当に、くだらない話だよ」

スフィアはなにもいわず、にこりとする。舌を軽くしてくれる笑顔だ。

「寝坊の話なんだけど」

剛士はぽつぽつと語りだした。

「家にいたころもさ、土日はなかなか起きられなくて。特に土曜日。いや、あれは夜明けごろまで起きていたせいもあるけど」

「夜明けまで?」不思議そうなスフィア。「人族でいらっしゃるのに」

「好きなんだ。家《うち》のまわりは住宅地で、夜中に起きている人はめったにいない。車……こっちでいえばフライング・カーペットみたいなものも走っていない。そんな時、窓をあけると、世界を独り占めしている気分になれて……だから、みんなが起き出す前に寝る。起きるのは早くても昼。それで一度、夕方近くまで寝ていたら」

そこまでいって、剛士は一人で笑いはじめた。

「なんですか」

不思議そうなスフィア。

「いや……うくっ、あの、さ」

まだ笑い続ける剛士。ぷぅっ、とスフィアの頬がふくらんだ。

「ずるい、御自分だけ」

「あ、ご、ごめん、あのさ、母さんにさ」

「母上様に」

「……洗面器で水ぶっかけられた」

「え」

きょとんと菫色の目が見開かれた。

ほっそりとした肩が震え、両手が口元をおさえる。

それでも我慢しきれずに、笑いだしてしまう。

「母上様に……ふっ、お、お水を」

「うん、うん……くっ、一発で目がさめた。で、で、寝小便したみたいに布団を干されて……」

二人は身をよじった。

この程度でどうしてこんなにもおかしいのか、本人たちもわかっていない。そりゃあんたつきあい始めはそんなもんだよ、という御意見もおありかとはおもいますが、それだけでは説明がつかない勢いだった。

いや、二人とも、わかっていたのかもしれない。

プレッシャーがすべての原因なのだ。

総帥として背負っているものの重さに潰れかけていた剛士。

おもいきり頼りない総帥を背負っているスフィア。

二人にだけわかるプレッシャーが、彼らの感情を爆発させたのだ。


先に我へかえったのは剛士だった。

「……ふっ、うふっ、あ?」

耳や首筋をくすぐる甘い息に気づいたのである。柔らかく、ほっそりとした手を握っていたことにも気づく。笑い続けるうち、いつのまにかそんなことになっていたのだった。

「あ、あ」

慌てて手を放す。両手を握りあわせた。

「いや、あ、ごめんなさい」

「いいえ」

笑いおさめたスフィアは優しく応じた。どこか、残念そうな表情のように剛士が感じたのは調子に乗りすぎだろうか?

「と、ともかくさ、明日はだらだらするよ」

「はい。水はかけません」

マジメな顔で応ずるスフィア。我慢しきれず、ぷっ、とふたたび吹きだす。剛士もまた笑いだした。

剛士がなおも笑い続けようとしたその時——

スフィアがいきなり表情を固くし、周囲に視線を向けた。

「スフィア?」

豹変《ひょうへん》におどろく剛士をかばうように動いてなおも警戒をとかないスフィア。

ややあって、背筋から緊張が失せた。

「どうしたの」

「いえ……」優しく微笑む。「気のせいでした。さあ、もうおやすみにならないと。寝坊されるのでしょう?」

「あ……うん」

——ゆっくりと歩いてゆく二人を、魔王城の一隅からみつめる影がある。声にならない声が漏れた。

「隙あらば、ともおもったが」

複数の月光が顔を照らしだす。美しい顔立ち。虚無的なものを浮かべた瞳。ぴっちりした黒装束に包まれた肢体が闇から浮きあがる。

ランバルトの諜報局破壊班員、ミランだ。

「さすがは魔王領、というべきか。それにしても……まあいい。まずは報告だ」

不敵な微笑を浮かべた彼女は念写器を手早くしまいながら、物音をたてずに闇へと消えた。機密書類を盗んだわけでなく、だれか要人を暗殺したわけでもないが、成果は充分だった。

魔王領がパーティを開くほどの気分転換を必要としており、小野寺剛士が疲れているという事実は、ランバルトの……つまりシレイラ王女の戦略にとって、大きな影響を与えうる情報だからである。

2

そこには、なにもない。

いや、そう表現してしまうと味気がない。

そこにひろがっているのは草原である。

場所はセントールの東端近く。

高くのぼったふたつの太陽に照らされている大地は枯れ草におおわれている。

ところどころにある不自然な草の切れ目、まるで隕石孔のように開けたあたりから、黒々と艶のある土がのぞいていた。いかにも肥えていそうで、開墾《かいこん》したなら、よい農地になりそうである。

いや、よい農地だったのだ。

一人の男が立ち、土をみつめていた。

ほっそりした体格だが、引き締まっている。年齢は30になるかならないか、というところだ。

顔立ちは、ハンサムとはいえない。

が、不思議な魅力がある。

鋭い目。ちょっと右まがりの大きな鼻。いつも微笑を浮かべているような口元。

ひとことでいえば、プロフェッショナルの顔だ。

「年々、跡が消えてゆく」

男は低くつぶやいた。

彼が身につけているのは黒い軍服である。

襟に、銀の稲妻と血のように紅い髑髏《どくろ》が刺繡《ししゅう》されている。

襟に巻いたスカーフのほか、身を飾る勲章のたぐいは一切身につけていなかった。

ただ袖に、菱形の紋章が縫い付けられているのが目立った。

黒枠でかこまれた菱形の内側に刺繡されているのは襟と同じ不吉なほど紅い髑髏。

文字も縫われている。

『われら、死せるのちも』

ランバルト語であった。

男は雑草を透視するように草原を見渡した。

そこに、なにかがあるかのように。

いや、あるのだ。

風で草がゆれるたび、なにか、土よりもさらに黒々としたものがみえた。

家の土台らしい。

古び、なかば以上、土に埋もれている。

土台らしきものはほかにもあった。

男の視線は、そのひとつひとつを的確にとらえてゆく。どこにどんな土台が遺されているのか、誰にも教えてもらう必要はないようだった。

光の具合によってはひどく残忍にみえる目が、ひとつの土台をとらえるたび、ふっとゆるむ。しかし、すぐに強いなにかによって元の冷たさに引き戻された。

ざわり、と風が吹き、草が揺れた。

なにかが、きこえた。

男はハッとして周囲をみまわす。

たしかに、なにかがきこえたのだ。

自分を呼ぶ優しく、厳しい声。

かつて、生活の一部であったもの。

そうあってあたりまえだと信じて疑わなかったもの。

もちろん気のせいだった。男もすぐにそう気づいた。

すべては過ぎ去った昔、取り返しのつかないものなのだ。

男は背後の足音に振り返った。

二十歳《はたち》になるかならぬかとおもわれる美しい女性である。妻でないことは、態度と衣服でだれにでもわかる。きりりとした美貌に硬い微笑を浮かべた彼女は、見事な肢体を、男と同じ軍服に包んでいたのである。

「なんだ、騎士ウラム」

男の声は静かだった。

「いえ、あの、ご迷惑かとはおもったんですけれど」

クールビューティな見かけには似つかわしくないほどおっとりした、そして控えめな声で応じた騎士ウラム――マヤ・ウラムは背後に隠していたものをそっとさしだした。小さな花束だ。

「もう秋も深い。温室栽培の花は高かっただろう」

男は同じ声でいった。

「はい」

男に〝騎士ウラム〟ではなく〝マヤ〟と呼ばれたい彼

女は素直に応じた。

「ですから、あの、こんな小さなものしか、いえあの、いただいてる俸給は充分なんですけど、今月はあの、まだ残ってるあの……」

男の唇が遮《さえぎ》るように痙攣《けいれん》した。他人が目にしたなら、怒ったのかとおもわれかねないしぐさだった。

「ありがとう、騎士ウラム」

男は王女からなにかを与えられる伝説の冒険者のような、丁重な態度で花束を受け取った。同じ態度でそれを大地に置く。まるで、墓に供え物をするように。

ほんの一瞬、瞑目《めいもく》した。

それですべてが済んだ。振り返った男は、どこまでも冷静な軍人そのもの、マヤの知るいつもの男だった。

「年に一度のことだ。わざわざ君がつきあう必要はなかった――他の者たちも」

「いいえ、でも、わたしも、兵たちも」

しゃべっているうちにマヤの頬へ赤みがさしてゆく。

「いいのだ」

男はにこりとした。

二人はゆったりと、そしてなめらかに、離れた場所につないだ馬へと歩いた。自分の肉体が持つ能力を理解し、その限界まで活用することのできる者たちだけに可能な歩みだった。

「隊長」

突然、マヤがいった。さきほどまでとはまったく異なる、クールな声だった。

「つい先ほど、サンバーノ伯爵からの密使が参りました」

「なんといってきた」

「義務を果たせ、と」

「義務、か」

男はあざけるような微笑とともに応じた。

「まあ、そういうことにしておこう」

「どうされますか」

「命令には従う。とりあえずはね」

男は微笑をうかべた。

「それが我々の仕事だからな。そうだろう、騎士ウラム」

ざわざわと人の声がする。馬のそばに待たせていた護衛の兵たちが、二人の姿を認めたのだ。古参兵のゴルムがすかさず号令をかける。

「われらが隊長、ゴローズ男爵様、ならびに副官マヤ・ウラム騎士殿がお戻りになられた！　全員起立、気をつけェ！」

3

スピリット・ビューワーにすえられた大きな水晶球の中にスタジオが映り、パリっとしたスーツ姿の女性キャスターが語りかけた。

『全ブラントラントの皆さん、ロル・フレドリアがお送りする本日のマジック《M》・ニューズ《N》・ネットワーク《N》特報です。激化の一途をたどるランバルトと魔王領の戦争について、ランバルト王国最前線基地、マリウクス城塞からリポートします。リポートはＭＮＮ特派員ザウズ・クレイモンです。ザウズ、どうぞ』

画面が切り替わる。

巨大な城塞の内部に設けられた飛行場のような広場が映しだされた。脇に建ちならんだ厩舎《きゅうしゃ》からあらわれたペガサス騎兵たちが、紅白の手旗を掲げた誘導員に導かれながら広場に三角形をかたちづくる。前後左右の安全を確認した誘導員が旗で円を描くと、先頭のペガサスにまたがった騎士がピシリと敬礼し、愛馬に鞭をくれた。いななきが轟き、三騎のペガサス騎兵は騎走して速度を付け、空へ舞い上がった。その後からも続々とペガサス騎兵が離陸してゆく。

映像がパン。出撃訓練の続く広場を背景に、手には霊波マイクを持ち、コートを着こんだ男が語りはじめた。

「ザウズ・クレイモンです。本日はランバルト王国戦争省の特別許可を得て、これまでいかなる取材陣も立ち入りを許されたことのないマリウクス城塞よりリポートをお送りします。なお、取材についてはランバルト側から様々な制限をつけられたため、マリウクス城塞の全貌をお送りできないことをあらかじめ御理解ください」

『ザウズ、早速ですが、マリウクスの印象はどうですか』

キャスターがうながした。

リポーターはもっともらしい表情で応じる。

「大要塞です、ロル。一〇〇万の兵力で取り囲んでも容易に陥落しそうにはありません。また、出会う兵士たちの士気も高く、特に、魔族への敵意の強さと国王フェラール三世への忠誠心の篤《あつ》さには驚くべきものがあります。ランバルト軍の戦意は大変な高さを維持しているようです」

『それはつまり、昨日の第二次セントール会戦の敗北はまったく影響を及ぼしていないということでしょうか』

「そう断言して間違いないとおもいます、ロル。たしかに兵士たちは魔王軍について認識を改めざるをえなかったようですが、ランバルトが負けたとは感じていません。我々は勝利すべき戦いにのぞんでいる、次こそは魔族たちを倒せるだろう、みな、異口同音にそう語ってくれました」

『戦争の目的を理解している、ということですか？』

「ええ。この戦争は3年前、ランバルト側の奇襲侵攻によって勃発《ぼっぱつ》したわけですが、将兵はその点について、そして現在の戦いについても疑念を抱いていません。彼らは、この戦いはむしろ正当なもの……聖戦だと受け取っています」

『それはやはり、20年前のあの事件が』

「はい。一時的な緊張緩和がはかられた20年前に発生したあの虐殺事件は魔王領側の陰謀であると彼らは信じています。士気の高さは当然といえるかもしれません。なお、この点については、会戦のさなか、田中魔王が行方不明になったことも影響しているようです。なお、田中魔王の安否についてはいまだ明確な情報は得られておりません。ランバルト、魔王領いずれの外交関係者も一切のコメントを拒否しております」

『その点に関わる注目点として……田中魔王を継いだ魔王領の新たな指導者、小野寺剛士総帥について、ランバルト側ではどのような印象がもたれているのでしょうか』

「小野寺総帥についての印象は混乱しています……伝説の魔人《ガロン》ではないか、という噂まで語られているほどです。魔人とはなんなのか、誰も知らないのはともかくとして。なにが真実かはさておき、小野寺総帥について、ランバルト軍のある将軍が匿名を条件に応じてくれました。御覧ください。なお、映像と音声にはプライバシー保護のため変更を加えています」

　銀の鎧に身を包んだがっしりした男が映る。顔はモザイクがかかり、声は妙に甲高く変えられていた。

　ザウズ・クレイモンの声。

「それでは将軍……先日の、第二次セントール会戦は敗北ではなかったとおっしゃるのですね」

〝ああそうだ。栄光溢《あふ》れるランバルトが負けるはずがない。いや、実際は完全勝利の手前だったのだ〟（って、カッコ良く書いてますがヘリウム吸ったようなキンキン声です）

「しかし、実際には魔都ワルキュラ侵攻、魔王軍主力殲《せん》滅《めつ》のいずれにも失敗したわけで、この点について、王国首都ウルリスでは責任を問う声もあがっておりますが」

〝みずから剣を持たない輩《やから》がなにをいおうと関係はない！　なにがあろうと、われわれランバルト軍人はフェラール三世陛下に忠誠を尽くすのみだ（キンキン）〟

「なるほど……しかし、二度の決戦でいずれも決定的な戦果を得られなかったことを問題視するウルリスの一部軍事筋では、諜報局および特殊部隊を投入した作戦についての意見が……」

〝くのいちども、それにあのゴローズ男爵の率いるやくざどもか！　ハンッ！　背後から忍び寄って剣をふるうだけで戦《いくさ》に勝てるなら、誰も苦労せん！〟

「わかりました……それでは、ランバルト軍の直面している敵、魔王軍についてはどうお考えでしょうか。第二次セントール会戦の途中で田中魔王が行方不明となり、その後をあらたな魔王候補……現在は総帥を名乗る小野寺剛士氏が継いだわけですが」

〝オノデラゴウシ！　奴はおそるべき男よ。勝つためには手段を選ばぬ。第二次セントール会戦においても、勝利のため、魔王を囮に用いた！（キンキン）〟

「これまでのところ魔王領から公式の声明はありませんが、一説には、いまだ十代の少年である総帥が戦火の拡大を恐れているから、ともいわれていますが」

〝少年！（キン）、ただの臆病なガキであるはずがなかろう！（キンキン）儂は奴を間近にみた。背は低く、顔に凹凸《おうとつ》がなく、身体は丸かった！　まともな人族であればあのような体型や顔立ちになるはずもない！　おそらく奴には魔物の血が入っておる！　だからこそ、あそこまで残酷な作戦を用い、また、魔物どもを従わせることもできるのだ（キンキンキン）〟

立ち上がって叫び出す銀鎧の壮漢。

〝ええい、口惜しや！　先日はいますこしで奴の素っ首《そくび》たたき落とせたものを！　みておれ、オノデラゴウシ！　次こそはこの儂、~~ガラッサー男爵~~《ビーッ》が……（キンキンキンキンキンキン）〟

「あ、あの、将軍、将軍、落ち着いて……」

ふたたびスタジオが映る。口をあんぐりと開けたキャスター、気を取り直して、質問する。

『あの……えー、いまのインタビューでみられたような反応が、ランバルト軍の一般的な見解なのでしょうか』

「いえ、そうともいいきれませんが」と、リポーター。

「ですが、ここマリウクスには、彼の態度を目にして嘲笑う者は一人もいないことだけは確かです。この事実は、今後、魔王軍と戦うランバルトにとって大きな力になるでしょう。さらなる激戦が予想される状況をより詳しくお伝えするため、次回はワルキュラから魔王領側について中島《なかじま》ワティアがリポートする予定です。緊迫のマリウクス城塞より、ザウズ・クレイモンがお送りしました」

その直後、形の良い脚の見事な回し蹴りがスピリット・ビューワーにキマった。

どがしゃあーん。


粉砕される水晶球。秋葉原や日本橋の同人誌屋から怪しい紙袋を持ってでてきた同級生を見つけたショタでもやおいでもない女子高生のような雄叫びが後を追う。

「だぁぁぁぁーっ、さぃってぇー！」

子猫を撫でたり、花を手折ったりするのに似合いそうな細指が、きっちりとセットされた金色の髪をかきむしった。ブラントラントでも最高級のマルテ・シルクを用い、胸元に華麗な刺繍とランバル銀のビーズをあしらったパールピンクのホルターネック・ドレスがしわくちゃになる。あ、ちなみに、ホルターネック・ドレスってのは首に紐引っかけて着るタイプのドレスのことです。つまりお背中モロだし。いい。実にいい。やっぱし、女性の背中って○○○で×××でってオイ、なんで伏せ字に○ってる○だよ？　やめろ！　私は不当な検閲には断固として抗議す……（荒々しい靴音）……な、なんだおまえたちは？　や、やめ（銃声）。

……

えー、で、場所はランバルト首都ウルリス。王城である。むろん、ニュースをご覧あそばされているうちにぶっちぎれてしまったシレイラ王女のお部屋であった。

「会戦にはしくじるわ、マスコミには好き勝手いわれるわ、きぃぃぃぃぃ、おまけにぃぃぃ」

シレイラはついさきほど、くのいち……あわわ、諜報局破壊班員・ミランの手の者が届けた報告書をにらみつけた。

内容は簡潔である。

『小野寺剛士暗殺は警備厳重なため当面、断念しました、姫。新たな御下知《おげち》を。わたくしは報告のためウルリスへ戻ります』

そうなのだ。ミランはあのパーティの夜、あわよくば剛士を暗殺しようとして魔王城へ潜入していたのである。

「誰も彼もそろって失敗してぇ！　おまけに御下知ですってぇ？　あれほど破壊班員にふさわしい言葉づかいを教えてやったのに、まだ……うううううっ、だいたい誰よー、マスコミに諜報局の話を漏らしたのはー！　それに特殊部隊ですってぇ？　そんなこと、わたしきいてないーっ！　きっとサンバーノの爺ねぇ！　さいってぇーっ！　だぁーっ」

　シレイラは報告書を引き裂いた。

「あー、はぁー、はぁー、うー、うー」

　いやあなた、肩で息することないでしょうが。

「るっさいわねぇっ！　ほっといてよ！」

　シレイラはページのこちら側をにらみつけて怒鳴った。

　普段は優しげなカーブを描いている眉毛はつりあがり、ふっくらとした唇は魔族もびっくりしなほど変形している。

　いやもうなんともうしますか、女性の二面性つーか猫っかぶりも程度問題つーか、ともかくいろいろ考えさせてくれる王女様なのであった。

「だぁーかぁーらぁー」

　握り拳のシレイラがふたたびページのこちら側を怒鳴りつけようとしたところで、ドアがノックされる。

　次の瞬間、信じられない光景が展開された。髪は逆立ち、眉はつり上がり……てまあ、指定暴力団の武闘派組長ですら悲鳴をあげて逃げだしそうなありさまであったシレイラちゃんのみかけがしょわしょわしょわ、と変化し、あっちゅーまに完璧な王女様へと変身あそばされたのである。もちろん魔法なんかではない。人としての素のパワーである。たいしたもん……

「そこのあなた」

　あ、はい。

「もうしわけないけれど、静かになさって」

　いや、あの、すいません。

「ありがとう……よろしくてよ」

　シレイラはノックの主《あるじ》を招き入れた。お付きの侍女である。

「殿下、じつは……まあ」

　ちょっと上向きの鼻に、アップにしたブラウンの髪形がよく似合っている侍女は、粉砕されたスピリット・ビューワーと乱れたシレイラの髪を目にし、手で口をおさえた。

「ごめんなさいね」

　シレイラは哀しげだった。ありゃ、涙なんかうかべたりしている。

「お兄様と将兵が、戦場でどんな苦労を味わっているか少しでも知ろうとしてみていたのだけれど……ひどい伝え方をするものだから、我慢できなくなって。消そうとした時に力がはいりすぎ、床に落としてしまったの」

「殿下……」

もらい泣きする侍女。いやまーものはいいようってやつですか。彼女の脳裏には勝手なイメージがなぜか夕◯ヤ模型株式会社の全国コンテスト応募作品や某ガレージキット即売会参考出品作品（予約承ります、予価３８００円）をはるかに凌駕《りょうが》するジオラマとなって完成している。戦場で苦戦する兄王と将兵についての残酷な報道を知り、よよと泣き崩れちゃったりしながらついついスピリット・ビューワーを壊してしまった美しい姫君……うは、うははは。

「それで、なんのご用かしら」

「はい」

侍女はぱっと表情を明るくした。

「国王陛下がお忍びでお戻りでございます！」

「兄上が？」

シレイラの表情も変化する。口元には笑み。目つきだけはちょっと怖い。

しかし、それもすぐに消えた。

「お会いしたいわ」

おお、完璧なお姫様演技！

「まもなく、謁見室《えっけんしつ》で臣下一同へ親しくお言葉をかけられます。殿下も……」

「ええ、もちろん」

シレイラはうなずいた。しかし、侍女に髪を直すように命じた彼女の内部では、強化パーツ超合金ニューＺ＋特殊技能鉄壁の防御すら一撃で貫き、２５６２ポイントの打撃を与えるほどのスーパーロボットで大戦であのさいったい何本造りゃ気が済むの、だってほらみんな飽きずにやってるし、な怒りが……ってわかりますか、ともかく海王星の氷すら一発で蒸発させるほどの炎が燃え盛っていたのである。

（あのクソホモ兄貴、逃げ帰ってきたのねーっ、ぐぅぅうっ、ううううううっ）

4

同じころ。剛士はといえば……さっぱり状況が変化していなかった。

パーティから数日がすぎた今日も、あいかわらずの大忙しである。

執務室の前には何人もの官僚や軍人が決済を求める書類を手に行列をつくっていた。

内容はてんでばらばらである。

「閣下、独立サーベルタイガー大隊の新設についてですが……」

役にたちそうだが、おそらくたぶんきっと著作権的にアレだとかいわれそうなので却下。

「戦死した将兵の遺族年金についての緊急予算措置を……」

もちろん承認。

「ワルキュラ大学魔法学部から、魔力があるのをいいことに好き勝手やっている奨学生、針井歩太《はりいぽた》君（↑悪意有）の処分についてご相談したい、と」

知るか、そんなん。

「精霊学研究会の会長が、戦場における精霊との契約法について有望な研究が発表されたと……」

なんだかよくわかんないけど便利そうなので承認。

「夕食はエルフ料理のコースでよろしいですか」

好きにして。

「マジック・ニューズ・ネットワークが独占インタビューをもうしこんできました」

誰の。

はあ。

「魔族領妖物愛護連絡会が野良ユニコーンの保護についてご相談したいと……」

「魔族領農業被害対策同盟が野良ユニコーンの駆除についてご相談したいと……」

いやあの。

「トロール郡山野《やまの》村《むら》大字《おおあざ》酒井《さかい》字《あざ》黒丸《くろまる》新田《しんでん》中松《なかまつ》にある屁《へ》モモ山の入会権《いりあいけん》についてですが……」

……

…………

………………

「だぁぁぁ、待って、ちょっと待ってぇぇ」

剛士はとうとう悲鳴をあげた。手には、『斉藤《さいとう》魔王陛下記念セントール入植財団』とかいう団体の、入植者孤児への援助を要請する書類が握られている。しかし彼の目と脳はすでにストライキをおこしていた。

いくらなんでも、仕事が多すぎる。

田舎の裏山の入会権までさばかねばならないなんて、悪い冗談としかおもえない。

ともかく、やってらんないのであった。

あの田中さんがどうやって魔王の仕事をこなしていたのか、不思議でしかたがない。

積み上げられている書類と待っている連中の多さに呆然としてしまう。

やっぱ、僕には総帥なんて荷がかちすぎているんだ。

剛士がおもわずそうたそがれたとき——ほわほわ声とお姉様声がダブルでひびいた。

「あとで指示するから、直接もってこないのっ」

「まったく、少し目をはなしていると、これだ」

セシエ・ハイムとアーシュラがあらわれ、軍人や官僚たちを追っ払ったのである。

剛士はようやく一息つくことができた。

「まじめにやろうとするからよね」と、セシエ。

「どうして誰かに相談されなかったのです」アーシュラはコワイ顔。

「相談って」剛士はきょとんとした。

はあー、とアーシュラとセシエが溜息をつく。

「あなたは役人について学ばれるべきです」と、腕組みしながらアーシュラ。

剛士君はといえば、まだおわかりでない。

焦れたアーシュラがさらになにかをいいかけたところでセシエが口をはさんだ。「閣下、あなたはねー、新しい権力者なの。つまり、どこの役所でも……軍隊でも、あなたに自分たちを印象づけようとするわけ。だから、本当なら自分たちの権限で決めてもいいものをみんな持ちこんでくるの」

「目的はふたつあります」

アーシュラが醒めた目で見すえながら謎解きをした。

「ひとつは、自分たちの部署が存在する必要があるという自己主張、もうひとつは……あなたが面倒くさがって自分たちの仕事に口出ししなくなることを狙った先制攻撃、です」

「それをマジメにいちいち受けたりして……どこもかしこも大変だったみたいよ？　閣下がすぐに音《ね》をあげるとおもってたのにそうならないから、青くなってた。かえってほら、官僚たちにいろいろ質問したりしたでしょう？　ま、困ったもんだとおもいつつ評判は悪くなかったみたいだけど」

「それならそうといってくれたら」

おもわずぶうたれてしまう剛士。まあ、そうですな。このあいだまで一介の高校生だった彼が、官僚機構のえげつないやり口を知っているはずがないのだ。

すぐに反論があると剛士はおもった。いや、特にアーシュラの反論を期待して口にした言葉なのだ。なんというか……一応ケリはついたとはいえ、戦場であんなことがあった後だから、いつものとおりに振る舞ってもらいたかったのである。

しかし、彼女は居心地悪そうに沈黙していた。

教えてくれたのはふわふわぽよよんの中央《セントラル・》魔法局《マジック・エージェンシー》局長である。

「さっきあたしがいったでしょ」

「え？」

「閣下は魔王領を支配しているの。魔王ではないけど」

「御命令があれば、どんなことでもお手伝いします」アーシュラがあとを受けた。

「でも、閣下がなにもいわなければ、口出ししていーのかどーかわかんないの」セシエがつづけた。

「あ、そうなの。まるで独裁者みたいな」

「うう……ここまでわかっていないとは」額《ひたい》をおさえるアーシュラ。

「田中陛下でも、もうすこし……ねぇ」ぽりぽりと頬をかくセシエ。

いやま、そういうと能力の差のようでもあるが、本当は趣味の影響なのだった。

アニメでさんざっぱらそれっぽい権力者を目にしてきた田中さんは、彼らの真似をしていただけなのである。

なーんもわかってなくても、それらしくうなずいたり、相手の話をきいてあげたりするだけでうまくいくことが多い、ということも経験から理解していた。ほら、オタクな人って、知らないことでも知ったかぶりしてるのが多いでしょ、というアレである。田中さんはそれがたまたまうまくいっていたのだ。

しかし、剛士君はその手の属性が皆無である。なにごとにつけ、１から、いや、ことによってはマイナス65ぐらいから順番に踏んづけなければ前に進めない人なのであった。他人が１００まで進むのと同じ手間をかけても、その半分も理解……というか納得していない。といっても、マジメというのとはちょっと違う。じゃあ要領が悪いのか、といえば……そうでもない。なんだかわかんなくなってきたが、要するに面倒な人なのである。

「ともかくです」額を揉み続けながらアーシュラは教え

た。

「今後、こまごました問題に閣下おんみずからかかずらう必要はありません。国防、外交、次官級以上の高級官僚、大佐以上の軍人たちの人事……そして予算。直接承認されるのはこの四つだけで大丈夫です」

「内政は、いいの？」

剛士は不思議そうだった。

「あのさ、ゲームとかだと開墾したり治水したり、商業振興したり」

「それは政策の問題です。つまり予算にふくまれます。閣下は、ご自分の政策に基づいて国防、外交、人事、予算のおおもとに決定権をふるわれればよろしい。あとは……現場の者の仕事です。魔王領にも、いろいろな専門家はいるのです」

なにをいいだすのかという顔でアーシュラは教えた。あいかわらずのキツさである。

顔を紅くし、そりゃそうだよな、と納得しつつ、剛士はうれしくなった。いろいろとあったけれど、アーシュラはアーシュラだ。一途で、一途すぎて融通がきかないことも多い自分の軍事顧問ヴァンピレラを、彼は決して嫌いではなかった。それどころか、口だけでうまいことをいいつつ、腹の底に手前勝手な欲望をのたくらせている奴らに爪の垢《あか》を煎《せん》じてやりたいとすらおもう。

剛士の表情の変化に気づいたアーシュラはなぜか視線を外し、さらにぶっきらぼうに続けた。

「ともかく、もっとも重要なのは予算です。その予算も、いまは戦時緊急予算のおかげでメチャクチャですが」

「シャレにならないのよ」セシエがうなずいた。「国防費の出費がダントツで、ほかの予算を圧迫しまくってるの。戦時国債で補っているけど」

なんかもの凄い話題がいきなりでたが、魔王領の——ブラントラントの国債制度は剛士の生まれた世界ほど複雑怪奇になっていない。珍しくも日本原産ではなく、ガ○プラやエロ同人誌の価格以外の経済にはあんまり興味のなかった田中さん時代に魔王領オリジナルのアイデアとして登場したからである。理由は田中さんの先代……斉藤魔王陛下の時代に国土開発に莫大な投資が必要となり、それまでの税収だけに頼った予算編成が危機にさらされた経験からである。今後ますます莫大なお金が必要になるだろうと、魔王領にいる頭のいい連中が考えだしたのだ。なお、国家予算をシステマチックな借金で補うこの方式の便利さはブラントラントじゅうに知れ渡り、現在では各国で採用されている。

　魔王領国債についてものすごくいい加減に説明してしまおう。

　国債ってのはよーするに国が金を国民や外国の政府、投資家から借金するために発行する紙切れのことだ。普通の税収だけではまともな予算が組めない時に刷られ、あっちこっちで売りだされる。たいていは5年だの10年だので返すことになっている。もちろん借金だから利子が決まっており、半年ごとにそれを支払ったりしながら、だ。

　国債を引き受ける側は、国家に対して金を貸すわけで、本来なら、これほどカタイ投資はない。

　ま、国が普通の状態であれば。

「いまある部隊の再編成は以前に組んだ緊急予算の流用が可能ですが……新設する場合は、戦時国債の新たな発行が必要になるでしょう」アーシュラがいった。

「でも、ここのところ、いろいろとねー」セシエが天をあおいだ。

「あ……えと」

「あのね、国債ってのは国が残ってなきゃただの紙切れなの」

「信用の問題です。現状のまま新たに発行した場合、必要な資金を得るには、金利をあげなければなりません」

「となると利払いだけで大騒ぎになっちゃうのよね」

「よほどの大勝利を得ないかぎり……戦争に負けなかったとしても、利払いのためだけに、さらに国債発行が必要になります」

「あ」

　剛士はようやく理解した。二人がじつはすんごくヘビーな話をしているのだ、ということに遅ればせながら気づいたのである。

　借金、どころか、その利子を払うために新たな借金をする、ということだ。サラ金から金を借りた人が、借りた金どころか利子すら払えなくなって別のサラ金からさらに高利の借金をして……ついには腎臓売りましょか、というのとたいして変わりがない。

「なにをすべきか、おわかりですか」

　アーシュラが疑わしげな視線をむけた。

「ああ、えと」

　剛士はとてつもなく難しくなったように思われる問題を懸命に整理した。

　まずはお金。足りないと大変なことになる。戦時国債がうまくさばけなければ、金がはいってこないものだから予算が不足して充分な戦力を調えられなくなり——負ける。

　じゃあなぜ利子をあげないと戦時国債がさばけないかといえば、魔王領がここんとこ戦いに負けてばかりいたからだ。ぜーんぜん信用されてないのである。不良債権で潰れそうな銀行に預金する人はいないし、経営不振で有名な会社に資金を融資する銀行などないのと同じことだ（と、おもうんですが）。絵に描いたような悪循環である。頼むよ、必ず倍にして返すからさぁ、とどんだけ約束しても、いままで一度も馬も自転車もボートもオートバイも当てたためしのない人には誰もお金を貸してくれないのである。

　剛士は懸命に考えた。考えつつ、ついこのあいだまで一ヶ月３５００円の小遣いで過ごしていた僕がいきなり戦時国債だなんて、いくらおファンタジーな世界とはいえムチャクチャではないかと呪った。

　えーと問題の根っこがどこにあるかといえば、つまり。

「戦争に負けかけているから利子を高くしないと国債がさばけないんだから……」

　と口にしつつ、自分のおもいついた案に慄然《りつぜん》とした。

「まさか……あの……」

「生半可なことではありません」アーシュラは手厳しく同意した。

「第二次セントール会戦の結末も、さほどの影響をもたらしていません」

　ビギナーズ・ラックじゃないかと疑われているんだな、剛士の脳がささやいた。いままでのボケ具合にくらべて信じられないほどの鋭さだが、不思議ではない。他人が自分をどうみているかについて、彼はものすごく敏感なのである。

　アーシュラはとうとう結論を口にした。

「本末転倒ですが、まず閣下は、低利の戦時国債をさばくために勝利なさる必要があります。魔王領を救うために勝つのは、それからです」

　剛士のおもいついたことと、それは同じだった。ひどい話だが、よくある話でもある。ただし剛士はそこまで戦争に負けたの誰だよ、なんて魂のお若いツッコミはいれない。おもいつきもしない。歴史学者や経済学者じゃないのだから、そのへんを究明しても意味がないし、わかったところで財政が好転するわけでもない……という事実を、彼なりに理解している。自分が意味もなく蔑まれたり苛められたりする原因はちんちくりんであるからだ、つまり遺伝子がイカン。父さん母さんどうしてくれんの、と恨むのと大差ないと理解したからである。ずいぶんと頭を働かせているようだが、まあ、性格だろう。納得するのに時間をかけることと、どうにもならないことを考えてグズグスすることの違いを区別できないほどおバカではない、というべきかもしれない。

　しかし、できること、できないことははっきりさせておく必要があった。

「でも、攻撃……じゃなくて攻勢だっけ、そんなの無理だよ」

　この点についてだけ、剛士の意見は明快だった。なにしろ戦場をその眼で見たのだ。

「このまえの戦いでの損害が大きすぎた。ゴブリンとトロールの部隊もしばらくは、戦えないし」

　実際、彼のいうとおり、魔王軍はひどい状態なのだ。

　上空をペガサスがおさえ、重槍《パイク》を構えた兵隊さんたちが動く城壁のような壁をつくって敵と向かい合い、その後ろから弓や魔法が助け、左右から騎兵が飛びだして敵の不意を衝く――この世界の戦い方をアバウトにまとめてしまうとそうなる。魔王軍の場合、ペガサスよりもワイングドラゴンが多かったり、兵隊さんたちがゴブリンやトロールだったり、弓よりも魔法のほうが重視されていたり、騎兵ではなくケンタウロスだったり、という違いはあるが、基本的な戦法には違いがない。

　ところがである。第二次セントール会戦で、壁になるべきゴブリンやトロール部隊が手痛い損害を受けている。つまりしっかりした壁がつくれない。敵の前進をくい止められない。だからだめ。

　アーシュラが即座に応じた。

「強制的な徴兵は魔王領のなりたちからいって論外ですから……ゴブリンおよびトロールは新規の募兵をおこない、補充している最中です。訓練しなおさなければランバルトとは戦えません。ミイラ男その他、集団戦法を受けいれやすい種族からも兵を集めていますが、いずれも、はかばかしくありません。作物の取りいれを終えるまで、少なくとも今月いっぱいは必要だからです。10月にはいって志願率が上昇し、仮に頭数をそろえられても……最低半年の訓練をこなさなければ戦場にはだせません。攻勢は不可能です。実施したとしても、絶対に勝てません」

「僕もそうおもう」

　剛士の素直な反応にアーシュラはえっという顔になる。

「……よく、おわかりですね」

「ちょっとだけだけど、戦場はみたから。それに、読んだ報告書の中にもなんか、そんなことが書いてあった。ともかく、いまは時間を稼ぐしかないとおもう」

　ヴァンピレラ・ビューティは不思議な表情を浮かべた。ぱっと微笑みかけ、それをあわてて打ち消したのである。

　剛士がその意味について理解する前にセシエが口をはさんだ。

「でもねー、そーもいかない感じなの」

　意外な人物から加えられた反論に剛士は身構える。

「なにか、情報があるの」

「ランバルトについては……たいした情報はないわ。むこうも大損害だったもの」

　セシエ・ハイムはぱらぱらと報告書をめくった。あくまでもきゃろりんぱな見かけのなかで、目だけがなにかを主張している。ふわふわぽよぽよのエルフ娘（でも256歳）ではなく、魔王領の情報戦を一手に引き受ける中央魔法局《CMA》の局長として語っているのだった。

「つまり」背筋に氷をすべらされたような感触をおぼえながら剛士はたずねた。

「つまりもどうもないの」

　剛士をさえぎったセシエはじれったそうにいった。

「いまのままじゃ、予算以外でも、大変なことになりそうなの」

「え」剛士は青ざめた。

「それについてランバルトが気づいているかどうか、いまはその点を徹底的に探っているんだけど……ごめんなさい、わかんないの」

　いまやセシエの表情からは甘ったるいイメージが消え失せていた。

「具体的にはどういうことなの」

　セシエは剛士の質問にこたえず、アーシュラをうながした。

「二度、あるいは三度。第二次セントール会戦と同程度の戦いが発生した場合は、かなり危険な状態に陥ります。戦いでの消耗に、新兵の補充がまったく追いつかなくなるのです」

　剛士は彼女の言葉を眉を寄せつつ、たずねた。

「えと、つまり……ランバルトが、このあいだのような大会戦を立て続けに挑んできた場合」

　アーシュラはうなずいた。

「勝とうが負けようが、軍は戦力を消耗し、抵抗力を失います。魔王領は遅くとも来年いっぱいで崩壊するでしょう」

　小野寺剛士は、自分の血が引いてゆく音をはっきりと耳にしていた。

2　王女様の好きな戦争

1

ぷわー、ぷんぷかぱー
管《くだ》が異様に長いラッパが吹き鳴らされた。時は剛士君が真っ青になったちょうど同じ頃である。

場所はウルリス。ランバルト王城。

いかにも謁見室という感じのお部屋……金細工でいっぱいの白壁、大理石の床には絨毯《じゅうたん》、奥にはでーんと玉座、その背後には鷲《わし》が玉をつかんでいる悪の組織みたいな国章、左右には大臣将軍がずらりと整列していた。シレイラ王女も玉座の一段下左側におかれた椅子にご着席ずみであった。

最初にあらわれたのはごてごてと飾りのついた権杖《けんじょう》を捧げもったキスム侍従長である。痩身、フリフリの多い衣装、んでもって最後に尻尾がカールしたお髭と、これまたいかにもという外見にお似合いの甲高い声で槍のように長い権杖の石突で床をたたき、一同へ伝えた。

「偉大なる聖騎士にして四方《よも》の統治者、ブラントラント の良心にして臣民の庇護者、ランバルト国王フェラール三世陛下であります！　方々、お迎えなされませ！」

シレイラも起立。顔つきだけは神妙に、玉座へ頭をさげる。

ふたたびラッパの響くなか、フェラール三世は優雅に歩みでた。

本日は純白を基調としたお召し物である。金縁のはいった上着、横に金線のいれられた乗馬ズボン、ブラウンのブーツは最高級品として知られるコレバーン牛を用いたもので、もちろん革底。んでもって肩からは真紅のマント。

なんかやりすぎな感がなきにしもあらずだが、目にした者はそんなこと、毛ほども感じない。おもいっきり似合っているからだ。優雅にうねるプラチナの髪、優しげな青い瞳、ともかく美形中の美形だから、どんな格好でもオーダーメイドなのである（いやもちろんすべてオーダーメイドですが）。

「みなさん、しばらくです。楽になさってください」

フェラールは優しげに声をかけると、玉座に腰をおろした。疲労の色がある。マリウクスから戻ったばかりで、疲れているのだ。

「陛下」

左側先頭に立った肥満体の老人がうやうやしく呼びかけた。王と王妹殿下にとっての爺や……王国宰相サンバーノ伯爵である。

「御帰城を臣下一同、心より喜んでおります……しかし、本来なら凱旋《がいせん》行進をもって臣民にしらしむべきところを、お忍びとはいかに……」

「ありがとう、宰相。しかし、凱旋など、できたものではないよ。わかってください」

フェラールの微笑は複雑であった。

「わたしはまだ、将兵に苦労をかけつづけているのだからね」

「陛下……」

うっ、とむせぶサンバーノ。いかにも悪代官なノリの顔立ちで、じつはみかけを裏切らないノリを持つ人でもあるのだが、フェラールにたいしてだけは本物の忠誠心をいだいている忠実な爺やなのである。美形やおいで戦争嫌いとはいえ、フェラール兄ちゃん、人徳の方はまさに名君クラスだからであった。ちなみにシレイラの方はほとんど孫娘扱い、なにをしてもおおよしよしこの爺がなんとかしてみせましょうぞ、という感じである。特殊部隊を独断で動かす準備をすすめていたのも実は同じだ。自分の権力を保つと同時に……フェラールを助けようと考えてのことなのである。


「カディウス、ハートマン、どういうことなのだ」涙をぬぐったサンバーノは国王とともに帰還した王国の二大重臣にたずねた。今度はキツイ声である。

「貴公らほどの者がお供していながら、陛下の覇道を、こともあろうに魔物ばらによって傷つけられるとは」

「戦争は、変転きわまりない」むっとして応ずるカディウス大将軍。

「非才を恥じている、宰相殿」シブイ声で応ずるハートマン大博士。

ま、そういうことである。この二人、サンバーノと仲が悪い。

「しかしだな……」サンバーノはなおも責めようとした。

「敵の行動が予想をはるかに超えていたのだ」と、さえぎるカディウス。「まさか、みずからの王を囮にしようなどと、誰が予想できようか」

サンバーノは沈黙した。意外かもしれないが、その点についてはカディウスと同意見だったからである。

カディウスもサンバーノも、魔王軍の戦闘力そのものは問題としていない。いかに魔族個々の力が強くても、戦慣れしたランバルト軍の力……チームプレイが優位に立つ、と確信している。作戦の点も同じだ。あの時、オ

ノデラゴウシとやらがとった策は、

――囮を用いて敵を引きつけ、手薄になった側面を叩いて包囲に穴をあけ、軍主力を救出する。

という単純なものにすぎないからだ。

彼らが恐れているのは、その『囮』に、自分たちの魔王を用いたということだけである。

いや、なんかだんだんマジメになってきてイヤですが、それはつまりこういうこと。

王様が地上の支配者、要するに実際に国政へ口を挟んだり、戦場で軍を率いたりするタイプの封建制では、王＝国家。金がないのは首がないのと同じじゃあ、なんて言葉があるけど、この手の国では、王がおらんのは国がないのと同じじゃあ、って感じになる。

なぜかっていえば、国の制度、人々の常識、そういったすべてが、絶対権力者としての王様が存在することを前提にしているから。

だから、普通はどんなヘボい王でも臣下が懸命にフォローする。どんなにロクでもない王でも、いた方がまだまし、だから。あ、まあ、国民の教育程度が高くなってくるとまた違うノリになっておフランスな革命なんかおきたりしますが、ランバルト……いや、ブラントラントだとあまり流行《はや》りではない。

でまあ、オノデラゴウシ、日本人の名前をカタカナにしといてヨーロッパ風に読めば雰囲気がでると考えてる某アニメ風に書けばゴウシ・オノデラ、つまりわれらが剛士君は、そんな世界で王様……こともあろうに魔王様を見事に使い捨てた。

カディウスをはじめとするランバルト軍首脳部が驚き、いまや恐れすらいだきつつあるのも当然。王をそこまでぞんざいに扱うというのは、つまり、彼らの軍事的な敵であるにとどまらないことを教えているから。常識……いや、ブラントラントの人族国家が信じるすべてを否定しているのと同じ。つまりは……

エライことなのである。

いかに魔王領が特殊だとはいえ、過去、ここまでの衝撃をブラントラントという世界に与えたことはなかった。誰もが魔王といえばアレなぐらいの権力者だと信じていたし、ま、実際はどうですか、という点があったにしろ、おおむね御期待を裏切ることはなかった。

たとえ魔族の国とはいえ、同じ常識が通じるものと信じられていたのだ。

ところがところが、剛士君はそれを一撃で粉砕してしまった。

実際はみなさまご存じのとおり、結果としてそういう形になったという感じだけれど、ともかくそうなってしまった。

怖がられるのも無理はない。

剛士君にとって王様という存在の意味がまったくことなること……彼の育った日本という国では、まあ、王様つーか、そういう御方は神棚にでもあがってありがたそうにしてもらっとけばいいやぱんぱん（柏手《かしわで》）、なんて大人ですら考えている国中リゾート温泉、民族総観光客のようなお国柄であることなど誰もご存じないのである。高校生にしてはいらん知恵のつきすぎている彼ではあるけれど、その点についてはさらにいい加減で、ガラス張りのバルコニーから手をふってるのをニュースでみたことのある偉い人、という程度の意識しか持っていないこともわかるはずがない。

いや、たとえ知っていたとしても、この世界の人間には理解できなかっただろう。

同じものでも、意味が違うのだ。教科書が受験勉強のアイテムとしてはヌルイ、俺は塾と参考書でいくぜぇ、という人と、そういえば教科書とかいう呪文のいっぱい書かれた本がこの世にはあるそうだが……しゃーねえな、オヤジに頼んで一浪すっかぁ、という人ぐらいの違いがある。

「たしかに憂《うれ》えるべき問題ではある……」

サンバーノは渋々ながらうなずいた。

「ハートマン、過去にそのような例はあるのか」

「ないな、宰相殿」

ハートマン大博士はこたえた。

「王を……それも、自分たちの王をあそこまで道具として利用した例は、ブラントラントの歴史上、はじめてだ」

「それで、魔王タナカの跡を継いだ男……オノデラゴウシとかいう異人について、なにかわかったのか」

「調査中だ。兵の噂はあてにならぬ」

「うむ……」

難しい顔で考えこむサンバーノ。オノデラゴウシのことだけが彼を暗くしているのではない。政治的な立場というやつがあった。

ランバルトの首脳部全員が、現在の領土拡大方針に賛成しているわけではないからである。実はサンバーノは積極派、カディウスは消極派なのだった。宰相が戦争を望み、大将軍が戦争反対というのは意外かもしれないが、そんなに特殊なことでもない。最大の反戦勢力が実は軍部だ、なんて実例は、地球の歴史にもゴロゴロ転がっている。軍人たちは戦場で実際の危険にさらされる立場だから、ほかの連中よりよほどマジメに戦争について考えるのだ（ちなみに、戦争だ、戦争だ、楽しいな、とか歌いたがる軍人たちは、たいてい、戦場へでなくていい立場の連中である）。

　謁見室に重い沈黙がおちかけた時……

「陛下」

と、おっとりした声がひびいた。誰あろうシレイラちゃんである。

「なんだね、シレイラ。いまは国事を論じているのだよ。たとえおまえでも……」

と、そこまでいいかけたところで、フェラール兄ちゃん、苦笑を浮かべた。

　いかにも疲れた兄を案ずるように話しているシレイラの目が、じつにその、じとー、という感じだったのだ。たとえていえばカエルをにらむヘビ、18禁エロゲー新製品限定版（テレカ・ポスター・設定資料集つき）を食い入るようにみつめる34歳の大きな大きなおともだちというところ。

「わかっております」

　シレイラはどこまでも控えめに、しかし眼光だけはますます鋭さを増しつつこたえた。

「女の身でありながら、さしでがましいとは存じますが……たいへん、お疲れの御様子。今日ばかりはお休みになってはいかがでしょうか。戦はこれからもありましょうから……」

　大臣や将軍たちが口々に賛嘆のうめきをもらした。なんとお優しき御方であろうか、と感動しているのだ。さすがシレイラである。猫っかぶり歴約10年の熟練した技巧で見事に重臣一同をだまくらかしていた。もし彼女が主に夜が営業時間のウォーターなお仕事でもはじめたら、佃煮《つくだに》にするほどパトロンをつかまえられるであろう。

「うん……いや、しかし」フェラールは反論しようとした。あ、額に汗が浮いてる。

「なにかございまして？」と、シレイラちゃん。本人は気づいていないんだろうが、たおやかな手が拳をつくっている。

「あ、いや、ああ……そ、そうだね。そうしよう」あわててフェラールは立ち上がった。だが、中腰になったところであっ、とつぶやいた。なにかをおもいだしたのだ。

「陛下？」

「いや、ああ」

フェラールの口元には意味不明の微笑が浮かんでいた。

「その前に、みなに伝えることがある。本日より、この城に賓客《ひんきゃく》をお迎えすることになりました。わたしの大事な客人ですから、心してお迎えしてください。紹介します」

玉座の脇、幔幕《まんまく》で隠されたあたりにうなずくフェラール。

全員が注目した。

「うっ」

「あれは……」

「まさか……」

シレイラまでが驚きをあらわにしている。

あらわれたのは貧相きわまりない体格の男だった。なんか油っぽくてだらしのない髪形。度の強い眼鏡《めがね》。袖口がだらしなくのび、胸に変なマークの描かれたトレーナー。イヤな感じで薄汚れている色落ちしたジーンズ。ケンラン豪華な謁見室では場違いもいいところである。

「あは、あはは」

男は笑った。緊張感つーか場の雰囲気つーか、ま、常識というやつを欠落させた人に特有のアレである。その態度のまま微笑を浮かべているフェラールにたずねた。

「あの、どうしたらいいんですかね」

「どうぞ、お名乗りを」と、あくまでも優しいフェラール兄ちゃん。

「あ、そうですね、そうそう」男はぽん、と手を叩いた。

「えーと、いやー、あは、ども」

彼はへこへこと頭をさげた。

「僕がこないだまで魔王やってた田中です。なんか捕虜になっちゃったみたいで、あは」

2

「いったい、どういうおつもりです！」

兄妹ふたりきりになった王の私室にシレイラの怒声が響きわたった。謁見場でたぁっぷりとエネルギーをためこんでいたため、いきなりハイテンションである。

「どうもこうもないよ、シレイラ」

もっこりタイツにひらひらシャツといういかにもなスタイルで椅子にかけたフェラール兄ちゃんがなよなよと応じる。

「王族は王族らしく扱わねばならないよ。たとえ虜囚の身であってもね」

「そのことじゃない！」

シレイラちゃん、さらにテンションをあげた。

「わかりきったことをいわないで！」

きりきりとまなじりをつりあげる。なぜならば、おまえは非常識だといわれたようなものだからだ。


このあたりの気分、ちょっとわかりにくいとおもうので説明します。

つまりですね、謁見場のシーンでちょろっと書いた王様の扱い方についての常識というやつ。

あれは、敵の王族に対しても適用されるのである。

意外に感じる方もいらっしゃるかもしれない。たしかに、おファンタジアな世界ではあんましそういう話はきかない。捕虜になった王様といえば地下牢で鎖につながれちゃったり、水牢にとじこめられてふやけまくってたり。女王様といえばもう、うふ、うふふふ、わ、いいんですか、なんて運命というのがごく普通である（特に18で禁な奴では）。

しかし、だ。王様を頂いた国同士が戦争している世界では、そんなことでは困るのだ。

なんでかっていえば、自分の方も、いつ同じ運命に見舞われるかわかったものじゃないから。

だものだから、敵国の王族であっても、賓客のように扱うほうがむしろ普通なのだ。織田信長《おだのぶなが》やチンギス・ハーンじゃあるまいし、一度逆らったら皆殺し、では面倒が増えるだけなのである。

だいいち、敵の王族を大事にしておけば、自分の王族が捕虜になった時にも、それなりの扱いをしてもらえる、と期待できる。

ほかの場合にも役に立つ。

たとえば、戦い始めてしばらくしたあとで、あ、この戦争ヤバいわ、とおもった時、すごく役に立つ。

そんな時、賓客として扱っていた王族を返すかわりに身代金か領土のあれとそれ寄越せ、そのかわり戦争は終わり、で兵を引くことができる。

もし捕らえた王族を無残に扱っていたら……交渉すら無理だ。徹底抗戦叫ばれて、われわれわぁ、最後の一兵まで戦うぞォ、って感じになりかねない。

それでは困る。困るったら困る。

なぜかっていえば、
戦争という血みどろのどんちゃん騒ぎは金儲けのため

におこなわれるからである。

　資源の豊かな土地を奪ったり、街を占領したり、という行為の目的はそこからのあがりを手に入れることなのだ。

　けっして、戦争それ自体が目的なのではない。

　だもんだから、適当なところで手を打って、戦争で生じる損より得られる儲けのほうが大きいうちにやめたい、というのが戦争に手をそめた国の本音である。徹底抗戦されて、国中焼け野原になってはなんの意味もなくなるからだ。そこまでしてやるもんじゃないのである。

　地球の歴史で考えてみればいい。戦争で、相手の国が文字通り焼け野原になるまでやった国というのは、カルタゴを相手にした共和制ローマとか、日本とドイツを相手にしたアメリカとか、ともかく当時においてドはずれて豊かな国だけである。つまり、普通の国ではない。ローマやアメリカがそこまでやった理由は、カルタゴや日本が自分たちのお金儲けを邪魔していたからだ。要するに、戦っている相手ではなく、ほかの場所で自由にお金儲けすることのほうが重要だから、目につく邪魔者を粉砕したのである（共和制ローマ、アメリカともに民主主義国家だから、というのも関係あるかもしれない）。以上、説明終わり。

　戦争についてはミミズやクラゲが直立不動の姿勢で気をつけしてしまうほど筋金入りのリアリスト、シレイラちゃんがこの程度のことをわかっていないはずもない。

　敵の王族を丁重に扱わねばならないこと、その理由が、封建制社会の常識と、戦争でうはうはと儲けるためであることは、彼女にとって常識以前の問題だ。そうでなければ戦争大好きっ娘《こ》王女はやっていられない。人族絶対思想が強い国の王女様でありながら、魔族を絶滅させるために戦争をしているわけではないのだ。ブラントラント一の軍事大国というランバルトの地位を、さらに強くするために海が必要で、そのためには魔族領の大魔海沿岸部を手に入れるのがもっとも安上がり、とそんな風に考えたからにすぎない。たしかに魔族が好きではないが、差別主義はいりまくりの、間違った情熱に燃えているわけでは断じてない。クールな判断の結果として大好きな戦争をおっぱじめるよう、フェラール兄ちゃんをたきつけたのだ。

　いまも田中さんを賓客として扱うことに文句をつけているわけではなかった。彼を捕虜にしたことは、事前に……えーつまり、前話のラストで知らされている。

怒っているのは、不用意に臣下たちの目にさらしたことだ。

「適当な時期というのがあるのよ！」

シレイラはホモ兄ちゃんをにらみつけた。腰に手をあて、ぐん、と胸を突きだした姿勢はなんというか、まあ、その。

「しかしだね、シレイラ……」

「ボケるのもたいがいにせんか、このホモ野郎！」

シレイラは茶器がのせられていたテーブルを蹴飛ばした。壮絶な音響とともに、壁に茶器とテーブルが叩きつけられ、砕け散る。見事な足技であった。実はこの王女様、密かにさまざまな武芸を学ばれ、そのいずれでもオリンピック予選なら入賞確実という実力の持ち主であらせられる。やはり、荒っぽいことにかけては天才なのであった。

「……乱暴はいけないよ、シレイラ」

フェラールは慣れたものである。この美しい妹がじつはバイオレンスな人であるというのは、子供のころからおもいしらされているのだ。いやま、ちょいとおもいしらされすぎかもしれないが。

「乱暴、乱暴ですってぇ」

シレイラは兄の前で仁王《におう》立ちになった。

「戦争にくらべりゃなんぼかマシよ！」

「しかし、シレイラ……魔王とはいえ、粗略な扱いはできない」

「だぁっとれ、このボケェっ」

げしっ。みごとなおみあしがはね、ハイヒールが宙を飛ぶ。とがった踵《かかと》がフェラールお気に入りの美形騎士を描いた肖像画の股間に突き刺さった（もちろん狙ってます）。

腰のひけた兄に、命の値段が10円以下の犯罪者予備軍中学生のようにとんがらせた顔を突きつけ、シレイラは責めたてる。

「もっとも魔物どもに衝撃を与えられる時期！　その瞬間を狙って表にだすべきなの！　それが戦略的発想というものなのよ！」

おお、なんかすごいことをいっておられる。

しかしいちいちごもっともなのであった。ブチきれてはいるものの、彼女が口にしているのは、国家を指導するものであれば当然意識しているべきスーパーな大戦略なのである。

フェラール兄ちゃんが帰還するまで、シレイラは田中さんの利用方法について当然あれこれと考えていたのだ。戦局がもっとも微妙な展開になった時期などが狙い目よね、なんておもっていた。別に降伏しなければ処刑するってわけではない。魔王が捕虜になっていることで、魔王領の人々の心理が混乱してくれたらいい。

こう書くと、それほど効果があるようにおもえないかもしれない。

しかし、じつは大変なことなのだ。

新たな敵、オノデラゴウシは、魔王が捕われていることを知りつつ戦わねばならないからである。

魔王が捕われていることを知り、戦略を組み直すため積極的な行動をひかえてくれれば大儲け。

魔王が捕われていることを知りつつ、なおも果敢に戦いつづけるのであれば……魔王領の者たちは、オノデラゴウシを情の薄い野郎だと感じるようになる。囮として利用した上に無視するのではあんまりだからだ。

そういう気分は、今後の戦いで魔王領の戦意に影響を与えるだろう。

どっちに転んでもいい。ランバルトが困ることはひとつもないのである。

ところが……


「オノレがバラしてくれたおかげでなんもかんも御破算じゃあぁぁ！」

と、いうことなのであった。こちらが動く前に知られると、相手も準備を整えてしまうからだ。あらかじめ戦略を組み直し、田中さんについては泣いて馬謖《ばしょく》を（つーか、この場合は劉備《りゅうび》という感じだが）切る、なんて宣伝をしてしまえば、オノデラゴウシの立場も悪くならない。

「しかし」なおもフェラールはうなずかなかった。

「王族は王族らしく扱われるべきだし、伝えた相手は大臣や将軍だけ……」

「だぁーかぁーらぁー」

シレイラは髪をかきむしった。

「前に教えたげたでしょう？　あいつら、主戦派と和平派にわかれてあっちこっちでイヤミいいあったり、探り合ったり、命狙いあったりしてんの！　どちらも、自分たちの立場を有利にするために役立つと考えたら情報をもらすにきまってるじゃない！　三日もしたらコレバーンの鼻水たらしたガキにだって知れわたってるわよ！」

「シレイラ、ねえ、シレイラ……臣下は信頼すべきものだよ」

「あー、もうっ」

シレイラは地団駄を踏みたくなる気分をこらえ、爪を噛んだ。

もちろん内心は吹けよ嵐、である。ホモ兄ちゃんと自分のあいだに、人間や、国家や、戦争についてあんまりにも広く深い谷がひろがっていることに困り果てていた。

いつだって、こうなのだ。

兄妹でありながら、いや、兄妹であるからこそなのか、フェラールとシレイラの性格は正反対。物の考え方がまったく違っていた。

子供のころから、フェラールは人との争いを好まなかった。周囲を気遣い、人を信じることを好んだ。学問、武芸ともそこそこにこなしたが、

『だれかとの争いになるから』

と、他人と並んで学ぶことだけは絶対にしなかった。王族としてはちょっとどうかなーとおもわれるほど争いの嫌いな、バランスをとって喜ぶ性格だったのである。

一方のシレイラは……フェラールを裏返したような人格である。

ともかく争いが好きで好きで好きで好きで好きでたまらない。

勝つのも大好き。

そのためならばどんな努力も惜しまない。

なのに、王女という立場のおかげで人前では我慢しなければいけなかったものだから、性根がDNA螺旋《らせん》のようにねじれてしまった。敵国が休戦条約をもうしでた瞬間こそが攻勢のチャンスと信じているほどのねじれかたである。

もちろん臣下についても見方は同じで、個人としていい奴、というのと、政治家や軍人として有能な奴、という要素を混同しない。

好人物でもアレならバッサリだし、三日とあげずに越《えち》後《ご》屋や上州《じょうしゅう》屋や三河《みかわ》屋が隊列を組んで通用門から乗りこんで、屋敷からあふれだすほど賄賂《わいろ》を届けにきてお主も悪よのう、うへへお代官様こそなんてやっている悪党でも、国の役に立つなら認めてしまう。まあ、女の人という存在が男には想像もつかないほどリアルな世界を生きている高等知性体なのは事実だけれど、シレイラちゃんほど明快な人も珍しい。表裏を使い分けるどころではない。徹底活用しているのだ。

もともとマザコンの気があったフェラール兄ちゃんが、妹のたくましすぎるそんな姿を目にしているうちに、あ

ああ、母上以外の女はみんなシレイラと同じに違いない、女はコワイおそろしい、とアレな道に走ってしまった原因となったほどのものである。

もちろん、そんなことはシレイラにいわせるならただの根性なし、変態、××……であり、口をきわめて罵《ののし》られて当然であった。

それでいて仲が悪いわけではない、というのがこの兄妹のおもしろいところだが、なにか問題がおこったときは、いまのようにいろいろと大変なのだった。

「うーっ」

湯気をたてた王女様は地響きをたてて壁の巨大地図に歩み寄った。実にその、なんというか、まあそのつまりお見事そのものの膨《ふく》らみの前で堂々と腕を組む。

つり上がっていた眉が角度を変えた。

怒りに萌え、じゃなくて燃えていた碧眼に怜悧《れいり》な光が宿る。

地図には、ブラントラント全土の状況が細大漏らさずに記されている。

「他の辺境は治まっているから……問題は兵力の補充と、冬か」

漏れた声に、さきほどまでの怒りはない。

それどころか、兄の存在まで無視している。

すでに彼女の戦争がだあーい好きな頭脳は全力で回転をはじめていたのだ。

なんか二重人格じみてますが、いやもうこれは名将の条件にぴったしともいえるでしょう。アレクサンドロス大王だってナポレオンだって、実にこう、ハタ迷惑な気分屋だったが、必要な時にはスイッチを切り換えるように態度をかえられた（そうです）。いやもうそれぐらいでなけりゃ、一瞬のちにはなにがおこるかわからない戦いに勝つことなどできない。そんな意味でもやはりシレイラちゃんはすごいのである。

「予備兵力は……訓練済みの騎兵団が2個、槍兵団が1個。訓練中の槍兵団が4個……うー。どうかなー」

白魚のような指をふっくらした唇にあてて小首をかしげるシレイラ。

「いっそ、全軍を動員して……うー、だめっ。動員されたばっかの兵隊を戦場に投入しても損害が増えるだけよ。でも、騎兵団2個と槍兵団1個じゃいかにも少なすぎるしぃ」

あいかわらず、ファンタジックにいきついちゃった外見と考えていることの落差がナイアガラ並の王女様である。

それはともかく、彼女のいっていることは実に正しい。

第二次セントール会戦で大損害を被ったマリウクス駐留部隊の兵力は可能な限り速やかに補充しなければならなかった。補充なしで戦い続けるのは、ＨＰとＭＰの回復を忘れ、ついでに薬草も買い忘れたわ武器の装備は忘れるわでラスボスのダンジョンに乗りこむようなもの、ロクなことにならない。

しかしである。その補充が大問題なのであった。

シレイラは、魔王領侵攻以前に予備兵力をウルリスへ集結させ、そののちも可能な限りの動員をかけてきた。結局のトコロ、戦争は頭数が大事だからである。そりゃまあ、少数精鋭で群がる敵をバッタバッタとなぎたおし、というのは格好よくはあるが、戦争としては思いっきり間違った状態なのだ。いらない苦労ばかり増えるからである。

だからこそ、シレイラは第二次セントール会戦の前にあこぎな手を使って戦費を調達した。正義の人だが、正義の人であるがゆえに周囲のだれからも嫌われていた大臣一人をはめて、家財を没収したのだ。それなりの増援部隊も整えた。すべては勝利のためだった。

なのに……

「戦死・行方不明２６７４名、負傷４８１９名……兵力半減……うーっ」

ということである。頑張って必勝の態勢を整えたというのに、事実上のボロ負け。セントールで勝ったらあーもしようこーもしてやろう、うふふふふ、という目論見が砂のお城なのである。マリウクスの士気をさげないよう、ペガサス空中騎兵《エア・キャバルリー》を中心とした２０００名程度の補充を報告の翌日には出発させていたが、問題の解決にはほどとおい。戦力の回復に最低でもあと５０００名の都合をつけて、できることならもっと投入して、と手間もお金もどんどん増える一方。頭が痛い、どころではないのである。

「いっそ戦争の原則にしたがって魔王軍の三倍……いや、五倍の兵力を投入して一気にたたきつぶすのは」

地図をみつめながらつぶやくシレイラ。警戒のためコレバーンやパライソの国境付近に展開させている部隊から兵力を引き抜き、頭数で魔王軍を粉砕する可能性を考えたのである。

さすがである。オノデラゴウシの出現と同時におかしな方向へ流れはじめた戦争にケリをつけるには、これまでランバルトに勝利をもたらしてきた緻密な作戦計画、戦争慣れした将兵、アホな敵、この三位一体に頼るわけにいかないとただ一度の失敗で見破っているのだ。

だからこそ、大兵力でもって一挙に魔王領をぶっ潰すことを考えかけた。大兵力こそすべての戦争における必勝の法則だからである。

しかし、シレイラちゃんのこと戦争に関する限り量子コンピューター並の演算速度を誇るおつむは、即座にその問題点も認識した。

「あー、だめだめだめっ、部隊の移動に時間がかかる。集結を待っていたらセントールに雪が積もって身動きがとれなくなっちゃう。それに……戦費がどれだけかかるか……あー、もう、無理無理無理、やめやめやめっ」

冬はセントールにも雪が積もる。軍隊が動けなくなる。だからいけない、というのは当然としても、シレイラちゃんの天才を示すのは、戦費の問題が常に頭にあることだろう。われらが剛士君もお金の問題で青くなっていたが、彼女の場合はさらに具体的で、甘さがない。

軍隊という面倒なものを動かすにはともかくお金が必要なのだ。

たとえば侵攻した敵地でどんだけ略奪の限りを尽くしても戦力の維持はできない。軍隊ってのはシャレにならないほど大食らいだからである。後方から食料、馬、武具、衣服等々を送ってやらなければあっというまに戦えなくなってしまう。

おまけに、荷物を運ぶには大量の馬と馬車が必要。それを前線の、必要としている部隊にきちんと届けるには街道が安全だったり、整備されていなければならない。また、街道を安全に、使いやすくしておくためには周辺住民を手なずけておかなければならず……とまあ、果てしもなくお金を食い散らかすのだ。

というわけで、もうしわけありませんが、

『うわはははは、おまえの物は俺の物、俺の物は俺の物ぉぉぉ』

なんてジャ○アンみたいなことといいつつ好き勝手にする将軍は、魔王軍はおろかランバルト王国軍にさえ一人もいないのである。

そんなことしていたら、絶対に勝てないからだ。

財産を奪われた占領地区の住民は絶対に協力してくれなくなるし、

兵隊たちは盗賊じみた物の考え方になってくるし、と、ロクなことはない。勝てる戦いにも、勝てなくなってしまう。正味のハナシ、略奪した場合のほうがのちのち大変になったりするのである。

シレイラちゃんはそういったこともきちんと理解している。フェラール兄ちゃんの御名《みな》でもって戦闘中の略奪をきびしく禁じ、ブラントラントで略奪をしない二つの軍隊のひとつ、という名誉を手にいれているほどだった（もうひとつはノリの違いすぎる魔王軍だ）。もちろん、戦争に勝ったあとの戦争奴隷《どれい》の獲得、資源や財宝の収奪はまた別になる。これはまあ、勝者の当然の権利というやつに属するので、別に評判は悪くならないからだ。

ともかく、お金の問題だ。

「選択肢はふたつ。いますぐやるか、時間をかけるか……」

シレイラは顎を揉みながらつぶやいた。

「雪解け後……いや、いっそ初夏に大攻勢をかけて……」

ぶつぶつといいながら地図をみつめつづけている。

「しかしそれでは時間がかかりすぎる……んと、いっそ、いますぐやれば……手持ちの兵力を使いつぶして短期間で連続した会戦を強要して魔物を疲弊《ひへい》させて……どうかな。うん、でもミランの報告では、連中も疲れているる……さらに疲れさせて来年、必勝の体勢を確立すべきか、疲れているいまを狙うべきか……うー、うっとうしい」

舌打ちとともに拳をうちあわせたシレイラは兄をふりかえった……その瞬間、遠大な戦略に向けられていた脳ですべての問題がフリーズした。

彼女が目にしたのは窓をそっとあけ、バルコニーから逃げだそうとしているフェラール三世陛下のあまりに情けないお姿であった。

「またんかぁ、このホモ！」

美しき王女様の怒声が響きわたった。

「いや、あはははは」

「人がせっかくマジで戦争小説やってたっていうのに！」

「だがね」

「おのれは名古屋《なごや》人かぁぁぁ！」

シレイラは兄のひらひらフリルの襟首をふん捕まえ、ずるずると地図の前にひきずった。

「いい？」とにらみつける。

「とりあえず、戦費の問題があるから、時間を稼ぐわよ」

「時間……どれぐらいだね」

シレイラは地図をみつめ、すっぱりと口にした。

「来年の初夏まで」

　さきほどまでと考えがかわっていた。戦いはスピードだと知り尽くしてはいるが、無理を避けることも大事である。ランバルトの優位を確信している彼女は後者を選択したのであった。

「それまでは、小部隊を動かして、魔物どもを翻弄《ほんろう》するわ」

「マリウクスの兵は疲れているよ……交代で国に帰してやりたいのだが……」

「普通の部隊は使わないわよ！　あたりまえでしょう？　サンバーノ爺がだまって投入しかけてた手駒を使うわ。ほら、あの評判の悪い特殊部隊、王立特務《ロイアル・スペシャル・》遊撃隊《イレギュラーズ》よ」

「ゴローズ男爵か」

　フェラールの眉がくもった。

「まさか兄上のホ……」

「違う……あの男はわたしの趣味ではない」フェラールの表情は真剣だった。「一代で貴族に列せられた努力家で、戦も巧みではあるが……」

　そのまま口ごもった。臣下を好き嫌いでわけるような言葉を口にできなかったのだ。表情こそかえなかったものの、シレイラも素直にその点には感心した。美形ホモではあるが、この兄ちゃん、人の上に立つ者としてのルールは決して破らない。だからこそシレイラも兄を歴史に名の残る覇王にしてやろう、とも考えて知恵をしぼっているのだ。ゆがんでますが、これも兄妹愛の一種ってところだろう。

「ならわたしが自由に使っていいわね。もちろん、兄様の名前で。爺がね、なにかを考えて勝手に動かそうとしているらしいのよ」

　シレイラはいった。

「ゴローズはともかく……最近、宮廷の権力争いが目に余るから。爺に……サンバーノにも誰が頭《ヘッド》なのか少しおもいしらせてやらないと」

「やりすぎてはいけないよ」フェラール兄ちゃん、不安そうである。いやま、本当のヘッドは私なんだが、とか、そりゃおまえヘッドなんて国家の運営を暴走族《バカ》みたいに、とか、理由は色々である。わけても心配なのはサンバーノの身の上であった。

「わかってるわよ」

　シレイラちゃんの表情は言葉と裏腹であった。皿にのったサンマをみつけた猫というかレア物ソフトをみつけ

た逮捕を恐れぬＲＯＭイメージファイルコレクターとい
うか、本能寺《ほんのうじ》に信長がいると知った明智光秀《あけちみつひで》というか、
目的のためなら手段をえらばない感じである。
　フェラール兄ちゃん、ますます不安を誘われ、おもわ
ずたずねた。
「手荒なことをするつもりなのかい？」
「なにいってんの？　あたりまえじゃない」
　シレイラは勝ち誇った顔で断言した。
「よろしくて、兄様？　わたしたちは戦争をしているの
よ」

3

　おなじころ。マリウクス城塞。
　ランバルトが魔王領侵攻のために築城したこの巨大な
前線基地は、深まりゆく秋とともに、その巨体をセント
ールの野に横たえていた。
　城門が開き、付近を訓練がてらの偵察にでていた騎士
たちがもどっていた。先頭を進むのは愛馬ガルーンにま
たがって銀鎧をきらめかせる巨漢、ヴィル・グラッサー
男爵である。
「遅い、遅いぞ！」
　グラッサーはケルベロスすら尻尾を丸めそうな声で怒
鳴った。城門を開けるのが遅いと怒っているのである。
「いざという時、そんなことでどうするつもりだ！　城
門の開閉が遅ければ、戦機をのがすかもしれんのだぞ！
指揮官は誰か？　よし、あとで出頭しろ」
「まあ、そこまで怒鳴られないでも」と、あとにつづく
副将のガルス。この人、みためはグラッサーと負けず劣
らず、戦場でも勇敢なのだが、みかけに似合わず繊細《せんさい》で
気持ちの優しいところがある。じつは美人の奥さんと5
歳を頭に三人の子供をもっていたりもするいいお父さん
なのであった。彼を激怒させるのは髪の話題だけである。
「フッ」
　と笑ったのはやはり副将のマークス。別に用もないの
だが、一応、ガルスが発言したので自分がいることを強
調しておこうとしたようだ。まあ、漫才コンビの相方み
たいなものであるからしかたがない。
「いかんな、たるんでおる」
　グラッサーはガルスのとりなしにも気づかぬ様子でず
んずんと厩舎にむけて進んだ。
　警戒態勢こそゆるんでいないものの、城内将兵《M》ともに
のんびりしたムードである。少なくとも、マジック・

ニ《N》ューズ・ネ《N》ットワークの取材班が伝えたほど緊迫しているようにはみえない。

まあ、当然ではあった。あれは大嘘だったからである。

いや、マスコミお得意の、ヤの字ではじまって、真ん中がラ、最後がセ、という三文字言葉というわけではない。MNN取材班はきびしい訓練をつづけるランバルト王国軍の姿を事実だと信じて次の取材地……魔王領へむかった。

だからこそなのだ。

そのように信じ、報道してもらう必要があったのである。


ブラントラント、ことにゴルソン大陸の国家にはいくつもの報道機関がある。大部分は国ごとのもの……ランバルト王国日報、ランバルト臣民通信、パライソ大教会新聞などなどで、国営のものだ。もともと封建的な社会では、報道機関の必要が薄いからである。下々の民が政治や外交に興味をもったところで、その意見を反映できる選挙があるわけではないのだ。

それにどの国も好き好んで報道機関を設けたわけではなかった。それどころか、コレバーン報道協会のように、国営のクセにいつのまにか反政府的な記事ばかり載せるようになってしまい、政治問題化しているところもある。

どの国の王も政府も、できることなら潰してしまいたいと考えているのだ。

それがそうもいかないのは、魔王領が原因であった。

そこには、大きなものだけで15、小さなものまでいれると２００以上の報道機関が存在していたのである。

これは１７０年ほど昔、明治時代の天抜からとばされてきた大塚《おおつか》魔王陛下のおかげであった。彼は、まともな報道機関のない国は一等国ではない、と明治の人らしく信じており、またその活動は政府によって一切制約されるべきではないとも信じていた。

まあそれが正しかったかどうかはむつかしいところだ。乱立した報道機関の取材合戦のおかげで政治がメチャクチャになったこともあり、大塚陛下も、引退間際はちょっとやりすぎたかな、と漏らされていたという。

しかしそれでも、魔王領で誕生したマスコミが衰えることはなかった。人間だれだって噂好きだし、魔王領の法律や気風は、マスコミが堕落することをなんとかくいとめたからである。

それに、とてつもない利益を国にもたらしてもいた。

情報が重要なのは誰にでもわかることだろう。好きな女の子が他の誰かとつきあっているのかどうか知っているのと知らないのとではずいぶん違うし、試験範囲を知らずに試験をうける恐ろしさを否定する人もあるまい。

魔王領に誕生したいくつもの報道機関は、その情報を国にもたらしたのだ。

より正確にいえば、ブラントラントにおける情報という川の流れを魔王領にひきこみ、すべての情報が魔王領という浄水場で濾過《ろか》されてから世界じゅうに流れだすというシステムをつくってしまったのである。

すべての情報が、魔王領へ集まる。

政治、経済で圧倒的な優位をえられることをこれは意味する。どんな事件、どんな陰謀でも、その兆候をいち早くつかむことができるからだ。

ランバルトとの戦争がはじまった原因のひとつはここにもある。

気持ちはわからないでもない。ランバルト王家が地道に封建時代の戦争をやっていたところに、いきなりその内容をどばどば世界中へたれながす連中が出現し、その連中がすむ国の政府はいろいろと先手を打ってくるようになったのである。あわてでっちあげた国営報道機関でも対抗できないとなれば、ちくしょー、田舎者だとおもってバカにしやがってぇ、やってやるぅ、となって当然であった。

マジック・ニューズ・ネットワーク——MNNはその魔王領系マスコミの中でも最強の存在だった。彼らは魔族嫌いが多い国でも取材ができるよう、魔王領出身ではない人族を大量に雇っていたし、円滑《えんかつ》な取材がつづけられるように中立な報道を心がけていた。そのおかげか、最近では各国王家、政府ともに取材を受け入れざるをえない存在になりおおせている。

マリウクスに駐留するランバルト軍がMNN取材班の前でことさらにきびしい訓練をしてみせた理由はそういうことである。

MNNが伝えてしまえば、それは事実になるからだ。

マリウクス城の現状は、必ずしもMNNの伝えたとおりではない。

第二次セントール会戦の損害はあまりにも大きかったし、将兵とも疲れ果てていた。

シレイラちゃんが的確につかんでいたように、攻勢にでられる状態では絶対になかった。

その事実に気づかれないため、大嘘の訓練をおこない、インタビューを受けてもみせたのである。

「ムッ」

突然、グラッサーがガルーンをとめた。彼の視線は兵舎に出入りしている兵士たちにむけられている。

彼らの姿がこのリラックスした要塞から浮きあがっているように感じられたのだ。

新着の補給部隊なのか、とおもった。

マリウクスは孤立しても二年は戦えるだけの武器食料の準備がある。ただし食料の準備は守備兵一万名を想定したものだ。

であるから、増援部隊の投入と同時に、連日のように補給隊が馬車を連ねて到着していた。ランバルト本国から直接にではない。物資は街道脇に設けられたいくつもの物資集積所に集められ、配属された補給隊が、

本国《スタート》‐集積所‐集積所‐集積所‐集積所……集積所‐集積所‐マリウクス《ゴール》

とリレーすることで、まさにバトンのように渡されながらマリウクスへ送りこまれる。

だから、ゴールであるマリウクスにあらわれる補給部隊の顔ぶれはいつもおなじになる。グラッサーも隊長は直接見知っているし、何人かの兵には声をかけてやったことがあるほど彼らになれていた。

しかし、いま目にしている兵士たちにはまったく見覚えがない。

動作にも違和感があった。

あまりにもきびしいのだ。

態度に隙がない。軍服の乱れもなかった。自分の部下にしてしまいたいほどよくできた兵士たちだということがたちどころにみてとれる。

「あれは、どこの部隊だ」グラッサーはたずねた。

「フッ」

マークスが前髪をかきあげながらすばやく応じた。この美形ナルあんちゃんも見かけだけの人ではない。どこの国の軍隊にいっても参謀長がつとまるほど、軍隊や戦術には詳しいのである。あ、もちろん未婚。いまのところ愛人三人。もちろん趣味はノーマル。

「黒装の兵といえばわが軍にただひとつだけ……」

「んっ」グラッサーは大きな目をむきだした。

「王立特務遊撃隊《RSI》は……ゴローズの部隊かっ」

吐き捨てるような声だった。ロイアル・スペシャル・イレギュラーズ——王立特務遊撃隊は破壊活動や暗殺を

任務とする特殊部隊だ。正規軍の軍人であるグラッサーは、暗殺だの、破壊活動だのを得意にしている特殊部隊は好きになれないのである。

同時に、彼はゴローズも嫌っていた。

出自がさだかではないのに、あっというまに自分となじ男爵になってしまったのがまず気にいらない。一度だけ会った時、じつにエラそうだったのも気にいらなかった。いやあの、あんたも充分エラそうですがな、という正論はもちろんこの人には通じないのである。

いま一番気にいらないのは、新規に到着した部隊であるというのに、自分に挨拶ひとつないことだった。フェラールとカディウスがウルリスに戻ったいま、要塞司令官は鉄壁というニックネームで知られるイーサン・ウランコール侯爵だが、グラッサーだってそれなりに重きをなしている立場なのだ。

「おい貴様っ」

文句のひとつもいうつもりでグラッサーは手近な黒装の者を呼びとめた。

「はいっ」

ぱっと振り向き、気をつけ、の姿勢をとったその姿をみてグラッサーは息を呑んだ。ボーイッシュなショートカットにしてはいるものの、美しい娘だったからである。

いや、ランバルト軍にも部隊によっては女がいる。指揮官をつとめているフェイ・マラックスのような例もある。だから、驚くほどではないのだが……

まさかゴローズの暗殺部隊（と、グラッサーは信じている）にいるとは想像もしなかったのだ。

「いや、うむ」

グラッサーはあわててガルーンをおりた。女性に対するたしなみである。この人も傍若無人《ぼうじゃくぶじん》にみえて、そういうところは貴族らしくきちんとしている。ガルスとマークスも指揮官にならう。もちろんマークスは白い歯を透過光処理（危険）できらきらさせ、前髪をかきあげていた。

「儂は……」

「はいっ、ヴィル・グラッサー男爵様ですね？　自分は王立特務遊撃隊副官、騎士マヤ・ウラムであります」

「……そうか」先手を打たれてか女性が相手だからか、グラッサーは目に見えて柔らかい態度になった。

「貴女《あなた》の指揮官はどこにおられる、ウラム殿」

「ゴローズ隊長はただいま、ウランコール閣下と面談中です」

「ここに、なにをしにきたのだ」

「自分は存じません」

「特務だからか」

「いえ、それすらも知ってはならないのです」

マヤのきっぱりした返事にグラッサーは怒りをおぼえなかった。

それどころか、感心した。

ゴローズがよく部下をまとめているとわかったのだ。

「わかった。任務に励みなさい」

あ、なんか優しくなってる。

「はいっ、ありがとうございます」

マヤはきびきびとまわれ右をし、部下の方へ去っていった。

「……しかし、驚いたな」

ガルスがつぶやいた。

「フッ、たしかに」

マークスがつぶやき、本音をつけくわえた。

「ゴローズとやら、あの副官に手をだしているのかな……俺ならば、絶対に機会はのがさぬが」

グラッサーが振り向き、恐い顔をした。彼は女性をあがめている男なのである。いまだに未婚なのは……何年も前に病で早死にした婚約者に操をたてているからだった。うーん、根はいい人なんだな、やっぱし。

部下のもとにもどるマヤの耳にも、マークスのつぶやきは届いていた。

「……あの副官に……」

瞬間、かあっ、と顔が熱くなる。

つい今までとっていた軍人らしい気分がぱあっ、と蒸発した。

ほわほわほわわわんと、アニメの妄想シーンのように意識がジャンプする。


思い浮かべたのはロマンチックな夜。

なんかどこだか知らないけれど、高級レストランとかそんな感じ。

マヤが着ているのはちょっと露出の多いドレス。そんな言葉があるのかどうか知らないが、勝負ドレスという感じ。

テーブルを挟んだむかいにはゴローズが座っている。

おいしいワインとともに食事が終わり、ゴローズが葉巻を一服したあとで立ち上がる。

なれないワインに脚がもつれたマヤは、身を立て直す間もなくゴローズの腕のなかへ。

「あっ」

とまどいつつゴローズをみあげるマヤ。

ゴローズは優しくみおろしている。

「も、もうしわけありません、隊長」

「いいんだよ。それから……隊長とは呼ばないでくれ……マヤ」

「あ……はい……ゴローズ様」

妄想、さらに拡大。ただのレストランではなく、高級ホテルのレストランにかわっている。

「あ……あの……」

「部屋がとってあるんだ……マヤ」

「あ、あ……」

声もなくうなずくマヤ。

いつのまにか隣ではフル編成の楽団がロマンチックな音楽なんかかなでちゃったりして。

「いやん、もうあん、きゃん、やだん、ばかーん」

マヤ・ウラム、妄想力大爆発でぴょんぴょん飛びはねた。

他の部隊の兵士たちはあきれているが、特務遊撃隊の連中はなんか微笑ましげにながめている。

優秀な軍人であるマヤ・ウラム副官が同時に爆発妄想娘であること、ゴローズ様好き好き好き、であることを知らぬ者はいないからである。

それどころか、みんな、うまくいってくれるといいなー、とさえおもっているのだ。副官、なんなら隊長縛りあげてあなたのベッドに放りこんでおきましょうか、といいかねないぐらいのものであった。

彼らにとってゴローズはそれほど素晴らしい上官だったし、マヤ・ウラムも素晴らしい副官だからであった。

だからこそ、正規軍からの蔑視をあびつつも戦えるのだ。ランバルト王国軍にとって醜いアヒルの子にほかならない王立特務遊撃隊が大きな戦果をあげつづけてきた理由は、そこにあるのだった。

4

お医者さん兼カウンセラー兼メイドさんの日常は忙しい。仕えている相手が横の物を縦にもしない面倒くさがりときてはなおさらだ。

9月末日の朝。いつものように剛士に朝飯を食べさせ、身支度を整えさせてから執務室へと送りだしたスフィアは総帥閣下の私室、つまりあの一八畳間にいた。これからが一仕事なのだ。

放りだされたパジャマ、読みかけの本。スイッチが入ったままのジンビューワー。卓袱台《ちゃぶだい》の上は片づけられた朝食がある。目玉焼きがのっていた皿はきれいになっており、茶碗には御飯の一粒も残っていない。ただ、味噌汁のお椀のまわりにはいくつも跡がついている。剛士君、親御さんの躾《しつけ》がよろしく出されたものはきれいに食べる習慣がついているのだが、汁物のお椀へ口をあてる点についてだけヘンな癖がついており、唇とお椀の隙間から垂れさせてしまうことが多いのである。

「もう……子供みたいに」

しょーがないわね、とばかりに腕まくりしたエプロン姿のスフィアは一息深く吸いこむと片づけにうつる。まず卓袱台を片づけ、布巾でふきあげ、畳む。布団をあげ、押入に住んで貰っている風の精霊に湿らせないでね、とお願いした。続いてパジャマや下着なんかを手早く洗濯カゴに放りこむ。そのあいだ、鈴はちろちろちろと優しい音を響かせ続けていた。

ほぉっ、と息を吐いた時にはすべてが終わっていた。

いやもう実にお見事、まさに魔法。朝の家事一般全国大会があれば一位入賞確実、それどころか彼女の名は永遠に語り継がれ、その名を冠された家政学校や家政短大が設立され、中庭には銅像が建立されることであろう。

きらりん、と光り輝くばかりの状態へ復帰した一八畳間をスフィアはみまわした。

「よし」

満足げな微笑みが浮かんだ。物の考え方が前時代的な野郎どもであればこの笑顔を一目みるためなら悪魔と呼ばれたっていいやってぐらいの完璧な笑顔。剛士君がその場にいればまず間違いなく鼻血その他を大量にまき散らして彼女の仕事を増やす結果になっただろう。

「急がなきゃ」

時計を抱えたウサギのようにひとりごちたスフィアは洗濯物と食器を重ねたお盆へ手をのばそうとした。部屋が済んでもまだ仕事はある。執務室で青くなったり赤くなったりしている剛士の面倒をみなければならないのだ。

ちりん、とひときわ大きく鈴が鳴ったのはその時だった。

「え?」

ちりん、ちりりん。

異常だった。スフィアは硬直したようになっているのに、鈴だけが鳴り続けている。

もちろん、部屋の中に風など吹いてはいない。

ちりりん、りりん、りりりりりりりりりり。

最初は慎ましげであった鈴の音は徐々に勢いがつき、まるで、古くさいダイアル電話が鳴り響いているような音になった。

「もう……もうそのときだというの……」

スフィア顔面蒼白となって硬直しつづけている。

りりりりりりりりりりりりりりりりりりりりりり。

鼓膜を破るような音の大きさだ。スフィアは耳をおさえ、その場でうずくまった。

しかし鈴の音はやまない。耳が痛むほどの音も防げない。それは音でありながら音ではないのだ。

「お願い……」スフィアは懇願《こんがん》するようにつぶやいた。

「もうすこし、もうすこしだけいまのまま……あくっ」

肢体が電撃をうけたように跳ね、彼女は畳に倒れふした。

鈴はまだ鳴りやまない。

スフィアは苦痛のあえぎをもらしながら七転八倒していたが、やがて……

「わかりました！　わかりました！」


と、屈服するように叫ぶ。

ちりん。

鈴が鳴りやんだ。

汗まみれになり、荒い息をついていたスフィアがようやく立ち上がったのは15分もしてからだった。

身体がふらついている。

哀しげなつぶやきが漏れた。

「はじまり……これからが……取り戻すべきもののための……帰らない時のための……」

ふたたび膝が折れる。手を畳についてどうにか倒れることだけは避けたが、立ち上がれない。

「ずっと、ずっとこのままでいたいと思っていたのに」

涙に濡れた声だ。絶望よりはるかに深いもの……さだめに縛りつけられた自分を思い知った声。

「……剛士様」

スフィアはそのままの姿勢で小さな嗚咽《おえつ》をもらしはじめた。

5

ところかわってランバルト王都、ウルリスである。

場所は王城の西尖塔、最上階の一室。〈孤影ノ間〉。

暖炉が赤々と燃え、豪華な調度が整えられた広い部屋だ。いかにも王族の住居にふさわしい。

しかし、どこかに異常さがある。

よくよくみれば、窓にはがっちりと鉄格子がはまっている。

豪華な装飾がほどこされたドアも、実は鉄製で、一人で開けることができないほど重い。

一種の牢獄なのだ。

事実、〈孤影ノ間〉は、昔から理由のある貴人を幽閉するために用いられてきた。

いまのランバルトでこの部屋に押しこめられるのは誰が最有力候補かといえば……いいえ、ここからは御本人におまかせしましょう。


「誰か×助け×求め×るうっ」

作者はよく知らないがなんか問題ありそうな歌声がひびいている。妙なコブシが利いてはいるが音痴とはいいきれない。しかし、うまいわけでもけっしてない。

唄っているのはもちろん、虜囚の身となった魔王、田中和夫《かずお》さんである。

しかし、

「それが一番ラクだもーん」

とランバルト側に要求してあつらえてもらったミン◯ーモモ（いまならお子魔女って感じでしょうか）のプリント入りTシャツにトランクスというファッションでBMWの下から三番目あたりが買えそうな値段のテーブルにむかい、せっせと鉛筆を動かしながら次から次へとアレな歌を唄いつづける様子はじつに楽しげである。

さっきまではもえあがれ×2、とか、今はいいもんねすべてを捨てちゃったりしても、とか強弁する人の歌を魂いれて絶唱していたのだが、唄いながらとっている変身ポーズからして、どうも、ワンマン機械なしカラオケ大会は特撮編に突入しているらしい。

お部屋のなかはすでにカオスであった。

豪勢なテーブルにはケント紙っぽい紙が積まれている。ペン入れはまだだが、なんかあやしいポーズをとった眼球と胸の巨大な女の子の下書きが描かれている。すぐ隣にノートやスケッチブックがおかれていた。ノートにはネームが記され、スケッチブックにはさまざまなポーズをとったちっちゃな女の子と変形メカがびっしりと描かれていた。

まあ、なんつーか、幽閉された魔王様というより、コ

○ケ、でわからなければ有明《ありあけ》ビ○グサイトというイベント会場で年に二度開かれる参加者全員が内にこもったお祭りを二週間後に控えたプロではないが気位の高い特殊なコミックの作家という感じである。
そうなのであった。じつは捕虜にしたランバルト側も困っているのだ。

本当なら、もうちょっと気弱になってくれるはずなのである。

いかにいい扱いとはいえ、自由とはほどとおい毎日。城内の庭を散歩するのも一日一度30分、掃いて捨てるほどの警備兵つき、あとはまあお一人でどうぞ、と閉じこめられてしまう。捕虜宣誓というものをおこない、自由に歩き回らせてやるかわりに逃げるな、ああはいどうも、と書面で約束をかわす制度もあることはあるのだが、まさか魔王陛下に適用はできない。魔王軍が救出作戦を計画しているかもしれないし、だいたい、王様を囮にしてまで（または、捕虜にされても）平気で戦いつづける国なんてランバルトの常識をこえている。

となれば当然ストレスがたまってくるはずで……お育ちの良い王族ともなれば病気になってもおかしくはない。戦略的にはそれも取引材料になるから、別に悪いことではないのである。政治や戦争ってのはどうにも残酷なものです。

しかし。

「うなるサイ○ン～ライトはま○るぅ」

とまあ、やはり作者には古すぎてよくわからない歌、いえ実はCDではじめて耳にしました的な曲に移られた田中さんはいい調子なのである。

もともとあんま外にでる習慣はないし。

飯はうまいし。

フェラール三世陛下になにか御希望は、たずねられたとき、どうせならロリロリで絵のうまいメイドさんを五人ばかり、といったらそのとおりにしてくれたし。

紙と鉛筆と消しゴムとペンとインクとデッサン人形がほしいと頼んだらすぐにそろえてくれたし。

そうなのであった。田中さん、オタク魔王にふさわしく、新たな目標にむけてだらだらと邁進《まいしん》中なのであった。

捕虜になった自分がけっこういい扱いをうけられるとわかった時同時に気づいたのは、じつにもう暇でヒマでしかたがない、ということであった。読んだりしゃべったりだけなら、この世界の言葉は天抜神社から飛ばされた直後から不自由しなかったのでランバルトの本でも読んで時間を潰そうかとおもったが、アレな趣味で鍛えあげられた部分的鋼鉄の戦士である田中さんの御眼鏡にかなう本なぞこの国にはありゃしない。

かくして魔王陛下は五分ほど悩んだあとで聖断をくだされたのであった。魔王なのに聖断、という表現は矛盾しているかもしれないが、御本人はそれぐらいの気持ちである。

ないなら自分で作っちゃえ。

そう、虜囚の身となった魔王陛下は華やかな牢獄のなかで、天抜にいたころから一度はつくってみたかった同人誌制作にいそしんでおられたのである。

かわいそうなのは御希望で田中さんにかしずくロリロリのメイドさんたちであった。

魔王とはいえ王族、おまけに戦場ではあの大奮戦、英雄色を好むっていうからきっとスケベでエロくてHで卑《ひ》猥《わい》な淫獣《いんじゅう》に違いないわ、と日本ならば児ポ法にひっかかりそうなことについて覚悟したりさせられたりしていたのだが、ぜんぜんそんなことはなかった。というか、現実は児ポ法つーか青少年有害社会環境対策基本法（案＝２００２年三月末現在。あーやだやだ）違反のほうがマシじゃあ、と嘆きたくなるほどの悲惨さだったのである。

「あのー、魔王様」

〈孤影ノ間〉の一部としてつくられている控えの間からちいさなメイドさんが顔をだした。

本来はふわふわの金髪に青い瞳がぱっちり、神も悪魔も微笑んでしまいそうなかわいい娘さんなのであるが、いまは、目の下にクマをつくっている。お肌の水分が失せているのは当然だ。要するに潜在的露出狂のちょっとアタシいいでしょ系中途半端にナイスバディ風コスプレイヤー登場以前の同人誌即売会女性参加者状態であった。

「はいはい」

田中さんはそのあまりにいいかげんなファッションを恥じる様子もなくたちあがり、メイドさんのさしだした紙を受けとった。アレな野望を実現する機会が訪れたことで高揚している彼は、女の子の前でヒドイ格好していることも気にならないのであった。

うーん、とむずかしい顔をしてながめる。

紙には70年代から80年代にかけてのジャパニメーション黄金期キャラデザインの影響を隠すべくもない田中さんオリジナルキャラの模写が描かれていた。世代の差だろう、昨今のアレ系キャラよりは描線が太く、全体的に丸いデザインである。

　田中さん、いつになくマジメな顔になるとふたたびテーブルにむかい、鉛筆をにぎって気になった部分にアタリをつけ、きびしく指摘した。

「ジュラ、だめだなぁ。ほらここ、顎の線がおかしいよ。もうすこしさ、ふっくらした感じで。で、胸も小さすぎるよ。もっとぱふーん、と。なかに風船はいってるような」

　イラストの玲衣《れい》さん、お弟子さんへの教え方ってこんな感じでいいですかってお言葉である。

「わたしみたいな体格でこんなに胸が大きかったら歩くこともできないとおもいますけど」涙を浮かべたロリロリメイドさん、健気な反撃！　かなわぬまでもせめて一太刀、という心境であろう。

　しかしそれは口にしてはならないリアルなのであった。

「却下却下！」

　田中さん、声が裏返っている。

「これはね、夢、誰も覚悟なしに傷つけてはいけない大事な夢なの！　君もそろそろわかってくれなくちゃいけない。うちの本の作家さんなんだからね。そうだ、ペンネーム決めた？　こないだいってたウツボカズラずどん子《こ》、なんてのはだめだよ。プロデビューしたときバカにされるから。あんまり画数が多い漢字ばかり並べたナルはいりまくりも頭悪そうだからパスね。そうだ、イーシャたちは？」

「みんな疲れて、居眠りしてますぅ……あの娘《こ》たち、ヴ○ルキリーとスコ○プドッグにくわえて美形キャラまで三日ぶっつづけで描かされてるんですよぉ。あたしだってもう限界ですぅ」こんなことさせるぐらいならいっそアタシの身体いじくりまわしながらデッサンとってよ、といいたい気分でジュラはこたえた。

「それにあの……こんなに急ぐ必要があるんでしょうか？」

「なにいってんの、もうすぐ10月だよ。12月まで時間がないんだから」

「前にお話しされていた夏と年末の怪しいお祭りですか？　でもそれは魔王様の故郷《ふるさと》の話で……」

「だめだめ、ジュラ」田中さん、かぶってもいないテンガロン・ハットを指先で押し上げ、ちっちっちっ、と舌を鳴らした。よくわからないが、先ほどまでの歌の方向性から想像するに、これも特撮ネタらしい。

「魔王様も陛下もだめ、お兄ちゃんって呼んでっていったよね？　魔王って呼ばれるのあんまり好きじゃないし、僕をへーかって呼んでいいのは一人だけ」

「あ、すいません。であの……お兄ちゃん」

「はいはい……できれば語尾をのばしてね」にこにこと応じてしまう田中さん。リアちゃんに操をたてているのかただの趣味なのかよくわからない態度である。

ジュラはおずおずとたずねた。

「ランバルトでこんな本つくってもしかたがないと……」

「大丈夫！」田中さんは胸をそらせた。

「印刷してもらってこの国で売るから。エロ同人誌なんかない国だから、きっと売れるよ。真似する奴もでてくるかもしれない。そうなれば……」

「そうなれば」こくり、と唾をのみこむジュラ。魔王本人から、ランバルト侵略計画を教えられている気分になっている。

「……そのうち、ランバルトでも夏冬のお祭りが開ける。魔王領にいるころはどうしても忙しすぎてねー。ま、絵の練習だけはしてたから、実家にいたころよりだいぶうまくなったんだけど」

がっくりと肩をおとすジュラ。田中さんの野望とはこの世界で盛大に同人誌即売会を開催することだったのだ。

なに考えてんのかしら、という段階はとうにとおりこしていたが、それでも口にせずにはいられない。

「あの……ランバルトと魔王領は戦争してるんです。でもってお兄ちゃんは捕虜で……」

「あ、心配ない」

田中さん、ますます自信満々で応じた。

「あとのことは小野寺君に任せてあるから。そりゃね、一人だけ心配な子がいるけど」

「前にはなしてくださった、リアちゃんですか」

「うん。まあ、小野寺君のことだから大丈夫だとおもうけどね」

なぁーにが大丈夫なのかしら、ジュラは溜息をついた。

「せめて内容だけでも、なんとかなりませんかぁ？　ヴァル〇リーとスコープド〇グに乗りこんだ美幼女がガチンコしつつ組んずほぐれつなんてムチャクチャすぎますぅ」

「だから、女の子むけの絵も練習させてあげてるじゃないか。みんな、だいぶうまくなってきたよ。才能あるんじゃない？」

田中さんが属性ではないヤでオでイな美形同士の肉弾

戦同人誌を同時進行させているのはワケがある。先日、フェラール兄ちゃんがおみえになった時、田中さんの作品をしげしげとながめられたあと、

「男性がいませんね」

と、のたまわれたからだった。フェラール兄ちゃん、ついでにこうもおっしゃった。

「あなたも王であるからには御存知でしょうが……女性の支持を得るのは大事ですよ」

ぽろり、目から鱗《うろこ》がグロス単位である。ベテランかつ実績あり、な編集者の意見を耳にした、いまいち自信に欠ける新人作家のごとく深々とうなずいてしまった。田中さん、そっち系の知識は薄かったが、考えてみればそのとおりだ。うまくいけば彼が実現を企んでいるランバルト版……というかブラントラント版夏冬のナニな祭典に女性の参加もみこめるからである。

ま、フェラール兄ちゃんのほうは自分の属性で話しただけなんですが。

「ありがとうございますぅ……でも、もう限界ですよぉ」

「大丈夫大丈夫、フェラールさんが追加のメイドさんを20人ばかりみつけてきてくれる、っていう話だから！

今度はね、デッサンの勉強をした人ばっかり。美形モデルの手配もしてくれるっていうし……いけるいける！」

「じゃあわたしたちは普通のお仕事にぃ」

「なにいってんの。男性成人向けに全力を投入してもらうよ」

「そんなぁぁぁ」

「はははは、そんなにうれしい？　さ、頑張って！　同人制作は勢いが一番！　だらけたら冬に間に合わないよ！　ほら、景気づけに唄おう！　魔女っ子シリーズの歌詞カードもつくってあげたから。あ、そうだ、フェラールさんにたのんで楽団と合唱隊よんでもらおうか」

「ひぃぃぃぃぃ、お兄ちゃぁーん」

「それにしても僕って幸せだなぁ、魔王領じゃ魔女っ子付き魔王だし、ランバルトじゃロリロリメイドさんにかしずかれて同人制作だし！　最高最高！　人生充実してるぞぉ！　ジ〇ンはこれで10年戦える！」

「お願いです、おねがいですぅ、1時間だけ寝かせてくださぁーい！」

……という次第で、田中さんは今日もお元気なのであった。

6

魔王城内にはいろいろなものがうろついている。いやあの冒険者パーティをみつけると必ず襲いかかってくる化け物とかじゃなくて（そりゃ許可なく誰かはいりこんだらあなたの家だってバット構えたお父さんとかお兄さんとか慌てて呼んだお巡りさんとかが駆けつけるでしょうが）、城内に住んでるさまざまな種族の職員たちの家族とか、彼らのペットとかであった。

特に後者はあちこちをちょろちょろと動き回り、こともあろうに総帥執務室にまではいりこんでくる。ドアが開いていれば素通り、しまっていればカリカリと開けるまでひっかくかふんふんとさびしげに鳴く。ランバルトでじつはいまのところ大助かりの決定がくだされたと剛士君が知るよしもない今日もおなじであった。

いつのまにかはいりこんできた小さな影が部屋をよこぎり、ぴょん、ととびあがった。とんがった顔に配置されたまんまるな目で剛士をみつめる。

狐にしかみえない。

「やあ」

書類の量は激減したとはいえ、今日も朝からお仕事であることには変わりない剛士は疲れていたが、邪慳《じゃけん》には扱わない。

みかけではペットなんだか誰かの子供なんだか判断がつかないからだ。

このあいだなんかてっきり子犬だとおもって抱き上げて撫でてたらヘルハウンドの子供だったたし、きっと八岐《やまたの》大蛇《おろち》の子供だとおもって（魔王領にはもちろん日系の魔族もいるのだ）ていねいに話しかけていたらタダの八頭ヘビだったりした。

いまあがりこんできたのはどちらだろう。この世界についてまだまだ知識の足りない剛士にはわからなかった。みかけは狐のようだけれど。

しかしよくわからない。この世界について、彼はまだまだ知らないことが多いのだ。

たぶん狐、とおもわれるその生き物は書類が山積みになった机の上をみまわし、さあいまから目を通そうか、と剛士が考えていた書類の上でマフラーのように丸くなった。

「いや、あの」

これじゃ狐じゃなくて猫だよ、と剛士が手をのばしかけると、断固とした、けん、という否定の声。面倒くさくなったので手をのばし、ちょいちょいと頭を撫でてやったあとは放っておいた。ついでに書類もあきらめる。

どのみち、読みたいわけではなかったのだ。

部屋は彼と狐らしきものをのぞけば人影がない。

でもって、彼がなにをしていたかといえば。

「はぁ……」

一人とおそらく一匹になった部屋に、溜息がひびいた。

苦境を切り抜ける方法についてあれこれ考えはしたものの、なにもおもいつけないのである。

椅子に座ったまま、力を抜く。

顔から、緊張感が消え失せた。

そこにいるのは仕事の多さに眼をまわしていた魔王領総帥ではなく、気が小さく、ちんちくりんの高校二年生だ。

ふたたび溜息を吐く。

一瞬、表情に険《けわ》しさがやどり、またすぐにゆるんだ。

喉奥から、うめきのような声が漏れた。

「……どうして」

気が抜けたとたん、悩みが吹き出していた。

なんでこんなにも次から次へと問題がおこるのだろう。

いや、もちろんわかってる。わかってますって。

戦争しているからだ。

じゃあ僕はなんで……いや、それもいい。もう約束してしまった。誓ってしまったのだ。

閣下、勝てますよね、必ず勝てますよね。みんな、これからも仲良く暮らせますよね。

死にかけたトロールの少年の言葉。

彼の願いを忘れたわけではない。

しかし……

僕はなんでここにいるのだろう。

突然、おもってみないものが脳裏に浮かんだ。

家だ。自分の部屋ではない。食堂兼用の居間である。

お小遣いが限られているため会社からまっすぐ帰ってきた父の観るテレビニュースのオープニングテーマが聞こえる。

階段からどたどたと響くのは妹や弟たちの足音。

そしてもうひとつ、台所から俎板《まないた》を包丁が叩く音が。

視界が突然曇った。

剛士は袖であふれかけたものをぬぐった。

赤ん坊のように指の短い手が拳をかたちづくった。

鈴の音が聞こえたような気がした。

背筋がふるえ、手足がこわばった。

「あーっ、くそっ」

剛士は頭を叩いた。いつものようにスフィアのことをおもってぼぉっとしたかった。夜のオカズになりそうな妄想をいくつも思い浮かべたくてたまらなかった。

しかし、浮かばない。

突然浮かんだ居間の記憶から逃れるためにも、と努力したが、代わりにおもいうかぶのはロクでもないことばかり。この戦争がどんどんとエライことになってゆく架空の、しかしリアルな想像ばかりだ。

そこにはもちろん自分の姿もある。周囲から……アーシュラやリアやクォルンなどからバカだアホだと責め立てられている姿だ。

なぜか父母の姿もある。

父は困ったような微笑を浮かべていた。

母は涙ぐんでいた。

弟や妹もべそをかいている。

想像の中にはもちろんスフィアもいる。

ただ、悲しげにみつめていた。

——その表情が、もっとも彼を痛めつけた。

「くっ」

剛士は頭をかかえこんだ。

丸くなりたかった。あぶぶぶ、と幼児退行をおこしたかった。

ひとつの国を率いて戦うことを受けいれていても、すべてに納得ができたわけではない。

戦争が、怖くなっていた。

というよりも、国を率いて戦うことに恐ろしさをおぼえていたのだ。

そんなのあたりまえじゃん、というレベルの話ではない。小野寺剛士は立場が違う。

たしかに彼は異世界にいきなり放りこまれた日本の高校生で、という昔からよくいる人である。

しかし伝説の剣士とか、まあーなんかそんな感じで殺《さつ》戮《りく》大好きな人ではない。自分の身を守るためならば努力をおしまない、というほか、なんの取り柄もなかった17歳なのである。

おまけにここブラントラントはM16突撃銃ぶんまわしてドガガファァッキュー！　ずこーん、ばかーん、とやっても死人がでない世界でもない。

殴れば怪我するし、斬れば血もでる。打ち所が悪ければ死ぬ。

地球や日本と同様、なろうとおもえば17歳で立派な人殺しになれる世界なのである。

それでも、敵が『悪』であればまだましだったろう。

しかしランバルトはそうではない。一人倒せばインフレーション、最後はとうとう絶対悪の宇宙意志がずごごごごご、よくきたな若者ょ、わはははははは、な感じではないのだ。

ランバルトは人間の国、それも剛士にはものすごくわかりやすい――弱い奴は叩け、強い奴とは仲よくして隙をうかがえ、というメンタリティをもった連中の国なのであった。

それがなにを意味しているかというと……万人に共通の善だの悪だのが存在しないってことである。

何枚皮をめくっても悪い奴、悪逆非道のなんとやら。

そんなもの、ブラントラントにはいやしない。

人族であれ魔族であれ、どこまでもナマの存在なのだ。

だいたい、この世界のあちこちにある市場（いちば、じゃないよ）で戦時国債をさばくためにまず勝利が必要だなんて、ファンタジーの戦争ではない。ヴァンパイアやらトロールやらがうろついている世界に金融取引が存在し、機能しているなんて異常もいいところだ。

そんな世界で戦争を『戦う』のではなく『指導』しなければならない。

自分の命令をうけたものたちが傷つき苦しみ倒れているあいだも冷静さを保ち、計算しつづけ、戦果を拡大するためであれば、さらに誰かが死ぬことになる命令をだす。

勝利の日まで、それをつづける。

ただの高校二年生が。

戦争が怖くなって当然であった。

彼にそのことを気づかせたのは、悪夢や天啓ではなかった。実はアーシュラとセシエの伝えたキツイ真実でもない。官僚たちが山と持ちこんだ書類であった。それが、戦争がどれほど多くのものを使い尽くしてゆくのか、知らぬ間に教えてくれたのである。

生命もその例外ではない、という事実も。

たとえば……剛士の手元には第二次セントール会戦に参加した第１６７ドワーフ槍兵中隊の記録がある。

編制されたのは会戦の半年前。彼がブラントラントに飛ばされてくる前のことだ。

兵士の大部分は若者……いや、15歳から18歳までの少年だった。

彼らは全員、故郷《ふるさと》をまもるために志願して入隊したのである。

比較的新しい部隊であるというのに、その結束は固かった。

なぜならば、ただの志願兵ではなかったからである。

彼らは全員、おなじ学校の学生たちだった。

ノルフ郡の郡立ロメディア高等学校から祖国の危機にはせさんじた少年たちだったのである。

中隊の定数は258名。

第二次セントール会戦の直前、部隊には定数を満たすだけのドワーフたちがいた。

しかしいま、第167ドワーフ槍兵中隊の書類には『戦闘不能』と赤いハンコがおされている。

中隊に所属する兵士の数が、24名にすぎないからである。

10人に1人も生き残れなかったのだ。

中隊は、クォルンが率いたあの本営突撃に参加し、あまりにも大きな犠牲を払ったのである。

この事実をどう受けとればよいのだろう。


小野寺剛士はたしかに自分が生き残るため、あらゆる手段を用いてきた人ではある。

いや、そのためならばいまだって同じことはできる。

問題が、自分だけですむのならば。

しかしいまは違う。『あらゆる手段』を用いた場合、危険にさらされるのはそれぞれ夢や希望を抱いたあらゆるものたちなのだ。

彼らはこれから、小野寺剛士の名でくだされた命令によって死地におもむき——田中さんではなく、彼の名を叫んで戦場に倒れるのだ。自分の夢や希望を果たすことなく。

恐ろしくならないほうがどうかしている。

剛士は戦国武将の家に生まれたわけではない。自分が他人の命を左右できるという現実に、耐えられない重みを感じる、栄光あふれる日本中流家庭のお子さんなのである。

ただの人殺しならばこれほど苦労せずに済んだかもしれない。

新聞の社会面を一週間みていればわかるように、どんな17歳にでもそれはなれる。

ただおさえきれない獣の怒りがあればいい。

人間であることをやめてしまえばいい。

しかし、戦争指導者、ことにまともな戦争指導者は大違いである。

本当の才能……いや、才能だけではなく、残酷なまでの覚悟が必要なのだ。

どれだけ冷酷な命令をくだしていても、同時に、自分が他人に過酷なまでの影響力をおよぼしていることだけは忘れてはならないのである。忘れてしまえば、アドルフ・ヒトラーやヨシフ・スターリンとかわらない、本当の怪物になってしまう。

もちろん剛士はヒトラーやスターリンにはなれない。なれるわけがない。あの素晴らしい魔族たちにかこまれていて、残虐な指導者になんか、なれるはずがない。だとするならば、まともな戦争指導者になるほかないが――

まともな戦争指導者とは、冷酷でありながら人間味にあふれ、決断力に満ちつつ優しさを忘れてはならないものだ。

完全に矛盾した存在なのだ！

……小野寺剛士も自分が人殺しぐらいにはなれるだろうとおもっている。

場合によっては、兵士にも。

だが、他人の命を消費しつつ、まっとうな人間でありつづけなければならない、まともな戦争指導者になれと求めている現実だけはどうにもうけいれきれないのだった。

とんっ、という足音がきこえた。

いつのまにか彼の顔をのぞきこんでいた狐らしきものがけん、と鳴いた。心配してくれているらしい。

「あ……いや、大丈夫だよ」

剛士はこたえ、ふたたび撫でてやろうと手をのばした。

鈴の音。

狐らしきものは驚いてふりかえり、しばらくみつめていたあと、さっと部屋からでていった。

そっと、湯気の立つマネフ茶のカップがおかれる。

「あ、ありがと」

狼狽をかくすため、剛士は下を向いたままいった。

スフィアはお盆を抱くように立っている。いつ部屋にはいってきたか、剛士にはわからなかった。彼が他の連中を相手にしていた時は、邪魔にならないよう、別室でひかえていたはずである。

「よく、おわかりになりましたね」

スフィアは感心していた。

「……なにが」

「いまの御方です」

「あ……やっぱし狐じゃなくて」

「いえ、狐は狐です」

「はい？」剛士は目を丸くした。

「玉藻前《たまものまえ》様……昔、剛士様の御国の宮廷に住まわれていたとか。今日は他の八本の尾は隠しておられましたね。人に化けると、ものすごくお美しいですよ」

「あー」剛士はうなずいた。本で読んだことがある。ほおっと安堵の溜息がもれた。九尾の狐をおっぱらっていたら、あとでどうなったかわからないところだった。いや、もしかして撫でたのもまずかったのか？

剛士はマネフ茶を口に運びながら玉藻が乗っかっていた書類へ手をのばした。

すると、

「すこし、休まれてはいかがですか」

スフィアが叱るようにいった。いや、心配してくれているのだ。

「いや……うん」

どうこたえたものか迷いながら剛士はうつむいた。自分が抱えこんでいるものを、勝てそうにもない戦争についての恐怖を、口にしてよいかどうかわからなかった。

本当ならば甘えたい。

なんもかんもイヤだよぉ、とスフィアにすがりつきたい。

もちろんダメである。そんなことはできないのであった。

スフィアも魔王領の一人、自分を総帥とあがめてくれる一人であるからだ。

いざという時、小野寺剛士の名を叫んで倒れる一人なのだ。

であるなら、どうやってこの苦境を切り抜けてよいのか見当もつかない、と口にできるはずがない。彼女の信頼を裏切ることになってしまう。

それだけはいやだった。

そんな剛士の様子をもの問いたげにみつめていたスフィアだが、いま自分がなにをいってもだめだと考えたらしい——背後を振り返ると扉に向けて手招きした。

はずむような足音が響いた。

剛士は顔をあげた。

スフィアの後ろに、小さな人影が隠れている。

「剛士様」

スフィアはいった。

「リアちゃんが、お願いがあるそうです」

「あ……なに」

剛士はリアに話しかけた。

しかし彼女はこたえず、スフィアの陰に隠れたままだ。

「あの……」

剛士はなにもいえなくなった。

言葉がでない。理由はいうまでもなかった。

いかに田中さんの望みとはいえ、彼は、リアから愛する人を奪ってしまい……結果として、彼女を騙しもしたのだ。以前のように話すには、勇気以外のなにかが必要だった。戦場でならどうにか耐えられた自分の悪行が、日を追うごとに心を責めたてるのだ。いやまあもう一人、アーシュラとも田中さんがらみで難しいところはあるのだが、戦場の本営で大騒ぎを済ませているぶん、まだ接しやすい。

リアとは――

どう考えてよいかわからなかった。なにもいえなかった。彼女を目にした瞬間、剛士の心臓に締めつけられるような感覚が生じ、舌がしびれている。

リアもなにもいわない。

しばらく、沈黙が続いた。

それが耐えがたいほどの苦痛におもわれたとき――

「さ、リアちゃん、剛士様におっしゃい」スフィアがうながした。

その声に勇気づけられたように、ちょこんと68歳の美幼女が顔をのぞかせた。

小さな声でたずねる。

「ね、お兄ちゃん、ペット飼ってもいい？」

「ペット？」唐突な申し出に剛士の呪縛が解ける。

スフィアがこくりとした。

「どんなペットなの」

「とりさんなの」

「鳥」

はあー、という表情になる。ま、なんつーか、うちのバァちゃんより年上の68歳でも女の子らしいなぁ、という感想である。

「うん、いいよ。でも、そんなことわざわざ尋かなくても」

リアはぷうっと、ふくれた。下を向く。

スフィアが眉を寄せ、首を横に振る。

「いいや、あの、ごめん」

幼女に頭をさげる剛士。素の反応である。いつのまにか、精霊さんたちが周囲に集まりはじめていた。ほんの少しではあるが、彼の心から重苦しいものが消えたのだ。でなければ精霊さんたちは寄ってこない。

「いいの」顔をあげたリアはいった。

「一緒にみてくれる？」

「うん、もちろん」

「良かった」

ぱあっ、と明るくなるリア。彼女の周囲にも精霊さんたちが舞いはじめた。

「じゃ、いこっ」

ちっちゃな手がのばされた。剛士は握り返す。スフィアに見送られ、二人は一緒に歩き始めた。

「どこにいるの」

「おそと」

「外って、逃げちゃわない」

「大丈夫。ボクがちっちゃいころからお家で飼ってたとりさんだから」

いま以上にちっちゃいって、いったいいつごろの話でしょうかとおもいながら剛士はあとに続いた。


つれていかれたのは練兵場である。

「鳥って、どこに」

剛士はみまわした。ここは兵隊さんたちが訓練するための運動場みたいなもので、ともかくだだっぴろい。しかしそのどこにも鳥の姿などみえない。

「いま、呼ぶから」

そう応ずるなり手をのばしたリアは、空にむけてさけんだ。

「おいで、ズゥ！」

直後、ぐぉぉぉぉっ、と風を切る轟音がひびいた。ジェット機の飛び去る音にそっくりだった。

「あ、あのリア」

「すぐ来るから」

にこりとするリア。

ふたたび轟音がひびきわたった。

巨大な影が練兵場を暗くする。

「え……」

剛士は絶句した。

影はあまりにも巨大だった。

そして……

鳥形だった。

あんぐりと口が開いた。ここ数ページほど剛士君にまとわりついていたシリアスなノリが跡形もなく消え去った。

「リ、リア、あああの、とととりさんって」

リアが空にむけて命ずる。

「おりておいで！　お兄ちゃんにご挨拶するの！」

次の瞬間、甲高い鳴き声が降り注《そそ》いでくる。

『しぎゃあ、しぎゃあ』

続いてぶわあっ、と風が舞う。ヘリコプターのダウンウォッシュなどくらべものにならない強烈さで埃《ほこり》をまいあげ、なにもみえなくなる。

げほげほいいながら剛士は目をぬぐった。涙でくもった視界に、それまで存在しなかったものが出現していた。

たしかに、鳥だ。

たしかに……

全長50メートルある巨大怪鳥であることをのぞけば。

「だぁぁぁぁーっ、な、なななななな」

剛士はのけぞり、しりもちをついた。

「ひ、うわっ、とととと、とり、とりとり」

「うん、だから鳥だよ！　ズゥっていうの」

『しぎゃあ、ぐわっ』

怪鳥は甲高く鳴き、なまぐさい息を暴風のように吹きつけた。

「ひっ」

剛士の股間にあるシワシワ袋が中身に痛みを感じるほど縮みあがる。

「いやあの、りりりりリア、こここれこれ」

「かわいーでしょう」リアはご満悦である。なんか、剛士のいいたいことが全然伝わっていない。

「いや、だからあああのあの、ひぃっ」

「トデスカイ山脈の大魔峰《だいまほう》クルにあるムル大神殿を守る巨大怪鳥なの！」

「きょ、きょだいかいちょう」

「うん！　怪鳥中の怪鳥、すべての魔族の悪夢ですら及ばない死と破壊の申し子！　ブラントラントの空で最強のモンスター！　プルトンやロック鳥でさえ青くなって逃げだすくらいなんだから！」

「ロック鳥って、シンドバッドの話にでてくる……」

「なぁに、それ？」

リアはぽかんとした。そりゃそうである。ロック鳥はブラントラントでは実在の鳥なのだ。

「い、いや、いいんだけど」剛士はこたえた。それよりもいまはこのラ〇ンやギ〇オスですらとって喰いそうな『とりさん』のことだ。

「ともかく……す、凄いね。なんか、強そうだ」

「うん！」

『ぐわぎゃ』

リアとズゥが同時にうなずいた。呼吸がぴったりだ。もしかしたら事前にネタ合わせをしていたのかもしれない。

「強い、強いんだよぉ」

ズゥの頭を撫でながらリアはいった。

「全長50魔法メートル、翼端長１２７魔法メートル。最高速力魔法マッハ３・５。戦闘行動半径１６５００魔法キロ、固定武装は両目から放つ75口径（?）46魔法センチ（??）ズゥ怪光線二門、口から放つズゥ音波砲一門！　そのほか近接技として必殺ウィングカッターと両脚のズゥ掴み！　最大兵装搭載量（???）は約62魔法トン、でもその場合、最高速力と航続距離は低下して……」

説明しているうちにリアの瞳はアブナイ感じになっていた。田中さんの影響なのかもともとそうなのか、元気な美幼女（68）が架空で戦記でシミュレーションな感じのデータを嬉しそうに語っているのを耳にすると、なにか根本で間違っているという気がしてならない剛士君であった。

「いやあのさ、リア、あの」

剛士は彼女を落ち着かせるためにもうひとつ気になったことをたずねた。

「その魔法メートルとか魔法トンとかってなに？　ブラントラントの単位って日本と……地球と同じだと思ったけど……」

「あ」

一瞬きょとんとしたリアだったがこくんとうなずき、人目をはばかるかのように剛士をこっちこっちとページの隅に呼んだ。ズゥもよたよたと歩き、ダンプ並の大きさがある頭を寄せた。

「あのね、ボクもね……へーかに教えてもらったんだけど」

「うん」

『しぎゃ』

「……宇宙とか異世界を舞台にした場合、普通の単位の頭に〝魔法とか〟〝宇宙〟とかつけておくのは美しい伝統なんだって。それに……ごにょごにょ……単位系の穴をみつけた設定バカがさも人生最大の発見みたいに……」

「ああ、つまり気分の問題ね。大事なことだよ、それ」

『しぎゃぎゃ、んぎゃ』

おもわず顔を見合わせてオタク小説家と実はオタクな担当編集者のように深くうなずきあう剛士とズゥ。どうも、友情が成立したらしい。二人と一羽はすぐに練兵場へ戻った。

どこかでカチンコが鳴り、アクション、と掛け声がかかった。

「……だからね、いいでしょ?」と、リア。にこっとしてつけくわえる。

「ほら、それに、魔女っ娘《こ》にはマスコットがつきものなんでしょ？　ボクは悪魔っ娘だけど」

「いや、あははは、マスコットね、あはは、あは」かわききった笑いを剛士はもらした。いらんことを彼女に教育した田中さんが呪わしくなってくる。

「ほら、ズゥもお兄ちゃんにお願いして！」

『しぎゃんぎゃが、ぐぎゃ』

「よろしくおねがいします、って」

「はは、んははは、あはは」

『んぎゃぎゃぎん』

「でね、おなか空いたって」

「はは、あは……って、ななに食べるのかな」

「えーとね、ボクがおうちにいたころは牛を6頭食べてた」

『んぎゃむ』

「いまは一食ごとに12頭だって。もちろん、一日三食ね」

「あは、あはは、い、意外に小食だねぇ、はは、あはは」

「でしょぉ」

『ぎゃぎゃむ』

「でもさ」ようやく気分を落ち着けた剛士はたずねた。

「ズゥがいるだけで戦争に勝てそうな気がするなあ」

「だめだよお」リアは頭を横に振った。

「ズゥは優しいんだから。めったに怒らないの。でもって、怒ってない時はすんごくかわいいの」

「えーと、その場合、戦いには」

「うーん、怒らないと絶対に戦わない」

「あー、で、どんな時に怒るのかな」

「知らない」

「つまりえーと」

「……かわいいの」

そのなんですな、怒ったらブラントラント最強だけれども、おそらく生まれてこのかた怒ったことのないただのでかい鳥だというわけだ。要するに、戦争にはなーんの役も立たない、一日あたり牛36頭食べる気の優しい巨大怪鳥を飼わなければならない、とそういうことらしい。

「だめなの、お兄ちゃん？」

リアはたずねた。心配そうな顔だ。

「ん……い、いや、そんなことないよ。いい、いいよ」

「やったぁ！　ズゥ、お兄ちゃんがいいって！」

『ぐるぅ、しぎゃ』

「ズゥがありがとう、だって！　それから、お兄ちゃんのことも好き、って」

「ああ……はは、よかったよかった……はは、あは、あははははは」

剛士はもう汲み取り式トイレの焼け跡であった。

そんな剛士の様子をみてにぱっ、としたリアはいった。

「ちょっと、ズゥと遊んでくるね」

ぴょん、5メートル以上もとびあがり、ズゥの首にまたがる。

「ああ……気をつけてね、ズゥも」

「うん」

『しぎゃ』

と、ハモってこたえる一人と一羽。

ズゥが翼をひろげた。

剛士は手を振った。吹っ飛ばされないよう、後ずさりする。

「お兄ちゃーん」リアが呼んだ。

「なに」

「……こないだのこと、ごめんね。ボク、もう大丈夫だから……いけっ、ズゥ！」

わっさわっさと翼をふりながらズゥが練兵場をかけた。あっというまに風にのり、天高く飛翔してゆく。

学生服が白くみえるほど埃まみれになりながら剛士はリアの言葉を嚙みしめていた。

こないだのこと、とはセントールの戦場で、剛士のことを嫌いだといったことだろう。

なんのことはない、彼女は剛士を励ましてくれたのだ。自分だって、泣き暮らしたいほど悲しいだろうに。

いや、泣くのかもしれない。泣いているのかもしれない。空の上であれば、ズゥのほか誰にも泣いているところを見られないですむ。きっとそうなのだ。

まったく、魔族といういきものは。

剛士は奥歯をかみしめた。

リアもあの玉藻も、そしてスフィアも……こんなにも優しさにみちた連中がほかにいるだろうか。これまで生きてきたなかで、家族をのぞいて、僕のような人間をこれほどまで気づかってくれた誰かがいただろうか。

リアは田中さんが大好きだった。だから悲しんでいる。なのに自分にも優しくなろうとしてくれている。

しかし……

同時に彼女は、戦場で何人ものランバルト兵を殺戮した一騎当千の魔族、サタニアンでもあるのだ。

そして僕は、彼らを戦いにおもむかせなければならない。

魔王領総帥として。

考えているうちにわけがわからなくなった。

たしかに人殺しは悪いことだ。なぜ悪いかよくわからないが、いいことではないはずだ。

だがリアはそれを田中さんのためにやった。

田中さんを助けるため、あるいは、一緒に死ぬために。

そして、リアのように、大事な誰かのために人殺しに手を染める魔族や人族がいなければ、魔王領は滅びてしまう。

戦争をしているからだ。

（スフィアは）

剛士は当然のようにそのことを考えた。

（スフィアは、どうなのだろう）

もしかしたら……リアと同じなのかもしれない。

なにものにもくらべようがないほど優しいと同時に、敵には容赦がないのかもしれない。まるで僕におもってもみない機会を与えてくれ、同時にとんでもない重荷を背負わせてくれたこの世界《ブラントラント》のように。

もし、彼女にとっての田中さんが僕なのだとしたら……

とてもうれしい。

同時に……

たとえようもなく、おそろしい。

3

新たなる戦い？

王立特務遊撃隊《ロイアル・スペシャル・イレギュラーズ》出撃！

1

時はすでに10月初旬である。秋晴れの魔王城練兵場も冷たいトデスカイおろしの洗礼をあび始めていた。

「パイク構えーっ！　第18義勇マミー連隊、前へっ」

気合のはいった号令が響いた。

同時に、先端に槍と鎌をあわせたような穂先をそなえた重槍《パイク》が斜め前に構えられ、ずらりと並んだミイラ男たちが第一歩をふみだした。とんでもなくカラフルな雰囲気なのは、彼らの身を包む包帯が白黒赤黄抹茶色と、所属する部隊ごとに異なっているからだ。なんでミイラ男が……なんて文句のある方もいらっしゃるかもしれないが、あんまし気にしてはいけない。ブラントラントのマミーはエジプトのミイラ男よりもよっぽどファッショナブルなのだ。

ただし、足元がよたよたしている。いくら行進が得意じゃないから、といってもひどすぎる。

「あのさ」

背後にスフィアを従えて感想を漏らしたのは、練兵場の一角におかれた閲兵台《えっぺいだい》に立った小野寺剛士そのひとである。

「みんなきちんと御飯は食べてるよね？」

「閣下はそればかり」

傍らに立っていたアーシュラが溜息をついた。

無理もない。兵隊さんたちを目にすると、彼がまずたずねるのがそれなのである。食事はとっているのか、その量はどうか、そして、寝ているのか。寝ている時には寒かったり濡れたりしていないか。ちゃんと自由時間は与えられているか。

もちろんアーシュラもそれが重要な要素だとはわかっている。食べなければ力はでないし、気分の落ち着く場所で寝なければ疲労はとれない。気分転換も大事だ。つまり、軍隊の戦力をつくりあげる補給と休養についての質問なのである。

しかし、

（これでなかなか……）

わかってるのね、とうなずけない気分が彼女にはある。剛士がそんな意味でたずねているのではないことを知っているからである。総帥にふさわしい軍事的な判断からではなく、軍隊で辛い訓練を受けている連中にできるだけのことはしてやりたい、というなまの感情から発せられた言葉なのだった。自分が苛められっ子だったこともある。

あり、剛士は誰かを苦労させることについて、異常なほどに敏感なところがある。

「閣下、マミーというのは、ああした歩き方です」苦笑いを浮かべたクォルンが間をとりもった。

「足元が定まらないようにみえるからといって、ゴブリンやトロール兵に劣るとはいえません」

「じゃあ、大丈夫なんだ」剛士はうれしそうな声をもらした。

「まだ、わかりません」

間の抜けた声でとぼけたことをいいやがって、といいたげにアーシュラがにらむ。

「でもさ、ドラクール軍事顧問」

「すこし黙っていてください」

おもわず言葉が荒くなる。いけない、と彼女はおもった。どうしてこの男が相手だと簡単に頭へ血が昇ってしまうのだろう。田中陛下の時は、そんなこと、一度もなかったのに。

「アーシュラ殿、言葉がすぎる」

クォルンが叱るようになだめた。

「それにだ、閣下の申されることにも一理はある。連隊の編成からわずか15日ばかりでここまでできれば、たいしたものだ」

「いまは歩いているだけです、ゴブリン族長殿」

公《おおやけ》の場であるため、親戚のおじさんみたいなものであるクォルンにさえアーシュラはあらたまった口をきいた。とりつくしまもない、って感じである。彼女の生真面目さを知るクォルンは苦笑でそれにこたえた。

「この先どうなるか……」ことさらに顔をそむけながらアーシュラはいった。

剛士は口をはさまなかった。紅いサングラスのむこうにのぞいたアーシュラの瞳に、かすかな感情を読み取ったからだ。

なにかを祈るような表情だった。

剛士のボケた感想を叱りつつ、現実がそうであることを願っているのだ。

「れんたぁーい、止まれ！　突撃隊形つくれぇ！」

覆いかぶさるように新たな号令がひびく。ミイラ男たちの前進が停止し、パイクがさらに低く構えられる。

そして、新たな号令。

「連隊、突撃《チャージ》！」

マミーたちが奇怪な声をあげて駆けだした。そのおそろしさは格別で、閲兵台に立つ剛士まで背筋が寒くなったほどだった。

これなら大丈夫……

彼がそう思いかけたその時。

第一列目中央あたりを駆けていたマミーが突然、つまずいた。

隣にいたマミーが足をとられて転び、さらに別のマミーも転ぶ。

後ろから駆けてきたマミーたちも足をとられ、ばたばたと転びはじめた。

スフィアの唇がかすかにひきつった。

「あ」

剛士がつぶやいた。

「ああ」

クォルンがうめき声とともに頭をおさえた。

「あああ」

アーシュラが頭をかかえる。

もう手遅れだ。連隊規模のズッコケは果てしもなく拡大してゆく。将棋《しょうぎ》倒しだ。転んだマミーに別のマミーがけつまずき、新たに転んだマミーが別のマミーをこけさせ……すべてがメチャクチャになってゆく。

「ええい……中止！　中止！　訓練を中止せよ！」

青筋を立てたアーシュラが怒鳴った。命令はただちに伝達される。ところがすぐには行きとどかない。訓練とはいえ、ひとたび下された突撃命令を取り消すのは不可能に近い。一度はじめてしまった小さいほうと同じで、やめなさいといわれてもやめられない。

「訓練中止！　突撃やめぇ！」

ばたどたばたたた
「こらぁ、とまらんかぁぁ」

どしゃばたどしゃばた
「やめろやめろやめろぉぉぉ！」

どしゃばたどしゃばたどしゃ
と、指揮官の制止する声を無視して転び続けた。どうにか落ち着いた時にはすでに手遅れ、第18義勇マミー連隊の大半は包帯でカラフルに彩られた山をつくりあげていた。

「どうですか？　おわかりになりましたか？」

30分後、スライム衛生兵《メディック》たちがぷにぷにふにゅふにゅと負傷者を運びだしている練兵場を指さしてアーシュラがたずねた。なんとか落ち着こうとしているが、唇の端がひくついている。

「これでは、使い物になりません」

「ああ……えと……」

剛士はもごもごといいかける。

「問題だな、たしかに」

彼の言葉をさえぎったのは珍しくもクォルンだった。イノシシ顔に、深い憂慮の色が浮かんでいた。

「集団行動にいくらかは慣れているはずのマミーがこれでは、他の、新たに編成した部隊は」

「第21イミール剣兵大隊、第33突撃オーガ大隊、第27ノーム工兵大隊……」

アーシュラが第二次セントール会戦後に予算操作のマジックで新設された部隊を並べたてた。

「だめです。使えません。先日も申しあげたとおり、どれもこれも最短で半年の訓練は必要です。いくらか使えそうなのは第5特殊オーク戦隊、それに第1義勇人族《フォルクス・》猟兵《イエーガー》連隊だけです」

彼女はそこまで口にして、剛士の態度に気づいた。

「閣下」

「あ……うん」

「おわかりですか？」

「いや、あの、うん」

剛士はそう応ずるのがやっとだ。表情は、青ざめている。

それほど衝撃が大きかったのだ。

新設された部隊について、彼はそれなりの期待を抱いていたからである。持駒が貧弱な総帥閣下としては当然といえるだろう。

が、やはりムシが良すぎた。

これほどひどいとはおもってもみなかった。

魔族だからもともと強いんだし、なんとかなるんじゃないかと考えていたのだが、現実は甘いどころではなかった。

それがじつは希望的観測もいいところ、窓から飛びこんできた宇宙人の美少女（女神様、魔女っ娘《こ》、血の繋がらない妹、年上の従姉、男のはずなんだけどどう見ても女としかおもえない友人、都合のよすぎるメ○ドロボ等々なんでも可）がいきなり好きっ、なんて抱きついてきちゃったりして、さあはじまるぞうれし恥ずかしアレな生活、なんてあはは、な妄想と同じレベルだという現実に気づいていなかったのである。いやま、その辺をツッこむと、異世界に飛ばされていきなり魔族の総帥ってのもどうだろうか諸君！　我々はこの欺瞞《ぎまん》を許していてはいけなぁーい！……という危険もあって、本当は気づきたくなかったわけですが。

　というわけで、マミーたちがみせてくれた連隊規模のズッコケは彼に否応なしに現実をみせつけてくれたのであった。ファンタジーな世界でもどうにもならんものはならん、という現実を、である。

　いい薬ね、アーシュラは意地悪くおもった。ならば、薬が効いているうちに進言すべきことはしてしまわないと。

「以前にもうし上げたとおり、しばらくは戦略守勢をとり――」

　彼女がそこまで口にしたところで閲兵台に影がさした。見上げるまでもなく、わさわさと上から風が吹きつけ、すとん、とウィングドラゴンが着地した。

「ラッシュバーン殿？　訓練飛行中では？」クォルンが眉を寄せる。

「それどころではないのだ――閣下に御報告すべきことがある」ラッシュバーンはちらりと練兵場の惨状をながめたが、冗談ひとつ口にするでもなく剛士へかがみこみ、なにごとか耳打ちした。

「えっ」

　剛士はウィングドラゴンをみあげた。ラッシュバーンが肩をすくめた。

「残念ですが、事実です」

　剛士の視線は練兵場と周囲の者たちのあいだをさまよった。悪い知らせを伝えるには度胸がいる。

　しかし、黙っているわけにもいかない。剛士はみんなへ手短に伝えた。

　アーシュラが息をのみ、クォルンがうめいた。

　スフィアの顔から、一切の表情が消えた。

　ラッシュバーンがいった。

「ともかく、中央作戦指揮《セントラル・コマンド》センターで情報を分析されるべきだとおもいます、閣下」

2

兵士たちは攻撃命令を待っていた。

　彼らが潜んでいたのは、中央を街道がくねりながら抜けているセントール西部の小さな森だった。

　森を抜ける道の名はセントール街道。古代、なにものかによって建設されたゴルソン大陸西部を貫く大街道である。平和が保たれていた時代、ランバルトと魔王領の通商路として栄えた道だ。平野では道幅が30メートルにも達する。まさに中原《セントール》を貫くのにふさわしい規模である。

近年になって、ランバルト側はこの道にアディスン街道という独自の名前をつけた。

だが、木々に邪魔されるためか、あるいは精霊たちの棲処を必要以上にあらさないためか、森のなかでは５メートルほどの幅しかない。

それが兵士たちを優位に立たせていた。

幅の狭い道では、どれほど大軍であっても、全力では戦えないのだ。

兵力を展開するひろがりがないからである。

「隊長、あれを」

森の端に伏せ、望遠鏡を構えて街道を探っていた野戦服の上に革鎧を着た女性……マヤ・ウラムが背後を振り返った。押し殺した声である。

「ん」

応じたのはゴローズ男爵である。

まったく物音をたてずに位置をかえると、射るように鋭い視線をマヤの教えたものへむけた。

即座に目標をみつけだし、望遠鏡の焦点をあわせた。トデスカイおろしを浴びながら、セントール街道を進む軍勢があった。

大軍と呼ぶほどではない。トロールや人族その他もろもろをあわせて頭数は２００というところだ。むろん、魔王軍である。森にむけて進んでいた。20台ほどの馬車に、少数の護衛がつけられている。

「補給隊だ」

ゴローズはつぶやいた。

「やりますか」マヤの声は乾いていた。ゴローズの副官について2年目のマヤは上官の機嫌を読むことになれている。

「もちろんだ」

ゴローズはにやりとした。

「なにか、聞きたいことがありそうだな?」

「くだらないことです」マヤは恥ずかしそうにいった。

「魔物どもには」

「だめだ、騎士ウラム」ゴローズがさえぎった。「魔族といえ。無意味な蔑視は、敵の能力の過小評価につながる。過信は禁物なのだ、なにごとにつけてもね」

ゴローズは魔王軍補給隊から視線を外していなかった。

「はい」マヤは下唇を噛んでいた。ゴローズの優しく諭す言葉は彼女にとってどんな罵声よりも辛かった。

「で、なんだ」

「……魔族にはあの、空飛ぶ絨毯《フライング・カーペット》とかいうものがあるのに、なぜ、馬車など使うのでしょうか」

　ゴローズはうなずいた。初歩の質問だが、マヤが知らないのも無理はないとおもった。ランバルトでは、魔法は魔導士たちだけの秘術として扱われ、基礎原理すら門外不出とされている。

　しかしゴローズは魔術全般についてかなりの知識をもっている。個人的な必要があったからだった。公式には特殊部隊指揮官として必要なため、ということにしてある。

「精霊の数と性格に関係がある。魔術の根本が精霊にあるというのは知っているな」ゴローズは教えた。

「ああいった魔術的な道具を使うためには、かなりの数の精霊と契約しなければならない。そして精霊と戦場のような気の乱れやすい場所で交わるには、かなりの素質が要求される」

「素質……魔力のですか」

　マヤの素直な疑問にゴローズは失笑をもらした。

「いや。気分だそうだよ、ランバルトではたしかに魔力と呼んでいるがね」

「気分」マヤは上官をにらんだ。バカにされたとおもったのだ。

　しかしゴローズにそんなつもりはなかった。

「精霊はそれを信じるものの心に宿る。惹かれる、といってもいい。素質というのはそういうことさ。精霊を信じるか……あるいは精霊が信じたい誰か。その気分こそが精霊たちにとって唯一の栄養なのだ。さらにさかのぼるなら、個々人の心こそが原動力ということだ。だから、同じ絨毯を用いても、人によって性能がかわってしまう。魔族にすらめったにいないが、精霊たちが信じたい誰かであり、彼か彼女が本当になにかを望んでいるなら、彼らは新たな世界さえつくりあげるだろうといわれている。魔王など、その最有力候補だな。いや、魔王にしても、いつでもつきあってもらえるというわけではない。精霊たちはまさに気分屋だ」

「では、我が国や魔族の魔導士たちはどうやって」

「魔法には二種類ある。わたしは嫌いな呼び方だが、白魔法《ホワイト》と黒魔法《ブラック》のふたつだ。ランバルトの場合」ゴローズは自分の国を名前で呼んだ。

「魔導士たちは白魔法《ホワイト》系だ。魂をすりへらして精霊を呼びつけ、神の名の下に命令をくだし、魔術を用いる。いうなれば人にあらざるものを悪とみなす思想や宗教の産物なのだ、白魔法《ホワイト》は。支配するのだから強力な力を導けはするが、体力を消耗するため、長時間はもたない。魔導士たちがほとんど男である理由もそこにある。筋骨たくましくなければ、身が保たない」

「では、魔族は……」

「黒魔法《ブラック》だけだよ、騎士ウラム。魔王領に住む人族も同じだ。彼らの魔導士たちは精霊たちに強制はしない。なぜなら……」

「自分たちも同じだから？」

「そうだ。彼らはあくまでも同じ仲間として頼みこむ。そのうえで神の名をとなえる。神が実在するかどうか知らないがね。だからこそ、普通、黒魔法《ブラック》は白魔法《ホワイト》よりも弱い。そのかわり体力の消耗は数度の詠唱で立っていられなくなる白魔法《ホワイト》ほど急激ではないし、精霊たちが気にいったものが頼めば――最強の魔導士が誕生する。ランバルトの月並みな童話でもそうなっているだろう？　勇敢な剣士とその親友の白魔導士は並の黒魔導士を剣と魔法で簡単に倒せる。しかし、最後の魔王は愛と勇気で倒すのだ。魔法では勝てないから。筋がとおっているではないか」

「はい。しかし、そうであるならば、我が国でも少数用いられているマジック・アイテム……たとえばスピリット・ビューワーなどは、黒魔法《ブラック》を知らない普通人が用いても効果がないのでは」

ゴローズはますます機嫌が良くなった。

「どうかな。誰にでも精霊を招く力はあるのだ。現実的にみえて、じつはロマンチックな者であれば、使えるはずだよ。少なくとも最低限の性能ではね……まあ、戦場では無理だろうが。それに、戦場での魔法には限界が多い。相手にも魔導士がいれば、精霊の動きを読まれるし、妨害もされる。遠距離の戦場通信ができるはずなのに誰もしないのは、そういうことだ」

「ですが……」

「今日はずいぶん質問が多いな」

「それが私の性格なので」頬を染めながらマヤは顔をうつむけた。爆発妄想娘なだけあって、好奇心は旺盛なのだ。

それに、ゴローズと二人きりではなしているのがうれしくてたまらない。

ゴローズは微笑みをうかべたが、マヤの希望は満たしてくれなかった。

「済まない、マヤ。楽しい会話はあとにしなければならないようだ」

声に、さきほどまでの余裕はない。顔に、異様なほどの緊張感が満ちていた。

魔王軍補給隊との距離が詰まってきたのだ。

「隊長」うなずいたマヤの声も険しくなっている。ゴローズ様好き好きの爆発妄想娘は消え去り、戦いなれた騎士の顔になっていた。

ゴローズは早口で命令をくだした。

「戦闘準備。しっかりと頭を下げ、可能な限り殺気を抑えろ。あまり張り切りすぎると奴らに気取られる」

伝令が森の中を駆け、命令を伝えた。あらかじめ襲撃に最適とおもわれる場所に布陣していた兵士たちは薄汚れ、傷だらけの手で剣を抜き、弓をつがえた。

部隊と合流し、部下たちが戦闘態勢を整えたことを確認した隊長は無言のまま大木の陰に身を隠した。兵士たちのあいだに緊張が満ちる。

魔王軍の隊列は彼らに気づくことなく進み、森へ進入した。軍靴が路面を踏みしめ、鎧と武具のこすれあう耳障りな騒音が通りすぎてゆく。

緊張に満ちた時間がのろのろと経過してゆく。

兵士たちは深い呼吸で殺気をおさえながら命令を待った。陽に焼け、髭と垢でおおわれた男たちの額や頬に脂汗がにじみ、ゆっくりと滴り落ちてゆく……。

補給隊は森に隠れたランバルト軍に気づかぬまま、その前をとおりすぎてゆく。やがて、隊列の中央あたりがゴローズの正面にさしかかったその瞬間、ゴローズは鋭い声で命令を発した。

「かかれぇっ」

引き絞られた弓が鳴った。何本もの矢が敵へ襲いかかる。放物線を描き、魔族たちの頭上から雨のように降り注いだ。

「〈~=&＊＊!」

「~ ┬<。1##!!」

補給隊から奇怪な叫びがあがり、混乱が生じた。

ゴローズはすかさず新たな命令をさけぶ。

「総員突撃っ！　一人も逃すな！」

『オオオオッ』

伏せていた兵士たちが一斉に応ずる。街道の両脇から飛びだし、魔王軍を挟みこみ、食いちぎるように突っこんでゆく。

魔王軍は、一瞬のうちに大混乱へ陥った。

護衛につけられていたケンタウロスが矢をあびて倒れ、脇腹を切り裂かれたトロール兵が鮮血を吹きあげる。

抵抗らしい抵抗は、ない。

普通の状態――互いにむき合って戦っていたならば、こんなことはありえない。強靭《きょうじん》な肉体、特異な能力をもっている魔族が、これほど手もなくやられてしまうはずがない。

しかし彼らは不意を衝かれていた。完全な奇襲を受けたのだ。

それも、ただの奇襲ではない。よく計画され、手抜かりなく実行にうつされた奇襲だった。

ゴローズの兵士たちの動きには一分の無駄もなかった。第一撃で補給隊の前後を遮断し、そこで護衛についていたケンタウロスたちを倒すと、挟みこむように中央へ攻めのぼった。敵を撃破するのではなく――殲滅するための行動だった。

補給隊も懸命に抵抗はしていた。生き残った兵が寄り集い、隊列の中央あたりで防ごうとした。

ゴローズとマヤの加わった主力が出現したのはその瞬間だった。

彼らは、中央へ集まろうと急ぐ魔族たちの横合いから襲いかかり、その大半を瞬く間に殺戮した。

「隊長！」返り血で革鎧を汚したマヤが叫んだ。

「なんだ」鎧で立ち向かってきたトロールを切り伏せたゴローズは穏やかに応じた。

「上空を」

「ああ」ゴローズはちらりと空を見上げた。

ペガサスが旋回していた。部隊につけられた専用の空中騎兵《エア・キャバルリー》。偵察と連絡にあたっている（といっても、その数は10騎ほどでしかないが）。

ペガサスは8の字型の旋回をおこなっていた。新たな敵……それも、危険な敵を発見したという合図だった。

ゴローズが手をふりかえすと、空中騎兵は即座に轡《くつわ》をかえし、マリウクスの方向へ飛び去った。

いや、逃げだしたのだ。あのあわてぶりからして、敵は間近に迫っている。

「会戦での損害も大きいはずなのに手駒が多いな、魔王軍は。さすが、ということか」

ゴローズはいった。あと一歩で敵を皆殺しにできるというのに、別段悔しそうではない。どこまでもクールだ。

「つづけますか」マヤがたずねた。上官の落ち着きはらった態度に、最初からこうなるとわかっていたみたい、とおもった。

「冗談はやめておけ。撤退だ。馬車に火を放て」

「了解」

即座に退却ラッパが吹き鳴らされる。別々の瓶に小分けされた二種類の樹液——ヨウムとカルムの樹からとれるこの液体は、混合させたとたん、燃え上がる——が馬車に放りこまれる。瓶が割れる音が連続して響いたあと、すぐに炎があがった。

「退け！　急げ！」

ゴローズは急かした。のんびりしている時間はない。ペガサスがあれほどあわてたということは、彼らにとってもっともやっかいな敵だということだ。

ウィングドラゴン。そうに違いない。

ゴローズたちが森へ逃げこむまで5分もかからなかった。当然だろう。たとえ5メートルの道幅とはいえ、上空から見える場所にいれば、今度は自分たちがウィングドラゴンの炎に焼かれることになる。

彼らは森の奥深くへと逃走した。


馬車を焼き尽くしただけで炎はおさまったが、周囲には、まだまだ焦げ臭さが充満していた。

上空から降り立ったウィングドラゴンがひくひくと鼻をうごめかせ、つぶやく。

「ひどいものだな、ふん……たいした人数ではなかったようだが」

「ラッシュバーン大佐」

負傷兵の救護にあたっていた部下のウィングドラゴンが呼んだ。

「どうした、リウルス」

「生存者に確認しましたが……完全な奇襲だったようです」

「みればわかるさ」ラッシュバーンは葉巻をよだれかけ型軍服の胸ポケットからとりだし、端をかみ切ると、鼻から軽く吹いた自前の炎で火をつけた。

「この補給隊は、どこにむかうやつだったんだ」

彼がそうたずねたのはおかしなことではない。訓練飛行中、たまたまあやしげなペガサスを発見し、追いかけてきたら襲撃の現場にでくわしたからだった。補給隊の兵たちが皆殺しにされなかったのは、まったくの幸運だったのである。

「近くの、小さな砦です」

ラッシュバーンはうなずいた。魔王軍はセントール全域に小さな砦による警戒ネットワークをつくりあげている。砦といっても名ばかりで、せいぜいのところ200

名、1個中隊を配置しただけのものだ。

「どうしますか」まだ若いリウルスはどう扱ってよいかわからぬ様子だった。

「その砦まで、生存者を運んでやろう。負傷者は大きな病院のある街まで、だ」

「そのあとは？　訓練をつづけますか」

「バカいえ」ラッシュバーンは不機嫌そのものに応じた。「総帥閣下へお知らせするため、ワルキュラへ戻る。どうも悪い予感がしてならん」

いや、予感なんてものじゃないな、と内心でラッシュバーンは打ち消した。

これは確信だ。

3

中央《c》作戦《o》指揮《c》センター《c》は田中さん時代と内装に大差はない。あいかわらずジ○ンの国章も下がったままだ。

第二次セントール会戦出撃前とくらべてもっとも目立つ違いは、センターの中央に巨大な水槽が据えられていること、ヒュドラのレルネーの姿がみえないことだろう。

といっても、指揮センターが本日休業なわけではない。戦いがあろうがあるまいが、日々膨大《ぼうだい》な情報が流れこみ、分析する必要のあるここは年中無休24時間営業である。今日は当直が……担当者が違うだけなのだ。

水槽から派手な水音があがった。そのなかで、黒々した影がうごめいたのだ。

影の正体は……不気味というか恐いというか、ものすごい見かけの怪魚である。レルネーと12時間交代で指揮センターを切り回している百頭《ひゃくとう》のカピラ・バラモン大佐だった。

彼のもとへも、すでに補給隊壊滅の知らせはリウルスによってつたえられている。レルネーと同様、一匹だけで大騒ぎになっていた。

「読めんな、目的はなんだ」とカピラ（鰯《いわし》頭）。

「関連しそうな情報を探るのが先決じゃろう」とシロナガスクジラ頭。

「いまやってるぶ……よし、これだぶ」と河馬頭が水を吹きあげ、大水槽脇でひかえていたピクシーの婦人兵を呼ぶ。魔王軍では特殊吸血鬼戦隊《スペシャル・ヴァンピレラ・スコードロン》などの例外をのぞき、戦闘部隊に女性兵士を配属していないが、そのかわり後方の血まみれにならずにすむ部署では大量に女性兵士を採用していた。魔王軍婦人軍団《ウィメンズ・マジック・コー》……略称ＷＭＣと呼ばれる組織がそれである。

「五日前の報告795号、三日前の162号、それと昨日の301号をそろえるぶ」

小野寺剛士が皆とセンターへはいったのはピクシー婦人兵がひらひらと舞いながら命じられた三つの報告書を手際よく選びだしたあとだった。

「総帥閣下、入室されます！」バシリスクの警備兵が声を張り上げる。

「もう知ってるよね、カピラ？」さすがに剛士の声もきびしい。

「閣下！」カピラの頭のうち、情報の分析にむけられていなかった40個ほどが同時に呼びかける。

「関連しそうな情報はすでに選んであります」

「追加の情報はありませんか」

「せめて、敵部隊についてもうすこしはっきりしないと」

剛士はおさえるように手をあげ、伝えた。

「ラッシュバーンにきいて。僕にもまだよくわかってないんだ」

カピラとはすでに何度か顔をあわせているので、大騒ぎになっていても驚きはしない。

100個の頭が同時にラッシュバーンへ向いた。

「リウルスに伝えさせたように、襲われたのはセントールに展開した砦を担当する補給部隊だ」ラッシュバーンは教えた。

「発見したのは、偶然だった。訓練飛行中に、あやしげなランバルトのペガサスと遭遇し、そのあとを追ってみつけた」

「敵の規模は？」とラッコ頭。

「少なかったはずだ。せいぜい1個中隊、200名というところだろう。それより多ければあれほど素早く撤退できないし、少なければ……補給隊がもう少し頑張れている」

「部隊の種類、装備は」今度はアシカ頭。

「正確なところはわからない。生存者の報告によると、騎兵はいなかった。ただ森に潜み、突然のように出現したらしい。小部隊だが、訓練がいいのはまちがいない。こちらは、玉砕寸前だった」

うーん、とカピラは考えこむ。100個の頭がすべてマジメな顔を浮かべている。バラモン、なんて名乗っているだけあって、レルネーよりは芸風のマジメな頭がそろっているのだ。いやま、ついつい水槽のなかを泳いでいるおやつ……小魚やプランクトンをおっかけているのもいますが。

　剛士が総帥用の席に腰掛け、スフィアがその傍らに立った時、カピラは敵についてのあたりをつけおえていた。ピクシーへさらにいくつかの報告書をそろえるように命じ、水槽のガラス越しにすばやく目をとおすと、剛士へ報告した。

「敵は五日前から活動していたようですじゃ」リーダー格（？）のシロナガスクジラ頭がいった。

「五日前？」

「五日前に、敵ペガサスによる偵察活動がやや活発になったと報告がありました」ざばぁ、と水面から頭をだしながらプレシオサウルス頭が伝える。

「それに、現在行動中の15の補給隊のうち、三つが目的地へ到着してないぜ」とホオジロザメ頭。

「ランバルト王都とマリウクス城塞のあいだで、早馬の量がやや増加して――」

　最後に伝えたのがどの頭なのか、剛士は気づかなかった。

　それどころではない気分になっていたのである。

　ここのところマトモに動くことのなかったあの危険な高速怨念増殖炉が、ほんの一瞬で運転を開始していた。

自分でも驚いてしまうほどの勢いで頭に血がのぼっていた。

　原因は自分でもわかっている。

　ストレス。ストレスなのだ。

　誰かを死なせる命令をくだすことを僕に求めているなら――

　せめて、必要な情報はすべて教えてもらわなければ。でなければ、また失わなくてもいい命を失うことになってしまうじゃないか！

　彼が瞬時にして暴れださなかった理由はひとつだけだ。かすかに生き残った理性が、なぜ教えてくれなかったのか、と怒るべきかどうか迷わせていたのである。

　情報があって、なぜいまのいままで気づかなかったのか、不思議でならなかった。

　それだけ兆候があれば、気づいていて当然だ。

　いや、すくなくとも、兆候の段階で僕に知らせてくれてもいいじゃないか。

　やはり、いっておくべきだろう。そう決めた時――鈴の音が彼をおしとどめた。

「剛士様……ペガサスの行動はいつものことですし、補給隊の到着がおくれることはよくあることです。早馬の量は……冬をむかえる準備とも考えられます」

耳をくすぐったスフィアの言葉は魔法より強力な効果を発揮した。ゆがみかけていた剛士の顔が、しゅん、ともとに戻っていた。高速増殖炉が、彼女のひとことで緊急停止したのだ。

剛士は理解した。

たしかにそのとおりだ。

どれも、個別の情報としてはたいしたものではないのだ。

いま剛士は、ラッシュバーンの知らせを耳にしたからこそ、そこに連関をみいだせる。

いや、カピラにしたところで、ラッシュバーンの報告が教えているものを想像できたからこそ、三つの情報を選びだせたのだ。

ウィングドラゴン指揮官が知らせてくれなければ、みすごしてしまったに違いない。いや、実際、いまのいままでみすごしていたのだ。そしてそれは彼の責任ではない。ワンマン参謀本部とはいえ、万能ではない。

頬が熱くなった。スフィアが顔を寄せているからではない。子供のように腹を立てかけていたことについてだ。もし、気分のままにカピラへ怒鳴っていたら——ずいぶん気まずいことになっただろう。

感謝の念がわきおこる。

「ありがとう」剛士はスフィアにささやいた。

そっと首を横に振るスフィア。

剛士が彼女をまじまじとみつめてしまったのは、その可憐さに惹かれたからばかりではなかった。

どこかに、気になるものがあったのだ。

いったいなんだろう……

「あー、おほん」

ラッシュバーンの白々しい咳払いがきこえた。気づけば、マミーたちの後始末をしていたためやってくるのが遅れたクォルンとアーシュラがあきれ顔で彼をみていた。妙にまじめな顔をして指揮センターにとんでいったかとおもえば、いったいなにをしておるのか、というところである。

「いや、うん、あの」

剛士はしどろもどろになりつつ言葉を探し、いった。

「ランバルトがなぜ補給隊を襲ったかについて、意見のある人」

って、あんた、ホームルームで司会してるんじゃないんだから。

「よろしいですかの」とカピラ（シロナガスクジラ頭）。

「うん、教えて」

「ランバルトがとりうる行動についてはいくつかの推測がなりたちます……」

「ひとつは総攻撃の準備きゅ」（バンドウクジラ頭）

「あるいは総撤退の準備かもしれませぬ」（シャチ頭）

「または……」

「嫌がらせ、ですな」ラッシュバーンがいった。

「ただ我々を混乱させようとしているのかも」ごにょごにょとカピラのフグ頭から話をきいていたクォルンが推測した。

「どうであれ、効果はあります」と、アーシュラ。疑わしげな目つきになってたずねる。

「おわかりでしょうね、閣下？　たしか、ご説明したことがあるとおもいますが」

「ああ……えと、うん」

　剛士は自信なさげにうなずいた。

　魔王軍の防衛体制は、セントール平野に点在する小さな砦によってつくりあげられたネットワークが大きな役割を果たしている。

　それぞれは小さな砦で、戦力と呼べるほどのものではない。

　しかし、その機能は重要である。

　要するに火災報知器なのだ。ランバルトが動けば警告を発し、敵の奇襲を受ける可能性を減らす。砦はセシエの中央魔法局《CMA》工作員《エージェント》たちの拠点にもなっているから、なおさらである。

　たしかに第二次セントール会戦では不意を衝かれかけたが、それはランバルトが移動に手間のかかるバリスタなどの重装備をともなわず、補給部隊さえ最低限にとどめ、夜間、軍を急行軍させたからだった。つかむべき前兆が存在しなかったのだ。

　いや、そうであってすら、砦のネットワークはぎりぎりのところで敵の行動を察知し、ワルキュラに報告をもたらしたのである。であるならば、その有効性は疑う余地がない。

　だからこそ、砦に対する補給部隊が襲われたという報告には注目せざるをえなかった。

　砦を……警報装置のネットワークを弱らせようとする行動だからである。

　——とまあ、それっぽい筋道をたてて剛士が理解していたわけではもちろんない。いまのいままで、アーシュラからそんな説明を受けていたことも忘れていたのだ。

ならばなぜ問題を理解できていたかというと……

過去の経験からである。

学校で苛めグループから狙われた時に自分がどうしていたかをおもいだしていたのだ。あの時、剛士に味方はいなかった。敵と、利用できるかもしれないものが存在しているだけだった。

そんな条件の下で、生き残らねばならなかった。

決意を固めてしまえば、最初になすべきことは決まっている。

敵の弱点を探り、利用できるかもしれないものをどうしたら『使える』かを探ることだった。

つまりは情報収集である。

キリンの首は長く、ウサギの耳は長い。首は短く、諸《しょ》葛孔明《かつこうめい》のように化け物じみた耳も持っていない剛士は、そのかわりに頭を働かせただけのことである。その気になれば誰にだってできることだ。

そして、生き残った。いやま、異世界への転移《ジャンプ》なんて大番狂わせによって魔王領で総帥なんぞおしつけられるハメに陥ってますが、ともかく、そういうことである。

困ったものではあるけれど、根拠のないプライドという鎧だけを身につけて世間の荒波にのりだし、あえなく轟沈しているオタク兄ちゃんや大勘違い姉ちゃんよりはよほどましであろう。なんか書いてて自分でイタくなってきたが、本当なんだからしかたがない。

そういうわけで、彼には補給部隊が襲われた意味が体感的に理解できたのだ。

「全部の砦と……それに補給隊にも連絡をつけて。大丈夫かどうか確かめないと」

剛士は命じた。アーシュラにたずねる。

「これでいいかな、軍事顧問？」

「……」

アーシュラはこたえない。剛士のことをみつめているのだが、言葉がきこえていない感じだ。紅いサングラスの下で、どんな目をしているのだろう。ともかく剛士の的確な命令に驚きをおぼえているのはたしかだった。

「アーシュラ」スフィアがうながした。どうしたわけか、声がかすかに険しい。

「え……あ、はい。おっしゃるとおりです」

ヴァンピレラ・ビューティはわれにかえった。

「伝令を飛ばし、安全を確認する必要があります。補給を断って警戒網の弱体化をはかっているとなれば……次は砦自体を狙うはずですから」

「なるほど、そうなんだ」と、剛士。

「いや、あの……」アーシュラは絶句した。心の内側に湧きでた、やはりこの男はただものではないのかも、という気分が勢いよく蒸発してゆく。その隙間を埋めるように、怒りがわきあがってきた。

「まさか、そんなこともわからずに」

「いや、あは、あの」

あっというまに立場がいつもどおりになってしまったことに気づいた剛士は懸命にごまかし、情報の記された巨大地図に目をおとした。

アーシュラのいうとおりかもしれなかった。

ことに、ネットワークの節目になっている砦を陥とされでもしたら大変なことになる。

魔王軍は、砦に配置した伝令がリレーをしつつ魔都ワルキュラに情報を届けるというシステムを採用しているからだ。魔法、精霊通信、ウィングドラゴンやペガサスを用いる手もあるが、敵に気づかれたり、戦場では使えなかったり、目立ちすぎたりで、一長一短があり、情報収集には適していない。

『情報を集めている』という事実を知られることだけでも問題になるからである。国家規模の情報活動とは警察の内偵や麻薬取締官の潜入捜査のようなもので、調べている、ということがわかっただけで意味がなくなることも多いのだ。

となれば、どこかポイントになる砦をおとされただけで、大騒ぎなってしまう。詰まった下水管のように、セシエ・ハイムの中央魔法局エージェントたちがどれほど出先で頑張っても、情報がうまく流れこまなくなるのだ。

ランバルトはその点を衝いてきたのである。

面倒くさくてたまらないが、対応せざるをえない。

「どうしたらいいのかな」剛士はつぶやいた。いや、なんとなくなにをすべきかはみえているのだが、奇妙な不安があった。

アーシュラの意見は、彼が即座におもいついたものと同じだった。

「補給隊の護衛を増やし、偵察を頻繁におこなうべきです。幸い――航空戦力にはいくらかの余裕があります。なお、可能ならば囮の補給隊をだして罠をしかけ、捕捉撃滅すべきことを軍事顧問として進言いたします、閣下」

彼女のいうとおりだった。敵が小部隊で補給を邪魔してくるのならば、小部隊では手をだせないほど強力な護衛をつけること、敵の位置をつかんで先手を打つことぐらいしか手だてが浮かばない。というより、他になにができるというのだろう？

「じゃ、準備して」

さきほどの失敗をゴマかすためことさらぶっきらぼうに命じた剛士はたちあがった。

皆はすでに動き始めている。剛士が関わるべきではない、現場レベルでの命令が矢継ぎ早にくだされていた。

これでいいはずだ、とおもった。

しかし、なぜか不安は消えない。それはなぜだろうかと考えた。なにもおもいつけなかった。

ひどく嫌な気分になった。

4

「じゃあなに？　なーんもしてこなかったてゆーの？　よくもまあおめおめと帰ってこれたもんね！」

シレイラ王女の怒声がひびいた。場所はもちろんランバルト首都ウルリスの王城内。王女様の私室から秘密の通路でつながっているお部屋である。あの、あれ、秘密の花園つーやつですか。

ところが……いやまあ、普通、お姫様の秘密の小部屋とかいうといかにもなものであるはずなのだが、そのお姫様が規格外な人であるためおもいっきり夢を打ち壊してくれているのであった。壁は敵味方の兵力配置をしめす赤と青の矢印を書きこんだ地図が貼られているし、部屋の真ん中にはでーん、と報告書を積み上げた地図テーブルがおかれている。装飾らしきものは壁にかけられている額ひとつだけ。それだけでもイメージ壊してることおびただしいというのに、その額におさめられている書は、ランバルト語で、

『天下布武』

……とまあ、トドメをドスドスと刺してくれているのであった。雄渾《ゆうこん》なる筆遣いの書はもちろん、シレイラちゃん御製《ぎょせい》である。

「警戒が厳重でした。配下の者に引き続き監視とゴローズ男爵への協力を命じましたが、わたくしはまず、殿下に直接御報告すべきだと。一応、殿下が行動を命じられた特殊部隊と連絡が可能なように手配はいたしましたが」

ハスキーな声で応じたのはミランだ。王城に戻ったため、忍装束ではなく、かちっとしたスーツを身にまとっ

ている。といっても、胸や腰の女らしいふくらみを隠しきれているわけではなかった。

「ふーん」シレイラはすねた声でミランにいった。「着替えるヒマはあったのに、オノデラゴウシを暗殺するヒマはなかったわけ？　ふーん、そーなんだ」

「成功の可能性はありませんでした」顔を伏せたままミランはこたえた。

「オノデラゴウシの側にはべっている者、あれは、かなりの使い手です」

「つまりあっちも疲れているから宴会をしてた、しばらく積極的に動く気配はない、というのがもっとも大きな成果なのね？」

シレイラはミランがまさにそう予想したとおりの理屈を彼女の報告からくみ上げた。

「御意」

「それだけで暗殺をあっさりあきらめた埋め合わせになるとおもってるワケ」

「失敗した場合、この御報告もかないませんでした。ワルキュラに残した者たち、技量未熟な1名はゴローズ男爵との連絡要員としましたので合計で16名ですが……機会があれば暗殺せよとは命じてはあります」

「報告の価値は認めるけど、そこをなんとかするのが……」

なおもぶちぶちといいかけたシレイラに、ミランは封筒をさしだした。おさめられていたのは念写器で撮られた念写である。

最初の念写は、ぼけらあっと空を見上げているちんちくりんの姿を写していた。

一瞥《いちべつ》したシレイラの顔色がかわる。

「……まさか、これが……？」

「はい。オノデラゴウシにございます」

「なによ……」

シレイラは歯をむきだした。

「なによなによなによこれぇ！」

ほっそりした指で写真をつんつんする。

「これのどこが巨漢で、怪力無双なのよぉ！　どうみたってただのちんちくりんの、へちゃむくれの、おとぼけ野郎じゃない！　ファッションセンスもさいってぇー！　きっといいトシしていまだに母親が近所のスーパーで買ってきた服しか着たことないのよ！」

「はぁ」

「それともなに？　月の光を浴びると変身するとか？

夜になると身長が三倍にのびるとか？　ちんちくりんだけど本当は精力絶倫だとか？」

「最後のはどうか知りませんが、そんなことはありませんでした。どこからどうみても普通の――」

「魔族」

「いえ、まぎれもなく人族です。ランバルト人とはみためはだいぶ違いますが。グラッサー男爵の……ええ、前線からの報告には、かなり、憶測がふくまれていたようです」

「憶測……お・く・そ・くですってぇ！」シレイラは完全にブチきれた。

「そんなわけないでしょ！　負けたのが恥ずかしいから口裏あわせてゴマカしたに決まってンじゃない！　ったく、これだから軍人ってのは……きぃぃぃぃぃぃ！」

　そのまま暴れだそうとしたが寸前でおもいとどまった。この秘密の花園（というより極秘戦略司令部という感じですが）で暴れた場合、後片付けをする人手が限られていることに気づいたのだ。

「ここしばらく、勝ち戦つづきでしたから」ミランは懸命になだめた。ここでシレイラが暴れでもしたなら、後片付けを押しつけられるのは確実なのだ。

「負けた、と報告しにくかったのだとおもいます」

「それがいけないのそれが！」シレイラはぶすぅ、とふくれた。

「一度ウソの報告したら、次にまずいことがあった時もウソをかさねることになるのよ！　そのうち届けられるのはウソばかりになるわ！　そんなことになったら、亡国の危機じゃない！」

　ミランは素直にうなずいた。シレイラの言葉は真実をついていたし、だからこそ彼女は諜報局を自分の〝化《け》粧《しょう》料〟……えー、まあ、シレイラちゃんの場合、お小遣いにあたるお金で極秘に運営してきたのだ。事実、ミランもこれまでは大臣、将軍たちの行動を探る仕事がほとんどだったのである。

「なによ」シレイラがにらんでいた。

「いえ、別に」

「あー、なによなによそのハイハイしだした孫をみつめるおばあちゃんのような顔は！　さいってぇー！」

　などと騒ぎつつも、彼女が本気で怒っているわけではないことをミランは知っている。

　フェラール兄ちゃんと同様、シレイラちゃんも孤独といっていい身の上なのだ。立場上、やはり心からの友達という存在を持ちにくいのである。普段は猫を1個軍団ばかりかぶっているとあってはなおさら。正味のハナシ、シレイラが素の態度をとれるのは、兄王とミランの前だけ、といっていいのである。だものだから、同じ女同士、それもミランのほうが年上とくれば、どうしても甘えているような態度になってしまう。

もちろんミランはシレイラに文句をつけるつもりはなかった。ある意味でたいへんにかわいらしかったし、彼女に対する義理もある。10年前、ちょっとした事情で不始末をしでかしたミランを救ってくれたのは芳紀《ほうき》まさに5歳にして天才を開花させつつあった彼女なのだ。

だからシレイラがどれほどわめこうが慣れたもの、怒濤《どとう》のごとく荒れ狂う罵倒の嵐から、必要な部分だけを抜きだして耳を傾けていた。

ミランのみるところ、シレイラが荒れている理由はただひとつだった。

衝撃をうけているのだ。

シレイラは戦争の天才である。

そのことは誰よりも本人が信じているし、ミランも認めている。

ところが、である。あのオノデラゴウシはいとも簡単にシレイラの策を打ち破ってしまった。

つまり、シレイラよりも戦争の天才かもしれないのだ。

だからこそ罵詈雑言をわめきちらしている。そうすることで、精神のバランスを取り戻そうとしている。

たしかにそのとおりかもしれない。実際、シレイラもそうおもってはいる。

が、それだけではない。

なんでアタシが一番じゃないのよー、というのが怒りの最大の理由ではないのである。プライドは静止衛星軌道よりも高いお姫様ではあるが、世の中にはすごい奴がいるもんだ、という事実を認められないようなおバカではない(この点は不倶戴天《ふぐたいてん》の敵、オノデラゴウシと同じだ)。

むしろこの先の面倒をおもっていたのだ。

たしかにシレイラは戦争が大好きである。好きで好きで好きで好きでんもーっ、あっ、だめっ、ていうぐらい大好きだ。

しかしそれは流血と破壊が好きだということを必ずしも意味しない(いえ、あの、ブチ切れると周囲のものを手当たり次第に破壊しまくる癖はありますが)。

むしろ、大嫌いなのである。

流血と破壊が果てしもなく増大する戦争は、彼女が理想とする戦争からは遥かに遠いからである。

シレイラの理想は、大軍が縦横に動き回りながら、ほとんど刃《やいば》を交えることがないような戦争だ。

事前の準備と、部隊をどこに移動させるかだけで勝負が決まってしまい、実際に戦うことが無意味になってしまう、豊臣秀吉《とよとみひでよし》のごとき戦い方である。偉大な将軍が祖国に勝利をもたらす者であるならば、その勝利を破壊や流血を伴わずに達成した者こそがもっとも偉大ではないか、そう信じているのだ。

というわけで、捕虜にしたタナカ魔王を相手にしていた時はじつに楽しかった。戦うたび、だんだんと彼女の理想に近づいていったからである。

それが……

オノデラゴウシがあやしげな光とともに出現したとたん、メチャクチャになった。最低限の損害ですむはずだった戦いが天下分け目の大決戦といった様相を呈した。

現在のシレイラちゃんがもっとも重視しているのはその点である。

でもって、念写でオノデラゴウシの姿を目にしたとたん、不安が妙な確信に置き換わってしまった。

危険な存在だと認識したのである。

彼女の理想とする戦争を実現するためには、相手の裏をかかねばならない。

しかし念写で目にしたオノデラゴウシの実像は、それがエラク難しいものになるだろうと彼女に感じさせた。

見た目が悪いからである。

シレイラは男ほど単純な生物はいないと信じている。たとえばみかけのいい男はそのイメージを守ろうとして墓穴を掘るし、頭のいい男は自分がバカだとおもい知りたくないために無理をしてドジを踏む。

ところが、オノデラゴウシはみかけがよいわけでなく、頭がよさそうにもみえない。

日常のなかで受けた印象であれば、それきりである。取り柄のない男として、自動的に記憶からデリートされるか、あるいは軽蔑のフォルダにいれられるか。

しかしシレイラは自分がなにをしているか知っていた。キレやすくはあっても、下ネタで男を罵倒して喜ぶほど幼くないし、都合が悪くなりゃ泣いてごまかせというタイプでもない。自分のやっていることのなかで、オノデラゴウシがどんな意味をもっているかを冷静に考えることができた。

（わたしは戦争をしている……）

そう、他でもない戦争である。そしてその戦争、大好きな大好きな戦争で、彼女はこの取り柄のなさそうなちんちくりんによって一敗地にまみれた。

（ということは、ただの能無しと考えるべきじゃない）

オノデラゴウシはなんの取り柄もないわけではなく
――

信じるべきなにものかも自分の中に持っていない男なのだ。

シレイラは決めつけた。こういう男が敵にまわすと一番やっかいなのよ。

戦争の天才である彼女は、人を率いるために必要とされるのは三つの要素だと割り切っている。

人格、知識、行動だ。

その点、オノデラゴウシは……みかけがいいわけではないから変に格好をつけて失敗などしないだろうし、頭がいいとおもってもいないだろうから、周囲の言葉によく耳を貸すだろう。

（つまり、人格と知識には問題がないわけよね）

となると残るのは行動……彼の立場からいえば、決断力と呼ばれるものがあるかどうかだが――第二次セントール会戦の顛末《てんまつ》からして、

（ある、と判断したほうがいいわ）

いやま、シレイラちゃん、それはどうかなとおもいますが……いや、どうだろう。

「……よりにもよってこんなぽんぽこぴーなやつが敵だなんて……」

辛抱強く待ち続けているミランを忘れ、彼女は罵りつづけていた。ナメてはいけない相手だ、と脊髄《せきずい》反応に近い素早さで断定できたものの、できてうれしいわけではないのだ。

「まったく、男といっても色々ね。兄様のようなのがいるとおもえば」

ぶつぶついいながら、彼女はもう一人、オノデラゴウシと似た印象を抱いた男のことをおもいだしていた。第二次セントール会戦の敗報が届いた直後に開かれた国議でのことである。

フェラール三世名代としてシレイラ王女の臨席を賜《たまわ》って開催された国議だったが、議論は全然はずまなかった。事実上の敗北という現実が全員の脳と舌をおしつぶしていたのである。

開会されてから一時間たっても、議論はカラまわりしつづけていた。さまざまな言葉が語られたが、まとめてしまえば、

『次の報告がくるまで待とう』

でしかない。大臣将軍を問わず、なにかはっきりしたことを口にして、あとあとさらにまずくなったときに責任を問われたくないのだった。

目にはみえない猫の軍団を総動員して上座におっとりと腰掛けられているシレイラ王女もさすがに限界である。

「早急に打開策をみいださねばならないが……しかし、いまは情報が足りない」

なんて議事録に記録としてのこすためだけに発言する大臣に、

（この、ハゲ、しょもない言い逃れしてないでちゃっちゃっと死ね）

などと密かに中指を立てたり、

「迅速《じんそく》な反撃こそが必要とおもわれるが、陛下の御帰還を待たねば……」

などといいかげんなことをのたまう将軍に、

（無能、ボケ、カス、敗北主義者、死ね）

とかアブナイことを考えてどうにか耐えている。

いやま、シレイラちゃんもいけないといえばいけないのです。みえない猫の力を借りて美貌を憂いでたぷたぷに満たしたり、視線のあった連中へさびしげに微笑んでみせたりするものだから、居並ぶ大臣将軍どもも、ちょっと殿下にサービスしちゃおうかなぁーなんて余計に言い逃れに力がはいっているのであった。

シレイラ自身もそのことに気づいている。いやもういっそのこと、気分が悪くなったとか、突然ウソ泣きするとかして会議をパスしちゃおうか、などど彼女がおもいかけたころ……それまで耳にすることのなかった男の声が彼女の鼓膜を打った。

「このままでは戦争が長引くだけであります」

いまいちもりあがらない会議の空気を破ったのは軍部の末席近くに座っていた細身の男である。

「……ゴローズ男爵か」

王国戦争総監をつとめるヴェルニ公爵の顔が曇った。よりによってこいつか、という表情である。

「貴公ならばどうする」

「恐れ多いことではありますが、陛下おんみずから立案された侵攻計画は新魔王の出現という異常事により、みなおしを迫られております」ゴローズの声は大きくも激

しくもないが、よく響いた。シレイラは脇にひかえている侍女（実は諜報局員）を呼び、あれはだれ、とたずねた。侍女はなにかふくむような視線でゴローズをみたが、すぐに教える。

（ゴローズ男爵です……先王陛下、殿下の父君の御世に軍主流派の反対を押し切って設けられた特殊部隊、王立特務遊撃隊《RSI》の指揮官にさきごろ任じられました。今日は、軍部の頭数をそろえるために出席しているはずです）

そのあとで侍女は、いかにもバカにしたように、出自がはっきりしないにもかかわらず、いつのまにか男爵になりおおせました、とつけくわえた。

シレイラの瞳孔がきゅっ、とすぼまった。

そのあいだに、会議の方は大騒ぎになっている。

「ゴローズ！　貴公、不敬だぞ」ヴェルニが怒鳴った。

「不敬ではありません」

ゴローズは平然と応じる。王国軍部をカディウス大将軍とともに支配する男の怒りなど、まったく無視していた。それどころか、水に水酸化ナトリウムの塊を放りこむような言葉で応じた。

「失策を失策といわずして、王国無窮《むきゅう》の栄華が得られましょうか？」

「き、貴様」ヴェルニはおもわず腰を浮かせた。顔が、ひきつっている。

そのとき、横槍がはいった。

「なるほど、興味深い」

伯爵サンバーノ宰相である。軍上層部の反対を押し切ってはじめられた対魔族戦争の、表向きの主導者という立場だ。

「その若者の述べたとおり、勝利のためであれば、従来の方針を再検討することも無駄ではなかろう」

「だから、さらに情報が必要だと……」

ヴェルニ公爵が話を蒸し返し、会議はふたたび堂々めぐりにはいった。

しかし、シレイラの気分はさきほどまでと一変していた。

ゴローズという男に興味を抱いていたのである。

いま、秘密の小部屋にいらっしゃるシレイラ王女の手元にはゴローズに関するすべての資料がある。もちろん諜報局に集めさせたのだ。

ゴローズは名門の出ではない。孤児だった。セントールの生まれだが、子供のころ、孤児になった。生まれ育った村が何者かに襲われたのだ。

その後の人生は、根暗な主人公が鉛より比重のおもい荷物を背負い、陰鬱《いんうつ》さでは彼に負けていない悪の大王と凄惨な戦いをくりひろげる（でも女性アンド少年キャラだけはなぜか無自覚なまでに能天気な）シャレなしファンタジーを読むかのようだ。

少年時代のほとんどを、村を襲った者たちを探しだすことに費やしたのである。

復讐が成功したかどうかはよくわからない。なんの記録もなかった。

ゴローズがランバルト……というより王都ウルリスにあらわれたのは彼が18歳の秋である。

そのあとはとんとん拍子だ。まず、よくわからない事情からサンバーノ伯爵の従士として採用され、しばらく教育を与えられたあとで軍に入隊……いくつもの戦場で軍功を掲げた結果、騎士や準男爵をすっとばして、いきなり男爵位を与えられた。国議でみせたとおり、人を人ともおもわない男であるため、あちこちから恨みを買っていたが、授爵についての反対はすくなかった。サンバーノ伯爵の運動と、なによりだれも文句をつけられないだけの実績があったのだ。

そうなのだ。実力ですべてをもぎとった男なのである。

現在29歳という年齢からしても、並の男でないことは察せられる。なお、いまだに独身。

「特務遊撃隊のほうはどうなの」

念写をめくりながらシレイラはたずねた。いつのまにやら怒りは失せ、クールな戦略家の顔に戻っている。ちんちくりんの、へちゃむくれの、ぽんぽこぴーのオノデラゴウシから、ゴローズを連想してしまった理由はわかっているつもりだった。

ゴローズは似ているのだ。

たしかに彼はサンバーノの爺と近い。しかし、だからといって子飼いというわけではないわ。あの男、あの目。数あわせに出席させられた会議だというのに、なんの遠慮もなかった。サンバーノの政治的立場すら、気にしていなかった。

むしろ、サンバーノの方が気をつかっているようにみえた。

詳しいことはわからない。けれど、必要なことはわかった。

ゴローズはオノデラゴウシと同じ。ことに、信じるものをもっていないところが。自分の王を囮に使ったたちんちくりんにそっくり。

――いえ、ゴローズの場合はなにも信じることができない、というべきかしら。おそらく、孤児になった悲惨な体験が影響しているに違いないわ。

どんな気分かしら！　自分を信じることができない気分は。すべてを奪われ、なにも信じられなくなった気分は。

危険なのは確実。絶対に。ゴローズもあのぽんぽこぴーと同じぐらい、わたしにとって危険。まちがいない。だから利用するのよ。

信じるなにものも持たない男と、なにも信じられない男。いい勝負じゃない。

ミランが話していた。

「ゴローズ隊はすでに活発に行動中です」

「サンバーノの爺はいらない口出ししてないでしょうね」

「殿下が、陛下の御名でもって命令をつたえられてからは。部下の報告ではそうなっております」

諜報局は、セントールで遊撃戦を開始したゴローズのために情報面での支援をおこなっている。むろん、シレイラちゃんの指示のもとに、であった。

「ですが……よろしいのですか、殿下？　ゴローズはあのとおり、腹の読めない男ですし……サンバーノ宰相とも近すぎます」

「兄様も好きじゃないみたい、あの男。ホモにも好みがあるのね。ま、あたりまえか」

シレイラの声は冷たかった。

「サンバーノたちがどれだけ権力闘争をやらかそうが、気にすることないわ。幼稚園の砂場でケンカしてるようなものだから。ゴローズは……戦場で遊んでくれているかぎり、大丈夫よ。敵を翻弄して、この冬のあいだじゅう疲れさせていてくれたら、充分。うまくいったら、なにかご褒美をあげてもいいぐらい。どこかいい家の次女とでも見合いさせてやろうかしら」

「殿下、しかし」

「ずいぶんゴローズが気になるみたいね、ミラン」

「い、いえ、そのようなことは……」

「もしかして、好きなの？」

「違います。顔をみたこともありません」

ミランはこたえた。いつもどおりの声……いや、ほんの少し、強すぎた。

「ふーん」

シレイラは疑わしげだ。

「殿下……」

「私をだれだとおもってるの、ミラン」

シレイラは彼女をみすえた。その碧眼にたたえられた冷酷な光に、刃の下を数限りなくくぐったくのいち……

「諜報局破壊班員！　何度いわせんのよ！」

「ということです」

あ、すいません。でもそんな、二人がかりでいわなくても……

「ただでさえこの手の話とはおもえないぐらい長くなってんだからとっととすすめる！　ほれ！」

「ということです」

はあ。じゃ、ともかく仕切り直して……

……シレイラの碧眼にたたえられた冷酷な光に、現場慣れした諜報局破壊班員であるミランの背筋がふるえた。

（やはりこの御方は、タダモノではない……）

などと彼女がシリアスにおもったとき、念写の最後の一枚を目にしたシレイラちゃんの眉がぴーんとハネた。

「ね、魔王とかそのたぐいの連中って、みんなちいさな女の子が好きなの？　たしかあのタナカもそうだという話よね」

「は？」

突然話題がかわったことに安堵しつつ、ミランはシレイラの示した念写に目をおとした。

オノデラゴウシが幼女に手をひっぱられ、のたのた廊下を歩いている。

「いえ、これは……タナカ魔王の、その、アレのはずですが」

「じゃ、なんでオノデラゴウシと仲良さそうにしてるのよ。こいつには……」

別の念写に写されているスフィアを指さした。

「この、なんかナニな野郎どもの妄想そのものみたいなアレがいるんでしょ」

「英雄、色を好むとか申しますが」あんたのみかけも他人のこといえんがな、とツッコミたい気持ちを抑えてミランはこたえた。いやまあよく考えてみればミラン自身もそーですが。

「はーん、ふーん」

シレイラは顎をもんだ。しばらくなにか考えているようだったが、突然、なんかいゃあーな笑みが浮かぶ。

「腐れオタ野郎……そうか！　使えるわね、これ。うふ。

ねえ、口のカタイ念写師を一人都合してちょうだい。うふ、うふふ」

「殿下、あの」

「うふ、うふ、うふふふふふふふふふ」

5

「大丈夫ですか、剛士様」スフィアが心配そうにのぞきこむ。

「いや、ん……たぶん」

いつもの学生服によだれかけのようなエプロンをつけ、鏡台の前に座らされている剛士の顔はすこし青ざめていた。ぺたぺたとドーランなんか塗りたくられているのだが、顔色の悪さを隠しきれてはいない。

「はい、結構です」

ホビットのメイクさんがうなずき、エプロンをはずした。

なおも案ずる様子のスフィアは、剛士がめったにしめない学生服の一番上の校章入りボタンと襟ホックを整えた。

「人目がありますから」

と、すまなそうにいう。

「うん」

襟と首のあいだに指をいれてひっぱり、無理に隙間をつくりながら彼はうなずいた。ホックをかけなかったりボタンをしめなかったりするのは格好をつけているわけではない。首がかっちりしたものに触れていると、それだけで窒息してしまいそうな気分になるからだ。

「こちらへどうぞ、総帥閣下」アシスタント・ディレクターが剛士を導き、ブラントラントすべてを描いた巨大な壁画の前に仮設されたセットの椅子を示した。

赤絨毯が敷かれ、二つの椅子がやや斜めに向かい合わされたセットの左側には、すでにびしりとスーツでキメた女性インタビュアーが腰掛けている。

「いまからでも、中止はできます」

近寄ってきたアーシュラがささやいた。

「でも、インタビューうけたほうがいいんでしょ?」

「うまくいけば……特に経済面での効果はありますが」

それが最大の問題なのよ、とでもいいたげなアーシュラ。喉から内臓すべてが飛びだしそうなほどアガっている剛士を目にしては、その心配も当然である。剛士が失敗した場合……戦時国債の売れ行きは地に落ちかねないのだ。

「お兄ちゃん、ガンバガンバ！　ぶいぶいっ、大丈夫だいじょーぶ！」

　ぴょこたんぴょこたんとハネながらリアがなーんの根拠もない励ましをおくっている。剛士君、苦笑いするしかありません。

　インタビュアーは目を奪われそうなほどの美女だった。瞳は薄いブルー。肩でそろえたプラチナの髪が、銀ストライプのはいったダークな生地をもちいた服に似合っている。

　台本から顔をあげた彼女は剛士をみつめ、くすり、と笑った。

　歩いているうちにおかしなことになっていたからだ。同じ側の手と足が同時にでていたのである。うわっ、はずかしい。

「小野寺総帥閣下、はじめまして。マ《M》ジック・ニ《N》ューズ・ネ《N》ットワークの中島ワティアです」

　立ち上がった彼女は剛士へ手をさしだした。握った手はとけそうなほど柔らかかった。

「あ、もうはじまってるんですか？」

「いいえ」ワティアは微笑んだ。うかがうようではあるが、バカにしている感じではない。

「収録のあいだは公正を保たなければいけませんので……本当の御挨拶はいまのうちに、と」

「ああ、えと、どうも」

　剛士は頬をあからめる。

「どうか、おかけください」

　二人は腰を降ろした。精霊光ライトがぶん、ぶん、と音をたてて点灯される。スタッフの声がとびかい、収録をひかえた最後のテストがはじまった。

「精霊数安定しました」

「カメラいいです」

「ＯＫ……あ、すいません閣下、もうすこし身体を左へむけてくださいませんか」

　ちょこんと座った椅子の上で尻をずらせながら、剛士は息を吸いこんだ。あまり吸いこめなかった。心臓がいやになるくらいどくどく音をたてている。

　ワティアがいった。

「まさか、いまのような時期にインタビューをお受けくださるとはおもいませんでした」

「いや……その……」まともにこたえられない。それどころか、目もあわせられなかった。スタジオが仮設された魔王城内のこの部屋にはいるまではああもしようこうもしようと話すべき内容を考えていたのだが、すべてブッとんでしまった。

「MNNは魔王領系ですが、全ブラントラントに放送していますので……必ずしも魔王領寄りの放送内容にはなりません。その点はよろしいですね？」

「あ……ええ、はい」

「ありがとうございます。放送は明後日《あさって》になります。楽しみであると同時に、責任も感じています。どんな結果をもたらすか……わたしも魔王領民の一人なのですけれど、報道の公正さだけは保たねばならないと信じておりますので」

「え、そうなんですか」

剛士のボケた言葉にワティアは親切にうなずいた。

「名前でおわかりになりますでしょう？　わたしの父は200年ほど昔、魔王だったのです。わたしは今年237歳になります……父と母はいま、大魔海沿岸のアサムの町で静かに暮らしております。二人で調べ物をしたり本を書いたり。母がセイレーンなので、海のそばがいいのです」

「ああ、それは、ええ、お元気でなによりです」

魔王の娘、普通の王制であれば王女様という立場の人がインタビュアーだと知って、剛士は驚き、納得した。なんかムチャクチャだなあ、というのがいつものヤツと、はあ、セイレーンがお母さんなら美人なのも当然だなあ、という健康なる日本男児としての感想である。

「僕も本当なら、歴代の魔王陛下に御挨拶しなければいけないはずなんですけど……」

「事情は承知しております。ブラントラントに降臨されてから、閣下がどれほどお忙しいおもいをされているか、知らぬものはおりません。インタビュー時間が15分に限られていても、文句どころか……よくうけていただけたものだと」

「……ありがとう」剛士はにこりとした。ようやく、気分に余裕がでてきた。

声がかかる。

「はい、それでは本番、よろしいですか」

ワティアが最後にほほえみ、背筋をのばした。剛士はなるべく楽な気分を保とうと、椅子の背に背中をあずける。そうしていれば少しはエラそうにみえるんじゃないか、と考えたのだ。ま、実際は人相の悪いテディベアが座ってるような感じになっただけですが。

精霊光ライトがすべて点灯する。

「では本番いきます！　5……」

あとの四つは声をださずに指だけ折ってカウントされ、ゼロと同時に収録が開始された。


ワティアはカメラに美貌をむけ、語りだした。

「みなさんこんばんは、中島ワティアです。今夜のMNNスペシャル・リポートは、現在、全ブラントラントでもっとも注目されている人物から話をうかがいます。さきごろ魔王領総帥に就任した小野寺剛士さんです……総帥、はじめまして」

「どうも」剛士はうなずいた。

「総帥、あなたはこの9月10日にブラントラントへ出現されたわけですが、やはり、過去の魔王すべてと同様、異世界チキュウのニッポンと呼ばれる国からおいでになったのですか？」

「ええ、そうです」

剛士は短く応じた。必要最低限の言葉だけを、アーシュラたちからそういわれていたからだ。だいいち、格好をつけたことをしゃべろうとしても緊張で舌が動かない。

「出現したのは第一次セントール会戦のさなかで……あなたの出現によって魔王軍は苦境を脱することになりました。自分がこのように重要な局面でブラントラントにあらわれたことについて、感想を」

「いえ……特には……それに、ドラクール軍事顧問とクォルン族長に助けてもらわなければあぶなかったですし」

「そこに運命を感じませんか？　ブラントラントにあらわれた瞬間から、世に名高い黒陽のアーシュラや迫撃のクォルンとかかわったことが」

「ありがたいとおもってます。僕を助けるために、二人とも、かなりの危険をおかしてくれたみたいですから。あ、あと、もちろん田中さん、もとい、田中陛下にも。僕を助けるようにいってくれたのは田中陛下です」

「その田中魔王から魔王領の伝統にしたがい、新魔王即位を要請されたわけですね」

「はい」

「なぜすぐに即位されなかったのですか？　新魔王は出現してからすぐに即位、というのがこれまで魔王領で守られてきた伝統ですが」

「いや、なんだかよくわかんなかったんで」

剛士の素直すぎる返答にワティアはうなずいた。それらしい表情を保ってはいるが、哀れみに近い感情が湧いている。この少年は本当にそうおもっている、とわかったからだ。おそらく、優しい親に育てられた素直な子だったのだろう……いまはともかくとして、本当はそうであるに違いない。

　しかし彼女はジャーナリストとして矛先を鈍らせるわけにはいかなかった。いや、本格的な攻撃はこれからなのだ。だからこそ、事前に自分がもと魔王の娘だと明かした。個人的な背景を知るものからのきびしい言葉はいつも人を驚かせるからだった。

「なんだかよくわかんなかった、とは……異世界出身者に代々魔王の位をゆだねてきた魔王領の制度に対する批判ですね？」

「批判って、そんな……僕、神社の境内からいきなりここにやってきたんですよ。おまけに、グラッサー男爵っていうランバルトの人にいきなり殺されそうになったし。わけがわからなくなってあたりまえだとおもいます」

　剛士君、あいかわらずホームルーム風に率直《そっちょく》である。そんなところで見栄を張ってもしょうがないとおもっているからだ。

　しかしワティアは舌を巻いていた。彼女は小野寺剛士について一部で語られている不信感（というより得体のしれなさ）が根拠のあるものかどうか確かめようとしてかなりキツイことをたずねたのだが、彼はそれを個人的な問題――びっくりしてたので、というレベルでまとめてしまった。

　あざやかだった。ワティアの長いジャーナリストとしての経験でも、ここまできれいに切り返したものはいない。

　意識してのことかしら、ワティアは疑った。いまの答えで少なくとも魔王領のものたちはそりゃそうだよねえ、とうなずくことになるはずだ。もし意識したものであれば、この少年は魔王領を支配するのにふさわしいだけの根性の悪さをもっていることになる。どちらに取られても損にはならない。

　だが、もし、ただ素直にそうおもっているのであれば……彼女はさらに鋭くたずねることにした。

「しかし、わけがわからないとおっしゃるあなたは、出現からわずか八日後……9月18日に戦われた第二次セントール会戦で魔王軍を勝利に導きました。今度は偶然ではなく、田中魔王の失策をあなたの作戦指導で補って、です。仮に、驚いていたのだとしたならば、そんなことは不可能だったのではありませんか？」

「自分でもよくわかりません。そうしなければいけないとおもっただけで」

また見事な返答。魔王領は彼の言葉を率直な責任感のあらわれとしてうけとるだろう。でも、逃がさないわ、とワティアはさらにたずねる。

「田中魔王を囮にもちいたこともですか？」

「ええ、そうです」

そのさりげなさすぎる返答にワティアは鼻白んだ。彼女は剛士がほんのわずかにでもためらうことを期待していた。そこから彼の人間的な隙をさらけだし、さらに言葉の剣を突きいれてゆくつもりだったのだ。

しかし、小野寺剛士は一瞬の迷いもみせずに、それを認めてしまった。

自分が勝つためには手段を選ばない指導者であるといってしまった。

そのことに気づいているのだろうか……目の前にあいかわらずガチガチになっている少年はまったく気づいていないようにみえる。

「……つまりそれは、これからも同じような手段を用いるつもりがある、ということでしょうか？」

「そんなことにならなければいいとおもいます。でも、いざという時は……僕も田中さんに、いえ、田中陛下に教わったとおりにできたらいいと考えています」

「あなた自身も囮になる覚悟がある、と？」

「あたらしい魔王の人がきて、もしそれが必要なら……恐いですけど」

なにを立派なことばかり、そう罵りたくなってくる。

しかしワティアは口にできない。収録されているから、ジャーナリストとしての立場があるから、ではなかった。小野寺剛士を目にしているかぎり、本当にそう考えているとしかおもえないのだ。

みかけはぱっとせず。言葉も朗々と、というわけでもない。緊張もいまだにとけない。蔑みたくなるほど小さくなっている。

なのに……ワティアは心の奥底からわきあがってくるものを自覚し、そのことに驚いていた。

昨日、久しぶりに実家へ顔をだし、父と話した。小野寺剛士についてどうおもうか、とたずねた。

違いすぎてわからないかしら、とは思った。中島もと魔王はブラントラントに漁業を伝えた人である。天抜ではもりそばよりカツ丼のほうがマシなことで知られた蕎《そ》麦《ば》屋のオヤジだったが、遠洋漁業にでた父親が台風の海から帰ってこなかったその日までは、静岡《しずおか》の小さな漁港で一生を送るつもりだった人である。状況から考えて、戦争に勝つために降臨したとしかおもえない小野寺剛士とは立場が違いすぎる。

しかし父の返答は明快だった。探るような表情の娘に彼はこういいきった。

「疑う必要はないよ。小野寺さんは自分の仕事をするさ。ここに呼ばれるというのはそういうことだ」

「でも、文句をつけている者たちもいるわ、父さん」

「いずれ納得するよ。わたしのときも同じだったんだよ。心配無用だ。その証拠に、すでに彼は成功をおさめているじゃないか。たった17歳で、はじめて軍隊を率いたにもかかわらず負けなかった……いや、勝った。父さんも徴兵で軍隊に二年だけいったが、前に話したことがあっただろう、清《しん》という国と父さんの故郷が戦ったあとのことだ。しかし、あれは辛かったよ。最初のうちは、毎日便所で泣いていた。ただ軍隊というだけでもそうなのに、戦争だなんて……だから、才能だよ。やってきた時、みんなが驚いた田中さんだって、目を見張るほど外交の才能があって、人気も高かったじゃないか。だから小野寺さんも同じさ。みんな、彼を頼るようになる。魔王領に住んでいるかぎりはおまえもね……娘や」

いま、父の言葉にその場でうなずけなかったことをワティアは後悔している。

彼女は自分が目の前のちんちくりんな少年におぼえているものがなにか、理解していた。

敬意だ。

小野寺剛士はいま、人気を得るための甘言を弄しているのではない。

みていて気の毒になるほど緊張している彼に、そんなことはできない。

自分が本当にそうおもっていることだけを語っているのだ。

彼は時に怯え、時に恐れ、とまどいもするだろう。

しかし、自分の言葉どおりに行動しようと努力は傾けるに違いない。

そのために必要であれば、たとえ泣き叫びながらではあっても、自分の命すら犠牲にする……小野寺剛士には、他人にそう感じさせるところがある。

まさに魔族がのぞむ魔王の器。

「ええ、では……時間も残り少なくなってきましたので」

ワティアはともすれば顔へあらわれそうになる尊敬の念をプロ意識で懸命におさえつけ、最後の質問を発した。

「魔王領とランバルト王国の戦争についての印象をうかがいます。この戦争は25年前の共同入植地襲撃事件が関係悪化の発端となり、引き起こされたといわれていますが……」

ワティアは即座に短い返事があるものと予想していた。しかし、期待は裏切られた。

小野寺剛士は驚いたような表情を浮かべ、それをあわてて消し、もごもごと、

「ああ、そうですね」

とだけこたえたのである。

その言葉に彼女はまったく混乱し、インタビューは尻切れとんぼな印象をぬぐえないまま終わることになった。

6

同じ日の夜。われらがモーホー兄ちゃん、フェラール三世陛下は今日も戦場での骨休めを存分にお楽しみあそばされた。

国王陛下であるから一日の半分以上は仕事でつぶれる。これは剛士と同じだ。

しかし夜は別であった。マリウクスにいるころよりさらに時間がとれるのだ。お耽美なる道をさらに探求できるのである。フェラール兄ちゃん、その道に関しては宮本武蔵《みやもとむさし》なみに熱心な求道者なので、まことに充実したナイトライフを過ごせて御機嫌であった。

……って、毎回そういう場面を書いてなんか妙な誤解されたり18禁指定されたりしても困るので、フェラール兄ちゃんが一人ゆったりとアドニスのごとき裸身を横たえられ、満足げに息を吐かれたところから——じゃ早すぎるから、それからもう20分ばかしあと、というところから。

二つの月……〈藍《アイ》ノ月〉と〈血《チ》ノ月〉からの月光がつくりあげる二つの影を寝台におとしつつ、フェラールの胸が上下する。寝室には、さきほどまでの激しさをしのばせる残り香が漂っていた。

いい気分であった。いやま、下がらせた美形騎士とのナニがよろしかったっつーのはともかく、じつにゆるやかな気分なのである。

緊張から解き放たれているからであった。

マリウクスではこうはいかない。夜をどれほど楽しく

過ごしても、軍勢を率いて最前線へやってきたランバルト軍総司令官という立場を忘れられはしないからである。

「戦争、か……」

フェラールはつぶやいた。

やはり、好きになれなかった。

対魔王領戦に手をつける以前から、ランバルトと魔王領のあいだにはさまざまな確執があったのは事実である。ことに、フェラールの祖父マナフ二世、魔王領は田中魔王の前任者、斉藤魔王の時代に手がつけられたセントール共同開発の失敗の影響が大きい。

本来は恒久的平和のとっかかりとなるはずのランバルト‐魔王領共同入植地が戦争の直接的原因となったのは皮肉ですらある。

フェラールも戦いが必然の結論であることは理解していた。お互いに煮詰まり、ほかに手がなくなっていたのだ。両国の関係を決定的に悪化させたのは斉藤‐マナフ時代に何度も試みられた緊張緩和《デタント》の産物である共同入植地が何者かによって襲われ、入植者が皆殺しの憂き目をみたことだった。田中さん治下となっていた25年前のことである。

誰が手をくだしたのか、どれほど調べてもわからなかったが、ランバルト、魔王領ともに、相手がやったのだと信じた。

それでも即座に戦端が開かれなかった理由は、田中魔王が見かけと大違いの大外交家であったからだった。

彼はランバルト内部の魔王領に詳しい有力者たち（親魔派、とでもいうんでしょうか）へ精力的に働きかけると同時に、周辺諸国との友好関係の維持に努力した。ランバルトの怒りをそらせ、同時に、戦略的包囲をはかったのである。

田中魔王の戦略は図にあたった。

周辺諸国との小競り合いを抱えていたアディスン五世は内外の圧力をうけ、とりあえず冷静な対処をなすべきであると決定した。

彼に開戦を断念させるにあたってもっとも功のあったのは、美しく、健気で、どんなものにも優しく接する寛大な心を持つことで知られたロティア王妃だった。

なお、ロティア王妃が開戦反対の姿勢を明らかにするにあたっては、密かに届けられた田中魔王の密書が大きな影響を与えている。

密書は字は汚いわ誤字だらけだわ時候の挨拶は間違ってるわの三拍子そろった小学生レベルのランバルト語で

書かれたものだったが、少なくとも本音が記されていたのだ。

本物の戦争なんかイヤです、と。

要するにオタク兄ちゃんの魂の言葉がいとうるわしき王妃様の御心を動かしたのである。

それから両国の関係は段々と修復されていった。

すべてが水泡に帰したのは10年前、アディスン五世とロティア王妃の突然の事故死だった。地方巡幸中、前夜の豪雨でゆるんでいた崖が、彼らの馬車に崩れ落ちたのである。

ランバルト側はそれがまず魔王領の陰謀ではないかと疑った。

証拠はみつからなかった。が、歴史に名を残すほどの名君とはいえなかったものの、気立てのよい王ではあったアディスン五世、そしてまぎれもなくすばらしいロティア王妃の死は対立を再燃させるに充分なものだった。

緊張緩和後、名目的な警備隊が置かれていただけのランバルト - 魔王領国境付近へ徐々に兵力が集まり、小競り合いが毎日のようにおこるようになった。

田中さんの努力も限界に達した。

ランバルトの外交と軍事をシレイラがきりまわすようになったからである。

いや、外交力からいえば田中さんのほうが上だったが、軍を縦横無尽にひきずりまわす力も兼ね備えていたシレイラが全体としてのリードをえた。

かくして魔王領を優位に立たせていた外交的な地位は急速に崩れさった。

あとはほとんど自動的に事態が悪化した。魔王領側はセントールを当然のように固有の領土とみなしていたし、ランバルト側は戦略的な緩衝地帯と考えていたから、お互いに段々と引き下がれなくなり……ついにはシレイラちゃんの大英断、という事態に至ったのである。

戦争がはじまったのだ。

理由のある戦争。避けられない戦争。

そうはおもうものの、フェラールはイヤでたまらない。シレイラの天才を信じ、またそれが勝利をもたらしてきたこともわかっているが、やはり、刃を交える前になにかやるべきことがあったのではないかとおもえてならないのだ。

いつのまにか満足感は消え失せてしまった。素肌に夜着を引っかけた彼は窓をあけて空気を入れ換え、湯浴みでもしようと歩きだした。

ノックもなしに扉が開いたのはその時である。

フェラールはああ、と観念した。この世で、ランバルト王の寝室にこうもずかずかと乗りこんでくる者はただ一人しかいない。

「ったくもう」

予想通りの声だった。シレイラ王女は夜着にも着替えていなかった。鼻をくんかくんかさせながら海のような色をたたえた瞳で兄王をにらみつけている。

「なんだね、シレイラ」

「命令書にサインして。15枚ばかし」

居室へ歩いたフェラールはまったく白紙の命令書の下に名を記した。いつものことだった。シレイラは、急場の必要に備えて、必ず数枚は兄のサインだけがはいった命令書を手元においておくのだ。

だが、いつもより数が多かった。

「15枚とは多いね」

「大軍を動かしているわけではないからよ」とんとんと命令書をそろえながらシレイラは応じた。

「事態は変わるものだし、命令は常に間違っている可能性があるんだから」

またまたシレイラちゃん、至言であった。

戦争はどんなにうまくいってもドジと間抜けの大宴会だ。やればやるほどおかしくなってゆくのが宿命である。どんなに一方的な戦争でも、わけがわからなくなることは避けられない。

まず手始めに、どれだけ準備しても、物事は自然に混乱している。完璧な人間などこの世にいるわけがないからである。

だから、戦っているうちに予想もしない事態が一束10円で発生し、本当の混乱がおこる。

でもって終いには、手のつけようもないほどの大混乱のなかで右往左往するハメになる。

混乱はエントロピーのごとく増大しつづける……どんなに優れた将軍にとっても避けがたい、運命のような現実である。というより、その大混乱のなかですら冷静で、なおかつぴしりとキマッた判断をくだせるものこそが名将なのだ。

「あのオノデラゴウシが動いたのかと思ったよ……そうならば、わたしも、マリウクスにもどらねばならない」

「奴の動向は諜報局に監視させつづけているわ。腕利きが18人……といっても、ミランがもどってきて、もう一人はあの特殊部隊やマリウクスとの連絡役にまわしたから、実際は16人だけど。それだけいれば見逃すことはないわ。このところ城から一歩もでていないからつかむのがむずかしいけれど……外にでたら、すぐよ」

フェラールは肩をすくめた。

「特務遊撃隊のほうは……いまのところはうまくいっているようだが。昼、報告を受けた」

「だから心配なの。あのゴローズという男、どうにも心配だから。オノデラゴウシをあわてさせるにはいいコマなのは確かだけれど」

「……」

フェラールはひとことも発しない。

シレイラは兄王の沈黙の意味を見逃さなかった。

「やはり兄様も心当たりがあるみたいね。ゴローズについて」

「いや……うん……しかし……」

ゴローズには彼も何度か声をかけたことがある。流浪の身から実力だけで男爵位を得たところが、フェラールに興味を抱かせたのだ。まるで伝説の英雄のようだ、と感じさせたのである。

しかし本人に会った瞬間に、そんな気分は吹き飛んでしまった。

ゴローズは人前で感情をあらわにしない男だった。

フェラールの与えた言葉にもこのうえなく慇懃《いんぎん》に応じるだけ。

といっても無礼なわけではない。

なんというか、国王と会うことにたいした価値を認めていないように思われたのだ。

フェラールが確信を抱いたのは三度目の――最後の謁見の場だった。

戦場での活躍にたいして彼の与えた言葉に、ゴローズはいつもどおりの態度で応じたのである。

その時、彼は重傷の身をおして謁見場へ顔をだしていた。

苦痛の脂汗を浮かべながらこれまでと変わらない態度をとり続けるゴローズ。

その瞬間、フェラールは理解した。

価値を認めていないどころではない。

ゴローズにとって、すべてはどうでもいいことであるのだ、と。

少なくとも、ランバルト王国に関わることのすべてがそうであるはずだった。

もちろん男爵位にも意味など認めない。それどころか、自分が傷を負ったことにすらたいした興味を抱いていないのだ。

なにかほかに目的があるからだ。フェラールはそう直感した。

ゴローズはランバルトのために生きているわけではない。自分の命にも価値を認めていない。

ただ、彼が求めるなにかのためだけに生きている。

その夜、フェラールはおそろしさに震えた。ゴローズは彼の価値観の外に生きている。魔族よりも理解のむずかしい相手だった。

罷免《ひめん》しようかとも思った。

もちろん、考えただけだ。

態度はともかく、ゴローズの功績は大きかった。そんな男を、あっさりとクビにはできない。たしかに国王は国の全権を握っているが、そこには、優れた臣下を認める責任もふくまれているからだ。

もし、気にいらないから……という理由だけで功臣をのぞいた場合、人々は王に失望するだろう。王とは国であるランバルトにとってそれはすなわち国の弱体化につながる。不可能だった。

それにゴローズには、サンバーノの後ろ楯もあった。あのサンバーノがなぜあのような男を……という疑問はあるが、ともかく事実としてそうだ。

結局、ただ自分から遠ざけておくしかなかった。彼となれば辺境の駐屯地にトバすことすらむずかしい。

顔をあわせる機会をつくらないようにしたのである。王立特務遊撃隊を与えた理由のひとつはそれだ。

「……扱いがむずかしいのだろうね、特殊部隊は。そのぶん活躍してくれているようだけれど」

フェラールは小さな声でいった。

シレイラは兄王の真意にすぐ気づいた。フェラールは、個人に対する見解をあえて毒にも薬にもならない一般論のように表現しているのだ。

「そうなりうるわ。そして……ええ、たしかに活躍していてよ、兄様」シレイラは兄の意を汲んだ表現でこたえた。

「危険はないのかね？　なにか問題がおきたなら……」

「そのための命令書よ」兄のサインした紙をしめしながらシレイラはいいきった。

美人で性格が悪い妹のまっすぐな表情に場違いなほどのいとおしさをフェラールは抱いた。こうだからシレイラは憎めないのだった。

同時に、果たして彼女の希望は満たされるだろうかとおもった。

世の中はシレイラほど純粋な人々が動かしているわけではないのだ。

ゴローズはまちがいなくその一人のはずだ……

用件を済ませるとシレイラはやってきた時と同じ勢いで秘密の花園へもどっていった。

人影のない廊下で彼女はつぶやいた。コツコツと、ヒールが磨き上げられた床を叩く音だけがひびいている。

「ここまでうまくやってくれるとはおもわなかったわね……たしかに」

シレイラはつぶやいた。ゴローズのことだ。

王立特務遊撃隊は期待していたよりはるかに大きな戦果をあげているのは事実である。魔王軍に捕捉されることなく、一方的に補給隊を潰しつづけている。オノデラゴウシも頭が痛いことだろう。

それどころか、ゴローズの活躍はより大きなものにも影響を与えていた。ここのところ、魔王領の戦時国債の取り扱い量が伸び悩んでいるのにたいして、ランバルトの戦時国債はコレバーンやパライソの市場で好調である。有効な手がうてない魔王領への評価がさがり、反対にランバルトは好意的にみられているのだ。

大戦果だった。任務を終えたゴローズがウルリスにもどれば、なにか栄誉を与えてやらねばならないだろう。爵位、領地、あるいはその両方。

もちろん、もどってきた場合の話だ。

ふっくらとした唇がゆがんだ。

「……でも、やりすぎ」

かわいい呟き。コワイ。恐すぎる。しかし本音なのであった。

シレイラちゃんはたしかに本物のお姫様で、自分の目的には直球勝負な人である。

そのことを知るフェラール兄ちゃんは、だからこそ妹姫にはゴローズを扱いかねるのではないかと案じた。

しかし、しかしだ。

直球勝負なだけあって、シレイラちゃんには迷いというものがなかった。必要と判断した（感じた、では絶対にない）のであれば、ただちに行動をおこす御方なのである。直球というよりは剛速球、スピードガンの測定、時速168キロ。剛士君ほど考えこむ習慣がないぶん、ある意味、優位にたっているのだった。

いまもおなじだった。彼女は、兄王の感じた純粋さのまま、最大の利益を求めようとしていた。

シレイラはゴローズの能力と功績を認めている。

だからこそ、彼が危険な男であると断定した。さきほど兄王に彼の印象について再確認したのはそれが理由だ。

そして、あの優しいヤオイ兄ちゃんも同意見だとわかった。

つまり、誰にも遠慮する必要はないということ。

シレイラちゃんはぶっちぎれているようにみえつつ、根元ではきちんとした王族である。王族にとって有能で危険な家臣ほどやっかいなものはない。その家臣が、誰か有力者のバックアップを受けているとなればなおさらだ。

秘密の小部屋にもどったシレイラは15枚のうちの1枚をさっそく使って、セントールで戦っている特殊部隊……王立特務遊撃隊に与える新たな命令を書き記した。

受け取ったゴローズはどんな顔をするだろう……

その場面を想像した彼女の顔には、シャレのない笑いが浮かんでいた。

7

これで20回目の襲撃だった。

結果はいつもどおり、完璧である。

魔王軍補給隊はほんの数分間で全滅に近い損害を受けた。玉砕せずにすんだのは、増強された護衛隊がせめて命だけでも守ろうと奮闘したからだった。とはいってもその結果、護衛隊もかなりの損害を被ることになったのだが。

「損害は軽微です」

マヤ・ウラムが森の奥へ無事ひきあげた部隊の状態を確認し、報告した。

「軽傷者が3名、いずれも応急手当だけで戦いつづけられます」

「わかった」

地図をみていたゴローズは素直にうなずいた。

「負傷者の名前を教えろ」

マヤは三人の名を告げた。上官がどんな理由でたずねたかについては、疑問を抱かない。あとでねぎらってやるためだとわかっていた。ゴローズ男爵は自分にも他人にもきびしい男だが、責任を果たした者には優しくもあるのだ。だからこそ、正規軍の誇りだのなんだのといいたがる連中から冷たい扱いを受けているにもかかわらず、王立特務遊撃隊は強い団結力を維持している。マヤは部下をそこまで信頼させられるゴローズの力を尊敬していたが、同時に不満も抱いていた。

——なぜわたしには優しくしてくださらないのかしら。

マヤ・ウラムはゴローズを愛していた。理由は本人にもよくわからない。いつのまにか離れたくないと思うようになっていたのだ。

最初は感謝だけだった。落ちぶれた騎士の家を女の身で継いだマヤをひろいあげ、副官として扱ってくれた。そののち、驚き、恐れ、憎みかけたこともあった。ゴローズはマヤの失敗を容赦なく叱ったからである。

しかし、暇なときのゴローズはこのうえなく優しかった。貧しいマヤのために、女として必要なこまごまとしたものを買ってくれたし、軍人として必要な教育も与えてくれた。

それでいて、色目ひとつ使わない。軍務についているあいだはあくまでも上官として、それ以外の時間はまるで優しい兄のようにふるまうのだ。

それがどういうことかわからぬまま、マヤは苦しみつづけていた。どうしたらよいのか、見当もつかない。傾いたウラム家を立て直そうと懸命に努力してきた彼女は異性と深く交わった経験がなかった。おまけに性格は妄想爆発の天然パートをのぞけばドがつくほど真面目だ。いまのところ男の気持ちをどう理解してよいかわからないのである。

だから、苦しみ続けている。

「騎士ウラム」彼女の気持ちに気づいているのかいないのかわからない上官が命じた。「ペガサスによれば、南方の街道上に補給隊がいるらしい。しかし……」

突然ゴローズが笑った。

「隊長？」

「いや、どうも都合が良すぎてな」

「そうなのですか？」マヤは面食らった。

「いいさ。どのみち確かめる必要がある」

マヤはうなずいた。

「すぐに移動するぞ」

「攻撃ですか」

「先走るな」ゴローズはあくまでもきびしかった。「まず、状況を確認する。いいな」

「はい、隊長」

補給隊はセントール街道を東進している。馬車は17台。護衛は50名。まったく通常の規模である。時刻は10月12日の午後2時。

「だめだなぁ」

補給隊の西側にある丘の西斜面に身を伏せ、意識を集中していたジョス・グレナム大佐はあきらめの声を漏らし、仰《あお》向けになった。精神を集中して精霊たちへ懸命にお願いしていたのだが、敵の気配を感じ取ることができなかったのだ。

「他の娘たちもだめだっていってるわ、ジョス」

なんというかその、うわぁ、とフェロモン全開のおねえさんがよりそうような姿勢で報告した。種族はダークエルフである。

「メイム、ま、あきらめずに続けて、といっといて」

「ええ、いいけど。それよりあなた疲れてるみたい。すこし休んでいて」

メイム・カスターリャ少佐。ジョスの率いる第11魔導連隊の第1大隊長である彼女は、おもいっきり上官と部下の関係ではありえない態度で彼の額を撫でた。異性とくればなんでもこいの、いや、断られてもこちらからまいります、のジョス・グレナムは驚くべくことに素直にうなずいた。

「どうも人族ってのはいけないよ。お願いするだけでも疲れる」

「まだ前の戦いでの疲れがとれていないのよ。あの時のあなた、すごかったから。あれだけ魔法を使ったら、ハイエルフだって二度と魔法を使えなくなるわ」

「先生がよかったおかげかね」ジョスはにやりとする。

「ばか」つん、とメイムが額をはじいた。

いやまあ、そういう関係なのである。というかさらに特別な関係なのであった。

ジョスは弱冠13歳にしてあまりの腕白小僧ぶり（特に下半身）を発揮していた息子に困り果てた両親によって、いまは亡き大魔導士アルトラ・ブロッテに預けられた。家族の友人であるグールのブロッテは、ジョスが生まれる前に魔導士としてのその才能を予言していたからであった。ちなみにグールってのは屍食鬼《ししょくき》、なんて訳語がありますが、ブラントラントのそれはだいぶんノリが違う。初代魔王出現以前は訳語どおりのことをしていたのかもしれないが、いまではおもいきり舌が肥えてしまい、魔王領では料理人だのなんだのという仕事につくことが多くなってます。もちろん、ブロッテのように才能があれば別の道に進む者も少なくありません。

設定はともかく、現物を目にしたブロッテは一目で自分の予言が正しかったことを確信した。自分の跡を継ぎ、魔王領筆頭の魔導士になるべき人材だとその場で決めてしまったのである。

同時に、こりゃ儂ではどうにもならんわい、ともおもった。長年の美食でずいぶんゆるんだ体つきになってしまった彼は、とてものことではないがジョスの修行につきあうことなどできそうになかった。

しかしさすが大人、狡知《こうち》に長《た》けている。抑えこもうとするからいけないのだとすぐに気づいた。魔導の道もあっちの道も同時に鍛え上げてやれる世慣れた相手をみつけてやりゃいいだけのハナシではないかとおもいついたのだった。

そうしてジョスはメイムに預けられた。当時すでに600歳を超えており、若々しさこそ失われていたが、その妖艶さは魔王領に並ぶ者がなく、術力はブロッテに次ぐ、といわれるほどの優れた魔導士だった。

それから10年あまり……ブロッテの狙いは図に当たった。ジョスは彼をしのぐほどの魔導士として成長した。天命を迎えたブロッテは安心してこの世に別れを告げることができたのである。

自分のおもいつきが図に当たりすぎた、と知ったら彼は苦笑いしたかもしれない。

ブロッテのもくろみでは、自分の亡きあと、まずメイムが10年ほど第11魔導連隊を率い、そのあとで年をとっていくらか人間の練れているはずのジョスにすべてを任せることになっていた。

しかし、メイムが断ったのである。彼女は創業600年の経験でもってあれやこれやと手取り足取りあはははではでジョスに教えこみ、彼をブラントランドでも一、二を争う魔導士に成長させたのだが、同時にその、自分の方も教育されちゃったりしていたのだった。母のように、姉のように、教師のように、だけではなく……ヤキモチ焼きの恋人だったり心のひろい愛人だったりもしなければ生きていられない感じになっていたのだ。まさにジョス・グレナム、いろいろな意味で天才である。

メイムは自分の代わりにジョスが連隊長になるべきだと主張し、そののち、みずから望んで彼の部下となった。

いまも、そのことを後悔していない。敵の特殊部隊を待ち伏せるという任務を忘れたわけではないが、ジョスの身体も心配だった。第二次セントール会戦でジョスがただ一人クォルンの総突撃に続いた時は、あの人が死んだらわたしも生きてはいない、とのおもいをひた隠しつつ、部下を救うため、後退命令に従った。

「ともかく、待つしかないよ」

　ジョスは甘えた声だった。態度はともかく、たしかにそれしかないだろう。付近に隠れさせた兵力は魔導連隊の一部、さらに第21特殊人狼戦隊《スペシャル・ヴェアウルフ・スコードロン》やウィングドラゴンなどをくわえて約２０００である。ランバルトの特殊部隊がどれほど優れていても負けることはありえない。補給隊もまったくの囮で、実態は補給物資のかわりに兵を詰めこんでいるのである。

「そううまくいくかしら」メイムがそっといった。

「総帥閣下の計画ではないのでしょう?」

「ずいぶんあの人の肩を持つね」

「わかるの、なんとなく。10年前に生意気な坊やと初めて会った時のように。あなたは彼を信じていないの?」

「わからないな」

　ジョスは寝ころんだまま秋空をみあげた。一段と澄んだ青さだとおもえるのは、冬が近づいているせいだ。

「でも、バカじゃこないだの戦を逆転させることなんかできないしなぁ……だけど……スフィアちゃんがそばについてながらどーもね、なんもしてないってのが引っかかる」

「誰でも自分と一緒にしないの」

　メイムはめっ、とにらんだ。

「気持ちはわかるけれど……この世には心を開くのが大変な男の子もいるのよ」

「そんな連中、知ってるのか?」

「知っていたわ……あなたと会う前はね」

「そうかよ」

　ジョスはふん、と横を向いた。メイムは抱きしめたいほどの思いで拗ねた彼の後ろ姿をみつめた。

　自分はとんでもなく自由に生きているというのにジョス・グレナムは、メイムの過去が話題になるたび、まるで子供のようになってしまう。共に過ごした10年の間に離れられなくなってしまったのはメイムだけではなかったのである。

　ゴローズは補給隊に望遠鏡をむけ、たっぷり2分ほど観察し続けたあとでいった。

「罠だ。間違いない」

「しかし、敵の姿は……もしかして、隊長は気づかれているのですか」と、マヤ。

「まさか、私にそんな力はない」

ゴローズはほんの一瞬だけ笑顔を浮かべた。マヤの心はそれだけでとろけそうになる。ゴローズの笑顔には、彼が絶対口にしないなにかがあらわれているのだ。

「あの馬車をみろ。道に、車輪がどれだけめりこんでいるか」

教えられたマヤは注目した。

「普段と同じに……」

「違う、騎士ウラム、部分ではなく全体に気を配れ。あれは轍《わだち》をつくっているのではない。轍にそって動いているのだ。道が乾いているのに、あれだけの轍ができる原因はふたつだ。最近、よほど大規模な補給部隊が通過したか……」

「そんな情報はありません。あれば、我々がつかんでいるはずです」

「そうだ。だからもうひとつの可能性が真実ということになる」ゴローズは望遠鏡をしまった。

「我々を待ち伏せるため、何度もこのあたりを往復しているのだ。おそらく物資など積んでいない。兵を隠している。おそらくこの周囲にも。私が魔王軍ならばそうする」

「あ……」マヤは目を見開き、ゴローズに熱ささえ感じる視線をむけた。

ゴローズは魔王軍に気づかれる前に、部隊を即座に撤退させた。王立特務遊撃隊に対する魔王軍の反撃はまったくの空振りに終わったのである。

マヤをはじめとする部下一同は、隊長への尊敬をますます深めることとなった。ま、マヤちゃん個人に関してはそれだけじゃないのはもちろんですが。

8

恥ずかしい。

インタビュー翌日の小野寺剛士君が抱いていた気分はまさにそれである。

いまも、執務室にこもっちゃったりして、靴を脱いで椅子の上で丸くなっている。

しかたないことであろう。

まさに大ボケ。これ以上もないボケをさらしてしまったのだ。

なにがってそりゃ、あのインタビューの場で教えられるまで、戦争の原因を知らなかったこと。

んなことも知らずに、まともな戦争指導者になることについて考えていたんだから、恥さらしもいいところ。

知能指数が高いわけではないのに予習復習カンニングもせずに試験でいい点をとろうとし、それができずに悩んでいたようなものである。

あー、僕はどうしてこーなんだろ、剛士は丸くなったまま歯噛みした。

本当に、まったく考えもしなかったのだ。

そんなワケあるかい、なんておもわずツッコミいれたくなるが、どうだろう。

たとえば日常を過ごし、自分がこなさなければいけないもの……それも自分にとって重要なものについて、その原因——というか本当の理由に興味を持つことがあるかと問われたら、常にうなずけるだろうか？　ちょっと疑問である。

大事なのは目先の問題を片付けることであり、そうしなければならない理由などはどうでもいいことのほうが多いからだ。

むしろ、理由などわかってしまったら、バカバカしくてやっていられなくなる。世間になじんで暮らしてゆくには、わからないほうが都合のよい場合も多いのだ。

小野寺剛士にとってのはそれは、ブラントラントでの戦争だったのかもしれない。

17歳。わずかに17歳。たしか、最近の国際条約では戦争させてはイカン年齢のはずである。

おまけに、兵隊になった人たちとは立場が違う。彼らは故郷や家族について納得できればいい。後悔もし、苦労もするが、彼らはそれだけで戦える。戦う動機になる。

しかし剛士が目にしたのは大戦争。

おまけにその指導者。

原因を考える余裕などなかった。

目の前でおこることだけでもう大塚権現《おおつかごんげん》二丁目の中華『天宝《てんぽう》』の大盛五目炒飯《チャーハン》である。ゲップどころか、動いただけでアンコがでそう。どうでもいいとおもったわけではないが、考えもしなかったのもしかたのないことなのである。

しかしワティアは彼に気づかせてくれた。

手順をひとつひとつ踏んで理解しなければ納得できない性格の彼にとっては、戦争の原因はじつに大きな意味を持つということを。

もしそれが正しければ、この戦争のなにもかもをうけいれられるかもしれないからだ。

なぜそんなに大事かといえば……あいかわらず、外見に似合わないぐらい深いトコロで悩んでいるからである。

（なんで僕が……）

戦わなければいけないんだろう、と。

この世界は美しい、わけてもスフィアちゃんは最高、グレート、マーベラスだと思ってはいるが、だからといって、自分が戦争をしなければならない、と納得しきれないのである。

采配ひとつで、何百、何千の人族や魔族が命を散らしかねないのが現実だなんて、どうにも信じられない。事実上、彼がこの戦争につきあっている理由は、スフィアがアレだからであり、おまえがちゃんとしてないと魔族がばたばた死ぬことになるんだ、というムチャクチャな現実に脅されたからであった。こういう表現はどうかとおもうが、要するに、律儀で難儀でありながら身を守ることの他はちょっとどころではなく優柔不断、という性格につけこまれているのだ。

ひどい主人公もあったものだ。さすが出現するなり小便もらしただけのことはある。彼にとって、放りこまれたのがブラントラントで幸運だった。これが、あ、君、今日から聖なる騎士、選ばれたる戦士だから、とかいわれて、その日から敵兵やモンスターをどかどか殺したあげく、

「僕が……殺したのか……これが……戦争……」

なんてウチにこもったり、敵の殺人には、

「戦いを終わらせるために貴様の妄執を断ち切ってやるっ」

とか罵るくせに自分の殺人には寛容すぎる人になったりしなければならない世界だったとしたら、五分と生きてはいられなかったであろう。本当に全然そういうタイプではないからである。

学校で、もしかしたらこいつ独裁国家の秘密警察にでも勤めた方がいいんじゃないか、とおもわれるような生徒指導担任の教師からごじゃごじゃ因縁つけられている時と同じで、

「それがさだめだ」

とかいわれるだけでは頭も身体も動かない。人として、そういう造りになっていない。

とはいっても、髪の毛なびかせつつ見下すような態度で、

わたしは、あなたたちとは違うのだ

などと根拠もなく悦にいり、大人ぶって他人を説教しつつ逆説的に自分の弱さをバクロしてしまうタイプでもない。つーかイヤである。やはり親御さんの教育がよかったおかげか、そんな下品な、恥ずかしいマネは大嫌いなのだ。

じゃあいまはどうするべきなんだろうか。

アニメや小説なんかでは、無理矢理戦わせられそうになった主人公が丸くなり、嫌だよう、なんてダダをこねる場面もあるが、彼にはそれもできない（いえ、いま丸くなってはいますけど、これは意味が違う）。やっぱし恥ずかしいからである。

世間並のみかけをもっている人には決して理解できないだろうが、ちんちくりんにはちんちんくりんなりの見栄があるのだ。

人として納得したいし、男として恥をかきたくないし、スフィアは好きだし魔王領はいいとこだけど、やはり納得できんものはできん。

とまぁ、そういうことなのであった。

だから、本当ならばあのワティアに感謝しなければならないのである。

彼女が気づかせてくれなければ、戦争というものに圧倒されて、原因について考えもしないまま悩みつづけていただろうからだ。

戦争の原因。

皮肉なことに、それが、いまの小野寺剛士にとって最大の救いになっていた……といっても自分が気づいていなかったのは恥ずかしくてたまらない。だから、寸暇《すんか》を惜しんで丸くなったりしていたのだった。

ノックの音。剛士はあわてて姿勢をただし、はい、とこたえた。

「失礼します」

「すっごい、すっごいのよ」

はいってきたのはスフィアとセシエだった。

「すごいって」

「あのインタビューよ！　昨夜放送された結果がね、荒っぽい数字だけどもうでたの」

「あ」カァッと血がのぼる。どう反応すべきかわからない。自分のボケぶりをさらしてしまったことだけがぐるぐるとダンスする。

しかし、二人の言葉は彼にとって意外なものだった。

「ものすごい視聴率だったそうです」スフィアは微笑んでいた。

「それに、反響もいいの！　魔王城とＭＮＮへ山のように投書が届いてるって。それに……国債の注文も右肩あがり！　なにより凄いのは、全土の募兵事務所に朝から行列ができてるってこと！　魔族、人族の別なくみんな志願してるわ」

説明をきいているうちに、ようやくのみこめてきた。

剛士が恥ずかしぃー、とのたうちまわっていた大ボケ以前の受け答えがよかったらしいのだ。

なんだかよくわかんなかった、という言葉は、

——それなのに魔王領のために戦ってくれる
と、とられ、
田中さんを囮にしたことは、

——戦争の才能があるに違いない
と、受け止められ、
前任者、つまり田中さんがそうしたからそうするものなんだろうとおもって口にした、自分も囮になりうる、という発言は、

——なんたる御覚悟、これぞ総帥閣下！

と、熱狂的な反応を引き起こしてしまったのである。

困ったものであった。本人にしてみれば嘘をつかず、まあ、自分ができそうなことはそれぐらいですからお願いします、というつもりだったのである。執念と怨念の高速増殖炉がうなりをあげていない時の剛士は、それなりに正直で率直なのだ（態度は情けないけど）。

いまも疑問が素直にでた。

「……よかったけど、なんでだろう」

「前にもうしあげたはずです」スフィアがすかさずこたえた。

「剛士様はみんなに未来をみせられたのです。このあいだは指揮官や兵士たちだけでしたけれど……今度は魔王領のすべてに。いえ、ブラントラント全土かもしれません」

頭を抱えたくなった。

そりゃそうであろう。スフィアの言葉はつまり、剛士以外の全員がこの戦争を戦うべき理由について納得してしまった、といっているからだ。

頼むよ、おい、であった。僕がわかってないのにみんながわかっちゃった。じゃ、どうしたらいいの、である。

魔王領の上から下まで剛士という存在をキィにして戦争を理解してしまったということは……剛士自身は、戦争の理由について誰にもたずねられないということであった。悪夢みたいな現実だが、ここまでくるとギャグ以外のなにものでもない。

困った。大いに困った。

なんとかして、誰にも気づかれずに戦争の理由を知らなければならないことには引っこみがつかなくなってしまった。

喜ぶ二人を前に、小野寺剛士は頭を抱えたいという欲求と必死に戦いつづけていた。

しかも、彼はまだ自分がいくらか幸せであることに気づいていない。

彼の命令で準備されたランバルト特殊部隊待ち伏せ計画が、完全な失敗に終わったことを知らなかったからである。

9

ひとつのことをおもいこんでワケがわからなくなってしまった時、とるべき方法はあまりない。

さらに考えつづけるか、寝てしまうか、だ。

小野寺剛士はもちろん前者のタイプである。というより、気が小さいため、とても寝てなどいられなくなる。ただ日常を過ごすなかでは損な、まあそのじつにおバカなことなのだが、身を守る場合には逆だ。恐怖と怒りが疲れ切った脳のなかで果てしもなくふくれあがり、彼に内蔵された危険高速怨念増殖炉を臨界点に到達させてくれるからである。

それでも、限界はある。イヤな考えばかりがぐるぐるめぐり、自分でもこりゃいけないとわかるような時だ。

そんな時、彼は本に逃げてきた。なるべく当面の問題に関係ないような本。

ぶっちゃけていえばつまらない本である。辛くてもその字面に意識を集中しつづけ、頭を冷やすのに役立てるのだ。

そうする理由はひとつだけ、自分がどこまで本気であるかを確かめることだ。天抜高校で救いのない毎日を過ごし、なにもかもがイヤになりかけた時につくりあげた習慣……いや、現実への対抗策だった。本を読んでるあいだに迷いがでてくるようなアイデアであれば、それはどこかがおかしい、実は本気ではない、ということにある時気づいたのだ。

飯田《いいだ》たち苛めグループにたいして最終的な反撃を決意する何ヶ月か前――学生服のポケットに忍ばせたカッターナイフをカチカチいわせていたころのことである（本当はコンバットナイフにしたかったが、小遣いが足りなくて無理だった）。

もしあのころ剛士が頭を冷やさずに行動を起こしていたなら、彼はいまごろブラントトラントにはおらず、警察を利用するどころか、自分が警察の御厄介になっていただろう。血まみれのカッターナイフを手にして。

それはどう考えてもバカバカしいことだった。追いつめられていたあのころの剛士にもそれはわかった。

だから、行動をおこす前に本を読み、自分がどこまで本気なのか、冷静に考えているかを確かめた。

そして、自分が手を汚さない方法を思いついたのである。

確認し、行動を開始したあとは……恐れもし、怯えもするが、後悔はしなかった。

絶望したくなかったからだ。

いま、彼はこの異世界でも同じ手法に頼っている。

ヤバいなと密かにおもっていたことが本当にヤバそうになり、気分が再突入角度の深すぎたスペースシャトルだったのである。

ランバルトの特殊部隊が暴れまわっているというのに、打つ手がない。

戦争の理由を誰にもたずねられない。

まともな戦争指導者にならねばならない彼にとって、胃が痛い、どころではない状況であった。


10月15日の陽が傾こうとする時間だった。小野寺剛士は待ち伏せが失敗した理由と今後どうすべきかについて検討する会議をパスし、魔王城の地下へ一人で降りていった。インタビューの予想もしない成功でふくらみかけた気分は作戦失敗を知ったいま、あとかたもない。天国から地獄への直行便だ。今日はもう難しい話に耐えられそうもない。だから、スフィアを代理として出席させ、自分は地下へ逃げこんだのである。

精霊式エレベーターで降り立った先は城内最深部である。

……ここにやってくるのはこれで何回目だったっけ。

剛士は書架がいっぱいに並んだ広大な地下空間をみわたした。

魔王城図書館。城の地下にある大洞窟《だいどうくつ》に設けられた魔王領御自慢の施設である。蔵書は少なく見積もっても一億冊に達し、毎日数千冊の割合で増え続けている。ブラントランドだけではなく、さまざまな世界で発行された本が毎日届くから……いや、出現するからだ。人の気配はない。普段は一般の利用も許されているのだが、いまは戦時であり、完全な許可制がとられているからだ。

「閣下、ここのところ毎日ですね」

乾燥した空気に満たされた地下大洞窟に親しげな声がこだました。

「いや……うん」

剛士は声の主へあいまいに応じた。本当は他人の姿を目にするのもイヤな気分なのだが、魔王城図書館大館長であるエアさん（男・妻子あり）はしかたがなかった。日々増え続ける蔵書の全貌をつかんでいるのは、ここを独力できりまわしている彼しかいない。というよりも、さまざまな世界から集まってくる蔵書はすべて、エアさんを慕って勝手に湧いてくるのである。理由は……理屈じゃないらしい。さすが、地球は古代メソポタミアからリクルートされた元知恵の神様だけのことはある。

「なんか読もうとおもったんですけど」

剛士は張りつめた気分のなかで可能なかぎりていねいにいった。信仰《しんこう》していた人々はとうの昔に土へとかえってしまったが、腐っても神様だからである。ま、前の巻でさんざん使ったフレーズだが、これまたご両親の教育のなせるわざであろう。

エアさんは楽しげな笑いをもらし、座りこんでいた貸し出しカウンターから立ち上がった。元神様だけあって若々しい外見、おお、な美形なのだが、ファッションは……折り目のないズボンによれよれのネルシャツ、へなへなのカーディガンに丸眼鏡といういかにもな地方公立図書館司書風のアレであった。

「いやいや、本とはそれでよろしいのですよ。それで……」

エアさんははるか彼方で消失点すらみせているほど広大で奥行きのある本の並びを示しながらたずねた。

「私にお手伝いできることがありますかな？　なにか、戦いの技術に関係する本でもお探しですか？」

「いや……あのね」

剛士は口ごもった。本当はまあ、この戦争の原因なんか知りたいなー、とおもっている。しかし口にだすのはためらわれた。なんか立派な理由すぎてイヤだったし、たとえすけべー本ではなくても、他人に自分の読みたい本、読んでいる本を教えることに恥ずかしさをおぼえるタチなのだ。

エアさんはにこりとし、胸を張りながら低い声でささやいた。

「田中陛下はいつも私に堂々と新入荷のすけべー本についておたずねでした。自慢ではありませんが、私は無数の世界のなかでもっともすけべー本に理解のある図書館長だと自負しております。さきほどもリア殿のご要望にこたえたばかりです」

「よく、わからないんだ」

エアさんの気遣いに、いやあ、本音って、心に染みいる水の音だなあ、とありがたさと恥ずかしさをおぼえながら剛士はこたえた。

「でも、ともかく本を読みたい」

「なるほど。とくにジャンルを指定せずにですか」

エアさんはずりおちた眼鏡を指先で押し上げた。ぶつぶつとなにかとなえる。カート替わりに使われているフライング・カーペットがあらわれた。

「これにお乗りください。きっと、閣下がお読みになりたい本の前に連れていってくれるはずです」

「ありが……ひぇぇぇぇぇぇっ」

剛士の声は悲鳴に変化した。乗りこんだとたん、絨毯がF1マシンのように加速したのである。

「はあー」元メソポタミアの神様はぐんぐんと加速し、精霊光を火花のようにまき散らしながらコーナーを曲がる絨毯を感心したように見送った。

「うーん、あんなにスピードでる絨毯じゃないはずなんだけどなあ……閣下もよっぽど本が読みたかったんだなー……ま、いっか」

エアさんは肩をすくめ（元神様だけあってちょっとやそっとじゃ動じないのだ）、仕事に戻った。仕事は山のようにあった。現にいまも、剛士とはなしているあいだに数冊の本がカウンターに出現していた。

「ひぇ、ひぇぇ、ちょ、ちょょょ」

書架が猛烈な勢いで流れさる。コーナーに達すると絶妙なブレーキングで最低限の減速をおこない、アウトにふくらみながらテール（？）を振り突進をつづける。風圧は精霊さんたちが大部分をさえぎってくれるため吹き飛ばされることだけはないものの、剛士の気分は未体験のレッドゾーンでコースアウトであった。

ますます速度をあげながら絨毯は突っ走る。しかし、事故で死んだ伝説のドライバー……とかいわれているアイルトン・セナのようにただ無意味にスピードだけを求める走りではない。イヤミで臍曲《へそ》がりで気障で、とうとうF1レーシングの世界から追いだされてしまったナイジェル・マンセルのようなテクニカルな走り、目的地にもっともはやく到達しようとする勝利を目指す頭脳的な走りだ（すんません、ここちょっと趣味はいってます）。

いやま、そうでなければいけない、という面もある。収められている本の数が数である。いちいち立ち止まって、あ、あれどうかななんて考えていたら何年かかるかわからない。仮に蔵書一億冊として、毎日ほかになんにもせずに100冊しらべても100万日＝アバウト2740年ばかりかかってしまい、そりゃどうやって年をとるのかよくわからないブラントランドですら生半可な時間ではない。

まあ、

『東クラウド平野部におけるオルファ麦の育成と野良ユニコーンの駆除』

とか、

『心に余裕のないバカと付きあう方法100』

なんてのは読む必要がないから少しは減る。オルファ麦は魔術遺伝子操作で開発された新種のフルスカ麦に変わってしまったと誰かから教えられたし、心に余裕のないバカと付きあうつもりはあまりないからである。あとそれから、田中さんが向こうの世界……つまり日本から通販（？）で取り寄せた20万冊を超える特殊な本（主に商業出版物ではない18禁の貴重な本）の大コレクションもパスできる。以前にいらした、何人かの女性魔王陛下が取り寄せられたハーレでクインでシルエットでロマンスな本の洪水とか、美中年とか美青年とか美少年が漢字とか熟語の多い会話を交わしながら俺、アイツという人称とともに肉弾戦を展開する某フ◯ンスと実はおんなじ会社のプ◯ンタンな本の怒濤とかはもちろんである。

しかし、そうしてあれこれ省いたとしても多すぎる。剛士君には目下のお仕事もあるから、うーん今日は日本語完訳版の『死海文書完全版』と『ネクロノミコン』のどっちにしようか、ところで夜のオカズは黒いカバーの『女教師麗美・屈辱の魔悦授業』とあにめーな顔のおねーちゃんが裸で鎖につながれている表紙の『ケルスキアの姫将軍―凌辱の大戦略―』のどっちかな、なんて悩んではいられないのである。

「うわわっ」

絨毯が唐突に減速し、ぴたりと停止し、ふいふいと左右にゆれた。ようやく剛士の望んでいる本のある場所に到着したのだ。

ほっとしながら絨毯をおりた。精霊さんたちが舞っているのは右側の書架、その下から三段目だ。そこにあるのが、彼の願望が求めているものだということだ。

エロ本だったらシャレにならないな、心密かに恐れながら剛士はそこをみた——

「なんだこれ」

喉奥から失望のうめきが漏れた。無理もない。精霊さんたちが示していた本のタイトルは、

『希望と開拓の御世——斉藤陛下と60年』著　斉藤・アリュナ・マカダム・京子《きょうこ》
だったのである。

どうやら、昔の魔王陛下の側にいた者……というかこっちに来てからの奥さんが書いた回顧録らしい。がっくりはきていたものの、剛士はそれを手にとった。何年……どころか、何十年も手を触れるものがいなかった本はほこりまみれだった。ありがたいのはエアさんの魔力……というより神の御力により、本自体は新品そのものの状態を維持していた。

椅子がないので通路に座りこんだ剛士は行儀悪くその場で読み始めた。日本語だが、漢字は多いわ活字はかすれているわで読みにくいことおびただしい。それでも我慢してページをめくった。暗いなあとおもったとたん、精霊さんたちが集まってきて本を照らしてくれた。

「ありがと」

剛士は礼を口にしながら新たなページに目をとおした。

そして、喉奥から首をしめられた鶏のようなうめきを漏らした。

ページに没入する。

そうか、という声がもれる。

自分の内部で、感情の量が臨界を越え、どろどろとした危険なものが熱を発しはじめていることに本人はまだ気づいていなかった。

10

翌日。

魔王城内の会議室では、主立った者たちが遠慮なく頭をかかえていた。

「見事にハズされたねぇ」

ちょーだりぃーって感じで腰掛けた第11魔導連隊長、ジョス・グレナム大佐が報告書をテーブルに放りだした。

「ちょっと大がかりな準備しすぎたかなあ」

「かといって、あれより兵力が少なくては包囲できなかったぞ」げふっ、とげっぷをもらしながらブーラーンが酒瓶を引き寄せる。

とまあ、会話の内容でおわかりのとおり、失敗したランバルト王国特務遊撃隊への待ち伏せ攻撃についての検討会である。いや、反省会かもしれない。

なんでこんな会議を開いているかっていえば、そりゃもうこれ以上ないほどの大失敗に終わってしまったからだ。アタマが痛いが事実なのである。

なにしろカスリもしなかったのだ。逃げられた……いや、「追う」ところまでいってもいないから、それ以前の段階でコケている。ジョスやブーラーンの言葉に要約されているように、入念な準備を心がけたあまり罠に気づかれ、雲隠れされてしまった。

補給隊への破壊活動に悩んでいる魔王軍にとっては大問題である。どこぞの星条旗掲げた国ならば信賞必罰いいとこ饅頭《まんじゅう》というコトで、軽く20人や30人は首をトバされるってぐらいの大失敗。そこまで厳しくない日の丸おっ立てた国でさえ、エリートコースから外されてしまうことは確実、とおもうがちょっと不安だ。天下りなんぞシャレにならない規模の汚職して競走馬や愛人のマンション買っても退職金くれるいい国だし……

えー、それはともかく。大変なのである。

「わたしの責任です」アーシュラが発言した。当然、沈痛な面持ちである。根がまじめな人なので、なんつーか、首でもくくりかねない様子だった（いやま、吸血鬼は首くくっても死ねませんが）。

「一撃で敵をとらえようとして、ことを大げさにしすぎました。閣下にはわたくしから御報告して進退を……」

「アーシュラ」

剛士の代理兼オブザーバーとして出席していたスフィアが抑えた。

「いまは、責任よりも……この先どうするかでしょう。剛士様もそれをお悩みです」

「しかしだな、スフィア」アーシュラはむきになった。

「スフィアちゃんのいう通りだぜ、アーシュラちゃん」ジョスがへらへらとたしなめた。

「現場の指揮官は俺だったんだから、責任は俺がとるよ。あんたは次の手を閣下と相談してくれりゃあいい」

なんつーか、アレですな。ランバルトの国議とは大違い。自分に責任をとらせろ、といい争っている。これが魔族の……いや、人族のジョスも加わっているから、魔王領全体の、気分というやつなのだ。剛士君がリアちゃんや玉藻の態度から実感したものは、誤解でもなんでもないのである。

となれば、これだけいい連中がそろっているのになんで戦争に負けかけてんの、というのは当然の疑問ではある。が……この場にシレイラちゃんがいたなら、即座に教えてくれるであろう。

いい奴らばかりだからよ、と。

「すくなくとも敵の能力はわかった。それだけでも成果ではないかな」その〝いい奴〟の代表格であるクォルンが生き残った目を皆にめぐらせた。はじっこにちょこんと座っているセシエ・ハイムにたずねる。

「遊撃戦をおこなっている敵について、情報はあるのかね、セシエ殿」

「んーとね」セシエは報告書をめくった。

「推測もあるんだけど……たしかなところは、部隊の名前がRSI、王立特務遊撃隊ってこと。アディスン五世の時に設立された部隊ね。任務は……もちろん、特殊作戦。破壊活動、誘拐から、今回みたいな補給の妨害までなんでもござれ。それに、暗殺もね。ここ一年は、ランバルト南部国境……都市国家や小部族を相手にしていたみたい。わかってるだけで、10人以上の要人を暗殺してる」

「ならずものの集まりか」

アーシュラが吐き捨てた。彼女もまっとうな軍人の常として、どうにも特殊部隊とその作戦が好きになれないのだ。

「そうでもないのよ、アーシュラちゃん」セシエはひらひらと手をふった。

「前はたしかにそうだった。ランバルト全軍からよりすぐったクズを集めた部隊として知られてた。死傷率も一回の作戦で三割四割なんてあたりまえ。でも、二年前に指揮官が代わってから……半年ほどでエリート部隊に変身したのよ。いまでは、ランバルト軍のなかでもっとも軍規が厳正で死傷率の低い部隊と呼ばれてる。ま、だからほかの将軍たちからはよけーに嫌われてるみたいだけど」

「指揮官は女？」興味津々という顔でジョスがたずねた。

「ぶー」セシエは指でバツをつくった。

「残念でした。もうすぐ30になろうかって男よ。門閥貴族の出じゃないのに、その年で男爵で隊長ってのはランバルトじゃ異例の出世だけど」

「名は?」ブーラーンが赤ら顔に似合わないクールな声でたずねた。

「ゴローズ」

その瞬間、スフィアの顔色がかわった。

「どうしたんだい、スフィアちゃん」女性の気分を察知することについてはアメリカ宇宙軍K‐11戦略偵察衛星をはるかに上回る能力を持つジョスがたずねた。

「いえ」スフィアは力なく微笑み、なにかをおさえつけるように息をのみこんだあと、セシエにたずねた。

「セシエ、フルネームはわかるかしら?」

「フルネーム……うーんと、あ、これ」セシエは読み上げた。

「ナサニア。王国男爵ナサニア・トルガ・ゴローズ。もっとも、ミドルネームは普段、使っていないみたい」

「ナサニア・トルガ・ゴローズ……」

スフィアはつぶやいた。この世界の人にこんなたとえを用いるのはなんだが、幽霊を目にしたような顔をしていた。

「知り合いか、スフィアちゃん? もしかして昔のナニとか」

「いいえ」スフィアは弱々しく首を振った。

「聞き覚えのある名前だったから……でも違うわ、きっと」

「どうして」

「わたしの知っている人であれば、生きているはずがないから」

静かな言葉に秘められた強いなにかに気圧されたジョスはそりゃまあ、とかなんとかフェミニストとしては大失格のいいかげんな相槌をうてただけだった。

「……ふむ、さて、本題にもどろうか」場をとりもつようにクォルンがいった。

「ええ、ですから……」アーシュラが打つべき手を並べだす。

結局のところ名案は出ず、ともかく、雪で特殊部隊の移動が難しくなる冬まで、なんとかやり過ごすしかない、ということになった。

「閣下は執務室か、スフィア」立ち上がりながらアーシュラがたずねた。

「ええ、図書館をのぞくとおっしゃっておられましたが……もうもどられたと思います。リアちゃんが一緒のはずです」スフィアの声はまだ硬かった。

「リアが？」

「あの子なりに、剛士様のことを気づかっているのです」

「閣下はお忙しいのだ。お邪魔ではないか」

アーシュラの質問にスフィアは唇のかたちを変えた。微笑だとするなら、あまりにも冷たい微笑だった。

「剛士様は優しいおかたですから」

「……まあいい、御報告にあがる。承認されるだろう。ほかに、妙手はないのだから」

11

学校からお父さんとお母さんのいる畑へたどりつくまでに、ナサは地獄を目にした。

裏山ぞいに逃げていてさえ、空気は焦げた臭いでいっぱいだった。

気分が悪くなるほど生々しい血の臭いもした。

母親が人ではありえないものに取りすがっていた。

「お願いです、どうか、どうか、子供だけは！」

「うるせぇっ！　死ねぇ、娼婦めっ」

鼓膜を裂くような絶叫が響いた。

「かあちゃん！」

幼い声が母を呼び、小さな手で取りすがる。

「かあちゃん、かあちゃん、どうしたの？　おそとでおねんねしちゃだめなの、おうちでおねんねしよ。ね、かあちゃん、かあちゃん、どうして、どうしておめめあけてくれないの、かあちゃん、かあちゃん、かあちゃん」

「黙れ、この血の汚れたガキめえっ」

あらたな、そしてちいさな悲鳴。

村に突然襲いかかったものたちは血も涙もなかった。人族、魔族の区別なく住民を狩りたて、死体の山を築いた。もちろんいま繰り広げられたように、女や子供にも容赦はない。つい数時間前まで、眠ったような時を過ごしていたセントール東端の村は、いまやブラントラント史上もっとも凄惨なキリング・フィールドと化していた。

「き、貴様ぁぁぁッ」

家族を失った父親が鋤《すき》を振り上げ、仇をとろうとした。ナサには彼が誰だかわかった。きれいなハーフエルフの奥さんを迎えたばかりの、酒屋のリナンさんだ。しかしリナンさんは間近から浴びせられたウィングドラゴンの炎によって、一歩ふみだしたところで松明《たいまつ》のように燃え上がってしまう。

村の広場には死体が累々と転がっている。人族の剣士に首をはねられたヴァンパイアの老人。亜竜人に頭をかみ砕かれたゴブリンの中年男。日光をあびつつも力を弱めることのないヴァンパイアに血液を吸い尽くされた人族の若者。グールに胎児ごとハラワタをむさぼり食われているエルフの妊婦。はかなげな少女の姿をしたモーラに心臓から血を吸い上げられ、青ざめながら死をむかえるさまざまな種族の子供たち。

信じられなかった。

あたりまえだ。襲撃者どもは、彼がこの村で共に暮らしてきた人族、魔族たちのように、ひとつのチームとして虐殺をはたらいていたのだ。

この村で生まれ育ったナサには魔族を人族と区別する習慣がなかった。両親からそう教えられた。彼も抵抗感なくそれをうけいれた。時に、意志を通じ合わせるのがむずかしいものもいたが、たいていの場合は努力がそれを補った。魔族たちもまた、人族と共に暮らすことを望んでいるからだった。

しかしこれは——

「ナサにいちゃん」

「恐いよ」

姉妹が口々にうったえる。

「大丈夫だ。ぼくについていれば大丈夫だよ」

ナサは励ました。おそろしくてたまらないのは彼もおなじだったけれど、そうおもわせてはいけないとわかっていた。

マウサ先生は、下級生の面倒をみてあげなさい、といった。

それにお父さんとお母さんから、女の子には優しくしてあげなくちゃいけない、と教えられている。

ナサはともすれば力が抜けそうになる足を懸命に動かし、逃げ続けた。

男の子としての意地を張り続けた。

そして襲撃者どもについておもった。

人族と魔族が一緒にいるなんて、まるで僕の村みたいだ。

そして——

魔王軍のようだ。

なにもかもがあやふやになってゆく。

突然、いままで覚えたことがないほどの強さに恐怖がふくれあがる。

（とうさん）

歯を食いしばりながらナサは父をおもった。

（かあさん）

恐怖にふるえる心をムチうつようにナサは母に祈った。

もうすぐ、畑がみえる——

林が開け、明るい空と豊かな大地がひろがった。

人影。

ナサは大声でお父さんとお母さんを呼んだ。

二人が振り向きかけたその時……

すべてが断ち切られ、暗転した。


夜気が肌に冷たい。

右の頬だけが温かかった。

はねおきたゴローズ男爵は腕を一閃させ、頬にあたっていたものをつかんだ。

柔らかい。

「あっ」

苦痛の声があがった。

周囲は暗い。ぼんやりとした光がなにかの隙間から射しこんでいる。

ゴローズは自分がどこにいるのか、なにをつかんでいるのか、突然、理解した。

休息のため、森のなかに張られたテントの中である。射しこんでいるのは月光だ。そして彼がつかんでいるのはマヤ・ウラムのほっそりした手だった。

青白い光に、整った顔が浮かび上がっている。

苦痛にゆがんではいたが、戸惑ってもいた。

手をつかんだ状態でゴローズが跳ね起きたため、抱き寄せられたように身体を接してしまったからである。

ゴローズの鼻が不思議なものをかぎとった。

ひどく懐かしい香りだった。

土にまみれた女の香りだ。

いや、実際には戦場の泥に汚れた女の香りなのだが、懐かしくおもったことはたしかだった。

「あの……」

体臭よりもさらに複雑な息の香りが鼻をくすぐった。

甘い。何日もまともに身体を洗っていないだろうに、どんな香水よりもすばらしく香りたっている。

「……隊長？」

ふたたび呼びかけられたことで、ようやく我にかえったゴローズはマヤの手をはなした。

「すまない。寝ぼけていた」

毛布をはぎ、立ち上がったところで彼女にたずねる。

「ところで……？」

「いえ、あの」

わずかな月明かりのもとでさえマヤが真っ赤になっているのがわかった。

「あの、御報告することがあって来たら……その、あの、うなされているような声がきこえて……それで、悪いとはおもったんですけれど、その、それではいってみたら、あの、あなた……た、隊長が苦しそうだったからついあの手を……やだ、なにいってんだろわたし」

恥じいるマヤを彼は叱らなかった。これまでにも覚えのあることだからだ。あの夢をみた時は必ずうなされてしまう。

「いや、いい。ありがとう。助かったよ」

彼はいった。息が白くなっていることに初めて気づいた。もう、夜は冬なのだ。じきに昼も冬になるだろう。

「あ……あの……はい」

マヤ・ウラムは騎士とはおもえない羞《は》じらいぶりだ。

ゴローズはそんな彼女をしばらくみつめていたが、やがて、ぽつりとたずねた。

「私は……なにかいっていたか？」

「え、寝言ですか？　いえ」

ついついちょっとばかり行動にでてしまった爆発妄想娘からなんとか副官の顔に立ち戻ったマヤはこたえた。

もちろん嘘だ。彼女はゴローズが父母を呼ぶ声を耳にしていた。

しかし、口にしてはいけない、とおもっている。

どんな男にも、女には知られたくない弱すぎる部分があるのだ。マヤ・ウラムはそこを衝いて男を操れるほどただの女ではないし、怒らせたりするほど愚かな娘でもない。貧しかったとはいえ、騎士の血は彼女に人としての誇りを与えている。

いや、どんな家で育っても同じだったろう。彼女自身がそういう行為を嫌う節度を備えた人間だからである。ただの爆発妄想娘ではないのだ。

ゴローズはマヤの嘘と気遣いを即座に見破った。

どうでもいい、とおもう。

たぶん自分は母を呼んでいたのだろう。夢で覚えているのはそこまでだ。つまり……そのあとの、最悪の部分まで夢はつづかなかったに違いない。

安堵のおもいが湧いた。

「報告があるといったな」

「ウルリスからの直接命令です。さきほど空中騎兵が届けました」

ランプに火をともし、ゴローズは命令書を開いた。

ざっとながめただけでマヤへ読んでみろ、と手渡した。

一読したマヤから女らしさが消え失せた。命令書からあげた顔は軍人いがいのなにものでもなかった。

「無茶です……これは」

彼女の言葉は当然のものである。

ウルリスからの命令は、ワルキュラからの潜入チームから派遣された諜報局破壊班員と合流、そのガイドを受けて王立特務遊撃隊がさらに敵領奥深く侵入し、魔王領中核部で破壊活動をおこなえといっていた。たしかに無茶である。いかに隠密行動になれた王立特務遊撃隊とはいえ、敵の領内深くもぐりこんで長期にわたる作戦などできはしない。支援がまったく得られないからだ。一度か二度、小さな成功を得たあとで、全滅することになるだろう。

「いったい誰がこんな命令を」

「フェラール三世だ。そう署名してある」ゴローズは嫌な顔でわらった。

「ともかく、我々が邪魔なのさ。いや、正確には私だろう」

「しかし隊長は大きな戦果をあげておられます！」

「だからこそ、だよ。王族は功績のありすぎる家臣を嫌うのだ。自分たちの足元をおびやかす可能性を想像してね。騎士ウラム、気づいたことはないか。王立特務遊撃隊と私がどんな扱いを受けているかを。また、君の配属がすんなりと認められた理由を」

「え、いえ……」

マヤは首を横に振った。

しかし、その表情は爆発妄想娘には似合わないほど暗い。

彼女は父のことをおもいだしていた。

戦場で恐怖にかられて敵に背をむけ、雑兵に取り囲まれ、泣いて命乞いをしながらなます斬りにされた父のことを。


卑怯者の娘！

彼女はそう呼ばれて育ってきた。

ただ蔑まれた。厭《いと》われた。嫌われた。罵られた。

卑怯者の娘！

妄想をもてあそぶ習慣がついた理由は、じつはそこにある。

現実が、あまりにも辛すぎたのだ。騎士の身分だけはどうにか保ったが、領地をほとんど奪われた家計は苦しかった。弟が病気になったとき、医者に診てもらうこともできず……彼は四日間も高熱にうなされたあとで死んだ。まだ5歳だった。

母もうしなった。お嬢様育ちの身で貴族の子弟の家庭教師や内職など、騎士身分の家でできる仕事すべてをこなしてただ一人残されたマヤに教育を与え……彼女が正式に騎士へ叙任された姿を見届けたあとで倒れ、すぐに世を去った。

跡継ぎに男がいなければ女が継ぐ、という鎌倉《かまくら》幕府のような制度をとっているランバルトでは女の騎士も珍しくはない。しかし、財産も後ろ楯もないマヤにとって現実はきびしかった。

彼女は王城の騎士所に日参した。しかし役目が与えられることはなかった。たまに話があれば……愛人になることを受け入れろという条件がついていた。かなりの美女である彼女には、そうした口だけは無数にあった。

むろんそんな条件を受け入れられるはずはない。弟が貧しさのなかで死に、母が力尽きて倒れたのは、彼女を誰かの愛人にするためなどではないのだ。マヤ・ウラムは自分から望んだ男のほか、決して心も身体も開くつもりはない。

そうして先の見えない日を過ごしていた時……マヤ・ウラムはゴローズに出会ったのである。

彼とはじめて出会った時を、マヤは忘れたことがない。

王立特務遊撃隊が副官を募集している——そのことを知ったマヤは痩せ馬でゴローズの屋敷にかけつけた。そこで面談がおこなわれていたからである。

大きくも立派でもないゴローズの屋敷には、すでに何人ものあぶれ者の騎士たちが顔をみせ、自分を売りこんでいた。順番がくるまで、彼女は調度品のほとんどない客間で待たされた。

周囲で同じように待たされている騎士たちが自分をちらちらとみて、蔑みの視線を浴びせてくるのがわかった。マヤはいつものように妄想へ逃げこむことでそれに耐えた。

どんな人なのだろう。

ナサニア・ゴローズの噂は知っていた。なにしろ出自がさだかではないにもかかわらず、たちどころに男爵位を得た男である。

やはり、ものすごい美形なのかしら。それとも、魔物みたいに恐い人なのかしら。わたしをみてどうおもうだろう。女がこれほどまでに役目をほしがることを鼻でわらうのだろうか。

それとも、他の有力者たちのように、身体を与えるなら、という条件を持ちだしてくるのだろうか。

……

はっ、とした。客間に人の姿はない。外は暗くなっていた。

居眠りしていたらしい。まともに食べていないため、体力が落ちていたのだ。

男の手が肩に触れていた。

美形でも、恐ろしくもない顔立ちの男である。

「目が覚めたかね」

男はたずね、手を戻した。

それが誰であるか、マヤは即座に気づいた。あわてて立ち上がり、詫びの言葉を口にしようとした――これじゃあ、愛人になれともいってこないわ、と自嘲しながら。

しかし彼女をさえぎった男が口にしたのは意外な言葉だった。

「もう遅い。騎士とはいえ、女性が一人で出歩くべき時間でもない。送ろう」

「い、いいえ、結構です」

羞じらいに顔を染めながらマヤはいった。

しかしゴローズは着古された上着に袖をとおしながらつづけた。

「ここにはなにもない。だから、食事につきあってくれ、騎士ウラム。堂々と居眠りしていたのだ。それぐらい、いいだろう」

ゴローズが連れていったのはウルリス南部の臣民街にある、一流とはいえないまでもかなり品のよいレストランだった。彼の真意を疑い続けているマヤを貴婦人のように扱いながら、ゴローズはウェイターを呼び、マヤにいちいち確かめながら料理を注文した。

会話はゴローズの現在とマヤの日常についてだった。子供のころ以来はじめてといっていい美味に圧倒されながら、彼女はゴローズにたずね、そしてこたえていった。自分がのぞむまで、ゴローズがワインをすすめなかったことに彼女は気づいていた。妙な下心がないことをそうやって示しているのだ、と彼女はおもった。

マヤは自分の部屋から少し離れた場所で馬車をおりよ

うとした。

惨めだったのだ。屋敷はとうに人手にわたっている。いま彼女が住んでいるのは貧民街にあるのが似合いそうな部屋だった。その部屋ですら、何ヶ月も払いがたまっている。

しかしゴローズは恥ずかしがり……ついには怒りすらおぼえた彼女を無視して部屋の前まで送り、なんでもないような顔をしていった。

「部屋に、大事なものはあるのかね」

「それがなにか……」疑いをはっきりと怒りに変えてマヤはたずねた。最低の男だわ、と思っていた。愛人どころか、これじゃ娼婦の扱いじゃない。

ゴローズの返答は彼女の予想をこえていた。

「いや……ここはわたしの副官が住まうべき場所ではない、とおもったのだ」

マヤは目を丸くした。いまのいままで、彼は、マヤの能力をはかるような質問はひとつもしていなかった。気づいた時には、彼女は声を荒らげていた。

「男爵、もしあなたのお言葉がなにか他の意味をふくんでいるのであれば」

「他の意味?」ゴローズは眉をよせた。

「他に意味などないよ、騎士ウラム。君を副官に採用する。正式には許可を得てからだが。まあ、国王にとっては毎日署名をもとめられる書類のひとつにすぎない。ともかくだ、副官は私の家からあまり離れた場所に住んでいてもらっては困るのだ」

「え、でも……その……」

「私の家の近くに貸家がある。あまり大きくないが、ここよりはマシだ。騎士ウラム、大事なものだけをとってきなさい。私の副官になるのであれば、そこに住んでもらう」

ほんのわずかに残った母の遺品と武具だけを手にもどった彼女をその家に送り届けたゴローズはかなりの額の支度金を手渡すと、明日は朝8時に出頭しろ、とだけいって帰っていった。

そのあいだ、彼は彼女に手を触れることすらなかった。マヤが卑怯者の娘であることはもちろん知っていただろうが、それを匂わせることすらも。

こうして、マヤにとってはじめての希望に満ちた日々がはじまったのだった。

「わかりません、隊長。それに……知りたくもありません。私は、あなたにお仕えできるだけで充分です」

マヤは決意していった。時を過ごすあいだに、ゴローズは彼女にとって唯一無二の存在になっていた。妄想だけでなく、心の底からそうおもっていた。お母様もこの人ならば喜んでくださったに違いない、と信じていた。

「うん？　いや、それは……まことに……」ゴローズは面食らった様子だったが、すぐに微笑を浮かべ、ありがとうとつけくわえた。

「君の配属を認めさせるには賄賂が必要だと考えていた。しかし、それは即座に認められた。騎士ウラム、君には悪いが……私に似合いだとおもわれたのだ。きっとそうだ。わかるな？」

マヤはうなずいた。認めたくはないがしかたがない。特殊部隊を率いる成り上がり者。その副官は卑怯者の娘。兵はやくざ者ばかり。

それなのにこれほどの活躍。ランバルト王国にとって、これほど安くて割りのよい投資はなかった。

そして、すでに充分な儲けはでた。

だから。

「我々を使い潰そうとしているのだ」ゴローズはいった。

「生きたままこれ以上の功績をたてられては困る、と考えているのだろう」

「サンバーノ宰相から、なにかなかったのでしょうか」

「ないだろう。あの老人と私は、別に仲がよいわけではない。というよりもこの程度、私が一人で切り抜けるだろうとおもっているはずだ」

ナサニア、あなたは秘密が多すぎる、マヤは愛する男をみつめた。私はあなたのことをなにも教えてもらっていない。あなたは話してくれない。

でも、いつか、いつか……

「ともかく、正式な命令だ。国王の署名がある」

出会った時と同じようにゴローズは陛下、とすら呼ばなかった。

「では、命令どおりになされるつもりですか、隊長？」

ゴローズはふん、とつぶやいた。

「騎士ウラム、君は私がバカだとでもおもっているのか」

もちろんマヤが愛する男を愚かだなどとおもっているはずがなかった。

彼ならば、ウルリスとあのオノデラゴウシを手玉にとる方法を絶対におもいつくはずなのだ。

マヤ・ウラムは正しかった。しかし、同時に間違ってもいた。

魔王暦１００２年10月16日夜、アーシュラ・ガス・アルカード・ドラクール魔王領総帥軍事顧問は、ヒップから脚にかけてのラインをきっちり浮き立たせるブラックのスリムパンツに胸のあたりがパッつんパッつんに突きでた真紅のミリタリー風レザージャケットという、わぉう、ないでたちで魔都ワルキュラは魔王城内、総帥執務室にむかう通路をヒールの音も高く歩いていた。検討会の結論、そこでまとめられた進言を報告するためである。小野寺剛士がなぜか会議をサボったためにかわって出席していたスフィアも一緒だ。

「しかしなぜ閣下は出席されなかったのだ」小脇に書類を粋《いき》に抱えたアーシュラがたずねた。納得のいかない顔である。夜になったためサングラスをはずしていた。

「ですから、図書館へ。ここのところ、よくいらしています」と、スフィア。会議はかなりの長時間に及んだのだが、疲労の色はない。いつもどおり、いまこの瞬間に生まれたようにおもえるほどの完璧な美少女ぶりである。

「図書館など、いつでもいける」

「調べものがあると」

「そのために官僚たちがいるのだ。いや、スフィア、せめておまえが調べ、閣下が出席されるという形にしなければならなかった」

「そのようにもうしあげましたわ」

スフィアの声に含まれた刃のような鋭さにアーシュラはおもわず顔を向けた。

スフィアはあいかわらずの優しげな表情だった。

（……読めない女だ。閣下を甘やかしすぎるかとおもえばこの態度。いったい、なにを考えているのか）

アーシュラはおもった。しかしそこまでだ。二人は総帥執務室の前にたどりついていた。扉を開ける前にアーシュラは書類がそろっているか確かめた。全部そろっている。会議の報告書。今後とるべき行動についての案。それに、ジョス・グレナム大佐をはじめとする各級指揮官の辞表。彼女自身のものもふくまれていた。

執務室には剛士とリアと今度は九本の尻尾をきちんと出した玉藻がいた。といってもみんなで遊んでいたわけではない。リアはソファーに寝っ転がってお子魔女が緊縛されている法的にちょっとどうか、な同人誌を熟読し、玉藻は机の上で丸くなって居眠りし、剛士は椅子に埋もれるような姿勢で図書館から借りだした斉藤魔王についての本を読んでいた。

スフィアとアーシュラを迎えた剛士は読みかけの本を伏せ、アーシュラがまずさしだした辞表の束をちらちらと眺めると、それを机の端に押しやった。

「スフィア、捨てといて」

「はい」

「閣下、そのようにされては」アーシュラは口を挟んだ。

「みんなが責任を感じてることはわかったよ」

「ですから」

「だからそれで充分。もういい」

剛士はぶっきらぼうにいうと、会議の報告書を手にした。

失敗を痛烈に批判する内容である。状況判断の完全な誤りとか無能の極みとかあんまりにもキツイので、いくらなんでも、と庇いたくなってしまったほどだったが……なにもいわなかった。

ここで批判されているのは、それをまとめたものたち自身……アーシュラやジョスたちなのだ。彼らは自分自身の失敗を自己批判なんて段階をとおりこしたところで罵っている。他山の石、どころではないのだ。彼らは失敗を目にした時、他でもない自分をまず責め、その問題点をあきらかにしようとするのである。決して言い逃れようとはしない。

これが魔王領なんだ。

剛士はリアについて考えた時と同じような確信を抱いた。

イヤになるほど率直で、困ってしまうほど勇敢で、ひとたび心を決めてしまえば忠実このうえない人々、いや、人族と魔族たち。だからこそ根性の悪い相手との戦争に負けかけている彼らの国。困ったあげくの彼らに国を任されてしまったこの僕。

そしていま、僕はこの戦争についてひとつわかったような気がしている。

ブラントラントで生きるのであれば納得してしまうしかない事実。

戦争の原因。

そしてそこから導きだせたいくつかの考え。

アーシュラが話しだしていた。

「……ですから、当面は補給隊の護衛を増強することで対処し、冬を迎えて敵特殊部隊の活動が鈍くなるのを待って……」

「却下」

「……新たな方策を……えっ？」

「だから却下」

　絶句したヴァンピレラ・ビューティに剛士はくりかえした。声は大きくない。しかし、力がこもっていた。その異様さに、スフィアまでが表情を変えたほどだった。

「ですが」

「悪いけど、だめ」

「では、なにかお考えが」

「そんな大したもんじゃないけど」剛士はうなずいた。

「手を打たれないおつもりで……」

「そんなことはいってないよ。攻勢にでる」

「……どんな手を……攻勢？　攻勢ですって？」

「そう」

　小野寺剛士は立ち上がり、自分の結論をはっきりと口にした。

「亡びたくなければ、攻勢をしかけなければならない」

3

たたかいのさだめ

プロローグ　はじめて人を殺した日

打つべき手は打ち尽くした。もうなにも思いつかない。

いや、思いついたところで間にあわないのだ。

小野寺剛士《おのでらごうし》は孤立していた。

「閣下！」

戦闘の騒音、その中心からアーシュラの叫び声が響きわたった。

「閣下！　どちらに？　誰か！　誰か！　閣下をお捜しろ！」

距離は意外と近いようだ。だが、小野寺剛士はヴァンピレラ・ビューティの呼びかけにこたえなかった。

こたえられなかったのだ。剛士の逃げこんだ森には危険が満ちていた。

目の前にはその証拠がある。美しい女性の遺体だ。重傷を負った身で彼をこの森に逃れさせ、自分は力尽きたのである。

彼女が死ななければならなかった理由はひとつだけだった。

栄えある魔王領民として総帥《そうすい》を守ったのである。

小野寺剛士を守るために、死んだのだ。

「閣下！」

アーシュラが再び呼ばわる声を耳にしながら、剛士は微動だにできない。

盾にした大樹の幹にすがりついている。

身体《からだ》中がおかしかった。

浅く、速い呼吸しかできない。

喉がカラカラに渇いていた。

心臓が破れそうなほどの速度で鼓動を打っている。

なにも考えられない。

考えようとするたび胃が嫌になるほど引き絞られ、吐き気がつきあげてくる。

すべての筋肉がクラゲにかわってしまったように、どこにも力が入らなかった。足を踏みだすことすらできない。

逃れよう、アーシュラのもとへいこう。

そう思うだけで膝から力が抜けた。

ずるずると座りこんだ彼の手が硬いものに触れた。

剣の柄だ。彼を守って死んだ女性が手にしていた剣。

反射的に、しっかりと握りしめた。

なにもかもわけがわからなくなってしまったこの喧噪《けんそう》

のなかで、剣の感触は彼に精神安定剤のような効果をおよぼした。その確かな握りごたえが体奥までしみこんでゆく——

周囲では切迫したランバルト語が叫び交わされていた。

「ヤツは、魔王領総帥はどこだ！」

「第2小隊は本営の裏手を捜索しろ！」

「隊長は？」

「あの怪物との戦いで手が離せん！」

「クソッ、早く総帥を片づけなければこちらが全滅だ」

「第3小隊、第3小隊どうした！」

「だめです、押されています！」

チャンスなのかもしれない。剛士の脳がささやいた。敵もうまくいっているわけじゃない。彼らにとって時間は敵なのだ。いま、その時間が尽きようとしている。

「閣下！　閣下！　ええい、死にたいのか、下郎が！」

だから、こうしてアーシュラの声も聞こえるのだ。

努力して大きく息を吸いこむ。

たったそれだけのことでこみあげてくる吐き気に耐えながら瞼《まぶた》を閉じ、何度も何度も心のなかで繰り返した。

僕は大丈夫。

絶対に大丈夫。

なんとかなる。なんとかなる。

そうに決まっているんだ。

だから——

足を踏みだしたのは無意識のうちにだった。

「なにっ」

驚きの声があがった。気がつくと、目の前に黒い軍服を着た兵士がいた。ランバルト兵だ。いかにもコワモテ、という顔立ちの薄汚れた男。驚きに目を丸くして剛士をみつめている。

「あっ、あの」

剛士は声を絞りだした。なにかいわなければ、なにか口にしてこの場をしのがなければ、と思った。

だが、ランバルト兵に彼の言葉を聞くつもりはなかった。

「貴様、その姿……魔王領総帥か！　覚悟しろ、恨みはないが死んでもらう！」

剣を構えたランバルト兵が突進してくる。

「あ、ああああっ」

腰から力が抜けた。尻餅をつかないよう、懸命になって心を鞭打つ。

しかし、脳の命令に従ったのは両腕だけだった。

腰が落ちる。

反動のような具合で両腕がもちあがった。

重い剣をかまえた両腕が。

鈍い音とともに苦痛の声があがった。

「うおっ」

剛士はその瞬間味わった二つの感触を生涯忘れられないだろう。

ひとつは、腹の底からしぼりだされたような苦痛のうめき。

もうひとつは……

偶然としか思えないタイミングで突きだす形になった剣がまともに人間の下腹部へめりこんでゆく、硬く、柔らかい感触である。

「あがあっ、き、貴様ぁ」

エビのように身体を折りながらも、ランバルト兵は剣を振るった。

右頬に、冷たく、熱い感触が生じた。

刃《やいば》が剛士の頬を切り裂いたのだ。

——その瞬間、恐怖が消え失せた。

いや、心ではなく肉体が恐怖を無視した。

「ああー！」

剛士は狂ったようなおめきをあげながらのりだすような姿勢をとった。

剣が、さらに深く潜り込んでゆく。

「おごっ、があっ」

ランバルト兵の下腹部から壊れた水道管のように液体があふれだした。赤く温かい液体である。

「おおおおっ」

それがなんであるか理解もしないまま剛士は両腕へさらに力をこめ、剣をひねった。剣はドリルのようにランバルト兵のハラワタを巻きこみ、引きちぎった。

「ぐがあっ」

ランバルト兵はどんな人間をも恐怖させるほどの奇怪な悲鳴をあげ、後ろ向きに倒れた。

ぬるり、と剣が抜けた。

小さなうめきがきこえた。

「な、なんでこんな野郎に……」

「こんな野郎だって」

血まみれた剣を手にしたまま剛士はつぶやいた。恐怖に青ざめた顔がさらに引きつり、悪魔のように唇の両端が吊り上がる。

「なにがだよ、なにがこんな野郎なんだよっ」

剣を振り上げていた。

「僕をバカにするなぁぁぁ」

剣を振りおろす。硬い剣は柔らかいものに当たった。

「バカにするなぁぁぁ！　僕だって、僕だってぇぇ！　バカ野郎、いつもいつもみんなして見かけだけで人のことバカにしやがって、バカにしやがってぇぇ！　僕だってできるだけのことはしてる、してるんだぁぁ！　それなのに、それなのに、くそおぉぉぉ、死ね、死ね、死ねぇ！」

剛士はムチャクチャに剣を振り続けた。ランバルト兵はとうに死んでいたが、そんなことに気づくはずもない。死せる敵の肉体を無意味に破壊しながらその返り血を浴び、狂気の雄叫びをあげつづけた。

「……下！」

声がきこえた。

「閣下！」

なにかに取り憑かれたようになっていた剛士は顔をあげ、声の主をみた。

黒い影。巨大なコウモリのように見える。翼が、白煙をあげていた。

「おまえも、おまえもかぁ！　おまえも僕をバカにするのかぁぁ！」

剛士は叫んだ。ただでさえ丸い顔がはちきれそうなほどに膨《ふく》らみ、充血した目は異様な光をたたえ、感情に占領されてしまった声は聞き取れないほど高く、裏返っていた。

影は一瞬だけ戸惑いをみせ、それから優しい声で呼びかけてきた。

「剛士様！　わたくしです、アーシュラです！　お気を確かに！」

「アー……シュラ？」

あんぐりと口をあけ、剛士はほっそりした声の主を見つめた。

「お怪我はありませんか？　すぐに手当てを……」

戦いの中にあってさえ優美なアーシュラが歩み寄ってくる。

「アーシュラ」

剛士は剣を落とした。ぬるぬるしている両手をみおろした。

血で濡れていた。酸っぱい臭いが鼻を突く。

血の臭いだ。

「うぐっ」

胃液がこみあげてきた。血まみれの両手を腹にあて、耐えようとした。頭がさがり、地面に転がっているものが目に入った。

残虐に、どんな猟奇殺人事件もおよばないほど破壊しつくされた肉体が視界いっぱいにひろがった。

「うげぇ、ああっ、ぐうっ、げぇっ」

剛士は血だまりに膝をつきながら胃液を吐き、同時に悲鳴をもらした。

「なんで、うぐっ、ああっ、あああああああっ」

股間がなま暖かくなる。緊張が急激にとけたことで、失禁してしまったのだ。

「こんな、こんな、こんなあっ」

彼は膝立ちのまま血に汚れた手で髪をかきむしった。勢いよく漏らしている小便が下半身をずぶぬれにしてゆくことにも気づいていない。見開かれた目は、ここではない場所をみつめているようだった。

だめ、戦場で受けた衝撃で心の砕けてしまったものたちを幾人も目にしていたアーシュラは直感した。すぐに支えてやらなければ彼は壊れてしまう。

「剛士様、剛士様っ」

駆け寄り、彼の両肩をつかむ。

「終わりました！　終わったのです！　済んだことなのです！」

「あああああっ、おわああああああっ」

励《はげ》まされてなお壊れた叫びをあげ続ける魔王領総帥を彼女はしっかりとその腕に抱いた。血にまみれ、ありとあらゆるものに汚れながらわめき続ける17歳の少年を我が子のように優しく抱きあげ、自分の吐きだした胃液に濡れた顔を豊かな胸にあててやる。

「いいのです！　いまはそれでいいのです！」

彼女は最低限のアイスブレスをまじえながらあやすように事実を伝えた。

「命を奪うということは、そういうことなのです」

「あああっ、あああああああっ」

小野寺剛士は彼女の胸へ赤ん坊のように顔をこすりつけながら初めて犯した殺人の衝撃に泣きわめいた。冷たいが温かく、硬くて柔らかい胸へ汚れた顔を埋め、すべての見栄、すべての恨み、そのほかのなにもかもを忘れ果てたように泣きつづけた。

しかし、まったくの狂態をしめしながらも、彼の脳の一部は鼓膜がひろいあげた微かな音に気づいてもいた。気づいていたのだ。

……鈴の音だった。

1

守ります、血まみれようとも

1

「攻勢？」

　アーシュラ・ガス・アルカード・ドラクール総帥軍事顧問は驚きに目を丸くしている。

「打、打、打ってでる、というのですか、閣下？」

「うん」

　ヴァンピレラ・ビューティに剛士は即答した。

「無謀です！」まなじりをつりあげて彼女は説得をはじめた。

「御存知のとおり、第二次セントール会戦でわが軍の被った損害は一朝一夕でおぎないのつくものではありません。そのような状態、おまけに軍が行動しにくい冬が間近といういま、危険すぎます……だいたい、閣下御自身、昨日までは」

　アーシュラの吐く冷たい息が剛士の鼻をくすぐる。いつもどおり、いい香りだ。

「あぶないのはわかってるけど」

　窓をちらりと振り向き、10月16日の夜空をほんの少しだけ眺めたあとで剛士は執務室の中央にすえられた巨大な立体模型に歩み寄った。目をさまし、机からとんと、飛び降りた九尾の狐、玉藻《たまも》があとに続く。

　彼がのぞきこんだのはワルキュラからセントールにかけてを表現した、声がもれそうなほどデキのいい精密ジオラマである。

　いや、精密どころではない。この模型は生きているのだ。指先と技術だけでなく、精霊さんの助けまで借りてつくられているため、とんでもない大縮尺であるにもかかわらず、町を歩く人や、動物などが配置され、それが命あるもののように動きまわる。もちろん、それを目にするためには月面から掘りだされた謎の異星人の遺跡を地球上から手に取るようにながめられる倍率を備えたマジック・スコープでのぞきこまなければならないが、ともかくものすごいジオラマだった。

　もちろん剛士がつくったわけではない。ＷＭＭＣ――ワルキュラ・マニアック・モデリング・クラブからの献上品である（ううむ、ブラントラントでも、模型オタクがやたらと団体をつくりたがるのは変わりませんな）。

　ジオラマはこの世界について学ばねばならないことの多い剛士のために、という理由で献上されてきたが、ま、実際は……この世界の模型オタクたちによる新たな支配者へのご挨拶、という感じである。田中《たなか》さんにもＷＭＭ

Cはジオラマを献上しているから、恒例というやつである。ただし、彼等が田中さんに献上したのは一辺１００メートルに達する縮尺１／１００の自律可動式大立体宇宙戦ジオラマだったけれども（ジオラマの題材は……田中さん世代の大きなお兄さんたちまとめて10万人ほどに人生を誤らせたマ○ロスであった）。

　模型をみつめながら剛士はいった。

「でも、やらなきゃならない」

　ちょこん、とソファの背からリアの顔がのぞいた。

「無意味です」リアを横目でみたアーシュラの声は、なぜかさらに険《けわ》しかった。

「それでも、やる」

　じっと模型に視線をすえている。指の短い手でこめかみをおさえていた。

「閣下！」

　アーシュラはおもわず剛士にかけより、いびつな玉型をなすちんちくりんの頭を見下ろした。

「自滅をまねくようなものです」

「やるったらやる」

　剛士の声からためらいが消えていた。

「くっ」

　不作法にならぬよう、懸命に牙を唇で隠したまま彼女はうめいた。

　どう説得をつづけたらよいものか、見当もつかない。

　いえま、アーシュラちゃんが困るのも無理はありません。

　もともと、彼女と剛士の関係には難しいトコロがある。セントールでは彼女自身が騒ぎをおこしてしまったし、戦場ではともかくとして、普段の剛士はヴァンピレラ・ビューティに遠慮しすぎだ。

　それでいながら、お互い、相手に一定の信頼を抱いている。

　剛士はアーシュラに命を助けられ、また、彼女の能力、それに一途なところのある性根に触れていた。剛士君、自分が変なところでヒネているだけあって、そういう人は嫌いではない。

　アーシュラも、このちんちくりんな総帥が、戦争向きの異常な能力……まさにこの時代の魔王にこそふさわしい力を持っているとセントールで知った。このあいだのインタビューだってその証明かもしれない、と感じている。

　だが、その信頼に頼って言葉を交わしあえるほど、親しくはない。

微妙なのである。アーシュラ・ガス・アルカード・ドラクール嬢、花も恥じらう178歳、そーゆーお年頃だというのはもちろんであるが、実はそれだけではない。

魔王領の内政……民族問題がからんでくるのだ。

なんか大がかりになってきたが事実である。問題を整理するには、秋葉原《あきはばら》の某専門店ならば5万円以上のプレミアがつくであろう特殊な同人誌を山と積み上げて読んでいるリアちゃんをからめて考えたほうがわかりやすい。


リアが田中さんのなんつーか、まあ、アレな立場になったのは、田中さん御本人の御希望というだけではない。少数種族ではあるが、魔王領ではそれなりの地位を占めているサタニアンの代表者という役目もかねていた。

つまりサタニアンは、リアをさしだすことで魔王への忠誠を示し、田中さんもまた、リアちゃんをかいぐりかいぐりうにゅうにゅすることで魔王がサタニアンを保護する姿勢を示す、政治的にはそうなっていたのである。二人の気分はともかくとするならば、まあ、というか完全に政略結婚5秒前という感じだったのだ。

実はアーシュラも似たような立場——だったのである。


彼女はいうまでもなく吸血族の出身。吸血族は魔王領でも有数の有力種族。そしてその族長の娘……つまりお姫様である彼女が送りこまれたのは政治的なバランスというやつであった。魔王陛下が、少数種族であるサタニアンだけと仲良くなったのではあちこちでやっかむ奴がでてくる。というわけで、吸血族からも一人……という次第なのであった。これぞ政治、というやつである。

ただし、アーシュラ個人の立場は哀れをさそう。

本人には田中さんがお求めになればさあどうぞ、という気分がたっぷりとあった。

実家をでる前に立派なパパから因果を含められていたし、そばで暮らしていると、田中さんというオタクな魔王陛下は、じつにこの、オな部分以外でまことに独特な人間的魅力があったからである。ま、ほかに選択肢がなければ受け入れるしかなかったのかな、とか、お姫様だけに世間一般の女の子としての常識からはズレてんじゃないか、とか数限りなく疑いはありますが、それはそれ、ということで。ここではアレな田中さんの見かけに惑わされなかったアーシュラちゃんの広い御心を誉めておくべきだろう。

しかしだ。田中さんの方はナニであった。

リアちゃんにハマりきる属性の御方だけあって、マジメで、頭がよくて、強くて、おまけに美人、キャラデザはもちろん玲衣《れい》さん、でもって声の出演、うーんお好みでどうぞ、というアーシュラちゃんをみているだけで圧倒され、仲良くなるどころの話ではなかったのだ。

もちろん大切に扱ったし、頼りにもした。それどころか軍隊の全権をほとんどあずけていたのだから……政治的には完璧に扱っていた。

だが、アーシュラちゃんが内心期するところのあったそのあのうふふふな日はついに訪れず、そのまんま行方不明になってしまった。

セントールの戦場で彼女がぶっちぎれた背景としてはそういう事情があったのだ。

ま、わかってあげるべきであろう。

人一倍マジメだったりするが心は魔族世界遺産というべき純真さのまま。それでもってちんちくりんのぽんぽこぴー（BYシレイラ）のおとぼけ野郎、でも実はかなりアブナイ奴である剛士の面倒をみなければならないときては、それもしかたのないことだったのである。

とまあ、いま、アーシュラちゃんの脳裏には様々に絡み合ったものがよぎっている。その中で剛士の唐突で無謀としか思えない決定を思い直させる材料を探していた。

しかし……思いつけない。お互いの間にある片づけきれないものがクールに考えることを邪魔するのだ。

結局、ダイレクトに反問するほかなかった。その程度の反応しかできない自分の幼さを内心で罵《ののし》りながら彼女はいった。

「……それでは、具体的にどんな案がおありなのか」

「別に名案を思いついたわけじゃないよ」

アーシュラの態度が剣呑なものになったことに気づいた剛士君、なんとか格好をつけようとした。できるかぎりシブイ態度でもって彼女へと向きなおったのである。

が……なれないことはするもんじゃありません。身長差のおかげで、みごとにくびれた腰のあたりが視界いっぱいに飛びこみ、頬を紅《あか》くし、あわてて模型にかがみこむハメになった。

ただし、ひきさがりはしない。他に方法はないと信じていたからだ。

「と、ともかく、やるからね」

「そんないい加減な」

自分でも気づかぬうちに腰の前を手でおさえながらア

ーシュラは罵った。息を吸いこみ、さらに言葉をつづけようとしたとき……鈴の音にさえぎられた。

「アーシュラ」

「なんだ、スフィア」

と視線をあわせた瞬間、ヴァンピレラ・ビューティは背筋を——普段は体温というものをほとんど発していない肌を凍りつかせた。

ただ静かにみつめていたはずのスフィア。ほんの一瞬で、彼女はまったく別のなにかに変わっていた。

剛士を守るため、母性愛じみた怒りをあらわにしているのですらない。誰も気づかぬうちに、見えない場所ですべてが組み替えられてしまったかのような変化だった。

「総帥閣下は、決定なさったのです」

スフィアの声には諭すような冷静さと、脅すような力強さがいりまじっていた。

「しかし、私は軍事顧問として」

「そのとおりです、ドラクール軍事顧問、偉大なる黒く優しき伯爵オルロック・アルカードの娘アーシュラ」

スフィアは異様さをおぼえるほどきっぱりとうなずいた。まるで、彼女ではない誰かが語っているように思えるほど無機質な声だった。

「あなたは軍事顧問。田中陛下のおられぬいま、小野寺剛士様のお求めどおりに生き、死ぬのがつとめ……アーシュラ、いまのあなたはわたくしと同じ立場なのです」

「スフィ……」

アーシュラは絶句した。スフィアがこのような……いってみれば総帥の権力をカサに着た態度を示すのは初めてなのだ。なにがあったというのか、なぜそうしているのかさっぱりわからない。

（あの時からか）

会議を思いだした。スフィアはランバルトの特殊部隊《RSI》指揮官の名に興味を示した。そのあとで、なにかをごまかすようだった。

助けを求めるようにアーシュラは剛士をみた。もしかしたら、事前に二人で打ち合わせた演技なのかもしれないとおもっていた。そうであるならば、剛士の態度にあらわれるはずであり、話を……魔王領の命運を左右する話を続ける隙をみつけられる。

ところが。

小野寺剛士はアーシュラに負けず劣らずの驚きをあらわにしていた。なにかに気づいたような、そしてそのことを後悔しているような顔つきだった。

「さしでがましいことを申しました」

凍りついたような時間を溶かすようにスフィアがいった。

透けるような肌、優しいまなざし。消えることのない微笑。いつものスフィアにもどっている。

彼女は剛士だけをみつめていた。

「い、いや……いいよ、別に」

剛士はうなずいた。それからアーシュラへ命じた。

「ともかく、僕は打ってでるしかないとおもう。理由は……もう少ししたら説明するよ。お願いだからその時まで待って。時間は、そんなにかからないから。攻勢は、遅くても20日《はつか》までにはじめる。そのつもりで準備を整えて」

「は、20日……」

アーシュラは再び絶句した。20日に行動を開始するためには19日までに全ての準備が終わっていなければならない。残り時間はまる三日。

「無理です、たった三日間ではとても準備などできません！」

「大変なのはわかってるよ」剛士はむしろ済まなそうですらあった。

「でも、それしか時間をあげられない。雪が降り出す前に、なんとかしたいんだ。戦いに慣れた部隊を可能な限り集めて、命令と同時にすぐ行動できるようにしてほしい」

「ただちに動員可能なのは７０００名程度、無理をしても約１２０００名が限界です。攻勢のかけられる兵力量ではありません」

どうだ参ったか、というようにアーシュラが伝えた。

しかし彼女が剛士を驚かせようとしていたのであれば完全な失敗だった。彼はあっさりとうなずいてしまったのである。

「じゃ、それ全部」

「閣下、いったい……」

「ともかく全部。訓練してる最中の弱い部隊も含めて。弱い部隊の方はワルキュラの郊外に集結させて。あ、こないだの戦いでゴブリンとトロール、損害が大きかったのどっちだっけ？」

「ゴブリンですが」

「じゃ、ゴブリンを弱い部隊と一緒にしておいて。強い部隊のほうは、そうだな……魔王城とワルキュラ市内の兵営にあつめといて。頑張れば三日でどれぐらいになるかな」

「先ほど申しあげたとおり、戦いに慣れた古参兵部隊は約12000、訓練未了の新設部隊は約20000にはなります。しかし補給が……作戦の期間はどれぐらいですか。三日間ではとても長期作戦に必要な補給物資を集められません」

「まず十日分、それだけでいいよ」

「たった十日？　それでは期間が短すぎ、戦果があがりません。第二次セントール会戦でも、ランバルトは短期決戦を狙ったばかりに――」

スフィアに制止されたことも忘れて再び嚙みつこうとしたアーシュラは剛士の意外な態度に言葉を失った。

魔王領総帥は、道に迷った子供のような目で彼女をみつめ、頭をさげたのである。

「お願いだ、ドラクール軍事顧問。僕が魔王領のために考えられる手は攻勢だけなんだ」

「他の手は考えられたのですか」

「考えたよ、僕なりに」

剛士はことさらに間延びした声でしゃべっていた。それがどんな意味を持つかわからないほどアーシュラは鈍くなかった。


耐えている。我慢しているのだ。

アーシュラへ受け入れさせるために、彼にとってはすでに済んだ問題……他の様々な方策について答えている。

「しかし、どれも解決にはつながらない。僕はそう思った」

「……決定事項なのですね、すべてスフィアのいったように」

「その方が受け入れやすいのであれば……うん、決定。他の案はない」

ヴァンピレラ・ビューティの肩が落ち、

「剛士様……いえ、閣下がそうおっしゃるのであれば」

とうなずいた。本人も、そう呼ばれた相手も気づいていなかったが、彼女が剛士様、と口にしたのは初めてだった。

「ありがとう」

剛士は笑みを浮かべた。アーシュラまでが嬉しくなってしまう、頭を撫でてやりたくなるような笑みである。

剛士君、根が暗く、根性がねじくれまくっている一方でこういう顔もできるのだ。もっとも、それがいかなる効果を及ぼすのか、御本人はお気づきでない。

自分が笑顔でうなずきかけていることに気づいたヴァ

ンピレラ・ビューティは精一杯の虚勢を張った。

「……男子が軽々しく頭を下げるものではありません。それに私は閣下の部下です。ただ御命令なされればよいのです」

ことさらにキツイ態度をとったのは意見の対立がしこりとなっていたからではない。彼の笑顔に他愛なく反応しかけたことに腹が立っていたのである。

「うん……前にも同じことで、叱られたよね」

剛士はうなずいた。その様子がまた、ちんちくりんのぽんぽこぴーとは思えないほど良かった。

「…………」

二人のやりとりを見ていたスフィアの唇が一瞬だけひきつり、すぐにもとの優美なカーブを取り戻した。いま彼女はアーシュラのもっともな反対に横やりをいれた。剛士のためだけではなく、自分なりの理由があってのことである。しかし……

自分が満足すべきか悲しむべきなのか、まるでわからなくなっていた。すくなくとも、妙に息のあった会話を交わしている剛士とアーシュラを見ているのはおもしろくはなかった。

「……スフィア」

剛士が呼んでいた。ぼんやりした彼女が意外だったのだろう。困ったような顔をしている。

「あ、申しわけございません」

「明日ちょっと調べものをしたいから、手伝ってくれる人を手配してくれないかな」

「なんについてでしょうか」

「うーんと、あの」剛士はなぜか口ごもった。

「いやあの、外交とかの歴史。60年ぐらいまえから田中さんの時代まで」

「となると斉藤《さいとう》陛下の御代《みよ》から……」

「なにが得意な人だっけ、斉藤陛下って」

「プロジェクト・マネジメントです。特に大計画の進行監理について大いに腕をふるわれた御方でした」

「うーん」

剛士は腕を組んだ。顔つきはちょっと深刻だが、あまり暗くみえない。ペンギンというかテディベアというかピ◯チューというか、ともかくそんな体型で腕組みしたところでとれるのは笑いぐらいなものだ。

「なんか便利な記録は残ってないの。ほら、会議の議事録みたいなの」スフィアよりもその手の話題には詳しいと考えたのだろう、今度はアーシュラにたずねている。

「ありますが……」アーシュラは少し驚いたようだった。

態度の変化が気になった剛士はたずねた。

「なに」

「わざわざ調べる必要はありません」

「どうしてさ」

たずねた剛士は唇をとがらせていた。

アーシュラは溜息を吐いた。

「お忘れですか？　歴代の魔王陛下はみなさま御在世であらせられます。なにかおたずねになりたいことがあれば、御本人にうかがえばよろしいのです」

「あ」

剛士君、まったく忘れていたらしい。ぽりぽりと頬をかきながら命じた。

「じゃ、明日でかけるから、準備して」

「お供します」アーシュラはすかさず申しでた。「護衛の手配も」

「ボクもいく」

面倒な話のあいだは黙っていたリアがソファの上からいった。玉藻も見上げている。

「剛士様……いっそ、先方を城へお招きあそばされては」スフィアがいった。

「いや、大騒ぎにしたくないんだ」剛士は首を横に振る。

珍しくも、きっぱりしていた。

「こっそりと動いたほうがいい。スフィアと僕だけで動けるようにして。それに、ドラクール軍事顧問、君には仕事がある。さっきもいったように集められるかぎりの部隊と補給物資をそろえてほしい。僕には……いや、魔王領にはそれが必要なんだ」

2

などと、剛士君が徐々にシリアスな、おい大丈夫かこの話的な方向へ転がりだしている時、ウルリスでも重要人物が行動をおこしていた。ブラントラント最強国ランバルトの表向きは名花、裏向きはラフレシア×ウツボカズラ、王女シレイラちゃんである。今回は軍事的……というより政治的なアクションであった。


警備兵ががっちりとガードを固めた通路や階段を抜けて尖塔をのぼる人影がある。王城西尖塔である。小脇に、少し厚めの大きな封筒をはさんでいた。

「誰か！」

ランバル銀の装飾がほどこされた分厚い鉄の扉を守る

二人の兵士が槍をクロスさせた。

「お仕事、たいへんね」

微笑《ほほえ》むシレイラ。

「これは……殿下！」

供の一人も従えていない思わぬ貴人の出現に兵士たちは棒をのんだような姿勢をとった。

「は、ありがとうございます！」

「お客様のご様子は？」

「は、あの」

警備兵たちは顔をみあわせた。正直にこたえていいものかどうかわからないのだ。田中さん、フェラール兄ちゃんの手配によるメイドさんの増強をうけてここのところますます御機嫌だからである。

警備兵たちもそのことは察していた。

〈孤影ノ間〉は完全防音だし、兵の身分では敵とはいえ王族の部屋をのぞきこむことなどかなわない。

が、この部屋で夜昼関係なしの活動がつづいていることぐらいはわかる。

最初のうちは、あ、かわいいという感じだった侍女たち、田中さん用語でいうメイドさんたちが用をいいつけられて顔をだすたび、どんどん不健康な人になってゆくのも目にしていた。なーんか魔王だけあって口にもできないようなことをしているんじゃないか、彼らはそう想像していたのである。うーん、ある意味正しいかもしれない。すくなくとも、敵に捕まったあとでロリロリなメイドさんをそろえ、幽閉されながらエロ同人誌をつくっている魔王様というのがそう滅多にいないことだけは確かであろう。

「いまはどうしておられるのかしら」シレイラはたずねた。

「は、侍女どもがなぜか疲れきってしまったため今日は暇をだされまして……お一人でいらっしゃるかと」

「そう」シレイラはうなずき、優しげに微笑んだ。もちろん、目に見えない猫第1軍団の力を用いた演技である。

「では、開けてくださいな。御用があるのです」

「殿下御自身が、ま、魔王にですか」

「ええ、陛下からこれを直接お渡しするように、と」

シレイラは封筒をしめした。

「はい……では、念のため、自分たちがお供して」

「結構ですのよ」シレイラはあくまでも優しくいった。

「王族には、王族にだけ語るべき言葉があります。ですから、供も連れてまいりませんでした」

恐懼《きょうく》した警備兵たちは美しき王女の言葉に深く腰を折った。

背後で扉がしまった。猫の軍団の力を借りたシレイラは腰を折り、ていねいに部屋の主《あるじ》を呼んだ。

「お邪魔いたします……魔王陛下はおられますか。わたくしはシレイラ、フェラール三世の妹にございます」

ゆったりと顔をあげ……目が点になった。

（な……なによこれぇ）

〈孤影ノ間〉はまさに異界そのものに変じていた。

どよーんとした空気がよどみ、なんか得体のしれない匂いが漂っている。部屋の中央におかれたテーブルには紙が山積み、周囲は描き損じがいいかげんに放りだされていた。

ベッドで人が寝ている形跡はない。なんでかっていえば、紙はそこにも積み上げられており、ただの物置へと変じているからである。いつのまにか持ちこまれた黒板にはシレイラのしらない文字が記されていたが、それがなにかの進行状況をあらわすグラフであることはみてとれた。

（まさか脱走計画の検討を……）

シレイラちゃん、それ、考えすぎ。エロ同人誌の製作進行表です。いやま、田中さんが趣味に関してはなかなか計画的な人であるなどと知るわけないのだからしかたないですが。

「あー、誰？」

ぼこっ、とテーブルに築かれたアレな大山脈が崩落し、薄髭の生えた貧相な男が彼女をみた。

あ、という顔をする。

「あらら、どうも……ちょっと待ってね」

ごそごそとする音から男が……田中魔王があわててズボンをはいているのがわかった。王女様とロリなメイドさんを平等に扱うワケにはいかないとさすがの田中さんも思われたのか……それとも、トランクスに妙な染みでもあったのか。ともかく、そこらへんのおねーちゃんだったりするとおもわず眉間にシワなんかよせてバカにしたような表情を浮かべるところだが、シレイラちゃんは猫の軍団の力で顔色ひとつ変えない。大したものだ。まさに意思の勝利である。ま、いまの場合は奇襲攻撃に成功した満足感でもあるんですが。

「いやいやあははは、どうも」

田中さんはすでに疲弊の色もあきらかなプリント入り

Tシャツのすそをフェラール兄ちゃん専属の仕立屋さんにわざわざあつらえてもらったノーブランド（?）ジーンズにたくしこみながら歩み寄った。もちろん、裸足《はだし》だ。

「シレイラ王女殿下でしたよね、たしかこの城にきたときに……あの、シレイラさん?」

田中さんの声に我を取り戻したシレイラはあわてて作法どおりに頭をさげた。

「魔王陛下、ご機嫌うるわしゅう」

いやー、想像以上だわ、とシレイラちゃん、いささか圧倒されていた。

手に入れた愛人の（つまりリアちゃん）の念写から考えて、幼女属性の御方だというのはわかっていたが、幽閉されてオカしくなってしまった何人もの貴人がみずからの命を絶ったおかげで、夜な夜な亡霊がでるという噂まである〈孤影ノ間〉をたかだか一ヶ月で本当の魔窟にかえてしまうとは予想外だった。

「こっち、片づいてますよ」

田中さんは窓に面したあたりに彼女をまねいた。小さなテーブルと椅子がふたつ置かれたそこだけはまあ、片づいている。いまや同人コミック作家グループと化した田中さん御付のろりろりメイド軍団が、最後の意地をみせているのだ。

「あ、なんか飲みます? 今日はみんなにお休みだしちゃったから、お茶ぐらいしか淹れらんないけど」

田中さんはごぼごぼと冷めたお茶を注ぎ、勝手においた。

「それで、なんか御用ですか?」

さすがに落ち着きがない。そりゃそうであろう。黙っていればシレイラちゃん、100円ショップで値引き販売していいほど美人ぞろいの魔王領ですらなかなかお目にかかれない超絶美少女である。たとえアレな好みであっても気づかないわけにはいかない。なんつーかまあ、決して認めたくはないが、田中さんのような大きなお友達にとっては自分がいまのような人間になってしまったことをちょっと後悔したくなるほどの美貌なのである。

「御挨拶がまだでしたので」

気分を落ち着かせたシレイラは計画どおり、あくまでもたおやかに応じた。

「あー、それはどうも」

はっきりしない声で田中さんは応じた。シレイラちゃんの存在が精神のバランスを崩しているからである。趣味の世界に没入している人にとって、自分の想像力をこえた現実、それも手の届かない現実が目の前にいるというのは大変なことなのだ。

「兄にききましたが、なにか、芸術をたしなまれておられるとか」

「え……あ、興味あります？」

田中さん、いきなりの前ノリである。表情が別人になっていた。むろん、同好の士をみつけた時のオタク兄ちゃんに特有の過剰反応だ。

シレイラはにっこりとし、それから、

「いいえ、興味ありません」

とかわした。もう、完全にペースをつかんでいる。あ、そう、と落胆する田中さんを尻目にこれなら計画どおりにいくわね……とほくそえんでいた。

「それで、これを……おわたしすべきかとおもいまして」

封筒をさしだした。

「なんですか？」

「ごらんになればおわかりかと……」

封をきり、中身をとりだす田中さんを眺めながらシレイラはとぼけた。

もちろん、彼女が〈孤影ノ間〉を訪れたのはフェラール兄ちゃんのあずかりしらないことである。彼女自身のもくろみがあってのことなのだ。

「あー、写真……念写か」

そういいながら目をむけた田中さんの顔が強張り、青ざめた。

「えん……な、あ、だぁぁぁぁっ！　なんじゃこりゃあぁぁぁっ！」

念写にうつされていたのは、小野寺剛士とリアちゃんが一緒にお風呂へはいっている姿であった。

世間一般でおおむねそうであるように、二人ともすっぽんぽんである。

リアは剛士の膝にのっており、剛士の手が彼女のおなかを抱えている。

それだけではなかった。ほかにはいっていた念写はさらに過激で、いやもう、とてもこのあたりでイラスト1点お願いします、とはいえない内容なのであった。

「な、なななななななな」

田中さん、ワナワナとふるえながら念写をめくった。

全身から熱い汗が噴きだしている。

「我が国の諜報局が入手したものです……」

どこまでもていねいに、じつはげらげらと笑いだしたい気分でシレイラは説明した。

「兄は、魔王様には決しておみせするなと申したのですが……知らずにおられるのでは魔王様があまりにおかわいそうで……ただでさえ幽囚の御身柄というのに」

シレイラは目元を拭ってみせた。もちろん、ウソ泣きも得意技である。

しかし、そんな演技の必要はなかった。田中さんはシレイラの方など見ていなかった。

「う、ううううう、おおおおおおおお小野寺くーん！な、なななななんてことをぉぉぉぉ」

念写の束をバラバラと取り落としながら田中さんは絶叫した。失神しかねない様子だ。ショックと怒りでたちあがった拍子に封筒が落ち、なかにはいっていた書類が顔をだす。

「し、シレイラさん、これこれこれは？」

「はい……諜報局が小野寺総帥とリア様の会話を書き起こしたもののはずです。御覧にならないほうが……」

「い、いえ、読みます。読む」

田中さん、書類をひろいあげ、ものすごい勢いで目をとおしはじめた。

いけるいける。わっはっは、とシレイラは確信した。


もちろん、封筒にいれられていた念写と記録はすべて偽物である。

いやまあこれだけリアルにでっちあげられる技術はたいしたもので、ずいぶんと金もかかったが、それだけの意味はあるとシレイラは考えていた。

もともとはごく単純な思いつきであった。

魔王というカードをせっかく手に入れたのに、相手が異常で有効活用できない。

せめて政治的に使えないか……となれば、考えつけるのは、魔王に無益な抗戦を批判する立場にたってもらうことぐらいである。

しかし、自分の身を的にして軍を救った魔王が、事実上の裏切りに加担するとはおもえない。

ならば、どうしたらよいだろう？

逆転させてしまえばいいのだ。

……魔王領が魔王を裏切ったことにしてしまえばいい。

と、そういうことであった。もちろん今回だけではなく、これからも偽物の念写や記録を田中さんにみせてゆく予定である。そうやって段階的に田中さんを洗脳してゆき、大攻勢を計画している来年初夏あたりで決定的な声明を取材陣の前で語らせ、魔王領の戦意を低下させる。

シレイラちゃんの計画はそんなところであった。

(よぉーし、ハマったハマったぁー！　これで……)

青ざめた顔で書類と念写へ交互に目をとおしてゆく田中さんを覗き見ながらシレイラちゃん、勝利を確信した。

…………

だが。

「ふ、ふはははは、うん」

青ざめ怒りにふるえていたはずの田中さん、突然、楽しげに笑いだした。

(やりすぎだったかしら)

シレイラちゃんはおもった。薬が効きすぎたのかも——

しかし、田中さんの次なるお言葉は、あらゆる意味で彼女の想像をこえていた。

徐々に血色をとりもどしつつ最後まで目をとおした彼は、書類と念写を封筒におさめると、ただひとこと、

「甘い。甘いな」

と口にされたのだ。

「あ……甘い、ともうされますと」ギクリとしたシレイラはたずねた。

「僕について、調べが甘かったみたいですね……」

「なにをおっしゃいますの、陛下？」

「ほう？」小鼻をふくらませた田中さんはイヤな笑いを浮かべて彼女をみすえた……と、いえないこともないが、じつは他人の知識に穴をみつけたオタク兄ちゃんに特有の、底の浅い優越感でたぷたぷした態度であった。

「そうまでおっしゃるのなら、教えたげましょう」

椅子にもどり、書類を開く。

「どこがいいかな……あ、ここらへんか。いいですか？」

田中さんは書類の一部を読み上げた。

『あーん、やだ、おにいちゃぁーん』

『ふふ……リア……こんなに……』

『あん、そこぉ』

『リア……ほら、もっと力を抜いて……深呼吸するんだ……』

『う、うん……ふー、はー、ふー、うっ』

『力を抜け、リア』

『ああ、おにいちゃん、痛い、痛いよぉ、でも……もっとリアをいっぱいに……』

とまあ、これ以上詳しく書くと編集段階でカットされたり、児ポ法改正案成立のあかつきには摘発されたりし

そうなのでやめときますが、要するに、剛士君とリアちゃんがお布団のなかでイロイロしている場面である。田中さんが妙な声色をつけて読みあげたため、嘘《うそ》と知っていながらシレイラの頬まで紅くなってしまうような内容だった。

「どうです?」読み終えた田中さんはたずねた。

「どうって……」パニックに陥りそうになりながらシレイラは言葉を濁した。

「甘いんですよ。人間描写が甘い。女性も書けていない」

田中さん、書類をぽんっと放り投げた。

「そんな……これは報告どおりの……」

「そんなはずはない」田中さんは断定した。

「こんな80年代初期のエロ本みたいな場面、現実だとしたらできすぎ。ウソにしては盛り上がりが足りない。それにですね、小野寺君やリアだったら絶対に使わない言葉が記されている。小野寺君はもっと相手を気づかう人だし、リアは自分のことを『ボク』という。だいたい、考えてみたら小野寺君にロリ属性が皆無だ! 彼はスフィアにベタ惚れだと決まって……いや、そうに決まっているんだから、これが事実のはずはない!」

　最後の方でいいまちがえたのが伏線じみているが、いきなりの絶好調である。

　シレイラちゃんは圧倒されている。田中さんのノリ、じつはオタク兄ちゃんが調子づいた時の典型にすぎないのだが、彼女にそれがわかるはずがない。日常の環境が環境であるだけに、自分以外に悪ノリする人を知らず、また自分の悪ノリについて自覚なんぞしていないため、真っ向ストレートに衝撃を受けていた。

　しかし衝撃はあくまでも衝撃。シレイラちゃんにはそれを上回る負けん気があった。

（魔王ということか、くっ）

　なんて思ったりしつつも反撃の火蓋を切った。

「……陛下は人間や女性一般についてよほどお詳しいのですね」

　あー、シレイラちゃん、それはいけない。イエローカード。ていうか、だめです、それ。

　人間描写が甘い、とか女性が書けていない、とかいう思考停止型キーワードを田中さんは決してその言葉の意味どおりに使ってるわけではないんです。ただ単にエラそうなことくっちゃべる時の大きなお友達御愛用の枕詞として使っただけ。本気でそんなこと考えるほど彼もおバカではない。というか、他の表現を知らなかっただけ。

そのあたりを理解してあげないと大変なことになります。

　というか、口にしてしまったので大変なことになった。田中さん、それまではちょっと遠慮していたのに、ネットでツッコミをいれられた魂が純粋すぎる人のごとく、ムキになってしまったのである。

「なぁるほどね。だけどねぇっ」

　頭にきた田中さん、うははな念写をとりあげ、はっきりといった。

「つまりこれも全部ウソ。合成だ。いったいなんのつもりかしらないけれど……シレイラ王女、僕をバカにするのはよしてください」

「な、なにをおっしゃるのですか」シレイラちゃん、懸命にとりつくろおうとした。

「これはあくまでも諜報局の報告で……兄が伏せているのに我慢できずわたくしが……」

「そんなはずはありません」田中さん、自信満々で断言した。

「フェラールさんは、ありゃ、立派な王様ですよ。こんな汚い手を使うはずがない。そしてシレイラさん、あなたは王女様で、誰かの命令で動く立場でもない……そう、謎はぜーんぶ解けた！」

　田中さん、時代設定的に読んだことも観たこともないはずなのに、なぜか昔のミステリ小説に良く似た事件ばかり解決しているクソ生意気な高校生探偵っぽいセリフで叫んだ。かわいい子供のフリして他人のアラ探しばかりしている探偵の方にいかなかったのはショタ好きお姉さん直撃の半ズボンをはいていなかったからであろう。

「つまり犯人はあなただ、王女！」

「くっ」

　シレイラは下唇が白くかわるほど噛んだ。

　――いやま、コミックの探偵ものだとここで真犯人の泣きがはいった自供場面につづいておおむね自殺なんですが、シレイラちゃんは毎週のように殺人がおこり、合計すると年に1クラスは殺されてるんじゃないかと心配になるほどなのになぜか毎朝生徒が登校してくる高校の暗い過去を持った生徒ではない。

　ある意味、涙ぼろぼろで自供→自殺より大変な反応を示した。

　決然と、みえない猫の軍団を追っ払われたのである。

「なぁっにが、この、えらっそーに」

　椅子の背もたれによっかかり、どーんと脚を組む。ずぞぞぞ、と田中さんの淹れたお茶をマズそうに飲んだ。

まるで、某清純派タレントの楽屋における姿をみるようであった。

「ロクでもない野郎のクセに、なにをくっちゃべってんのよ。ちょっと、お茶がぬるい！」

シレイラちゃんの変貌に田中さんの勢いは一撃で粉砕された。

「あ、うわ、あ、はい、すいません、い、淹れなおし……」

青くなった田中さんはポットをとりあげる。手が震えていた。もともとオな人だけあって、女性がみせるナマの反応には弱いのである。

「いらないわよ、あんたが淹れたお茶なんか。なんかクサいし」

ふん、と鼻息をふいたシレイラは、床に落ちていた反《ほ》古《ご》をひろいあげた。

失敗した美幼女の特殊なデッサンである。ただし、ショートカット、巨大な目、ちいさな唇、ぷっくりした胸、ふるるんのお尻、とまあ押さえるべきところはすべて押さえられているのは田中さんの才能であろう。

もちろん、いまのシレイラにとっては侮蔑の対象でしかない。もともと性格が悪いことにくわえ、せっかく考えた計画が一撃で粉砕されちゃったりしたものだから、その言葉のキツさはハンパではなかった。

「なぁにぃ、これ？」

「…………」

田中さん、だまってとりあげようとする。シレイラはすっと手をそらせ、紙をひらひらとさせた。

「なによ、こんな化け物みたいなの現実に存在してるとおもってんの？　いい年して恥ずかしくない？　しんじらんなぁーい」

そこまで口にしてシレイラちゃん、わざとらしく大きくうなずいた。

「あ、そーか？　もしかしてあんたアレ？　オタクってやつ？」

「か、関係ないだろ」

反古を取り返すことをあきらめた田中さんは、腰をおろすとむっとした顔で自分のお茶を飲んだ。

優位を確保したシレイラちゃん、調子にのって責めたてた。

「やっぱアレ？　現実の女の子が恐いとか、ちょっとは努力したことがあったけど全然相手にされなかったとか？　そんなのが魔王やってたんだから魔王軍が弱くてとーぜんよね」

「……クセに」

「なによ？　文句あんならもっと大きな声でいいなさいよ！　そんなことだから捕虜になんのよ！」

「自分で戦ってるんじゃないクセに」

シレイラちゃん、痛いところを衝かれて顔色をかえた。

「あんたなんかにはわかんない事情があんの！」

田中さんもとうとう声を荒らげた。

「敵国の事情なんか知らないよ！」

「そんな無責任なこといってるから負けるのよ！　あ、でも無理か。魔王ならもっとそれらしくしなさいよ！　あ、でも無理か。魔王あんたオだもんね、オのヒトだもんね！　さいってぇー！」

「だあああー、言うてはならんことを、この一人マルチタスク女！　しかし負けけん、僕は負けけんぞぉぉ」

「勝つも負けるもないわよ、だってオなんでしょう？　うちの兄貴よりひどぉーい」

「うるさぁぁぁい！」

田中さんは仁王《におう》立ちになった（しかしあまり迫力はない）。うちの兄貴よりひどい、という表現のもつ意味に気づかないまま裏返った声をはりあげる。

「オタクのなにがいけない！」

「あ、開き直ってるぅ、さいってぇー」

「違う！　絶対に違う！　たしかに僕はオタクだ！　しかし、オタクであることを威張ったことなどない！　だから、他人から罵られる覚えはない！」

「ナニ言ってんのよ、えらっそーに」シレイラはふんと吐き捨てた。

「いくらエラそーにいってても、十人並の女の子がちょっと親切にしただけでコロッと態度変えるのよ、オなんてそのてーどの腐れ野郎にきまっててんのよ！」

「それは覚悟のない奴だ！　アニメ美少女がいいと口では言いながら、本当に女の子とつきあっている奴を心の奥底で妬《ねた》んでいるような意気地なしだ！」

田中さん、なぜかたちあがり、両腕をひろげた演説ポーズで話している。心なしか声も銀河《ぎんが》で万丈《ばんじょう》な低さと太さに変わっていた。なんか、クセになっているらしい。

「………なにいってんだか」

「ひとつだけ、ひとつだけ理解してくれ。僕は覚悟した。覚悟している。オタクである自分について！　だから、たとえ君のような美少女からバカにされても絶対に自分を貶《おとし》めはしない！　いや、むしろ君の想像力の欠如を哀れむ！」

「あーん？」

シレイラはカンフー映画の悪役のように顎《あご》を突きだした。

「だから……」

「むふぅ」

がっしりと腕組みし、顎を揉むシレイラ。

ぽん、と手をうった。

「そーか、アンタ、なんか好きなことをやるために、そこまで理屈をつけないとだめなワケね？　つまり、恥ずかしいからでしょ？　くだらないとわかっているからなんでしょ？　……どんなに理屈こねたって、ただごまかしてるだけじゃない」

「だーかぁーらぁー」

田中さんは髪の毛をかきむしった。

「なんでわかんないんだよ！　人はオタクとして生まれるのではない、オタクになるんだ！　それにだ、趣味なんてのはもともと恥ずかしいものなんだよ！　僕をそこらへんの奴らと一緒にしないでくれ！　僕は本当に好きなんだよ！　だから恥ずかしいんだ！」

「もしあんたの身長がいまの二割ましで筋肉隆々で美男子でナニも大きくてお勉強もできたらどうだったの？」

「君だって絨毯《じゅうたん》爆撃うけたような顔に生まれて体重がいまの三倍あったら自分がどんな人生をおくってるか想像がつくか？」

シレイラちゃん、絨毯爆撃という言葉はわからなかったものの、田中さんがいわんとした意味は理解し、即座にたちあがって怒鳴《どな》った。

「そんなのわかるわけないじゃない！　ほらみなさいよ！　頭のてっぺんから爪先まで完璧じゃない、アタシ！　考える必要なんてないの！」

「それはそのとおりだけど、わかりもしないのにいったのかよ！　じゃあ、なにいわれても平気だね！　理解の及ばぬ他人からナニを言われても気にもならない。同時に死ぬほど恥ずかしい！　しかし僕は変わらない！　その道を選んでしまったからだ！　オタクであるからこそはじめて、いま僕はここにいるのだ！」

「あー、なにいい気になってんのよ！　アタシだって大変なんだから！　戦争大好きなのにそれを隠してなきゃいけないんだからね！」

ぐん、と胸を突きだし、摑みかからんばかりの姿勢でシレイラちゃんはわめいた。

「いい？　これまで魔王軍をボロ負けさせてきた作戦はぜーんぶアタシが考えたんだからね？　普通の国だったらとっくに降伏してるぐらいに勝ってんのよ！　なのに、どうして魔王領だけは悪あがきすんのよ！　アンタみたいなオの字が魔王だったのに、それに……なんであのちんちくりんのぽんぽこぴーのオノデラゴウシに負けなきゃいけないのよ！」

「君の作戦だったのか？　それはすごい！　でも、無駄だ！　魔族と人族が安心して暮らせる国を守るのが魔王の仕事なんだから。魔王にはなってくれなかったけど、小野寺君だって同じさ」

「な、なによなによそれ、まるでアタシが悪役みたいじゃない」

「悪役なんだよ君は！」

「なにいってんのよ！　アタシはランバルトと兄貴のこと考えてやってんだから正義の味方なの！」

「僕だって異世界からいきなり呼ばれたのに魔王の仕事はしてたから正義の味方だよ！」

なんか、陰謀からオタク談義、んでもって自分にとっての戦争の意味づけへ、と話がズレまくっている。でもって二人ともその事実に気づいていない。それほど切実な問題であり、お互いに譲れない本音の話なのだ。田中さんは超ド級美少女相手に堂々と自己主張していることにすら気づいてないし、シレイラちゃんに至っては他人の前で生まれてはじめて見えない猫の軍団なしでふるまっていることを忘れるほどエキサイトしている。

「ともかくアンタは魔王だから悪役なの！」

「君だって美少女でお姫様のクセに戦争大好きなんだから悪役だよ！」

ランバルトを秘密の小部屋から支配しているアブないお姫様と、魔王領を支配していたアレな魔王陛下は真っ正面からにらみあった。

最初に視線をそらせたのは、美少女にみつめられることになれていない田中さんであった（美幼女はもちろん別である）。

つづいてシレイラがふん、と鼻息も荒く踵《きびす》を返した。

「アンタなんかこの部屋で死ぬまで変なメイド集めて遊んでればいいのよ！」

「それで結構！　幸せだね！　君の顔なんか二度とみたくない！」

まあそういうわけにもいかないのだが、戦争大好き王女とオタク魔王の直接対決第一回戦は両者リングアウトでとりあえず痛み分け、である。

「くっそぉぉぉぉぉ」

どうにか態度だけとりつくろい、西の尖塔を降りたシレイラちゃん、周囲に人目がないことに気づくとおっそろしい形相で罵った。

「なにか次の手を考えないと……だいたい、ミランが暗殺をあきらめちゃうからいけないのよ……でも、命令だけはだしてあるっていってたな」

気分が落ち着いてきた。うーむと腕を組む。

「ワルキュラには破壊班員が何人いたっけ……ミランをいれて18人で、一人は連絡要員だから……16人。そんだけいれば暗殺成功しそうなもんだけどなー。してくんないかな、暗殺。んー、あー、もう」

大きなお友達思わずズッキューンなポーズをとってシレイラはぽんぽんと頭を叩く。

「願望と現実の可能性を取り違えちゃだめ、もう。いまは、来年の攻勢準備に全力を注《そそ》ぐの！　補給物資の集積状況はどうかしら……あー、大軍を動員するとなると事前にごってり備蓄しなきゃならないから手間かかるわ、もう」

シレイラはのしのしと歩いてゆく。すでに来年の問題に集中している頭脳は、願望としてはねのけた可能性が、いまこの瞬間にも起こりうることを考えてはいなかった。

3

ワルキュラ都ワルキュラ市大蜘蛛《おおぐも》町東坂下28‐9。

学生服に安物の——しかし実は強力な防御魔法がかけられた天本《あまもと》で英世《ひでよ》なマントという格好で街にでた剛士の目的地はそこだ。魔王城に設けられている秘密の抜け道のひとつから外にでた彼は、スフィアただ一人を供に流しの無人タクシー・カーペットに偽装された特製フライング・カーペットでそこに向かった……いや、その前に一度停まり、土産を買った。

土産を手にカーペットへ戻れば、もはや初冬の夕暮れである。

しかし街は精霊さんたちのおかげでどこか暖かみのある空気に満たされており、この季節にありがちな、なんか切ないなぁー、とかなんとなく情けないなぁー、という気分に住民たちを落ちこませることはない感じだ。まあ、夕日をあびてはいるので、悪い子でもないかぎり、そろそろおうちに帰らなきゃ、という気分にはなる。

家路を急ぐみんなの姿が目に入る。

片手にお土産のケーキをさげたスーツ姿のオーガ。校庭で遊びほうけていたのだろう、ランドセルを背負ったゴブリンと人族の子供が手をつなぎ、歩道を急いでいた。角で手を離すとバイバイ、と手を振り、それぞれ自分の家に向け走ってゆく。スーパーからでてきたナイアの奥さんが両手に夕飯の食材がいっぱいにつまった袋を持っていた。

すべてが、剛士にとって意味のあるものだった。

種族が異なるという点をのぞけば剛士の見知っている日常となんらかわりのないもの。いや、彼が生まれ育った世界から汚れた部分をそぎ落とした、夢のような日常がここにはある。おそらく魔王領にはヤクザはいても麻薬密売組織は存在せず、ちょっと遊び好きの女の子はいても援助交際などありはしないのだ。ただここにあるものは、様々な種族がおりなすちょっとした喜びとほんの少しの悲しみにいろどられた日常……それだけだ。

そのすべてに小野寺剛士はかかわりを持っている。

かつて天抜《あまぬけ》で夕暮れの家路をとぼとぼと歩いていたころ、自分がなにを考えていたかを剛士は思いだしていた。嫌いだった。ロクなことを考えていなかった。


まだ朝はいい。これから一日をどう過ごすかを考えられた。

しかし帰り道は……たまらなく憂鬱《ゆううつ》になった。

家に帰るのが嫌だったわけではない。両親は理解のある人だったし、無闇に彼を叱ることもなかった。とにかく、帰り道が嫌なだけだった。

周囲に存在するありふれた情景、そのどこにも自分が所属していないと感じられたからだ。いまこの場で、自分がふっと消え去っても、突然姿を消しても、誰も気づかない……

「……だから、怪談話のネタにすらなれなかった」

初対面の時に田中さんが口にした言葉が頭をよぎった。あの時剛士はただムッとしただけだった。

しかしいまならばわかる。

腹がたったのは、自分も同じような思いを味わっていたからだ。そのことを認めたくなかったのだ。

どこにも属さず、誰にも求められていない自分。

もちろん一方的な見方である。剛士の両親は息子を心の片隅に追いやったことなどなかった。いつも気遣ってくれた。彼は、堅実すぎる中流家庭である小野寺家に所属し、そのよい息子であることを求められていた。そしてそれが嫌ではなかった。

しかし、満足もできなかった。

帰り道で剛士は夢想した。

校舎をでる自分。群れ歩く学生たちから超然と距離を保ち、ゆったりと、自信に満ちた足取りで校門へと歩いてゆく。

やがて生徒たちがざわめきだす。

校門にはドアが六つもある黒塗りの特注高級車が停まっているのだ。

高級車の脇には、制服を身につけた運転手と、ぴしりとしたスーツでキメた美女が立っている。

生徒たちが戸惑うなか、剛士ただ一人は歩み続け、高級車へ当然のように近づいてゆく。その時がきたとわかっているからだ。

剛士を認めた美女はぱっと笑みを浮かべ、彼に駆け寄る。

「申し訳ございません……とうとう、あなたのお力を必要とする時が参りました」

「覚悟していたよ」

剛士は微笑とともに応じ、彼女に学生鞄を手渡す。そしてうやうやしい礼とともに運転手が開いたドアから車に乗りこみ、驚く学生たちを尻目に、彼らには決して手の届かない、なにか大きな目的のために選ばれた男としての一歩を踏みだす……

妄想している間はいつも楽しかった。自分の心が現実から離れ、自由になるからだ。

しかし、夢からさめた瞬間、立っているのも嫌になるほどの嘘寒さに身を震わせるのもいつものことだった。両親以外、自分のことなど誰も待ち受けておらず、必要ともしていないことに気づき、それがどれほど幸せなことかについては深く考えないまま、とぼとぼと家路をたどるのだ。

だから……剛士は思った。

あの時、飯田《いいだ》たちが僕に目をつけたことは……むしろ救いではなかったのか。彼らは苛めのターゲットとして僕を必要とした。僕を必要とした。

だから僕は、ありとあらゆる手を使って反撃した。

彼らの期待に応えてやったのだ。

そうだ。僕は飯田たちとの時間を楽しんでいた。それが証拠に、連中への反撃を決意してから、帰り道で妄想をもてあそぶことなどなかったじゃないか……

魔王領のすべてを背負っているいまと同じように。

「剛士様」

スフィアが呼んでいた。肌がなまめかしさを感じるほど夕日に映えている。

「あ……はい」

「まもなくです」

「早いね」

剛士は周囲をみまわした。流れてゆくのは普通の住宅地だ。ま、瓦屋根や石造りやただの雑木林にしかみえないのとか、いろいろ各種族向きの家が建ちならんでいるので、統一感とかいうものはまったくありませんが。

「高級住宅街というわけじゃないんだ」

「引退なさったあと、そういったお住まいを望まれる陛下はまずいらっしゃいません」

「そうなんだ」

剛士はうなずいた。ひどく気のない返事である。

スフィアは眉をよせた。

彼女はたいていの場合、剛士の態度からその行動や意図を読み取ってしまうのだが、今回ばかりは驚いている。彼がなにを考えて昔の魔王をたずねるのか理由の見当がつかず、また剛士自身、なにも話さなかったからだ。

しかし剛士にしてみれば当然のことなのである。

この訪問は、彼が誰にも……すくなくとも小野寺剛士の名を叫んで死んでくれる人々には相談できない、と思った事柄にかかわっている。

戦争の原因である。

アーシュラやリアを伴わなかった本当の理由はそこにあった。

本当はスフィアにもきてほしくはなかったのだ。

が、剛士の立場になると、本当に一人きりになれることなど絶対にない。その点は諦めた。彼女ならば理解してくれるだろう、という甘い期待もあった。それに……本当に重要な部分は彼女に聞かせるつもりはない。スフィアを信用しないからではなく、魔王領の一員である彼女には辛すぎる内容になると予想しているからだった。

「そうだ、斉藤もと陛下に会ったことある？」剛士はごまかすようにたずねた。

「お会いしたことは、ございません。わたくしがそん……いえ、生まれる前に引退された御方ですので」

「本で読んだ限りだと、優しい人みたいだけど」

「ええ……そういう御方だとは、うかがっております」

カーペットは精霊さんに任せきりの運転であるため、スフィアは剛士の横顔に注目することができた。夕焼けに染まった丸い顔……小さな目、丸い鼻、赤ん坊のような唇。そのどこにも、彼がなにを考えているのかうかがわせるものはない。

　しかし、なにかを考えていることは明らかだ。過ぎゆく街に視線を向けながら、その瞳はトランスに陥ったようにうつろだからである。

　スフィアは戸惑っていた。考えていることをまったく読めないなど、剛士と出会って以来はじめてのことだった。

（まさか、なにか力が……）

　胸の奥にしこりのようなものを感じながら彼女は思った。

　もちろん考えすぎだ。剛士は街を目にして、天抜で過ごした時間のことを思いだし、いつのまにかそのことで頭がいっぱいになり……要するに逃避しているのである。スフィアがどれほど注意深く見つめても、なにも見つけられるはずがないのだ。

　ジャイアントスパイダー印のロープなどを扱う店や問屋が並ぶ大蜘蛛交差点のひとつ手前の角を折れて裏路地にはいったカーペットはスピードを落とした。

「見えました、あちらです」

　内心の戸惑いと不安を押し隠しながらスフィアは指さした。

「うん」

　小野寺剛士の顔に表情が復活していた。

　いつもの緊張、それにちょっとした不安ね、スフィアは即座に読みとった。

　でも……

　どうしてこんなに決意に満ちているのかしら。

　剛士の考えを読むことに集中していた彼女は、カーペットが何者かに尾行されていることに気づいていなかった。

4

　ワルキュラから離れ、たった一人で王立特務《ロイアル・スペシャル・》遊撃隊《イレギュラーズ》と合流した諜報局破壊班員、シュリはこの付近だと伝えられていた部隊との合流予定地点から徐々に範囲をひろげ、半日ほどで彼らとの合流を果たした。

　彼女を目にして、指揮官は驚いたようだった。

「君が諜報局の連絡要員かね。名前は」ナサニア・ゴローズは優しい声でたずねた。彼の部隊はいつもどおり、上空からも決して見つかることのない森の奥に隠れていた。

「はい、男爵様。シュリとお呼びください」

黒装束に身を包んだシュリは片膝をついた姿勢で答え、ゴローズを見上げた。

若い。いや、というよりは幼いというべきか……彼女の整った顔を目の当りにしたゴローズは思った。

「ゴローズと呼んで欲しい。その方が楽ならば、隊長でもいい。年はいくつだ」

「……なにか、関係があるのでしょうか、隊長」

「答えなさい」

「……14です」

「そうか」

ゴローズはうなずいた。

「隊長」

ゴローズが妙な話をはじめたことに驚いたマヤが口を挟んだ。

「なんだ、騎士ウラム」ゴローズの声は厳しかった。

「まず、彼女の得ている情報を確認されるべきだと思いますが」

「そうか……そうだな」

ゴローズは我に返ったようにうなずき、シュリに魔王軍の状況をたずねた。成果はほとんどなかった。シュリは重要な情報を教えられておらず、また、魔王軍の意味ありげな活動を目撃してもいなかったのである。

「申しわけございません」

「いや、いい。注目すべき活動がない、とわかっただけでも意味がある」

詫びるシュリにゴローズはいった。安堵したような声だ。

「このあとの任務は与えられているのか」

「隊長の部隊の道案内をつとめることだけです」

「その必要はない。事前に調査してある」

「では、ワルキュラへ戻り、仲間と合流いたします」

「だめだ。それはいけない」

ゴローズの声は大きかった。

「しばらく行動を共にするのだ。いいね」

「はっ」

部下に整えさせた場所でシュリが眠りについたあとでマヤがたずねた。

「隊長」

「いわないでいい。わかっている、騎士ウラム」

「……失礼いたしました」

「あの娘は14だといった」

「はい」

「人を殺したことはない、とも」

「ええ……はい」

「私が初めて人の命を奪ったのは13歳だった。いくらなんでも早すぎた、自分でもそう思う。そして……君にも殺人を犯させてきた」

「…………」

マヤは暗い陰になっているゴローズの横顔を見つめた。

「いつか、話してくださいますか?」

「なにをだ」

「隊長が話すべきだと思われたことを――すべての戦いの意味を」

「話せるようなものであるのならばね」

ゴローズは苦笑を浮かべていた。

「一時間後に行動を再開するよ、騎士ウラム」

「はい。魔王領の懐《ふところ》深くへ、ですか?」

「命令ではそうなっている」

今度は人の悪い笑みだった。

「しかしだな、騎士ウラム。私はすこしばかり不安になっている」

「わたしがお手伝いできる不安でしょうか」

「もちろんだ。君がいなくては始まらない」

ゴローズはマヤをまっすぐに見つめていた。マヤは他愛なくも頬を赤らめた。

「これまで、我々は……私と君は、部下を率い、かなりうまくやってきた。だからウルリスに消されようとしている。あんな子供まで押しつけられてね。ここまではいいか?」

「はい」

「ならば後は簡単な話だ」

ゴローズは傍《かたわ》らにある木の幹をとんとんと叩いた。

「魔王軍がウルリスと同じことを考えない保証はない、私にはそう思えてならないのだ」

5

サイナが上司からうけた命令は対象の監視が第一だった。

といっても、警戒が強まった魔王城内にはいりこむことはまず不可能で、ここしばらくは一般的な軍の動きや、市内のようすなどについての報告を送るしかなかった。

彼を見つけたのはまったくの偶然だった。

信じられなかった。なぜいまごろ。たった一人だけをともなって外出などするのか、わけがわからない。

わかっていたのは、千載一遇の機会ということだけだ。上司からうけたもうひとつの命令を実行するチャンスだった。

サイナと相棒は尾行をつづけ、監視対象がとある家にはいったことを確かめた。相棒はすぐに走り去った。30分もしないうちに、ワルキュラに潜入した仲間たち全員が集まってくることだろう。


カーペットをおりる。斉藤もと陛下（メンドくさくなってきたので以下『斉藤さん』）の御自宅つーか隠居所つーかは、門から玄関まで少し距離があることをのぞけば、かつて魔王領を統治した御方の家とはおもえない慎ましさだった。

周囲は板塀がわりにエボタの植えこみ。簡単な造りの門。瓦屋根。広いとはいえない庭には植木と小さな池。お家はまあ六間ほどしかなさそうな平屋。海関係の名前ばっかしの一家が日曜午後6時30分から約30分ほど大昔から住みつづけていそうな、懐かしの純和風住宅というやつである。

「ごめんくださーい」

門で立ちどまった剛士は呼びかけた。左手の包みは途中でカーペットをとめた時に求めた手土産だ。スフィアにたずね、ワルキュラでも知られた和菓子の名店でトロール風酒蒸し饅頭《まんじゅう》詰め合わせを買ったのである。

返事はない。

敷石を踏んで擦りガラスのはまった入り口に立ち、もういちど呼びかける。

「ごめんくだ……」

「はーい」

とんとんと足音が響き、小学生ぐらいの女の子が顔をだした。いかにもエルフぅ、という整った顔立ちと、とんがった耳の持ち主である。しかし、全体の印象は丸っこく、髪と目は黒かった。彼はなぜか小さい頃に引っ越していった近所のさっちゃんをおもいだした。

「あの、こちらは斉藤さんのお宅でしょうか」剛士はたずねた。

「そうです」

「僕、天抜高校二年の小野寺っていいます。こちらは斉藤もと陛下のお宅でしょうか？」

「あ、お父さんのお客さんですか？　縁側にいますから、そっち、庭へまわってください。おとーさぁーん、お客さん、天抜の小野寺さんだって」

　剛士とスフィアは斉藤さんの娘に教えられたほうへ歩き、庭へ顔をだした。

　縁側で盆栽をながめていたどてら姿の男がこちらを向く。穏やかだか、ぱっとしない見かけ。まちがいなく日本人。斉藤さんその人だ。現実の年齢はともかく、40代の初めぐらいにみえた。

「天抜の小野寺さんとおっしゃると……あの、小野寺さんですかな。それにしてもお若い。ああ、そちらのお嬢さんは？」

「えと、突然おじゃましてすいません。小野寺剛士です。いま、総帥やってます。あの、17です。こっちは」

「剛士様にお仕えしております、スフィアと申します、斉藤様」

「こちらこそ……スフィアさん、あなたはよい方に仕えておられる。小野寺さんの活躍は魔王領にとって喜ばしいことです」

「あのこれ、つまらないものですが」

　剛士は土産をさしだした。年齢に似合わずこんなことを思いつけたのは、はじめてのお宅にお邪魔する時は手土産を忘れてはいけない、と教えてくれた御両親のおかげだった。とはいいつつも、事前に連絡すらいれてないところがいかにもボケてはいるが、ま、そういう人なので。

「お若いのに似合わず、御丁寧なことだ……ほう、ワルキュラ鳴雪堂《めいせつどう》の」包み紙をみた斉藤さんはにっこりした。訪ねてもよいかどうか確かめなかったドジについてツっこむ気はさらさらないらしい。大人なのだ。それにまあ……もと魔王と現総帥、いまの魔王領でどちらが偉いかとなれば後者である。断ろうとして断れるものでもない。

「これは、ありがたい」

「あの、本にこれがお好きだと」

「はは……京子《きょうこ》の書いた本をね。いまごろ読まれる方がおられるとはおもわなかった。いまでも好きですよ。17歳では、あなたにはおすすめできないが」

　斉藤さんは楽しげだった。ワルキュラ鳴雪堂のトロール風酒蒸し饅頭は、秘伝の精霊契約でアルコールをつぶ餡《あん》のなかにためこんだ大人のお菓子なのだ。一口食べるだけでスコッチ・ウィスキーをグラスでストレート呑みした状態になる。ただし、しっとりと仕上がった薄皮と甘さを抑えた餡、そしてとどめにひろがる芳醇なアルコールの香りと舌にひろがる抑えた甘みのバランスは絶妙である。

「京子は……ああ、アリュナ・マカダムは買い物にでかけているのでたいしたおもてなしもできないが……おーい、あっちゃん」

斉藤・アリュナ・マカダム・京子はその名のとおり斉藤さんのこちらにきてからの奥さんだ。斉藤さんが魔王として即位した時、彼女はその相談役としてつけられた。種族はハイエルフ。知性の高さと美貌の素晴らしさで名高い人だった。

「なに、父さん」さきほどの女の子が顔をだした。

「お茶となにかもっておいで。三人分だよ」

「うん」

「うんじゃないよ、お客さんの前で」

「あ、はーい」

女の子はぺろりと舌をだし、ぱたぱたとスリッパの音をたてながら駆けていった。

「礼儀知らずでもうしわけありませんな、末の娘です。なにしろまだたったの59歳で」

通された応接間は八畳しかなかった。畳の上に絨毯が敷かれ、いい具合に使い古されたソファが置かれている。あっちゃんと呼ばれた末娘がとったらしいマジック・ピアノの免状などが額にかけられている。壁から、滝にたたずむエルフを描いた水墨画がさげられていた。

種族としてはハーフエルフということになるのだろう娘さん、あっちゃんがもってきてくれたお茶は魔王領で一般的なマネフ茶ではなく、緑茶だった。

剛士と斉藤さんはしばらく天抜の話をした。斉藤さんは1950年代にブラントトラントへとばされたので、街の様子についてあまり話があわなかった。

二人がああそれは、とうなずきあったのは、斉藤さんの時代から建て替えられていない天抜駅（斉藤さんにとっては国鉄で、剛士にとってはもちろんJRの）、そのすぐ隣にあるさらにボロい定食屋のことだった。

驚くべきことに、斉藤さんの時代に『おばちゃん』だった人が、剛士の時代に『おばあちゃん』として店を切り回していたことがわかった。二人はあの人こそブラントトラントに呼んでこの世界の料理を改革してもらうべきだ、という点で意見が一致した。

剛士はすぐにでも本題にはいりたかったが、斉藤さんはまだ雑談をつづけたがった。

結局彼は太平洋戦争中、食べ物がなくて辛いおもいをしたことを昨日のできごとのように語った。すでに30代だったというのに、日本が戦争に負けようとしていた昭和20年――1945年、軍隊に召集されてたいへんな目にあったことも。

「天抜の御家族は」剛士はなんという気もなしにたずねた。

もと魔王陛下は笑い皺の刻まれた目尻をかすかに痙攣《けいれん》させ、静かにこたえた。

「両親はすでに……ええ、妻と二人の娘だけでした。ですので、わたしが軍隊にひっぱられると決まったあと、妻の実家にいかせたのです」

奥さんの実家は広島《ひろしま》市内にあった。

1945年8月6日。アメリカ陸軍航空隊所属のB29重爆撃機『エノラ・ゲイ』号が爆発威力20キロトンの原子爆弾……ニックネーム『リトル・ボーイ《ちびっこ》』を広島市に投下し、街を一瞬で壊滅させた時も二人はその街にいた。奥さんの実家は、爆心地《グランド・ゼロ》からわずか500メートルほどしか離れていなかった。

だから、天抜神社でわたしが消えても、誰も心配する者はいなかったのです、と斉藤さんは語った。

歴史としてしか知らない知識が現実の痛みになっている人にはじめて出会った剛士がどうとりつくろってよいものかとまどっていると、斉藤さんは彼の家族についてたずねてくれた。もと魔王陛下が本当に大人であることがわかった剛士はうらやましくなった。自分もこんな風になれるだろうか……

剛士が自分の家族について口にすると、御両親は心配なさっておられるでしょうと斉藤さんは案じてくれた。

斉藤さんが居住まいをただしたのはお茶のお代わりが注がれたあとである。

「それで、ご用件は？　わたしも田中君にあとをおまかせしてから、とんと現世にはうとくなりましたからね」

「はい、あの」

剛士は申しわけなさそうにいった。隣に座っているスフィアが鞄から取りだした書類をうけとり、付箋紙《ふせん》をはりつけていたページを開こうとする。緊張した短い指ではうまくいかなかったのをみてスフィアが手助けしたのだ。

そんな二人の様子をみて、斉藤さんはちらりと微笑んだ。

「えと、そういえばなんとお呼びしたら」剛士はたずねた。そういえばこれまで斉藤さんの名を口にしていなかったことに気づいた。

「斉藤、で結構ですよ。もと陛下、は聞き飽きましたからね」

「はい、斉藤さん……で、あの、魔王をやってらしたころ、御専門はえーと」

「国土の開発です」斉藤さんは先回りし、カタカナ言葉を用いずに自分の得意技を口にした。

「小野寺さんもそうだとおもいますが……自分に、そのような能力があったと知った時は本当に驚きました。天抜では新聞販売店のオヤジだったのですから」

「はい」剛士はうなずいた。新聞販売店のオヤジさんが、どのようにしてここまでの物腰を身につけたのか不思議に感じ……なに考えてんだ、と自分を罵った。

斉藤さんは天抜よりも魔王領で過ごした時間のほうがはるかに長いのだ。そしてその中には陛下と呼ばれた長い時間がある。新しい家族を得た時間も。この人はブラントラントで新たな自分を手にいれたのに違いない。

あの田中さんだって、全然得意じゃなかった戦争で、魔王としてこれ以上はないほどの態度を示せたじゃないか。

「それで……あの、斉藤さんの時代におこなわれたセントール開発計画……とくに、ランバルトと共同で試みた……」

斉藤さんの顔がくもった。

「あのことですか……しかし、昔のことだ。それも……田中君の代になってあれほど悲惨な事件がおこり、すべてが消し去られた。なぜいまごろになって？　あなたが戦っている戦争に役立ちますかな？」

「直接は、関係ありません」剛士は正直にこたえた。スフィアが不作法なほどまっすぐ斉藤さんをみつめているのがわかった。

「あの……どう説明したらいいのか……すいません。こんな風に話するの、性格なんです」

「性格？」斉藤さんは目を丸くし、そして笑った。

剛士は書類をめくりながら話した。

「当時はランバルトとの緊張緩和がもっとも進んだ時代で……共同入植地はお互いの領土問題をその……」

「発展的解消。わたしとマナフ二世はそういっていました、小野寺さん。実際に何度か顔をあわせ、酒も酌み交わした。酔うと、じつに気持ちのよい人物だったな」

「あ、はい。それで、そのセントール領有問題についての発展的解消をはかる第一歩として村がつくられた。住民は双方から半数ずつ、合計１００家族」

「ああ」斉藤さんは遠い目をし、うなずいた。「そう、そうだった。素晴らしい案に思えたのです。あのころは」

「僕も、そう思います」

剛士は気弱な表情を浮かべた。鼓動が痛いほど大きくなっていた。

「でも、納得できないこともあります」

「ほう？」

「その……奥さんが書かれた本には述べられていなかったことなんですが……あの、当時の記録をみていると……」

「どうぞ」

「おかしいとおもいました」

「おかしい？」

「あの計画は、どう考えてもうまくいくはずがありません」剛士は断言した。斉藤さんだけでなく、スフィアまでが自分をみつめているのがわかった。

その理由について考えないまま剛士は続ける。

「当時の記録……あなたの御言葉や報道の記録は、そこで、人族と魔族が仲良く暮らしている様子をつたえています」

「それが目的だった。実際、予想もしないほどうまくいっていた」

「……ええ、なんですが」

「なにがいいたいのかね？」

斉藤さんの声は険しくなっていた。

「うまくいきすぎです。人族と魔族が仲良く暮らす……」

「それが目的だった。素晴らしいことのはずです」

「はい、そうなんですけど……それはつまり、魔王領と同じ、ということですよね」剛士は顔をあげた。

「魔王領と同じ？」斉藤さんは窓から庭をながめていた。

「……そうかもしれないな」

「かもしれない、ではないはずです」剛士の声からは迷いが消えていた。

「魔族と人族が仲良く暮らす村。共同入植地といいつつ、事実上、これは魔王領そのものです。つまり……」

剛士は冷めてしまったお茶で喉をうるおした。

「人族絶対思想の根強いランバルトにとっては、なんの利益もないはずなんです。魔族と人族が仲良く暮らす村が、いざという時、どちらの味方になるのか、僕にでも想像できます」

「戦争を避けられる、という利益がある。わたしは戦争が嫌いだ。あんなにひどいものはない。だから、もう二度とごめんだ、と思っていた……いや、決意していた」

斉藤さんは独り言のようにしゃべっていた。

「ええ、あの……ですが、当時の条約によれば、共同入植地は段階的に拡大されることになっていました。そうですよね？　やがてはセントール平野すべてを共同入植地化するという構想もあった」

「そう、そのとおり」

「だから、おかしいんです」

剛士は断定した。

「事実上それは、セントール平野の魔王領化とかわりがない。戦争の回避とセントールからあがる利益の一部をうけとるかわりに事実上、セントールをあきらめる……ランバルトがいつまでもそんなことを許しておくはずがないんです」

「小野寺さん……」

「ですから僕はおもいます。あの、これは第一の仮説です」剛士は斉藤さんを無視していた。

「共同入植地の建設は、魔王領によるセントールの計画的侵略計画にほかなりません。つまり、この戦争をしかけたのは魔王領側、いえ、あなたなのです、斉藤さん」

扉が閉まった。すでに二つの陽は落ちていた。

人影が、家の主らしい男と子供に送られて外にでた。二人だ。

主はよほど機嫌が悪いようだった。すぐに引っこんでしまった。女の子がかわりにちょこん、と頭をさげ、扉をがらがらと閉じた。

サイナは妹のことを思いだしながら、手のひらに隠せるほど小さな暗殺剣《カフィーリア》の感触を確かめた。

仲間たちがさりげない様子で集まってくるのがわかる。もうすぐだ。

道へふみだした瞬間が、その時だ。

「お怒りでしたね」

門にむけて歩きながらスフィアがいった。今夜の月は三つだ。

「うん」

剛士の声は小さい。顔は、白い。

「なぜあのようなことを？　引退した陛下の責任をどうこうしても」

「そんなことじゃないよ」

彼の声はあいかわらず小さかった。

だが、発音はしっかりしている。

「知る必要があるとおもったんだ。僕は」

「なんのためにですか」

剛士はなにかいいかけてやめ、スフィアの顔をみた。

「そういえば、スフィアも熱心だったね……斉藤さんをにらんでるみたいだった」

「そんなことは……」

スフィアは顔をそむける。

「そういえば、ここにくる時、〝生まれる〟って口にする前に別の言葉をいいかけたよね？　なんていおうとしたの？」

「間違えただけです」

二人は門を抜けた。

「そうかな」剛士が納得できないようにつぶやいた時、木々と浅黄《あさぎ》色の髪をやさしくそよがせていた秋風が、ぱたりとやんだ。

あらわれた。あのちいさな丸い人影。魔王領総帥。憎むべき敵。サイナと仲間たちは一斉に行動を開始した。

彼女たちのうけていたもうひとつの任務を果たすために。

もうひとつの任務とは、暗殺である。

6

ざわり、とブラント樅《もみ》の枝が揺れ、黒い影が跳ねた。

弾丸のように、こちらへむかってくる。

剛士は反射的にスフィアを庇おうとした。

「スフィ……」

しかし……

彼が手をのばした時、彼女の姿は消え失せていた。

襲いかかってくる影に劣らない速度で跳ね飛んでいたのである。

なんの前触れもない、突然のリアクション。

飛距離は10メートルを超えていた。

常人に可能な技ではない。

空中で二つの影がクロスする。

ぐっ、とうめき声が響き、一方が地に激突した。ごきり、と嫌な音がする。頸椎《けいつい》が折れたのだ。

なんの変哲もないワンピース。長い髪。散歩でもしていたようにみえる若い女だ。

しかし、その手にはぎらつくものが握られていた。暗殺剣。

一瞬遅れて着地したスフィアは地面に叩きつけた女から暗殺剣を奪い、剛士のかたわらへ戻る。

彼の前にぐっと両足を開いて立ち、暗殺剣を顔の前で構え、一喝した。

「どなたかは存じません！　しかし、お覚悟なさい！　剛士様の敵はわたくしの敵！　容赦いたしませんっ」

もちろん無駄だった。

襲撃者たちはむしろ、攻撃の勢いを強めた。

あらたな影が一斉に飛びだした。

全周からの同時攻撃だ。一挙にたたみかけ、防御を破ろうとしている。

しかしスフィアは冷静極まりない。敵の動きを目や耳以外のなにかで即座に判断する。

剛士は彼女のつぶやきと気合を聞き取った。

「襲撃者数15……脅威方向確認……そこぉっ」

鈴が鳴る。

いくつもの月光を反射した刃がきらめいた。

空中に鮮血が飛び散る。

濡れた音。

胴から切り離された首が転がったのだ。


スフィアの動きはとまらない。

いや、ますますスピードをあげて襲撃者を迎撃する。

鈴の音。

身を翻して一閃。

鈴の音。

さらに一閃。

鈴の音。

動きに切れ目のない三動作。

たちまちのうちに、五つの死体が叩きつけられる。

剛士は硬直したまま、月光の下で舞う彼女をみつめていた。

魔王領総帥の傍らにいた女は異常な戦闘力をもっていた。

まずリルがやられ、暗殺剣を奪われた。

しかしサイナたちは恐れなかった。最初の一人がやられることは計算済みだ。リルも、その危険を承知していた。

注意を引きつけるのが、リルの役目だった。

そのあいだに他の15人で取り囲み、一斉に襲いかかる。

守れるはずがなかった。

だが、サイナが目にしたものは信じられない光景だった。

暗殺剣を奪った女は子犬をまもる母犬のように叫ぶと、的確な、あまりにも的確な動きでサイナたちを迎え撃ったのである。

信じられない。月光のもとで女は恐ろしい素早さで剣をふるった。

ネシアが頸動脈を切断され、インゲがほっそりした腕の一閃で頭を後ろむきにされた。

ギューンが喉を裂かれ、ヌミアが頭を砕かれ、ケーナが心臓をえぐられた。

魔族だ。サイナは確信した。

そうはみえないが、そうに決まっている。

ヴァンパイアよりも強力だ。

自分も、殺されるかもしれない。

しかし、誰かは成功するだろう。

本当はもう二人いるはずだった。リーダーのミラン、それに王立特務遊撃隊《RSI》との連絡要員を命じられたシュリ。

その二人……特にミランがこの場にいたならば、絶対に成功するはずだ。

しかしミランはいない。サイナはそのことを残念には思えなかった。ミランが、シュリを連絡要員に選んでくれたからだ。

全員揃っていたなら、暗殺は確実に成功したはず。

しかし、シュリ、まだまだ未熟なわたしの妹もあの怪物のような少女に殺されていたかもしれない。

だから、いいのだ。

かわりにわたしが働けばいい。

あの男を殺せばいい。

そのあとで逃げ出せばいい。

そしてウルリスへ戻り、褒美をもらう。ミランに頼んでこの仕事から足を洗い、故郷《ふるさと》に帰る。父と母、幼い弟たちにいっぱいのお土産を手にして。

そうなればいい。

サイナはそう願った。願いながら魔王領総師をめざした。自分とシュリを温かく出迎えてくれる家族の声が聞こえたような気がした。

鈴の音が鳴るたび、新たな死体が生産された。

スフィアは全身に返り血をあびている。血に染まった天抜高校女子制服。月光のもとで凄惨な殺戮《さつりく》をくりひろげる美少女。

剛士は呆然としていた。

いまのいままで、彼女がこれほどの力を備えているとは思ってもみなかったのだ。

確かに第二次セントール会戦の時、大鎌《おおがま》を軽々と手にしてはいた。

しかし、なぜか、形だけだと思いこんでいたのだ。

優しい美少女と、血なまぐさい戦いをひとつのものとして考えたことはなかったのである。

「んっ」

唐突に、胃から酸っぱいものがこみあげてくる。

恐怖のもたらした金臭い臭いで、肺がいっぱいになる。

そして剛士は見た。

スフィアの倒した襲撃者の一人——おそらく12人目に殺された者が、彼に顔をむけて倒れたのである。

月明かりに照らされていたのは、自分とさほど違わない年頃の、少女だった。

もう我慢できない。

「うぐっ、うっ」

胃から駆け上ったものが喉を焼き、口から噴出する。

膝から力が抜けた。

小野寺剛士は自分が吐きだしたものの上にうずくまった。

魔王領総帥が膝を折った。傷を負ったのではない。吐いているのだ。

情けない男。自分の定めもうけいれられず、ただ、俗人のような肉体の反応に身を任せているなんて。

サイナは軽蔑を抱きつつ突き進んだ。

エリヤとシーサを殺した女が、唸りをあげながら魔王領総帥に襲いかかる。

残っているのはサイナもふくめてあと三人だ。


「剛士様！」

スフィアは剛士の異常を見逃さなかった。

しかしその直後、身をひるがえした。

襲撃者……いや、暗殺者はまだ三人残っている。

彼女は剣をふるい、うち二人をほぼ同時に斬殺した。

しかし残る一人は、鉄壁の防御をくぐりぬけ、剛士へ襲いかかっていたのである。

このままでは防げない。

即座にそうわかった。

スフィアは滑るように跳ねた。同時に、跳躍距離とスピードを増すため、刀をためらいもなく捨てる。

剛士に向けて刃がぎらついたその瞬間、スフィアの肉体は刃と彼のあいだに滑りこんでいた。

スフィアは右腕で剛士をかばい、左手で暗殺者の剣を握る手を打つ。

それで、勝負はついた。


ショックのあまり朦朧《もうろう》とした剛士の意識が、スフィアとは違う女の声をとらえた。

「……き、貴様……仲間をみんな……シュリ！」

鈴の音。

そしてあざけるような声。

「甘くてよ、あなた」

ごきり、と骨の折れる音がひびく。

鈴の音が聞こえた。

突然、頰を叩かれる。

剛士は瞼をあけた。

スフィアがのぞきこんでいた。

瞳が酔ったようにうるんでいる。

「剛士様！　剛士様！　お怪我はありませんか？」

彼女は自分の吐きだしたものに汚れた剛士をしっかりと抱いていた。

「スフィア……」

ぼんやりとこたえた直後、冷水を浴びせられたように意識が回復する。身をおこし、たずねた。

「いったいこれは……どうして君は……」

「ランバルトの暗殺者です」

彼に怪我がないことのわかったスフィアの態度はいつもどおりだ。

そう、いつもどおり。

血に濡れた天抜高校女子制服に包まれた可憐な肢体。

返り血に彩られた美貌。

いつもの笑顔。

血まみれた彼女の姿は、すべてを忘れさせるほど美しかった。


どうにか身を起こした剛士は、一瞬にして大量殺人の現場となった路地をみわたした。

なにも感じない。感覚が麻痺している。ただ、頭の一部だけが冷静に作動していた。すぐに誰かを呼んで、後始末をさせなければ、と思いつく。

「スフィア、アーシュラと……セシエにすぐ連絡して。

とりあえずアーシュラに」

あらあらしく戸が開けられ、斉藤さんが彼を呼んだ。

「小野寺さん！　無事か！」

夜目にもあきらかなほど顔色が変わっていた。手には剣が素人くさく握られている。隠れていたわけではない。物音を聞きつけ、まさに押っ取り刀で飛びだしてきたのである。襲撃と、スフィアの反撃が、常人の反応速度をはるかに超えたレベルで戦われたため、なにもかもが後ればせになっただけだ。

「これは……ひどい」

斉藤さんは路上をみまわし、周囲に人影がないことを知って安堵の息をもらす。それからようやく剛士とスフィアをかわるがわるにみた。

「怪我は？」案ずる、というより事実を確認するような声だった。

「大丈夫です」

ＰＪＳで連絡をとっているスフィアの声がきこえた。

『……そう、急いで。ええ、暗殺者は全滅。剛士様にお怪我はありません。念のため、親衛《ケルベロス》一個中隊と、それから現場検証のために……』

「だめだ、スフィア」


剛士はきっぱりと制止した。いつのまにか、彼の周囲を精霊たちが取り巻きはじめていた。あのいやらしい高速怨念増殖炉が、身の危険にさらされたことで瞬間的に全力運転を開始しているのだ。

「ですが、剛士様」

「ねえ」剛士は彼女と目をあわせずにたずねた。

「さっき、君は最後の一人を殺すまえになにか話したよね」

スフィアは青ざめた。

「え……はい」

しかし剛士がたずねたのは彼女がもっともおそれた言葉についてではなかった。

「たしか、〝仲間をみんな〟といっていた。僕にはそうきこえた」

「あ、そうです。たしかにそう口にしました――生け捕るべきでした」

哀れをさそうほどしょげているスフィアに剛士はいった。

「いや、いいんだ。捕らえて……仮に拷問とかにかけたとしても、なにも喋らなかったと思うから。いいんだ。いいんだよ――ありがとう、スフィア」

なによりも自分を納得させようとしているような声だ。そのことに自分でも気づいてしまったのが嫌だったのか、彼はことさらに事務的な態度で彼女に命じた。

「ちょっとPJS貸して」

彼はPJSを持っていない。天抜高校でだって携帯電話をもっていない少数派の最右翼だった。嫌いなのだ。自分を容赦なく社会に拘束する機械だとしか思えないからだった。おなじ理由から、時計も嫌いだ。

「小野寺です」

驚いている血まみれの美少女から秘話精霊契約《スクランブル・ジンナイズ》をほどこしたPJSをうけとった剛士はいった。

なにもきこえない。

「あの、剛士様」スフィアがすまなそうに教えた。

「向きが逆です」

「あ」

彼はダーククリスタル製のボディへ契約精霊に〝お願い〟するための窓がつけられたPJSを持ち替えた。自分から話しかける必要はなかった。相手は大声をだしていた。

『閣下！　閣下ですか？　ご無事なのですね？　ですからわたしもお供すると』

アーシュラだった。取り乱している、といってよいほどの声だ。

剛士はその声を耳にして奇妙なほど嬉しくなり、つとめて明るい声で応じた。

「いい、全部済んだから。ともかく二人とも無事だよ。ほかにも怪我人はない」

横目で斉藤さんを確かめる。怯えたように扉から顔をのぞかせているあっちゃんに、そこにいろと身振りでしめしていた。

落ち着きをとりもどしている。とても、天抜では新聞屋のオヤジさんだったとは思えない。それも、ブラントで過ごした時間のおかげなのだろうか。喜ぶべき変化なのだろうか。

しかし剛士も他人様《ひとさま》のことをいっていられる状態ではなかった。

「いいかい、いうよ？」アーシュラに話しかけながら、彼は周囲の惨状を観察しなおしている。声は、普段より落ち着いているほどである。といっても……平然と受け入れているからではない。感情よりも、やるべきことについて脳が考えたがっているからだった。

「スフィアの指示はすべて取り消す。ケルベロスなんか来させてはだめだ。周辺の警戒に、軍服を着てない誰か……そうだ、もう夜だから特殊吸血鬼戦隊《SVS》の一個小隊をだして。それから死体の回収と現場をきれいにするのに、専門家を派遣してほしい。セシエに相談したらいいのかな」

『了解いたしました。自分も参ります』剛士のきっぱりした口調へ応ずるように、アーシュラの返答も完全な軍隊調になっていた。

「うん、ともかく、話が漏れないように。それから急いで。いい？　ＭＮＮになんか絶対気づかれちゃだめだよ。必要なら事故かなにか起こったことにして道路を通行止めにして、襲撃のあとを完全に消してほしい。なにも起こらなかったことにしたいんだ」

『ランバルトによる暗殺未遂だというのはあきらかです、むしろ発表して……』

「いや、いいんだ。発表の時期は僕が選ぶから。ともかくいったとおりにして、いいね？」

　剛士は返事も待たずにＰＪＳを切った。しばらく地面に転がる何体もの死体を眺めていたが、突然のように目をそらせ、斉藤さんにたずねた。

「こうした場面に、慣れてるみたいですね？」

「それほどでもないですよ」剣を鞘におさめながら斉藤さんは応じた。

「前に、ごらんになったことがあるのでは？」

「わたしの時代にも、緊張緩和がもたらされるまでは、小競り合いのような戦いはあった。わたしも魔王でしたからね。あなたと同じように、戦場へおもむいたこともあります」

「では、教えていただけますね？」

　剛士の言葉に斉藤さんは沈黙し……うなずいた。

「いいでしょう、小野寺さん」スフィアのひどいありさまに気づいた彼は自分の家を示した。

「スフィアさん、あなたも着替えたほうがよかろう。妻の服で、なにか着られるものがあるはずです」

　小野寺剛士は自分の命をまもった美少女に、あとからはいってきてスフィア、それから子供に姿を見られるんじゃないよ、とクギをさした。故郷の法律では、自分もまだ子供として扱われる年齢であることをまったく忘れ去った態度だった。

　むろん虚勢にすぎない。本当は自分のためだった。

　小野寺剛士は、血まみれたスフィアの姿にこれ以上魅了されることに耐えられなくなっていたのである。

……空から黒ずくめの戦闘服に身をつつんだ異形の女たちが次々と舞い降りた。コウモリにそっくりの翼をたたむと、斉藤さんの家を取り囲む。油断なく周囲を警戒した。

門前では防水シートがひろげられ、おそるべき技で切断され、粉砕された女たちの死体が手際よく包みこまれた。

「16人です……全員死亡。見事な技です。まさか、総帥閣下が?」

「そんなはずはない。閣下はこうしたことがお得意ではない」

「では」

「ああ、スフィアだ。わたしも彼女がこれほど剛の者だとは知らなかった。カミラ、わたしは閣下のおそばにつく。あとは頼んだ」

「はい、アーシュラ様」

最後の暗殺者、首をあっさりと折られて死んだ娘の身体が持ちあげられた。彼女の名がサイナといったこと、シュリという妹がいることなどSVSのヴァンピレラたちが知るはずもない。

だが、いいのだ。彼女たちは戦争を戦っている。それはただ憎むべき敵、卑怯きわまりない暗殺者の忌むべき死体であり、誰に知られることもない場所に埋められ、朽ち果てる運命であることを知っているだけで充分なのだ。彼女たちは残酷なのではない。

戦争がそれを求めているのである。

7

鈴の音。


闇の中でどろどろとしたものがうねっている。

闇よりさらに深く忌まわしい色をしていた。

血の紅だ。

粘ったものがうねる音。たぷり、とぷりと波打ち、重たく冷たい飛沫《しぶき》をあげる。

飛沫をかきわけるようにして人影が生じた。ほっそりとしているが、胸と腰は豊かな少女の裸身。髪は浅黄色。

低い声が呼びかける。

『それが定めだ』

全裸の少女は硬く瞼を閉じている。なにも見たくないように。なにも知りたくないように。

『後戻りはできぬ。残された時間は決して多くはない……』

少女はなおも反応を拒んでいたが、やがて、あきらめたように口を開いた。

「いつまで続けたら良いのですか……このようなことを……」

低い声が笑った。

『いつまでも……いつまでも…………』

「でも、過ちを犯したのは……」少女が抗う。

『愚か者たち、すべての愚か者たちがそれを招いた……われらの責任ではない……そしてわれらは再び世界を失うわけにはいかぬ……』

「しかしここはもうこの地に生まれし者たちの……そしてかの地も」

どろどろとしたものが激しく波打った。雷鳴のような声が轟く。

『この世はわれらのもの！　すべてはわれらのものだ！　おまえは従い、務めを果たすのだ！』

少女の全身が反り返り、整った顔立ちが苦悶にゆがむ。声はとどめを刺すように付け加える。

『それだけがわれらが生き残る方法であることを忘れるな！』

「うっ……くっ……あああっ」

スフィアははねおきた。

一人だけの部屋。誰もこない部屋。魔王城内にある彼女の部屋だ。

泳ぐようにベッドからたちあがる。

光源があるようにはみえないのに、彼女の完全な、いや、完全すぎる裸身は闇から浮きあがっていた。

姿見にうつる自分をしばらくのあいだみつめ……つぶやく。

「こんなものに何の意味が……」

ふっくらとした下唇を白くなるほど噛みしめる。

皮膚が裂け、血がにじんだ。

舌でなめとった。

自分が命あるものだと確かめるように。

すっと顔をあげる。

闇の一点をみつめていた。

「剛士様……」

彼女は素早く衣装をととのえた。

鈴の音。

まだ、鼻の奥に血の臭いがこびりついてる気がした。

そうでありながら、ほんの数時間前のことだとはおもえない。

「あー、くそっ」

小野寺剛士は鼻の穴に指をつっこみ、ぐりぐりとまわした。

彼がいるのはあの「蒼天の塔」、以前にスフィアとうれしはずかしになってしまったあの場所である。場面の使い回しとかではない。あのうれしい記憶があるものだから、彼にとってお気に入りの場所になってしまったのだ。

しかし、もう寒い。

風も強かった。

普段ならばたとえ大嵐であってもそれほどの風は吹かない。風の精霊と契約して、領民の住居付近の風を弱めている（ほっといてくれ、という本人の希望があれば別だが）。しかし今夜は違った。

公式には、精霊へ「お願い」の上手な魔導士たちが研究会かなんかで大魔海沿岸の有名な温泉地、アハディにでかけているから、と発表されている。

真っ赤なウソだ。

軍がかたっぱしから精霊と契約しているからである。

アーシュラはすでに動きだしていた。小野寺剛士の命令で進められている戦いの準備をととのえるため、すべての軍組織を活動させている。精霊もその影響を被っていたのである。通信には使えないとしても、他にいくらでも用がある。

この世の楽園じみた魔王領でも、戦争は日常を着実に壊してゆくのである。

「戦争かぁ。戦争ねぇ」

剛士はバカのようにつぶやいた。斉藤さんと話したことで、いくらか心境に変化が生じている。

しかしそれよりもいま彼を考えこませているのは、戦争によって自分の日常も変化をきたしたことであった。

そう、スフィア。

なにをどう考えてよいのかわからない。

もちろんわかっていることもある。

スフィアは僕を守るために戦った。

しかし。

数時間前、繰り広げられた光景が脳裏をよぎる。

暗闇から襲いかかってきた暗殺者たち。

冷静に、どこまでも冷静に、彼らを迎え撃ったスフィア。

容赦なく、あまりにも容赦なく敵の首をはね、胴を叩ききった。

蚊をたたきつぶすほどのためらいもみせずに、殺した。殺した。殺した。

自分と年のかわらないだろう少女たちを。

わからない。わからなかった。

スフィアはいつも優しかった。この世界に放りだされ、初めてであったその時から。全裸で目覚めた彼を受け入れ、励まし、剛士様と呼んでくれた。

優しくたおやかな美少女。

自分の、手前勝手な想像の中にすら存在しなかった、完璧な存在。

それがスフィアだった。小野寺剛士にとってのスフィアだった。彼がそうあれと望んだスフィアだった。

しかし彼女は、彼が望んだ以上に完璧だった。

命を狙うものが出現した瞬間、スイッチが切り替わったように完璧なキリング・マシーンへと変貌した。

暗殺者たちを容赦なく殺戮した。


剛士を救うため、みずからの身を挺した。

理由はわかっている。なにがいけないかといえば、あんな場所で腰を抜かした自分がいけないのだ。

だが、納得はできない。

あれは剛士が望んでいたスフィアの姿ではなかった。

彼女にはどこまでも花のようであって欲しかった。人殺しなどもってのほかだし、自分を救うために命を投げ出して欲しくなどなかった。むしろそれは自分の役割であるはずだった。とても口にはだせないが、好きな女の子のためであればどんなことでもできる、どんな罪でも犯せるだけの勇気が欲しい。小野寺剛士はすべての野郎どもと同じく、そう願っていた。

スフィアに庇われるなんて、彼の幻想の中には存在しなかった。

月をみあげた。時間が遅くなったため、空にあるものはただひとつ欠けながら輝いている〈夢《ユメ》ノ月〉だけだ。

スフィアは、危険に身をさらすことで、自分に対してなにを求めたのだろうと剛士は思った。

やはり、僕が戦争に勝つことだろうか。

ただ、それだけなのだろうか。

そのためならば、なんでもするということだろうか。

「つまり……」

剛士の頭が割れそうに痛んだ。彼の危険な高速怨念増殖炉は自分を例外にしない。『敵』を認識したとたん、全力でその弱点をみつけだし、責め立てようとする。

いまも同じだ。考えたくないこと、思いつきたくないことが次々と浮かんでくる。

——僕が、どんな人間であり、男であるなんて関係ないってことだ。

——僕が、はじめて会ったあの時から……ということも。

——僕は人間でなくてもいい。ただ、使える道具であればいい。戦争に勝つための道具。そのメンテナンスのためにいい、いい、いい、いい、彼女はいる。

そうとしか考えられない。

笑いだしたくなった。もし彼女がメカニックなのだとするなら、大変な仕事だな、と思ったのである。

すべての思考をたちきるような音が耳をくすぐった。

鈴の音。

スフィアが立っていた。

剛士は後ろをみなかった。

「……お邪魔でしょうか」

「いや、そ、そんなことないよ」

あわてたせいで甲高くなってしまった声が真実を告げていた。

「失礼しました」

鈴の音が遠ざかりかけた。

あわてて剛士はふりかえり、精一杯の声で呼びかけた。

「いいんだってば、それ、それから……」

「それから？」完璧すぎる美少女がみつめる。

「もう一度いうよ」

「はい」

「今日は、ありがとう」

「……わたくしの役目です」

「やっぱり、それだけ？」

「剛士様がそうお求めになるのならば」

「それじゃ嫌だ、といったら？」

スフィアは微笑んだ。これほど哀しげな微笑はみたことがなかった。

「……心からお仕えさせていただきます」

「いや、だから」

違うんだ、といいたかった。自分が知りたいのはそういうことではない。なんというか、その、君がどう思っているかなんだ。

もちろん口にだせるはずがない。

おまえ、いい気になるのもいい加減にしろ。

彼女がそこにいてくれるだけで生まれてこのかたはじめての天国じゃないか。

これ以上、なにをもとめるんだ。

ツッコミをいれすぎて、すべてを台無しにしてしまうつもりか。

これ以上いらんことをいうの、反対。

……すべて、自分の中の自分たちが自分会議総会を開催してまとめた意見書の一部だ。

スフィアの微笑に翳《かげ》りがくわわった。

「なんでしょうか」

泣きだしそうにみえた。

「あ、あのののさ、ともかくさ、アレ、ほら、あの」

「剛士様？」

小野寺剛士は完全にパニックへ陥っている。経験者のみなさまに申しあげるならば、異性にさよならとかお友達でいましょうとかいわれた直後のあの心境に近い。

「教えて、くれないかな」

「なにをでしょうか」

小野寺剛士はおもってもみない言葉を口にした。

「なんで戦えたのか」

スフィアの目が見開かれた。かわいらしい舌先が唇をさっと撫で、消えた。

優しい声が教えてくれた。

「……からです」

「え？」

剛士は歩み寄った。

「お願い、なんだって？」

スフィアは身をすくめ、息を吸いこみ、今度ははっきりといった。

「戦いたかったのです……剛士様のために」

「あ」

はあ、と息がもれた。

一瞬後、性能がいいんだか悪いんだかよくわからない心臓がオーバーロード運転に突入する。

なんかもしかして、僕、ものすごいことといわれたんじゃないのか。

魔王領のひとたち《まぞく》が、僕のインタビュー観て軍隊に志願したのと同じこと。

いや、それよりさらにものすごいこと。

好きよ好きよ大好きよといわれるより嬉しいこと。

スフィアは僕のために生き、僕のために死ぬといってくれたのだ。

小野寺剛士の名を唱え、魔王領ではなく、小野寺剛士のために死ぬ、と。

その理由はわからないけれども。

「……御迷惑でしょうか」

「まさか」

剛士は笑顔を強引につくりあげた。よくわからないが脳内麻薬があふれだしており、妙に気分がいい。ただもう同じ言葉を繰りかえした。

「まさかまさかまさか」

懸命に我慢していたが、耐えきれず、バカのように笑み崩れてしまう。

スフィアの瞳に生気がよみがえった。二人が話しだしたのは同時だった。

「あ、あの、剛士様」

「あ、あの、スフィア」

沈黙があり……どちらともなく笑いだす。

「あ、あの、剛士様からお先に」

「あ、あの、スフィアから」

再び沈黙。今度は爆笑になった。何度も抑えこもうとしてそのたびに失敗し、我慢しきれずに吹きだしてしまう。あのパーティの晩のように、いつのまにか寄り添うようになって笑い続けた。

笑い疲れて座りこんだのは剛士が先だった。塔の胸壁にもたれ、息を整える。

スフィアはごく自然な動作で隣に腰を下ろした。

冷たくなった夜風と笑っているあいだに噴きだした汗で冷え始めた肌が、彼女の体温を感じ取る。

「いやあのさ」

剛士は意図的に身体をはなしながらたずねた。大脳の一部はそのまあ、このままゴーゴー、と主張しているのだが、別の一部、ことに高速怨念増殖炉の炉心である前頭葉が反対論をぶっている。

手順がたりない、なにかがわかっていない、と。

「ああいうとき」自分の性格、根性の無さをもうはっきりと呪いながら剛士はいった。

「ああいうとき?」

「突然襲われたとき」

「……はい」スフィアの表情がふたたびかげった。

「いやそういうことじゃなくて」ばかぁ、こんな話もちだしたら元のもくあみじゃないか、と自分を叱りつつ剛士はいいつくろった。

「どういうことでしょう」

「だから」

「……だから？」

どうしてよいかわからなくなった剛士は反射的に行動を起こしていた。スフィアの手を握り、引き寄せたのである。

「あ」

ちりん、涼やかな音とともに柔らかな身体が倒れかかってくる。

「あ、ごめん、ともかくさ……そういうことじゃないんだ」

なんか彼の人生的には大変なことをしているのだが、いまの剛士はスフィアを再び落ちこませないことだけで懸命である。

「わかり……ました。どうぞ」

スフィアは応じ、剛士の胸に頰を押しつけた。ふうっ、と吐息を漏らし、瞼を閉じる。唇が悲しみと喜びの間を往復していた。

「あの、どうしたら一番手際よくいけるのかな」

「……具体的に、ですか？」

「いや、考え方でいいよ」

「相手の動きを読みます」

「うん」

「そして、相手の力を利用して、自分の力にします」

「それだけ？」

「あとは決して油断しないこと。失敗の可能性をつねに考えること。失敗した時は、即座に新たな決断をくだすこと。絶対にためらわないこと……それだけです」

小野寺剛士はうなずいた。そして……

「うわっ、あれ、これっ」

と大声をあげた。

「どうされました？」

身体を起こしたスフィアが顔をあげ、のぞきこんできた。ほっそりした首が柔らかくしなっていた。

「いやあのあのあの、そのこのこんな」

剛士はあわてふためいている。自分がエライことをしていたのにようやく気づいたのである。

「剛士様？」

「ご、ごごごめんスフィア。こ、こんなことするつもりじゃなかったんだけどあのそのあののいや、あは、あははは」

彼は完全に混乱していた。そりゃそうでしょう。世界地図で南太平洋にエロマンガ島（海没）という地名を発見し、はたまたベネルクス三国付近にスケヴェニンゲンなどという街をみつけた時にはしっかりニヤリとしてしまうぐらい健康でありつついまいちその種の度胸に欠ける男子としてはそうなるしかない。

「……もう」

スフィアは呆れたようにつぶやき、剛士の腕をしっかりと捕らえ、両腕で胸に抱えこんだ。

「謝る必要はありません」

「で、でも」

スフィアは抱えた剛士の腕をぎゅっと胸に押しつけてきた。うわっ、剛士君的にはこれもう致死量。

「よろしいですか？」

「は、はいっ、なんかいいです、すごくいいです」

「そういうことじゃありません」

「あ、あの」

「……気づいてくださいませんか」

「いやあのなに考えてるか自分でもわかんなくて」

「……鈍いんだから」

スフィアは腕を離した。思い切って顔を寄せ、剛士の唇に自分の唇で触れてやる。

「…………」

「……おわかりに……剛士様？」

頬を染めて剛士を見つめたスフィアはあんぐりと口を開けた。

ぽかん、とした剛士君の鼻から、血が垂れていたのである。

「あ、剛士様、ほら、顔をあげて」

「あ、ん」

スフィアは大慌てで彼の首の後ろを叩きながらティッシュを取りだし、片手だけで器用に丸めると鼻に詰めてやった。

その後は一騒動である。頭に血がのぼりすぎた剛士を助けて私室に送り届けなければいけないわ、すわ大事件かと飛んできたアーシュラはあきれかえるやら怒るやらなぜか不機嫌になるやらだわ、リアちゃんはズゥと一緒にぶっとんでくるわ、誰かが警報を発令したおかげで城中たたき起こされるわ、タトゥラ・シャナン軍医長はシースルーのネグリジェ姿のままスライム衛生兵一個小隊率いて突撃してくるわ、ともかく急いで氷枕を用意する必要はあるわで、ようやく落ち着いた時には、おお、なんか三巻目にしてはじめて男女の実用性を持った絡みへ突入か、と思われた雰囲気は跡形もなく消え去っていた。やはり剛士君、哀しいほどに経験値が不足していたし、もはやただボケたりラブコメったりしていられるような立場ではなくなっていたということである。

しかしだ。ナニでアレでなんだが、彼とスフィアの二人にとっては悪い夜ではなかった。一歩前進という感じでストーリー的にも……というのはおいといて、知恵熱だした子供みたいな状態の魔王領総帥閣下はともかく、スフィアにとっては特にそうだった。

彼女は唇を生まれてはじめて他人に与え、その結果といえば最悪という感じではあった。こればかりは認めざるをえない事実である。

そうでありながら、気分は最高だった。

これまで覚えたことがないほど心が弾んでいた。

……再び、鈴がひとりでに鳴り始めるまでは。

8

「いや、お見事です……田中さん」

10月18日、ウルリス王城は〈孤影ノ間〉を訪れていたランバルト国王、いやさフェラール兄ちゃんは感に堪えぬ、という溜息とともに原稿から顔をあげた。瞳には夢見るような光とともに、真っ正直な尊敬の色が浮かんでいた。

「あ、いや、そうですか。いやあ、フェラールさんの紹介してくれた作家さんたちのおかげですよ」

田中さん（とりあえず魔王、捕虜）は謙遜した。

しかし小鼻は正直にひくひくしている。

「ここまで素晴らしい芸術表現が存在しうるとは……無知を恥じます。まさに神ならぬ身であることを思い知ったようですらあります」

フェラール兄ちゃんが目を落としているのはもちろんアレ、田中さんが同人作家化したロリでろりでペドなメイド軍団を動員して描かせたお耽美作品の一つである。同人らしくわずかに6ページしかないが、内容はそのまあ、コ◯ケであれば絶対にチェックを通らないだろうアレであった。まずは秋葉専門店専用、一年経てばま◯だらけでガラスケース中置き確実、おまけにネットオークションじゃどれだけ値がはりあがるかわかんない、ってぐらいの濃厚さである。そちらの道については実戦経験豊富なフェラール兄ちゃんすら思わずウズウズさせてしまうほどであった。

「すべて……このように高度な作品ばかりなのですか」

「いやはは。そりゃね。大丈夫。実はそれなんかヌルい方で。まだ完成まで時間がかかりますけど、リーマン系とか、双子総受けとか……なんか自分でいっててよくわかんないですけど、もっと凄いのも。ほら、こないだ紹介していただいたキリムとアウシャなんかいきなり合作はじめちゃったりして、32ページでいく、なんていってくれてますし」

　田中さんは調子よく語った。まったくよどみがない。気分的には同人作家というより同人編集ゴロのレベルへすでに到達しておられるらしい。同人編集ゴロが人間として正しい姿なのかどうかはともかく、やはり、才能である。

「それは素晴らしい……完成が待ち遠しいです」

　フェラール兄ちゃんは名残《なごり》惜しそうに原稿を田中さんへ返した。

「田中さんの作品は、いかがですか」

「ちょっと遅れ気味ですけど、ジュラたちが背景とメカを手伝ってくれてるもんで、なんとか予定どおり」

　その結果、ロリロリでぽよぽよでほわんほわんのメイドさんたちがこの世の地獄を味わっている事実をパスしながら田中さん答えた。つーか、そんな認識、この人にはないのである。初めて味わう同人製作の楽しさに酔っているからであった。

「となると完成はやはり12月……？」

「ええ、なんとか間に合わせます、あの、印刷所の手配の方は」

　心配そうにたずねた田中さんにフェラール兄ちゃん、頼もしげに応じられた。

「すでに王立印刷局に命じ、専用の輪転機を準備させてあります。調整に当たる技師と魔導士も10名ほど辞令に署名しました」

「よしっ」

　ガッツポーズをとる田中さん。フェラール兄ちゃんも深くうなずく。属性は大違いだが、なんか思いっきりいいコンビである。戦場でお互いの力を尻、じゃなくて知り……まあ誤解しあっている仲、それも王様という立場は同じで……いまのところ衝突する個人的な利害が全然ないため、実にいいお友達なのであった。

「失礼いたします……」

　国王陛下の御来駕《ごらいが》とあってはなにもしないわけにはい

かないので、田中さんが泣く泣くメイドさんの仕事をしてねとお願いしたジュラがお茶をテーブルに置いた。うーん、しかし見かけはかなりイケなくなっている。以前よりもさらに水気が失せた感じだ。メイド服だけは気を使って整えたようだが、なんか似合わない。絵のセンスが上昇するのに合わせ、ファッションのセンスが奥深い場所で悪化しているらしい。

「そういえば……」

万が一にも原稿を汚さぬよう、テーブルから離れた場所でカップを手にした田中さんはたずねた。

「あっちの方《せんそう》はどうなってます？　小野寺君、ちゃんとやってますか？」

「やはり、気になりますか」

礼儀正しくカップとソーサー手に田中さんへ続いたフェラール兄ちゃんは表情をうかがった。

「いえね、小野寺君なら心配ないと思うんですけど」

「はは」

フェラール兄ちゃんは笑った。

「そこまで後継者を信頼できるとは……うらやましい話ですね」

「魔王領って、そんな感じですから」

「わたしはあなたの友情をかちえたいと望んでいますが……詳しいことはお話しできません。お互い、立場がありますからね」

「ええ。それ、わかります」

あ、なんかト○ノ台詞みたいだとか思いながら田中さんはうなずいた。

「申しわけない。しかし……努力はしておられるようです」

「良かった」田中さんはにっこりした。本当に嬉しそうだ。

フェラール兄ちゃん、ナニな意味でないところで親しくなったはじめての同性の友人をみて下唇を噛み、さりげなくいった。

「確かこの部屋にはスピリット・ビューワーがありましたね？　そろそろニュースの時間ですよ」

「あ、そうか」

田中さんはどたどたと歩き、部屋の隅で汚れたＴシャツやトランクスに埋まっていたビューワーを掘り起こすとスイッチを入れた。早口でお願いする。

「視せて、視せて、ＭＮＮ」

ぶぅーん、と低い音が響き、水晶球がちらちらしたあと、カラーの画像があらわれた。フェラール兄ちゃんはほぉ、と小さく漏らした。ランバルトでスピリット・ビューワーの画像をカラー化できるのはよほどの大魔導士だけなのだ。といっても田中さんに魔力があると考えるのは早計である。要するに彼は疑ったり無理したりしないだけのことであるからだ。精霊さんたちはデフォルトでそんな感じの人を好み、サービスしてくれたりしちゃうのである。

田中さんは水晶球に集中していた。画面に顔をだしているのは中島《なかじま》ワティアである。

『……といわれています。冬を控えたこの時期になぜ魔王軍が大規模な演習を実施するかについては様々な推測がなされています。第二次セントール会戦で大損害を被った軍の士気回復、あるいは戦時国債の市場操作……このまま攻勢を開始するのではないか、という見方すらあります。しかし、その可能性はないでしょう。小野寺総帥は将兵に無理な要求をださない人物という定評があり、先日のインタビューでも明らかになったように、その若さに似合わないほど慎重な人物でもあるからです。冬季大演習の情報を受けてランバルト軍の一部が厳戒態勢に入ったのは事実ですが、過剰反応というべきかもしれません。仮に実戦へ備えた行動だとしても』

田中さんは画面をみつめている。視線はワティアではなく……その背後に向けられている。ワルキュラ郊外で野営している魔王軍部隊であった。

『……むしろ今月に入ってから魔王軍を翻弄しているランバルト軍特殊部隊、ナサニア・ゴローズ男爵率いる王立特務遊撃隊に備えた軍の集結と考えるべきでしょう。市場における魔王領戦時国債の取扱量からもあきらかなように、ゴローズ男爵の部隊は魔王領の戦争努力に大きな影響を及ぼしているからです。中島ワティアがワルキュラ郊外某所よりお送りしました』

コマーシャルに切り替わったビューワーのスイッチを切りつつ、田中さんはほんの一瞬だけ微笑を浮かべた。すぐにいつもの表情になってフェラール兄ちゃんへ振り返る。

「いやあ、なんかイロイロやってくれてるみたいですね」

「頼もしいことでしょう……あなたにとっては」

「フェラールさんトコにもご迷惑をかけますね」

田中さん、属性へ忠実である。自分のことは完全に高さ756メートルぐらいの場所にある棚へあげていた。

「戦争なのです……受け入れるしかありません」

「受け入れる。そうですね。あ」

田中さんはぽん、と手を叩いた。

「どうされました？」

「いや、受けで思いだしたんですけど、フェラールさん、カップリングでなにか希望ありませんか？　何人か、どうせ描くなら国王陛下のお好みのテーマにしたいっていってる娘《こ》たちがいるんですよ。きっと美形王様ネタか王子様ネタで受けか攻めかやりたいんだと思うんですけど」


受けだの攻めだのカップリングだのと難しい専門用語が頻出しているが、御存知ない方のために申しあげるなら……まあ、御想像のとおりである。受けと攻めは美形な男の人しかでてこない特殊なコミックに登場する主人公格二人の関係をあらわす言葉だ。要するに受けがお尻のほうで女役、攻めはまんま男役ということだ。カップリングはまさに言葉通り。田中さん、お耽美同人誌についてはなにかのパロディにするつもりはないので、この場合、主人公二人の社会的地位つーか職種つーかそんな感じであろう。

「そ、それは……」


こくり、と唾を飲みこむフェラール兄ちゃん。そこらへんのおねーちゃんたちより美しい顔立ちが朱に染まっていた。

「えーとですね」田中さんはテーブルに置いてあったアイデアノートをめくった。

「美形王子様が戦場で捕虜になって苦み走った傭兵将軍にあれこれされる、とか、美形の王様がハンサムで男らしい大魔導士にさらわれてＨな肉体へ改造されたり開発されたりする、とか……うーん、敵同士の美形王様同士の純愛もの、なんてのもありますね」

「おお……」

フェラール兄ちゃん、陶然としていた。そういう方向性もあったかとお気づきになり、現実の情景を想像してしまったのである。

「素晴らしい。素晴らしいですよ田中さん！」

「あはは、そうですか」

田中さんは頭をかいた。そっち系のことはよくわかっていないので、アイデアはメイド同人作家軍団とのブレーン・ストーミングで出た内容そのままである。しかしそれをいかにもわかっているように話せるところが大したものであった。紛れもなくオタク兄ちゃんにのみ備わった特殊能力である。

「それよりもいっそ」

田中さんは頬をバラ色に染めているフェラール兄ちゃんにたずねた。

「フェラールさんも描きませんか？　ジュラたちから聞いたんですけど、フェラールさん、絵がお上手なんでしょう？」

「いえ、わたしなどは……」

フェラール兄ちゃん、恥ずかしそうに顔を伏せた。

「ね、いいじゃないですか？　やりましょうよ！　みんなでやったほうが楽しいし」

田中さん、言葉巧みである。ただし話している内容は大国の王城というより、大学の近所の喫茶店とか、ヒマなアニメーターの集まる深夜2時ごろの大泉学園《おおいずみがくえん》近辺のファミレスという感じである。

フェラール兄ちゃん、その手の属性がない田中さんですらなんかおい、と思うほど羞《は》じらってみせたあと、小さな声でいった。

「秘密を守ってくださいますか……？」

「作家の秘密は拷問にかけられても口にしません」田中さんは頼もしげにうなずいた。


「それでは」

フェラール兄ちゃん、〈孤影ノ間〉を訪れる際、さりげなく持ちこんだ紙包みを開いた。中からあらわれたのはスケッチブック《スケブ》である。

「……笑わないでください」

スケブを受け取った田中さんはそれを開き、

「これは……」

と、絶句した。どのページにもそりゃもう驚嘆するしかないデッサンが描かれていたのである。ええもうスゴイですよ、本当に。さすがに肉弾シーンはない。が、美形騎士同士が木陰で寄りそっているスケッチなんて、その手がお好きな女性であれば全財産を投じても悔いはない、というレベルである。技術ではなく、まぎれもない才能。フェラール兄ちゃん、おのが肉体でお耽美を実践しておられる方には珍しく、芸術的傾向と才能もお耽美系そのものなのであった。

「これだ！　これが欲しかったんだ！」

田中さん、戦車隊の訓練をはじめて見たアドルフ・ヒトラーのように叫んだ……ってなんか作者的には大好きな小説で目にした表現を尊敬と共にお借りしてますが、ともかく大喜びである。

「スゴイ！　これならいける！　フェラールさん、カラーはできますか？　いい、これはいい！　表紙に使ってるだけで売れる！　よっしゃあああ！」

「あ、あの田中さん」

「そうですね……何ページいけます？　いや、忙しくてストーリーものが無理ならイラストだけでもいいです。そんだけでも全然ＯＫ。そうだな最低4枚ぐらい。あんまり少ないと値段ばっか高いゲスト本だとか悪口いわれますからね。よしよしよしよしよし」

「あ、あの」

「ね、いいでしょう？」

「……イラストなら」

「ありがとうございます！　おーい、ジュラ、みんなー」

「はーい」

控えの間で同人製作地獄絵図を繰り広げていたメイドさんたちが揃って顔をだした。

「フェラールさんがイラスト描いてくれるって」

「えー！」（×25ぐらい、たぶん）

目のしたクマの、なんか微妙に汚い感じになってしまったメイドさんたちは一斉に声をあげ、田中さんとフェラールを取り囲む。

「陛下、陛下、本当ですか？」

「うわっ、見てみてみんな、スっごい上手」

「えー、陛下って……うわーっ、そんけーしますぅ」

フェラール兄ちゃん、思わずにやけてしまう。他人から本当に自分のものである能力を誉められるのは初めての経験だからである。と同時に困った表情を浮かべた。

「田中さん、秘密にしてくださると……」

「え？　だってみんな同人の仲間ですよ。隠すワケにいかないじゃないですか」

「陛下、だいじゃぶでーす！」

田中さんによって完全に同人作家へ調教されてしまったメイドさんたちは声をあわせた。

「ひみつは絶対まもりまぁーす」

「ああ……はは……頼むよ」

額《ひたい》に汗でフェラール兄ちゃんは応じた。しかしどこか信じきれないのであった。うーん、ごもっとも。

「あー、それでですね」みんな顔をそろえたからいい機会だと思った田中さんはさらに重要な話題を持ちだした。

「何部刷るか、ということなんですが」

「……わたしとしては各家庭に一冊ずつ配布したいと考えていますが」

「それはいけません」

田中さんは力強く否定した。

「タダってのはいけませんね。安くみられますからね。同人誌は自分で発見し、選んだ末に買ったんだ、という形にしないと、満足感がありません。そうですね……ウチの（ってあのね田中さん）レベルからして……まず５００部からいきましょう。値段は８００円ぐらいで」

「円？」

「あ、僕の故郷の通貨単位です。こっちの適当な値に置き換えてください。うーん、で、頒布する方法は……みんな、意見ある？」

田中さんはメイドさんたちにたずねた。

「行商しますかぁ？　王城の方から来ました、とかいって」

「却下。消火器売りつけるんじゃないんだから」

「通販ですよ、やっぱし」

「そのためには宣伝がねー。やっぱ、口コミで拡がってくのが一番いいんだけどな」

「あのー、お兄ちゃんが前にいってた怪しいお祭りはどうなったんでしょうか」

「いくら僕でも男性成人向けと女性成人向けが一冊ずつでやろうとは思わないよ」

うーん、とみんな腕を組んでしまった。いやま魔王領ならネットつーかＷＷＷというか、それに近いものが存在しており、ホームページみたいなものを使って宣伝できたりするのだが、ランバルトでは無理である。というか、根本が80年代中盤オタク全盛期の人である田中さんは、あまりネットを利用するという発想がないのであった。

なんつーてもパソコン通信なんてものがまだまだ素人には手をだしにくかった時代の人なのである。田中さんにとってインターネットとは、あくまでも第三次世界大戦に備えて造られた軍用コンピュータ通信網のことなのであった。中学生になったあたりからパソコンはいじったけれど、特殊な友達の持ってたＭＺ80とかベーシックマスターレベルⅡとかＰＣ６００１とかアップルⅡとかで、最新でもＰＣ８８０１程度だ。日本のパソコンをありがたそうな電子頭脳というイメージから大きなお友達にとっての三種の神器……つまりビデオデッキ、ゲーム機、パソコンてな感じに変えてしまったＰＣ98シリーズには触ったことがない。当時のＰＣ98シリーズときたらそりゃもう半年マジメになってバイトし、そのあいだの食事は納豆卵御飯のし×3／1日、でも買えるかどうかアヤシイというものだったのである。

「あの……よろしいでしょうか」

おずおずとフェラール兄ちゃんがたずねた。

「あ、はいはい」

「人が集まる場所に店をだすという案はいかがでしょう」

「店……」田中さんは真剣な表情になった。

「しかし品物が……いや、そうか。関連商品を売ればいいんだ。ペ○やア○メイトにみたいにして、まず文化をひろめる……うん、ランバルトってのはいうなればゼン○ラーディ人みたいに戦争しか知らないんだから……Tシャツ、トレーナー……下敷き……グッズならすぐにいけるな。こっちの世界じゃ日本の著作権なんて関係ないし。うん……そこで同人製作の手引きみたいなパンフレットも配って……うーん」

田中さんはフェラール兄ちゃんに向き直り、深々と腰を折った。

「お願いします、フェラールさん。ほら、みんなも」

「おねがいしまぁーす。陛下ぁ」（×アバウト25）

「わかりました。臣民街にわたしのごく親しい知人が持っている建物がありますから、準備させましょう」

フェラール兄ちゃん、優しげに、しかし心から嬉しそうに応じられた。ちなみに、ごく親しい知人とは、もちろん、あっちの方のお尻あいである。

……と、いうわけで田中さんの野望は着々と進行中であります。しかし忘れてならないのは、彼がスピリット・ビューワーを見ていた時、思わせぶりな視線の走らせ方をしていたこと。オタク兄ちゃんでも魔王、彼は見るべきトコロは見ていた。同人誌製作計画が壮大なオタク業界制覇作戦へと変わりつつあるいまもそのことを心の片隅で思っていた。

（後ろに映っていた部隊……あれは僕が知らない部隊だった……）

そうなのだ。ＭＮＮのリポートが冬季大演習の取材のために映していた部隊は、田中さんが知らないものだった。

つまり、新設部隊ということだ。

（この時期に新兵を鍛えるというのは……つまり、来年の戦いに備えるということか。しかし……それで勝てるのかな。小野寺君、どうなんだ？）

9

魔王軍の出撃準備は剛士の命令どおり、10月20日までにほぼ完了した。

「すでに半数はワルキュラの郊外で出撃命令を待っております。補給隊は先発しました。充分な護衛をつけてあるため、小部隊による襲撃は問題となりません――たとえ奇襲でも。ただし万が一の場合を想定して、セントール街道上はウィングドラゴンによる戦闘空中哨戒《コンバット・エア・パトロール》をおこなわせております」

高級指揮官クラスがずらりと顔をそろえた中央《セントラル・》作戦指揮《コマンド》センターでアーシュラが報告した。見事な手配である。

だが、センターの空気は、重い。

いまふたたび小野寺剛士に対する疑念がわきあがっていたのである。攻勢をとるべきではない時期に攻勢準備を命じたことにはそれほどの影響力があった。

剛士が徹底的な秘密主義でことに臨んでいることがさらに問題を複雑にしていた。

彼らの大部分は、全軍出撃が間近になったいまも、この攻勢の目的と計画内容を伝えられていないのである。疑念はむしろ必然といえるのだ。

「うん」

アーシュラの報告に小野寺剛士は短く応じただけだった。質問もしない。彼女の参謀としての能力に疑いなどないため、なにかを口にする必要はないのだ。

それに、疲れてもいた。

肉体的には大したことがないが、心が痺れたようになっている。あの暗殺未遂がPTSDじみた影響を彼にもたらしていた。そして、誰にも話せない真実を自分が知ってしまったことも。正直いって、剛士は自分がそうした状態であることを周囲に気づかれないようにするだけで精一杯であり、疑いの視線など気にしてはいられないのだ。

椅子からたちあがった彼はふらつかないように気をつけながら中央の大地図へ進んだ。大地図は上下するようになっており、必要によって床になったり、机に変わったりする。いまは床になっていた。重要な情報が精霊光で表示されているので、床になっていても上を歩くものはいない。

小野寺剛士はそこに足を踏み入れた。

と書くといかにもな感じだが、実際はたいしたこと考えてません。自分の考えを説明するのに、そちらの方が便利そうだと思っただけだ。

「じゃ、説明するから」

地図の中央、ちょうどマリウクス城塞のあたりで彼は口を開いた。

声は小さい。ほとんど聴きとれないほどだった。だが、彼の周囲を舞う様々な精霊の数は普段よりも多かった。魔王軍首脳部の面々は、たったの17歳にしかならない彼らの総帥がどれだけ重要なことをいわんとしているかに、その光景で気づいた。

「閣下、もう少し大きな声で願います」

アーシュラが求めた。

剛士は妙にねばついた目つきで彼女をみたがすぐにうなずき、話を再開した。

そして、全員をのけぞらせることになった。

「今回の攻勢、その目的は敵と戦うことじゃないです」

声にならないどよめき。正直にいうなら、なんじゃそりゃあ、と一同総ツッコミである。いまのいままで、剛士の理由もさだかではない命令にしたがって戦いの準備をすすめ、あちこちで無理をかさねて兵力をそろえ、部下の士気も高めてきたというのに、戦うことが目的ではない、といわれては立場がない。

「閣下っ」

アーシュラが声をあらげた。牙をむきだしていることにすら気づいていない。もともと機嫌が最悪なのも影響していた。

あの夜、みずから剛士の護衛につこうとした彼女は、その剛士自身から斉藤さんとの話が終わるまで外にいろ、と命じられたのである。スフィアも席をはずすように命じられたのがいくらか慰めにはなったが、機嫌がよくなったわけではない。

彼女をとがめるものはいなかった。魔王軍首脳のなかでもっとも剛士に理解のあるクォルンでさえ、むずかしい顔をしている。全体の空気は——悪いなんてものじゃない。総帥閣下、とうとう御乱心か、という感じである。

アーシュラはさらにいいつのる。

「いったい、いまさらなにを……」

その時、空間を引き裂くような怒声がとどろいた。

「お静かになさい、みなさん！」

総帥の椅子、その傍らにたっていたスフィアだった。

「閣下がいまからその理由をお教えくださるのです」

スフィアの眉はつり上がり、浅黄の髪は逆立っていた。

すでに戦闘態勢にあるため、その手から離すことのない大鎌が不気味に輝いている。というより、彼女はあの夜から片時も剛士の傍らを離れていないのである。鼻血を噴いて倒れた時だって朝までずっと傍らにはべっていた。

沈黙が落ちた。アーシュラですら目をおとしている。

剛士は周囲のそんなできごとにも気づかなかったように、マリウクスのあたりを見おろしていた。なんかだんだんシャレがなくなっているが、戦争というのはシャレがきかないことおびただしいので我慢していただくしかない。

ただし、現場で戦わねばならない人々のほうは別だ。異常に大きなストレスを受けているから、シャレでもいってなければ身がもたない。いや、心がもたない。

悪くなったこの場の空気を変えようと口を開いたのはその代表格のような人だった。

「てことはぁ、なんか、閣下が企んでくれちゃったりしてるわけだよね。その、いろいろと無理してるわけだし」

ジョス・グレナム大佐は耳をかいていた。イヤな空気のまま説明をうけるのはおもしろくなかったし、そのままにしておいては、スフィアを恨み恐れるものもでてくる……

それはいけません。いけないよ、うん——などと、軍人として、女性全般が大好きな人として考えたのだった。まあ、後者の理由がほとんどなのは当然であるが、適切なフォローであった。剛士を助けることにもなったからである。彼の言葉のおかげで全員の注意がスフィアから剛士にもどったのだ。

「名前があったほうが便利なので、前に読んだ本で知った話から借りました。作戦名は〈カルネアデス〉とします」

ジョスへうなずいたあと、剛士は早口でいった。

声は心持ち大きくなっている。なんかいかにも意味ありげな名前だが、語っている本人は自分の読書感想文を朗読しているような調子である。

「この作戦について、僕はどんなに反対されても決行するつもりでいます。説明したあとでなおかつみんながダメだというんなら……それでも考えは変えません」

声が、さらに大きくなっていた。

「本当は目的から話すべきなんだけど、それではみんな混乱するとおもうので、理由を、順に説明してからにします……セシエ」

「なに」さすがにきゃろりんぱではない態度でセシエ・

ハイム中央魔法局《セントラル・マジック・エージェンシー》局長が応じた。

「ランバルトが来年の、そうだな、初夏までにそろえられる兵力の予想はどれくらいか教えて。適当でいいからさ」

「フェラール三世がなにを考えているかにもよるけれど」

「魔王領を潰そうとしている、そんな想定でいいよ。最悪のケースで」

「……少なくとも9万。最大限に見積もった場合は15万……いえ、18万かも」

「ありがとう。ドラクール軍事顧問」

「……はい」低温超伝導でもおこしかねない声がこたえた。

剛士は彼女の態度に気づかなかったようにたずねる。

「魔王軍が、これからただの一度も損害をうけなかったとして、初夏までにそろえられる兵力は？　もちろん、マスコミむけじゃない、正直な数だよ」

「…………」

剛士はいらだたしげに顎をかいた。

「お願いだから、はやくいってよ」

「……最大で8万。それで限界です。志願者はあいかわらずの数ですが、訓練態勢がおいつきません」

「そのうち、戦場で怖がらずに戦える兵隊さんの数はどれだけ？」

「3万になれば、幸運といえるでしょう。しかし、軍の再建に全力を集中したならば……」

「あのさ、ひとつ聞くけど」

剛士は顔をあげた。アーシュラは失敗をさとった。キレかけていたのは自分だけではないと気づいたのである。

小野寺剛士はセントールで軍をたちどころに掌握した時とおなじ空気を発散していた。

じつは、あの夜以来、恨みと執念の高速増殖炉は全力運転状態にはいったままだったのである。それどころか、いまやあちこちから冷却水をだばだばとあふれさせながらオーバーヒートであった。耐えられなくなって中身をぶちまけるのも間近であろう。

剛士はたずねた。

「兵隊さんの穴埋めと訓練が済んだら、絶対に勝てるの？」

静かな、しかしどこかしら救いをもとめているような声だった。

「それは」アーシュラは絶句した。

剛士の質問は彼女のもっとも認めたくない部分をえぐっていた。

新兵を募集訓練して軍を再建しても、ランバルトに勝てるわけではないからだった。魔王軍再建を知ったランバルトが危険を感じたとしても、攻勢時期をさらに遅らせて兵数を増し、兵力差をさらに開く結果をまねくだけなのだ。

「せめてあと一ヶ月の時間をいただきたい」アーシュラは譲歩した。額には、吸血鬼としては驚くべきことに、汗が浮いている。

それだけ危険を感じていたのだ。前に軍再建の話をした時はスフィアに邪魔をされた。それだけのことだった。しかしいま機会をのがせば……魔王軍はどうみても勝ち目のない攻勢作戦〈カルネアデス〉へと突き進む。

危険、あまりにも危険だわ。

彼女は小野寺剛士をみつめながら断定した。

この男もまた、自分の能力にひきずられているに違いない。

魔王領の歴史と田中さんのもとでの経験から、天抜という異世界の街からまねかれた人々が、時に、あまりにも自分の能力にひきずられるような行動をとってきたことをアーシュラは知っていた。ある意味、歴代の魔王陛下は目的と手段が逆転しがちな方々ばかりだったのだ。

剛士だけがその例外であると信じる理由はなかった。

だからこそ、いまの剛士に逆らう危険を知り尽くしつつ言葉をかさねた。

「一ヶ月、それだけあればゴブリン、トロール各二個連隊が完全戦力で投入できます」

「だめ」剛士は言下に否定した。

「一ヶ月したら、セントールにも雪が積もっている。というより……もっとも早い場合、あと10日かそこらで初雪が降るんでしょ？　いくら魔族とはいえ、雪の中で戦争するのはきついよ。積もったらそれどころじゃない。子供のころ、おばあちゃんの家で正月をやったとき、屋根の雪おろしを手伝ったことがある。あれだけでもつらかった。やったことないけど、雪の中で戦争するのはもっとたいへんなはずだよ。ただ寒い中を歩くのだってつらいのに。雪があって、おまけに戦争しなければならないなんて」

いつのまに調べたのか、剛士は魔王領やセントールの気候をかなりつかんでいるようだった。たしかにそのとおり。トデスカイ山脈のふもとほどではないが、冬になれば、セントール平野も雪に包まれるのだ。最初のうちはすぐに溶けてしまうが、かわりに、地面がぬかるみと化してしまう。軍のスピーディな行動は不可能になる。確かに魔族の得意とする夜間は気温が低下し凍結する。とはいえ、半日動けないのではまともな作戦はできない。

アーシュラは渋々ながら認めた。

「おっしゃるとおりですが……それはランバルトも同じです」

「だからこそなんだ——というか、いまの時期でなければ作戦の意味がなくなるんだ」

剛士は外見にまったく似合わない強情……いや、傲慢《ごうまん》さをあらわにしていた。

「現有戦力で決定的な戦果をあげるのは不可能です！」

つかつかと歩いたアーシュラは剛士へのしかかるようにいった。

剛士は一歩も引かなかった。

「だって戦争でしょ。負けたら終わりなんでしょ？」

アーシュラを怒鳴りつけたかった。感情が飽和状態にたっし、噴火口を求めていた。しかし彼は耐えた。アーシュラの不満も、他の連中の不信も自分が招いたものだと思って自分を抑えつけた。

「それが嫌なら、やるしかないよ」

剛士の声は乾いていた。いびつな丸顔には、苦痛に耐えているような縦じわが刻まれていた。

この男は、なにか思いこんでいる。

アーシュラがそう気づかないはずがなかった。

万策尽きた感をいだいた彼女は、話のはじめから胸のなかで口にだすべきかどうか迷っていた最後の手段をとうとう口にしてしまった。

「解任していただきたい」

「解任？」剛士はアーシュラを子供のようにまっすぐな目で見上げ、たずねた。

「僕を見捨てるつもりなの？」

ヴァンピレラ・ビューティの背筋が震えた。

やはりこの男は、とこの場で二度目の直感を抱いた。必要があってブラントラントにまねかれた男なのだ。

彼女がそう受け取るのも無理はなかった。

小野寺剛士の瞳はどこまでも冷たかった。

同時に、おそろしさをおぼえるほどに狂った光があった。

アーシュラはその目を知っていた。セントールで目にしていた。

その意味もわかっていた。

必要なことをなすためであれば、どんな悪行にでも手を染める男の目。

このちんちくりんが、いざとなればそれをやるであろうことも。誰に教えられる必要もなかった。わかりすぎるほどにわかっているのだ。

そうでありながら、アーシュラはとまどいもした。

僕を見捨てるつもりなの、そうたずねられた瞬間、おそろしさ以外のものをおぼえたのである。

凍るほど冷たいはずの吸血鬼の血がたぎる感覚だった。自分の心と身体がどうしてそんな反応を示すのか、彼女にはわからなかった。もと魔王の家へ出かけた彼が襲われたと知ったとき、見苦しいほど取り乱してしまったことも思いだした。あの時は理由がつけられた。魔王領のため。魔王領に必要な人だから。いまはどうだろう。やはりわからなかった、わからないまま言葉をつづけた。

「自分の能力では閣下を補佐できません。解任していただけなければ辞任いたします。可能ならば大隊を与えていただき、前線で閣下のため——」

「あのさぁ」

剛士は裏返った声でさえぎった。

「みんなもそうだけど、なんかまずいことあるとすぐに解任してくれだとか辞任するだとかいい過ぎだと思う」

「ですが、信賞必罰は組織運営の」

「で、その組織のトップは誰なの？」

「……もちろん閣下です」

「だよね」

剛士はうなずき、裏返った声のままアーシュラにたずねた。

「あのさ、総帥は解任してくれる人もいなけりゃ辞任もできないんだよ。それともできるの？　していいの？」

ヴァンピレラ・ビューティは息をのんだ。

「それは……ですが……しかし……」

と、しどろもどろになる。

「わた、いえ自分は閣下のお役に——」

小野寺剛士は瞼を閉じた。もう限界だと思った。それと同時に、総帥という立場にある僕が、部下のワガママにここまで我慢しているところを見せてやれば充分だろう、とも考えていた。全開で運転している彼の高速怨念増殖炉は、怒りと嫌になるほど根の暗い計算をマルチタスクで処理した。

「もういいよ」

剛士は優しく、そして断固とした声でいった。

「閣下」

次に飛び出したのは紛れもない怒声だった。

「もういいといったんだ！」

こめかみで静脈がひくついていた。見開かれた小さな目は人間のものとは思えないほど暗いものをうつしだしていた。アーシュラは気づいた。そう、この目にも見覚えがある。

母様を亡くされたときの、父様の目にそっくり。

「僕は総帥だ！　だから総帥の仕事をする！　そのためには君が必要だ！　顧問のままで……いや、これからは参謀総長になってもらう！　ともかく、僕を見捨てることは許さない！　いいね！」

剛士はだだをこねる子供のように叫び、ついっと軍事顧問から視線をそらせ、そのまま中断された話を再開した。

「軍で信頼できる部隊は来年の初夏になっても最大3万。つまり、兵力が整うまで待っていた場合、良くて三倍、悪ければ五倍から六倍の敵と戦うことになるわけだよね」

「…………」

アーシュラは呆然としている。職を賭して、いや、場合によってはもっと悪いことを覚悟して文句をつけたのに、参謀総長とかいう役職を与えられてしまったのである。

「ドラクール参謀総長！」

「そのような役職は、ございませんが」

「いま作った」

剛士は作者がツッコミをいれる間もない素早さで顔をあげ、全員に伝えた。

「前に学校でミリタリーマニアのやつがエラそうにいってたんだ。参謀総長ってのは、軍人がなれる一番上の役目だって。だから――」

剛士は周囲をみまわし、アーシュラへ手をのばした。

「この人は以前に田中さんの筆頭参謀だったけれど、これからはそれよりも偉いとおもって！　いいね、戦争のことについては、僕の次に偉いのはこの人だよ」

ざわざわと声がもれ、うなずきと同意がつづいた。田中さん時代には軍を一人できりまわした彼女が参謀総長というのは、納得のゆく人事だったからである。まあ、こんな場所で、ほとんどケンカしながら、というのが異常だったが。

「僕のそばにいて」ととまどい続けているアーシュラに小声でつたえると、おもしろがっていいのか困惑すべきなのか迷っている顔つきのゴブリン族長に剛士はたずねた。

「クォルン！」

「は、閣下」

「六倍の敵を相手に勝つ方法はある？　気分の問題じゃないほうで。そっちの方はわかってるつもりだから。みんな、目的がきちんとしていたら最後の一人まで戦ってくれると思う。この前の戦いで僕はそう思った。だから、実際に戦う人としての正直な意見……その、戦場で実際にどう戦うかを考えた場合の話で」

クォルンは残された目で剛士をみつめていたが、やがて肩をすくめ、

「ございませんな、閣下。国と指揮官が兵にもとめられる苦難の限界を越えています」

と、こたえた。

剛士はうなずき、ふたたびだまりこんだ。

誰も口をひらかない。

やがてその沈黙が誰にとっても耐えがたい痛みになりかけた時――

「だから、やる」

と、いった。

反論はない。ここまでいわれてしまえば納得するしかないのだ。

待っていても勝てない。だから先に手をだす。

彼がいっているのは要するにそれだけだったのである。

問題は、先に手をだしてどうにかなるのか、ということであった。

「それで、閣下」空になった酒瓶をいまいましげにのぞきこみながらブーラーンがたずねた。酒がたりなかったらしい。舌はもつれていなかった。

「なにをやりゃいいんですかな。マリウクスですか」

「うん、あのね」

剛士はその場で足をあげ、踏みおろす。

「こういうことなんだ」

マリウクス城塞を踏みつけながら魔王領総帥（17）は宣言した。

「やられたら、やりかえすってことさ」

2　総反攻！　作戦〈カルネアデス〉発動！

1

２００メートルほどの高度をウィングドラゴンの編隊が飛び去った。空は石を投げればカチン、と音をたてそうなほど冷たく澄みわたっている。上空からは地上にあるものがよくみえるだろう。

「だめだな、昼のあいだは、森からでられん」

ゴローズは命じた。場所は魔都ワルキュラを30キロほど西にのぞむセントール街道脇の森林である。10月24日午後になっていた。

「補給隊らしいものがみえています」望遠鏡をのぞきこんでいたマヤが報告した。寒さに強いわけではない彼女はすでにバックスキンのコートを着こんでいる。

「かなりの規模です。いままで襲撃してきたものとはくらべものになりません」

「あきらめる。危険すぎる」ゴローズはもうたちあがっていた。

15分後、王立特務遊撃隊《RSI》の兵士たちはウィングドラゴンに発見される恐れのない樹木がもっとも密生しているあたりに集合した。

ゴローズは一人も欠けていないことを確認させると、部下をみまわし、静かな声ではなしはじめた。

「まずいことになったらしい」

声の調子はあいかわらずだった。だが、口元にいまにも笑いだしそうなシワが刻まれている。兵士たちは隊長がどれほど深刻な気分であるかを即座に理解した。ナサニア・ゴローズは、状況がきびしくなるほど楽しそうな態度をみせるのだ。

「虎の子であるウィングドラゴンを贅沢《ぜいたく》にもちいた偵察、大規模な補給部隊。これらが教えているのはただひとつだ。騎士ウラム、君はどうみる」

「あ、はい」ゴローズのシブイ姿をみているうちにぽぉっとしていたらしいマヤはあわてて息をのみこんだ。

「あの、信じられないのですが。どう考えても、攻勢にでたとしかおもえません」

「そうだ。私も信じられない。しかし、そうとしか考えられない。魔王軍は大規模な……おそらく全力を投入した攻勢に打ってでたのだ」

ゴローズはマヤをほめるようにうなずき、それから全員をみまわした。

兵が手をあげ、質問した。遊撃隊で一番古参のゴルムだ。若いころ、家族を暴漢から救うために殺人を犯し、将来を嘱望されていた若手学者という地位をうしなった男である。正当防衛だったが……暴漢は貴族の息子だった。

「我々を狩りたてるためのものでしょうか、隊長？　その割には規模が大きすぎるとおもわれますが」

「そういう意味もあるのはたしかだ。すくなくとも、これまでどおりの補給隊襲撃はむずかしくなる……という より、作戦上、意味を失う」

彼のいうとおりだ。はっきりとした目的をもって動いている大軍を前に、たいした支援をえていない特殊部隊ができることは限られている——危険を知らせることだけだ。無理に戦えば意味もなく死ぬだけである。

「昨日のペガサスが伝えたところでは、演習だという話でしたが」

「私もそう思っていた」ゴローズはうなずいた。

「しかしだ、考えてみろ、たった数日の演習にあれほど大規模な補給部隊は必要ないはずだ。あれはどう考えても……十日以上の作戦を想定している。なにか大きな獲物を狙っているのだ」

「ですが、セントールで敵が重視するものといえば」マヤはそこまで口にして顔を青ざめさせた。

「……隊長、まさか？」

「その可能性はあるが、わからない」ゴローズは自分の限界を認めた。部下の前では率直《そっちょく》な男なのだ。

「魔王軍がマリウクスを狙う、というのはいかにもありそうな話だが……戦力が足りないはずだ。しかしそうなると、なにが目的なのかわからなくなる」

「新たな魔王が無能なのかも」

「敵を過小評価してはいけない、騎士ウラム」

ゴローズはただちに撤退の準備を命じた。

「もどるのですか、マリウクスに？」マヤはたずねた。

「いや。こちらの判断をつたえるだけだ」ゴローズはにやりとした。

「ともかくだ、ウルリスからの命令にしたがう必要はこれで本当になくなった。そうだろう？」

ウルリスからの命令にしたがわない手は考えてあったのだ、とマヤは気づいた。前に彼がいっていたように、魔王軍の警戒が段違いに厳しくなったことを理由に、部隊を引き揚げさせるつもりだったに違いない。ここ数日の、これまでにくらべると奇妙なほどのんびりした、慎重すぎる行動がそのことを証明している。

マヤは思った。

いま、ナサニア・ゴローズは困っているのではない。正反対だ。

彼は喜んでいる。自分で手を汚さずに命令を無視できる機会を敵が与えてくれたことに。

この人に、そこまで祖国を軽くおもわせている原因はなんだろう、とマヤはおもった。同時に、なんであってもかまわない、とも考えている。マヤ・ウラムにとってナサニア・ゴローズとはそうした存在になっていた。


ゴローズは撤退の準備を命じると同時に、もう何日もろくに仕事を与えられていなかったシュリを呼んだ。伝令としてマリウクスに向かわせるためだ。ウィングドラゴンがこれほど飛び回っているなかで、いつものようにペガサス空中騎兵《エア・キャバルリー》の定期便と接触できるとは思えないからだった。

そのためもあるのだろう、彼がしたためた報告の内容は簡潔そのもので、憶測はまったくふくまれていなかった。記されていたのは次の四つ――

魔王軍が総力をあげて動きだした。

このため、以後の任務継続は不可能。王立特務遊撃隊はマリウクスにもどる。

敵の目的は不明だが、部隊は東に……つまりマリウクス方面に向かっている。

王立特務遊撃隊はセントール街道北沿いの森に身を隠しつつマリウクスへ帰投する。

――であった。

素晴らしい報告である。うまくいけば、魔王軍の先手をとれるかもしれないほどの価値をもつ内容だった。目的はわからないにしろ、警戒態勢を強化させるには充分な材料ではあるからだ。このところいささかダラけていても、マリウクスの警戒態勢は奇襲を許さないほど厳重である。そのマリウクスが、さらに警戒を強めることになれば……行軍の結果、部隊がちらばっている魔王軍を、出撃させた部隊で各個撃破できるかもしれない。

そこまでうまくいかなくても、すくなくとも手遅れにはならないはずだった。

運がよければ、諜報局破壊班員としての訓練を受けたシュリは明日の昼までにはマリウクスへたどりつけるからだ。ゴローズの本隊も一日遅れて到着する。大軍の行動に手間がかかるところから考えて、それでも充分間にあうはずだった。

しかし、魔王軍はゴローズがおもってもみないほどに迅速《じんそく》だった。

2

〈カルネアデス〉作戦、すくなくともその目的は徹底的に秘密が守られ、まったくもれることはなかった。なにしろ発案者の小野寺剛士が誰にも相談しなかったのだから完璧である。

だが軍の動員、補給物資の集積などは隠せない。

兵舎にいるはずの兵士たちが突然姿を消せばすぐに噂が流れる。多数の兵士たちにあたえる食料、医薬品、その他の物資を整えようと買いつけをおこなえば、それは確信にかわる。

だからこそであるのか、その点について、剛士は最初からおおっぴらにすすめてかまわないと指示していた。マスコミに対する対処も同じだった。20日より冬季大演習をおこなう予定であると公式発表し、その取材についていかなる規制もおこなわなかったのである。また、魔王軍将兵が直接取材をうけ、自分の憶測を語ることも制限しなかった。

この結果、魔王軍が行動を計画しているという報道はざばざばとブラントラント中にあふれ、人々はその意図をさまざまに予想した。もちろん、誰一人として冬季大演習という公式発表を額面どおりに受け取りはしなかった。

新兵を鍛えようとしているのだ。

ヤケクソになって決戦しようとしているんだ。

マリウクスを強襲するつもりでは？

いや、ランバルトの特殊部隊を叩くためだろう。

全部嘘だ。ランバルトがなにを企んでいるか読めないから、誘いだして確かめようとしているに違いない。

なにか奇怪な手段で、ウルリスを直撃しようとしているのかも……

——さまざまな憶測が入り乱れ、ブラントラント中をかけめぐった。

だが、これだ、とだれもを納得させられるものはひとつもない。気を利かせて補給物資の調達量に目を向けたものもいたが、確信は得られなかった。魔王軍が特に大規模な物資の買いつけをおこなっているという証拠は得られなかったからである。大作戦にはそれなりの準備が必要だが、どこをどう調べても10月16日以前から準備をおこなっていた形跡はみつけられなかったため、さらに混乱することにもなった。

　結局、よほど自信があるに違いない、という『感想』がもっとも強力になった。もうすぐ冬だというのに傷ついた軍を投入し自分から動こうとしている、という『印象』が影響力を発揮した。

　……オノデラゴウシとは、あの苦戦をたちまちのうちに逆転してみせた男ではないか。――ということであった。

　憶測はたちまち現実に影響を与えた。

　マスコミが『魔王軍、攻勢を計画か？』と伝えた10月17日から、魔王領の戦時国債はコレバーンやパライソの市場で好調に転じたのである。

　シレイラ王女がこの動きを見逃すわけがなかった。兄の名でただちに厳重な警戒を指示した。天才的であると同時に費用対効果を常に忘れることがない彼女は、労み多いとしか思えない冬を間近に控えた攻勢という憶測をどうしても認めることはできなかったが、万が一に備える必要があることは認めたのだ。

　しかし、20日には緊張がとけた。

　集結した魔王軍主力が、ワルキュラ東方のセントール平野に面したあたりで実際に冬季大演習を開始した、という情報が流れたからである。

　なぁーんだ、がっくりきたどんな世界でもシビアな投資家たちは魔王領戦時国債を買い控え、かわりに資金をランバルト王国戦時国債へとむけた。演習開始の記者会見のすぐあと、ＣＭＡ広報部がワルキュラ市内に潜入していたランバルト諜報局員の一斉検挙に踏み切ったと発表したが、それに注目したものはほとんどいなかった。むしろ軍が予告無しで多数の精霊と契約したためスピリット・ビューワーやＰＪＳが使いづらくなったことについての批判が集中した。

　もちろんシレイラは別である。地団駄を踏んで怒り狂い、兄だけでなくミランにまで当たり散らした。

　しかし、所詮はその程度の問題である。失った諜報員はかわりを送りこめばいい。この時重要だったのは、やはり大演習についてであった。

　シレイラは警戒態勢を通常に戻すよう命令した。

　その理由は投資家たちよりは地に足がついたものだった。

　過去、正確な情報を送り続けてきた諜報局の潜入工作員からの報告は途絶えたが、それを攻勢の前兆としてとらえるほど彼女は単純ではない。いや、実際に攻勢に手をつけるつもりであれば、いかにも諜報網が無事であるかのように取り繕うだろう、と判断した。行動の前に手をだしては、さあこれから始めますよと宣伝してあるくようなものだからである。

　そして、予想される兵数の問題があった。

　これまで敵にあたえた損害、そして魔王軍の動員訓練態勢から考えて、戦闘力を備えた兵数は最大で1万プラスアルファにすぎないと推定できたからである。

　その数は、マリウクス駐留兵力よりも少なかった。この時点で、彼女の手配により、マリウクスの兵力は守備兵と合計して2万をこえている。要塞攻略には単純計算でも攻撃側に五倍の兵力が必要である。魔王軍は確かに兵員個々の力は強いが、チームワークが弱いため、差し引きして似たような計算になる。1万で2万が守る要塞など絶対に、絶対に陥とせない。

　戦時国債の売れ行きを操作するためのブラフ《やらせ》だったのだ、シレイラちゃんは軍事常識へしたがってそのように判断し、来年の準備に再び没頭した。後に彼女は、マリウクスを『絶対』に陥とせないと考えた自分の中にすべての解答が存在していたことに気づき、やり場のない怒りで荒れ狂うことになる。

　後の話はともかく、魔王軍は冬季大演習の日程を順調にこなしていった。戦争経済がますますヤバくなりつつあるのを無視するように連日型通りの演習をおこない、演習の最終日となった24日、とりたてて注目するところのないニュース種としての演習を終えた。最終日の演習内容は二手に分かれての対抗戦であった。ワルキュラ市街への突入を目指す赤軍を、市内に配置された青軍が急遽《きゅうきょ》出動して迎撃、魔都郊外で決戦にはいるというものだった。

　規模こそそれまでで最大だったがほとんど注目を集めることはなかった。そのころには取材陣のほとんどが演習地を離れており、魔王領戦時国債の売れ行きは限りなくゼロに近づいていた。人々は失望したのである。その中のただ一人として、今宵が新月の晩……四つの月すべてが空に輝かない夜であることに気をとめていなかった。

夕方から深夜にかけ、魔王城や市内の兵舎に酒瓶片手のブーラーンを先頭にした隊伍を組んで戻ってきた魔王軍部隊の姿に注目したものはほとんどいなかったし、またいたとしても、精霊が数を減らした市内でその姿をはっきりと見分けられたものは——特に人族には、皆無に等しかった。見分けられたとしても、酔戦のブーラーンとして知られる歴戦のトロール指揮官の姿を目にしただけで納得した。

つまり、ワルキュラへ戻ったのが連日の演習に疲れ切った新設部隊の新兵たちであり、それまで市内に駐留していた精鋭部隊は形ばかりの演習に顔をみせたあと全力で夜間行軍を開始したことに気づいたものはまったくいないという有様だったのである。


魔王暦1002年10月25日午前3時。

精霊光すら弱々しげにみえる夜だった。暗闇……本当の暗闇だ。自分の鼻を見分けることすらできない。

しかしその闇には奇妙なところがあった。

あまりにも暗すぎるのだ。

そして、ところどころに揺らぎのようなものがある。

突然、カツン、と乾いた音が響いた。

「バカモノ……音をたてるな」と、抑えた、小さな声が叱る。

そうなのだ。闇はそのなかに無数の影を溶かしこんでいた。

完全武装し、いつでも戦える状態にある無数の魔族と人族たちの影を。

音をたてないように、ブーツには藁《わら》が巻かれているが、その足どりはほとんど小走りに近かった。

「うまくいってる?」

幌の張られたフライング・カーペットに乗った——いや、着地しているので、まさに絨毯そのものだった——小野寺剛士はたずねた。

絨毯は楽に20人は収容できる大きなものだ。内部には照明もあり、会話も自由にできる。外界に光や音がもれないよう幌は防水・防音性を備えた厚いトレファ布でつくられていた。その昔、魔王領がまだ危険な土地であったころ、旅人が夜を安楽に過ごせるテントをもとめ、開発された特殊な布である。内側にスポンジ状の層があり、そこが音を吸い取るのだ。

中央には大きな地図テーブルがひろげられていた。まさに移動司令部といったおもむきである。といっても主立った指揮官は自分の部隊に散っているため、そこにいたのは剛士のほかアーシュラ、リア、スフィアだけである。

「魔族諸隊の行動に問題はありません」いまや参謀総長の地位にあるアーシュラが報告した。なお、地球での参謀総長は戦場にでることなどない役目で、その意味では参謀総長という仕事を剛士は誤解している。もちろん彼にとってはどうでもいいことであるからだった。アーシュラにやめられては困るから、彼女の立場をはっきりさせただけなのである。確か父に教えられたのだったと思うが、耳の痛いことをいってくれる友だちは大事だぞ、という格言を彼はよく覚えている。それは違う、などと思いもしなかった。天抜にいたころは調子のいいことしかいわない友だちでさえ持てなかったからである。

　アーシュラを見て彼は続けた。

「暗いし、大変だと思うんだけど」

「もともとわたしどもの先祖は、ただ闇に生きるものでした」

　そう説明する彼女は夜だけあり、美しさをさらに増している。妖艶といっていいほどだった。

　態度も素直だ。あの会議のあと、剛士から作戦の内容を教えられたとたん、そうなったのである。

「うん」

　剛士も負けず劣らずの素直さで応じ、さらにたずねた。

「人族の部隊は困ってない？」

「魔族の先導役をつけてあります。これまでのところ、問題があったという報告は届いておりません」

「ちょっと心配だな」

「ボクがみてこようか？」

　ザクっとした感じのトゲトゲ鎧を着こんだリアがたずねた。

「ズゥを呼んでいっしょに飛び回ればすぐだよ」

「いや、ありがとう、リア。でも、ズゥは目立ちすぎるよ。飛び回るだけで音がすごいから、見つかるかもしれない。だから、ワルキュラに置いてきたんじゃないか」

「ぶー」

「ごめんごめん」

　剛士はふくれっ面を浮かべたリアに頭をさげた。おもわず頭を撫でてしまいたくなるようなかわいらしさだったが、そういうわけにもいかない。彼女をかいぐりしていいのは田中さんだけなのだ。

「先導につけたのは第22特殊《スペシャル》吸血鬼《ヴァンピレラ》戦隊《スコードロン》からだした兵です。主力は閣下から与えられた任務についていますが」アーシュラが剛士の横顔をうかがった。

「そうか。じゃあ、大丈夫だね」

　剛士はほっとした顔でうなずき、椅子にもたれた。

　疲れているようだ。ちんちくりんの身体が、さらに小さくみえる。

「ほんの少しでもおやすみになられては、剛士様」

スフィアがいった。

「でも、みんな歩いているし……」

「魔族は体力が違います。二、三日寝なくても、なんの影響もありません。彼らから力を奪うのは……むしろ」

「僕がボケていた場合、だよね」

めずらしく剛士は先回りした。瞼をもんでいる。意識せずにこつこつと頭を叩いた。

やりきれなくなっていた。彼の内部に備わった高速怨念増殖炉がはてしもなく運転をつづけているのだ。自分でもおかしいとおもい、何度も気分をかえようとしたが、かわらない。

ますます勢いをますばかりだった。

こんなことは、あの飯田たちの苛めグループに脅かされていた時にもなかった。表現がおかしいかもしれないが、あの時でさえ、剛士の高速怨念増殖炉は安全基準値以下で運転していたのだ。

ところがいまは……とまらない。全然とまらない。いまの彼は、なにを考えても戦うことに意識が向けられてしまう。

いまだに戦争は怖くてたまらない。そのことにかわりはない。

ところが、同時に浮き立つような気分を覚えてもいた。自分の命令一下、一糸乱れぬ行動を開始する軍隊。考えてみれば男の夢である。女性にだって好きな人もいるだろう。いやま、あくまでも夢としてですが。

しかし小野寺剛士にとって、それは現実なのだ。

たしかに彼にしても、以前よりは自分の立場を受け入れてはいる。

いまの彼はスフィアが……だし、いろいろあるにしろ、アーシュラだってイヤではない（……どころではない）。総帥という役割にもそれなり以上のおもしろみを覚えてもいる。

しかし、人前でだけは絶対に認めたくないのだ。

優しくて残酷なスフィアについて思い、ぼうっとしてしまう自分。高校二年生そのものでありながら、総帥という、一国の命運を預かる立場をどこかで楽しんでいる自分。

心は浮き立ちながらも嫌でしかたがない。

なぜかといえば、
異性と縁遠い、どころではない17年間を送ってきた自分がスフィアのことでアレしてこれしてと考えるのは、

あんなことがあってもいい気になりすぎだと思えたし、
　まともな人付き合いの方法も知らない自分が一国を率いて……つまり、無数の魔族や人族を支配することを楽しんでいいはずがない、
　と感じられるからである。

　臆病かつ健全、といえるだろう。小野寺剛士はどこかおかしな17歳ではあるが、そんなことがわからなくなるほど壊れてはいない。

　なんとか気分を落ち着け、絨毯の一隅にひろげられた折り畳み式のベッドで眠ろうとした。美女と美少女と美幼女がそばにいるためなかなか落ち着けなかったが、10分ほどでウトウトしはじめる。

　すうっ、と眠りに落ちようとした時、報告が届けられた。

　アーシュラと伝令の会話がとぎれとぎれにきこえてくる。

「……完了したのか」

「は、まちがいなく……バーナバス大佐は予定をはやめる許可を……」

　小野寺剛士はハネおきた。

「いいよ、参謀総長。教えて」

　どったりと椅子にすわりこみ、まどろみかけているうちにむくんでしまった顔を揉む。

「特殊吸血鬼戦隊《SVS》、特殊人狼戦隊《SWS》、ともに所定の位置につきました……大丈夫ですか、閣下？」

「ああ、うん」

　剛士は瞼を揉んだ。ふっと、温かいものが触れる。

　スフィアの手だった。

　剛士の首をマッサージしてくれている。

　ほっそりした、柔らかな指だった。

暗殺者をたちどころに殲滅《せんめつ》した指だった。

　頭にかかっていた霧がたちどころに消え失せ、背筋がふるえた。剛士は彼女の指が与えてくれる心地よさと説明のつかないざわめきを強く意識しながらいった。

「ありがとう、スフィア。もう楽になったから——参謀総長、それで？」

「敵は特別な警戒態勢をとっておりません。通常どおりに復帰しております。なお、ＳＶＳは完全に準備を整えました……カミラは現時点での攻撃を進言しております。もちろん、発見されるはずはありません。夜はわたしども吸血鬼のものですから」

　剛士は進言してきたカミラ・バーナバス大佐の気分を

想像した。特殊吸血鬼戦隊は単独行動に慣れた部隊だ。だから、そのことをおそれているはずはない。なにかほかに理由があるはずだった。アーシュラのいうとおり発見される危険もないはず。なのに……いま動けばさらに大きな戦果をみこめるからだろうか。あるいは二つの太陽がのぼる前になるべくランバルト軍から離れておきたいからなのか。

いや、いまはカミラの気分よりも、彼女の進言と作戦全体のバランスだ。他の部隊はどうだろう。すべては予定通りだろうか。

「伝令はどれくらいで届くの」剛士はたずねた。

「50キロ以上離れていますが、ハーピィ伝令ならば15分もかからないでしょう」

「全部の部隊に？」

「それでも20分です。今宵にそなえて、ハーピィ伝令隊は充分な休養をとりました」

精晶時計で時間を確かめる。午前3時35分。剛士が予定していた行動開始時刻は午前4時半だった。

「他の部隊はどうかな」

「予想通り、人族部隊の展開が遅れています。しかしどのみち予備隊ですから、ランバルト軍がこちらの行動すべてをつかんでいないかぎり、作戦に影響はありません」

剛士は地図をみつめ、顔をあげた。リアと視線があった。幼いはずの顔立ちに備えられたふたつの瞳が、深く物問うように彼をみつめていた。

小野寺剛士は微笑んだ。

「よし、予定をはやめる。全ての部隊に連絡して。魔王軍は本日午前4時を期して〈カルネアデス〉作戦を発動する」

「魔法の制限は、閣下？」

アーシュラがそうたずねたのは理由があった。ここまで剛士は作戦参加部隊に魔法の使用をまったく認めていなかったからだ。使えばランバルトの魔導士に位置をつかまれてしまうからである。片っ端から精霊と契約を結んだ理由はそこにもあった。精霊が少なければ、徴候はつかみにくくなる。

「発動したあとは……戦闘には好きに使っていいよ、通信はたとえ使えたとしても、よほどあぶない時をのぞいては、だめ」彼は認めた。

ささっと命令文を起草したアーシュラは確認のため剛士にみせた。

「なんか……すごいね」

「形式ですので」

「いいよ」

「了解しました、閣下」

起立し、かちり、と踵《かかと》を打ち合わせながらアーシュラは一礼し、ハーピィ伝令隊の指揮官、ミュウ・カラムを呼びだし、以下の文面を伝達せよと命じた——

魔王軍総帥統合野戦命令第1号

『〈カルネアデス〉作戦発動について』
一、全部隊に達する。
一、魔王軍は本0400時をもって作戦〈カルネアデス〉を発動、作戦目的を完遂せんとす。
一、なお、作戦期間中は戦闘魔法使用制限《オール・マジックス・フリー》を解除。各種族はその全力を用いるべし。
一、各員奮励《ふんれい》努力せよ。
一、総帥は勝利を期待する！

（発令者）
魔王領総帥・魔王軍最高司令官・
市立天抜高校二年四組出席番号五番
小野寺剛士
（発令代行者）
魔王軍参謀総長・
吸血族長位継承予定者第二位・吸血族公女
アーシュラ・ガス・アルカード・ドラクール

3

闇のなかで無数の影がうごめいた。物音はむろんない。影は、ランバルト軍がウルリスとマリウクスをつなぐアディスン街道（セントール街道のランバルト側の呼び名だ）上に、馬車で約半日の距離ごとに設けた物資集積所をうかがっている。

集積所は眠っていた。篝火《かがりび》がたかれ、周囲を警備兵が監視しているが、それだけである。厳重な警戒はとっていない。いざという場合のために配置された小規模な護衛部隊の馬も、鞍をはずされたままだ。

交代で配置についた警備兵、今年18歳のムルスカ・メドゥはこんな時間に起きていなければならない我が身の不運を呪いつつ、周囲に監視の目をむけていた。

暗い。どこまでも暗い。篝火が照らしだす範囲をこえると、そこはまったくの闇だ。やっぱりここは人族の住む場所じゃないんじゃないかな、彼はそんなことをおもった。

もともとムルスカは望んで軍隊にはいったわけではない。兄弟が多すぎ、家に残っていてもろくなことはなかったからだった。両親もいい口減らしとばかりに彼を喜んでおくりだした。家の負担が減るし、少なくとも軍隊であれば食べるものには困らないからだ――戦場にいるのでなければ。

いや、フェラール三世……つまりシレイラ王女の支配する軍隊では戦場でさえ食料は不足しない。むしろ前線であればあるほど豊かになるほどだった。シレイラ王女はその育ちにもかかわらず人間をはたらかせる術《すべ》を心得ていた。

むろん、下っ端の警備兵であるムルスカがランバルト王国でもっともよく保たれているその秘密を知っているはずがない。ただ、飯にだけは困らないよな、と考えていただけだ。

彼は思った。

俺は幸運だ。毎日飯が腹一杯食える。物資の横流しで儲けられるような立場じゃないけれど、それでもいい。家にいたころよりはマシだし、軍隊にいるというのに、あの薄気味の悪い魔物どもとも戦わないですんでいる。もしマリウクスになど配属されていたら、いまごろどうなっていたことやら！

おそらくムルスカにとって最大の幸運は、あまりにも早すぎる人生の終わりが忍び寄った瞬間、自分が幸福であると確信していたことだろう。

闇をなにかが横切ったようにおもえた。

なにかが、香った。

誘うように甘い香りだ。

ムルスカは鼻をひくつかせた。まちがいなく女の香りだった。彼が、部隊の駐屯した街で買った娼婦たちとはくらべものにならない、汚れのない香り。

それがなんでこんな場所に？

ふっ、と息が首筋をくすぐった。

香りが酔わせるほどに強くなる。

同時に、彼の背中は氷をすべらされたような震えをおこした。

甘い息は、信じられないほどの冷たさだったのである。

小さな声がきこえた。

「ごめんなさい、坊や」

それがムルスカ・メドゥがこの世で耳にした最期の言葉になった。次の瞬間、彼は〈カルネアデス〉作戦がランバルト軍にもたらした最初の戦死者になっていたからである。


魔王軍が有するふたつの特殊部隊はすでに行動を開始していた。

第22特殊吸血鬼戦隊のほうが遠く、なおかつ広範囲で行動をおこしている。SVSの能力が極端に高いからではない。月がでていないからだ。屈強な第21特殊《スペシャル・》人狼戦隊《ヴェアウルフ・スコードロン》の男たちは、変身ができない。

各部隊からだされたハーピィ伝令が、続々と舞い降りてくる。場所はマリウクス城塞から西25キロほどはなれたセントール街道北方にひろがるバハウスの森。小野寺剛士はそこに本営をおいていた。マリウクスを目にすることのないまま、〈カルネアデス〉作戦のすべてを指揮していたのである。

もちろん、単独でではない。バハウスの森全体はよく偽装された将兵数千によって密かに守られていた。主力はゴブリン、トロールの損害の少ない連隊が数個と、第501重ゴーレム大隊、損害から回復していないため戦闘任務に投入されなかったケンタウロス選抜騎兵隊、それに新設の第1人族義勇猟兵連隊、さらに各種族が魔王へ忠誠の証として魔王軍にではなく魔王個人へ（いまの場合はそのまま小野寺剛士個人へ）さしだしている小隊、分隊規模の親衛兵たちだった。剛士はアーシュラの進言をうけ、この親衛兵たちをひとつの部隊としてまとめ、当面の措置として彼女に指揮官を兼任させていた。名称は親衛総帥護衛大隊である。そのかわり……といってはなんだが、本来ならば剛士が最後まで手元に残しているべきケルベロス親衛突撃戦隊《ガーズ・アサルト・スコードロン》などの足の速い部隊は姿がみえない。クォルンの姿もなかった。

「SVSよりの伝令が参りました！」

イミールの参謀将校、バウズ・ジラモンがつたえた。

「読め」アーシュラがうなずく。

「発、第22特殊吸血鬼戦隊。宛、総帥本営　ワレ、奇襲ニ成功セリ」

おお、と周囲の参謀たちが声をあげた。リアにいたってはだれかれかまわずに抱きついている。

喜んで当然だろう。魔王軍は戦争がはじまって以来、ランバルトに先手をとられつづけてきたのだ。奇襲をうけたこともある。

しかし今日は別だ。いままでとはすべてが逆になっている。

アーシュラも微笑を浮かべかけたが、すぐに表情をひきしめた。小野寺剛士の表情に気づいたからだ。

魔王領総帥はお義理のようにうなずいただけで、あとはただ地図をみつめていた。理由は考えるまでもなかった。

成功してあたりまえであるからだ。

彼は、奇襲が成功するように準備し、〈カルネアデス〉作戦を決行したのである。別に喜ぶ必要はないのだ。

「そこまでにしておけ」

アーシュラは参謀たちをたしなめた。彼らは主に彼女が筆頭参謀だった時期の部下たちを集めていたが、新顔も多いため、いくらか口うるさくならなければならない。バカバカしいが、図体が大きすぎて目立ったり動き回るのが大変だったりするレルネーやカピラを前線につれてくるわけにはいかないのだから、しばらくは我慢だ。

「戦いはこれからなのだぞ」

参謀たちはそそくさと仕事にもどった。アーシュラのいうとおりだったからである。


その一方、スフィアは周囲の騒ぎから超然とし、ただ剛士だけをみていた。彼女の意識にあるのは、剛士の指揮している作戦ではなく、作戦を指揮している剛士のことだけであった。

「剛士様」

身体をかがめ、スフィアはたずねた。

「お身体の具合は大丈夫ですか?」

「うん」

剛士の返答はあまりにも短い。

いまごろになって眠気がのしかかってきた――それもある。

すべてが動きだしたことを知って、恐ろしくなってきた――そのことも無視できない。

しかし、いまの彼を縛りつけているもっとも太い縄は、ついこのあいだまで彼自身がもとめてやまなかったものだった。

そのことに気づかせてくれたのはあの斉藤さんである。

あの夜、ふたたび斉藤さんの家にあがりこんだ剛士が通されたのは応接間ではなかった。いかにも昔懐かしいお父さんの書斎という感じの部屋である。実際、そこは斉藤さんの書斎だった。

すでにアーシュラも到着していた。どうやったらそんなに素早く、とたずねたくなるほどのスピードで斉藤さんの奥さんの服に着替えたスフィアとともに剛士の後から入ろうとした。

斉藤さんがなにかいう前に剛士は二人を制止した。悪いけど、外で待っていてと命じた。これから語られるだろう話は、自分の胸にだけ……少なくとも魔王領を支配する、あるいはしていた者だけが知るべきことであると思っていた。小野寺剛士の名前を叫んで倒れるかもしれないものたちにだけは教えられない、と確信していたのだ。

渋々ながら従った二人が扉をしめたことを確かめ、ふりむくと、斉藤さんは文机の中にしまわれていた手のひらサイズの道具を二つ取りだし、うち一つを剛士に手渡した。

二つとも、同じものだ。握ると頼りなくおもえるほど柔らかい。

「魔王だったころにもらったんですよ。サイレンサー、という名前だった。握っている者の気を遮断するので、この世界の魔族や人族には我々がなにを話しているのかわからなくなります。そのかわり、魔術も使えなくなりますが……まあ、我々には関係がないですな」

「魔術のまの字も知らない魔王や総帥ですからね」剛士君、珍しく気の利いた返事である。

ははは、とさして楽しそうでもなく笑った斉藤さんは、それで、どんなことからでしょうかな、とたずねた。

「さきほど第一の仮説、と僕はいいました」

剛士はいきなり本論にはいった。共同入植計画が魔王領側、すなわち斉藤さんの陰謀だった、という話である。

「その仮説から導けるのは、田中さんの即位後におこった共同入植地の襲撃事件は必然だったという仮定です。さきほどお話ししたとおり、共同入植計画が進めば進むほどセントールは事実上、魔王領に組みこまれてゆくわけですから」

「だとするなら、襲ったのはランバルトということになりますね」

「ええ。ですが……そうじゃありません。当時の記録は調べました。村を襲った者たちが、魔族と人族双方であったことは残された足跡が証明しています。あの村に住んでいなかった種族の足跡も無数に発見されています」

「だとするならば、魔王領が手をだしたことになる」

「でも、事実ではありません」剛士はいった。「そうですよね」

「そう信じたいのかな、小野寺さん？」

「いいえ……」剛士はいった。

「そんなことをしても、なんの利益もないからです。ランバルトとの仲が悪くなるだけで。それにあの当時、ランバルトはコレバーンとのあいだに貿易と領土の問題を抱えていました。むずかしいことはわかりませんけど、えと、彼らも敵は増やしたくなかったはずです。田中さんがランバルト王妃に送った密書にはきちんとそのことも匂わせてありました」

斉藤さんは剛士をしばらくのあいだ見すえ、突然、微笑んだ。

「いいですな、小野寺さん。信じるのではなく、調べ、推理し、結論を導いたわけだ。どれほどありえないように思えても、最後に残されたものが真実だ――シャーロック・ホームズものを読んだことがありますか？　わたしはこちらにやってきてから読んだのです」

「僕は一冊だけです」

剛士は恥ずかしそうだった。

「ミステリを読んでいても、トリックを気にしたことがなくて……あんまりいいミステリ読者じゃないです。いえ、ホームズの性格の悪いところは大好きですけど」

「性格の悪いところがいい、とはね」

斉藤さんは少し考える様子だった。そこから想像できる剛士という人間を思ったのかもしれない。

「それで若きホームズさん、このくたびれ果てたワトソンにまだ話したいことは？　なにか遠大な陰謀がたくらまれていたとでもおっしゃりたいのかな？」

斉藤さんの瞳に冷たさが宿った。かつて、魔王領を統べたことのある者だけがかもしだせる強烈ななにかを剛士は感じた。

「わたしはどう思われてもいいですよ。なにしろ、魔王だったのだからね。多少の悪事は当然、というわけだ……いや、失礼」

「僕もそう思いかけましたけど……」剛士は認めた。

「でも、だめでした。わざわざ戦争をおこすなんて、よほどの理由がないと受け入れられないはずです。学校で習ったり、本で読んだりしたんですけど、戦争をふっかける理由は絶対に勝てると信じているか、あるいはこれ以外に方法がないからしかたなく……のふたつにわけられるそうです。僕はいまの戦争そのものは、魔王領にとって後のほうなんだと感じてます。あのほら、カルネアデスのなんとかって話が」

「絶対の自信と緊急避難。ものはいいよう、とも考えられるがね。続きを」

「あの当時……というか田中さんの代になっても、魔王領にそのふたつはあてはまりません。絶対に勝てるとはおもえないし、戦争のほか方法がなかったわけでもない。いえもうひとつ、指導者と国民がバカだったら……というのもありますけど、魔王領は頭のいい人がいっぱいいるから、そんなはずはありません」

「あなたは国家の見方がちょっと優しすぎるな。育った時代の違いか……いや、どうぞ」

「はい。つまりそこで第二の仮説を思いつきました。セントール共同入植計画が侵略でないのならば……考えられる理由はもうひとつです。当時の魔王領とランバルトは、本当に仲良くしたいと望んでいたのだ、と」

斉藤さんは黙ったままだった。しかしその額には汗が浮いていた。

「その先を、小野寺さん。いや、その前に……」

彼はなにかを思いだすように眉をよせたあと、突然、たずねた。

「さきほど天抜の話をした時、駅前の満腹食堂について話をしましたよね」

「え、あ、はい」唐突な話題に剛士はとまどったが、斉藤さんの表情をみて気づいた。皮膚が突っ張っていた。異常なほど緊張しているのだ。

「あのおばちゃん……あなたにとってのおばあちゃんに、親子丼を注文したことは？」

「あります」

「食べたことはありますか？」

「……ありません。だってあのおばあちゃん、親子丼が嫌いだっていって、親子丼の値段でカツ丼を出してくれましたから」

「じゃ、なぜメニューに載せられているのか、知っていますか？」

「太平洋戦争……おばあちゃんは大東亜戦争っていいましたけど、ともかくその戦争で亡くなった御主人の得意な丼物だったから、嫌いでも消せないんだって……きっと、本当は嫌いだったんじゃないんだと思います」

ほぉっ、と斉藤さんは息を吐きだした。

「本当に天抜で暮らしていなければ、知っているはずがない」

「いったいどういうことなんですか？」

「話せません。ですが、あなたの仮説は喜んでうかがいます。第二の仮説のところからはじめてください、小野寺さん」

「……ええ」納得はできなかったもののうなずき、剛士は話を再開した。

「ともかくです、僕は当時ふたつの国が本当に友好関係を結ぼうとしていたと想像しました。仲良くなるのだから、魔王領のようになってしまってもかまわないわけです。いずれランバルト本国もそうなるならば」

「なるほど」斉藤さんの顔は脂汗でぎらぎらしていた。

「もっと先を？」

「いや、あの、自分でも変だとは思ったんですけど」

「いいから。あたなはおかしくなんてありません」

「あ、はい……ですから、あの、僕に思いつけた筋のとおる結論はただひとつだけでした」

剛士はサイレンサーを指が白くなるほどきつく握りしめていることに気づいていなかった。

「共同入植計画は本物でした。というより……さらに友好関係を発展させるための第一歩だったはずです」

「…………」

「それ以外考えられません」

「なぜそこまで友好を？　ランバルトは人族絶対思想の強い国ですよ。実際にあなたも戦場で目にしたはずです」

「はい」剛士は魔族を心底からバカにし、蔑《さげす》んでいるランバルト兵たち……戦場で話した捕虜たちのことを思いだした。

「でも、納得できるだけの理由があれば、大部分の人たちは考えをかえる……というか、受け入れてくれると思います」

「その理由とは。そんな理由が存在するとして」

「さっきよりすごい想像になるんですけど……あの……」

「どうぞ」

剛士はごくりと唾をのみ、一気にまくしたてた。

「国をそこまで動かす理由はひとつしか考えられません。魔王領とランバルトに共通の敵が存在するからです。あの時ふたつの国は、もっと強い敵に対する事実上の軍事同盟を結ぼうとしていたんです」

結局、斉藤さんはなにも教えてくれなかった。いまはなにもいえない、と繰り返しただけだった。

ブラントラントにきてたった一ヶ月の子供が、ともつぶやいた。

剛士はあえてたずねなかった。その必要がないと思えたからだ。

彼は他人から蔑まれることに慣れている。だから、バカにされていたら、すぐにわかる。

小野寺剛士の思いつきをバカにしているのであれば、脂汗はかかない。口も固くならない。

そして突然たずねてきた満腹食堂のこと。

あれは……

あれはまるで、身元を確認しているようではなかったか。

小野寺剛士が本当に天抜からきた人間かどうかを。

わからないといえばなにもわからない。しかし……剛士は、この戦争をどのように受けとり、戦うべきか、以前ほどの抵抗感はなくなっていた。

なにかが存在し、自分がそこに近づいていることがわかったからだ。


いまのところはそれで充分だった。小学校の算数を知らずに中学の数学は理解できないし、中学で数学を適当にすませていると、高校で泣きをみることにもなる。センター試験はもちろんだ。

戦争だって変わらない。すくなくとも剛士はなんだかわからない、という立場から一歩は前進した。

いや、たいして前進したわけではないのだ。これまでは顔を押しつけられそうになっているのが小便器か大便器かすらわかっていなかったのが、独特な臭いであ、こっちかとわかった程度ではある。

が、なにも知らないよりは絶対にマシだ。

小さいほうであれば水を流されても溺れる危険はないし、大きいほうであればどこにレバーがあるかわかっている。

危険をさけ、立場を逆転させる可能性をそこから考えることができるのだ。

ならばいまは、戦争に全力を傾けよう。約束がある。ミレス・ティントとの約束。

そして、彼と同じ立場にある無数の魔族と人族たちを戦場に向かわせているもの。

僕がかれらにかいま見せたという未来。

その未来を信じる一人、アーシュラのクールな声が報告していた。

「SVS主力が主目標に突入しました」

一瞬、ほんの一瞬のできごとだった。

暗闇から宙へ、わきあがるように無数の影が飛んだ。

外見は……女だ。美しい女たちだ。

魅力的な曲線を描く肢体を深緑の迷彩服に包みこんでいる。

背中から翼がのびていた。漆黒の翼だ。コウモリの翼によく似ている。

カミラ・バーナバス大佐の特殊吸血鬼戦隊は、すべての目標にむけ、吸血鬼としての能力をフルに発揮しながら突入した。彼女たちは闇に溶け、空を舞い、あるいはそっとベッドへ滑りこむようにランバルト軍へ襲いかかった。

おそるべきヴァンピレラたちの奇襲を浴びたのは強大な戦闘要塞、マリウクスではない。

アディスン街道上に点在するすべての補給拠点であった。

襲撃の標的となったのは、不幸な警備兵たちをのぞけば人ではなかった。

馬車馬であり、馬車であり、小山のように積み上げられて夜明けを待っている補給物資だった。

だれもが戦場に期待するような雄叫びはない。

魂を消し飛ばしてしまうような悲鳴もあがらない。

美しき吸血鬼たちは、ただひっそりと警備兵と馬を殺したのち、馬車と補給物資へ同時に火を放った。

火はまたたくまに勢いを強め、巨大な炎に成長する。冬場を前にして空気が乾燥していたこと、補給物資のなかに、ランプ用の油が大量にふくまれていたことが災いした。

熱と炎の轟音に眠りを破られたランバルト兵たちが兵舎やテントから外に飛びだした時彼らが寝ぼけ眼で目にしたものは、自分たちが眠りこけているあいだに手のつけようもなくなってしまった大火災と、悠然と闇のなかに消えてゆくヴァンピレラたちの後ろ姿だけだったのである。

4

「いったいなにをしていたのだ！」

数時間後、ヴィル・グラッサー男爵はマリウクス城塞司令部で獣のように吠えていた。

「充分な警戒態勢がとられているはずではなかったのか？」

「そういう報告だったのだ」玉座の一段下にもうけられた司令官用の椅子にこしかけたイーサン・ウランコール将軍が応じた。いつものようによどみのない声だが、表情は沈痛である。

「報告もなにも現実に……」

「ヴィル、少し落ち着いてよ」

鋭く口を挟んだのはランバルト軍では数少ない女性指揮官、隊将フェイ・マラックスである。ぷりりんの15歳、眼鏡《めがね》っ娘《こ》でポニーテールで弓の達人であり、かててくわえて赤毛で短軀の人間戦車、愛妻を病でうしなって三年のウランコールおじさまが大好き、というなかなか特殊なお嬢さんである。

「しかしだな、フェイ」

グラッサーはわずかに声をやわらげていた。

人間の女性には不器用なほど優しい男だからである。ならばまあ見かけは似たようなもんなのだからフェイがグラッサーにアレでもいいやんか、というのは適切な疑問であるけれど、じつはこの二人、母親同士が姉妹だったりするのでそっち方面にはいかず、優しいお兄ちゃんとちょっと気の強い妹、というノリで関係が固定してしまっている。フェイがウランコール様好き好き、なことも知らないどころか、じつはウランコールを彼女に紹介したのはグラッサーであるので、お互いの関係が妙な方向へ進むことはありえない。なにもかもが18禁美少女コミックのように展開してくれるわけではないのだ。

「いまはそれより、損害と敵についての情報を検討すべき時期よ」

さすが眼鏡っ娘の身で精強ランバルト軍の一翼を担っているだけのことはあった。フェイ・マラックス、冷静である。もちろんもうひとつ理由はあるのだが、それはいわぬが花。ウランコールがいかにもありがたそうにうなずいたと記すだけで充分だろう。

「考えたくもない規模だ」

人間戦車はいった。

目の前に、続々と届けられた悲報をまとめた書類がある。夜明けから数時間、ようやくのことでランバルト軍の被った損害の大きさがあきらかになっていた。

「セントール平野部のアディスン街道上に置かれた物資集積所はすべてやられた。兵の損害はたいしたことがない……合計しても100名に満たない。しかし、現実は補給部隊が全滅したのと同じだ。敵は馬を殺し、馬車と物資を焼いた。どれぐらいで再建できるのか、儂には見当もつかん」

「だから、警戒はして……」

「補給部隊は儂の……マリウクス城塞司令部の指揮下に置かれていなかった。もしわかっていたとしても、ウルリスの許可がなければなにもできなかった」むしかえそうとしたグラッサーをウランコールはさえぎった。

「いったい誰の指揮下にあったのだ」

「……ウルリスだ」

うっ、とうめいたきりグラッサーは黙りこんだ。当然の理由があった。

このあいだまでならばこの失態はウルリスの王国軍総本営の責任である。

しかし、フェラールがウルリスへもどっているいまの場合、責任はフェラールその人にあるということになるのだ。

むろん、対魔王領戦争に投入した軍をこのような形でわけたのはシレイラ王女である。よかれと判断したうえでの決定だった。マリウクス駐留軍をして心置きなく魔王軍との戦いに専念させられるよう、城塞の東方で必要となる軍事上の問題は、すべて王国軍総本営の直轄下においたのである。ブラントラントが、マスコミの伝える憶測や新製品のコマーシャルは即時に全土へ……少なくともゴルソン大陸すべてへ伝わるが、政治・経済・軍事情報といった機密性と緊急性の高い情報はかえって時間が必要になるという変な世界であるからだった。

マリウクスからウルリスまで馬で三日なのに対し、ワルキュラまでならば（もちろん、ただ駆ける場合）一日半。戦争に勝つためであれば、前線の連中には三日より一日半のことを考えていてもらうほうがいい。シレイラちゃんらしい明快かつ筋のとおった決定である。将兵が……ことに将軍たちが（政治的にも、軍事的にも）本国の方角ばかり気にして戦っている戦争はシレイラちゃんの理想とはほど遠いのである。

そして、これまではうまくいっていた。なんの問題もおこらなかった。

押される一方であった魔王軍の意識はセントールの防衛から魔都ワルキュラの防衛へと集中し、マリウクスの向こう側のことなど、考えもしていなかったからだ。

魔王軍の奇襲は、その点をあまりにも鋭く衝いてきた。

戦場の西への移動と魔王軍の消極的な行動は、ランバルト軍の脳裏からも、ウルリス東方を消し去る効果をおよぼしていたのだ。

「マリウクスの維持に問題はない」ウランコールはなだめるような声になった。

「周辺での、規模を限った作戦もだ。現在、城兵約2万。食料の備蓄は1年もつ。我々に限るなら、なんの不安もない」

「わかっているが……しかし、これは痛いぞ」

ウランコールはあっさりと事態を要約した。

負ける、とおもっているわけではない。それどころか、勝利を得るのがランバルトであるという確信には微塵のゆらぎもなかった。マリウクス城塞にくわえ、本国の強大な軍事力をもってすれば、勝利は確実としか思えないからだ。魔族の特殊部隊がどれだけ暴れようとも、大勢に変化はない。

ただ、勝利を得るのにより時間がかかり、余計に人が死ぬことになるだけだ。

グラッサーの頭に血をのぼらせ、フェイに冷静さを保たせ、ウランコールの気分を重くしているのはこの一点だけなのである。

誰一人として戦争の長期化など望んでいないからだ。本当は平和主義者だから――というわけはない。長期戦は国を疲弊させ、臣民の不満を高め、最終的には貴族である彼らと、そして国王フェラール三世の足下を揺さぶりかねないからである。軍人とはいえこのクラスの連中で、なおかつ本業は貴族ともなれば、単純に戦争大好き！　と爽やかに断言できなくなる。ただ勝てばよいわけではない、とわかってしまうからだ。

「痛いどころではないぞ、イーサン」

グラッサーの言葉にウランコールは深くうなずいた。

この二人、以前は肩を並べて戦ったこともあるので、お互いの能力を信頼している。

「来年の予定がすべておかしくなってしまう、ヴィル。ウルリスが……つまり陛下が、来春以降、決定的な大攻勢をしかけようと考えておられたのはまちがいないのだ。魔族どもはそこに目をつけた。知恵者がいるものとみえる」

「決まっておる、奴だ。オノデラゴウシだ」

グラッサー、呪いの言葉のようにその名をつぶやいた。

「考えてもみろ、儂が本営に突入しかけた時、魔光とともにあらわれた奴が邪魔をした。このあいだの戦もそうだ。あの薄汚い魔王を捕らえたというのに戦に勝てたわけではなかった。自分の王を囮にして戦うなど、正常ではない」

あ、とうとう剛士君を壊れた人にしてしまいました。いやでも、いってること自体はウソではない。というか、正当な評価だ。ただ言葉が悪いだけである。

「今回もそうだ。奴は演習の名を借りて軍と物資をかき集め、投入したのだ」

「それだ。しかし……」

「早すぎるのよ、動きが」

二人の豪傑将軍はフェイを注視した。わずか15歳。シレイラちゃんのような天才ではないかわり、そんじょそこらの騎士などくらべものにならないほど戦の場数を踏んでいる彼女の意見は無視できない。それにまぁ、かわいいし。

「我々に気づかれずにマリウクス東方へ部隊を展開させるには、かなりの迂回路をとる必要があるはずよ。ペガサスや騎兵に発見されるのを避けるために夜だけ行動し、魔族の肉体的な優位をおもいきり活用したとしても、五日以上はかかる。でも五日前には……軍の集結すら終わっていなかった」

そのとおりだった。ウランコールとグラッサーはうなずいた。

「つまり……魔族どもは足の速い、この種の任務の得意な部隊を後方へ潜入させた」

「そうか！」グラッサーは会議テーブルを叩いた。

「そうだったのか！」

彼には、パズルのピースがすべてはまったように状況がみえてきた。

「奴は、こちらと同じ手を用いているだけなのだ——もっと大規模にして」

「予想すべきだったな」ウランコールがいまいましげに同意する。

「奴らにも吸血鬼や人狼の特殊部隊があることに、もっと注意を払っておくべきだった」

ウランコールは悔しげである。たしかにそのとおりなのだが、どうにもならなかったことでもあるからだ。

魔王軍にSVSやSWSと呼ばれる特殊部隊があることはランバルトもつかんでいた。しかしこれまで、魔王軍はその戦力を戦場以外で用いたことがなかったのだ。決戦を重視していたためか、会戦前の襲撃や攪乱《かくらん》が主な任務だったのである。今回のように、まあいってみればエラく根性の悪い任務に投入したのはこれが初めてなのだ。警戒していなくて当然である。

「いまさらいっても詮ないことだが」グラッサーがつけくわえた。

「あのゴローズのやくざどもを投入したことそのものが間違いだったのだ。敵に、真っ当な軍隊がもっとも不得手な敵がなにか、教えてしまった。それにだ……考えるまでもなく、破壊活動には奴らのほうがむいている」

「ともかく、敵の真意を考えることだ」

「三つ考えられるわ」フェイがすかさずいった。

「第一に補給ラインの破壊。第二にこのマリウクス城塞の包囲による無力化。第三は罠。わたしたちを罠にかけて出撃させ、戦力の落ちたマリウクスを奪おうとしている」

当然第一の推定ではないか、それがもっとも効果的で、成功の可能性が高いのだから――グラッサーとウランコールがそう考えかけた時、ふっ、と黒い影が部屋の隅に出現した。

「何奴！」

グラッサーが剣をつかみ、ウランコールが身構える。

フェイは素早く身体の位置をずらしていた――もちろんウランコールを庇うような位置に。

「諜報局です」

影はこたえ、顔をあげた。

「おんな――いや、子供か」

グラッサーは緊張を解いた。剣を置き、優しい声でたずねる。

「何用か、いいなさい」

「ゴローズ男爵様よりのお知らせにございます」

シュリは懐におさめていた報告書を取りだした。

「ゴローズ……そうか」

グラッサーは受け取った報告書を自分では開かず、ウランコールに手渡した。いくら親しくても、お互いの立場は守らねばならない。

「書かれたのは、昨日か……」

ウランコールがつぶやき、目をとおした。ふーむ、とうめき、グラッサーに手渡す。

「昨日のうちに届いていれば」

手渡されたグラッサーがうめき、いや、無理かとつぶやいた。

単独で敵地にもぐりこんでいるゴローズの部隊は友軍と連絡をつけること自体が危険だとわかっているからで

ある。ゴローズとその特殊部隊のことを嫌っていながら、こういったポイントをはずさないところはさすがグラッサー、ただの脳筋野郎ではない。

最後にフェイが目をとおし、小さく溜息をついた。回し読みするのに2分もかかっていない。

しかし、決定的な2分であった。

読み終えた時には、彼らの中にさきほどまでとはまったく異なる判断が成立していたからである。

魔王軍主力が動いているのであれば、話が違う、ということだ。

補給ラインを破壊することが目的、という推定がもっとも有力だった理由は、魔王軍主力が動いていない、という前提においてである。いかにも動いているように見せかけてはいるが、実際は特殊部隊だけの攻撃にすぎない。だからこそマリウクスではなく、アディスン街道上の物資集積所のみを叩いてきたのだ、という判断なのだ。

だが、ゴローズからの報告は、魔王軍主力が行動中であると伝えてきた。マリウクスにむけて進軍している、とも報せている。

フェイが指摘した、他のふたつの推定が突然、有力になったのだ。

「罠だ」

最初に断定したのはグラッサーだった。

「オノデラゴウシは後ろ暗い戦いを好む。このあいだもそうだった。絶対に、罠だ」

「フェイ?」ウランコールがたずねた。

「わたしも、そうだとおもう。挑発してしくじらせ、マリウクスを奪うつもりよ」

ウランコールはうなずき、二人に命じた。

「儂も同意見だ。ヴィル、すまないが、小規模な偵察隊を――そうだな、10隊ほどでっちあげろ。罠だとしても情報は必要だ。フェイ、苦労をかけてすまないが、全城の兵を完全な戦闘配置につけるのだ」

「わかった」

「うん」

グラッサーとフェイはうなずいた。フェイは即座に部屋をでたが、グラッサーはたちどまり、控え続けているシュリに話しかけた。

「名前はなんという」

「シュリにございます」

「この後の命令は受けているのかね」

「本来の任務へ戻るべきかと」

「本来の任務とはなにかね」

「ワルキュラに潜入して」

「やめなさい。それはいけない」グラッサーは諭すようだった。皮肉なことに、ゴローズとほとんど同じ判断をくだしている。

「男爵様……それは……？」

「ワルキュラの諜報局工作員は摘発をうけた。おそらく全滅だろう。今になってみれば本当の狙いも理解できるが……ともかくだ、君はウルリスに戻り、上司の命令を仰《あお》ぐのだ。まもなくここは戦場になるのだよ」

しかしシュリは彼の気遣いにこたえられなかった。ただ呆然とつぶやいただけだった。

「全滅……全滅ですか」

「ともかく、ワルキュラはだめだ。もし君が逮捕されたなら、我々がどれほど情報を摑んでいるか、知られる可能性がある。許可できない。ウルリスに戻りなさい」

「男爵様……いったい誰が仲間たちを狩りたてたのでしょうか」

「オノデラゴウシだね、あの男だ。おそらく自分の軍勢と共に行動しているだろう」

シュリはその言葉を嚙みしめているようだったが、すこしおいて、静かに答えた。

「せめて、ゴローズ男爵様のもとに復帰することをお許しください。共に行動することがもうひとつの任務なのです」

「奴は君のようなこ……者まで戦わせようとしているのか」

「いいえ。戦いに関わることをお許しになりませんでした」

「そうか。奴にもそういうところがあるか……よろしい、いきなさい。くれぐれも無理はしないように。望んで親兄弟を悲しませることはないのだからね」

「御意」

シュリの姿が消えた。

廊下でフェイが待っていた。にまーっと彼をみつめている。

「ほんっとにもう、女の子には甘いんだから」

グラッサーは微笑し、彼女に応じた。

「フェイ、おまえもあぶないことはするな。兵を監督するだけでいい」通路を歩きながらグラッサーはいった。どこまでも、妹の身を案ずる兄の態度である。

「うん」フェイ・マラックスは素直にうなずいた。アタシだって戦えるんだから、といいたくもあったけれど、グラッサーの気持ちはあまりにもありがたく、口答えなどできなかった。

「それでいい」グラッサーは部下の前では決してみせない優しい顔でうなずいた。「あまりお転婆がすぎると、イーサンが心配するからな」

「やだ、もう」

楽しげに笑いながらグラッサーは足早に去り、ガルスとマークスにウランコールの命令をつたえた。

「なるほど。選びます」と、ガルス。

「フッ」とうなずくマークス。

通常、ランバルト軍が偵察に多用するペガサス空中騎兵をもちいない理由は二人にとってたずねるまでもなかった。

ゴローズの伝えてきたとおり、魔王軍主力が動いているのであれば、あの危険なウィングドラゴンが活動しているはずであり、小規模なペガサス空中騎兵偵察隊では対抗などできない。集団戦術をとれないペガサス空中騎兵がいかに脆弱かは、第二次セントール会戦が証明している。あの時、彼らの敵オノデラゴウシはまず空中騎兵をウィングドラゴンに襲わせ、戦況逆転の素地《そじ》をつくりあげた。いえあのランバルト軍がそう信じているってだけですが、ともかくそれが現実だ。

その点、普通の騎兵偵察隊のほうが素早く森などに身を隠せるだけまだマシなのだ。

グラッサーはたちどころに偵察隊の準備を終え、順次出撃させた。目的は魔王軍の動きをつかむこと、彼らについてのより詳しい情報を持ってマリウクスにもどりつつある王立特務遊撃隊の援護である。

5

バハウスの森。魔王軍総帥野戦本営——というとアレですが、実態は幌つきのでかい絨毯のすぐそばに、軍のものでありながら軍人たちがほとんど出入りしていない大型テントがあった。テントの入り口には、
魔王軍報道センター
と、看板がある。
こんなものが設置されるのは史上初めてのことだった。
いやま、戦場取材というのは以前からあり、従軍記者、従軍念写師なんて職業もあったりするのだが、あくまでも戦争ダネをもとめる功名心あふれまくりの連中が軍にたのみこんで部隊に同行する、というもので、軍が報道

にはっきりと協力する姿勢を打ちだしたのは本当に初である。

　小さな通信社や新聞社はこの配慮をありがたがった。これまでの、自分の足でネタを拾って来い、という手法ではどうしても目をひく記事をつくりにくかったからである。

　実は大手の方も同じように考えている。ことに今回のように、奇襲を狙った作戦では軍の協力などえられず、憶測レベルの情報を流して反応をみる、なんてえげつない手を使わなければ間もちしないからだった。

　が、だれもが素直にありがたがっていたわけではない。

「ここで総帥に取材させていただければ、視聴者は――」

「それはさ、わっかるけどー、閣下忙しいの、いま。もともとあんな見かけなのにくわえて、ちょっと寝不足だからカメラ映りすんごく悪そーだし、ごめんね」

　食い下がっているのはMNNの中島ワティア、いつもの調子ではぐらかしたのは中央魔法局《CMA》を率いるセシエ・ハイムである。マルチタスクにできている魔族の強みか、セシエは第87独立エルフ魔導大隊の指揮官でもあるので、当然のように戦場にでてくる。といっても今回の主な任務はこの報道センターでの記者会見をとりしきる広報参謀である。

「でも、アレはアレでやるときゃやるヒトだから……ま、マリー・セレスト号にでも乗ったつもりで安心して」

「でも乗客乗員みんな行方不明……」

「じゃ、タイタニック号」

「処女航海で沈みました」

「なら、戦艦大和」

「撃沈された艦ですっ！」

　どこまで本気なのかロクでもないたとえではぐらかそうとするセシエに、ワティアはなおもくいさがった。

「しかし、軍の発表をそのまま、それも、軍が許した方法でだけ伝えているのでは、公正な報道とはいえません」

　とんでもない美女であるセイレーンの母と、まごうことなき縄文系日本人の父ちゃんの血が融合して見事な美しさをつくりあげている顔が怒りに染まっている。戦闘服がわりに着ているサファリシャツを突き破りそうなほど盛りあがりを見せている胸の振幅も大きい。

「だってほら、こっちも居場所がばれたら困るし。正直、いままでとはだいぶん違う戦い方なんで慣れるのが大変なのよ」

　セシエのいっていることはまんざらウソではない。考えてみれば、主力が出撃しているのに実際に戦っているのは特殊部隊がほとんど、という大作戦は過去に例がない。これまでは、出撃すなわち大会戦、だったのである。

「つまり、魔王軍内部にも総帥の指導に対する疑問の声がある、ということですか？」さすがジャーナリスト、ワティアはすかさずツッこんだ。

「まっさかぁ」

　けろりんぱな見かけにあわせたのか、フリルつきの野戦服（ってなんじゃそれは）を着ているセシエはぶいぶいっと否定した。

「そーすいが来てくれたらいきなり勝ち戦になったのに、文句なんかつけるわけないじゃない」

「ということは田中魔王の指揮下では不満が……」

「あはは、それもないわね。あの人、見かけはヘンだったけどいい人だったもん。あ、そろそろ会議の時間だから、じゃね」

　見事にハズされた感じのワティアを残し、セシエは本営に駆け戻っていった。

「さすがに君でも無理か」

　にやにやとしながらたずねたのはぴしりとプレスされたサファリスーツを身につけたザウズ・クレイモンである。同じＭＮＮなので一応はワティアの同僚ということになるが……実際はライバルだ。

「君はあの総帥にずいぶん御執心じゃないか。父上と同じ土地の出身だってのに惹かれたか」

「ええ、そうかもね」

　ワティアは女たらしで名高い同僚の言葉へ素っ気なく切り返した。

「おいおい本気なのか」

　ザウズは大げさに両手をひろげてみせた。いまカメラが回っていてもなんの問題もないオーバーアクションだ。

「ま、好みならとやかくはいわんが、やっこさん、ランバルトの方じゃひどいことといわれているぜ。人族の裏切り者とか、魔族とのあいのこ、とか」

「それは良かったわ」キッとなったワティアは蔑みの目でザウズをみつめた。

「わたしだって人族と魔族の混血だもの。あいのこ、ですって？　あなたも報道にかかわってるならもう少し言葉《ポリティカル・コレクトネス》に気をつけたら？」

　ワティアはぽかんとしているザウズを置き捨て、憤然として歩きだした。彼の態度にはもちろん腹を立てていたが、気がたっている理由はそれだけではない。

「これは軍から報道へのサービスじゃないわ」

彼女は独りごちた。

「軍が報道を操ろうとしているのよ」

それを命じたのが誰であるか唐突におもいついたワティアは慄然《りつぜん》とした。父の言葉がよみがえった。いずれは皆、彼に頼るようになる……

わ、なんかシブイ展開になってますがまあ、これ、あくまでもワティアの主観はいりまくりです。

当の総帥閣下、剛士君はといえば、さすがにそこまでは考えてない。

だものだから、

「……ってことで、ずいぶん文句つけてる連中もいるのよね」

と、本営にはいってきたセシエにいわれても、はあ、そりゃ、というしかない。

なんか大災害だとか戦争だとかいうと必ず報道センターができてきたりするのをニュースでみたことがあるのと、まあ、あのインタビューの経験で、マスコミには親切にしといたほうがいいんじゃないか、とセシエあたりに相談し、やっちゃっただけのことだからだ。情報を抑えていたり、取材陣が本社へ記事や霊像や念写を送る機会を制限しているのは、そりゃ作戦の詳細がだばだばもれては困るからで、作戦発動前から手をつけていたこと。別に大陰謀なんて考えてやしない。彼にしてみれば、こうくりゃこうだよね、という程度。軍が便宜をはかるという餌《えさ》でマスコミを集め、情報の流れをコントロールしてしまう結果は偶然に近い。

とどのつまり、セシエに任せておくより手はなかった。そうでなくても忙しいわ眠いわ高速怨念増殖炉は全開だわで、細かいことを考えていられないのである。

情報は作戦開始から半日近くすぎたいまも、怒濤《どとう》のように押し寄せている。

「総統命令第1号により行動を開始したSVSはこれに成功、SWSと合流し、今夜半の行動にそなえ、待機にはいりました」

「マリウクスのランバルト軍は警戒を強化しておりますが、大規模な出撃の兆候はみとめられません」

「ランバルト本国からの増援部隊については報告なし」

剛士君、学生服の襟ホックおよび第一ボタン外し、というつものスタイルでうーん、と椅子の背にもたれかかった。

目の下にクマつくっちゃったりしてはいるが、無精髭はのびていない。朝方、スフィアに剃《そ》られてしまったのである。

いまや、さまざまな事柄について面倒くさがりであるが戦争にだけ意識を集中していられるように、彼女の彼世話焼きぶりはとんでもないレベルに及んでいる。みていてうらやましい、を越えていた。剛士がなにもいわずにいるとちり紙片手に溲瓶《しびん》やオマルまで持ってきかねない。

ファッションも気合がはいっている。日が昇る前に、いつのまにか着替えていたのである。

いつもの女子制服ではない。

胸に天抜高校の校章がはいった半袖体操服。いまや絶滅寸前の紺色ブルマ。白のハイソックスに運動靴(決してスニーカーではないのだ!)。でもってその上には学校指定ジャージの上着チャックあけ。頭にはもちろんへアバンドとみまがうばかりのハチマキという体育祭ルックである。んでもってあの大鎌をしっかりと立てて剛士の傍らから離れない。

なんというか剛士君が、魔王軍の総帥というより学園を密かに支配している影の生徒会長という感じなのであった。

リアちゃんの方は、まあ、当面やることもないのでヒマそうである。結局はマネフ茶をみんなに配ったり、疲れちゃった参謀のおじさんたちの肩を叩いてあげたりして、総帥野戦本営というミリタリーな名前のついた場所を思いっきりアットホームにしてくれていた。

「すべて予定通りです」このなかでただ一人本当に多忙なアーシュラが報告を要約し、剛士にこたえた。

「総統命令第1号は——」

「あの参謀総長」剛士がさえぎった。

「はい、閣下」アーシュラはまっすぐにみつめた。

「いやあの、変な質問なんだけど」剛士は紅いサングラスに隠された瞳におどおどしながらいった。スフィアが肩をにぎったのがわかった。驚くほど力がこもっていた。

「さっきから総統命令っていってるけど……あの僕は総帥で」

「ああ」

一瞬いぶかしむ顔を浮かべたアーシュラだったが、すぐに微笑で応じた。

「総帥統合野戦命令の略です。いちいち口にしていられないので略してありますが……いけませんでしたでしょうか」

「ああ、いやなんかほら、総統っていうと口髭生やして右手あげてバカな演説してる人みたいでなんか。それにあの、ミリタリーマニアみたいだし」

「あの、剛士様」意外なことにスフィアが口を挟んだ。

「なに」

「……軍隊って、ミリタリーそのものだとおもいますが」

「あ」

失笑が渦をまいた。剛士のボケをあざ笑ったのではなく、心の余裕がもたらした笑いである。勝ち戦は気分を明るくしてくれる。

「失礼かと存じますが……ここまでうまくいくとは思いもしませんでした」そばに寄り、小さな声でアーシュラがいった。

「敵が用いた手をそのままやりかえすとうかがったときは、いったいなんのことかと」

「こちらがイヤな手は向こうもイヤだろう、って思っただけだよ」

小野寺剛士はこたえた。威張っている調子などまったくない、いつもの態度である。

「そういわれてしまうと、言葉もありません」

アーシュラは優雅に一礼する。剛士の肩をつかんでいるスフィアの手へちらっと視線を走らせ、すぐに目を伏せた。

そこんとこの反応はともかく、現在進行形の戦いについては剛士のいうとおりであった。〈カルネアデス〉作戦などともっともな名前がついているが、それだけのことなのである。

ただし、その成果ははかりしれない。

ランバルト軍と魔王軍の立場の違いが関係している。ランバルト軍は攻めこんできた側である。いかにマリウクスに物資が備蓄されているとはいえ、なにかことを起こすためには莫大な補給品を本国からセントールにえっちらおっちら運びこまねばならない。

だからこそ剛士は目をつけたのだ。

彼にその点を注目させてくれたのは、兵隊さん目にすると、寝てるのか、食べてるのかと気になる性格と……グラッサーがいったとおり王立特務遊撃隊の大活躍である。

最初はなんとか食い止めようとした。つまり、ゴローズの部隊を直接とっつかまえて押さえこもうとした。

そして、見事に失敗した。

剛士は頭を抱えた。なんだかわからなくなった。なにがいけないのかと途方に暮れた。

彼の決意を本当に固めさせたのは、あの、斉藤さん宅門前での襲撃である。

いやまあ狂戦士《バーサーカー》ノリのスフィアに驚いたとか、前後にかわした斉藤さんとのシブイお話とか、いろいろあったのだが、この場合はもっと人間的なところである。

自分がまったくの受け身であったことに気づいたのだ。

ランバルトがこうしたからこうする。

スフィアが守ってくれるから腰抜かしてゲロ吐いてる。

受け身、受け身、受け身、いやなぐらい受け身であったことに気づかされ、心底イヤになってしまった。

だからこそ、恨みと怨念の高速増殖炉が全力運転した。

そして思いだしたのである。

自分が天抜高校で生き残りを試みたとき、どんな態度で行動したかを。

飯田たちが動くのなんか待ってはいなかった。

自分から動いた。

状況をつくり、奴らを誘い、そしてほとんど自滅させた。

思いだしたとたん、バカバカしくなった。

戦いとは、つまるところそれなのだ。

戦争だってなんの違いがある。

いろいろ考えて、ランバルトに対抗してもうまくいってない。

だから……発想をひっくりかえした。

ランバルトにこそ対抗させるべきなのだ、と。

〈カルネアデス〉作戦はこうして誕生した。

連絡用の小さな砦への補給隊を叩かれるだけで魔王領が大騒ぎなら、巨大なマリウクスを維持しなければならないランバルトが補給隊を叩かれたらもっと困るはず。

いいや、やっちゃえ。

——とまあ、こうなのである。

ただし、剛士の思いつきがそのまま実行にうつされたわけではない。

最初はマリウクスの食料庫を叩いてあわよくば城ごとおいしくいただきましょうか、と盛大に妄想したのだが、警戒はきびしいわ、食料庫は地下にあるわでだめ。ブーラーンが穴でも掘って地下からげふっ、と提案したが、あちらの魔導士が地中まで探っていることがわかったのでこれもだめ。

どうしたもんか、と考えこんだ剛士を救ってくれたのはスフィアである。

直接にではない。あの『蒼天の塔』での会話をおもいだしたのだ。

彼女はいった。

敵の行動を読み、力を利用する、と。

それは肉体を用いた戦いについての言葉だったが、剛士にとっては孫子《そんし》と孔明《こうめい》と竹中半兵衛《たけなかはんべえ》と黒田官兵衛《くろだかんべえ》がかごめかごめしながらアドバイスしてくれるよりも役にたった。

ランバルトが来年の雪解け以降でなければ攻勢をしかけてこないことは明らかである。

じゃ、その時間をナニに使っているのか。

準備だ。

９万だか15万だか18万だかしらないが、それだけの数の兵隊に食べさせたり戦わせたりするのは大変なことのはずである。

たとえばですよ、仮に兵隊さん一人が一日２リットルの水と２キロの食料が必要だとします（あくまでも仮の数字です）。水はまあ川でもあれば汲めるけど、食料は後ろから運んであげなければいけないだろう。いや、汲んだ水も運ばなければならないから結局その点は同じで……となると、えーと、仮に15万名が攻勢に参加するとして、ただ歩いているだけでも一日６００トン、10日で６０００トン、一ヶ月なら１８０００トン。

おまけにこれは人間分だけ、ペガサスや馬のことは考えていない。部隊の集結には時間がかかるから、待ち時間のあいだに消費される量もある。そんなものまでくわえるとすぐに10万トンを超えてしまうだろう。さらには、補給任務をこなす兵隊さんや馬が食べたり飲んだりする分は……とか考えると、さらに増える。20万トン、いや、30万トンになるかもしれない。

そんなん一ヶ月で扱うならたいした量じゃないじゃん、コンビニの中央配送センターのほうが大変じゃん、というのは現代日本人の感覚だ。

ブラントラントではそのすべてを一番運がよくて砂利道レベルの道を使い、馬車に載せるか人が担ぐかして運ばなければならないのだ。

いうまでもなく大仕事である。雨がふって道がぬかるんだだけでも大騒ぎになったりする。予定通りに荷が届かなければ開店休業……どころか、兵隊さんたちが飢えてしまうことになるのである。

　ということは、予定の遅れをみこんで、事前になるべく戦場近くまで……つまりマリウクスへ運びこもうとするはず。一度に運べるわけはないから小分けにして。登山隊がベースキャンプからだんだんと荷物をもちあげてゆくように、中継点をもうけながら。

　最大の拠点であるマリウクスを叩けないならば、その中継点を叩いてしまえばいい。攻勢に必要な物資がなくなるのは同じなんだから。

　剛士はそう読み、作戦の基本方針を定めたのである。

　となると、残るは敵の力を利用する、という点だが……

「動いてくれないなあ」

　地図をにらみながら剛士はぼやいた。

「小規模な偵察隊はでていますが……すべてを期待するのは、危険です」アーシュラがなだめてくれた。

「でもさ、こっちの攻撃が物資集積所を狙っただけだと思ってくれて、マリウクスから部隊を出撃させてくれると考えてたんだけどな。雪が積もる前に、集積所を再建したいはずだし」

　そうなのだ。剛士はグラッサーたちがはじめ、それしかないと考えた判断までは予想していた。魔王軍にマリウクスを強襲できるだけの戦力がないことはむこうも知っているはずで、そうであるなら、ランバルト特殊部隊の攻撃をダイレクト《そのまま》にやりかえした、と受けとるはずだ、と考えたのである。

　主力の行動を徹底的に隠したのはそのためだった。こちら側の特殊部隊作戦だと考えさせ、物資集積所の再建と補給部隊護衛のために出撃した部隊を、主力でたたき潰し、すぐにワルキュラへ逃げ帰る。こっちの補給物資もそんなに準備してないし、そこんとこよろしく。

〈カルネアデス〉作戦の第二段階、スフィアの言葉による敵の力を利用する戦いとは、そういうことだった。

　マリウクス防衛にかなりの兵を割《さ》かねばならないはずであるから、出撃してくるのは多くて1万、アーシュラ、セシエ、そしてレルネーたちはそう予想した。さらにその1万は街道をまもるため、分散しなければならない。

　その段階で一部の部隊がマリウクスに陽動攻撃をかける。敵はさらにあわてる。

　そこで現在マリウクス北方へ迂回を終えているクォルンの主力部隊が一撃をくわえ、大損害をあたえる。

　そうなのだ。剛士はまあ性格というのかなんというのか、極端なことをまたやらかしてくれていた。主力部隊をケルベロスを中心とする快速部隊だけで編成していたのである。ケルベロスたちは突撃には強いが粘りはない。しかし一撃かけるだけならそれでいい。でもって指揮官がクォルンなら心配なし、と安心している。

一撃をかけた主力部隊は、もちろん、すぐに逃げる。陽動攻撃をかけた部隊も逃げる。ＳＷＳやＳＶＳも逃げる。以上おしまい。こちらの損害は最小限、むこうはおそらく数千、おまけに補給はズタズタ。冬になればなにもできない。物資の集積にはたぶん半年はかかるから、それが済んだころにはまた冬がやってきて来年の攻勢はたぶん無理。魔王領万歳、勝ったようにみえるから戦時国債も売れるぞ、わはははは、という腹積もりだったのだ。

いい気なもんだとも思えるが、剛士なりの根拠はある。あの暗殺未遂。スフィアと壮絶な会話をかわした少女の言葉だ。

仲間をみんな、と彼女はいった。

彼はそれをランバルトの諜報網が壊滅したと解釈したのである。おいおい、ただ情報だけ集めている奴がいるかもしれないじゃない、とツッコミたいところで、それはたしかにそうなのだが、今回は運が良かった。真実に近かったからだ。ランバルトの潜入工作員はほかにもいる。しかしもっとも手練の工作員……諜報局破壊班員だったあの少女たちが全滅したため、生き残りは、自分の身を守ることを第一に考え、なりをひそめたのである。人間として当然の反応だ（剛士はもちろんシュリのことを知らない）。

剛士の真意を伝えられなかったアーシュラたちが動員の名目として大演習をでっちあげ、それがまたランバルトの気分を一度ひきしめたのちに緩ませたのも良かった。ブラントラント全土を、とりわけウルリスをだます結果になったからである。

さらにはいま、そんなつもりはなかったとはいえ、マスコミの情報までコントロールすることになっている。

兵力が少ないことをのぞけば、圧倒的な優位に立っているのだ。ウルリスに情報が届かないよう、かなりの手を打ってもいる。ウィングドラゴン部隊……第１０１空中突竜戦隊主力は昨夜の段階でマリウクスの東側に向かわせ、ペガサスを見つけ次第必ず喰え、と命じたし、ＳＶＳとＳＷＳにもウルリスに向かう伝令は絶対にのがすな、と命じてある。情報がなければ救援部隊も派遣されないからだ。

……と、いろいろと考えてあるのだが、マリウクスの部隊が反応してくれないことにはどうにもならないのだった。せっかく陽動攻撃は剛士自身が率いる（もちろん実際はアーシュラが指揮する）ことにして信憑性を高めようとまで考え、ババウスの森に隠れているのに、ランバルト軍は相手にしてくれないのである。

いやま、代案はあります。

今日の日暮れまでに敵が反応してくれなければ……お家に帰る。

ともかく、ランバルトの攻勢を遅らせる成果をあげただけで満足する。

もともとマリウクスの部隊と戦う必要は軍事的にはあまりないからだ。クォルンの快速主力部隊による一撃は、派手な、いかにもニュースダネになりそうな形で戦ってみせ、戦時国債をなんとかしてしまおうという、考えようによってはじつにいじましい、でも本当は切実な効果を狙ったものなのである。

「うー。いま何時」

「一時だよ」リアが教える。

「日没まで約三時間半です」と、スフィア。

「あー、だめだめ」

剛士は頭をかきむしった。彼はゴローズの報告がグラッサーたちの判断を変えてしまったことを知らない。だから、考える材料がないのである。

「これ以上、こっちから誘う手はないし。むこうが動くまで戦争、休み」

「偵察隊はどうしますか」アーシュラがたずねた。

「こっちが発見されないかぎり、やりすごしていいよ。そうでしょ？」

「そのまま日没をむかえた場合は」同意しつつアーシュラが確認した。

「マリウクスから部隊がでてこなければ作戦終了」

剛士は思い切りよくいった。いらない欲をかいておかしなことになるより、次の機会を待った方がいい。というか、次の機会なんてことを考えられるようになっただけで大成功、そう判断したのだ。別にここで帰ったところで、戦時国債がさばけなくなるわけではない。すでにコレバーンやパライソの市場からは、次の低利戦時国債発行予定はどうなっている、という問い合わせがやってきている。

「御賢察であります。では……」

アーシュラはバカバカしいほど丁重に一礼し、外へでていった。本当にそう思った……剛士の割り切りのよさに感心したこともあるが、もうひとつは彼に慣れていない参謀たちに見せるためである。黒陽のアーシュラとして名の通った彼女が完璧に従ってみせていれば、剛士をなめてかかるものはいなくなる。心の練れた連中が多い指揮官たちとは違い、参謀の前では態度に気をつける必要があるのだ。

さっそく効果があり、他の連中もあれこれと口にしたあとで、外へでた。

「どうなさいますか、剛士様？」スフィアがたずねた。

「寝るよ」

参謀たちを見送りながら彼はいった。本当に寝られるとは思っていないが、そう口にする必要があった。自分が魔王軍の軍人なら、それぐらいの余裕をもった奴の下で働きたいと思うだろう、彼はそう考えていた。

戦争を一時休憩にした彼の判断は、かなり正しく、少し間違っていた。

ナサニア・ゴローズという要素を忘れ去っていたからである。

小野寺剛士がそのことを思い知るのは3時間後のことになる。

6

陽は充分に傾いていた。すでにひとつしか空に残っていない。

ゴローズの部下たちもさすがに疲労であえいでいる。あれから、2時間に一度、15分間の休憩をとるほか、ずっと動きつづけていたからだ。

ゴローズは徹底していた。武器と、一日分の食料をのぞけば、すべてを出発時に穴へ埋めさせていた。むろん、身軽に動くためである。

いま彼は部隊につかのまの休憩を命じ、傾いた陽のもとで地図を確認している。腰をおろし、大木に背をあずけていた。この森の名はバハウスというのだ、とわかった。

いまのペースならば日が変わる前にマリウクスへ到着する。

いや、ペースを保てたならば、というべきだろう。

ゴローズの左肩に柔らかいものがのった。隣に腰をおろし、一緒に状況を検討していたはずのマヤだった。疲労が一瞬の隙をついて襲いかかり、眠りこんでしまったのだ。

ゴローズはすこし迷うようだったが、結局、そのままにしておいた。ほんの一瞬だけ、こんな温かみを感じるのはいつ以来だろうか、とおもった。たまさかの楽しみに選んだ女たちとのつきあいではなく、本当の、心からの関わりがあたえてくれるもの。

周囲をみまわす。

重なりあった枝が風に揺れていた。

目でみてわかるほど、暗くなってくる。

母さんの胸の温かみと柔らかさ。

しっかりと握りしめてきたあの小さな手。

最後のお弁当。

あれを三人で食べたのはもう真夜中だったはずだ。

動けなくなり、寄り添って食べた。

食べているうちに涙があふれた。

大事に食べよう、そうおもっていたのに……あっというまに無くなってしまった。

母さんのお弁当。

最後のお弁当。

すべてを恐れながら眠ろうとしていた時……あの音がひびいたのだ。


鈴の音。

自分に、なにかを背負わせてしまったあの音が。

「……隊長」

はっとして顔をあげた。ゴルムが、薄汚れた顔に笑いを浮かべていた。

「いよいよ、ですかな？」

ゴルムはゴローズの肩に頭をのせて眠りこけているマヤ・ウラムを顎でしめした。

「もう二度と女を不幸にするつもりはない」ゴローズは応じた。ただし、いまではすがるような姿勢で眠りこんでいるマヤを起こさないような、小さな声だった。

上官の声にシャレっ気がまったくないことに驚きながらゴルムはいった。

「北方に騎馬の小部隊がおります。友軍らしいです。こちらに向かっています。我々を捜索しているのではないでしょうか」

「確かめよう」

ゴローズはそっとマヤの上半身を支え、木の幹にもたせかけてやろうとした。

「んっ」

かくん、と頭が垂れ、あん、とマヤがちいさな声を漏らした。瞼をひらき、ぼんやりした目でゴローズをみあげる。

「あ、ナサニ……あ、あ、あの、あ、やだ、どうしよう」

真っ赤になっている。

「もう少し休んでいろ。私は用がある」

「あの、いえ、わたしも」

マヤは羞じらいながらたちあがった。そんな二人の様子を、ゴルムは楽しげにみていた。


目を閉じても剛士は眠れなかった。脳が溶けそうなほど頭が働きつづけているからだ。ベッドの上で何度も寝返りをうちながらうめき、やっぱり起きようかと迷ってやめ、それでも眠れずにうなる、ということを繰り返した。

柔らかく、温かいものが額に触れた。ぴくりとし、やがて力が抜けてゆく。気持ちがほぐれてゆく。ふーっと、深い息がもれた。

首筋をなでる冷たいものに、スイッチが入ったように目が覚めた。眠ったのはほんの一瞬だったように思えた。

「日が暮れたの」

目をこすりながら剛士はたずねた。


「いえ、まだ30分あります」アイスブレスを用いたアーシュラは済まなそうな顔だった。

「じゃあ」

「敵の偵察隊を発見しました。こちらに近づいています。このままでは発見されるでしょう」

「あと、どれくらい」

「15分ありません」

剛士はたちあがった。まだふらふらする。思考がぼやけていた。しかし、のんびりしている時間はない。

「やりすごせないかな」

「確実ではありません。たしかに、いま発見されてもワルキュラへの帰還にはまず影響はありませんが……」

言外になにか匂わせる口調だ。

「戦わないと、まずいかな」剛士はおもいついたことを口にした。

「報道陣もいます」

アーシュラの言葉は残酷だが、真実だった。このまま戦闘のひとつも見せずに帰ったのでは、ワルキュラでどんな報道をされるかわかったものではない。強引に報道規制をかけて従わせることはできなくもないが、そんなことをしたなら、情報が自由に流れこむという魔王領の大きな利点を捨てることになってしまう。国家に支配された報道機関には、誰も本当のことを話さないからだ。

戦争なんて、こんなものか。剛士は溜息と共に命じた。

「いいよ。攻撃して。そのかわり……一人も逃してはだめ。捕虜にするか……皆殺しにすること。いいね」

「は、閣下」

「どの部隊に命じるの？」

「事実上の初陣です。ぜひとも、親衛総帥護衛大隊に」

新参の部隊が必ず勝てる相手と戦うことは大切だ。どんな形であれ、自信がつくからである。

「うん、でも、あの人族の部隊も混ぜてあげて。全部任せるから」

「第1人族義勇猟兵連隊も……それでは……いえ、わかりました。ただちに出撃します」

アーシュラは本営の守りが薄くなることを考えたが、逆らわなかった。剛士の意図はあきらかである。親衛総帥護衛大隊と同じく、自信を持たせるためだ。それに、魔族と人族が肩を並べて戦う様子は、魔王領にとって強力な宣伝材料になる。親衛総帥護衛大隊にも人族の小隊がふくまれているが、絵になった時の説得力が違う。剛士は剛士なりに、この戦争で魔王軍がいいものに見えるように努力しているのだ。魔族というだけで嫌う人族が多いブラントラントでは大事なことである。

アーシュラは、剛士を評価するほかなかった。

これまでの魔王陛下たちも魔王領のために善政を為してきた。それはいまさら持ち出すまでもないことだ。

しかし、アーシュラには剛士と比べるとすべてが色あせるように思えてならない。なんというか……程度が違うという気がした。過去の魔王陛下たちが自分の持っている『技術』で直接、恩恵をもたらそうとしていたのに対して、剛士は気分、空気というものを極端に重視しているように思えたからだ。ただ戦争を率いるだけではなく、ブラントラントにおける魔王領の位置を計算しているようなのである。

（この〈カルネアデス〉作戦も……）

アーシュラは思った。すべてを伝えられたいまとなっても驚きは消えない。

確かに戦時国債の重要性と、その価値を高めるための勝利について語ったのは自分だ。

しかし……正直いって、ここまで極端な作戦に打って出るなど、予想外だった。

作戦の目的は国庫に金を流れ込ませることだけ。そのためには、軍事的な勝利を収める必要がある。

剛士は魔王領にとって重要なその点をとことんまで突き詰めた。

要は国債がさばければいいのだから、実際に軍事的な勝利を収める必要などない。そう見えるだけでいい。もちろん、かき集めた金を使う時間（軍を再建し、拡充する時間）は必要になるから、同時に時間稼ぎになるような手で。

（閣下は、国家戦略に軍事戦略を完全に従属させておられる）

アーシュラはそう確信しつつある。当然じゃん、というなかれ。これは実に大変なことなのである。歴史上、軍事戦略にいれあげるあまり、国家としての目的がどこかに放り出されてしまった例は枚挙に暇《いとま》がないほどあるのだ。

それを弱冠17歳で……となれば、やはり驚くしかない。

「どうしたの」剛士が不思議そうな顔を浮かべていた。

「あ……いえ、申しわけありません。ぼんやりしておりました」虚を突かれたアーシュラはあわててごまかした。

「身体の調子でも悪いんじゃ……」

「いいえ」この御方はいつもこんな調子だ、苦笑いを我慢しながらアーシュラは立ち上がった。あるいは国家戦略がどうのというのも私の考えすぎにほかならず、本当はただ必要に思えたから、というだけなのかもしれない。でも、それでもいい。もっとも重要なことをただ必要だという理由だけで実行に移せる指導者とは、つまり、天才に他ならないのだもの。

本営を出ながらちらりとアーシュラは思った。素晴らしい。魔王領にとってすばらしいことだ、それは。でも、わたしにとってはどうなのだろう。閣下は、わたしをどのようにみておられるのか。いや、軍人としての評価はわかっている。しかし、その他の面……たとえば女としては……

「なにばかなこと考えてるのかしら」

考えが妙な方向に走り出したことに気づいた彼女は自分を叱った。柄にもないことを、と叱った。自分の命令を待っている部隊へ意識を向けると同時に、剛士の国家戦略へ自分なりに奉仕する方法がないかについても考え出している。剛士君、まさに適材適所。この瞬間のアーシュラちゃんはすべての国家指導者が部下に持ちたいと夢見る最高の参謀総長そのもの、であった。

一方、本営ではヴァンピレラ・ビューティのもやもやな気分に気づくはずもない剛士君がザクザクっな鎧の幼女（68）に、またもや『それがいいと思った』のひとつを手伝ってくれるようにお願いしていた。

「リア」

「なに、お兄ちゃん」

「セシエにさ、マスコミの人に戦いをみせてあげるようにって伝えて。そのあとは、みんなを案内してあげて」

「イエッサー！」

ようやく仕事をもらえたリアは喜んでふっとんでいった。

本営は剛士とスフィアだけになった。

「さて」

剛士は息を吐いた。溜息なのか、深呼吸なのかよくわからない。

「……戦いを御覧になりたくないのでは？」スフィアがたずねる。

「前に教えてくれたでしょ」上着を着ながら剛士はいった。

「一人で決めなければいけない、って」

「……はい」

スフィアは彼の肩にそっとマントをかけた。


偵察隊は10騎ほどの、ほんの小さな部隊だった。

「うまく出くわせたもんですな」ゴルムがいった。

「我々が帰る経路は、ごくおおまかに伝えてある。不思議はない。マリウクスは戦慣れした指揮官が多い。時間が読めた――」

望遠鏡も構えずに偵察隊をながめていたゴローズが顔を曇らせた。

傍らをみる。

さきほどまで存在しなかった影があった。

「シュリ、かね」

「はい」

「なぜ戻ってきた。ここは君のいるべき場所ではない」

「いえ、戻る必要がありました」

「命令か」

「姉を、オノデラゴウシに殺されました」

ゴローズは沈黙した。マヤ・ウラムは驚いていた。愛する男が黙りこんだことではなく、彼の顔を一瞬だけよぎったものに。

純粋な恐怖と憎悪だった。

「あの騎兵を誘導しますか？　もしかしたなら、敵軍についての情報を得ているかも――」

場の雰囲気をかえようとマヤがそう口にしていた途中で、全員の時が凍りついた。

森の奥、北方で、人魔の号令が轟いたのである。

7

アーシュラの率いる二つの部隊は偽装をはぎ捨て、一斉に森から突出した。

湧いてでるように、という言葉どおりの出現である。

「総帥護衛大隊は左翼へ迂回、退路を断て！　人族猟兵は一個大隊を右翼に迂回させろ。残りはそのまま前進！」

圧倒的というより、やる気がなくなるほど劣勢な敵に対しても、彼女は一切手を抜かなかった。いやむしろ、敵が10騎ばかりだからこそだともいえる。報道陣が見守る前で、しくじれない。

哀れなのは偵察隊であった。グラッサーが派遣した10個の偵察隊の1隊である彼らは、これほど大規模な敵に襲われるなど、予想もしていなかった。突如出現した4000名の敵に唖然としているうち、あっという間に進退極まった。


ゴローズはただちに部隊を集合させた。

偵察隊を助けるためではない。200名ばかりの彼の部隊が4000名以上の敵と戦えるはずがなかった。

文句をつける者は一人もいない。彼らはプロの軍人であり、功名心にはやるバカ者ではないのだ。勇気と蛮勇の違いは身に沁みている。不幸な友軍にしても、頭がついているなら、降伏して生き残るだろう、と考えていた。頭のついていないような奴は……哀れむにおよばない。

しかし、本来予定していたコースでマリウクスにむかえないのは明らかだった。北から東にかけては、すべて、魔王軍の視界にはいっている。

敵が一度動きだしたからには、この場に隠れ続けているのも危険すぎた。

森の西側を迂回し、魔王軍の後方を抜けて脱出するしかなかった。

ナサニア・ゴローズはゴルムをはじめとする隊でももっとも能力の高い兵たちに先頭を扇状に進ませ、自分はそのすぐ後ろについた。マヤ・ウラムはただ緊張だけをみなぎらせ、愛する男の後ろ姿を追っている。傍らを進む影はむろんシュリだ。

王立特務遊撃隊は、戦うためではなく、生きるために森を駆けた。

その森の向こうに総帥野戦本営が存在すること、あのオノデラゴウシが潜むことを、彼らは知らない。


野戦本営のそばに人影は少なかった。だれもが、戦場を見物にいっているのだ。周囲に残っているのは、わずかな衛兵だけだった。

東の方角から、いかにも戦場をおもわせる騒音がひびいている。

「アーシュラって、すごいね」本営からでた剛士は騒音に耳をすませ、つぶやいた。

「はい」スフィアの返答は素っ気ない。

「あ、いや、スフィアもすごいよ」

スフィアはすこし怒ったような顔だったが、すぐに華やかな笑みをうかべた。

「もっと、誉めてください。そうしていただければ……もっとお仕えできます」

「はは」

剛士は安堵のごまかし笑いでこたえる。

「さて、早くいかないと」

「見せ物が終わってしまいますか、総帥?」

剛士はびくりとし、スフィアは大鎌を構えた。

「今度の戦いはどういうことです?」

ワティアだった。張りつめた表情でみつめている。

「取材は許可を得てからになさってください」大鎌をおろしたスフィアがきびしく応じた。

「取材?」

ワティアは自分の両手が空であること、なにも隠し持っていないことを教えた。

「取材じゃないわ。正直なところをうかがってみたいだけ……もと魔王の娘として。父がつくりあげるのを手伝った国を、あえて魔王にならなかった人が、どんな風にしたいと望んでいるのか」

ふたたび身構えようとしたスフィアを剛士はおさえた。

「いいよ、いいんだ、スフィア。中島さんはインタビューの時、僕に優しくしてくれた。それに、教わったこともあるから」

「……剛士様がそうおっしゃるのであれば」

「えと、中島さん、あの……」

「ワティアで結構です。閣下」

彼女は剛士が個人的な話という理由付けを受け入れた

瞬間、魔王領民としての態度に変わった。

「はい、ワティアさん」

「教えていただけ……」

「ずるいなぁ。抜け駆けか」

気取った声。ザウズ・クレイモンだ。

「いや、総帥。はじめまして。ＭＮＮのザウズ・クレイモンです。彼女の同僚で。私も、あんな見せ物じみた戦闘よりあなたにお話をうかがうべきだとおもいましてね」

「取材じゃないよ、ザウズさん」剛士の声が冷たくなった。総帥として進むべき道が見えだしているいま、こういった手合いへの気後れはない。

「僕は、中島魔王陛下の王女様とお話ししているんだ」

「そいつは……情実ですか。私のような下々のものにはのぞむべくもない贅沢ですな。お、そちらの美しいお嬢さんは閣下の……はは、これは」

「ザウズさん」

「どうかクレイ、と。友人はみなそう呼びます」

さまざまなストレスですりへっていた剛士の忍耐はとうとう限界に達した。彼がわめきだそうとした瞬間――

いや、その一瞬前にスフィアが怒鳴り声をあげていた。

「いい加減にしなさい、下郎！　ザウズ・クレイモン、貴様、こちらにおわす御方がどなたか心得ているのか！　魔王領総帥、小野寺剛士様である！　これ以上、非礼をつづけるつもりであれば、この場より生きて帰れぬと心得よ！」

魂を消し去るような怒声だった。どんな音楽よりも美しく、どんな悲鳴よりも恐ろしい。だが、剛士は酔ったような気分で彼女の声に耳を傾けていた。そして確信した。やっぱり僕は。僕は。なにが、なにがあろうと――

「いや、なにも、はは、そんなつもりでは」

ザウズはあとじさった。声が引きつっている。自分でもなぜそうなっているのかわかっていない。スフィアの異常な気迫が彼をおびえさせているのだが、彼のような人間は目に見えない事実には絶対に気づかない。なんとか、自分は次の質問を発するうまい間をつくりだすために場所を変えているのだ、と思いこもうとしている。

「しかし公正なる報道のために」

「そんなもの、ありはしないわ」ワティアが嘲《あざけ》った。

「ワティア」

「ここにきて、すべてが閣下に支配されているのをみてわかったの……前から疑問はいだいていたけれど」ワティアは肩をすくめた。

「結局、良く伝えるか、悪く伝えるか、それだけ。正義の味方か悪か、こちらの気分次第。それだけよ。公正なんてありはしない。どちらの味方についた方が得か、というだけ」

「それは問題だな、問題だよ」ザウズは舌なめずりするような表情だった。まだスフィアが恐ろしいのか、じりじりとさがり続けている。

「君のそうした考えは問題だな！　報道部にふさわしくない！　本社に報告する！」

「辞めてやるわよ、こっちから」ワティアはこたえた。剛士に微笑む。「閣下、お城か軍で、マスコミ勤務経験の役立つ仕事はありますでしょうか」

「あるよ。いくらでも。大歓迎」剛士はにっこりする。

ザウズはなおも捨て台詞をさけびながら森へさがってゆく。

「はは、総帥、あんたもだ！　みていろ、あんたのことを絶対に――」

彼は卑しい勝利感とともに脅迫めいた言葉を口にしようとしていたのだろう。

だが、そこまで自分を貶めずにすんだ。

背後の森から一閃した刀が、見事に頸動脈をかききっていたからだ。

カフィーリア。ランバルト王国諜報局破壊班員専用の、軽量化された暗殺剣であった。


「魔王領総帥、小野寺剛士様である！」

音楽的な声が鼓膜を打つ。

ゴローズの表情がこわばった。彼は視線を木々の間からわずかに見える光景に向け……すぐに視線をそらせた。

「隊長？」

マヤが不安もあらわにみつめた。彼女に、あの言葉は理解できなかった。オノデラゴウシという音だけを理解できたらしい。

「無視しろ。生きて帰りたいなら。そうだろう？」

マヤはこっくりとうなずいた。

ゴローズは部下を慎重に行動させつづけ、この場を逃れようとしていた。

自分の正しさを確信していた。

だから、違和感に気づくのがほんの少しだけ、遅れた。

「シュリはどこだ」

彼はみまわした。いわれてマヤも頭をめぐらせたが、姿が見えない。

「隊長、まさか」

小さな黒い影か、サファリスーツの男に近寄り、その首筋で剣をきらめかせたのはその直後である。

悲鳴があがり……すぐにとぎれた。

ゴローズはつぶやいた。

「バカな娘だ……いや、私も同じか。この世はバカばかりだ」

警告の声がテントの周囲であがっている。密かに迂回するのは不可能だ。

全員が彼を認めていた。

ナサニア・ゴローズは剣を抜いた。そのぎらつく刀身を一瞥《いちべつ》したあと、自嘲の微笑を浮かべ、静かに命じた。

「すまないが諸君、敵陣を突破し、マリウクスを目指すことにしよう」

「何者か！　衛兵！　衛兵！」スフィアが叫んだ。

剛士の腰が引きかけ――すぐに立ち直った。ワティアがいるからだ。剛士は彼女にエラそうなことを話した自分を忘れていなかった。

それに――

「剛士様」スフィアが切迫した声で呼んだ。「すぐにおさがりください」

「いやだ」

小野寺剛士はこたえた。

「剛士様！」

「スフィアがいるなら、僕もいる。なにもできないけれど、ここにいる。僕は総帥で、ここは本営だ。だから、田中さんに教えてもらったとおりにする」

声が震えていた。

顔が青ざめていた。

しかし、剛士は逃げなかった。

スフィアと共にいたいのであれば、彼女を信じなければならない。

「剛士様」スフィアが下唇を噛んだ。表情がめまぐるしく変化し、最後に、微笑が浮かんだ。

「では、御覧になっていていただけるのですね？」

「うん。帰ってくるよね？」

「むろんです、剛士様――衛兵、任せたぞ！」

スフィアは駆け寄ってきた種族も装備もばらばらの衛兵に剛士を任せると、ただ一人、森の敵へと跳躍した。

飛距離は20メートルを超える。

やはり彼女は、人ではなかった。

「隊長」剣を抜いたマヤがみつめる。

ゴローズも剣を抜いた。

「あの天幕の背後を駆け抜ける。いいか、敵にかまうな。逃げる、生き残ることだけを考えろ。無理だとおもったらすぐに降伏すること。いいか！」

一斉に男たちが応じる。

「よろしい、王立特務遊撃隊《ロイアル・スペシャル・イレギュラーズ》前へ。生存へ向かって脱出せよ！」

特殊部隊は一斉に森から躍りでた。

宙から可憐な悪魔が舞い降りたのはその瞬間だった。

金属質の軽やかな音が響いた。

大鎌がうなりをあげる。

数名の兵が血飛沫とともに吹き飛ぶ。

戦友をうしなった敵に数名の兵が襲いかかる。

「やめろ！」マヤの無事を反射的に確かめたゴローズは叫んだ。

「いま戦っても無駄だ！　走れ！　走るのだ！　貴様ら、それでもナサニア・トルガ・ゴローズの部下か！」

今度ははっきりと聞きとれた。


鈴の音。

「まさか」

ゴローズは硬直した。マヤ・ウラムは、愛する男がまぎれもない恐怖にかられる瞬間を目撃した。

「……ナサニア・トルガ・ゴローズの部下か！」

能面のような表情のまま、狂戦士《バーサーカー》そのものに大鎌をふるいかけたスフィアの動きが鈍った。

木々のむこうに、自分をみつめている男がいた。

傍らに、きっとした表情の女をともなっている。

「ナサ兄ちゃん」

スフィアの喉から幼いつぶやきが漏れた。

「まさか」男がうめいた。

「まさか、スフィア」

「ええ」

とうなずきはしたものの、スフィアは目を疑っている。

「……でも、そんなはずが……お兄ちゃんが生きているはずが……本当のお兄ちゃんは……」

ブルマ姿の戦女神《ワルキューレ》はぐっと下唇をかみしめた。

20年前。あの凄惨な虐殺事件の夜。

最後のお弁当を塩辛い涙とともに食べ終えた三人は、そのまま寄り添って眠りについた。たとえ満天の星々と三つの月があっても、夜はあまりにも暗い。これ以上進むのは危険すぎたし……それより、棒のようになった脚が歩くをことを拒否していた。

ナサが目を覚ましたのは数時間後、闇がさらに深くなったように思われるころである。

せつない感触が突き上げていた。おしっこが漏れそうになっている。

熟睡している姉妹の身体をそっとのけ、ナサは立ち上がった。手探りをしながら慎重に歩き、ここならばいいだろうと思われる木の陰でさっぱりする。

水音がし、湯気がたちのぼる。一生消えないように思われる悲しさ、辛さ、恐ろしさがこの瞬間だけは消え去り、身体をしびれさせるような心地良さが全身に満ちた。

そのまま解放感に身をゆだね、ナサは空を見上げた。

頭上は目を奪うような美しさだった。星々のきらめきと月の輝きが競い合い、終わりのない天界のショウを繰り広げている。

「母さん……父さん……」

思わずつぶやきが漏れた。両親が生きてはいないだろうとわかってしまった彼には、そこを見上げ、つぶやくしかなかった。

なにかがこみあげてきた。

再びあの塩辛いものだ。あとからあとから果てしもなくこみ上げて視界を曇らせ、頬を濡らしてゆく。

声が漏れそうになる。

ナサは木の幹を叩き、歯を食いしばった。悲しみに支配されてはいけないんだと思った。もう誰もぼくを助けてはくれない。マウサ先生、ロメスのおじさん、父さん、母さん……みんな死んでしまったのだ。子供たちを助けるために。ただそのためだけに。

そしていま、僕には守ってやらなければならない者たちがいる。小さな姉妹。ぼくのほか、頼るべきなにものもない幼い女の子たち。僕だってたったの六歳にすぎないが、それがなんだってんだ？　僕は頼られている。僕は頼られているのだ。それに……

母さんは、女の子たちを守ってやれといった。

ぐっ、喉奥からこみあげた呻きをナサは懸命に抑えつけた。

母さん。母さん。

大丈夫だよ。

僕が絶対に守ってみせる。母さんのいったとおりに。僕は父さんの息子だから。母さんの子供だから。

なにがあろうと、あなたたちを裏切るようなことは絶対にしない。ナサニア・ゴローズは頼ってくれる誰も裏切らない。どんなに辛いことがあっても生き残る——そう、みんなで。

場違いな音が鼓膜をふるわせたのはその瞬間だった。鈴の音だった。

ナサは顔をあげた。

周囲を包む闇よりもさらに黒々としたものが見えた。熟睡する二人を包み込むようにしている。

「やめろ！」ナサは反射的に飛び出していた。二人を取り返そうとして。

その直後、全身が石のように重くなった。呼吸すら辛くなるような重みだった。

しかしナサは立ち止まらなかった。ぼくはゴローズの息子なのだと思った。父さんと母さんが愛してくれたのであれば、ぼくも誰かを愛し、守り切らねばならないのだと信じていた。その結果死ぬことになってもかまわない。死にたくて死ぬわけではない。死ぬことで愛する者たちが守られるならば、他に方法がないのであれば、そうするしかない。

笑い声が聞こえた。

嫌な感じはしなかった。どちらかといえば……畑仕事を一生懸命手伝おうとしていろいろと失敗してしまうナサを見ている父さんや母さんのそれを思い起こさせる暖かな笑いだった。

「ふた……りを、はな……せ」

ナサはやはり石のように重くなっている舌に全力をこめていった。

『ほう……』

得体のしれない闇は感心したように声を漏らした。

『その年でそこまで……見所があるな、童《わらべ》よ』

「バカに……する……な」

『無理をするものではない。おまえの力では、動けぬ』

「かまう……もの……か」

『聞き分けのない……』

闇は溜息を漏らし、低く鳴動した。

ふっと呼吸が楽になる。代わりに、身体は完全に動かなくなった。

『息を楽にしてやった。その代わり、身体も動かねば声も出ぬ。まったく、いまでも殺しすぎだというのに、これ以上無駄な怪我をされてはかなわん』

ナサは目をぎらぎらさせながら姉妹を抱え込んでいる闇を睨《にら》みつけていた。こころの中では嵐が吹き荒れている。喉から押し出せなくなったすべての思いが炎になりそうだった。

『童よ、おまえにはさだめがある』闇はいった。

『人には辛すぎるかもしれないさだめだ』

闇は溜息を吐いた。ひどく哀しげだった。

『おまえがそれに気づくかどうかはわからぬ。しかし同じ事だ。さだめは変わらない。おまえはそれに従って……いや、引き寄せられて生きることになるだろう。覚悟するがいい。決して楽な道ではない。しかし……』

闇が小さくなった。疲れて座り込んだようにナサには見えた。

『おまえが変わらねば、いまのままの心を保ち続けるならば、決して負けることはない。挫《くじ》けることを知らなければ、おまえはいつかさだめに打ち勝てる。おまえの望むおまえ自身になれるだろう……だが、それにはまだ時が必要だ』

闇が風船のように浮き上がりはじめた。

こくっ、と姉妹の妹の頭が揺れた。


ぱっちりと瞼があく。

しばらくぼんやりしていたが、やがて自分の置かれた状態に気づいた。

「おにいちゃん……ナサにいちゃん？　スフィアどうしたの？　これなに？　なんで動けないの」

闇があやすようにうごめいた。

『おお、起こしてしまったか……悪いことをした……いずれにしても、ここを去らねばならぬ頃合いだ』

しかしスフィアにはなにも聞こえていないようだった。

「お兄ちゃん、ナサ兄ちゃん！　ね、これなに？　スフィアどこに連れていかれるの？　お兄ちゃん！　お兄ちゃん！　助けて！　スフィアを助けて！　どうして、どうして助けてくれないの！　ナサ兄ちゃん！」

泣き叫ぶスフィア。その声に姉も目を覚ましかけたが、二人に泣かれてはたまらないのか、闇が即座に眠らせてしまった。

ナサの耳に響くのはスフィアの悲痛な叫び、自分を助けてくれない彼を責めるような舌足らずの声だけだった。

「お兄ちゃん、お兄ちゃん！　どうして！　どうして！　助けて！　スフィアを助けて！」

幼い娘の叫びはますます辛さを増し、深い闇にこだまする。

一瞬あって、それは、身を裂かんばかりの絶叫へとかわった。

「いやぁぁぁぁ！　やめて！　やめて！　お兄ちゃんをどうするの？　お兄ちゃんを殺さないでぇぇぇ！」

いったいどうしたのか、ナサには見当もつかなかった。彼にわかったのは、スフィアが目にしているものが、自分の置かれている現実とは違う、ということだけだった。

しかしナサにはなにもできない。呼びかけることすらできなかった。彼にできたのは、闇とともに段々と姿が薄れてゆく姉妹を懸命に目でおいかけ、鼓膜を鞭打つ悲痛な叫び、他のだれでもないナサに助けを求める幼女の声に耳を傾けることだけだった。

「お兄ちゃん、お兄ちゃん、ナサ兄ちゃん……」

闇が姉妹とともに消え失せた瞬間、ナサの意識も暗転した。

それから数日、かれの意識はとぎれている。

意識を取り戻した時、彼は魔王領の小さな町の外れにぽつんと一人で立っていた。家出かなにかの事件に巻き込まれたのかと、尋常ではない様子の子供を心配したマミーのおじさんがすぐに警察署へ連れていってくれた。

「坊や、名前は？　そのあとで……おじさんに話せることがあったら話してくれ」警察署の少年課の警官——いかにも子供が好きそうな優しい目をしたグールだった——がナサにはなしかけた。

しばらく黙ったままでいたあと、ナサは自分の名を口にした。

「ナサニア・ゴローズ……いえ、ナサニア・トルガ・ゴローズです」

ここでなにがあったか忘れないで。そう告げた母さんの声が何度も何度もリフレインしていた。そうだ。忘れない。忘れてはいけない。どんな時でも。そのためには、名前に故郷を——永遠に失われたすべてを刻みつけておけばいい。

「ナサニア君だね。で、どうしたのかな？」

ナサはなにがあったかを話した。話しているうちに警官の顔色がかわり、署内が大騒ぎになるのがわかった。30分後、ありとあらゆる質問を浴びながらナサは……いや、ナサニア・トルガ・ゴローズは身を焼くような思いに身体を震わせていた。

（ぼくは守れなかった。なにも守れなかった。守るべき者たちを裏切ってしまった）

すべては20年前の話だった。そしてそれはいまもなお、ナサニア・トルガ・ゴローズの精神を痛めつけるすべてのみなもとを為しているのだった。

隊長がこの混乱の中で呆然とするのがわかった。マヤ・ウラムはその様子に驚き、危険を察知した。このままではいけない。このままではいけない。このままにしていたら、わたしのナサニアはどこかにいってしまう。わたしはまた一人ぼっちになってしまう。

「隊長！」マヤが叫んだ。「お気を確かに！　そこの女、貴様何者か！」

剣を構え、襲いかかろうとする。

「やめろ、マヤ！」

マヤの顔にぱっと場違いな花が咲いた。ゴローズはすかさず片腕で彼女を抱き留める。

スフィアがつぶやいた。

「本当に、ナサ兄ちゃんなんだ……いまも、あの時のお母様との約束を守ってる」

「なにを信じてきたのかは知らない」

マヤを抑えたままゴローズはこたえた。

「しかし、絶対に真実ではないよ、スフィア」

「……詳しいのね」

スフィアは哀しげにうなずいた。

「そんなに詳しくなければ良かったのに」

「なりたくてなったわけではない」ゴローズはいった。

「気づいてしまったからさ。いや、調べずにはいられなかったというべきかな」

剣を握るゴローズの拳が白く変わった。

「スフィア。君は……」

彼がそこまで言いかけた時、視界のすみに、背の低いマント姿の男に襲いかかる黒い影がみえた。

スフィアは彼の視線、その変化を見逃さなかった。そして、叫んだ。

「剛士様！」

彼女は跳躍した。

本営の変事はたちどころにアーシュラの知るところとなった。その近くに残っていた魔導士が禁令を破って伝えてきたのだ。

「なにっ」

アーシュラは叫ぶなり馬首をめぐらせる。耳を澄ませた。

人をはるかに超えた聴覚が剣を打ち合わせる微かな音を捉えた。

「ご……閣下！」

馬では間に合わない。アーシュラは空を見上げた。太陽がまだひとつ、地平線から顔をだしている。黒陽護符《ダークサイン》を与えられているといっても……闇の力を用いるべき時ではなかった。

だが、アーシュラ・ガス・アルカード・ドラクールはためらわなかった。

「総員続けっ」

と叫ぶなり、鞍から跳躍した。ぐっと力をこめる。背中から漆黒の翼がのびた。風にのり、そのまま本営へ向かう。

「ぐっ、うっ」

歯を食いしばる。沈みかけた陽光を浴びている翼は炎であぶられるような痛みを発し、白煙をあげながら彼女を苛《さいな》んでいた。

しかしアーシュラは飛び続ける。小野寺剛士のもとへ。なぜそうすべきなのか、彼女にはわかりかけていた。

そう望んでいるからなのだ。

一瞬崩れかけたランバルト兵だったが、すぐに連携を取り戻した。

スフィアの動きが止まったのだ。

指揮官らしき男と向かい合っている。

「閣下！」

本営周辺に残っていた兵士や参謀たちが剣や槍を手に駆け寄ってくる。その数は20名ほど。敵をどうにかできる数ではない。

「あちらへ逃れて、参謀総長と合流なさってください」

コワイ顔の一つ目をぎょろりとさせていったイミールは参謀将校のバウズ・ジラモンだった。

「数名おつけします」

「君たちは？」

「スフィア殿をお助けせねばならんでしょうな」

「なら、僕も残る」

「閣下」

「ジラモン――だよね」

「はい、閣下」

「好きな女の子を見捨てて逃げるくらいなら……」剛士の青ざめた顔に苦笑が浮かんだ。

「死んだほうがマシですな、確かに。わかりました。こんなこと口にしちゃいけないのかもしれませんが、閣下、その御言葉を耳にできて光栄であります」

ジラモンはたくましい腕でびりびりと自分の軍服を破り捨て、衛兵たちに命じた。

「総員聞け！　我らが総帥閣下は誰一人としてお見捨てにならない、美少女ならなおのこと、とのおおせだ。つまり我々はどうすべきか？」

「そちらのお美しい御婦人は？」同じように制服を破り捨てたオーガの軍曹がたずねた。

ワティアはシャツの腕をまくる。後ろで縛っていた髪をほどいた。

「ＭＮＮは辞めました。わたしはもうただの魔王領民です。近々閣下が雇ってくださるそうですわ。それから、簡単な水霊の術ぐらいは使えます……治癒魔法も。ですから、みなさま、どうか心おきなく」

「そりゃいい。知性派の魅力満点というわけだ。いえね、私もイミールの身でありながら参謀だなんて、似合わないとは思っていたんですよ……では、後学のためにお見せしましょう、お嬢さん。これをどうぞ。閣下も……お楽しみください」ワティアに自分の剣をあずけながらジラモンはいった。

「なにをですの？」

ワティアが丁重に剣を受け取りながらたずねた。

「本当の肉体派魔族の戦い方って奴です！」

応ずるなり、ジラモンは常人の胴よりはるかに太い脚に力をこめて跳躍する。

「野郎ども俺に続け！　魔王軍参謀部大尉参謀バウズ・ジラモン、参る！　魔王領万歳、小野寺総帥閣下に栄光あれ！」

「大尉殿に遅れるな！　総帥万歳！　ついでにウチのカアチャンも万歳！」

オーガの軍曹が後を追い、他の衛兵たちも数名を残し、後を追う。死地に赴く彼らはそろいもそろって、剛士へニヤリとし、閣下、と呼びかけた。

「魔族」

剛士はつぶやいた。生まれてはじめて味わうものを実感していた。

「僕の、魔族」

「お見事です、閣下」

ワティアが誉める。美貌には晴れやかな笑みが浮かんでいた。

「あなたの、、、、魔族。あなたの、、、、魔王領。御言葉通りです。そこまで我々を、この国を愛していただけるのならば……あなたの僕《しもべ》として、いかなる悪行にも手を染めましょう。たとえこの世のすべてを焼き尽くすことになろうと、悔やみはしません」

ジラモンたちがランバルト兵と激突する。おそるべき魔族の叫び。飛び散る肉塊。断末魔の悲鳴。

恐怖と狂気の光景。

しかし小野寺剛士は、暴れ狂う魔族たちの姿を心から愛おしく思った。

斬りつける。切り裂く。突かれる。殴りかかる。

混乱のなかでランバルト兵は倒れ、突入したジラモン以下の衛兵たちも傷ついてゆく。すっと剛士の前にでたワティアが呪文を唱えた。

「水の精、命の源の守護者、すべては我らと共に。すべては彼らと共に、きたれ、慈雨招来《グレイス・レイン》！」

さっ、と霧雨が包む。傷を負っていた衛兵たちが体勢を立て直すのがわかった。

「す、すごい……ワティアさん、凄いよ」

剛士は賛嘆の声を漏らすしかなかった。ワティアが用いたのは広域治癒魔法……大魔導士だけが使えるといわれている技だ。


「久しぶりでしたので不安でしたけれど……少しはお役にたてましたわね」ワティアはいたずらっぽく微笑んだ。

「閣下！」

黒い影が出現したのはその直後だった。

咄嗟に剣を構えた衛兵たちが次々に血飛沫をあげ、倒れる。

「なっ」

「貴様がオノデラゴウシかっ」

少女が目の前にいる。暗殺剣《カフィーリア》を構え、剛士を殺意に満ちた瞳で見据えている。

「君は」

「我が名はシュリ！　オストガイ忍群上忍マスコフの次女、貴様に殺された諜報局破壊班員サイナの妹！　姉の仇！　覚悟！」

いうが早いか、電光のように突進してくる。

「やめなさい！」

ワティアが叫び、剣を引きずるように構えながら剛士を押しのけた。

苦痛の声があがる。暗殺剣に脇腹を切り裂かれたのだ。

血がどくどくと溢《あふ》れだしていた。

「女っ、邪魔をするなっ」

シュリが叫び、再び暗殺剣を構えた時——

体操服ブルマ姿の狂気が落下した。

スフィア。

剛士の敵をすべて殺戮する覚悟を固めた美少女。

「およしなさいっ、あなたの姉を殺したのはこのわたくしです！」

「知るか、化け物め！　奴を殺せばすべて済む！」

その瞬間、スフィアの内部ですべてが停止し、なにもかもが別の規準に置き換えられた。

全身が異様な震えを起こす。

瞳が収縮し、まなじりがつりあがった。

浅黄の髪が電気を流されたように広がり、逆立った。

精霊たちが発するものとは違う、奇怪な燐光《りんこう》が全身を包む。

鈴が鳴った。

「……貴様」

喉奥から声が漏れた。純粋に、ただひとつの事実だけを意味する声。

「貴様ぁぁぁ」

スフィアは絶叫した。

今の彼女には優しさも哀れみもない。ただ剛士を殺そうとする憎むべき存在をこのブラントラントから抹殺することだけが目的だった。

「スフィア、捕らえろ、殺すな！」

剛士は制止した。

遅すぎた。その時にはもうスフィアは大鎌を軽々とふるい、おさなごを傷つけられた母狼のような凶暴さを見せつけていた。

「後悔などさせない！　この薄汚れた人族め、覚悟しろ！　永久に冥界を彷徨《さまよ》うがいい！」

スフィアはなんのためらいもなく、シュリの喉を掻き切った。

「スフィ……」

剛士は絶句した。理解したつもりだった。理解したつもりでいたのだ。

戦いの中に放りこまれた自分。信じるものをなにひとつみつけられずにいた高校二年生。

スフィア。

ただとまどうばかりの僕に優しくしてくれた優しい美少女。

僕の命を狙った者たちを容赦なく殺戮した人にあらざる、強く美しきもの。

スフィア。

それでいいと思っていた。

わかったつもりだった。

幸福すら確信しかけていた。

しかしいまスフィアはなんと口にした？

、、、、、、、
この薄汚れた人族め
彼女はどうしたのだ？

いや、何者なんだ？

どうして僕に優しくしてくれる？

なぜ僕の敵を皆殺しにしようとする？

わからなかった。なにもわからなくなっていた。

「シュリ！」

鋭い男の声が轟いた。黒い軍服に身を包んだランバルト軍の男。何人もの部下とともに、ジラモンたちを一撃で殲滅し、突進してくる。

「ワティア様、安全な場所に」

スフィアがうなずいた。

「わかっ……りました」

ワティアは剛士の手を握り、本営裏手の森へと駆けだした。

「だめだよ、だめだ、僕はここにいる！」

剛士は抗う。ここでスフィアと離れてはいけない、直感がそう告げていた。

彼を追い払ったのはほかならぬスフィアの声だった。

「剛士様！　お願いです！　もう充分です！　これ以上、御覧にならないでください！　わたくし、殺します！　剛士様に仇為すすべての輩《やから》を！　どうか殺させてください！　わたくしのお慕いする御方のすべての敵を！」

鈴がうるさいほどに鳴り響くなか、彼女は絶叫していた。凍りついた剛士をワティアが叱った。

「閣下、これ以上、彼女を苦しませるべきではありません……こちらに！」

剛士はわり切れぬ思いとともに森へ逃れた。

ランバルト兵の声が聞こえている。そこも安全とはいえない。

どうにか人目をさえぎる役に立ちそうな大樹の陰に剛士とワティアは身を隠した。

「大丈夫ですか、閣下」

周囲へとぎれることなく視線を走らせながらワティアがたずねた。

「スフィアが……」

剛士は惚けたようにつぶやいた。

「スフィアがあんなことを……」

　ワティアが振り返り、肩をつかむ。

「閣下……そのことは、考えてはなりません」

「ワティアさん？」初めて彼女に気づいたように剛士は見上げた。

「誰にも、自分ではどうにもならないことがあります。スフィアも例外ではないということだけです」

「でも……」

「覚えておられますか、あの卑しい男、ザウズ・クレイモンはわたしをあいのこと呼びました」

　ワティアの眉はおそろしいほどのゆがみを示していた。

「魔王領は素晴らしい場所。夢のような国です。しかし、この世の楽園ではありません。生身の者たちが、それぞれの夢と現実を生きながら、喜びと哀しみをくりかえし、自分ではけっして使いわけられない賢さと愚かさに笑い泣かねばならない者たちが住まう場所です。あなたはそんな国の支配者なのです」

「わからないよ。わからない」

「それでいいのかもしれません……あなたはそのままでも……なにがあろうと……でも、魔王領、いえ、このブラントラントにもさだめに囚われた者は数多いのです。わたしも、そうだったのかもしれない。魔王の娘として生まれて。特別扱いされるのが嫌で一度は家を飛び出して。生きているからには求める何かがあると思い続けて……でも、あなたの……あなたのそばに置いていただけたなら……」

　突然、彼女はがくりと膝を折った。剛士はワティアの傷口から溢れた血が下半身すべてを赤く染めていることにようやく気づいた。

「ワティアさん！」抱き留めながら剛士は叫んだ。

「ありがとうございます……閣下。どうやら……ここまでのようですわ。残念……です。あなたにお仕えして……あなたの世で長く生きて……」

「喋っちゃだめだよ！　誰か呼ぶから。手当てしたらきっと大丈夫だから！　そうだ、治癒魔法、さっきのすごい治癒魔法は！」

　ワティアは哀しげに微笑んだ。

「自分には、効きませんわ。そんなことできたら……都合が良すぎるでしょう？」

　顔から生気が失われてゆく。瞳孔が開き始めた。

「ワティアさん！」剛士は彼女を抱き起こした。手を傷口に当て、押さえた。だが、他にどうしてよいのかわからない。

「ね、どうしたらいいの、わからない、わからないよ!」

「いいのです……それだけで……」

ワティアは苦痛にゆがんだ美貌で嬉しげにつぶやいた。

「閣下……どうか魔王領を……すべてのものたちを……あなたに幸運を……」

ワティアは最後の力を振り絞って剛士に口づけ、死んだ。

「ワティアさん、ね、ワティアさん……」

剛士は物言わぬ骸《むくろ》となりはてた魔王の娘へ呼びかけた。

「ね、嫌だよ。またなんて嫌だよ。また僕の前で名前を知ってる誰かが死ぬなんて嫌だよ。お願いだよ、お願いだよ、助けてよ、助けてよ、誰か助けてよ!」

腕の力が抜け、ワティアの遺体は地面に頽《くずお》れた。

小野寺剛士は涙と鼻水で汚れた顔を能面のように強張らせて後ずさり、大樹の幹に救いを求めるようにすがりついた。

一人きり、一人きりだった。

彼にできることはなに一つなかった。

周囲ではランバルト兵たちが叫び交わしていた……


「なぜ殺した! まだ子供だった、子供だったのだ」

ゴローズが叫んだ。

「剛士様の敵だから」スフィアはこたえた。静かな、優しいといってもいい声だった。

「ナサ兄ちゃんも殺したいの、剛士様を?」

大鎌を構える。

「なら……殺すわ、ナサ兄ちゃんでも」

「スフィア……」

ゴローズは絶句した。

かれの目に映っているのは美しく成長したあの時の幼女に間違いなかった。

この世の誰よりも美しく、おそらくはこの世の誰よりも優しく、そして……間違いなくこの世の誰よりも恐ろしい怪物に成長したあのスフィアだった。

「ナサ兄ちゃん……」胸を裂かんばかりの悲痛さと、狂気すら凍らせるほどの冷たさをしのばせた声がたずねた。

「本当に……ナサ兄ちゃんも剛士様の敵なの? なにもかも、気づいてしまったからなの?」

「どうしてだ」ゴローズは声を押し出した。

「なにがあった……やはり、わたしがいけないのか、スフィア。もう戻れないのか」

スフィアは違うの、とでも言いたげに首を振ると、大鎌の刃を低い位置で保持した。完全な攻撃態勢をとったのである。

「くそっ……呪うぞ、すべてを」

なによりも自分を責めるように呻いたゴローズも腰を低くした。剣を構える。傍らではマヤが隙をうかがっている。

他の兵士たちもスフィアを取り囲む。

緊張がおそろしいまでに高まったその時――

彼らの頭上を、焦げくさい白煙をたなびかせながらヴァンピレラ・ビューティが飛びすぎた。

変事を知って駆け戻ってきた親衛総帥護衛大隊の兵士たちの声がきこえはじめる。

「急げっ、あっちだ!」

「閣下をお守りしろ!」

ゴローズの剣先がすっ、と落ちた。マヤにうなずく。

「騎士ウラム、撤退だ」

「は……はいっ」

「ナサ兄ちゃん」

スフィアの声にゴローズは振り向き、痛々しいほどの笑顔で応じた。

「思えば、誰かからそう呼ばれるのは25年ぶりだよ、スフィア……君はそれほど年をとったように見えないが。昔話はまたいずれしよう。私には守らねばならない部下もいる」

「ナサ兄ちゃん」

再びつぶやいたスフィアの耳に裏手の森から奇怪な叫び声が聞こえた。

「ああああ、あああああああああっ」

「……剛士様」

スフィアは森を注視した。

「いきなさい、スフィア」

ゴローズがうなずいた。

「君の大事な人が、君を必要としている」

言い終えるなり、彼は部下を率いて背後の森に駆け込み、姿を消した。

「ナサ兄ちゃん」

「ああああっ、ああああああああっ」

「剛士様!」

スフィアは駆けだした。飛んだ。突進するのに邪魔な樹木を大鎌で粉砕しながら。

そして彼女は目にした。

狂ったように泣きわめきながらアーシュラに抱かれた小野寺剛士の姿を。

アーシュラの焼けこげた翼を。

「剛士様！」

スフィアは叫び、駆け寄った。

アーシュラに対する殺意に等しい嫉妬に身を焼きながら。

鈴が、鳴っていた。


偶然と必然が入り乱れた結果生じた本営での戦いは短時間で終わった。魔王軍、ランバルト軍とも損害はごくわずかであった。

しかし、この戦いは小野寺剛士の心に忘れられぬものを刻印することになる。

いや、彼だけではない。スフィアにも。アーシュラにも。

他の、すべての者たちにも。

だが、この時起こっていたのは、個人的な事件ばかりではなかった。

マリウクスが、動いていたのである。

8

この時、トゥラーン近衛重装騎士団を主力とする臨時編成部隊、グラッサー戦闘団約六〇〇〇はすでにバハウスの森に向け、急進している。

「フッ」マークスが髪をかきあげながらいった。「われわれが突出してもなんの反応もないということは……」

「やはり、積極的に攻撃をかけるつもりなどないということだ」と応じたのはもちろん副将コンビの相方であるガルス。

二人の会話を耳にしている男、ヴィル・グラッサー男爵その人は緊張感の塊になっていた。ぴりぴり、ぴりぴり、愛馬ガルーンを操るほんのわずかな動作にもそれはみてとれる。

「団長、なにか不安が？」ガルスがたずねた。

「掃いて捨てるほどある」グラッサーはむすっとしたままこたえた。もちろん怯えているわけではない。実際の気分はその正反対である。闘志に満ちているといっていい。

彼のなかにあったのは、敵……いや、オノデラゴウシに対する驚きに近い畏《おそ》れ、ただ怖いだの呆れるだのでははない複雑な印象であった。ぶっちゃけていえば、こんな風に考えていたのだ。

（いったい貴様は、なんという戦争をするのだ……）

どんな軍隊にも、人間でいう性格に近いものがある。戦いのチャンスを目の前にした時に、自然と示してしまう動きのことだ。

たとえば魔王軍。根っこの部分で勇敢《ゆうかん》さに不足はない彼らだが、なにがなんでも進撃、というノリとは縁遠い。もともとただ生活するだけならば不足のない土地で生まれ育った連中だけあって、どこかへどわーっと攻めこみ、わはははここは今日から俺たちのもんじゃあ、という感覚には縁がない。どちらかといえば、我らの故郷、愛する祖国を守ろうという感じである。専守防衛……とまではいかないが、防御型の軍隊なのだ。

じゃ、あっちの方は、と当然気になるのはランバルト軍。案の定、まったく違っている。ランバルト軍の基本は攻撃である。

敵を見つけたら攻撃。なんかあったら攻撃。風が吹いても猫が鳴いても攻撃。朝御飯の味噌汁がまずかったから攻撃……とまぁ、ハタ迷惑なほど元気がよろしい。ゴルソン大陸の中枢で何百年もドつきあいを繰り返してきただけあって、それが当然になってしまっている。じゃあなぜマリウクスなんて大要塞を築いたんだ、などというツッコミはパス。だってほら、結局は魔王領攻略の最前線基地、攻撃のための拠点でしょ、ということである。

ま、そんな理由を語ったあとで、今回の発案者は実のところ猛将ヴィル・グラッサー男爵……であればいかにもな感じなのだが、全然そうではない。

発案者はだれあろうフェイ・マラックス。弓兵団長の気になるあの娘である。むしろグラッサーやウランコールは反対している。理由はほかでもない。オノデラゴウシの策略（ツッコミたくても今回はまさにその通りなのでギャグにできない！）に引っかけられることを怖れたのだ。いうまでもなく指揮官としての判断である。かれらの任務は独力で魔王領をどうこうすることではなく、次なる攻勢の準備が整うまでマリウクスを維持し、魔王軍の態勢立て直しを邪魔することであった。自分たちの好みに従った戦争ばかりしているわけにはいかない。そうなのだ。猛将だの闘将だのという二つ名《ニックネーム》がお似合いであっても、グラッサー、ウランコール共に、自分の好みにひきずられて兵を動かすほど単純な男ではない。だからこそ、フェラール兄ちゃんも王都ウルリスのオレでアイツの薔薇《ばら》で菊な熱い御耽美の夜を過ごせるというわけなのであった。

ところが、眼鏡っ娘弓兵団長フェイはそれを木っ端微塵《こ》に粉砕してしまったのである。

「守っていても、なんの結果もでないもん。それに、ちょっとぐらいの兵力を出撃させたところでマリウクスの守りにはなんの影響もないし」

いやま、そうなんだけど。まあ、筋道を立てて考えるならこういうことになるだろう。

オノデラゴウシがなにかのついでにマリウクスへちょっかいをだすつもりであれば、もう出しているだろう。しかるに、いまにいたるのもなんにもないというのは、その気がないことの証拠。つまり、マリウクスから出撃する部隊を引っかける手を考えているということ。

だから出撃してはイカンのではないか、というのは常識論である。しかしフェイはそこからさらに先を考えたのだった。

魔王軍が予想し、期待するわれわれの反応はなにか。

当然、崩壊してしまったアディスン街道の補給ラインを立て直すことだろう。


つまり、奴の罠は、そちらに仕掛けられている。マリウクスのセントール正面……魔王領に向いた西方は、おそらく抑えの兵力しか置いていない。そちらを叩けば、優位にたてるはず。

……ということを自分の頭の中だけでいちいち理屈になどせずに処理し、頼もしいお兄ちゃんと好き好き大好きなおじさまへ（ってまあ、二人とも年齢は似たようなものですが）納得させてしまったのだった。フェイ・マラックス、ただの眼鏡っ娘ではない。わずか15歳でナポレオンも徳川家康《とくがわいえやす》も呆れかえるほどの戦闘経験を備えているだけあって、戦いに関するセンスが研ぎすまされている。剛士君ほど大きなことを（国家戦略レベルのことを）考えこみはしないが、戦術レベルについては大したものだった。

となれば、残る問題はその抑えの兵力がどこにいるか、なのだが……

「やはりバハウスの森ですか」ガルスがたずねた。

「他には考えられん」グラッサーは断言した。「ある程度大きな兵力を伏せておける広さがあり、比較的短時間でマリウクスの直撃が可能で、なおかつアディスン街道上に出現するだろう別働隊の支援もしやすい、となると、あそこしか考えられん」

うーん。要するに頭を使って戦うのは剛士君の専売特許ではない、ということなんですが、ここまで読まれてしまうと真っ青であった。

でもこれから夜になるし、なんて危険はもちろん考えてある。というか、ここのところ剛士にイロイロとやられているだけあって、見ていろちんちくりんめ、という感じなのであった。

グラッサーにも、魔王軍と正面から戦うつもりなんか全然なかったのである。

夜の間に、バハウスの森の背後にのびるセントール街道上へと潜り込んで夜明けとともに魔王軍を急襲、敵軍を突き抜けたあと、マリウクスへ駆け戻る。豪快というかあっさりというか、つまりは魔王軍をいてこましてやったという結果を得ようとしているのだった。もっともこちらは、戦時国債のどうのというより、ただやられたということによる戦意の低下を防ぎ、戦いにおける軍部の主導権を維持し、ウランコールをはじめとするマリウクス駐留軍の面目を保つために、であった。

いかにもいかにも、と言えるだろう。まさにランバルト軍は攻撃型の軍隊であった。しかし、かれらが予想もしていないことが三つあった。

魔王軍のマリウクス監視態勢がこれまでにないほどの厳しさをきわめていたこと。

オノデラゴウシが、結果があらわれなければ即座に……今夜中にでも軍をさげるつもりであること。

そして……彼が生まれてはじめて殺人をおかしたばかりであること、だった。

9

一瞬の、いや、一瞬にしかおもえなかった惨劇の終わった魔王軍総帥野戦本営には異様な空気がたちこめていた。

胸を裂くような悲しみ。恥辱。まぎれもない愛情。重い気体のように低くひろがる嫉妬。

そして、隠しようもない怒り。

「閣下」シャナン軍医長の応急手当を受けたアーシュラが痛々しいなかにもきりりとしたものをきらめかせながら呼びかける。

「敵軍に、本営の位置が暴露《ばくろ》したと考えねばなりません」

マリウクスから敵軍の一部が出撃したという情報はすでにＣＭＡエージェントたちの手によって届けられている。セシエは本営を飛び出し、とてつもない勢いで情報収集の指揮に当たっていた。

「閣下……」アーシュラがうながす。弟を案ずる姉のようだった。

「うん」応じた剛士の声はうつろである。イヤになってくるほどコンパクトにまとまった身体の背後から、スフィアの手がまわされていた。この現実へかれをつなぎ止めるように。あるいは……失うことをおそれるように。

「ここは、閣下の計画通り軍をさげ……」

アーシュラの言葉を剛士は手で制した。ぷくぷくした指をそのままスフィアへのばし、そっと外す。体操服ブルマ姿の戦女神は一瞬、動揺の色を浮かべたが、素直に従った。

「だめだ、だめだよ」剛士は戦況図をのぞきこんだ。「本営を襲われ、僕も危険にさらされた。これじゃ駄目だ。たとえ補給部隊を壊滅させていても、勝ったように見えない」

あとの言葉はのみこんでしまったことに周囲の者たちは気づいた。剛士が誰かを捜すように視線をさまよわせたからだ。今朝、ここにいたのに、永遠に欠けてしまった者たち。バウズ・ジラモンと気持ちの良い魔族兵士たち。そしてここに加わるはずだった者。ワティア。小野寺剛士の未来を信じ、散った気高く美しい花。

そして剛士は、スフィアの狂気とアーシュラの献身に抱かれた気分のまま、ここにいる。

だから……

「本営のまわりにいる部隊はただちに戦闘準備」剛士は命じた。「夜戦だ」

「夜戦？」緊張とともに心がうずくのを感じながらアーシュラがたずねた。

「敵は魔族と夜のあいだは戦おうとはしないと思う」剛士は説明した。「つまり、夜のあいだに動き回り、朝になってから手をだす。だよね？　だとするなら、僕らにとって困る場所……たとえば後方のセントール街道へまわりこもうとするはずだ。どう？」

異論は、ない。アーシュラですら即座に同意のつぶやきを漏らしている。

「参謀総長、ただちに行動開始」

「はっ、閣下！」ぱっと敬礼したアーシュラはただちに命令を伝達した。

「各隊に伝えよ！　敵軍見ゆとの警報に接し、総帥直率部隊はこれより出撃、これに夜戦を挑まんとす。今宵天気晴朗、闇の子どもよ、臆することなかれ。以上！」

わっと復唱がわきおこり、何人もの伝令が駆けだしていった。

「お兄ちゃん」リアが闘志を満面に浮かべて駆け寄った。

「ボクも戦っていいよね」

剛士は68歳の幼女を見つめた。まっすぐな瞳。奪われたものをおもう瞳だった。

「もちろんだよ、リア」

「イエッサー！」

跳ね飛ぶリアを複雑な表情で見ていた剛士に近寄るものがあった。鈴の音とともに。

「……剛士様」

「ありがとう、スフィア」剛士の声は固かった。

「そういうことでは」

剛士はきっとなって振り向いた。あの目、あの獣の目になっている。我慢しきれなくなった彼は口にしてしまった。

「僕も、薄汚れた人族なんだよ」

「……それは」青ざめ、涙を浮かべたスフィアに剛士はなおも続ける。

「でも、いいんだ。わかった。魔王領にいる限り、たとえ人族でも同じなんだ」

「……」

「同じなんだ。本当にそうなんだ」彼は泣き出しそうな顔で言った。「もういいんだ。迷うことなんかない。僕はみんなに助けられた。だから、僕もできることをする」

「剛士様……」スフィアの目が辛そうな光を浮かべたまま見開かれる。

小野寺剛士は背筋をぐっと伸ばし、おそらく生まれて初めてだろう純粋な決意とともに明言した。

「僕は、魔族だ。魔王領の総帥だ」

二人の会話を聴くとはなしに聴いていた者たちが一斉に呻いた。最初に片膝をついたのはアーシュラだった。

「閣下……どうか御命令を。我らの小野寺総帥閣下」

「我らの総帥閣下！」全員が声をあわせる。魔族、人族……いや、すべての魔族たちが。

「ありがとう」剛士はうなずき、必勝の確信とともに命じた。

「じゃあ、このバカげた戦争に勝とうよ、みんなで」

喚声《かんせい》をあげる余裕はなかった。

その瞬間、小野寺剛士は灼熱《しゃくねつ》する白い光に包まれたのである。

闇に潜むものは、すべてを注意ぶかく見つめていた。

……なにもかもが望むままに動いていた。ブラントラントへ新たに導入した要素は予想をうわまわる力を発揮し、ある種の安定を見せかけていた世界を混沌《こんとん》に包み込みつつある。

新たな戦闘が、始まっていた。

オノデラゴウシと呼ばれる要素は混乱から素早く立ち直ったようだった。いや、実際は心を凍らせ、ただ自分の能力だけを脊髄《せきずい》反射のように作動させているのだろうが……信じられないほど見事な総司令官としての才能を発揮しつつある。

そして相変わらず世界は喜び、悲しみ、賢さと愚かさに包まれていた。

痛みをともなうほどの満足感が湧いてくる。

これでいい、これでいいはずなのだ。

あの哀れな少年がブラントラントに加える刺激。

あの哀れな少女が愛ゆえにまき散らす狂気。

あの哀れなみなしごが追い求めるものすべて。

なにもかもが思い通りだ……

だが、ふとした不安が心を曇らせた。

本当に、そうなのか。


ことにあのオノデラゴウシは……

思いついたとたん、不安は果てしもなく膨れあがった。

異世界から呼びつけた贄《にえ》。

便利な道具。

しかしその力を、自分は本当に見極めているだろうか。

なにか見落としていることはないのか。

指を折り、異世界での記録をさぐる。

他人から評価されることのない毎日。

信ずべきもののない心。

活かされることなく朽ちるはずだった才能。

……これまでの要素たちと同じだ。

なにも変わらないはずだ。

だが……

意識の隅をよぎるものがあった。前に呼び寄せた要素。タナカという名の存在。果たしてあの要素が、心ある者ならば感じずにいられない純粋さを発揮するなどと、自分は予想していたか？　予測できないぶれは徐々に大きくなっているのでは？　もしかしたならば、本当の混沌が迫りつつあるのでは……

いても立ってもいられなくなった。

確かめなければならない。

もちろん、混沌の到来を怖れているからではない。心のどこかでは、むしろそれを待ち望んでいる部分すらあった。

いまはただ純粋な興味。それだけだ——少なくとも、自分ではそう思いこもうとしていた。

闇に潜むものは思い定めた。

確かめよう、ただちに。

オノデラゴウシなるものの、心の奥深い部分を。

思いはすぐさま力に転じ、変異が生じた。

自分も準備を整えようと立ち上がった横顔に微笑が浮かぶ。

果たして何が起こるだろう？　何を知ることになるだろう？……楽しみだった。なぜならば……

それを知ったのち初めて、たたかいのさだめは成就されるに違いないからだ。

あとがき

1　まもるべきもの　あとがき（2001年度β版）

皆さんはじめまして、豪屋です。

異世界ブラントラントで繰り広げられるちょっとアレな高校生、小野寺剛士の物語、いかがでしたでしょうか。いやもう二〇代前半、編プロ勤務経験二年あり、という人間が初めて書いた小説ですんで、色々と不安です。ちょっとコワイ考えになったりして、剛士のように丸くなってしまいたくなります、あはは。

とは言いつつも、あれこれと書いてみたかった要素をブチ込むよう努力はしました。

もともとが歴史系の人間なんで、お話の基本線はもうあれ、黄金のパターンです。

危機の迫った国。

迫り来る圧倒的な国。

忽然《こつぜん》と出現する英雄。

そして始まる大戦争！

おおお、燃える。明日はどっちだ昨日はこっちだ、わははは、ならばやるしかないではないか、というやつです。先日のアメリカ同時テロみたいな現実の戦争はイヤでたまらないですけれど、小説であれば別。あっちで爆発こっちで全滅、気合いの入った兄ちゃん姉ちゃんおじさんおばさんが徒党を組んでうぉぉぉぉ、という展開。

いやもうたまりません。好きです。好きなんです。そーいうの。

もともとが歴史小説を読みあさったりしていた歴史系の人間で、その勢いのまま歴史ネタの本を出していた編プロに勤めていたほどですから、編プロ勤めの縁でおつきあいをいただいたS沼編集長から、

「そんなに好きなら、それノリで書いてみたら」

と言われた瞬間に舞い上がりました。そんなこんなで、前半は巻き込まれ型歴史英雄物語ノリの展開、後半は大決戦てな感じでまとめられたと思うんですが、どうでしょう。

もちろん、目つきも口も悪いS沼編集長からは、

「キャラにも気をつけてもらわないと」

と、ぶっすりとクギを刺されましたので、わたしなりに努力しました。

とはいえ、ワンマンアーミー野郎やキレた最強ねーちゃんつーのもどうかと思いましたんで、主人公、剛士はいくらか等身大のキャラとして物語に登場させています（いえ、この先とんでもなく迷惑な人になるんですが）。ちんちくりんで、ヒネてて、学校では目立たない。苛められっ子筆頭候補。でも実は……絶対、敵に回してはいけないだけの（本人も気づいていない）根性の持ち主。どうですか？　やりすぎでしょうか？　でも、周囲を見回すと、けっこうそういう人いませんか？　目立たないけれど、絶対バカにしてはいけない人。ちょっと困ったところもあるけれど、友人として一人は欲しい人。わたしの中での剛士はそんな人です。

ともかくですね、アレだけどやるときゃやります、な主人公を中心に、ナニな魔王様、謎の美少女、ロリ娘、キツイ吸血ねーちゃん、イカレたお姫様、ヤ◯イな王様（ちなみに、わたしはそっちの人ではありません）、気合いの入った兄ちゃん、姉ちゃん、オッサンたちが入り乱れてどつきあうノリにもっていけたんでないかと思います。

あ、それに、一応はテーマなんてものも考えてます（これはS沼編集長にツッコまれる前に考えま

した)。

この小説は、歴史英雄物の基本である成長物語に入ると思います。なにもわかっていなかった奴が、様々な事件や出会いを通じて、様々な事柄を理解してゆくというやつです。

で、剛士にとってその出来事が苛めっ子や異世界大戦争、になるわけですが……

彼は別に、争いが好きなわけではありません。根はノンキな、静かに暮らせたらいいや、というタイプです。しかし周囲がそれを許さない。だから、決してやりたくはないけれど……戦わざるをえなくなります。

そして、なにかに気づくことを強制されていきます。

剛士がムリヤリ気づかされてゆくその『なにか』こそがこの小説のテーマです。彼がA君(17)のままでいられなくなった時、なにを見つけることになるのか。そんなことも頑張って書きました。これからも書き続けたいと思っています。

なーんて、思わずカタイことも書いてしまいましたが、新人なんで勘弁してください。うまれて初めてあとがきなんて書いてるもので、ちょっと舞い上がってるんです。

ともかく、豪屋の(男だけど)処女作、『A君(17)の戦争』、をお読みいただきありがとうございました!

これからも、よろしくお願いいたします。


……つけたし。

80年代オタクネタを教えてくれたのも、S沼編集長です。なんだかなぁ。

1　まもるべきもの　新装版あとがき

初めての方は初めまして、の豪屋です。なんやかやで玲衣《れい》さん渾身のイラストによって新装開店とあいなりましたA君第1巻をお届けします。ていうか玲衣さんが一番の売りです。よろしくお願いいたします。ていうか玲衣さんあとは任せた。

……では作者としてあまりにも無責任なので、リニューアル版は巻末に付録をつけることになりました。製本、すなわち印刷した紙をノリで貼り付ける作業に必要な経費の都合で（国家や軍隊と同じく出版社という組織も予算に縛られて活動しています）、巻ごとに追加できるページに差がありますので増える分量は一定しませんが、どぱっとページが稼げる巻の場合は新規短編なんかを追加しろといわれてます。ていうわけで今回はこのリニューアル版あとがき追加なだけなのはそういうわけです。ごめんなさい。ところで追加分の原稿料は別計算なんでしょうか印税にふくまれるのでしょうかはたまた原稿料アンド印税なんでしょうか。どちらにしろお金ほしいです。

……で、いつものあとがきですとここで大げさなネタを振ってみたりするわけですが、さすがに今回はそれではまずそうです。なので、知りたくない人は知りたくない豪屋の日常についてアバウトに書いてみます。

朝　寝てます。

昼　寝てます（会社はやめました）。

夕　起きます。

夜　週末だとオールナイト観にいきます。でなければ誰か心の広い女の人に土下座するかヒマな野郎と遊ぶか本読むか仕事します。

――えー、これだけです。他になにもありません。あらためて考えてみるとなんか物凄く殺伐とした毎日のような気がして悲しくなってきました。仕事が最下位に置かれてるのはまあいいとして（↑本気）、ことに異性よりも映画が先になってるところがアレです。幼少期、心に深い傷でも負ってしまったのでしょうか。ちなみに自分は定常宇宙論の世界に住んでいるのではないかと常々疑っています。ちなみに自分は定常宇宙論の世界に住んでいるのではないかと常々疑っています。もちろん夜のイベントでもっとも少数派なのは異性です。ビッグバンと呼んでいるところです。

なんかイヤになってきたのでもうやめます。

……じゃあ次は本を書くときの流れでも。

第1段階
理由はよくわかりませんがS沼編集長が仕事をくれます。もちろん明日にでも完成するようなことをいって即座に引き受けます。

第2段階
S沼編集長と打ち合わせします。居酒屋で二人の座ったテーブルには二合徳利が14本ぐらい並んでいたり、みんなカラになっていてそのあとでさらにバーへ乗りこみスコッチのボトルを1本半空けてS沼編集長はすべて経費で落とそうとしたら有り金が足りずに豪屋から2万円という微妙な金額を借りたりしたような気がしますがたぶん気のせいです。

第3段階
アイデアのメモをとろうとします。ところが、なぜか頭が痛かったり打ち合わせの内容を全然覚えていなかったりするのでS沼編集長の携帯に電話して教えてもらおうとします。するとどうしてだか会社を休んでいた編集長が地獄の底から響いてくるような声で全然覚えていないというので、また打ち合わせをおこなうことにします。

第4段階

この間は熱燗《あつかん》がいけなかったという結論に達したので沖縄料理屋で古酒《クース》にします。飲み過ぎてはいけないので一カメが空になったところでやめ、バーでもスコッチ1本でやめます。

第5段階

メモにはタイトルと名前があるだけです。不思議なことに頭痛がします。打ち合わせの内容も覚えていません。仕方がないのでS沼編集長に電話すると地獄の底から響いてくるような声で覚えていないといわれるので、また打ち合わせの約束をします。

第6段階

この間は古酒がいけなかったという結論に達したのでイタリア料理屋でワインにします。ボトル3本ばかり空けたあと、葡萄ジュースで呑んだなんていえるかとわめき散らしながらバーにいってスコッチ2本を飲み尽くします。

第7段階

第2～第6段階が3サイクルぐらい繰り返されます。

第8段階

最近めっきり経理の目が冷たくなったと領収書の束を手にしたS沼編集長にいわれたので泣きながら書き始めます。

第9段階

うまく書けないので泣きます。

第10段階

自分がこの世で一番バカだという確信を抱くに至ったのでまだ泣いています。

第11段階

泣くのにも飽きたのであきらめて仕事します。

第12段階

完成です。すべてを忘れるために中華料理屋で紹興酒を呑みます。楽しんでくださった読者の実在が確認された場合、第1段階に戻ります。確認されない場合、引き出しにいれてある履歴書を取りだしてしみじみとながめます。シャレになってません。

……と、ここまで書いたことは全部ウソで本当です。小説と同じで、現実と同じです。ある問題についてこうだと割り切っている場合、小説でも現実でもまず間違いなくウソだからです。すなわちそれが、小野寺剛士の知るべきこと、身につけるべきことなのかもしれません。

2　かえらざるとき　あとがき（２００２年度評価版）

A君、第2巻をお届けします。

第1巻『まもるべきもの』お買いあげくださった皆様、お待たせしました。これがお初とおっしゃる皆様、はじめまして。よろしくお願いいたします。

……で、いきなりお詫びです。当初の予定から変わってしまいました。ちょっと書きすぎて規定のページを越えてしまったんで、本来、2巻としてお送りするものを2冊に分けてお届けすることになってしまいました。あ、石投げないで。ああ、そんな古代ギリシャみたいに割れた陶器のカケラに豪屋の名前なんか彫っちゃだめ。

ともかくです、本当はこの巻で済ませる話が2、3巻でようやくという形になったことを幾重にもお詫びもうしあげます。ただし、分けて発売することを決定したのはS沼編集長の大英断です。私のせいじゃありません。でも、

「あ、2冊になるんならもっと書いてもいいよな」

なんて考えて再び原稿をいじりなおし、100ページぐらい書き足すわ、構成は原型留めないまで変えるわ、キャラは増えるわ、内容がコロコロ変わるのでイラストの伊東《いとう》さんとその一党の方々は寝られなくなるわ、ムチャクチャな口語文を混ぜるので校正担当の方々は頭抱えるわ、たぶんおそらく印刷所の皆さんは大変だわ、旦那に愛想尽かした姉は離婚するわ、ウ○ンド○ズXPはなんか不安だ

わ、Ｌｉｎｕｘ導入しようとしたらデータが消えるわ……と、さらに大変にしてしまったのは私です、というのは秘密です。なんか関係ないものもはいってる気もしますがすべて事実なので気にしてはいけません。ともかく、ごめんなさい。

でまあ、今回のお話なんですが……小野寺剛士と彼を取り巻く人々の個人的過去とブラントラントという世界の現実が絡み合い、お互いに影響を与え合って進展してゆくドラマ編ということになるかとおもいます。

剛士君の難儀な性格は段々とすべてに影響を与え始め、シレイラちゃんは目的にむけて突き進み、某オタクなお兄さんは人生を楽しみ、フェラール兄ちゃんはいろいろと幸せになり、登場した新キャラはいやもうひたすらアレで、んでもってブラントラントという世界にはやはり何か秘密があって……というすべてがいっしょくたになって進んでゆきます。戦争は、これからが本番です。小野寺剛士がＡ君（17）から自立した個人へ変わってゆくにはまだまだ血まみれにならねばなりません。ま、Ａ君は異世界大戦争を舞台にした成長ものではありますが、お話としては今回のような部分の方が重要かともおもいます。マジメな話をマジメな顔して書くのはバカ野郎だけ、と原城《はらじょう》に立てこもった切支丹《キリシタン》のように信じている人間が書いた本なのでそうみえない所があるかもしれませんが、一応、大抵の場面には二重、時には三重の意味を持たせてあります。そんな部分も含めてお話として楽しみいただければ幸いです。

では、どうやら近日刊行という運びになりそうな3巻もどうかよろしくお願いいたします。ジーク・ジ○ン！

……つけたし

今回もS沼編集長から80年代オタクネタの教育を受けました。いま私の部屋には彼から教えられた特殊なお店で購入した品々……怪しい映像が収まったり、変な歌ばっかりはいっている銀色の円盤がいっぱいあります。

……どうしよう、これ。

3　たたかいのさだめ　あとがき（2002年度そろそろ会社でヤバイです、版）

……って、別に大した意味があるわけじゃないんですが。

えー、豪屋です。なんともはや、2巻のあとがきで申しあげたとおり、ほんの二ヶ月でまたもやお目にかかることになってしまいました。ご迷惑かけます。

で、3巻。お楽しみいただけたでしょうか。

なんかだんだん異世界ユーモア戦争ものから血まみれどろどろな内容へ突っ走りつつありますが、豪屋的には必然ではなかろうかと思って書きました。

まあ、なんてったってデフォルトでぽんぽこぴーな人である剛士君に『なにか』へ気づいてもらわなければならないわけですし、気づいたら気づいたでけっこう大変な覇道をスキップしてくれないと困るし、と問題山積の『A君』、三冊かけてようやくイントロ野望あのここどこですか編完了。どうか4巻『かがやけるまぼろし』にて開幕の第二部をよろしくお願いします、という感じです。

剛士君はもちろん、スフィアはどうなる、アーシュラはどうする、なんか妙に格好いい某先生の影響濃厚なゴローズ君はどうだ、はたまたマヤちゃんの妄想は再び爆発するのか、そしてなんかイロイロありそうな謎の存在は何者、そして何かに気づいてる斉藤もと魔王の知る真実は、いやそれよりも田中さんの秘策、ランバルト総オ○ク化計画の行方は……なんて感じのところをおさえてお待ちいただけたら幸せ、つーかお願いします。今後とも駄洒落とストーリーとキャラ描写と……ご希望があればアレなシーンにますます努力し、有害なんとか法案が流れたと思ったら一一月国会の児○法改正案でエロゲー規制？　この国はもうダメなんじゃないか、な世の中を生きていきたいと思ってます（ちなみに、本物のチャイルドポルノや幼女売春はいくら取り締まってもいいと思ってます。架空のものとしてつくりだされた創作物でも、凌辱系は吐き気を催すほど嫌いです——でも、絵や文章による表現は、なにがあっても規制を受けるべきではないと信じてもいます。だいたい、法の規制は「犯罪」を防ぎ罰するためにあるのであって、憲法に定められた「権利」を奪うなど、もっての他だと思います）。

3　たたかいのさだめ　コラム……せかいのとくしゅぶたい

えー、今回は王立特務遊撃隊《ロイアル・スペシャル・イレギュラーズ》の背景ネタを説明します。あまり書くとデビル17とネタがかぶりかねないので困るんですが、Ｓ沼編集長からの命令なので書きます。

本編に登場したナサニア・ゴローズの王立特務遊撃隊《RSI》はチキュウの言葉でいえば特殊部隊です。以上終わり。

……というぐらいに特殊部隊《スペシャル・フォーセズ》という言葉はよく知られていますが、時代と場所によってその内容は全然違いますし、任務も異なっています。たとえば最近のチキュウでは警察・軍隊がそれぞれ特殊部隊を保有したりしていますが、両者の仕事は全然違います。お巡りさんと兵隊さんの仕事が同じわけありませんから当然です。前者は犯人の制圧・逮捕が、後者は任務の達成が第一です。警察特殊部隊にとって犯人射殺は最後の手段ですし、軍特殊部隊にとっても敵兵の殺害は、それが任務でない限りはできるだけ避けねばならないとされています。騒ぎが大きくなって嬉しいのはお祭りぐらいなものだからです。

また、軍の特殊部隊といってもその実態は様々です。たとえば有名なアメリカのグリーン・ベレーは人心収攬作戦《ハーツ＆マインズ》によって地元住民を味方へと変えてしまう工作までおこなうインテリ部隊なので、任務を戦闘に特化したデルタ・フォースの連中をバカにしていたりします。大ざっぱにいえば前者は戦略的役割すら背負った不正規戦部隊、後者は特殊〝戦闘〟部隊といえるでしょう。まったく違う仕事なので部隊を分けた方がいい、というわけです。イギリスなどは世に知られたＳＡＳ（特殊降下部隊、特殊空挺隊等々、訳語は色々ありますが、要するにイギリス陸軍特殊部隊です）がほとんどをこなすのでとてつもなく高い評価を受けていますが……実はもっともレベルが高いのは海軍の特殊舟艇隊《SBS》だそうです。

さて、ゴローズのＲＳＩは……これは完全に軍特殊部隊、それも古い意味での、まだスペシャル・オペーレーションなどという言葉などなく、コマンドゥ作戦と呼ばれていた頃のものに近いです。ちなみにコマンドゥ（Commando）とは特別奇襲部隊とか特攻隊などと訳語が当てられています。つまりまともな支援もなしに死傷率の高い危険な任務に送りこまれる部隊のことで、アメリカあたりでは軍の刑務所から集めてきた乱暴な兵士たちで部隊を編成していました（いわゆる〝ならず者部隊〟です）。ゴローズのＲＳＩはそれに当たるわけで、そうした部隊を人格と能力だけで統率しているゴローズはやっぱ普通の人じゃない、というわけなのです。

あと、ランバルト程度の社会レベルで特殊部隊の存在が許されるのか……という疑問がありますが、これは冒険者パーティが実在する異世界ゆえにです。ファンタジーＲＰＧなどからも容易に想像のつくように、パーティがくりひろげる〝冒険〟の内容は特殊部隊の作戦行動にきわめて似通っています。冒険者パーティという民間技術が軍事転用された結果がＲＳＩ、軍事転用された冒険者がゴローズ、ということなのです。

特別寄稿

豪屋大介は何者か

菅沼拓三

豪屋大介《ごうやだいすけ》氏について書け、という発注だが。
前提として、私は40年間、出版、なかでも小説やコミック等のコンテンツ商売と、ある時は仕事として、ある時は趣味としてずっと付き合ってきた。で、その40年間、愉快な記憶しかない。出会ったクリエーター氏、編集、プロデュース、ディレクションといった、裏方とされる諸氏が一癖も二癖もあったり、人間的にはどうかと思われるような性格だったり、でもクリエイションという面においては強い個性と可能性を持っている人ばかりだったから。

本当に、みなさんには感謝しかない。名前を挙げているととてもスペースが足りないので、私のことを覚えている人は「あ、これは俺のことだな。感謝されているんだ」と記憶に追加情報を書き込んでいただければ幸いだ。今回は豪屋氏について、という依頼で、仕事の経緯上、必然的に佐藤大輔《さとうだいすけ》氏についても語ることになるが、ここで名前が挙がらなかったからといって「あいつは豪屋佐藤を贔屓《ひいき》している」「俺のことなんて覚えてないんだ」という話ではないので念のため。いやホントに、感謝してるんですよ皆様に。

私は１９８０年代後半、ホビージャパンという会社で仕事をしていて、佐藤氏と面識はなかったがゲームデザイナーとしての仕事は知っていた。「エスコート・フリート」のレビュー記事を書いた記憶がある。90年代に入って仕事で付き合うようになって、それが佐藤氏の持ちネタにされた。「萱沼は『タクテクス』（ホビージャパンで出していたボードシミュレーションゲーム月刊誌）でＲＳＢＣ《レッドサンブラッククロス》のことボロクソに書いてくれやがって、昔から気に食わない奴だったんだよ」みたいな。いやＲＳＢＣの記事は書いてないしその頃は面識なかったし。もちろん佐藤氏は全部わかっている。わかっていて、人を楽しませる、場を盛り上げるためにはしれっと嘘でもホラでも自虐でもやる。書く小説そのままの人だった。

私も似たような性格をしていたのか、構える付き合いではまったくなかった。お互いに言いたいことを言い合って酒を飲んで、そんな流れで仕事のアイデアが出て来る出て来る、「こんなの良くない？」「それならこうして」「あそれもいいかも」「じゃあそれで」そんな感じ。酒はうまいしアイデアはどれも売れそうなものばかりだし、私としてはとても楽しい打ち合わせ（と称した日をまたいで続く飲み会）だった。

　アイデアは出るし、私としてはどれも原稿が完成すれば本にして売る自信はあったのだが、佐藤氏としては、当時私が編集していた「ドラゴンマガジン」、ファンタジア文庫というレーベル向けに、新戦場の攻略を目的として試し打ちをするようにアイデアを出しては、また次のアイデアに移って私の反応を見る、というのを繰り返していた。当時の主要読者層は中高生だったので、佐藤氏が獲得していたファンよりも若い層を開拓したい、という意欲が強かった。「でもこれファンタジア向けじゃないよな？」「いやそんなことないってウチは読者を選ぶつもりはないから」「キミはそうでも読者は違うだろ」みたいな話になる。

　そんな時期に、私が出渕《いづぶち》裕《ゆたか》氏と話していて、「出渕さんマンガ描かないんだったらイラスト仕事やってよ」（創刊ラインナップだったオリジナルファンタジーコミック連載が長期休載中だった）、「うーん、ドイツ軍が大活躍するような小説あったらイラスト描くよ」。え、ドイツ軍が大活躍するような小説って言った？　言ったよね？　じゃあやるしかないでしょ、で、次の日の打ち合わせ（と称した以下略）で佐藤氏に「出渕さんがこんなこと言ってたんだけど」「よしきた！　やるぞ！」で生まれたのが『鏖殺《おうさつ》の凶鳥《フッケバイン》』だったりする。

　正確にはこの段階では「鏖殺の凶鳥」というタイトルではないし、内容も若干違うものだった。「出渕さん向け企画」とか呼称していたか。

　佐藤氏との仕事のやり方は、他の編集さんとはどうだったかは知らないが、私との場合は、打ち合わせ（と称した以下略）でのブレストでアイデアを磨いた次の段階は企画書とかプロットみたいなものは抜きで、いきなり冒頭部分やサンプルシーンの原稿が上がってきて、そこにアイデア通りの作品イメージが全て詰め込まれている、必要があればそこでまた修正を入れて、新しいシーンを書いて、といった流れがこの時に出来て、それ以降もずっとそんな流れで進めていた。「出渕さん向け企画」の場合、最初のアイデアは「１９４５年、末期の東部戦線のドイツ軍装甲部隊が時空の裂け目だか次元断層だか（笑）に巻き込まれて、亜人がいて魔法があるおファンタジーな世界にトリップ、人族と魔族の戦争に巻き込まれる」というもので、今でこそ、「GATE」がアニメになってなろうでは当たり前の話になっているが当時は確か94年頃、「戦国自衛隊をファンタジーでやろうぜ！しかもドイツ軍！」と佐藤氏がアジれば、私がその気になるのも当然と理解していただきたい。そして次の段階では、「タイガー戦車でタンクデサントを仕掛けるゴブリン部隊」という（スケッチとかではなく口頭での説明だが）ビジュアルイメージ、ドイツ軍小部隊と巨大な竜族との遭遇、というサンプルシーンが上がってきた。

なんと言うか、単体のアイデアとして魅力的なのはもちろんだが、「ドイツ軍が大活躍するような小説」というお題でファンタジー世界を舞台に選ぶあたり、当時はやはり「ロードス島戦記の出渕裕」のイメージが強かったから、「出渕さん向け企画」としての計算をしっかりとしているあたり、商売人としての佐藤氏のしたたかさも光っている。佐藤氏は編集、プロデュースを仕事にしても食っていけたのではないか、という感触はそれ以降もたびたびあった。出渕氏と佐藤氏の顔合わせもやったんだが、佐藤氏が出渕氏の今までの仕事をしっかり持ち上げつつ、さきの「タイガー戦車でタンクデサントを仕掛けるゴブリン部隊」のビジュアルイメージを開陳、「イラストレーターだけじゃなく出渕さんなんだからメカデザインもやんなきゃですよね、タイガー戦車だけど、フェンダーにブチ穴開けとけば出渕デザインでいいでしょＯＫ！」ともう、アクセル踏み込んで飛ばす飛ばす、出渕さんも「頑張るよ」と言いながら苦笑いするしかない、私の出番はなし。

ここまでは順調、だったが、この頃は徳間文庫で『レッドサンブラッククロス』が一番調子の良かった時期、佐藤氏のノリもそっちのモードだったので、「出渕さん向け企画」の作業ペースは一気に落ちた。打ち合わせの回数自体はあまり変わらなかったが。

そうやって時間をかけていると、ひとつのアイデアにこだわり続けないのがまた佐藤氏らしさ、新しいアイデアが出てきてそっちの方が良いと判断すれば乗り換えるのをためらわない。「ドイツ軍大活躍」なら、ジャック・ヒギンズ的な処理の方がいいような気がしてきた、『鷲は舞い降りた』的な派手さもいいけど、『脱出航路』の男泣きの方が好きなんだよね、あ、俺もそうだわー日本人にはそっちだよね、なんて流れの中で、『鏖殺の凶鳥』の原稿が完成した。

使われなかったネタがもったいない、と当時は思ったが、「ファンタジー世界におけるミリタリー要素」がさらに磨かれて『皇国の守護者』に、戦車のディテール自体をエンタメ要素にするというアイデアを『A君（17）の戦争』的構造に合体させて『エルフと戦車と僕の毎日』になったのではないかと考えている。アイデアを無駄にしない、さすがだ。

　五年以上かけた企画がようやく商品になって、私としては一段落、のつもりでいたのだが、佐藤氏にとってはそうでなかった。『鏖殺の凶鳥』がファンタジア文庫ではなく、ハードカバー単行本になったからだ。

　私としては別にファンタジア文庫で出しても良かったんだが、一般枠の方が売れるんじゃないかと判断した結果だったのだが。佐藤氏のヒギンズ節が完璧だったので、「ジャック・ヒギンズ著　佐藤大輔訳」とか大嘘ついて、「幻の未邦訳本、ついに公開！」で出せばバカ売れかも？とさえ思った。佐藤氏に「それは止めろ」と言われて諦めたが。仁義として出渕氏にも読んでもらったが、出渕氏も「これイラストない方が売れるんじゃない？」と言ってくれたし。

　その判断は間違っていない、と言いつつも、佐藤氏は、新規若年層読者の開拓、という最初の目的を諦めていなかった。その目的のために、満を持して佐藤氏が上げてきたのが、気分も新たに頭からコードを始めた「A君」だった。

　例によって、打ち合わせ（と称した以下略）の場で口頭で提出されたアイデアなので、形に残っていないが、「現代日本で陰湿ないじめに追い詰められて、しかしへこたれず知恵と勇気を振り絞って逆転の一手を成功させた高校生A君が、まさにその瞬間、おファンタジーな異世界の魔族に救世主として召喚される。その世界の魔族は、現代日本では不用、あるいは邪道とされるような知識や技術を召喚によって取り込む事で生き延びてきたという設定。A君は、今までそうしてきたように、弱者である自分に出来るあらゆる手を使って、人族の侵攻から魔族を守ろうとする」というような内容だった、はず。

　佐藤氏は、当時のファンタジア文庫について、また私の嗜好、好みについても全て徹底的な分析を行った上で、この「A君」に至ったんだろう、それはまさに私が欲しい、ファンタジア文庫に欠けている、今一番必要とされる要素が詰め込まれた企画だった。なによりキャッチ性がわかりやすい、苦境からの大逆転、マイナス要素そのものが武器になる爽快感。

「いやこれいい、これがいい。書きましょう！」

「いや。俺は書かない、書きたくない」

「なにそれ⁉」

「俺も悩んでるんだけどさ」

新規読者の開拓をしなきゃいけないんだが、考えてみたら、佐藤大輔の名前で出したら意味ないいんじゃないか？　思ったよりいいアイデアになったんで、なんかもったいない気がしてきた。このネタなら、佐藤大輔が書かなくても当たる、当たればもっと楽しいと思う。

そんな理由だった。聞いていると、私もそんな気がしてきた。だいたい、佐藤氏は「書かない」と言ったら絶対に書かない。だったらこの話に乗るしかない。

ということで、豪屋大介氏の登場となる。この段階ではそういう筆名はまだなかったが。佐藤氏と豪屋氏、私の最初の打ち合わせ（と称した以下略）で佐藤氏が決めた。中公の渡辺《わたなべ》氏の「三茶の飲み屋で一緒にゴーヤチャンプルを食べたから豪屋って佐藤さんが言ってた」という証言もあるが、私の記憶には全くない、そんないい加減な付け方はさすがにしないと思う。「さとう」だから逆の苦いので「ゴーヤ」だったような気がする。これもいい加減か。うーん記憶が曖昧。なにせ（以下略）なんで。

豪屋氏もアイデアマンで、打ち合わせ（と称した以下略）で出たコンセプトを活かして展開する高い筆力を持っていた。何より佐藤氏と私に負けないくらい酒が大好きで、毎週何回も繰り返される打ち合わせを一緒になって楽しんでくれる。おかげで、半年とかからずに「A君」は『A君（17）の戦争』となって完成し、ファンタジア文庫として刊行され、すぐに増刷がかかって、人気シリーズとなった。豪屋氏佐藤氏、私は、打ち合わせではない祝杯を上げた。

「また勝ってしまった」

「もう一本行っとく？　いや酒じゃなくて企画」

「いやA君まだ続くよ？」

「並行でもう一本」

「えーでも他の仕事もあるしなー」

「書くの豪屋さんだし」

「なんでもやりますよー」

「何やるのよ？」

「そろそろ、アレ。ヒギンズやったし、次はアレでしょ。みんな大好きな」

「アレかー」

「やりましょうやりましょう、あ、もう一本、久保田の千寿で」

アレってのは「高校生版大藪春彦《おおやぶはるひこ》」ね。豪屋氏佐藤氏も私も大藪ファンだったから、やりたいよね、という話はずっとしていたので、話はスムーズだった。


次の打ち合わせで、佐藤氏がアイデアコード「D君」として出してきたのは、ラストシーンのイメージだった。「主人公が人を殺す。それが任務だからとか、憎いからとかじゃあない。もちろん、本当は殺したくないんだ！みたいな泣き言も言わないし、もっともらしい大義とか正義とかも口にしない。ただ、それが自分の内的規範、コードだから。自分がやるべきことだと自分が考えるから、自分が殺す。どうでもいい理由を口にしながら」

いやもう痺れたね。佐藤氏がラストシーンから始めるのは珍しかったけれど、それだけで主人公のキャラクター性が豪屋氏と私にははっきりと伝わった。高校生らしく、かつ大藪らしい主人公を、シーンのイメージ一つだけで造り上げてしまった。「いやなんかそういうハードボイルド小説があったのよ。それのいただき」とか佐藤氏は笑っていたが。

ここでまた豪屋氏の筆力が光る。そのイメージのまま、かなり厚めの文庫一冊を走りきった上で、切ない余韻の残るエピローグ的シーンを加えたのだ。何年後かわからない、D君の果てと言っていいこのラストも実に効果的で、佐藤氏も私もうなったものだ。

「D君」は『デビル17』シリーズとして刊行されて、これがまた人気になる。もう楽しくて仕方がない。


『鏖殺の凶鳥』の刊行が2000年、『A君（17）の戦争』が01年、『デビル17』が04年か。体感時間としてはもっと長かった気もするがけっこう短い期間だったんだな。05年、豪屋氏佐藤氏との楽しい時間は終わってしまった。「取締役がいつまで現場担当やってんだコラ！」と言われてしまうと、組織とか会社とか役員とかの自覚がないから逆に「ああそういうものなのか」と思って、担当をバトンタッチし、経営の仕事に専念する事にした。

もちろん豪屋氏佐藤氏との付き合いは続いていたが、仕事の話にはならなかった期間が5年間、2010年に、コンテンツレーベルの立ち上げのミッションを久しぶりに任されて、付き合いのあるクリエーターさん達に挨拶に行った。もちろん豪屋氏佐藤氏にも。さて何やろうかねあれかな、これかな、なんて話をしていたら、12年に私がガンになってリハビリのため退任。リハビリ中、暇だったので自分で小説書いて、豪屋氏佐藤氏に読んでもらったこともあったな。15年くらい。昔の打ち合わせ（と称した以下略）のノリのまんまで久しぶりに楽しかった。「これ売れねえよ主人公弱いよ、もっと尖らせないと面白いイベント作れないって。なんかこう、女の首締めながらやらないと勃《た》たないとかさ」「いやカミさんとムスメでも楽しめるように書いたんでそういうのやめて！」

それが本になる前に、佐藤氏は逝ってしまった。こういう主人公なら佐藤氏も少しは評価してくれるかな、と思いながら書いた新作も、佐藤氏の批評を聞くことは出来ない。それよりなにより、豪屋氏佐藤氏と私の、あの打ち合わせ（と称した以下略）がもう二度と出来ないというのが、残念で仕方がない。

おっと。皆さんも気になっていることがあるだろうから、最後にひとつサービス。

「結局、豪屋大介は佐藤大輔なのか？」

って？　いやそんなことはどうでもいいんだよ、どっちでもいい、そうじゃない。「A君」の次がなぜ「D君」なのか、という点だ。

実は、豪屋氏佐藤氏私の打ち合わせ（と称した以下略）から生まれたアイデアには、ちゃんとBもCもあるのだよ。最後にはEまでいっていた。

「『ONE PEACE』って売れ続けているから、海賊もの、海洋冒険ものってもっとメジャーになれるんじゃ？」と私が言って、「じゃあA君の海洋冒険バージョンみたいなの作るか。女だけの海賊船のキャプテンとして召喚されちゃうみたいな」で生まれたのが「B君」。腐女子向けの小説文庫レーベルがぽこぽこ立ち上がっているのを見て「B君の男女入れ替えて持ち込もう」と言い出したのが「C子ちゃん」だったり。

どちらも出せば売れたと思うんだが、一番読んでみたかったのはE、これは主人公を女子高生にしたデビル17、大藪春彦の女豹シリーズが発想元だ。「E子ちゃん」になるわけだが「エロス17」と呼んでいた。

「要するにアンチヒーロー。なんか、自分が絶対正義なオレサマ主人公とか、自己陶酔型のヒロインとか、見てて腹が立つことあるじゃん？　ああいうのを悪役にして、デビル17同様、エロス＆バイオレンスで、なんなら百合百合エロス中心でボコボコメロメロにして、お姉様には

「勝てませんわ～、とか言わせるって、どうよ？」

とか言っていたかな。豪屋氏はノリノリで冒頭シーンまで書いていた。

出してればなー。最近だって、私が創刊したコミック誌が久しぶりに話題になってると思ったら、連載一回目でやり方が下手すぎて叩かれて消えてしまった作品とか、あとこのあいだ深夜アニメでやっていた即死何とかというなろう作品があったし。やり方が難しいけれど、そういう要素の需要は確実に存在するということだ。豪屋氏がエロス17を仕上げて出版されていたら、きっと今でも語られる作品になっていただろうと思う。

いや今からでも遅くはないか、アイデアはB君もC子ちゃんもエロス17もある。なんなら、『A君（17）の戦争』のエンディングのイメージだって聞いている。いつかは形にして、その時は豪屋氏佐藤氏のダブルクレジットとして残したいと、私は考えている。


（すがぬま・たくぞう／小説家）

1965年、東京都中野区生まれ。学生時代ホビージャパン社の編集アルバイト、ライターを経て、創刊直後のドラゴンマガジン編集部（富士見書房）に参加。以降、角川書店系列の出版社で多数の新作、新企画の立ち上げに携わる。小説著作に『俺はバイクと放課後に』『株式会社吸血兵団』（徳間文庫）。

刊記

A君（17）の戦争1　まもるべきもの　二〇〇一年一一月　富士見ファンタジア文庫
新装版　二〇〇五年　四月　富士見ファンタジア文庫
A君（17）の戦争2　かえらざるとき　二〇〇二年　五月　富士見ファンタジア文庫
新装版　二〇〇五年　四月　富士見ファンタジア文庫
A君（17）の戦争3　たたかいのさだめ　二〇〇二年　七月　富士見ファンタジア文庫
新装版　二〇〇五年　四月　富士見ファンタジア文庫

編集付記

本書は『新装版 A君（17）の戦争』（富士見ファンタジア文庫）の第1巻から第3巻を底本として合本したものである。底本のあとがきとコラムは本書巻末にまとめ、書き下ろしの特別寄稿を加えた。

豪屋大介

2001年、『A君（17）の戦争１』（富士見ファンタジア文庫）でデビュー。著書に、〈A君（17）の戦争〉シリーズ、〈デビル17〉シリーズがある。

A君《えーくん》（17）《じゅうなな》の戦争《せんそう》Ⅰ

2024年９月10日　初版発行

著　者　豪《ごう》屋《や》大《だい》介《すけ》

発行者　安部順一

発行所　中央公論新社
〒100-8152　東京都千代田区大手町1-7-1
電話　販売 03-5299-1730　編集 03-5299-1740
URL https://www.chuko.co.jp/

ＤＴＰ　ハンズ・ミケ
印　刷　ＴＯＰＰＡＮクロレ
製　本　大口製本印刷

Published by CHUOKORON-SHINSHA, INC.
Printed in Japan　ISBN978-4-12-005824-0 C0093